AF198134

MATTHES
& SEITZ
& BERLIN
PAPER·
BACK

Hendrik Otremba

BENITO

(Oder: ⠙⠴ ⠎⠏⠥⠗ ⠙⠑⠗ ⠢⠺⠁⠗⠵⠑⠝ ⠻⠒⠝⠑)

Matthes & Seitz Berlin

Für meine Mutter.

Es muss eine Marienkäferplage gegeben haben. Jetzt sind alle tot. Die Insekten liegen auf dem kalten, staubigen Marmor. Ihr Rot ist ins Orange verblasst. Auf dem Rücken oder bäuchlings liegen sie. Einer der Leichen steht ein Flügel ab, als habe sie es im Moment des Todes, als Käfer noch, nicht mehr geschafft, ihn einzuklappen. Es liegen da bestimmt 20 Leichen auf dem Fensterbrett, die nun mehr Gegenstände sind, oder keine Gegenstände, nein, vertrocknete Knospen eines Blumenstraußes, der in einer leeren Wohnung zurückgelassen wurde. Hier vom Sessel aus betrachtet, ganz nah an der Fensterscheibe, knapp über den Dächern der Stadt und in Vogelperspektive auf das offene Käfergrab, wirkt das Arrangement des Insektenfriedhofs wie ein Stillleben. Die Sonne muss bereits tief in meinem Rücken stehen, denn mit einem Mal reflektieren ihre Strahlen in den Fensterscheiben des gegenüberliegenden Hauses. Sie tauchen die kleine Dachgeschosswohnung in ein Licht zweiter Hand, so schwach, dass es keine Wärme mehr transportiert. Die Käfer auf der Fensterbank werfen lange Schatten.

Dann tut sich etwas. Ja, einer der Käfer lebt noch. Keiner derer, die da im Staub liegen, bei denen ist es endgültig. Nein, er ist neu auf dieser Bühne, bewegt sich, kommt von irgendwo weiter links. Ein Wanderer, jemand, der auf einer Reise war und nun in sein Dorf zurückkehrt. Dünn sieht er aus, ganz trocken und ausgemergelt. Panisch läuft der Käfer durch das leblose Feld von Körper zu Körper. Er findet seine Angehörigen alle in einem Stadium des Verfalls, das ihn ihr Ableben erkennen lässt. Was er sieht, das ängstigt ihn. Kurz versucht er noch, einen Vorhang zuzuziehen, die Augen davor zu verschließen, und für eine Weile bleibt er regungslos stehen. Bis er es nicht mehr leugnen kann.

Dann geht er seinen schwersten Gang. Bei jedem der vertrockneten Körper hält er inne, nur kurz, als wolle er sie wachstupsen, bewegt sich sachte auf sie zu. Von oben betrachtet sieht er dabei aus wie ein Wagen, der in eine Parklücke einfährt. Der Marienkäfer hält vor jedem der Toten für einen Moment an, in Trauer, scheint in sich zu gehen, um mit gesenktem Haupt eine kurze Andacht mit sich zu sprechen, ja, in wirbelnden Gedanken ein paar letzte Worte an ihre schwindenden Geister zu richten. Dann macht er an der eigenen Mittelachse gespiegelt kehrt, rückwärts, als parke er aus, um sich zitternd zum nächsten Körper zu bewegen. Was hat euch nur dahingerafft? Von Mal zu Mal wird er langsamer, scheint zu resignieren. Als drehe er den traurigen Film zurück, um die Szene, in der er die Käfer ausgelöscht findet, immer wieder aufs Neue zu durchleben. Immer langsamer, in dieser Vergewisserung eingesperrt. Langsam läuft er zum nächsten Körper. Wo kommt der einsame Wanderer her? Auch seine Flügel sind blass und ohne Kontrast. Wo war er, als die anderen starben? Das Alter scheint ihm verwaschen. Was wird er tun, wenn er die Toten verabschiedet hat?

Vom Innenhof rauscht der riesige Baum, der schon in die Mauern hineingeboren wurde. Die Häuser, die seine Wurzeln säumen, stehen da länger als er. Alles schnellt vorbei und geht. Als die Sonne hinter dem Haus verschwindet, erlischt auch die Reflexion. Mit einem Mal wird es Nacht. Das Totendorf auf dem staubigen Marmor verschwindet, während ein dichter Nebel von allem Besitz ergreift. Es ist kalt in der Wohnung. Wieder denke ich an Benito.

~

... mittlerweile davon aus, dass es sich bei dem Vorfall im bekannten Bonner Hotel Paradies um einen Terroranschlag handelt. Zur Stunde ist das Gebiet um das ehemalige Regierungsviertel in den Bereichen Hochkreuz, Museumsmeile und Rheinaue weiträumig abgeriegelt, Polizeihubschrauber kreisen über der Stadt. Presseberichten ist zu entnehmen, der oder die Täter, deren Identität gegenwärtig noch unbekannt ist, seien am frühen Nachmittag während des alljährlichen Empfangs des Deutschen Wirtschaftskomitees in den Veranstaltungsort eingedrungen und hätten dort zunächst mehrere Geiseln genommen. Augenzeugen zufolge seien über eine halbe Stunde lang Schüsse und Explosionen ...

I.

Doch, ich muss mit der Anreise beginnen. Dort bereits hat es begonnen, oder nicht begonnen, vielmehr: sich fortgesetzt, dort jedenfalls ist etwas wieder aufgekommen, um mich herum aufgezogen, eine dunkle Aura, oder passender: ein schwarzer Nebel. Etwas, das, mir unsichtbar, immer dagewesen sein mag, sich aber nun erst offenbarte, schleichend und unausweichlich. Nur was es war, was es ist, das kann ich nicht sagen, nicht benennen: ein Rätsel, die Zeit, oder: meine Geschichte, vielleicht auch: die Geschichte der Schwarzen Steine. Sie müssen doch miteinander zusammenhängen, die Orte, die Ereignisse, die Menschen. Wenn ich es nur sagen könnte, wenn ich es nur wüsste. Doch, da gibt es einen Zusammenhang, muss es einen Zusammenhang geben. Sonst wäre ich jetzt nicht hier. Sonst machte das alles keinen Sinn. Sinn. Wie auch immer ...

Da stand er nun, Cherubim, abseits auf einer kleinen Brücke, die gerade so breit war, dass ein Mensch über das schmale Wehr laufen konnte, welches hier über das Wasser nahe der Quelle des Flusses führte. Von den anderen Jungen ein ganzes Stück weit entfernt starrte er auf die spiegelnde Oberfläche, die etwa drei Meter unter ihm lag. Er hatte Benito zu den Bäumen gebracht und war dann ein Stück weitergegangen, um nach unten zu gucken. Die gesalzenen Pistazien hatte er schon auf der Zugfahrt verzehrt, kurz bevor sie am Fluss angekommen waren. Sie waren getrennt von den Booten zum Startpunkt der Flussfahrt gereist, die Jungen im Zug und die Boote auf dem

Anhänger vom alten Kellermeister, zum Ursprung ihrer Reise, von dem aus der Strom sie die nächsten Wochen gen Süden treiben würde. Im Zugabteil waren Cherubim die Unterseiten der Schenkel auf den roten Kunstlederbezügen festgeklebt. Es war Sommer und die schwitzende Haut haftete hier und da, als wollten die Oberflächen die Körper gefangen nehmen. So empfand er bald jede Bewegung als Kraftakt, als Kampf gegen die Umwelt. Während der Zugfahrt noch, im klappernden und heißen Abteil, waren sie aufgestanden, um die Affen zu schultern und zu schauen, ob sie nicht einer alten Frau oder einem alten Mann beim Aussteigen würden behilflich sein können. Als sie dann jedoch schließlich an dem verlassenen Bahnhof angekommen waren, von dem aus es nur noch ein kleiner Fußmarsch zum Treffpunkt mit dem alten Kellermeister sein sollte, der vermutlich schon mit den Booten wartete, hatte niemand auf dem Gang gestanden, dem sie hätten helfen können.

Zwei Stunden später ließ er nun Pistazienschale um Pistazienschale ins Wasser fallen und hegte bei jeder einzelnen die Hoffnung, dass sie nicht unterging, wobei etwa jede zweite Schale dem Wunsch entgegen auf den modrigen Wassergrund herabsank. Trotz der Höhe meinte Cherubim, dann kleine Luftbläschen heraufsteigen zu sehen. Die andere Hälfte blieb auf dem wabernden Spiegel der Wasseroberfläche liegen, der seinen im eigenen Schatten verdunkelten Körper verformte und auch die sachte im Wind wiegenden Bäume hinter ihm in eine unwirkliche, nervöse und unnatürliche Bewegung übergab. Auf diesem Bild trieben jene der Pistazienschalen, die nicht untergingen, als kleine Boote dahin, folgten der Strömung und verließen schließlich das unscharfe Schattenbild. Es hätte den Jungen nicht gewundert, wären sie zu wirklichen Booten geworden. Traf eine Schale auf die Wasseroberfläche, ganz gleich ob sie unterging oder sich zur unbemannten Flussfahrt aufmachte, entstanden um den Punkt des Aufschlags in zarten Wellen wachsende Kreise, die einen sich ebenso vergrößernden

Schattenring auf den Grund des Flusses warfen. Weiter dehnten sich die Kreise aus, eine nachträglich entstehende Zielscheibe, die dem Schützen die Treffchance erhöhen wollte, sich auffächerte, aufplusterte, um auch ja getroffen zu werden, mitten ins Herz. Während Wellen und Schatten nun also schnell und zunächst gleichmäßig größer wurden, veränderten sie bald schon merklich die Form, verirrten sich immer mehr ineinander und bildeten bald ein schwindendes und in der unvermeidlichen Auflösung doch wucherndes Muster. Als schwebte ein ungleichmäßig wachsendes Mandala direkt auf ihn zu, unsichtbar und doch in räumlicher Bewegung. Wie die Kreise, die Cherubims Vater mit dem Qualm seiner Zigaretten zu spucken gepflegt hatte, als er noch mit feuchten Augen im Keller gesessen war. Der Junge war fassungslos, dass etwas, das nur als Bewegung der transparenten Wasseroberfläche existierte, einen Schatten, ja, dass Wellen überhaupt Schatten werfen konnten.

Was Cherubim so erzeugte, umfasste ihn. Er tauchte ein in einen Tunnel nicht irdischer Bedingungen, als entstünde ein Portal zwischen ihm, oben auf der Brücke, und dem Wasser da unten. Immer mehr Portale öffnete Cherubim sich auf diese Art, um dort bleiben zu können, wo nichts war, bis eine ganze Fregatte kleiner Pistazienboote den Fluss hinabfuhr, die gesunkenen Schiffchen am Grund unter sich zurücklassend. Immer wieder, immer aufs Neue, als Ausdehnung eines Zustands des Verschwindens. Es überkam ihn ein wohliger Schauer. Als die Hosentasche nur noch Krümel gebar und lediglich ein dünner Salzfilm auf seinen Fingerkuppen zurückgeblieben war, zerfiel das Bild.

Aus der Ferne meinte Cherubim eine Stimme zu hören. Sie ertrank in den Geräuschen der Umwelt, während von rechts eine Kellerassel über das Geländer krabbelte, das seine Kinderhände fest umklammerten. Doch, Benito sagte seinen Namen. Kalt und hart. Sagte er ihn zum ersten Mal? Er stand in Cherubims Rücken, noch bei den Bäumen, den Hosenstall schließend, blass wie ein Geist, beherrscht von der Welt.

»Ich bin fertig.«

»Ich komme schon.«

In Italien war ich nicht mit dem Zug gefahren, hatte mich in den Wäldern des Apennins überwiegend zu Fuß fortbewegt, weswegen die Muskulatur meiner Waden nach den endlosen Wanderungen nun so stark ausgeprägt war, dass sie die Hosenbeine des Wollanzugs spannte, den ich nach einer unruhigen Nacht des kurzen Zwischenaufenthalts am Morgen in meiner Berliner Dachgeschosswohnung angezogen hatte. Keine 24 Stunden nach meiner Rückkehr aus den menschenleeren Wäldern südlich von San Marino, wo ich die letzten drei Jahre in einem selbstgewählten, temporären Exil verbracht hatte, saß ich auf dem Weg nach Bonn das erste Mal seit meiner Flucht wieder in einem Zugabteil. Es hatte mir gefehlt, das Zugfahren, denn auch, wenn meine Albträume häufig mit gewissen Ereignissen auf Bahnsteigen und in Waggons verbunden sind, Ereignisse, die ich nach dem Erwachen schon nicht mehr rekonstruieren kann und die mir immer weiter verblassen und überhaupt nur als leise Ahnung eines schwindenden Gefühls erscheinen, ist es mir doch der größte Genuss im Leben, bei voller Fahrt am Fenster zu sitzen und die Welt vorbeirauschen zu sehen. Doch etwas an dieser Reise war anders, nicht nur, weil ich mich, gerade erst wieder in Deutschland, noch in jener unsichtbaren Transitzone fühlte, die im Geiste entsteht, wenn man nach langem Exil in der Abgeschiedenheit die Zivilisation betritt, unsicher noch auf den Beinen, als seien es die ersten Stunden unter Menschen. Nein, es war die Unkenntnis des tatsächlichen Beweggrunds, der sich mir weiterhin nicht erschloss, wenn dieser verborgen liegende Anlass auch offensichtlich dazu geführt hatte, dass ich ein paar Wochen früher als geplant aus dem Apennin nach Deutschland zurückgekehrt war. Zu den konkreten Gründen, die mich bis in diesen Waggon geleitet hatten, kann ich nur sagen, oder vielmehr – hätte ich da im Zug sagen können –, dass ich einer nebulösen und für mich zu diesem Zeitpunkt noch nicht in ihrer Folgenschwere ersichtlichen Einladung nachkam, die mich in Italien mit der Post erreicht hatte, obwohl ich vor meiner Flucht noch gewisse Vorkehrungen getroffen hatte, Vertuschungen meines Verbleibs sozusagen, die nur der Verlegerin hätten erlauben sollen, mich dort zu erreichen. Auf mir unergründlichem Wege aber hatte es jemand geschafft, mich in Castellino in der Gemeinde Riolunato ausfindig zu machen, einem äußerst entlegenen Winkel, hatte mir dorthin ein paar rätselhafte Zeilen zugeschickt, mit der Einladung zum exklusiven Empfang des Deutschen Wirtschaftskomitees in Bonn und inklusive dreier Übernachtungen im Hotel Paradies, in dem der Empfang stattfinden würde. Auch die Fahrkarte für die Zugfahrt hatte da schon im Umschlag gesteckt, ebenso ein Flugticket Rom-Berlin. Jeden Augenblick erwartete ich nun also, dass ein Mensch in das kaum gefüllte Abteil springen und mich aufklären würde, was der wahre Grund sei, aus dem heraus ich mich in die ehemalige Bundeshauptstadt bewegte, was mich dort erwarten würde, wer das alles arrangiert hatte et cetera. Doch nichts dergleichen geschah. In Bonn war ich bald auf den Tag genau vor sechs Jahren schon einmal gewesen, was die Zugfahrt einhüllte in ein beunruhigendes, vages Déjà-vu. Ich möchte aber ergänzen, dass der Befund, einer fremden Bestimmung ausgeliefert zu sein, da wohl noch außerhalb meines Bewusstseins gelegen haben muss, sollte sich mir dieser Umstand selbst, die Fremdgelenktheit meines geneigten Handelns nämlich, doch erst viel später lichten. Nun, und meine Neugier wird wohl auch eine Rolle dabei gespielt haben. Aber langsam, keine Hektik, die Pferde gehen bereits mit mir durch.

Sechs Jungen würden sie auf dem Fluss sein, außerdem ihr Anführer, der Häuptling, den sie auch so riefen. Sie, das waren also der Häuptling, älter und größer, ein junger Erwachsener, dann Kippe, Uğur, Maus, Fliegentöter, Benito und Cherubim. Sie sahen merkwürdig aus. Der Häuptling hatte den Eltern der Jungen angeraten, dass vor der großen Reise jedem von ihnen die Haare abrasiert werden sollten, damit sie auf der Fahrt keine Läuse bekämen. Es war ja davon auszugehen, dass sie die Haare nicht regelmäßig würden waschen können. Zudem standen sie alle so knapp vor der Pubertät, dass die Körper schnell zu riechen begannen und die Haare an der frischen Luft binnen eines Tages fettig wurden. Jedes Alter riecht eigentümlich, und hier war der unschuldige Duft der Kindheit bereits im Begriff zu verfliegen. Den Eltern war es egal, ob die Köpfe ihrer Nachkommen von Haaren bedeckt waren oder nicht. Sie einte lediglich, schnell kleinbeizugeben. Es einte sie vielleicht auch, es als Glück zu empfinden, nun drei Wochen lang für sich zu sein, einmal ohne die Kinder. Niemand also gab etwas auf die Frisuren, nicht einmal die Jungen selbst. Bis auf Uğur, der um die schwarz glänzende Pracht seines Hauptes trauerte und der auch keine Eltern hatte, welche das Scheren hätten verweigern können. Er hatte Eltern, irgendwo, aber er sah sie nicht. Uğur lebte mit Benito in einem Kinderheim. Seine Eltern konnten nicht wissen, wie er heute aussah, sie waren ihm verschollen. Vielleicht hätten sie alles dafür gegeben, drei Wochen mit ihrem Sohn zu verbringen.

Als die Mutter Cherubim die Haare abrasiert hatte, mit einem von der Nachbarin geliehenen Gerät, war es ihm vorgekommen, als sei eine ganze Horde Ameisen über seinen Kopf gekrabbelt, auch das Geräusch, gleichzeitig ein Surren außen und als zweite Stimme ein dumpfes Brummen im Schädel. Er hatte davon rote Ohren bekommen. So sahen die Jungen nun aus wie eine Bande, oder wie Gefängnisinsassen, und als die Mutter ihm am Bahnhof über den Kopf gestrichen hatte, war er von einem Glücksgefühl übermannt worden, hatte die Schultern im Moment der Berührung hochgezogen, als wolle er ihr entwischen, wobei er sich aber doch ganz unweigerlich an sie geschmiegt hatte in diesem Augenblick. Cherubim hoffte noch immer, dass diese Regung den anderen Jungen verborgen geblieben war.

Sechs Jahre vor meiner zweiten Reise nach Bonn, in der zweiten Welle der großen Pandemie der 20er-Jahre und noch drei Jahre vor meiner Flucht aus Deutschland, hatte ich ebenfalls zunächst im Zug und dann im Taxi vom Hauptbahnhof aus in Richtung des ehemaligen Regierungsviertels gesessen, und bereits da war mir gerade der Bereich südlich des Rheins, der sich von Gronau bis Hochkreuz erstreckt, äußerst merkwürdig erschienen, wie der Modellbau eines Stadtteils, der nur entworfen worden war, um darin etwas Unfassbares geschehen zu lassen. Während meiner nächtlichen Spaziergänge durch das weit gestreckte Gebiet, das einmal das Zentrum der alten BRD repräsentiert hatte, war ich durch die menschenleere Gegend gestreift wie ein Taucher durch das verlassene Atlantis. Schon auf der Rückbank des Taxis war mir dieser Ort wie eine Kulisse vorgekommen. Vom Bahnhof aus führte mich die Fahrt zunächst ein kurzes Stück durch die Südstadt, dann ging es parallel zum Rhein an der Villa Hammerschmidt vorbei, das Taxi passierte das Palais Schaumburg, ich sah die riesige Adenauerbüste vor dem Bundeskanzleramt stehen. Dann ließen wir rechter Hand das Haus der Geschichte hinter uns, woraufhin erst der Lange Eugen auftauchte und kurz darauf, das ehemalige Abgeordneten-Hochhaus noch weit überragend, der Post Tower. Der alleinstehende Wolkenkratzer, dessen Bau 2000 das Ende einer Ära besiegelt und eine neue eingeläutet hatte, erstreckte sich in weitere massive Bauten der Post und Telekom, die sich mit den diversen hier ansässigen Bundesämtern und Forschungsinstituten abwechselten: Adenauerallee, Willy-Brandt-Allee, Helmut-Kohl-Allee. Westdeutsche Geschichte auf einer Länge von sechs Kilometern. Straßen, benannt nach Toten.

Ohne Zögern war ich auf Einladung des Bonner Literaturhauses nach Nordrhein-Westfalen gereist, bot die Lesung doch die Möglichkeit, im Hotel Paradies zu übernachten, das im ehemaligen Regierungsviertel im Grenzbereich von Hochkreuz und Bad Godesberg liegt, dem historischen Stadtteil, den ich Zeit meines Lebens noch nicht besucht hatte und in den das Taxi mich nun mit leicht überhöhter Geschwindigkeit hineintrug. Berlin war mir eng geworden damals, und so verhieß mir der kurze Ausflug neben der Befriedigung meines geschichtlichen Interesses nicht nur eine den Geist erfrischende Abwechslung, sondern auch den Aufenthalt in einem erstklassigen Hotel, dessen Zimmer weitaus großzügiger waren als meine kleine Dachgeschosswohnung. Ich freute mich auf das geräumige Doppelzimmer, das ich im Internet begutachtet hatte, das Buffet, die Sauna, freute mich darauf, ein paar Bahnen im Schwimmbad ziehen zu können. Die Lesung war nicht der Rede wert, ich kann nicht einmal mehr sagen, aus welchem Buch ich damals vortrug. Doch der Aufenthalt im Hotel scheint mir ein paar Zeilen zu verdienen, auch, weil ich heute meine, dass das Gespenst, das sich dort sechs Jahre später materialisieren sollte, bereits in jener wirren Zeit durch die verlassenen Hallen und Gänge spukte.

Langsam, als seien die beiden just aus tiefstem Schlaf erwacht, wankten sie nun in Richtung des Ufers zurück, Benito gleich neben Cherubim, nur eine Armlänge entfernt, damit er in dem unwegsamen Gelände nicht die Böschung herunterfallen konnte und Cherubim ihn zur Not würde festhalten können. Gut zehn Meter vor den anderen blieben sie stehen. Cherubim betrachtete die Jungen, wie sie da beim Hänger mit den Booten standen, als spielten sie den Bäumen ein Stück vor. Benito ließ sich neben ihn in den Schneidersitz auf den Boden fallen, dann kippte er nach hinten über rücklings ins Gras, die Arme und Beine weit von sich gestreckt. Die Hände des blinden Jungen gruben sich ins dichte Gras und es wirkte, als wolle er sich an der Erdoberfläche festkrallen, um von der Drehung seiner Heimat nicht fortgeschleudert zu werden. Benito lächelte.

~

II.

Cherubim blickte mit einer nicht unerheblichen Sorge auf das doch unweigerlich Kommende. Es war nämlich so, dass er nicht schwimmen konnte. Sein Vater hatte bis zu seiner Suspendierung vom Schuldienst als Schwimmlehrer gearbeitet, aber Cherubim konnte nicht schwimmen. Die Mutter wusste nicht davon, es war ein Geheimnis zwischen Vater und Sohn. In der Zeit, in der sich seine Eltern getrennt hatten, hatte Cherubims Mutter den verschüchterten Jungen in Resignation vor dem Unvermögen des Vaters bei einem Kurs im Schwimmbad angemeldet, denn bald sollte das Schwimmen in der Schule alle zwei Wochen auf dem Stundenplan stehen. Am Elternabend, zu dem sich die Mutter mit offen liegenden Nervenenden geschleppt hatte, war jenen Familien, deren Kinder noch Nichtschwimmer waren, empfohlen worden, den Nachwuchs in Eigenregie auf das neue Schulfach vorzubereiten. Widerwillig war Cherubim also mit dem Fahrrad zum Südbad gefahren, hatte sich umgezogen, seine Sachen im Spind eingeschlossen, um dann frierend und mit verkrampften Zehen über den nassen Boden, der auf eine entsetzliche Art von Haaren und gebrauchten Pflastern bedeckt gewesen war, zum tiefen Becken zu laufen. Erst hatte er nur eine ziellose Wut gespürt, doch als der zitternde Junge dann durch das Hallenbad gelaufen war, die glatte Wasseroberfläche betrachtet und aus den Augenwinkeln die Tiefe des Beckens gemustert hatte, da war diese Wut übergegangen in eine lähmende, in dumpfen Chlorgeruch gehüllte Angst.

Cherubim war am Beckenrand entlanggegangen wie zu seiner eigenen Hinrichtung, der Schwimmlehrer sein Henker. Er hasste diesen Ort. Den Hall, die jauchzenden Schreie, das Platschen, die beschlagenen, gigantisch hohen Fenster mit dem sich an den Ecken ausbreitenden Grünspan, fleckige Fenster, hinter denen die Bäume im Wind wogen, als ob nichts sei, die dicke, furchtbar ermüdende Luft – das alles machte ihm die Schwimmhalle zur Hölle. Die Freude der anderen Kinder, der Übermut der Jugendlichen, die sich an Startblock, Ein- und Dreimeterbrett johlend in ihren Kunststücken zu übertrumpfen suchten, der faulige Geruch, der Umstand, dass das weiche, sorgsam gefaltete Frotteehandtuch nun nass werden würde, dieser Boden: All das widerte ihn an. Es war nicht so, dass Cherubim das Wasser nicht mochte. Ganz im Gegenteil. Er genoss die Abgeschnittenheit im Tauchgang, liebte es, zu Hause, im ersten Stock links, ein Bad zu nehmen, füllte, wenn die Mutter nichts sagte, immer wieder heißes Wasser nach, dehnte auch jeden Duschgang im Waschkeller des bröckligen Zechenhauses, in dem er mit ihr und dem kleinen Bruder lebte, so lange aus, bis der Raum voll Wasserdampf stand. Er schwamm nicht, watete jedoch durchaus gerne durch niedrige Gewässer, wenn sie etwa einen Ausflug an einen See machten, die Mutter, der kleine Bruder und er. Und waren sie einmal am Meer, dann legte er sich am Strand in die Brandung und ließ sich vor- und zurückspülen. Cherubim träumte sich in Unterseeboote, verehrte Taucher, las die maritimen Geschichten Jules Vernes, fantasierte sich die größten Abenteuer auf See. Er war ja ein Kind. Doch all das geschah vom Land aus, oder vielmehr: von dort, wo er noch den Boden unter den Füßen spürte. Im Schwimmbad aber war ihm dieser Zustand der Abkapselung alles andere als eine Zuflucht. Er war da vielmehr von einer großen Furcht befallen, einer Furcht zu ertrinken, unbemerkt vom Wasser absorbiert zu werden. Die Begrenztheit des Schwimmerbeckens und der Umstand, dass er den Grund und die Wände sehen konnte, schnürten ihm die Kehle zu. Er musste sich vorstellen, wie er dort unten lag. Das Schwimmerbecken erschien ihm als karger, glatter Kerker, welcher der endlosen Weite der Meere eine menschengemachte Begrenzung entgegensetzte. Ein luftleerer Raum. Eine Zelle. Der bloße Anblick des hellblau gefärbten Wassers wirkte auf den Nichtschwimmer wie ein erdrückendes Gewicht, eine Grenze zwischen Atmen und Ersticken, zwischen Leben und Tod. Und nun würde er drei Wochen auf dem Wasser sein. Ein Nichtschwimmer auf großer Flussfahrt, hin- und hergerissen zwischen Furcht und Sehnsucht, zwischen Wasser und Land.

Nachdem Cherubim bei seiner dritten Schwimmstunde in Panik geraten war, wild zappelnd und japsend das süßlich-saure Chlorwasser geschluckt hatte, bis der Schwimmlehrer ihn mit einem Kescher vom Rand aus dem Wasser hatte fischen müssen, was der traumatisierte Junge erst zwei Tage nach dem Vorfall seiner Mutter unter Tränen hatte gestehen können, und als er dann vor der nächsten Schwimmstunde nicht vom Küchenboden aufzuheben gewesen war, panisch und der Apathie nahe sein schrilles *Ich will nicht* wiederholt hatte, immer wieder, als alles vor den Augen also schon in seinen Tränen verschwommen war, da hatte die Mutter nachgegeben und ihn wieder abgemeldet. Sie war unsicher gewesen mit ihm und seinem Bruder in jenen Tagen und Wochen, ahnte sie doch, was die Trennung vom Vater, der weit von ihnen fortgeschleudert worden war, weiter, als sie es erwartet hatte, für ihre Söhne bedeutete. So hatte sie den Ältesten schonen wollen mit ihrer Entscheidung. »Du wirst schon noch schwimmen lernen«, hatte sie beruhigend gesagt, »dein Vater wird es dir beibringen«. Doch er hatte es Cherubim nicht beigebracht.

Das Hotel Paradies, das, gerade mal sechs Stockwerke hoch, dafür jedoch knapp einen halben Kilometer in eine herrschaftliche Breite gestreckt, mit dem gläsernen Haupteingang im Zentrum vielleicht am ehesten an die Form einer alten Kaminuhr erinnert, verfügt zur Ost- und Westseite über mehr als 400 großzügige Zimmer und Suiten. Diente es in den 1990er-Jahren seiner Funktion nach der Beherbergung von Politikern und Diplomaten aus aller Welt, machte es sich gerade auch in

diesen jungen Jahren als Kongresszentrum und Veranstaltungsort verdient. Mit zwei großen Sälen und drei Restaurants bot
es Raum für diverse Konferenzen, Empfänge, Bälle und Großveranstaltungen, die die mächtigen Übernachtungsgäste aus
der ganzen Welt in dem luxuriösen Haus zu zelebrieren pflegten. Schon bald nach seiner Eröffnung genoss es weit über die
Grenzen Europas hinaus einen hervorragenden Ruf. Das *Paradies*, wie es von der Bonner Bevölkerung genannt wurde, war
in seiner Hochphase die Spielbühne des neuen Europas. Für
eine kurze Zeit ging die Welt dort ein und aus, was kein Zufall
war, so hatten die Planer das gigantische Gebäude doch mit
dem Ziel konzipiert, der damals noch in Bonn sitzenden Bundesregierung einen repräsentativen Ort zu schaffen. Das Hotel
war entworfen worden, um jenen mit dem Fall der Mauer einhergehenden politischen Entwicklungen, die mit dem Wandel
von Bonner zu Berliner Republik die 1990er-Jahre bestimmten, einen adäquaten Raum zu bieten. Es sollte der Wiederver-
einigung von BRD und DDR einen unbefleckten Ort stiften,
sollte nicht zuletzt auch auf der internationalen politischen
Bühne Symbol sein für ein sich verjüngendes und wieder geschlossen stehendes Land – so wie das gesamte zu dieser Zeit
in den Nordrand Bad Godesbergs wuchernde Parlaments- und
Regierungsviertel versuchte, von Veränderung, ja, vom leuchtenden Aufschwung zu erzählen, um so dem Ende der Geschichte zu entkommen. Alles hier war in europäischem Blau
und Gold gehalten, wobei sich das Haus mit seinen großzügigen Glasfassaden bewusst transparent gab. Es stand da im Geiste der wachsenden Globalisierung, wollte voller Stolz zeigen,
was der Westen war und dass er über den Osten gesiegt hatte.
Im Hotel Paradies wurde auf das Ende des Sozialismus angestoßen, auf die Zukunft des Wachstums. Fortschritt! Hier sollte wieder Geschichte geschrieben werden. Der Bauprozess war
mit massiven Geldspritzen von Bund und Ländern beschleu-
nigt worden, um das Gebäude rechtzeitig für die 1990 in Bonn

stattfindende Konferenz für Sicherheit und Zusammenarbeit fertigzustellen, aus der kurz darauf die OSZE hervorging, die in ihrer Größe und Komplexität einen Anspruch mitbrachte, dem kein anderer Bonner Veranstaltungsort an Kapazität genügt hätte. Schon der Bau jedoch geschah dabei im Wissen um die knappe Amtszeit des Hauses, wenn der Umzug der Bundesregierung nach Berlin sich per Hauptstadtbeschluss auch erst 1999 vollziehen sollte. So hatte das Paradies, das während der Wende 1989 in einer notariell bestätigten Rekordzeit von nur neun Monaten gebaut worden war, bereits im Entstehen sein Verfallsdatum gekannt.

Der Häuptling behielt seine braunen Haare, die ihm mit Schwung bis zu den Ohren reichten und in der sengenden Sonne des Sommers glänzten. Die Pubertät hatte er längst überwunden, trug nun den Geruch eines Erwachsenen. Er hatte die Arme in die Hüften gestützt und lachte, erzählte irgendetwas, das Cherubim von seiner Position aus nicht verstehen konnte. Der Junge liebte den Häuptling auf eine Weise, wie es wohl nur in diesem Alter vorkommt: aufblickend und aufrichtig, geschützt, zurückhaltend und genügsam. Sie alle liebten ihn auf diese demütige, unschuldige Art. Schließlich gab der Häuptling den Jungen gute Gründe, von ihnen geliebt zu werden. Dadurch bewahrte er eine einzigartige Bescheidenheit. Er war gerecht und gütig, wusste immer, was zu tun war, handelte und dachte selbstlos. Der Häuptling war ihnen ein wahrer Anführer, eine Person von Reife, selbst noch fast ein Kind und doch erwachsener, als sie es von den Eltern kannten, erwachsen, was auch immer das heißen mochte. Erwachsen zwischen Kindheit und Alter, glänzend in einem kurzen Übergang der Wahrhaftigkeit, gelöst von der Unmündigkeit und noch gefeit vom Wahnsinn und Niedergang des bald schon verfallenden Körpers. Ein unverbrauchter Geist. Er schenkte ihnen Zeit, nahm sie ernst. Er hätte für sie einen Drachen getötet.

Neben dem Häuptling stand Kippe, groß und schlank, zwei oder drei Jahre älter als Cherubim, 14 vielleicht, und bereits ein erfahrener Waldläufer. Er wusste alle Knoten, konnte Zeichen aus den Materialien legen, die ihm der Wald hergab, konnte Bäume und Sterne lesen, Feuer entfachen und löschen, konnte jeden Vogel bestimmen. Er handelte stets äußerst tugendhaft. Vor ihnen hüpfte Uğur auf und ab. Ungebremst und lebhaft griff er den Häuptling an und versuchte, ihm den Knoten vom Halstuch zu ziehen, um eine Reaktion zu provozieren. Uğur, dessen bürgerlicher Name so magisch auf die Jungen wirkte, dass er von der Gruppe als Einziger keinen Fahrtennamen bekommen hatte. Die Reaktion folgte sogleich, denn schon wischte der Häuptling ihn mit einem Handgriff sachte übers Knie und legte den Jungen auf den Boden. Der jaulte kurz auf, dann ging der Laut über in glucksendes Gelächter. Er fiel neben Maus, der, das eine Bein ausgestreckt, das andere angewinkelt und den Oberkörper mit dem Ellbogen aufgestützt, auf dem platt getretenen Boden ruhte. Im Gegensatz zur sonst hageren Gruppe, hatte er wirklich etwas auf den Rippen, und doch empfand er seinen ironischen Fahrtennamen nicht als Ungerechtigkeit, ja, hatte ihn sogar selbst vorgeschlagen. Ein stiller Beobachter. Schüchtern, wie Cherubim. Und etwas abseits, im Schatten der an die Uferböschung grenzenden Bäume, stand dann noch Fliegentöter. Sein Haar, das er vor dem Scheren noch schulterlang getragen hatte, war pechschwarz, die Brille breit umrandet und die Gläser tief. Zu seinem Namen war er gekommen, weil er Fliegen mit der bloßen Hand fangen konnte. Doch er tötete sie nicht. Er fing sie aus der Luft, grinste, und ließ sie wieder frei. In seiner Hand hielt er eine Zwille.

Sie trugen Wanderschuhe, graue Grubensocken, speckige, kurze Lederhosen, von Gürteln mit verzierten Koppeln umschlungen, daran die Brotbeutel mit Kompass, Streichhölzern, Probenbuch, Taschenmesser, Fahrtenbuch, an den Hosenbünden außerdem, in lederner Scheide, die Takelmesser. Auf den linken Brusttaschen ihrer graublauen Baumwollhemden befanden sich Aufnäher, die den Bundesadler vor schwarz-rot-gelben Streifen zeigten. Auch die Knoten, mit denen die grauen, rot umfassten Halstücher zusammengehalten wurden, waren mit dem Bundesadler verziert. Über den Hemden trugen sie je nach Wetterlage dunkelblaue, fast schwarze Filzjacken, die, wurden sie einmal im Regen feucht, nach altem Schweiß rochen, der ihnen noch von den Vorträgern anhaftete. Jungenschaftsjacken, abgekürzt Jujas, wurden sie genannt, denn alles bei den Pfadfindern trug einen eigensinnigen Namen.

31 Jahre nach dem Bau des Hotels hatte ich bei meinem ersten Besuch ein Gebäude vorgefunden, das durch die Beschränkungen, die in Folge der Pandemie erlassen worden waren, menschenleer schien. Wo sonst Fahnen im Herbstwind flatterten, wurde in diesen Tagen einzig das bunte Laub aufgewirbelt, das auf den Wegen und Wiesen liegen geblieben war. Der Anblick war eindrucksvoll. Das Hotel entsprach dem pompösen Stadtteil. Vom Hotel aus erreichte man Richtung Norden in wenigen Laufminuten die gigantische Rheinaue, einen 160 Hektar großen Park, der vor dem Paradies lag wie ein Garten Eden und direkt bis zum Rheinufer führte. Der Taxifahrer blickte mich im Rückspiegel an, als wir auf den verlassenen Vorhof beim Haupteingang fuhren, sagte, es sei die erste Fahrt ins Paradies, die er seit Wochen unternehme. Er fragte, ob ich Soldat sei. Ich verneinte.

Als ich dann ausstieg und meine kleine Reisetasche aus dem Kofferraum hob, erspähte ich doch noch ein paar Menschen, die rauchend vor dem aufwendig angelegten Grünwerk standen, das den Hof des Gebäudes dekorierte. Bei der Anfahrt aus dem Taxi heraus hatte ich sie wegen ihrer Tarnfarben nicht bemerkt: Bundeswehrsoldaten, in voller Montur. Schwarze Springerstiefel, Feldhosen, Feldbluse und Feldkappe in Camouflage. Auch an den weiteren Ein- und Ausgängen entdeckte ich nun einsam herumstehende Soldaten. Manche von ihnen saßen auf Plastikstühlen, rauchten oder schauten auf ihre Telefone. Verwirrt blickte ich den Taxifahrer an.

»Alles Bundeswehr hier jetzt, schlecht fürs Geschäft. Die Kollegen fahren nämlich leider kein Taxi, die haben ihren eigenen Fahrdienst.«

Er steckte das Trinkgeld in die Brusttasche seiner Anglerweste, während er mir schon die handsignierte Quittung reichte, und bevor ich überhaupt hätte nachfragen können, was das alles wohl bedeuten mochte, wendete der cremefarbene Mercedes bereits äußerst schwungvoll, um wiederum etwas zu schnell den Hotelvorplatz zu verlassen.

Bei der Anmeldung an der Rezeption fand ich Aufklärung. Während ich noch die Dokumente ausfüllte, beantwortete mir ein sich eindeutig noch in Ausbildung befindlicher, sichtlich nervöser Rezeptionist mit bedeckter Stimme die Frage, was es denn mit all den Soldaten auf sich habe, die sich hier tummelten: Das Hotel Paradies, dessen Betrieb den Richtlinien folgend während der Pandemie weitestgehend heruntergefahren worden war, habe sich den Gegebenheiten angepasst und aus der Not ein Geschäft gemacht. Zivilbürger stiegen dort in jenen Monaten so gut wie gar nicht ab, nein, ich sei bald der einzige Gast, der keine Uniform trage. Seit Februar gebe es tatsächlich kaum Buchungen, nur ein paar weitere kleine Institutionen beherbergten hier unter großzügiger Vergünstigung zivile Gäste, und Privatbuchungen seien überhaupt nur noch über Kontakte möglich. Doch fast jedes der Zimmer in den ersten vier Stockwerken, wie mir der junge Mann nun zuraunte, sei mit Bundeswehrsoldaten belegt, die hier in zweiwöchiger Quarantäne auf einen Einsatz in Mali warteten. Er beugte sich ein Stück vor. Seine Stimme bekam etwas Verschwörerisches. Die Vizedirektorin des Hauses habe vor ihrer Anstellung im Paradies selbst lange für das Militär gearbeitet, und so sei diese neue Partnerschaft schnell besiegelt worden, eine Entwicklung, über die sich die Mitarbeiter und die Leitung des Hotels sehr glücklich schätzten, sicherte dieses neue Klientel dem Haus doch nun das Überleben. Seit Mitte Februar lebten in dem Fünf-Sterne-Hotel zeitgleich etwa 200 Soldaten in Isolation, für jeweils zwei Wochen, bis sie die Quarantäne hinter sich gebracht hatten und in ihre Einsatzgebiete aufbrechen konnten, um von neuen Soldaten ersetzt zu werden, die ihrerseits wieder für zwei Wochen blieben, um dann an irgendeinen fernen Ort geschickt zu werden. So sei in einer Zeit, in der die Hotelbranche eine starke Rezession erfuhr, das Hotel Paradies durchgehend mindestens zur Hälfte belegt, wobei die Soldaten dreimal am Tag Essen gebracht bekämen und mit Getränken versorgt würden, was den Zimmerservice des Hauses mitunter an seine Grenzen bringe. Mittlerweile würde man den jungen Männern, Frauen waren hier nämlich keine untergebracht, auch durchaus mal ein paar Bier oder eine Flasche Schnaps hinstellen. Die Offenheit des Jungen überraschte mich.

Cherubim wusste genau, dass die Dinge zu Hause auch in seiner Abwesenheit unweigerlich fortlaufen würden. Seine Eltern würden sich noch weiter voneinander entfernen, der Vater tiefer in der Kellerwohnung versinken, in der er sich seit seinem Auszug immer mehr vergrub, und die Mutter würde sich weiter von der Idee fortbewegen, ihn wieder bei ihnen einziehen zu lassen. Zuletzt war der Vater nicht einmal mehr ans Telefon gegangen, egal, wie oft Cherubim seine Nummer auf der glatt geschliffenen Wählscheibe des grünen Posttelefons gewählt hatte. Wenn der Vater den Hörer nicht abnahm, ging Cherubim eine halbe Stunde später zu seiner Mutter, teilte ihr mit, dass er es noch mal versuchen wolle, da der Vater ja vielleicht nun wieder daheim sein könnte. Da wusste er aber insgeheim schon, dass dieser zwar dasaß und doch nicht an den Apparat gehen würde. Trotzdem rief er an, in einer irrationalen Hoffnung, die sich gegen seine Verzweiflung stemmte und sie dabei immer monströser werden ließ. Manchmal dachte Cherubim auch, dass dem Vater vielleicht etwas zugestoßen sei.

Vereinzelt sah ich sie in den kommenden Tagen umherstreunen, Soldaten, die traurigen Blickes ihre halbe Stunde Hofgang vollzogen, stets allein, missmutig an ihren Zigaretten ziehend. Das Camouflage ihrer Anzüge, das sie in der Natur so vorzüglich zu tarnen wusste, stellte sie in dieser Umgebung als Fremdkörper aus. Während ich nach der Ankunft in mein Zimmer im sechsten Stock fuhr, blickte ich verstohlen aus dem gläsernen Panorama-Aufzug in die militärisch belegten Etagen und bemerkte, dass die tiefen Teppiche dort von dicken Folien bedeckt waren, aus Gründen der besseren Hygiene sicherlich, doch auch, um den edlen Webstoff vor den aggressiven Profilen der Springerstiefel zu schützen.

Wenn man es so sah, charakterisierte sich das Paradies als ein Ort mit einem gewissen Kalkül, mit einem sein Überleben sichernden Opportunismus. Ein Umstand, der in diesem Haus bald Tradition hatte. War es in den 1990er-Jahren noch seiner Bestimmung folgend Austragungsort der Politik gewesen, hatte es sich nach dem Umzug der Bundesregierung in die neue Hauptstadt Berlin als Treffpunkt internationaler Großkonzerne erfunden. So war seit dem Millennium dort nicht mehr die Politik ein- und ausgegangen, sondern die Wirtschaft. Viele derer, die das Hotel in den 1990er-Jahren durch die große Drehtür noch als Politiker betreten hatten, kamen auch nach dem Regierungsumzug nach Bonn, jetzt in Beraterfunktion oder als Manager. Das Hotel jedoch hatte sich verändert. Auch hier war deutlich spürbar gewesen, was der Hauptstadtbeschluss für ganz Bonn bedeutet hatte. In den letzten Jahren vor der großen Zäsur hatte sich in der Stadt eine breite Bürgerbewegung entwickelt, Aufkleber prangten an Ampeln, Schildern, Mülleimern und auf den Heckscheiben der Autos. *Ja zu Bonn!*

Doch die Aufforderung blieb folgenlos, und so passten sich die Bonner Bürger den neuen Gegebenheiten an – oder zogen weg. Es war in dieser Zeit nicht unüblich, dass ein Mitarbeiter des Finanzministeriums von einem auf den nächsten Tag zur Telekom wechselte und das Kornblumenblau seiner Krawatte durch Magenta ersetzte. Bonn erfuhr eine starke Fluktuation, auch wenn die Stadt Zweitsitz der Regierung und Heimat einiger wichtiger Bundesämter bleiben sollte. In den Diplomatenschulen blieben ganze Stuhlreihen unbesetzt, gleiches galt für die Spielorte der Theater- und Opernszene. Die Linie 66 wurde zum Telekom-Express und der Post Tower überragt noch heute den Langen Eugen um ziemlich genau 47 Meter.

Für das Hotel war der Tower das Symbol der Rettung, trafen sich nun doch Post und Telekom eben dort, wo noch kurz zuvor internationale Politik auf den Weg gebracht worden war. Schnell versammelte sich dort ein neues, machtvolles Publikum. So blieb das Paradies ein Ort der Einflussnahme. Es öffnete sich, und bald ging es heiß her, wenn ab November etwa der Bonner Karneval die beiden Säle bespielte, Messen stattfanden, mediale Großereignisse oder Poker- und Darts-Turniere. Das Paradies arrangierte sich mit der neuen Situation, wurde renoviert, ging mit der Zeit. Und als das Hotel dann in der Pandemie erneut einem radikalen Umbruch gegenüberstand und die zwei Jahrzehnte lang akquirierte Kundschaft plötzlich einbrach, da meldete sich genau zum richtigen Zeitpunkt das Militär, das das Haus seinerseits wohlgemerkt bereits gut kannte, hielt es dort doch seit der Eröffnung 1990 jährlich sowohl den Ball der Streitkräfte als auch den der Luftwaffe ab. Erst die Politik, dann, mitsamt der ihr verbundenen Spaßgesellschaft, die Wirtschaft, und schließlich das Militär.

Dass ich während meines ersten Aufenthalts in Bonn beinahe der einzige zivile Gast war, fand ich nicht unangenehm, hatte ich doch Sauna und Schwimmbad für mich alleine, saß in den Morgenstunden im prunkvollen Frühstückssaal ohne

Tischnachbarn und begegnete auf den weiten Fluren lediglich den wenigen Hotelangestellten, die immerzu geschäftig durch die Gänge huschten. Die Stille jedoch erschien mir bisweilen gespenstig, und mehr als einmal meinte ich, hinter der nächsten Ecke lauere jemand auf mich. Bog ich dann jedoch vorsichtig ab, war da niemand. Wer hätte da auch sein sollen? Die Soldaten mussten auf ihren Zimmern bleiben. Für sie gab es keine Sauna, kein Schwimmbad, kein Restaurant. Heimlich beobachtete ich sie aus dem Panorama-Aufzug durch ihre offenen Zimmertüren. Jung waren sie. Manche sahen fast noch aus wie Kinder. Kinder, die auf ihr Zimmer geschickt worden waren. Stubenarrest im Paradies.

Cherubim war sich bald sicher, dass sich das schmale Zechenhaus, in dem er mit Mutter und Bruder wohnte, weiter verschieben würde. Während er auf dem Fluss war, würde es die Koordinaten ändern, sodass der Vater es nicht mehr wiederfinden und es schließlich vergessen würde. Das Haus hatte ja schon mit seiner Verwandlung begonnen. Der Keller, improvisiert ausgebaut zu einem Werkraum mit einer Theke, in dem Cherubim, als sein Vater noch bei der Familie lebte, viel Zeit verbracht hatte, war ganz langsam zu einem anderen Ort geworden. Es war jetzt kälter dort. Die Dinge, die alle an ihrem angestammten Platz blieben, waren unbeweglich in der Zeit gefangen. Wenn der Vater zurückkäme, würden sie genauso dort liegen, wie er sie verlassen hatte. Es würde einfach so weitergehen, dachte Cherubim, auch wenn er schon wusste, dass es nicht dazu kommen würde. Es würde nicht funktionieren. Der Staub, der sich unlängst auf allem abgesetzt hatte, zeigte es ihm. Lag da, wie in der Wohnung eines Toten. Die Zeit verging ja doch, entgegen allem Anschein, und sie würde an nichts auf der Welt spurlos vorübergehen.

Zwei Wochen vor Cherubims Abfahrt auf die große Flussfahrt war der Fußboden des Kellers aufgebrochen. Als hätten sich zwei Gesteinsschichten wie bei einem Erdbeben übereinander geschoben. Unter dem fleckigen, kratzigen Teppich hatte sich der aufgebrochene Estrich zu einer Wölbung erhoben, deren Spannung unter dem groben Textil nachgab, wenn man darauf stieg. Die Mutter sagte, der aufgebrochene Kellerboden sei ein Bergbauschaden, das Erdreich unter der Zechensiedlung weitgehend ausgehöhlt, was auch der Grund für die schiefen und rissigen Wände sei. Doch Cherubim wusste, dass sie sich irrte. Erst waren er und sein Bruder ganz begeistert gewesen, hatten darüber fantasiert, mit welchen Maschinen die Schmuggler da unter der Siedlung ihre Tunnels gruben und in welchen Gefährten sie ihr Gut transportierten. Als sie aber begriffen, dass hier etwas zu Ende ging, da hatten sie innegehalten. Es war der Lauf der Dinge, der das Haus veränderte, es fortbewegte. Der Vater würde es nicht mehr finden können, wenn er eines Tages zurückkehren sollte. Irgendwann würde es zusammenstürzen.

~

III.

Nach der Rückkehr aus dem Apennin fühlte ich mich ohne Ort. Heimatlos, treibend und ohne Anker. So fiel der nächtliche Aufenthalt in meiner Dachgeschosswohnung kurz aus. Unwirklich wirkte sie auf mich, mehr wie eine sich bereits auflösende Erinnerung, eine Requisite, durch die ich nur mit äußerster Vorsicht schreiten konnte, um nicht noch anzustoßen an etwas Vergessenem. Nur der Geruch kam mir vertraut vor. Mein Geruch, der ewig an mir haften und dabei doch immer älter werden würde.

Auch Uta, der ich die Wohnung während meiner Abwesenheit zum Schreiben überlassen hatte, konnte ich riechen. Doch wir begegneten uns nicht. Sie hatte nach Ankündigung meiner Rückkehr den Schreibtisch geräumt. Ob sie hier auch übernachtet hatte? War sie dabei allein gewesen? Seit meiner Flucht vor drei Jahren hatten wir uns nicht gesehen. Neben ihrem wohligen Geruch konnte ich außer dem Abrieb eines Radiergummis auf der Schreibtischunterlage keine weiteren Indizien ihrer Anwesenheit finden. So stellte ich nur meine Tasche ab und kaufte mir vom chinesischen Imbiss, den es zu meinem Erstaunen immer noch gab, eine Schale Xian-Nudeln. Der Betreiber, der dort wohl auch während der drei Jahre meiner Abwesenheit Tag für Tag hinter der Theke gestanden hatte, erkannte mich nicht mehr. Als ich im Bad ungewöhnlich lange in den Spiegel blickte, ahnte ich den Grund dafür: Der Bart war voll und buschig, und die Haare trug ich so lang, dass ich sie nun im Nacken zum Zopf binden konnte. In der anonymen Abgeschiedenheit des Apennin, wo mich lediglich Lucio dann und wann damit aufgezogen hatte, ich sähe seit meiner Ankunft in Italien immer mehr wie ein Waldmensch aus, war es mir egal gewesen. Meine Studenten sollte ich erst in einer

Woche treffen, zu Beginn des Wintersemesters. Bis dahin würde ich mich rasieren und versuchen, einen Termin bei Magdalena zu bekommen. Falls sie überhaupt noch Haare schnitt. In drei Jahren kann viel passieren. Die Nacht verbrachte ich im Sessel am Fenster, zog früh am Morgen los, noch recht zerknittert, worüber auch der glattgebügelte Anzug nicht hinwegtäuschen konnte, der noch im Plastiksack der Reinigung im Schrank gehangen hatte und mir wie eine Verkleidung vorkam.

Es existierte keine Direktverbindung mehr von Berlin nach Bonn, sodass ich mehrfach umsteigen musste, nach den ersten drei Stunden in Osnabrück, dann kurz darauf in Münster und gegen Ende in Köln. Den ersten Teil der Strecke über driftete ich ab, konnte keinen klaren Gedanken fassen. Als der Zug dann im Ruhrgebiet durch meine Geburtsstadt fuhr, wobei er nicht anhielt, sich aber im Schritttempo stotternd durch den Bahnhof schob, ganz als wolle er mich auf irgendetwas hinweisen, befiel mich plötzlich eine bleierne Schwere. Durch das Zugfenster begegnete mir im letzten Licht des Tages eine Welt, die ich kannte und die mir gleichzeitig unerreichbar erschien. Erst erblickte ich den tristen Busbahnhof, mit dem künstlich angelegten, von Stein und Beton gesäumten Teich, in dem sonst nur Müll schwamm, in dem ich nun jedoch tatsächlich ein paar Enten erspähen konnte. Noch langsamer fuhr der Zug dann durch diese merkwürdige Transitzone zwischen Innenstadt und besiedeltem Gebiet, jene typische Bahnhofsgegend, die wohl jede westdeutsche Stadt dieser Größenordnung gemein hat: Geschäfte, die es nie bis ins Zentrum geschafft haben, dann linker Hand ein doppelstöckiges Casino, das in meiner Kindheit ein wunderschönes Kino gewesen war, rechts sogleich Parkhaus und Fitnessstudio, dann wieder links das bisschen Rotlicht, welches unvergänglich an einer langgezogenen, steilen Treppe hochrankte, und schon zog auch das riesige Rathaus am rechten Fenster vorbei, das auf mich im Vorbeifahren wirkte wie die überdimensionierte Version eines

Modellbauhauses. Der Zug wurde wieder schneller, sodass bald das Grabeland mit seinen zahllosen Hütten wie verwischt an mir vorbeirauschte, um dann in Wohngebiete und die kleinen, innerstädtischen Wäldchen überzugehen, die Norden und Süden der Stadt voneinander trennten.

Das Ruhrgebiet war wieder grün. Es hatte sich den alten Ruß von den Schultern geblasen, seit es zur Ruhe gesetzt worden war. Aus dem Verfall der Industrieregion war etwas gewachsen. Es wucherte in den Ruinen. Der Zug passierte den Zentralfriedhof, rauschte schließlich ohne Halt am Bahnhof Süd vorbei, der, von verlassenen Häusern gesäumt, unendlich verloren auf mich wirkte. Dann ging es an vereinzelten Siedlungen vorbei, die weiter von den Gleisen entfernt im Schatten des Kraftwerks lagen. Der Zug fuhr über die Kanalbrücke, um dann Hochlarmark zu passieren, wo in der Ferne Omas Turm rot blinkte, der seit meinem Geburtsjahr 1984 *vis-à-vis* in Herne Baukau weit über den Kohlenpott ragte und in meiner Kindheit synonym gestanden hatte für die glücklichen Besuche bei der geliebten Großmutter. Ich hatte wirklich immer gedacht, der Turm gehöre ihr. Das Wesen dieser Gegend erschien mir vom Zugfenster aus unverändert: Industriegebiete, Firmenhöfe, Parkplätze, Grabeland, Schrottplätze, Zechensiedlungen, Fabrikhallen, Autohäuser, Brachland, Gartenhütten, Fußballfahnen, Supermärkte. Eingeworfene Fenster. Fernsehleuchten hinter Häkelgardinen. Spielplätze, Ascheplätze, Friedhöfe. Erst weit nach Oberhausen konnte ich meinen Blick wieder vom Fenster lösen.

In Bonn sprang ich vor dem Bahnhof in ein Taxi, das mich wieder mit leicht überhöhter Geschwindigkeit über die drei unter der Erde liegenden Bundeskanzler fuhr, wobei mir erst jetzt, bei der zweiten Anreise und einzig durch die Aufzählung des Taxifahrers, in dem ich meinen Chauffeur von vor sechs Jahren wiederzuerkennen meinte, bewusst wurde, dass das letzte Stück der Allee nach Friedrich Ebert benannt ist, dem ersten Reichspräsidenten der Weimarer Republik, der, 1925 verstorben, von den Schreckensjahren nach ihm nichts mehr mitbekommen hatte. Und schon bogen wir auf den Parkplatz des Hotels ein. Dieses Mal waren Flaggen gehisst. Das Gebäude strahlte im Glanz unzähliger Scheinwerfer. Es schien sich verjüngt oder im Alter an Würde gewonnen zu haben.

Die Zeit war an keinen Ort gebunden, sie verging überall. Trotzdem wollte Cherubim sie zurückdrehen, wollte die gegangenen Pfade in Gegenrichtung verfolgen, bis er eine Gabelung fand, an der er sich anders entscheiden, eine andere Abzweigung würde nehmen können. Er wollte nicht, dass die Boote vom Anhänger gingen, dass sie abgeladen und zum Ufer getragen wurden, wollte nicht mit seinen kalkigen Storchenbeinen durch die Brenneseln staksen müssen. Rückwärts zum Zug gehen, die Landschaft in die andere Richtung vorbeirauschen sehen, weg von sich, das Loch im Fahrschein vom Schaffner schließen lassen und die Pistazien ausspucken und wieder in ihren schützenden Hüllen verbergen, die er dafür aus der Hosentasche hervorholen würde. Da anhalten, wo er seine Mutter zum letzten Mal gedrückt, wo ihn seine Mutter zum letzten Mal gedrückt hatte, bevor er in das Abteil geklettert war. Die Sätze mit dem Stift rückwärts aus dem Fahrtenbuch saugen. Er wollte alles wieder zurück ändern. Gleichzeitig aber ertrug er den Stillstand nicht. Sein Körper begann zu zittern. Wie im Takt eines Liedes, eines schnellen Liedes, eines Liedes, das bibberte. Mehr eine Vibration, die langsam durch seinen Körper wanderte, bis er die rechte Hand zur Faust ballte, als könnte er damit etwas anhalten, das doch ganz unweigerlich kommen würde. In gleichmäßigem Takt drückte er die Faust einen Zentimeter nach unten, zog sie ruckartig zurück, dann wieder runter und immer so fort. Da griff Benito nach seiner Hand, umklammerte mit Druck das Gelenk, bis Cherubim aus dem Tick ausbrechen konnte.

»Hör damit auf!«

Benito, dessen Welt Cherubim sich dunkel und endlos vorstellte, mit scharfer Stimme. Wie hatte er seine Hand finden, wie seine Nervosität bemerken können? Cherubim hörte auf zu zittern. Der Blinde ging an ihm vorbei und schritt zielstrebig auf die anderen zu, die bei den Booten am Anhänger standen und die Reihenfolge diskutierten, in der sie die drei Kanus herunterheben sollten. Sie würden Hilfe brauchen.

Der nächste Tag war ein Sonntag. Der Empfang aber, für den im Hotel schon emsig Vorbereitungen getroffen wurden, war erst für den Montag angesetzt, und so fuhr ich am Morgen mit der Straßenbahn Richtung Nordwesten, um in einem Café am alten Frankenbad zu frühstücken, das mir Uta einst empfohlen hatte und das es tatsächlich noch gab. Es war ungewohnt warm für die Jahreszeit, sodass ich beschloss, mich draußen hinzusetzen. In Italien hatte ich immer nur wenig gefrühstückt, Brot, Tomaten, Kaffee, doch nun verlangte mein Körper, von den Strapazen der Reise geschwächt, nach mehr Masse. Ich bestellte mit wenig Zurückhaltung, blickte bei Kaffee und Orangensaft und dieser und jener Köstlichkeit auf den großzügigen Platz vor dem ehemaligen Hallenbad, der ein beliebter Treffpunkt der Nachbarschaft zu sein schien und sich bereits zur frühen Stunde gut gefüllt hatte. Familien saßen dort zusammen, Jugendliche, ein paar Säufer, allesamt versorgt von einem mobilen Kaffeestand, der bei seiner Kundschaft keinen Unterschied machte, was mir irgendwie gefiel, gleichzeitig aber auch wie verlogenes Kalkül vorkam. Die Süchtigen der Stadt hatte es von ihrem langjährigen Treffpunkt, dem Bonner Loch am Bahnhof, das 2017 zugeschüttet worden war, über die ganze Stadt versprengt, und so saßen sie nun dezentralisiert in Grüppchen zusammen, auf die geeigneten Plätze des Innenstadtgebiets, einer komplexen Logik folgend, nach Rauschmitteln sortiert. Bonn war eine Drogenstadt, wie ich erst spät erfahren hatte, in der das Milieu ähnlich groß war wie in Frankfurt oder Berlin. Eine befreundete Autorin, die in Bonn groß geworden war, hatte mir vor Jahren erzählt, wie sie als Jugendliche einmal am Bonner Loch zum Pinkeln in den Tiefgaragenbereich gegangen war und dabei einen bekannten Jungpolitiker beobachtet hatte, der sich gerade einen Schuss in den Oberschenkel setzte. Erst hatte sie nur ein Paar teuer aussehende Schuhe und die Anzughose bemerkt, am Boden, den Oberkörper hinter einer Säule im Halbschatten verborgen, war dann in weitem Bogen näher herangegangen, um nachzuschauen, ob alles in Ordnung sei – und da hatte sie ihn erkannt, den *aufstrebenden Stern am Politikhimmel*, wie die Zeitungen ihn nannten.

Nach dem Frühstück am Frankenbad beschloss ich, die sechs Kilometer zurück ins Hotel zu Fuß zu gehen, passierte bald darauf das Stadthaus, das im sonst eher unscheinbaren, in den benachbarten Gassen fast niedlich anmutenden Stadtbild völlig deplatziert wirkte: Ein riesiges Raumschiff einer den Menschen feindlich gesinnten Spezies, das dort gelandet war und nun störrisch über der Stadt thronte. Doch die Atmosphäre schien dem außerirdischen Baumaterial nicht gut zu tun, es war bereits deutlich gezeichnet vom unaufhaltsamen Verfall. Ich ließ das Unding hinter mir und bewegte mich weiter durch die leere Altstadt, sah ein Karussell sich drehen ohne Gäste darauf, ging weiter, pinkelte an einen Baum an der Elisabethkirche. Niemand war da, den das hätte stören können. Bonn erschien mir wie eine Spielwelt, die von riesigen Marionettenspielerhänden auf die Kriegstrümmer aufgesetzt worden war. Ausgedachte Gebäude, die wie bei einem Monopoly-Spiel mit jeder Zeitenrunde das Stadtbild weiter verändert hatten, bis es zu einem unkenntlichen Querschnitt vergangener Moden verkommen war.

Am frühen Nachmittag erreichte ich wieder das Hotel, in dem durch den Trubel mittlerweile deutlich zu erkennen war, dass dort am nächsten Tag eine exklusive Großveranstaltung stattfinden würde. Ich setzte mich in einen Sessel in der hintersten Ecke der Lobby, ließ mir ein alkoholfreies Weizenbier bringen und beobachtete aus dem Schatten das Kommen und Gehen, die Handwerker, das Hauspersonal, die prominenten Gäste, die heute schon eincheckten und sich in der Warteschlange, die sich an den drei Schaltern der Rezeption gebildet hatte, nicht selten wie alte Bekannte in die Arme fielen, wobei sie in übertriebener Lautstärke die Vornamen ihrer Gegenüber riefen, so als könnten sie es kaum fassen, sich hier über den Weg zu laufen, wenn auch ihre Betonung gleichzeitig suggerierte, und darin glichen sich alle Begrüßungen ohne Abweichung, dass sie mit der Anwesenheit des Begrüßten natürlich fest gerechnet hatten. Ein kunstvoller Spagat. Mich begrüßte niemand.

Als die Lobby sich gegen frühen Abend leerte, ging ich zum Tresen und fragte, ob man mir sagen könne, wer denn eigentlich für mein Zimmer bezahlt habe. Die Rezeptionistin schlug ein großes Buch auf, das Paradies schien in dieser Hinsicht ein wenig *old fashioned*, ging mit ihrem Zeigefinger durch die Zeilen, bis sie meinen Namen gefunden hatte, strich dann von links nach rechts über die dicht beschriebene Seite in ein leeres Feld, das ganz am Ende fast im Knick der Bindung verschwand, blickte auf, lächelte mich an und verneinte. Ich dankte, machte kehrt und zog mich auf mein Zimmer zurück.

Als ich weit nach Mitternacht noch immer keinen Schlaf finden konnte, zog ich mich wieder an und verließ das Hotel. Ich spazierte um das Gebäude, bis ich auf der Rückseite über eine Wiese unter den hinteren Teil des Gebäudes gelangte, der hier auf massive Betonstelzen gebaut worden war. Scheinbar war ich, ganz ohne das zu bemerken, einem mysteriösen Geräusch gefolgt, dessen Quelle ich nun in der Schwärze der Nacht in der Lüftungsanlage des Hotels ausmachte, die hier unablässig pumpte, unter tiefem Brummen Frischluft einsog und die alte Luft wieder ausstieß. Mehrere Minuten stand ich da und konnte den Blick nicht von der mechanischen Lunge lassen. Die Lüftungsanlage gab dem monströsen Bau etwas Lebendiges, und dann wieder auch nicht, lag der atmende Apparat doch zwischen den Stelzen als ein nur noch dahinsiechendes, riesenhaftes Tier, das bereits seine letzten Atemzüge tat.

IV.

Der Vater lebte nun in einem Industriegebiet direkt an der Autobahn. Nach der Trennung hatte er dort eine winzige Kellerwohnung im Haus eines indischen Fernsehreparateurs bezogen, der mit seiner Familie auf zwei weitläufigen Etagen über dem Geschäft wohnte, das das gesamte Erdgeschoss einnahm. Im Keller des Hauses hatte sich die Familie zudem eine Sauna eingerichtet, die an die Wohnung des Vaters grenzte, weshalb es dort immer warm und manchmal furchtbar feucht war. Später, als der Vater dort schon nicht mehr lebte, gab es in dem Haus einen Brand, durch den zwar, bis auf ein paar milde Rauchvergiftungen, niemand verletzt wurde, die Rettungskräfte aber einige illegale Wohnungen entdeckten, in denen mehrere Menschen ohne Aufenthaltserlaubnis lebten. Am Frühstückstisch hatte die Mutter Cherubim darüber aus der Zeitung vorgelesen, er war erschrocken und hatte die Gesichter vor sich gesehen, die Gesichter der Menschen, die dort gelebt und die sich mit seinem Vater angefreundet hatten, Menschen, mit denen er Darts gespielt und Silvester gefeiert hatte, sah sie von Ruß geschwärzt, wie sie ihn stumm anblickten, so als schauten sie durch ihn hindurch. Was würde nun mit ihnen geschehen?

Als der Vater dort eingezogen war, Jahre vor diesem Brand, und als Cherubim ihn das erste Mal besuchte, hatte dieser bald die Tür zu seiner winzigen Abstellkammer geöffnet, die auf die Rückseite der kleinen Saunazelle zuging. »Ist das zu fassen?«, hatte er seinen Sohn mit einem gequälten Lächeln gefragt, und auf das Nichts der leeren Kammer gezeigt, aus der ein muffiger Geruch strömte, so als bestätigte dieser Umstand etwas, das sich in seinem Kopf zusammengebraut hatte. Doch das war nicht der einzige Umstand, in dem sich für den Vater die

Ungerechtigkeit seiner Situation manifestierte. Obwohl auch ein stets blasser und kreislaufschwacher Elektriker namens Udo im Haus wohnte, der für den Fernsehreparateur arbeitete, standen alle Armaturen in der Wohnung des Vaters unter Strom. Er hatte den Spannungsmesser auf die Spüle gedrückt. Das Lämpchen hatte geleuchtet und der Vater hatte verlegen gelacht. »Siehst du das?«, hatte er mit glasigen Augen gefragt. Er fühlte sich von der Welt gestraft und verbrachte seine Zeit damit, vor dieser eingebildeten Strafe zu resignieren und alles hinzunehmen, was ihm widerfuhr. Er erzählte Cherubim davon, immer, jedes Mal.

Am Montagmorgen fühlte ich mich gut. Ich erwachte um kurz vor 7 ohne Wecker, duschte ausgiebig und sah ein wenig fern, was ich seit vielen Jahren nicht mehr getan hatte. In den regionalen Nachrichten lief ein Beitrag zum anstehenden Empfang, der um 13 Uhr im großen Hauptsaal Eden des Hotels stattfinden würde, wo bei Großveranstaltungen bis zu 2300 Gäste Platz fanden, und an diesem Tag, großzügig und mit viel Freiraum zwischen den Tischen und Stühlen, für etwa 600 Menschen eingedeckt worden war, damit die exklusive Gesellschaft auch genug Ellbogenfreiheit würde finden können. Scheinbar war auch ein Kamerateam zugegen, zeigte das Fernsehen doch aktuelle Bilder vom Saal, während dieser noch bestuhlt wurde. Hoher Besuch war angekündigt, wie die Moderatorin kommentierte, so wurde etwa der hochbetagte Ex-Bundeskanzler ▬▬▬ ▬▬▬ erwartet, samt seiner neuen Verlobten, deren Name noch unbekannt war und über die in der Sendung spekuliert wurde, als sei ihr für heute erwartetes, erstmaliges Auftreten in der Öffentlichkeit mit dem Ex-Kanzler von staatstragender Bedeutung. Nach dem Frühstück, bei dem ich, von einer der mehr im Verborgenen gelegenen Ecken des weitläufigen Frühstücksraums beobachtend, allerlei aus den Medien bekannte Gesichter erblickt hatte, unter anderem den vor Jahren tiefgestürzten Manager ███████ ████████, der, und das ist mir deutlich in Erinnerung geblieben, zunächst lediglich eine Brühe zu sich nahm und dann aber, beim zweiten Gang ans Buffet, Unmengen Lachs auf seinen Teller wuchtete, wollte ich mich in den Veranstaltungssaal stehlen, um mich dort ein wenig umzuschauen, wurde aber von zwei Sicherheitsleuten abgewiesen, die gerade dabei waren, den Metalldetektor an der Eingangstür zu testen. Angesichts der Prominenz der erwarteten Gäste hatte ich hier eher die Feldjäger erwartet, vielleicht auch, weil ich das Hotel mit jener militärischen Präsenz assoziierte, die mir bei meinem ersten Besuch sechs Jahre zuvor begegnet war.

Ich ging zurück auf mein Zimmer, um auf den offiziellen Beginn der Veranstaltung zu warten. Die Uhr zeigte zu diesem Zeitpunkt gerade kurz nach 9 Uhr, wie ich auf dem Zimmer feststellte, und so beschloss ich nur wenige Minuten später, während derer ich vom Fenster aus die Ankunft weiterer prominenter Gäste beobachtete, die Hotelsauna aufzusuchen, die sich im ersten Kellergeschoss befand. Als ich dort kurz darauf in weißem Bademantel und Schlappen in den aufgeheizten Vorraum trat, entkleideten sich gerade die ehemalige Verteidigungsministerin ████ ███ ███ ████ und die Schauspielerin ██████ ████████. Sie drehten sich lächelnd zu mir um, █████ ███ ███ ████ flog sogar ein belustigtes »Hallo!« von den Lippen, als sie mich sah. Ich nahm Abstand von meinem Saunaplan, stammelte ebenfalls eine Begrüßung und machte postwendend kehrt, um zurück in den sechsten Stock zu fahren.

In der mechanisch surrenden Kabine des Aufzugs ließ mich der Mann schmunzeln, der mir von der rückseitig verspiegelten Tür entgegenblickte. Mit dem weißen Bademantel, in Kombination mit dem langen Bart und den noch längeren Haaren, sah ich aus wie Johannes Friedrich Guttzeit, ein Guru der frühen Lebensreform-Bewegung. Da hielt der Aufzug im Erdgeschoss, um den Fernsehmoderator ███████ ████ aufzunehmen, der eine große Hugo-Boss-Papiertüte bei sich trug. Ich erschrak. Uns verband ein Vorfall, mit dem meine Flucht ins italienische Exil damals begonnen hatte. Überrascht nahm ich einen aufdringlichen Moschusgeruch wahr. ███████, ████ schien mich trotz meines veränderten Aussehens zu erkennen, jedoch nicht auf meinen Namen zu kommen. Er gab grinsend ein »Ach, Hallo!« von sich, nickte dann und schaute aus dem gläsernen Aufzug in die sich entfernende Lobby, in der parallel zu unserer unverhofften Begegnung just die Chefredakteurin der Frankfurter Allgemeinen Zeitung umgeknickt zu sein schien, die ich zwar erkannte, deren Name jedoch mir wiederum entfallen war – jedenfalls kniete sie am Boden. Ich schloss für einen Moment die Augen und öffnete sie dann zeitgleich mit der Aufzugtür. Auch ███████ ████ stieg im Obergeschoss aus und folgte dem Flur zu meiner Erleichterung in die entgegengesetzte Richtung.

Wenn Cherubim nach der Trennung der Eltern an jedem zweiten Wochenende mit dem Fahrrad die alte Grenzstraße hoch zu seinem Vater fuhr, nahm er seine Schwimmsachen mit, die jedoch immer im Rucksack blieben. Ein paar Versuche hatten sie ja noch unternommen. Bald aber war es dem Vater zu mühselig geworden oder er hatte nicht mehr daran gedacht, hatte es vielleicht verdrängt. An der Grundschule, an der er arbeitete, war er geduldiger, dort ging es nicht anders. Er brachte seinen ihn verehrenden Schülern gewissenhaft das Schwimmen bei, die Mathematik, Erdkunde, sang Lieder mit ihnen und rannte um den Sportplatz oder blies in seine Trillerpfeife, während die Halbstarken um die Wette liefen. Das war ja bis zu der Suspension sein Beruf gewesen, und selbst danach hatte er es noch als Berufung empfunden. Seinen Söhnen jedoch brachte er all diese Dinge nicht bei. Doch sie machten ihm keinen Vorwurf daraus, denn den Punkt der Abkehr, an dem sich Kinder von ihren Eltern abwenden, weil diese sich wie Kinder verhalten, hatten sie noch lange nicht erreicht. Oder sie hatten ihn bereits schon so lange hinter sich gelassen, dass sie es nicht mehr wussten. Sie unternahmen andere Sachen, Ausflüge, die sich ergaben. Sie gingen auf die Pferderennbahn und taten so, als würden sie wetten, oder zumindest ließ der Vater Cherubim in dem Glauben, dass sie nur so taten. Dann gingen sie einkaufen und verfluchten die Leute aus der Nachbarschaft, die sein Vater nicht ausstehen konnte, beschatteten wieder den Trinker mit dem fleckigen Hut, schauten auf der Autobahnbrücke den Lastern entgegen, rannten auf die andere Seite und blickten ihnen nach, nahmen einen Mercedes-Stern von einem parkenden Auto mit. Solche Sachen. Statt ins Hallenbad zu gehen, schlichen sie an den scharfen Hunden vorbei, die das Industriegebiet bewachten, in dem der Vater beim Fernsehreparateur im Keller lebte, hin zur Videothek, liehen einen Videofilm aus. Wenn der Vater nicht gerade eines seiner drei bevorzugten Gerichte kochte, kauften sie eine Pizza oder etwas vom Griechen, und nachts, wenn Cherubim in der winzigen Schlafkammer der Kellerwohnung lag – er oben auf dem richtigen Bett und der Vater eingezwängt auf der unteren, ob der Raumgröße nur halb ausziehbaren Matratze –, weinten sie zu den rauschenden Lauten der Autobahn, bis sich auf den grauen, nach Zigaretten riechenden Laken warme Tränenflecken bildeten. Die ganze Zeit über schlang der Vater seinen Arm um Cherubim, schützend und klammernd zugleich, bis sie eingeschlafen waren. Da war kein Platz für ein Hallenbad, nicht in diesen Stunden, nicht in diesen Köpfen.

Cherubim war gerne dort. Das Essen schmeckte anders. Der Vater besaß zudem einen großen, modernen Fernseher mit Videorekorder, der mehr Programme empfing als der grünstichige Kasten zuhause. Nun, und sein Vater war weiß Gott kein schlechter Kerl. Während er am Nachmittag auf dem zerschlissenen Sofa mit verschränkten Armen und dem Gesicht dicht an die Rückenlehne gedrängt schlief, saß Cherubim davor auf

dem Boden und guckte im Fernsehen alte Serien, Motorradrennen, Filme für Erwachsene, Zeichentrick, Musiksendun-
gen, Dokumentationen über Inseln, Abenteuerfilme, Wrest-
ling. Vor allem aber wollte er in der Nähe seines Vaters sein. Es
war, als würde er ihn die ganze Zeit anstarren, aus einem Augenwinkel, wie er da hinter ihm auf dem Sofa lag, das sie vom
Sperrmüll in den Keller geholt hatten, oder wenn er dastand,
ins Leere blickte oder nachdenklich hinter dem Lichtkegel der
Lampe am Schreibtisch saß, durch die Wohnung tänzelte und
sich, schon angetrunken, das Knie stieß und fluchte, immer
nah am unsichtbaren Abgrund. So war die fensterlose Kellerwohnung, in die durch die dreckigen Fenster der Eingangstür kaum noch Licht schien, ein Ort, an dem Cherubim zwar
unbedingt sein wollte, der ihn aber gleichzeitig auch überforderte. Denn hier wohnte er dem Niedergang eines Menschen
bei, der ihm doch eigentlich das Gegenteil hätte zeigen sollen.
Wenn Cherubim dann am Sonntag wieder nach Hause radelte
und seine Mutter ihn fragte, ob er nun schwimmen könne, log
Cherubim sie an.

»Ja, es klappt schon ganz gut.«

Wenn sie ihn fragte, wie der Besuch beim Vater gewesen sei,
sagte Cherubim die Wahrheit und ahnte, dass die Mutter erkannte, wie er sich dabei sehnsüchtig selbst belog.

Zurück auf meinem Zimmer entdeckte ich gerade, dass das
rote Lämpchen am Telefon blinkte, als der Apparat erneut
klingelte. Nach kurzem Zögern nahm ich ab, fragte, wer da sei,
doch es antwortete niemand. Während ich den Bademantel
auf das Bett warf und begann, mich für den Empfang anzuklei-
den, musste ich an meinen Vater denken. Dann suchte ich den
Briefumschlag aus meiner Reisetasche, in dem die Einladung
und die Reiseunterlagen steckten, die mich hierhin gebracht
hatten, studierte erneut den beigelegten, mit einer Schreibmaschine getippten Zettel: *Von geistigem Durst gequält, / schleppte*

ich mich in der finsteren Wüste dahin, / und ein sechsflügeliger
Seraph / erschien mir am Kreuzweg; / mit Fingern, leicht wie ein
Traum, / berührte er meine Pupillen: / Es öffneten sich die er-
leuchteten Augensterne / wie bei einer erschrockenen Adlerin. /
Er berührte meine Ohren, / und Lärm und Klang erfüllte sie:

Ich wurde einfach nicht schlau daraus, woher diese Verse
stammten. Doch anstatt weiter darüber nachzudenken, legte
ich mich auf das breite Doppelbett und schloss die Augen.

Die Boote waren in einer dunkelgrünen Farbe gestrichen. Unter dem Lack schimmerte an den dünnen Stellen in blassem
Rot wenigstens eine weitere Farbschicht hindurch. Möglicherweise gab es noch mehr Schichten Farbe, denn die Boote
waren alt. Jedes der drei Kanus war für drei Personen ausgelegt, jedoch wurde nur eines in dieser Zahl besetzt. Im Boot
des Häuptlings würden Maus und Fliegentöter mit ihm sitzen.
Außerdem sollten sich Cherubim und Benito ein Boot teilen,
in dem sie in der Mitte in einer wasserdichten blauen Plastiktonne einen Großteil des Gepäcks verstauen würden. So eine
blaue Tonne würde auch in der Mitte von Uğurs und Kippes
Kanu stehen, die zudem den Wimpel der Horte führten. Kippe war der Fahnenträger der kleinen Reisegruppe und hatte als
einziger den Rang eines Jungwolfs, der ihn neben dem Häuptling, der kurz vor der Fahrt zum Ordensritter gekürt worden
war, zum Tragen des Wimpels ermächtigte.

Der Häuptling zwinkerte Cherubim zu, als sie nun alle im
Kreis beisammen standen, als hieße er auch ihn Willkommen,
obwohl sie doch schon den halben Tag gemeinsam verbracht
hatten. Der Häuptling wusste von seiner familiären Situation,
die Mutter hatte ihn ein paar Wochen vor der Fahrt zu einem
Gespräch getroffen. Verlegen richtete Cherubim seinen Blick
auf den Boden, so wie er es immer tat, wenn ihn jemand anschaute. Vorsichtig nahmen sie nun die wuchtigen Kanus vom
Hänger und ließen sie an einem Tau die Böschung hinab, bis

sie nebeneinander im knöcheltiefen Wasser lagen. Sie zogen die Sandalen an und packten die Wanderschuhe und die unhandlichen, kastenförmigen Affen in die Fässer zum restlichen Gepäck. Dann bildeten die Jungen einen Kreis und fassten sich bei den Händen. Der Häuptling räusperte sich, und kurz wirkte es so, als wolle er sich über das nun folgende Ritual lustig machen. Er schien ein Lachen zu unterdrücken, das aber vielleicht auch auf seine Ergriffenheit ob dieses großen Moments zurückzuführen war. Die Flussfahrt war die erste Reise, die er anführte, ja, war überhaupt die erste Reise, die er ganz allein geplant hatte. Drei Wochen den Fluss hinunter, immer mit der sanften Strömung, die nur streckenweise zunehmen würde und auch ungeübten Kanuten keine Schwierigkeiten bereiten sollte. Wo sie übernachteten, das würden sie spontan entscheiden. Wie es sich für ein ordentliches Abenteuer gehörte, wollten sie wild zelten, immer nah am Ufer bei den Booten. Nur der Zielpunkt war festgelegt, an dem der Kellermeister die Kanus in drei Wochen wieder abholen und von dem aus die Gruppe die Rückfahrt nach Hause im Zug antreten würde. In freudiger Erwartung der Flussfahrt reckte der Häuptling nun andächtig und vollen Ernstes den Kopf zum Himmel, blinzelte mit den Augen der Sonne entgegen und fing an zu sprechen:

»Wir stehen hier unweit der Quelle eines Flusses, der in den nächsten drei Wochen unsere Heimat sein wird. So wie an diesem Ort der Fluss seinen Ursprung hat, beginnt von hier aus auch unsere Reise, so wie das Wasser von hier aus dem Flusslauf folgt, werden auch wir ihm folgen. Wir werden Anstrengungen erleben, werden neuen Herausforderungen begegnen und an unsere Grenzen stoßen. Unsere Gruppe wird noch enger zusammenwachsen. Wir werden unser Selbstvertrauen und das Vertrauen zueinander stärken, werden uns helfen, wo Hilfe nötig ist. Wir werden ein Abenteuer erleben, wie wir es vielleicht noch nicht erlebt haben, werden Ängste überwinden, werden weiter zu uns finden, werden unseren Blick erweitern. Nach dieser Reise werden wir andere Menschen sein, gereift und erwachsener, werden die Welt mit neuen Augen sehen, zu neuen Gedanken gefunden haben. So wird die Reise weitergehen, und alles, was wir nun erfahren, wird uns begleiten, wird sich in uns einschreiben.«

Der Häuptling hielt inne, seine Brust schwoll an.

»Die Großen schützen die Kleinen.«

Er hob die rechte Hand, schob wie in Zeitlupe den Daumen über den kleinen Finger. Die drei Finger in der Mitte wachten aufrecht gestreckt darüber. Die Jungen taten es ihm gleich. Sie sprachen im Chor.

»Wir versprechen, gute Kameradschaft zu halten, zu lernen und den Pfadfindergesetzen zu gehorchen. Wir versprechen, nach besten Kräften unsere Pflicht zu erfüllen und an jedem Tag eine gute Tat zu tun. Wir wollen unsere Pflicht als Pfadfinder erfüllen und unseren Mitmenschen stets hilfsbereit sein. Wir versprechen bei unserer Ehre, unsere Pflicht gegenüber Gott und Vaterland zu erfüllen. Wir geloben, unser Leben zu führen aus eigener Bestimmung, vor eigener Verantwortung und mit innerer Wahrhaftigkeit.«

Benito ergänze: »Und wir werden niemals auseinandergehen.«

Kurz hielt der Häuptling inne, denn es war nicht üblich, dass einer der Jungen den Schwur erweiterte, und schon gar nicht Benito, der doch stets so zurückhaltend und still war. Er blickte zu dem Jungen, dessen Brust sich stark hob und senkte, als atmete er schwer. Der Häuptling lächelte.

»Und wir werden niemals auseinandergehen.«

Er machte eine bedeutungsvolle Pause.

»Allzeit bereit?«, fragte er dann mit lauter Stimme in die Runde, sodass man seine leuchtenden Zähne sah.

»Allzeit bereit!«, schrien die Jungen und schlugen sich auf die Schultern und waren mit einem Mal von Mut und Zuversicht erfasst, von Tatendrang und Abenteuerlust.

Dann kletterten der Häuptling und Kippe die Böschung hinab und wuchteten die zwei blauen Fässer, die die anderen ihnen von oben entgegenrollten, in die Kanus. Als die Boote beladen waren, befestigte Kippe den Wimpel am Fass, eine Fahnenstange mit kleiner Flagge, blau mit weißem Karo, darauf ein schwarzer Stein. Horte *Schwarzer Stein*, so hießen sie. Die Schwarzen Steine, das waren diese sieben Jungen.

～

V.

Um kurz nach 13 Uhr erwachte ich schreckhaft aus einem unerwartet tiefen Schlaf, sah noch etwas aus einem Traum vor mir verschwinden, wollte hinterher und es greifen, bekam es nicht zu fassen, vergaß es schon in dem Augenblick und erinnerte fortan nur noch das Vergessen. Hastig stand ich auf, strich die Anzughose glatt, ging ins Bad, spritzte mir etwas kaltes Wasser ins Gesicht, knöpfte das Hemd bis oben hin zu, richtete den Zopf, sodass das von schwarzem Stoff eingefasste Gummi mit meinem obersten Nackenwirbel schloss. Ich strich den Bart glatt, zog das Jackett an, band mir die Schuhe zu und machte mich zügig auf ins Erdgeschoss zum Saal Eden. Die Sicherheitsleute nickten mir zu, als erinnerten sie unsere flüchtige Begegnung am Morgen, und ein lächelnder Jungspund kontrollierte meine Karte, strich mir dann über den linken Oberarm, als seien wir Freunde oder alte Bekannte, schob mich sanft in Richtung des türgroßen Plastikrahmens, vor dem die Security standen. Der Metalldetektor gab wie erwartet keinen Ton von sich, auch wenn ich eine kurze Anspannung spürte, wie ich sie von den Sicherheitskontrollen am Flughafen kannte.

Ich schritt durch die Tür in den Saal und meinte, ein Filmset zu betreten, in dem jedoch die Kameras, die Lampen und die Filmcrew, ja, alles, was auf die Existenz eines Filmsets hätte hindeuten können, verborgen lag. Das wirkliche Kamerateam jedoch, das den Beitrag im Fernsehen gedreht hatte, war verschwunden. Einzig ein Fotograf wanderte vorsichtig umher und lichtete Menschen ab, die es gewohnt waren, ungefragt fotografiert zu werden. Sie posierten sogar, stellten sich enger zusammen und fletschten der Kamera ihr schönstes Lächeln entgegen. Etwas Hochtrabendes lag in der Luft. Das Licht der Kronleuchter reflektierte von überall funkelnd, der Klang der unzähligen Stimmen war andächtig gedämpft, wenn auch hier und da ein hysterisches Juchzen aus den Gesprächen entsprang, Gelächter, Vornamen. Der weite Saal war gut gefüllt und es war durchaus möglich, dass zu diesem Zeitpunkt bereits alle geladenen Gäste anwesend waren. Ich nahm kurz den Tisch links vor der Bühne in Augenschein, dem ich zugewiesen worden war und an dem noch niemand saß, wenn auch ein mit Pailletten besetztes Strickjäckchen, eine Damenhandtasche und drei Sektgläser darauf hinwiesen, dass die Hälfte der sechs Stühle bereits zu ihren Besitzern gefunden hatte. Ich behielt mein Jackett an und machte mich auf, ein paar Runden durch den Saal zu gehen, nickte hier und da zurück, wenn mir ein mehr oder weniger bekanntes Gesicht erschien, schlug dann aber jedes Mal einen Haken und zog kurz das Tempo an, um nicht in ein Gespräch verwickelt zu werden. In einer Traube Menschen stand tatsächlich der Ex-Kanzler ███████ ███████ mit seiner neuen Verlobten. Sicher eine Viertelstunde lang zog ich so meine Kreise durch den Saal. Ich erblickte eine junge Journalistin, mit der ich vor einigen Jahren in Frankfurt eine angetrunkene Nacht verbracht hatte, nickte ihr zu, ihre Augen weiteten sich, bis ein kreisrundes Weiß um die Iris stand und sie sich kopfschüttelnd abwandte, um sich demonstrativ in ein Gespräch zu vertiefen, von dem ich sie ohnehin nicht hatte ablenken wollen. Ich erkannte und wurde erkannt. Der Raum war übersättigt von Größen aus Politik, Wirtschaft, Kirche, dem öffentlichen Leben. Ich entging jedem Gespräch, lief über das Parkett, ganz so, wie ich über den lehmigen Boden des Apennin gelaufen war. Wie ein Taucher am Meeresgrund, die gekreuzten Hände hinter dem Rücken.

Der Vater hatte Cherubim aus der Schule eine Urkunde mitgebracht, die dem Nichtschwimmer ein Seepferdchen zertifizierte, hatte ihm feierlich einen runden Aufnäher ausgehändigt, mit dem stoischen Meerestier als Emblem darauf.

Ungläubig hatte der Sohn den Vater angestarrt, als dieser ihm das Geschenk überreicht hatte, das Cherubim doch gar nicht zustand. Der Vater aber hatte seinen Jungen angeschaut, strahlend und voller Achtung, wie in einer Zeremonie. Wieder zu Hause hatte dann die Mutter das rot-weiße Abzeichen mit präzisen Stichen auf das dunkelblaue Polyamid genäht, und wenn Cherubim mit der Schule zum Schwimmunterricht musste, nahm er eine zweite Badehose mit, ohne Seepferdchen darauf, versteckte die falsche Schwimmhose und blieb bei der Wahrheit, um nicht unnötig zu ertrinken. So fiel die Lüge niemals auf und so wurde er bereits sehr früh zu einem Hochstapler, wenn auch lediglich vor seiner Mutter und später dann, kurz vor der Fahrt, vor dem Häuptling. Die Lehrer aber wunderten sich, dass gerade der Sohn eines Schwimmlehrers als einer der Letzten der Klasse noch immer nicht schwimmen konnte.

Die Gruppe der Nichtschwimmer wurde im Laufe des Schuljahres immer kleiner, und sehnsüchtig schaute Cherubim seinen Mitschülern hinterher, wenn sie das kleine Becken verließen und zur Schwimmprüfung in die Haupthalle gingen. Nie kam einer von ihnen zurück. Er hörte ihre Stimmen, hörte die Stimmen der anderen Kinder, die ihre Mitschüler anfeuerten, bejubelten, in ihren Kreis aufnahmen. Die Schwimmlehrer schauten Cherubim an und nicht selten schüttelten sie den Kopf, wenn er in sich versunken durch das Becken watete. Cherubim spürte diese Blicke. Er wusste, was sie dachten. *Der Junge kann nicht schwimmen, obwohl sein Vater Schwimmlehrer ist. Der Vater interessiert sich nicht für seinen Jungen. Der Vater kann es allen Kindern beibringen, nur seinen eigenen nicht.*

Im 1,30 Meter tiefen Wasser des Nichtschwimmerbeckens stellte Cherubim sich vor, er sei der Mann aus Atlantis, wohl wissend, dass er dadurch in der Gunst der Mädchen und im Ansehen der Jungen kaum steigen würde. Wer verliebte sich denn in einen Nichtschwimmer, wer achtete einen, der noch im Kinderbecken nach Ringen tauchte, während der überwiegende Teil der Klasse einen anstandslosen Seemannsköpper oder gar einen Salto vom Dreimeterbrett vollführte? Eifersüchtig hörte der Junge die Stimmen aus der großen Halle, konnte sie zuordnen, begriff, wer da wen bestaunte oder wer sich gegenseitig neckte. Er identifizierte, welche seiner Klassenkameraden gerade ihr Spielchen miteinander trieben. Er wusste, dass da eine Welt existierte, gleich neben der seinen, eine Welt, der er nicht angehörte. Er konnte sie hören. Doch die Furcht war größer als das Verlangen. Es blieb ihm nichts anderes übrig, als sich mit der Lüge zu arrangieren, die Scham in Kauf zu nehmen, beim Schulschwimmen als einer der wenigen verbliebenen Nichtschwimmer durch das kleine Becken jenseits der großen Halle zu waten, während die anderen Kinder im Haupthaus gastierten, dadurch in seiner Wahrnehmung wuchsen, reiften, schöner wurden. Cherubims Arme übten lustlos die Schwimmbewegungen. Sein Kopf lag wie ein Krokodilschädel im Wasser. Doch der Rücken war krumm und die Füße taten Schritt für Schritt auf den Kacheln unter Wasser, ohne dass er in das betörende, schwerelose Gefühl hinüberwechselte, das dem Schwimmgang innewohnt.

Im hinteren Bereich des Saals angekommen wurde ich stutzig, als ich einen Mann erblickte, etwa in meinem Alter, weitaus fülliger, Brille, lange schwarze Haare, der Anzug abgewetzt. Er kam mir bekannt vor, ohne dass ich ihn hätte zuordnen können. Neben ihm stand, mit dem Rücken zu mir, eine große Frau in einem äußerst geschmackvollen Abendkleid, von der, ohne dass ich ihr Gesicht sehen konnte, eine besondere Schönheit ausging. Der Mann drehte sich zu mir um, hielt inne, berührte die Frau am Arm, und kurz waren unsere sich treffenden Blicke ein gefrorener Kanal. Ich weiß noch, dass ich darüber erschrak und plötzlich eine seltene Unruhe empfand, dass ein Reflex irgendetwas in mir auszulösen versuchte, jedoch keine Konsequenz erreichte, als das kurze Fiepen eines Mikrofons meine Aufmerksamkeit ablenkte und ich mich zur Bühne drehte. Tatsächlich stand dort nun eine mir unbekannte junge Frau mit einem Stapel Moderationskarten in der einen und einem Mikrofon in der anderen Hand, das sie zum Mund führte, um den offiziellen Teil zu eröffnen. Auch das Licht auf der Bühne wurde heller, zeitgleich wurde die Saalbeleuchtung gedimmt. Wie im Theater vor dem ersten Auftritt. Die Pailletten ihres Kleids reflektierten das Licht der Scheinwerfer. »Meine Damen und Herren, liebe Gäste, ich bitte Sie nun zu Tisch und freue mich wahnsinnig ...«, sagte sie feierlich, kam jedoch nicht bis zum Ende des Satzes, weil ein gellender Schrei durch den Raum hallte, der nicht von der Bühne kam, den die Moderatorin jedoch registriert haben musste, denn ihre Rede brach ab, sie sprach nicht mehr weiter, stockte fragenden Blickes, verstummte mit offenem Mund. Ein Raunen ging durch die Menge. Dann war ein Zischen zu vernehmen und Rauch breitete sich aus, oder Nebel, ich vermutete eine Nebelmaschine, die zu früh losging, passte dieser dramaturgische Moment doch so gar nicht zur Ansprache an das Publikum. Ich blickte zur Moderatorin, nachdem ich mich verwundert umgeblickt hatte, die Quelle des spitzen Schreis nicht hatte ausmachen können, sah ihre Verunsicherung, bemerkte, wie der Bühnennebel die Atmosphäre veränderte, bemerkte auch ihren irritierten Blick, dann eine plötzlich aufflammende Panik in ihren Augen, und während ich versuchte, ihrem Blick zu folgen, um auszumachen, worüber sie so erschrak, wo sie hinschaute, mehrten sich die Schreie im Raum. Da sah ich den Mann und erstarrte. An der hinteren Wand stand er, in einen schwarzen Overall gekleidet, das Gesicht unter einer Gasmaske verborgen. Um den Oberkörper trug er eine schwarze Weste mit waagerechten Rohren daran. In seinen Händen hielt er ein schwarzes Maschinengewehr. Aus meinem rechten Augenwinkel sah ich einen anderen Mann umkippen. Der fallende Mann zog eine schreiende Frau mit zu Boden, außerdem eine Tischdecke. Es schepperte, der Nebel wurde dichter. Sonst bewegte sich kaum etwas im Saal. Die Menschen schienen wie gelähmt. Sie starrten auf den Mann mit dem Gewehr und der Sprengstoffweste. Es war totenstill. Aus allen vier Ecken des Saals ertönten zeitgleich dumpfe Explosionen. Rauchsäulen stiegen auf, verteilten sich, hüllten schon die Kronleuchter ein und fraßen sich wie blutdurstige Bestien die hohe Saaldecke entlang. Da veränderte sich die Körperspannung des Mannes, und die umstehenden Menschen, manche waren keine fünf Meter von ihm entfernt, reagierten, brachen aus ihrer Schockstarre aus, wichen zurück, begannen zu rennen, stolperten. Auch ich machte einen Satz zurück. Wie ein Lauffeuer ging es durch den Saal, der nun komplett in Bewegung war, ja, eine menschliche Welle schwappte regelrecht durch die geladene Gesellschaft. Da begann der Mann zu schießen, feuerte Salven in die Menge, ich sah das Mündungsfeuer, und das scharfkantige, ohrenbetäubende Knattern des Maschinengewehrs beherrschte mit einem Mal den Raum. Ich ging zu Boden, duckte mich, krabbelte auf allen Vieren weg vom Lärm, weg von dem Mann, weg von der Gefahr, weg vom Feuer, von den Schüssen, dem Lärm, dem Lärm, dem Lärm, so auch die anderen Menschen, sie wichen zurück, schrien, und der Mann lief los, schwang mit der Mündung hin und her und schoss ohne Unterlass, er pflügte durch die fliehenden Menschen und schoss. Ich schob mich hinter einen umgestürzten Tisch, die Hände über dem Kopf, neben mir hatte sich ein Mann zusammengerollt, ich meinte, einen Schauspieler zu erkennen, kam nicht auf den Namen, er hatte sich eingenässt, lag da zusammengekugelt, ich hielt ihn am Arm, guckte ihn an, kein Blut, keine Verletzung, er lebte, ich lugte um den Tisch, blickte ins Mündungsfeuer keine zehn Meter von mir entfernt, blickte direkt und frontal ins Mündungsfeuer, blickte mich um, sah die Menschen rennen, aufstehen, fliehen. Ich wurde stutzig. Niemand schien getroffen oder verletzt. Nein. Niemand war verletzt. Das konnte nicht sein. Der Mann schoss wie wild in die Menge, schon seit einer Minute, vielleicht zwei. Aber niemand lag getroffen auf dem Boden, soweit ich das von meiner Position aus erkennen konnte. Die Menschen flohen in einer großen Traube auf die gegenüberliegende Seite des Saals, die Ersten versuchten, die Türen zu öffnen, rissen an ihnen, rissen an den Flügeltüren und den Notausgängen, doch die mussten versperrt sein, ließen sich nicht öffnen, alle waren in Panik, aber ich sah kein Blut, keine Wunden, niemand blieb getroffen am Boden liegen, alles war in Bewegung, in Geschrei, in Aufruhr, Panik, Angst, sie schienen zu leben, sie lebten. Ich schaute wieder zu dem Mann, der jetzt genau im Zentrum des Saals stehengeblieben war, sich einmal im Kreis drehte, dabei weiter schoss, einmal im Kreis rund um sich herum schoss und dann plötzlich innehielt. Die Stille war gespenstisch. Die Menschen blickten an sich herunter, blickten einander an, blickten dann zu dem Mann in der Mitte des Saals, der dastand wie erstarrt, als sei da ein Kreidekreuz unter seinen Füßen, zu dem er gegangen war und an dem er nun in völliger Unbeweglichkeit verharren wollte, als sei das Teil seines Plans. Ich bemerkte, wie einige der Opfer das Geschehen mit ihren Handys filmten. Der Mann, er stand da, bewegte sich nicht, wie eine Puppe stand er da. Auch ich schaute ihn an. Schaute dann wieder zu den Menschen, sah einen beten, einen anderen wimmern, mir wurde schlecht, eine junge Frau hielt sich die Augen zu, ein älterer Mann raufte sich die Haare. Doch niemand schien getroffen. Ich sah kein Blut, keine Wunden, keine Verletzten. Der Mann stand da, eine Minute, zwei, ich kann nicht genau sagen, wie lange. Dann drehte er sich ruckartig um 90 Grad nach rechts, die Menschen schrien, rüttelten wieder an den Türen, und der Mann schoss weiter, lief auf einen der Ausgänge zu, und wieder war alles ein einziger monströser Lärm. Der Mann ging ganz dicht an mir vorbei, wie ich da hinter dem umgefallenen Tisch hockte, ich sah ihn an, betrachtete ihn, war plötzlich ganz ruhig, der Schock, ja, das war der Schock, so also fühlte sich das an, bemerkte, dass er sein linkes Bein nachzog. Da wusste ich es irgendwie schon, wusste, dass er es war. Vielleicht wusste ich es auch erst später. Aber da war der Gedanke da, oder die Ahnung, ich weiß nicht, irgendetwas war da, blitzte auf, zuckte durch meinen Körper. Er lief auf die Rückwand des Saals zu, schoss, teilte die Menschen, die nun links und rechts von ihm zurückwichen, teilte sie wie Moses das Meer, das dachte ich, das weiß ich noch, lief auf die holzvertäfelte Wand zu, lief davor, stieß dagegen, ließ die Waffe sinken, hielt sie nur noch mit der rechten Hand, fühlte mit der linken Hand an der Wand entlang, ging dann ein Stück nach rechts, tastete, entdeckte, griff nach der Klinke, griff an seinen Gürtel, drückte irgendetwas, es piepte, die Tür öffnete sich und der Mann verschwand aus dem Saal.

Benito ließ sich als Vorletzter an einem der Taue hinab nach unten, hangelte sich gekonnt und als sei er in vollem Besitz seines Augenlichts durch die Distelsträucher. Nicht eine Blume starb durch seinen Tritt. Sein drahtiger Körper war wendig und muskulös, er trug kein Gramm Fett. Der Häuptling klatschte in die Hände, Fliegentöter pfiff auf zwei Fingern, die anderen johlten. Benito schüttelte den Kopf. Dann war Cherubim an der Reihe. Er wollte den Abstieg gekonnt aussehen lassen, ging zu schwungvoll nach vorne, kam ins Straucheln, rutschte ab und purzelte durch die Brennnesseln, bis er unten angekommen mit einem Platschen ins seichte Wasser fiel. Cherubim wollte schreien, atmete aber nur zischend durch die Zähne aus. Wie ein Pferd. Der Kellermeister, der oben das Tau aufzurollen begonnen hatte, gab den ersten Laut von sich, den Cherubim an diesem Tag von ihm vernahm. Er lachte zum Abschied, zeigte den Jungen seinen mächtigen Rücken. Am liebsten wäre Cherubim die Böschung wieder hochgesprungen, um ihm das scharfe

Takelmesser in die Rippen zu stoßen. Mit brennenden Waden, unsicher unter den Blicken der anderen, richtete er sich auf und blickte einer Hand entgegen. Der Häuptling zog ihn hoch.

»Niemand wird ausgelacht.«

Cherubim stieg mit rotem Kopf zu Benito ins Kanu und atmete tief durch. Er nahm auf dem hinteren Sitzbrett Platz. Die Brennnesselstiche brannten noch, aber die Tränen, die doch nur der Häuptling gesehen haben konnte, trockneten bereits in der Nachmittagssonne. Und als er dann das Paddel zum Grund stach, als er das voll beladene Boot vom kiesigen Boden ins tiefere Wasser drücke, um dort von der Strömung aufgenommen zu werden, als sich das Kanu dann auch direkt anstandslos und unmittelbar in Bewegung setzte, übertrat Cherubim eine Schwelle und seine Muskeln wurden wieder weicher. Jetzt gab es kein Zurück mehr. Er spürte die Bewegung auf dem Wasser, die anders war als auf dem Festland, mehr ein Gleiten oder ein Schweben. Das schunkelnde Boot beruhigte Cherubim, und im Gefühl, nun alles bei sich zu tragen, was er brauchte, im Wissen, Klarheit zu haben für eine Zeit, ja, im Bewusstsein, die Welt, die er sonst bewohnte und an der er doch nichts ändern konnte, mit jedem Paddelstich ein Stück weiter hinter sich zulassen, stieg plötzlich eine ungeahnte Freude in ihm auf. Er war überrascht von diesem Gefühl, das er seit Monaten nicht mehr erlebt hatte. Es war der Fluss. Schon nach den ersten Metern mit Benito im Boot fühlte sich Cherubim auf eine Art lebendig, wie er sie fast vergessen hatte. Der Fluss roch im kühlen Wind nach reifen Blättern und Quellwasser, klar und gleichzeitig modrig, verband zwei Gerüche zu einem neuen Geruch. Um sie herum rauschte es. Cherubims Ärmel waren klitschnass und die Waden gesprenkelt von weißen Pocken. Aber das war ihm jetzt egal.

Gemurmel. Wimmern. Wimmern, Weinen, Gemurmel. Schreie. Ich blickte mich um. Wirklich, niemand schien verletzt. Platzpatronen. Es mussten Platzpatronen gewesen sein, mit denen er geschossen hatte. Ich lief los, lief auf die Tür zu, die sich wieder geschlossen hatte, drückte die Klinke, öffnete die Tür, hörte wieder ein Piepen, ging durch die Tür, sah den Mann links mit dem Gewehr den Gang herunterlaufen, immer wieder schoss er Salven, schoss nach links, nach rechts, doch da war ja niemand und er schoss ja auch gar nicht, dachte ich, Platzpatronen, und keine Scheiben zersprangen, keine Scherben fielen herab, keine Splitter, ich sah sein linkes Bein, er hinkte, dann wurde er unscharf und ich begriff, dass auch hier, auf dem großen Flur, alles voller Nebel stand, voller Bühnennebel, dass er nicht unscharf wurde, sondern aus meinem Sichtfeld verschwand. Schreiend kam mir ein Mann entgegengerannt, stürzte vorbei, verschwand im weißen Nichts. Wo war die Security? Ich blickte mich um, konnte niemanden sehen. Doch, da saß jemand hinter einem großen Blumenkübel. War das nicht der Fernsehphilosoph ▐▬▬▬▬▌ ▐▬▬▬▌ ▐▬▬▌, der sich betend hinter einer Topfpflanze versteckte? Ich lief schneller, lief hinter dem Mann her, der nun links abbog, immer wieder schoss, nicht schoss, Platzpatronen, ja, das mussten Platzpatronen sein. Er lief weiter durch die Gänge, im immer gleichen Tempo, gemäßigten Schrittes, ballerte, dieses Geräusch, und alles war voller Nebel, ich hörte Sirenen, lief ihm weiter hinterher, folgte ihm immer tiefer in das weit verzweigte Labyrinth aus Gängen, ich konnte nur schlecht sehen, und dann bogen wir um eine Ecke und waren plötzlich mitten in der Hotellobby, die menschenleer war, nebelverhangen und leer.

Da blieb der Mann stehen. Auch ich hielt an. Blieb zehn Meter hinter ihm stehen. Er legte behutsam das Gewehr vor seine Füße. Dann nahm er die Gasmaske ab und ich hatte Gewissheit. Er war älter geworden. Natürlich war er älter geworden. Die Haare abrasiert, wie damals, doch unverkennbar grau, jetzt ganz grau. Ich lief geduckt im Halbkreis um ihn herum, betrachtete ihn von der Seite, aus dem Bühnennebel heraus, in dem ich mich irgendwie geschützt fühlte, sah sein Gesicht jetzt besser. Die Augen, seine Augen – leer, blind, immer noch blind. Sein Gesicht war lehmverschmiert. Behutsam öffnete er die Weste, legte sie zu Boden neben das Gewehr, riss den Overall auf, streifte die Stiefel ab, zog den Overall aus, stand jetzt da in schwarzen Unterhosen. Auch sein Körper war mit einer lehmigen Farbe beschmiert. Ich wusste, dass er meine Anwesenheit bemerkt hatte. Ich sagte seinen Namen. Er rief: »Cherubim!« Diesen Namen hatte ich ewig nicht gehört. Seit 31 Jahren nicht.

»Was machst du denn«, sagte ich, »hör auf, bist du übergeschnappt, was machst du denn nur, du kannst doch nicht, was soll das, was soll das alles?« Ich sah das Blaulicht von außen durch die Scheiben flackern, das Blaulicht, in dem er vor einer Ewigkeit verschwunden war, sah, wie es sich durch den dichten Rauch kämpfte, oder Nebel, ich weiß nicht, eben durch das, was die Sicht trübte, was hier überall in der Luft stand. Er hielt jetzt eine Dose in den Händen, ich hatte nicht gesehen, wo er die hergenommen hatte, schraubte den Deckel auf, begann, sich überall mit irgendetwas einzureiben, mit einer transparenten Paste, einem Gel, immer wieder steckte er die linke Hand in die Dose und schmierte sich weiter ein, während von draußen eine Stimme die Stille dieses Augenblicks durchbrach, ein krächzendes, krachendes Megafon: »Hier spricht die Polizei. Das Gebäude ist umstellt, kommen Sie mit erhobenen Händen raus!«

Wie im Film, dachte ich. Ich krabbelte näher zu ihm. Ich sagte: »Was tust du bloß? Gib auf. Es ist doch nichts passiert. Es ist niemandem etwas passiert. Gib auf, dann wird alles gut.«

Benito lächelte. Er warf die Dose zu Boden. Er sagte: »Ich vernahm das Erzittern des Himmels und den Himmelsflug der Engel, die Bewegung der Meeresungeheuer unter Wasser und das Wachsen der Rebe im Tal. Und er hat sich zu meinem Mund herabgeneigt und meine sündige Zunge herausgerissen, schwatzhaft und hinterlistig, und die Zunge der weisen Schlange hat er mit blutiger Hand in meinen erstarrenden Mund gelegt.«

Ich sah ihn weinen, sah den blinden Jungen weinen, sah ihn dabei weiter lächeln, und dann bückte er sich, hob die Sprengstoffweste hoch, legte sie wieder um, griff nach der Waffe, entfernte etwas vom Halfter, ein Feuerzeug, ein Sturmfeuerzeug, und dann entzündete er es und hielt es sich ins Gesicht und das Gesicht und der ganze Kopf fingen sofort Feuer und das Feuer verteilte sich rasend schnell über seinen gesamten Körper und er brannte lichterloh, und dann lief er mit der Waffe auf die Glastür zu und ich sah nur noch eine Fackel durch den Nebel schreiten, und dann piepte es und er öffnete die Glastür neben der großen Drehtür und ein Wind fuhr in die Lobby und wirbelte weiße Nebelschwaden auf, und dann begann er wieder zu schießen, und ich wollte schreien: Nein!, wollte ich schreien, und vielleicht schrie ich auch, und dann wurden die Schüsse lauter, es wurden immer mehr Schüsse, und sie hörten sich anders an als Benitos Schüsse, sie überlagerten sich, und ich hörte Glas klirren und zerspringen und es zischte etwas an mir vorbei und ich warf mich auf den Boden und hielt mit den Händen meinen Kopf und ich guckte nach vorne, und ich sah das Blaulicht und die menschliche Fackel, die jetzt zuckte, tanzte, sah sie in Zeitlupe tanzen, wie sie immer noch schoss, sich drehte, immer weiter drehte, sah, wie die Flamme in sich zusammenfiel, kippte, in sich zusammenklappte, sah die Fackel fallen und sah noch irgendetwas vor meinen Augen, aber das war gar nicht hier, das war irgendwo anders, und dann zuckten Bilder an meinen Augen vorbei, die ich vergessen hatte, die mir vertraut waren, die ich aber nicht zuordnen konnte, die ich gleich wieder vergaß, und es knallte und klirrte und es schepperte und ich verlor das Bewusstsein.

Als seine Mutter ihn für die dreiwöchige Fahrt angemeldet hatte, war es nicht wirklich eine Lüge gewesen, als sie die Frage nach Cherubims Schwimmabzeichen beantwortet hatte, versichert hatte, der Junge habe nun Schwimmen gelernt und die Prüfung bestanden. Das Abzeichen war ja vorhanden, sie selbst hatte es auf die blaue Schwimmhose genäht. Woher also sollte sie wissen, dass es eine Lüge war? In diesem Unwissen jedoch stärkte sie eine Lüge, schrieb an ihr mit, und nun war diese Lüge weiter gereicht worden und Vater und Sohn hatten noch mehr Menschen mit hineingezogen. Denn das tut man, wenn man lügt. Man zieht Menschen unweigerlich mit in etwas hinein. Auch Cherubim geriet auf diesem Weg noch tiefer in die Bredouille, denn wieder hatte er nichts gesagt, wollte er doch seinen Vater nicht verraten, weil er durchaus verstanden hatte, wie ungeheuerlich diese ganze Geschichte doch eigentlich war. Er wollte nicht, dass es noch mehr Ärger zwischen den Eltern gab. Er war zum Lügner geworden, wie ja auch sein Vater ein Lügner war. Das tat Cherubim immer wieder: Er log für seinen Vater, manipulierte dessen Bild. Nicht für sich selbst. Er tat es für den Vater, weil er dessen Menschenwürde schwinden sah. Sie löste sich auf, ganz langsam, wie eine Brausetablette in einem Wasserglas, die in endloser Zeitlupe verschwand und das Wasser dabei immer mehr trübte. Also zog er seine Mutter mit ins Wasser, in dem die Wahrheit bereits lange vor seinen Augen ertrunken war.

Wenn sie schwimmen gingen, würde Cherubim eben am Rand bleiben, dort, wo er stehen konnte. Niemand würde es bemerken. So sagte er es sich. So vergaß Cherubim seine Sorgen auf dem Fluss, für eine Weile zumindest. So, wie man etwas vergisst, wenn man einen guten Film sieht oder ein gutes Buch liest und dabei auf eine Art in eine andere Welt eintaucht, dass man nur noch der Betrachter ist, der in nichts reflektiert wird, was da vor einem liegt. Die Weite des Flusses, der Anblick der Berge, die kleinen Dörfer an den Ufern, die Vögel, die Stille, die Strömung, die sie trieb, die kleinen Ausflugsboote, die den Jungen entgegenkamen und deren Passagiere zu ihnen herüberwinkten, Angler, die geduldig auf ihren Campingstühlen saßen. Die graue Stadt, in der er lebte, war von Industrie und Bergbau geprägt, und Cherubim merkte schnell, wie schön die Welt sein konnte, wenn man sich nur ein paar Stunden von zu Hause wegbewegte, frische Luft atmete, dem Lärm entging, mit der Hand durch klares Wasser fuhr. So dachte er bald schon nicht mehr an sein Unvermögen, im Wasser zu überleben, und mit jedem Mal, da er das Paddel ins Wasser stach oder den Kurs korrigierte, fühlte er sich ein Stück lebendiger.

Zwei

Surrealistische Bilder terrorisieren so die Einbildungskraft,
indem sie den schönen Schrecken hinter einer Maske verbergen, die zu lüften dem gereizten Zuschauer nicht gelingt. Er
wird so zum Voyeur, der ein Rätsel lösen will.
(Karl Heinz Bohrer, 1969)

Er hat Augen wie ein Blinder, ich sage nicht,
dass er blind ist, aber seine Augen sehen genauso aus,
vielleicht täusche ich mich auch.
(Roberto Bolaño, 2004)

I.

Es war mitten in der Nacht. Ich saß am Schreibtisch unter der Dachschräge, zu Hause, untätig und ohne Ambition, etwas daran zu ändern. Ich blickte aus dem Fenster des Arbeitszimmers, versuchte, mich zu erinnern, an damals, also an davor, wollte etwas sehen, etwas wissen, wollte mich an Benito erinnern. Doch da war nichts. Nur ein ferner Stich. Mein Geist war wie betäubt. Es wollte mir nicht gelingen, tiefer vorzudringen. Ich wusste noch, wie ich Benito zum letzten Mal gesehen hatte, konnte mich an unsere Fahrt erinnern, wie wir uns nähergekommen waren, eine Freundschaft entstanden war. Kippe, Maus, Uğur, Fliegentöter. Der Häuptling. Dunkelheit. Ein Schleier hing vor allem. Die Lichter in meinem Rücken waren gelöscht. Nur von der Nachttischlampe im Schlafzimmer drang noch ein fahler Schein herüber, ohne den die Wohnung ganz dem sich ausbreitenden Blauschwarz erlegen wäre, das die Konturen meiner Umgebung mehr und mehr auflöste. Das Schreibgerät lag geschlossen. Meine Notizbücher hielten fest ihre Deckel an sich gepresst. Auch die Füllfederhalter und die Bleistifte blieben in ihrem Mäppchen verborgen, als wollten sie mich nicht stören, als fürchteten sie mich sogar. Ich saß da, ein schwarzer Stein an einem nächtlichen, mondlosen Strand, um mich herum nur ewig reibender Sand und in der Ferne das mir unsichtbare Rauschen der tosenden Wellen.

Früher, vor ein paar Jahren noch, hätte ich in einer solchen Stimmung geschrieben, hätte Wort um Wort verbunden und demütig beobachtet, wie dazwischen automatisch neue Wörter aufgetaucht wären, mich die Eigenwelt der Sprache zu unbekannten und unabsehbaren Bedeutungen geführt hätte, wäre dem verheißungsvollen Unwissen und der Erinnerungslosigkeit bis zu jenem leuchtenden Moment ihrer Wandlung gefolgt, das doch letztlich immer noch zu mir gekommen war. Ich hatte mit dem Schreiben immer jene Lücke zu schließen versucht zwischen dem, wie ich mir die Welt wünschte, und dem, wie ich sie vorfand, für Jahre, vielleicht mein ganzes bisheriges Leben lang, zumindest aber, seitdem ich schrieb. So war es eine Art zu leben geworden. Doch es wollte mir nicht mehr gelingen. Seit drei Jahren war es mir unmöglich, Brücken zu bauen zwischen mir und jenen schwindenden Ufern, die ich doch beschreiten musste. Auch jetzt, wo ich es am allermeisten gebraucht hätte, versagte es mir.

Jeden Abend mussten sie die Löcher flicken, damit die altersschwachen Boote nicht mit Wasser vollliefen. Es war nach den ersten Tagen zu einer Routine geworden. Um sicherzugehen, dass die geflickten Stellen am nächsten Tag trocken waren, durften sie abends, wenn sie an Land gingen und das Zelt aufschlugen, keine Zeit verlieren. Die Spachtelmasse, die ihnen der Kellermeister mitgegeben hatte, brauchte ein paar Stunden, um auszuhärten. Zwei von ihnen zogen dann los, um Trinkwasser zu holen, zwei suchten nach Feuerholz, zwei bereiteten ein Abendessen vor, und der Häuptling nahm sich der Boote an.

Uta hatte angerufen, fast direkt danach, als mich die Polizistin aber schon befragt und mir ein Sanitäter eine goldene Rettungsplane umgelegt hatte. In Dortmund hatte ich vor Jahren mal ein Theaterstück gesehen, in dem eine Schauspielerin sich in so eine Rettungsplane gehüllt hatte und dann, angestrahlt von einem Scheinwerfer, wie ein Derwisch hinter einer milchigen Leinwand umhergetanzt war, die Bühne und Publikum trennte. Schreiend hatte sie das eigene Verbrennen gemimt. Es war verblüffend, wie perfekt die leuchtende Reflexion die Illusion des Feuers hinter der Leinwand hatte erscheinen lassen. Der visuelle Reiz hatte auch meinen Geruchssinn irritiert, so hatte ich gemeint, ich röche sengendes Fleisch und verbrannte Haare. Einige Besucher waren während dieser Szene aufgesprungen und hatten das Theater fluchtartig verlassen. Vor allem direkt vor dem Bühnengraben waren mehrere Gäste schockiert aufgestanden und gegangen. Von der letzten Reihe aus hatte ich es aushalten können, hatte auch über die Leinwand schauen können und einmal, als die Schauspielerin weit nach hinten in den Bühnenraum gelaufen war, die funkelnde Rettungsplane erkannt. Doch auch im Schauspiel war ein brennender Mensch kaum zu ertragen. Das Telefon klingelte und ich erwachte aus dieser Erinnerung. Eigentlich hatte ich das völlig veraltete Gerät nie dabei, und wenn doch, war es meist ausgeschaltet oder auf lautlos gestellt. Im Apennin hatte es nur oben im Ort Empfang gegeben, da hatte ich mir die Erreichbarkeit weiter abgewöhnt. Uta hatte die Bilder in den Nachrichten gesehen. Sie wusste, dass ich dort war, sie wusste es von unserem letzten Telefonat, als ich ihr, noch von Italien aus, meine Rückkehr angekündigt hatte. Die Rettungsplane knisterte, während ich das Telefon aus der Innentasche meines Jacketts fingerte. Anders als sonst sagte ich meinen Vor- und Zunamen. Uta stöhnte in einer Mischung aus Erleichterung und Sorge laut auf, fast klang sie dabei verblüfft. Erst fragte sie mich, ob ich verletzt sei. Ich verneinte. Sie fragte, ob ich schon aus dem Gebäude sei, ich sagte, ich wisse es nicht, sei aber in Sicherheit. Ich konnte nicht richtig sprechen, antwortete abgehackt und ohne wirklich zu reden. Meine Gedanken kreisten um Fragen und Begriffe, die ich nicht verstand. Sie waren in diesem Kreisen gefangen.

Uta wusste schon mehr als ich, oder weniger als ich, wie man es nimmt, denn dass ich den Verantwortlichen kannte, konnte sie nicht wissen. Uta hatte es auf CNN gesehen. Sie sagte, alle brächten etwas darüber. Während noch immer die Reste des Nebeleffekts aus dem Gebäude drangen, während da noch ein Körper auf dem Boden lag, von einer weißen Plane abgedeckt, während die Besucher des Empfangs evakuiert wurden und das Sondereinsatzkommando durch die Gänge stürmte, spekulierten die Medien bereits darüber, was hier in Bonn geschehen sein mochte. Die Aufmerksamkeit hatte sich ob der Prominenz der Opfer potenziert. Binnen kürzester Zeit war die internationale Presse versammelt, waren diverse Übertragungswagen vorgefahren, hatten Reporter sich mit dem Rücken zum Geschehen und dem Blick zum Publikum nebeneinander aufgestellt. Die Kameraleute filmten den künstlichen Nebel, der sich im Himmel verflüchtigte, filmten die Beamten, die Sanitäter, die Fahrzeuge, das Hotel, den Körper unter dem weißen Tuch. Niemand konnte erklären, was sich hier zuletzt ereignet hatte. Es waren widersprüchliche Informationen durchgedrungen, die, einhergehend mit der Drastik des Vorfalls, böse Assoziationen weckten, vorschnell eingeordnet wurden, wenn auch in den Meldungen keine Eindeutigkeit zu lesen war. Uta schien froh, sich an etwas festhalten zu können, um meinem Schweigen zu begegnen, und so brachte sie mich ins Bild: Die Moderatoren rangen um Worte, mutmaßten vage über das Geschehen, gaben immer wieder ratlos ab zu den Reportern und Korrespondenten vor Ort, die sich mit ihren gleichsam angespannten Gesichtern bald in ihren Worten wiederholten. Es sei zu diesem Zeitpunkt unklar, sagte Uta, ob es einen oder mehrere Täter gegeben habe, auch sei unklar, ob der Täter, der eindeutig tot auf dem Hotelvorplatz lag, nicht vielleicht Komplizen hatte, die noch frei herumliefen, sich vielleicht im Gebäude verschanzt, Geiseln genommen hatten. Der Attentäter vor dem Eingang aber war eindeutig tot. Benito war tot. Auch der sonderbare Rauch, der doch Bühnennebel war, sorgte für Verwirrung. Aber da war kein Feuer. Sollte ich das vielleicht irgendwem sagen? Ich sagte es Uta. »Das ist kein Feuer. Das ist Bühnennebel.« – »What?«, entgegnete sie in ihrem zackigen New Yorker Englisch, in das sie in Momenten großer Aufregung verfiel. Ich sagte: »Er ist tot«, sagte es aber so, als wolle ich gar nicht, dass sie mich verstand. Uta fuhr unbeirrt meiner Auskunft fort, vielleicht hatte sie es auch wirklich nicht gehört: Es war laut Medienberichten noch nicht endgültig zu sagen, ob es neben dem Attentäter Tote oder Verletzte gegeben habe, wenn nach und nach auch immer mehr Menschen die Hotellobby verließen, durch die Notausgänge und durch die große Drehtür, wo sie von Polizisten begleitet an die Sanitäter übergeben wurden. In der Ferne konnte ich sehen, was Uta mir berichtete, doch über den Umweg der Kamera war sie näher am Geschehen als ich. Die Fernsehsprecher beschrieben, welche der Gäste da gerade herauskamen, oder eher: herausgeführt wurden, zitternd und mit panischem Blick. Die meisten der Geretteten waren Personen des öffentlichen Lebens. Auch Uta kannte ihre Namen und berichtete mir, wen sie da am Bildschirm sah. Ich kniff die Augen zusammen und schaute über die weiße Plane hinweg zum Ausgang. Es sah aus, als habe ████████ ██████, der Moderator, einen nassen Fleck im Schritt. Uta schien es genau in dem Moment ebenfalls zu sehen. Sie sagte, er habe sich die Hosen nass gemacht, vor Angst, sagte es nicht, ohne sich darüber aufzuregen, dass die Kameraleute wirklich alles filmten, was sie kriegen konnten. Nachdem ich das Bewusstsein wiedererlangt hatte und durch die Drehtür gekrabbelt war, waren da zum Glück noch keine Fernsehkameras gewesen. Nur das Sondereinsatzkommando hatte dagestanden und mich sogleich in Sicherheit gebracht.

Auch jetzt, es war der dritte oder vierte Tag und sie waren früh am Morgen aufgebrochen, hatte sich bereits einiges Wasser am Boden des Kanus gesammelt. Mit jeder Bewegung schwappte es hin und her, trüb und brackig, spritzte zwischen den Holzpanelen hervor. Der Wasserstand im Boot zeigte an, dass sie besser bald anlegen sollten, was Cherubim bereits herbeisehnte. Nach bald zwölf Stunden auf dem Fluss, lediglich unterbrochen von einer kurzen Mittagspause, spürte er, wie sich die Erschöpfung immer mehr in ihm ausbreitete. Cherubim hatte Hunger und die Arme wogen schwer wie Blei. Auch den anderen Jungen schien es so zu gehen. Längst hatten sie aufgehört, sich gegenseitig nass zu spritzen oder um die Wette zu paddeln. Das Gejauchze und Geplapper war erstorben, und das Verklingen des Gelächters bot Raum für die Stille des aufkommenden Abends. Cherubim konnte den Fluss so viel deutlicher hören, die Insekten, das Plätschern des Wassers. Auch die Strömung trug einen Klang. Sein Blick haftete fest auf Benitos Rücken, als könne er der Anstrengung durch seine Konzentration entkommen. Mechanisch tauchte der sein Paddel ins Wasser, immer in der gleichen Bewegung. Benito konnte all das nicht sehen, was Cherubim mit den Augen taxierte und an dem er sich im meditativen Rhythmus des Paddelns bald mit seinen Blicken wie an Lianen entlanghangelte. Dinge, die er gierig mit seinen Augen abtastete und in seiner Fantasie noch weiterspann, in kleine Geschichten einbettete. So nämlich erschloss er sich die Welt, stets eingetaucht in eine Wolke seiner Fantasie. Immer wieder fand er dabei zurück in die Wirklichkeit, wurde von der bloßen Anwesenheit des Blinden aus seinen Gedanken zurückgeholt. Dann blieb sein Blick an ihm haften. Benito wirkte nicht unzufrieden, soweit Cherubim das an seinem Rücken ablesen konnte. Die Luft, die Geräusche des Wassers, die Bewegung: All das kam ja zu ihm, drang ja zu ihm vor. Wenn ein Mensch blind ist, wusste Cherubim aus einem *Daredevil*-Comic, prägen sich die anderen Sinne schärfer aus, weil das Gehirn die fehlende Wahrnehmung kompensiert. Der Geruchssinn nimmt ein breiteres Spektrum wahr, die Ohren arbeiten präziser. So glaubte Cherubim fest daran, dass Benito auch ohne Augenlicht spürte, welch bezaubernde Schönheit sie hier vorfanden.

Da hörte ich die Schüsse wieder, erst Benitos Schüsse, dann die Schüsse, die auf Benitos Platzpatronen geantwortet, sich lauter und heftiger darübergelegt hatten. Sie hallten leise und blechern aus Richtung eines der großen Einsatzfahrzeuge. Mit Uta noch am Hörer folgte ich dem Geräusch, bis ich nach ein paar Metern die Quelle fand. Aus der Ladefläche eines der monströsen Fahrzeuge ragte ein riesiger, schwenkbarer Fernsehschirm. Unauffällig stellte ich mich zu den Beamten, die darauf die Nachrichten verfolgten. Die Geräusche im Telefon und auf dem Bildschirm doppelten sich mit leichter Verzögerung, auch das Klirren einer Fensterfront war zu hören. Uta und die Beamten schienen denselben Sender gewählt zu haben.

Was ich nun auf dem Bildschirm mitverfolgen konnte, erinnerte eindeutig an einen Anschlag. Jeder Mensch auf der Welt, der Zugang zu Nachrichtensendungen oder zum Internet hatte, konnte das jetzt sehen. Während die weitverzweigten Gänge und die über 400 Zimmer des Hotel Paradies noch von einer Einsatztruppe des GSG 9 durchkämmt wurden und Einsatzleitung wie Presse versuchten, sich einen Überblick zu verschaffen, hielt daher nicht nur die Bonner Bevölkerung den Atem an. Das Gebäude war groß. Es dauerte. Man konnte einschalten, dazukommen. Menschen auf der ganzen Welt wurden zu Zeugen von etwas, das noch nicht abgeschlossen war. Bevor die Lage sich auch nur im Ansatz geklärt hatte, flimmerten Bilder über die Schirme, die noch nicht zuzuordnen waren. Aufnahmen der prominenten Gäste, Polizisten, Krankenwagen, die weiße Plane vor der Drehtür. Nun zeigten sie wieder das Video, von dem ausgehend ich die Schüsse gehört hatte. Ohnehin unscharf und verwackelt, war die Person in dem Video vor der Ausstrahlung von der dpa unkenntlich gemacht worden. Trotzdem stockte mir der Atem. Ein milchiger Fleck führte vor einem prunkvollen Hoteleingang einen Tanz auf, drehte sich, brannte, schoss. Ein blinder Fleck. Dann antwortete ein Reigen lauter Gewehrschüsse, Glas klirrte, die Kamera wackelte, bis die trübe Fläche schließlich in sich zusammenfiel und die Aufnahme abbrach. Ein Handyvideo. Der Moderator der Sendung sprach, kommentierte, analysierte. Das Eigentliche jedoch blieb der Fantasie überlassen. Benitos Tod war zensiert worden. Der Kommentator sagte, er habe so etwas noch nie gesehen. Dann zeigten sie das Video noch mal. Sollte ich vielleicht irgendwem Bescheid geben, dass es sich nicht um einen Anschlag handelte, dass Benito nur mit Platzpatronen geschossen hatte? Amok und Terror. Das waren die Worte, die fielen, in Mutmaßungen, passend zu den Bildern, die ja ob ihrer Extreme dieses Vokabular aufriefen, den zwingenden Verdacht aufbringen mussten, der Terror habe wieder zugeschlagen. Nein, ich sagte nichts. Vielleicht stand ich unter Schock. Ich weiß es nicht. Es war nicht zu fassen. Ich wusste auch nicht, was ich Uta sagen sollte, die jetzt weinte, die aufgehört hatte, zu erzählen, was sie im Fernsehen sah, und nun erneut fragte, ob ich auch wirklich nicht verletzt sei. »Niemand ist verletzt«, sagte ich zu ihr. »Nur Benito ist tot«, sagte ich, aber sie verstand nicht. Sie fragte mich, wo ich mich genau befände, ob Hilfe da sei, ob sie irgendwen anrufen solle, ob sie kommen solle, mich abholen, ob ich einen Arzt bräuchte, ob ich ganz sicher sei, dass ich nicht doch irgendwie verletzt sei. »Nein«, wiederholte ich. Niemand ist verletzt. Dann sagte ich so was wie »Sorry!« und legte auf.

Später, der Fluss war breiter geworden und die beiden befanden sich ein ganzes Stück von den anderen Booten entfernt, begann Cherubim, Benito mit gedämpfter Stimme zu erzählen, was er sah, was er gesehen hatte. Er ließ wispernd die letzten Tage der Flussfahrt Revue passieren, hielt sich dabei an den Bildern fest, die er besonders gut erinnerte, weil er sie am Abend in das Fahrtenbuch geschrieben hatte. Die Sonne ging schon unter. Bald würde die Dunkelheit überwiegen, und im schwindenden Kontrast der Landschaft entstand Cherubim eine Fläche, auf der er seine Schilderungen ausbreiten konnte. Mit verschwörerischer Stimme beschrieb er Benito eine Ritterburg, die er gesehen hatte, einen vorbeirauschenden Zug, Weinberge, einen kleinen Hafen, eine Gaststätte mit Terrasse zum Wasser, einen Campingplatz, einen FFK-Liegeplatz, an dem die Jungen mit Schamesröte im Gesicht vorbeigepaddelt waren. Er fing an, die Dinge auszuschmücken, die er gesehen hatte, sie um ein paar ausgedachte Details zu ergänzen. Benito sollte sich vorstellen können, was die Jungen hier umgab, und so ließ Cherubim alles durch sich hindurchfließen, sodass eine Erzählung daraus wurde, überhöhte es, verfremdete das Vorhandene, bis er meinte, die Welt sei durch die Sprache noch lebendiger geworden als das Erlebte. Benito hörte ihm zu. Er sagte nichts, doch Cherubim hoffte, dass der blinde Junge in dem kleinen Kanu mitten durch das hindurch paddelte, was er ihm erzählte. Als plötzlich ein kleiner, schwarzer Hubschrauber mit laut schneidenden Rotoren über den Fluss flog, bemerkte er mit einem Mal, wie weit sie sich bereits von der Zivilisation entfernt hatten.

~

II.

Anderthalb Wochen waren jetzt vergangen seit dem Vorfall, und ich hatte am Vorabend entgegen meinem erneuten Schwur getrunken und eine Zigarette geraucht. Ein Glas, dabei würde es bleiben, so hatte ich mir versprochen. Nur für die Nerven hatte ich nachgegossen. Im Apennin war ich drei Jahre lang nüchtern geblieben. Die Schallplatte knisterte schon eine unerträgliche Ewigkeit in der letzten Rille, es würde ihr und der Nadel schaden. Zuletzt hatte ich *Eisblumen* von Hildegard Knef gehört, war nach diesem letzten Stück auf dem Holzstuhl sitzengeblieben, der schon mit meinem Körper verwachsen schien. Letzte Rille. Auch ihr Text war mir unvollständig vorgekommen, genau wie die Texte davor, war nur mit Lücken zu mir vorgedrungen, zwischen denen ich nichts hatte festhalten können. Die Nachbarn in den Wohnungen auf der anderen Straßenseite schliefen. Nirgendwo brannte mehr Licht. Nach und nach hatte ich sie aus dem Abend verschwinden sehen. Die Jalousien der gegenüberliegenden Fenster hatten ausgedient für heute, schützten weder in die eine noch die andere Richtung. Vor einer Stunde, es mögen auch zwei gewesen sein, hatte die junge Frau von der anderen Straßenseite noch einmal das Licht angeschaltet, um auf die Toilette zu gehen. Ich hatte die Umrisse ihres Rückens im Zerrbild des schmalen Badezimmerfensters gesehen. Auf dem Rückweg ins Bett dann hatte sie sich in der Küche ein Glas Wasser geholt und war dabei am größten der vom Mondlicht erfüllten Fenster vorbeigekommen.

Cherubim betrachtete das Boot, in dem Kippe und Uğur paddelten, in gleichmäßigem Rhythmus, meistens zumindest. Der Wimpel der Schwarzen Steine, der senkrecht und unbeirrt im

Kanu stand, wog sachte hin und her. Die beiden Jungen gaben ein ungleiches Paar ab. Von allen Schwarzen Steinen hatte Kippe nach dem Häuptling die meisten Proben abgelegt. Kippe war ein guter Kerl. Er war nicht boshaft, nicht verschlagen. Kein Angeber. Er handelte vielmehr aus Freude, aus der Intensität seiner Existenz heraus, die er klar und deutlich zu spüren schien. Ein Waldläufer. Kippe, der angeblich heimlich rauchte und so zu seinem Namen gekommen war, den aber noch nie jemand hatte rauchen sehen. Er war stark und schlau, seine Schönheit eroberte die Räume, die er betrat, und wenn er eine Aufgabe übernahm, dann handelte er souverän und zuverlässig. Kippe war die rechte Hand des Häuptlings, der ihn ebenfalls noch nie hatte rauchen sehen. Doch all diese Eigenschaften tanzten auf einer Eisfläche, die zwar trug, sicheres, dickes Eis war, aber deren darunter liegendes Wasser das Fragile bedeutete, abgegrenzt und versteckt, für eine andere Zeit und aus einer anderen Zeit, und dieses eiskalte Wasser war in seinem Volumen größer als alles darauf, war schwerer als das Eis, schwerer als der tanzende Schlittschuhläufer. Dieses Wasser konnte niemand sehen, es war transparent und unter einer Eisschicht verborgen, und anders als das nicht vollzogene und nur behauptete Rauchen, von dem jeder wusste und das es nicht gab, war das Wasser ein Wasser der Verletzlichkeit und Schwäche, ein wahres Geheimnis, eines nämlich, von dem niemand wusste, vielleicht nicht einmal Kippe selbst. Gelegentlich nur trat es zutage und suchte sich seine Wege, und dann erschien es wie ein Widerspruch. Einmal etwa, zwei Jahre zuvor, kurz nach seinem 12. Geburtstag, war Kippe ganz plötzlich verschwunden. Seine Familie und Freunde hatten ihn verzweifelt gesucht, hatten die Polizei eingeschaltet, bis sich nach einer Woche herausstellte, dass der Junge die ganze Zeit über in unmittelbarer Nähe der Wohnung gewesen war. Er hatte auf dem Dachboden des Mehrfamilienhauses übernachtet, in dem er mit seiner Familie lebte, hatte sich dort versteckt. Ein Waldläufer in der

Stadt. Zur Rede gestellt, hatte er klug und strategisch geantwortet, sodass in seinem Verschwinden niemand etwas anderes hatte sehen können als die Flausen im Kopf eines Kindes.

Meine Hände waren faltig geworden. Sie zitterten, wenn ich sie anschaute. Immer nur dann, wenn ich sie anschaute. Wie hatten meine Finger nur so alt werden können? Es ist kein Blut daran gewesen. Sie hatten mich festgehalten. Kennen Sie den Mann? Nein. Sind da noch mehr? Ich weiß nicht. Ist da ein Feuer? Gucken Sie mich an. Können Sie uns irgendetwas sagen? Ist da ein Feuer? Brennt es in dem Gebäude? Ich weiß es nicht. Kann ich so eine Decke haben? Gleich. Ich brauche eine Decke hier. Bringt mir eine Decke. Sie müssen uns helfen. Gibt es Tote? Sind da Verletzte? Mir ist so kalt. Warum sind Sie ihm nachgerannt? Nein. Ich bin niemandem nachgerannt. Ich weiß es nicht. Ich bin ihm nicht nachgerannt. Kennen Sie den Mann? Nein. Können Sie sich ausweisen?

Die Polizistin hatte mich zu den großen Einsatzfahrzeugen gebracht, die vor dem Hotel standen. Sie hatten mir eine Rettungsdecke gegeben und einen Tee. Ich glaube, ich habe mich an der Polizistin festgehalten, mich in die Ärmel ihrer schweren Uniformjacke gekrallt, wie ein Äffchen, das Angst hat, abzustürzen. Ganz instinktiv. Ein Sanitäter hatte mich untersucht, mir in die Augen geleuchtet, meinen Puls gemessen. Später dann, als das Gebäude bereits evakuiert und durchsucht worden war, hatte ich noch einmal mit einem anderen Beamten sprechen müssen, hatte seine Fragen beantwortet, hatte ihm erklärt, dass ich während des Anschlags, denn so nannten sie das, was da geschehen war, schnell bemerkt habe, dass es sich um Platzpatronen handeln müsse. Weil niemand zu Boden ging, kein Blut floss, kein Fleisch klaffte. Und dass ich dann, als mir die Gelegenheit günstig erschien, aus dem Saal gerannt sei und schließlich durch den Haupteingang weiter nach draußen, den Rest wisse er ja, ich sei müde, ob ich bitte gehen könne, einen Kaffee haben könne, ob er eine Zigarette für mich habe, woraufhin mir der Beamte seine Schachtel geöffnet hatte, ich dann schon rauchend hatte unterschreiben müssen, dass ich mich für weitere Befragungen zur Verfügung halten würde. Wir melden uns bei Ihnen. Dann hatte er mich skeptisch angeguckt, so lange, bis sich der Rauch in meiner Lunge ganz aufgelöst hatte.

Auch Uğur war weggelaufen, war abgehauen, nicht nur einmal. Er war in die Gruppe gekommen, weil die Erzieherinnen im Heim nicht mehr weiter gewusst hatten mit ihm. Sie kannten seine Vorgeschichte, die sie selbst lähmte und betrübte, eine Geschichte von Flucht und Verfolgung, von Trennung und Verlust, doch Uğurs wacher Geist und seine unerschöpfliche Energie stellte sie vor ein Rätsel, vor eine Herausforderung, mehr noch, sein Wesen erschreckte sie, und sie wussten nicht, wie sie damit umgehen sollten. Irgendwann hatten sie ihn im Heim nur noch angeschrien, als sei das die einzige Möglichkeit, ihn zu erreichen, was ein Irrglaube war, denn Uğur hörte am besten, wenn man im Flüsterton zu ihm sprach. Hier also war eine Institution an ihre Grenzen gestoßen, und die Reaktion darauf, Uğur mit Benito zu den Heimabenden zu schicken, damit sie sich dort gehörig austobten und endlich Anschluss finden würden, hatte sich schnell als eine gute Idee erwiesen. Es gefiel Uğur bei den Pfadfindern, wo bisweilen geflüstert wurde, und er kam fortan jede Woche zu den Treffen, war nicht selten der Erste vor Ort, und wenn dann nach und nach die anderen Jungen und der Häuptling auftauchten, saß Uğur in der Hocke und stocherte mit einem Stock in der Erde herum, oder, und das war mehrmals vorgekommen, er hatte sich unter einem Gebüsch hingelegt und war dort eingeschlafen. Er war hier, bei den Pfadfindern, die nur die Gegenwart ihres Zusammenseins kannten, ein Junge unter anderen Jungen, einer, der nun nicht mehr stetig an seine Situation erinnert wurde, sondern sich davon ablenkte. So gab ihm die Gemeinschaft der Gruppe ein Gefühl der Normalität. Es machte ihm nicht nur Spaß, sich zu verausgaben, mit den Jungen in den Wald zu gehen, Bretterbuden zu bauen und Verstecken zu spielen. Es sicherte ihm vielmehr sein Überleben, und so war er am Morgen der Flussfahrt schon mit seinem Gepäck vor dem Heim gestanden, hatte die Erzieherin, die, noch rauchend und bei Kaffee vor die Tür getreten war, lautstark angefleht, schneller zu machen, schneller zu rauchen, schneller zu fahren, war dann auf dem Weg zum Bahnsteig, wo noch niemand auf ihn wartete, zweimal beinahe auf der Treppe gestürzt, was geradezu eine Leistung war, gab es doch nur diese eine, kurze Treppe, die hoch zum Gleis führte, wo er dann ungeduldig auf seinem Affen sitzend gewartet hatte, immer wieder Benito löchernd, was dieser denn meine, wann die anderen Jungen und der Häuptling endlich kämen. Doch Benito hatte geschwiegen, wie so oft, hatte einfach neben Uğur auf seinem akkurat gepackten Affen gesessen und gewartet. Als dann der Häuptling die Treppe hochgestiegen kam und nach und nach auch Kippe, Cherubim, Maus und Fliegentöter eingetroffen waren, war Uğur jedes Mal aufgesprungen, um sie zu begrüßen. Uğur hatte tief vergraben, was er erlebt hatte, was ihm widerfahren war. Er hatte gelernt, mit der Ungewissheit, ob er seine Eltern jemals wiedersehen würde, ob sie überhaupt noch lebten, auf seine Art umzugehen. Er lebte damals wie ein Satellit, der stets um alles kreiste, oder wie eine Motte ums Licht.

Ich erinnerte mich an ein bestimmtes Gefühl, wenn etwa Verwandte gestorben waren, zu denen ich einen Bezug gehabt hatte, mein Vater, oder Freunde, Menschen, die mir wichtig waren. Es waren Abschnitte eben jener tiefen Dunkelheit, in der ich mich nun auch hier befand, in denen ich ganz in meinem Kopf gefangen und gleichzeitig dem Körper darunter merkwürdig enthoben war, als gehörten die Teile zwar zueinander, seien nun aber in ihrer Verbindung unterbrochen. Nur im Kopf und dann wieder auch nicht, denn dort, von wo aus ich an mir herunterschauen konnte und mit schielendem Blick die Nasenspitze sah, unter der ich noch vor wenigen Tagen den Bart erblickt hätte, geschah nichts, huschten nur Fragmente umher, reifte kein Gedanke mehr ins Konkrete, blieb alles in kleinen, flüchtigen Fetzen. Irgendetwas war schon da, irgendetwas lag zum Verstehen bereit, doch es ließ sich nicht finden. Die Gedanken verhielten sich Ruß gleich, der manchmal von Kerzen abgeht und dann als Schwebeteilchen müde in der Luft hängt. Bilder, Sätze, Fragen, ohne Zusammenhang, langsam und schon vergessen, wie Seepferdchen im Wasser. Es war, als gehörte mir der Kopf nicht mehr, oder als könnte ich ihn nicht mehr benutzen. Traurigkeit, die ungreifbar blieb, sich nur für einen furchtbaren Moment des Erschreckens in Klarheit darbot, welche sich dann direkt wieder aus mir löschte. Eine schmerzhafte Hitze durchfuhr mich und war kurz darauf schon wieder ganz verzogen. Benito. Was war nur geschehen?

Cherubim erwachte durch einen zwingenden Harndrang und spürte die feuchte Kohtenplane auf seiner Stirn kleben. Er spürte auch die Abwesenheit der Körper der anderen, die ihm vorher, dicht aneinandergedrängt, noch Wärme gespendet hatten. Er fröstelte. Es musste mitten in der Nacht sein. Die Jungen hatten ob des schönen Wetters und der späten Uhrzeit des Landgangs das Zelt nicht mehr aufgebaut.

Die Kohte ist in ihrer spitzen Form einem Tipi nicht unähnlich. Sie besteht aus vier dreieckigen Zeltplanen, die miteinander verknüpft und dann mit Karabinern über den Boden gespannt werden, idealerweise auf einer leichten Erhöhung, damit bei Regen das Wasser abfließen kann. Das Zelt wird an einem gefällten Baumstamm hochgezogen, weswegen man an jedem Abend mit der Axt einen neuen Baum schlagen muss, es sei denn, man findet einen geeigneten Stamm. Doch das tote Holz, das die Jungen im Wald auflasen und für das Feuer nutzten, war meist zu morsch, um die Spannung zu halten, und mitnehmen konnten sie die geeigneten Stämme nicht, weil sie für den Transport auf dem Wasser zu schwer und unhandlich waren. Um einen Baum zu schlagen, war es zu spät gewesen, außerdem war der Wald in der Nähe ihrer wilden Anlegestelle noch viel zu jung gewesen, und so hatten die Jungen sich nach dem Abendbrot, als das Feuer bloß noch Glut und Asche gewesen war, am Rande der Böschung mit den bloßen Zeltplanen zugedeckt, die nun, so ohne Spannung ganz vollgesogen vom Wasser, schwer auf Cherubim lagen.

Wie aus einem Nachbarzimmer drangen dumpfe Stimmgeräusche durch die regennasse Hülle. Der Nichtschwimmer zog mit einiger Mühe die Planen zur Seite und richtete sich auf. Der Morgen kündigte sich bereits am von Wolken getünchten Himmel an, wenn auch erst vage. Das Schwarz der Nacht hatte sich ganz unverkennbar ein blaues Kleid angezogen, und so gewöhnten sich seine Augen schnell an die durchbrochene Dunkelheit. Die anderen Jungen hielten sich hinter einer angrenzenden Böschung im Verborgenen und linsten angespannt über das weite Feld, als seien sie auf der Jagd oder lauerten auf einen Feind. Sie schienen aufgeregt, lachten leise und vergnügt, und als das Mondlicht sich für einen Moment seinen Weg durch die Wolken erkämpfte, meinte Cherubim, es in ihren weit aufgerissenen Augen blitzen zu sehen. Er richtete sich auf, um zu sehen, was seine Freunde da beobachteten, fragte, was denn los sei. Kippe zischte ihm zu, ruhig zu sein und sich hinzusetzen.

Viel später am Tag, als Benito gestorben war, sich vor meinen Augen in Feuer und Rauch aufgelöst hatte, in Löcher und Blut, durfte ich noch einmal auf das Zimmer, um mein Gepäck zu holen. Sie hatten alle Räume des Hotels durchsucht, hatten alles fotografiert, protokolliert, hatten jeden der Gäste befragt, jeden Mitarbeiter, alle. Es gab keine Toten, keine weiteren

Attentäter, keine Geiseln. Nur Zeugen. Aber niemand wusste etwas. Die Sicherheitskräfte des privaten Security-Unternehmens waren völlig fassungslos. Sie konnten sich nicht erklären, wie der Attentäter an ihnen vorbei, ja, wie er überhaupt in das Gebäude hatte gelangen können. Sie wurden noch immer befragt. Auch die Belegschaft des Hotels, die Direktorin, die externen Caterer, wirklich alle, die zugegen waren oder gerufen wurden, waren völlig fassungslos. Es ließ sich nur erahnen, wie komplex die Hintergründe dieser absonderlichen Tat sein mussten, denn auch, wenn die Ermittler vor Ort schnell zu ersten Erkenntnissen gekommen waren, blieb das gesamte Ereignis völlig rätselhaft.

Schon am frühen Abend war klar gewesen, dass es sich bei der Waffe um eine Attrappe gehandelt hatte, dass der Nebel tatsächlich Bühnennebel gewesen und dass die Schlösser zu allen Ein- und Ausgängen manipuliert worden waren, dass der Attentäter sich mit einer Brandpaste eingerieben und sich selbst angezündet hatte, um dann vor den Hoteleingang zu treten, wo er vom Sondereinsatzkommando erschossen worden war. Bei der Tat, so stand schnell fest, hatte es sich demnach um eine Täuschung gehandelt. Der Anschlag war im eigentlichen Sinne kein Anschlag gewesen. Während ich meine Tasche packte, ein Beamter wartete vor der Tür auf mich, schaltete ich den Fernseher ein. Da war es schon nach 21 Uhr am Abend, was die Ermittlungsbehörden jedoch nicht davon abhielt, eine erste Pressekonferenz zu geben. Ich setzte mich aufs Bett. Keiner der Menschen auf der Bühne trank von seinem Mineralwasser. Die Gläser waren noch randvoll. Da sagten sie es. Der Bonner Polizeipräsident sagte es. Für die Gäste habe zu keinem Zeitpunkt Gefahr bestanden, der Täter habe die Tat nur vorgetäuscht und sei im Verlauf der Ereignisse zu Tode gekommen. Der Vorfall sei ein Rätsel und die Ermittler versuchten zur Stunde noch, sich einen Überblick zu verschaffen, um erste Erkenntnisse gewinnen zu können. Anschließend lobte er noch die souveräne Arbeit der Einsatzkräfte vor Ort, verwies auf einen Server, auf den Fotos und Videos hochgeladen werden könnten, falls jemand etwas von den Ereignissen fotografiert oder gefilmt haben sollte, mahnte dann deutlich und mit strengem Blick in die Kamera, die Aufnahmen dürften nicht frei zugänglich ins Internet hochgeladen werden. Die Ermittlungen liefen noch an, man erbitte sich Verständnis, dass sie zum gegenwärtigen Zeitpunkt noch keine weiteren Fragen beantworten konnten. Er sagte: »Sie werden verstehen, dass auch wir in dieser Sache etwas ratlos sind.« Ein Tumult folgte, Kameras wurden im Blitzlichtgewitter ausgelöst. Die Identität des Täters, er räusperte sich, des toten Mannes, hielt inne, des mutmaßlichen Attentäters sei zum jetzigen Zeitpunkt noch unbekannt, man werde in der Nacht die Ereignisse genau rekonstruieren und die Ermittlungen fortsetzen, am Morgen sei mit neuen Erkenntnissen zu rechnen. Dann folgte wieder ein verbaler Tumult von Seiten der Journalisten, als der Polizeipräsident, ein Sprecher des Hotels und die stellvertretende Bürgermeisterin aufstanden. Ich ließ mich aufs Bett fallen und starrte an die Decke, schloss die Augen, sah Flammen zucken. Es klopfte an der Tür. »Wir müssen jetzt runter, kommen Sie bitte wieder raus?« Ich stand auf, schaute aus dem Fenster auf den Hotelvorplatz, konnte von meiner Position aus über den von Scheinwerfern erleuchteten Sichtschutz hinwegblicken, den sie auch nach dem Abtransport des Körpers stehengelassen hatten. Am Boden zwischen den weißen Stellwänden sah ich einen schwarzen Fleck. Ich musste den Blick abwenden. Schaute wieder zum Fernseher. Da gab es jetzt Interviews, mehrere, während der Polizist nun schon etwas heftiger gegen die Tür klopfte und die Bilder vor meinen Augen verschwammen. ▮▮▮▮▮ ▮▮▮▮ sagte, er habe um sein Leben gefürchtet, seine Gattin ▮▮▮▮ ▮▮▮▮▮ hielt ihn am Arm, bestätigte, ganz schlimm, ganz schrecklich sei das gewesen, und so ging es weiter, die Augenzeugen, die live dabei gewesen waren, aus dem Inneren heraus mitbekommen hatten, was passiert war, schilderten ihre Eindrücke, ihre Gefühle, schüttelten den Kopf, hier und da floss eine Träne, man sei so glücklich, am Leben zu sein. Sie sagten, dass sie es noch nicht fassen könnten, was da eigentlich passiert sei. Der Regisseur ███████ ████, der einen ganz roten Kopf hatte, gab gewohnt gelassen zu, dass das eine wirklich gekonnte Inszenierung gewesen sei, besonders, dass der Mann mit Lehm eingeschmiert gewesen sei, habe ihn beeindruckt, dann nickte er in die Kamera und ging. ███████ ██████, der neben ihm stand, schaute ihm fassungslos hinterher, guckte noch mal in die Kamera, sagte, er sei froh, noch am Leben zu sein, und folgte dann dem Regisseur. Bei ein oder zwei der Prominenten, die darauf folgten und deren Wortbeiträge deutlich kürzer waren, sah ich etwas in den Augen aufblitzen, das in kindlicher Aufregung nicht mehr zu sagen schien als: *Ich war dabei.* Der Polizist bollerte jetzt so laut gegen die Tür, dass ich fürchtete, die Tür würde jeden Augenblick aus den Angeln fliegen.

Etwa 20 Meter entfernt stand ein Kleinwagen am Rande des Feldwegs, der Form nach ein VW Golf. Vor dem Auto rauften im Licht der Scheinwerfer zwei Hunde miteinander, die Cherubim auf der flachen Wiese nur schemenhaft erkennen konnte. Als dann aber das Mondlicht durch die sich lichtenden Wolken brach und den Scheinwerfern zu Hilfe kam, sich die Umgebung wie im Zeitraffer erhellte, sah er etwas klarer. Nein, das waren keine Hunde. Da rauften zwei Menschen miteinander! Warum waren die dafür extra auf den Feldweg gefahren? Das nächste Dorf lag bestimmt zwei Kilometer entfernt. Waren sie zusammen hierhergekommen? Waren sie sich zufällig begegnet? Was suchten sie hier draußen im Regen, noch dazu mitten in der Nacht? Warum kämpften sie miteinander? Hatten sie sich zum Raufen verabredet? Und warum in aller Welt hatten sie die Scheinwerfer angelassen?

»Müssen wir da nicht irgendwie eingreifen?«, fragte Cherubim flüsternd.

»Halt den Mund«, zischte Maus.

»Wie meinst du das – eingreifen?«, fragte Kippe.

»Ich meine: Nicht, dass die sich wehtun.«

Der Häuptling mischte sich ein. Etwas Verschwörerisches lag in seiner Stimme. Auch er flüsterte aufgeregt: »Die prügeln sich nicht. Die machen was ganz anderes.«

Die anderen lachten leise, aber Cherubim verstand noch immer nicht. In seiner Umnachtung versuchte er, sich auf die Geräusche zu konzentrieren. Er hörte ein gleichmäßiges Grunzen, wie von einem Eber, außerdem war eine hohe, rufende Stimme zu vernehmen. Diese helle Stimme rief sich mit dem Grunzen abwechselnd immer wieder einen Namen in die Nacht.

»Jockel!«

Diesen Namen hatte Cherubim noch nie gehört.

»Jockel, ja, ja.«

Der Mensch, der sich hinter der Stimme verbarg, schien in heller Aufregung. Jetzt sah Cherubim eine rhythmische, gleichmäßige Bewegung. Sein Atem ging schneller und der Herzschlag erhöhte sich. Cherubim verspürte das starke Verlangen, genauer nachzuschauen, was da am Wegesrand im flachen Gras vonstatten ging.

»Die treiben es wie die Karnickel!«, rief Uğur mit begeisterter Stimme, wiederholte den Satz aufgeregt ein paar Mal, bis Kippe auch ihn anzischte, endlich ruhig zu sein. Dabei haftete sein Blick konzentriert auf dem Spektakel, das sich da nicht weit von ihnen vollzog. Etwa fünf Minuten ging es so, und immer wieder war im Licht ein wenig Haut zu erkennen, eine Rundung, ein haariger Busch. Dann, kurz nachdem es sich im Gras vor dem Kleinwagen beruhigt hatte, standen Jockel und das Mädchen, deren Namen die Jungen niemals erfahren sollten, fast etwas verlegen auf, zogen die Hosen hoch und den

Rock runter, klopfen sich die Kleider ab und stiegen zurück ins Auto. Für einen kurzen Augenblick sahen die Jungen ein paar Insekten im Scheinwerferlicht des Wagens tänzeln, umringt von schwebenden Staubpartikeln. Dann sprang der Motor an und der Wagen brauste davon. Die Jungen starrten dem Auto hinterher, als blickten sie einem Raumschiff nach, als verließen die beiden Fremden nun den Planeten, ohne dass ein Kontakt entstanden war. Sie standen da, bis die roten Rücklichter ganz in der Dunkelheit verschwunden waren.

~

III.

Den Tiefpunkt erreichte ich am Montag, eine Woche nach dem Vorfall. Um 10 Uhr morgens sollte ich nach dreijährigem Sabbat meine Studenten begrüßen, im großen Hörsaal, so wie ich es vor meinem italienischen Exil jedes Semester getan hatte. Die Nacht über hatte ich nicht geschlafen, hatte im Sessel gesessen und zum Fenster herausgeschaut, diesmal nicht am Schreibtisch, sondern im Wohnzimmer, bis die Sonne zaghaft ihr Erscheinen angekündigt hatte. Ich war betrunken, erst ein Glas gegen die zitternde Hand, dann so weiter, auch wenn ich wusste, dass es mir nur schaden, mir jedenfalls ganz sicher nicht helfen würde. Ich kreiste um Benito in der Empfangshalle des Hotels, lief um ihn herum, betrachtete ihn, hatte das Bild angehalten. Der Nebel stand starr in der Luft. Für die erste Veranstaltung brauchte ich nichts vorzubereiten. Ich würde mich vor das Rednerpult stellen, mich mit dem Rücken daran anlehnen, die Arme verschränken und Fragen stellen, aus denen ich dann ableiten würde, was ich zur Begrüßung zu sagen hatte: dass ich mich freue auf das Experiment, dass das Schreiben nur mit Geduld und Arbeit zu einem kommen würde und dass sich die Studenten darauf einstellen sollten, dass es dauern würde. *The only rule is work. If you work, it will lead to something. It's the people who do all of the work all of the time who eventually catch on to things.* Das Zitat von Ordensschwester Corita Kent, das fälschlicherweise immer John Cage zugeschrieben wurde, der aber nur mit Kent befreundet gewesen war und ihre Regeln adaptiert hatte, die dann von Merce Cunningham populär gemacht worden waren, würde der einzige Inhalt meiner Präsentation sein, in unbeweglicher, weiß leuchtender Schrift, etwas verschwommen auf schwarzer Folie, wie die Titeleinblendung eines alten Noir-Streifens, und es wäre ein distanzierter Flirt mit den Studenten, ich würde sie zum Lachen bringen, das konnte ich doch, und dann würden sie Motivation verspüren und Lust, würden neugierig werden, sich öffnen, sich darauf einlassen, selbst herauszufinden, ob man Schreiben lernen konnte. Das war eine Frage, da schuf ich gleich beim Auftakt Transparenz, die ich auch nicht zu beantworten imstande war, bei deren Erforschung ich ihnen aber gerne helfen würde. Ich sah mich schon im Hörsaal stehen. Gleichzeitig wusste ich, dass da nur mein altes Ich würde stehen, würde bestehen können, und dass ich nicht in der Lage war, mich vor eine Gruppe von über 90 Studenten zu begeben und zu sprechen. Ich hatte seit Tagen nicht gesprochen, nur mit Uta, hatte ihr zuletzt gesagt, dass sie nicht mehr anrufen solle. Ich ließ meine Begegnung mit Benito weiterlaufen, hörte mir immer wieder an, was er sagte, was er gesagt hatte, meinen alten Namen, von damals, und dann diese Verse aus dem Gedicht, und ich kam nicht darauf, was es war, trank noch ein Glas, weinte, rauchte, zitterte, verstand nichts. Nichts. Stundenlang saß ich so da, irgendwann am Boden. Und dann zuckte es mir durch den Kopf und für einen kurzen Augenblick wurde mir ganz heiß. Ich stand auf, stolperte, fiel wieder auf den weichen Teppich und krabbelte auf allen Vieren ins Schlafzimmer zu meiner Reisetasche, öffnete das Dokumentenfach, zog mit zitternden Händen die Einladung heraus, las, was darauf stand, und dann krabbelte ich wieder ins Wohnzimmer zurück, zum Bücherregal, zog mich hoch, ließ mich wieder fallen, P, das war unten, zog den schmalen Reclam-Band mit Puschkins Gedichten raus, blätterte, bis ich es fand, bis ich das Gedicht las und sich die Einladung mit Benitos Worten verband, die ich nun erinnerte, die ich nun hörte und irgendwie sehen konnte, lesen konnte, im Buch und von seinen Lippen, und da wusste ich, was ich schon die ganze Zeit gewusst hatte, was ich aber nicht hatte verstehen können, dass er es nämlich darauf angelegt hatte, dass ich da war, dass er hinter der Einladung steckte, und ich las das Gedicht noch mal, aber es verschwamm vor meinen Augen, als plötzlich der Wecker im Schlafzimmer klingelte. Ich richtete mich auf, torkelte ins Bad, blickte in den Spiegel und erschrak. Meine Haare waren fettig, der Bart zerzaust, ich sah aus wie ein Untoter. Ich riss ein paar Schubladen auf, wühlte darin herum, bis ich den Haartrimmer fand. Der Wecker piepte noch immer aus dem Schlafzimmer, er wurde immer lauter, wie ein Rauchmelder quälte er meine Gehörgänge. Ich fing an, mir die Haare abzurasieren, vergaß, einen Aufsatz aufzusetzen, fluchte, bemerkte es aber erst, als ich schon das erste Büschel von meinen Händen ins Waschbecken schüttelte. Ich blickte in den Spiegel und sah die kahle Stelle, die ich mir zugefügt hatte, neben der grauen Stelle, dem grauen Mal. Das Gesicht des Häuptlings flackerte auf. Ich rasierte Büschel für Büschel vom Kopf, es brannte, kein Brummen, nur Feuer, doch ich machte weiter, bis das Gerät den Geist aufgab, der Akku leer war oder der Motor kaputt, und als ich das Ladekabel nicht finden konnte, setzte ich mein Werk mit der Schere fort, schnitt mich, fing an zu bluten, machte weiter, bis da fast keine Haare mehr waren. Dann ging es an den Bart, ich raspelte so viel weg, wie ich konnte, rasierte mich anschließend mit meiner Selbstmörderrasierklinge, was ich ebenfalls seit über drei Jahren nicht mehr getan hatte, und es klappte nicht so gut wie früher, hier und da blieben Bartreste stehen, hier und da floss Blut. Ich wusch mir das Gesicht und den Schädel, es brannte, ich blutete in ein Handtuch, blickte in den Spiegel, akzeptierte mein Werk. Sie würden es nicht sehen, die Stuhlreihen fingen ja erst ein paar Meter von meinem angestammten Platz entfernt an, und sowieso, die Studenten setzten sich meist in engem Pulk in die höheren Ränge. Ich rief mir ein Taxi, verbrühte mich an einem schwarzen Tee, steckte, schon in den Schuhen, das Puschkin-Bändchen ein und verließ die Wohnung. Der Taxifahrer blickte nervös in den Spiegel. Ich lächelte ihn an. »Ich bin in Ordnung«, sagte ich zu ihm, immer, wenn er mich musternd und stirnrunzelnd im Rückspiegel betrachtete. »Ich bin nur etwas spät dran.« Er setzte mich ab, ich gab ihm einen viel zu großen Schein, bemerkte, dass ich meinen Computer mit dem Corita-Kent-Zitat vergessen hatte, fluchte, da war es schon zehn Minuten nach 10, und so rannte ich die ganze Strecke vom Parkplatz bis zum Hörsaal, musste oben rein, weil ich auch den Transponder für die Hintertür nicht dabei hatte, der Hörsaal war brechend voll, stolperte dann ungelenk die weiten Stufen runter zur Tafel, zu meinem Rednerpult, wich hier und da ein paar Studenten aus, die sich auch auf die Treppe gesetzt hatten, ging dann die letzten Schritte extrem langsam zum Pult, verschränkte wie geplant die Arme, lehnte mich mit dem Rücken an und bemerkte, wie mich über hundert Augenpaare irritiert anstarrten. Es waren mehr Studenten als sonst. Merkten sie, dass ich zitterte? Auf die Entfernung würden sie die Fahne nicht riechen, ganz bestimmt würden sie das nicht. Ich wollte etwas sagen, konnte nicht. Tränen schossen mir in die Augen. Ein Raunen ging durch den Hörsaal. Ich hatte Schweißausbrüche, meine Knie zitterten. Normalerweise gehörte der Hörsaal mir, normalerweise bewegte ich mich hier wie ein Zirkusdirektor in der Manege. Jetzt umklammerten meine Arme meinen Rumpf so fest, dass die Hände sich bald hinter dem Rücken berührten. Ich stand da, für eine Minute, zwei Minuten, vielleicht länger? Ich roch meinen eigenen Schweiß, alten und neuen Schweiß. Ich wollte irgendetwas sagen, öffnete meinen Mund, konnte nicht, sah mir jetzt selbst dabei zu, wie ich dastand, kein Zirkusdirektor, nur ein trauriger Clown, der niemanden zum Lachen bringen würde in dieser Vorstellung. Etwas juckte ganz unerträglich an meinem Kopf. Ich kratzte mich, blickte auf meine Hand. Blut. Mir fiel einfach nicht ein, mit welchen Worten ich in all den Jahren die Vorlesung eröffnet hatte. Die Augen der Studenten waren weit aufgerissen. Es tuschelte niemand mehr. Der Hörsaal lag totenstill. Verzweifelt griff ich in die Innentasche meines Jacketts, die

Studentenaugen weiteten sich, ich wollte sagen, dass ich keine Waffe ziehen würde, nur ein Buch, alles in Ordnung, nur ein Buch, aber es ging nicht. Doch da hatte ich das Buch schon herausgezogen, den Puschkin-Band, und mit zitternden Händen blätterte ich durch die Seiten, bis ich das Gedicht gefunden hatte, auf das jetzt ein Blutstropfen fiel, von meiner Stirn oder vom Kinn, was machte das schon? Ich hatte vergessen, das Mikro aus dem Medienschrank zu holen, auch dafür brauchte man diesen beschissenen Transponder, las daher etwas lauter, erschrak vor meiner eigenen Stimme, las nur die ersten paar Verse von der Einladungskarte, kam gar nicht zu der Stelle, die Benito aufgesagt hatte, bevor er in Flammen aufgegangen und von Kugeln zersiebt worden war, blickte in die von Ungläubigkeit erfüllten Gesichter meiner zukünftigen Studenten und ließ das kleine Puschkin-Bändchen auf den Boden fallen. Ich krächzte: »Es tut mir leid!« Dann versuchte ich, aus dem Hinterausgang neben der Tafel zu gelangen, doch der war immer noch verschlossen, und so musste ich wieder durch die Studenten, über die unmögliche Treppe, die man nicht beschreiten konnte, ohne dass es vollkommen bescheuert aussah, und die Studenten wichen vor mir zurück.

Eine halbe Stunde später saß ich bei der Direktorin meines Instituts, die mich durch einen ihrer Mitarbeiter hatte zu sich holen lassen, nachdem ich unter besorgten Blicken auf dem Platz vor dem Hörsaalgebäude vier Zigaretten geraucht hatte, rastlos auf- und abgegangen war, den Blick zu Boden gerichtet. Sie schaute mich an, lange und prüfend, aber nicht ohne Güte. Meine Direktorin war eine sehr herzliche Frau.

»Ich weiß, dass sie da waren. Das muss schrecklich gewesen sein, für alle Anwesenden.«

Sie sagte, ich solle mir Ruhe gönnen und zum Arzt gehen, sagte, dass sie mich für die nächsten Wochen beurlauben wolle und dass ich in diesem Zustand nicht lehren könne. Sie stand auf, stellte sich neben mich, legte mir eine Hand auf die Schulter, reichte mir ein Taschentuch, dann ein Glas Wasser. Ich stand ruckartig auf. Sie nahm mich in den Arm, drückte mich. Mein Gott, war das alles merkwürdig.

Da bemerkte Cherubim, dass Benito nicht bei ihnen war. Er schaute sich um und entdeckte den blinden Jungen schließlich, wie er zwischen den umgedrehten Booten am Ufer hockte. Benito saß mit dem Rücken zu ihnen. Er saß da, den Kopf auf das Wasser gerichtet, dessen Strömung im reflektierenden Mondlicht auf Cherubim wirkte, als gehorche sie einem fremden physischen Gesetz, ja, als flösse das Wasser rückwärts, zur Quelle hin. Cherubim ging zum Pinkeln an die Uferböschung und schaute zu Benito rüber, den er im hellen Mondlicht kaum mehr als einen schwarzen Schatten wahrnahm. Während er nun mit wachsender Erleichterung seinen Strahl ins dichte Gras richtete, hörte er Benito murmeln, konnte aber nicht verstehen, was er sagte. Er schien mit sich selbst zu sprechen, und seine Stimme wirkte gehetzt und aufgeregt. Cherubim schüttelte die letzten Urintropfen ab und lief die paar Schritte zu Benito herüber. Als er sich näherte, verstummte dessen Stimme.

»Hast du mitbekommen, was auf dem Feldweg abging?«, fragte Cherubim vorsichtig.

»Ja, habe ich gehört.«

Benitos Stimme klang so monoton und abwesend, wie sie schon in seinem Gemurmel auf Cherubim gewirkt hatte, nur langsamer, fast innehaltend, als scheitere sie daran, ein paar einsame Worte über den Boden zu rollen, die nämlich eigentlich schwere, behäbige Fässer waren, und in dieser Situation wurde Cherubim klar, was er eigentlich längst wusste, was aber so ungeheuerlich war, dass er es vor sich stehend doch nie wahrgenommen hatte, dass nämlich die Welt sich für Benito ganz anders darstellte als für ihn, und dass sie dies in jedem gegebenen Augenblick tat. Er hatte die Insekten und den Staub nicht sehen können. Er hatte die kopulierenden Körper nicht sehen können. Er hatte die roten Rücklichter nicht sehen können. Benitos Wahrnehmung fand auf Ebenen statt, die er und die anderen Jungen nicht kannten, kaum erahnen konnten, und gleichzeitig fehlte da etwas, das doch unersetzlich war. Egal, um was es ging, immer bestand für Benito die unweigerliche Frage, ob er an den Ereignissen würde partizipieren können, ob sie sich seiner Dimension öffneten, er das Geschehen würde erleben, es würde durchdringen können. Dieses Fragen, die Notwendigkeit des ständigen Auslotens, wie und ob er Teil von etwas sein konnte, das für sein Umfeld ganz selbstverständlich war, musste für Benito ganz normal sein. Die ständige, tastende Erforschung seiner Umwelt war für ihn so notwendig wie das Laufen. Cherubim verspürte den Drang, sich zu Benito zu setzen, ihn zu fragen, mit ihm darüber zu reden. Doch er tat es nicht.

Am Dienstag hatte ich das Bett erst verlassen, um am Abend im Morgenmantel das bestellte Essen an der Tür zu empfangen, Masala Bhindi, ein Gericht, das ganz sicher Leben retten kann. Mittwochmorgen dann telefonierte ich in aller Frühe mit Uta, sagte ihr, dass sie sich keine Sorgen machen solle, dass ich auf mich aufpassen würde, dass es schon besser ginge. Tatsächlich hatte ich schlafen können, fühlte mich stärker, auch wenn ich die Nacht von Albträumen verwaschen erlebt hatte, Träume, in denen ich durch die Gänge des Hotels gelaufen war, ohne den künstlichen Nebel zu durchdringen, der nun, in meinem Traum, nicht mehr künstlich war, sondern von draußen in das Gebäude hineinzog, was ich wusste, so wie man bestimmte Dinge im Traum eben einfach weiß. Uta fragte, ob wir am Abend noch mal ausführlicher würden reden können, um über die *Sache* zu sprechen, sie habe jetzt ein wichtiges Interview, müsse gleich auflegen. Ich war froh, ihre Stimme zu hören, spürte, dass ich sie wieder hören wollte, willigte ein. Dann ging ich ins Bad, stutzte mir mit dem Haartrimmer, dessen Stromkabel ich nach kurzer Suche genau da fand, wo es immer lag, in der Schublade unter dem Waschbecken nämlich, die Haare gleichmäßig auf einen Millimeter und den Bart so, dass die Stoppeln überall gleich lang waren. Ich duschte bestimmt eine halbe Stunde, bis das kleine Bad voll Wasserdampf stand, versah die noch wunden Stellen auf dem Schädel und im Gesicht mit ein paar Pflastern, zog mir meine Laufsachen an, stülpte die Kapuze des Pullovers über den Kopf, nahm die große Leinentasche aus der Vorratskammer und ging nach draußen. Ich kaufte für ein ausgiebiges Frühstück ein: Croissants, einen Laib Kartoffelkruste, Marmelade, Zwiebelschmalz, Kaffee, Orangensaft, Obst, schwarzen Ostfriesentee, kaufte auch alle Tages- und Wochenzeitungen, die etwas über die Ereignisse in Bonn brachten, also eigentlich alle, die Tasche wog schwer, kaufte von einem Marktstand am Platz eine dünne Baumwollmütze. Dann ging ich zurück in die Wohnung, frühstückte lang und verbrachte den Rest des Tages damit, aufmerksam jeden Artikel zu den Ereignissen in Bonn zu lesen, den ich finden konnte. Dabei behielt ich die Wollmütze auf dem Kopf. Monströs und doch opak breitete sich das Szenario in meinem Kopf aus, überstieg meinen Geist bald, verstellte sich mit jeder Information, die ich hinzugewann, ein Stück weiter ins Unbegreifliche. Mir erschienen alle Berichte und Analysen dazu wie eine mit meiner Erinnerung konkurrierende Welt, als wären das, was ich erlebt hatte, und das, was sie schrieben, zwei sich abstoßende magnetische Pole, die aus derselben Masse stammten, jedoch nicht zueinanderfanden.

Als Uta am Abend endlich anrief, hockte ich im Sessel am Fenster wie ein Tier, das vor den Flutwellen auf einen Felsen geflüchtet war. Das reißende Wasser bestand aus Zeitungspapier und Druckerschwärze.

»Du hast ihn gekannt. Darum warst du da. Wer war dieser Mann in Bonn, der das gemacht hat? Woher kanntest du ihn? Hat der dich da hingeholt?«

»Er war in meiner Pfadfindergruppe. Die Schwarzen Steine. Als ich noch ein Kind war. Habe ich dir nie davon erzählt?«

»Nein, hast du nicht. Ich wusste nicht, dass du ein *boy scout* gewesen bist. Wann war das?«

»Es ist über 30 Jahre her. Seitdem hab ich nicht mehr dran gedacht.«

»Was ist damals passiert?«

»Es gab einen Unfall. Ich kann da jetzt nicht drüber reden.«

»Ok. Was ist mit der Universität?«

»Ich bin beurlaubt.«

»Dann hast du Zeit. Warum hast du nicht der Polizei gesagt, dass du den Mann gekannt hast? Du hast es doch nicht gesagt, oder?«

»Nein, hab ich nicht. Ich weiß nicht, warum. Ich konnte nicht. Ich muss erst rausfinden, warum ich da war, warum er das gemacht hat.«

»Wie sagt man? Du behinderst wissenschaftlich die Ermittlung?«

»Wissentlich.«

»Wie heißt der Mann?«

»Benito.«

»War er Italiener?«

»Nein, das war sein Fahrtenname. Ich glaube, er hat mich dahin eingeladen. Aber ich weiß nicht, warum. Ich muss dahinterkommen, bevor ich irgendwem davon erzähle. Ich muss verstehen, warum ich da war. Ich kann mir das alles einfach nicht erklären. Es ist, als sei da eine Mauer in meinem Kopf. Ich versuche auch, mich daran zu erinnern, was damals passiert ist, als wir Kinder waren, aber es ist, als sei diese Zeit vergraben, als läge etwas darüber, das ich erst wegschaffen muss.«

»Fahrtenname ist ein Spitzname?«

»Ja, genau. Wir hatten alle solche Namen.«

»Wie war dein Name?«

»Cherubim.«

»Cherubim? Dann finde heraus, warum du da gewesen bist. Und du darfst nicht wieder trinken. Du musst arbeiten. The only rule is work.«

~

IV.

Am nächsten Morgen waren die Jungen wie gerädert. Ihre Kleidung lag klamm auf der Haut. Doch nicht nur das machte sie matt. Kaum hatten sie geschlafen, waren sie nach der Beobachtung jeder für sich ihren Fantasien nachgehangen, hatten sich immer wieder in das Geschehen der Nacht hineingedacht, es ausgeschmückt, das Gebaren fortgeschrieben. So war auch Cherubim in Gedanken immer näher an das Auto herangeschlichen, bis er genau über den beiden sich im Scheinwerferlicht liebenden Körpern gestanden und sie da am Boden betrachtet hatte. Irgendwann war er eingeschlafen, in einen Schlaf gefallen, so kurz und unruhig, dass er die Erschöpfung noch zementiert hatte. Die Sonne schien grell, und zerknirscht legten sie die Zeltplanen auf ein paar dichte Büsche, damit sie während des Frühstücks trocknen konnten. Es gab Haferbrei, den Kippe auf einem einfachen, kleinen Lagerfeuer in einem Topf zubereitete, dazu Pfefferminztee und ein paar Brotreste. Die Jungen gaben dem Brei, den sie aus ihren Kochgeschirren löffelten, ein bisschen Butter und Zucker bei. Es schmeckte hervorragend, und der Tee, dessen Wärme sich in Cherubims Körper ausbreitete, belebte ihn. Schweigend starrten sie beim Essen aufs Wasser, das wieder in die richtige Richtung floss. Cherubim hatte in den letzten Tagen kaum an zu Hause gedacht, nicht an den Vater, nicht an die Mutter und den Bruder. Jetzt, in der Erschöpfung, schoben sich ihre Gesichter unwillkürlich vor seine Augen und er meinte, ihre Stimmen zu hören. Sie sagten nichts, aber da waren Töne, die er ihnen zuordnen konnte. Cherubim vermisste sie. Gleichzeitig jedoch wusste er, dass er sich nach etwas sehnte, das unwiederbringlich in der Vergangenheit lag, sich in ein Haus wünschte, das es nicht mehr gab. Er wollte, dass seine Eltern wieder zusammen waren.

Alle Kinder wollen das. Er spürte dieses Ziehen irgendwo hinter seinen Augen, das er schon kannte und das meist auf eine leichte Atemnot hinauslief.

Das Dossier wuchs wie in einer Art Zeitraffer. Einem Getriebenen gleich hastete ich durch das raschelnde Zeitungspapier und brachte die Informationen zusammen. Im Hintergrund lief der Fernseher, doch auf den Nachrichtensendern gab es nichts Neues. Für 14:30 Uhr war eine zweite Pressekonferenz angekündigt, von der ich mir weitere Erkenntnisse erhoffte. Das Gerät stellte ich bis dahin lautlos und legte eine Eberhard-Weber-Platte auf, *The Following Morning* (ECM 1977). Und auch, wenn die Musik mich nun in ein wohliges Klangbad tauchte, stolperte ich doch mit Schrecken durch die Fakten, die ich zusammentrug, erstarrte vor den Bildern des Vorfalls, die sich mir eingebrannt hatten und die mir nun blitzartig wieder auftauchten und ein zweites, drittes, viertes Mal vor Augen führten, auf welch grausame Art Benitos Tod sich vollzogen hatte. Alles war Frage. Und ich brauchte Antworten. Ich war auf ein Rätsel gestoßen – war auf ein Rätsel gestoßen worden. Warum war Benito gestorben? Warum hatte ich es gesehen?

Zunächst schnitt ich nun alle Artikel aus, die mit dem Vorfall in Bonn zu tun hatten. Es fühlte sich merkwürdig an, so wie das Basteln früher in der Schule, und das Infantile in diesen Handgriffen erfüllte mich mit Scham. Ungeachtet dessen klebte ich die Artikel in eines der jungfräulichen DIN-A4-Notizbücher, die ich ein paar Wochen vor der Flucht nach Italien in einem ob meiner wachsenden Blockade verzweifelten Übereifer gekauft hatte, nur um dann festzustellen, dass ich nicht mehr zu schreiben in der Lage war, egal, wie viele Notizbücher und edle Füllfederhalter ich auch zusammentrug. So zahlte sich der Kauf nun doch noch aus, wenn auch mit drei Jahren Verzögerung. Schon als ich den Staub von der dicken Kladde blies, geriet etwas in Bewegung in mir, und die Überforderung und der Schock des Erlebten fanden, während sie kreuz und quer durch mein Inneres flossen, bald jene trocken liegenden Kanäle wieder, die ich auch früher genutzt hatte, um mich an mir selber abzuarbeiten. Weil ich im Leben hatte lernen müssen, dass es Dinge gab, die ich entlassen musste, die nicht zu lange in mir bleiben durften. Oder die sich in mir bereits auf eine Art festgesetzt hatten, dass ich sie nur noch mit viel Druck wegspülen konnte. Alles kann ein Gift sein, und es muss dann raus aus dem Körper. Deshalb schreibe ich: um den Staub wegzuspülen, damit ich die Oberfläche darunter zu Gesicht bekomme. Deshalb hatte ich geschrieben. Immer schreiben müssen. Etwas in mir also bewegte sich, und auch, wenn ich noch nicht wusste, was es eigentlich war, beschlich mich damit ein komisches Gefühl. Ein Hauch traurigen Glücks, morbide Zufriedenheit. Ich war mit einem ganz ähnlichen Gefühl vertraut, aus der Zeit der Trennung von Uta, als ich in völliger Apathie immer wieder und völlig unverhofft euphorische Schübe erlebt hatte. Mein Empfinden war in dieser krisenhaften Zeit ähnlich intensiv gewesen. In diesen Momenten war ich mir selbst fremd vorgekommen, auch wenn ich wusste, dass sie zu mir gehörten: Wenn ich vor dem Anblick eines Scherbenhaufens hatte lächeln müssen. Nur klebte ich diesmal die Scherben sorgsam zusammen, auf dass ich wieder durch sie würde hindurchsehen können. Ich würde aufpassen müssen, mich nicht an ihnen zu schneiden, denn wenn ich sie zusammengeklebt hätte, würde hinter dem Glas noch immer ein Toter liegen.

Cherubim wischte sich die Krümel von den kaum behaarten Oberschenkeln und ging zum Zähneputzen in Richtung der Büsche. Gut 20 Meter weiter sah er Benito auf dem Boden kauern. Cherubim wurde stutzig. Benito saß genau da, wo in der Nacht das Auto gestanden hatte. Mit den Händen fühlte er über den Boden. Cherubim ging zu ihm herüber.

»Was machst du da?«

»Hier haben sie gelegen, nicht?«

Tatsächlich hatten sie auf dem Boden Spuren hinterlassen, plattgedrücktes Gras, ein paar Kerben in der Erde, wohl von den Absätzen der Schuhe, zerquetschter Löwenzahn. Cherubim stellte sich vor, wie sie es hier gemacht hatten, Jockel und das namenlose Mädchen.

»Du hast nichts verpasst, wirklich. Wir haben auch fast nichts gesehen.«

Benito stand auf und klopfte sich den Staub vom Hosenboden. Er lachte.

»Es war kaum zu überhören, dass ihr nichts gesehen habt.«

Der Häuptling rief zu ihnen rüber.

»Geht ihr Wasser holen?«

Cherubim drehte sich um und nickte. Er holte die zwei leeren Kanister von den Booten und kurz darauf liefen sie schweigend über die weiten Feldwege. In einiger Entfernung konnte Cherubim einen Bauernhof sehen, vielleicht zehn Laufminuten entfernt. Dort würden sie fragen. Verstohlen blickte Cherubim auf Benitos linkes Bein, das dieser leicht nachzog, sein Leben lang nachziehen würde, so wie er sein Leben lang blind bleiben würde.

»Es tut nicht weh.«

Cherubim erschrak. Wie hatte Benito seinen Blick bemerken können? Er begann zu stammeln, redete wirr, sagte etwas wie: »Ich weiß«, obwohl er doch gar nicht wissen konnte, denn nie hatte jemand mit ihm darüber gesprochen, was Benito als kleines Kind widerfahren war. Die Worte, die er dazu aufgeschnappt hatte, wenn sich die Älteren über den Unfall, von dem auch sie kaum etwas wussten, unterhielten, oder einmal, als seine Mutter mit jemandem darüber telefoniert hatte, waren ihm abstrakt geblieben. Er konnte sich trotz alledem nicht vorstellen, was passiert war.

Da blieb Benito plötzlich stehen und bedeutete ihm mit einer Geste innezuhalten.

»Hörst du das?«

Auch Cherubim war unwillkürlich stehengeblieben.

»Nein, was meinst du?«

»Die Vögel. Hörst du die Vögel nicht?«

Mit einem Mal zog wie aus dem Nichts kommend ein riesiger Schwarm Stare über ihre Köpfe. Benito hatte sie gehört, bevor sie überhaupt im Sichtfeld der beiden Jungen aufgetaucht waren. In schwarzen Wellen schwappten die Vögel über ihren Köpfen durch die Luft, als wollten sie die beiden Flügellosen begrüßen, um sich dann ganz ihrem malerischen Spiel hinzugeben. Es war ein wunderbares Spektakel. Der riesige Vogelschwarm pulsierte in schwarzen Wellen über ihnen, strahlte gleichzeitig Hektik und Ruhe aus. Die Vögel stoben hoch in die Luft, wechselten flüssig von Form zu Form, schrieben etwas in die Luft, das Cherubim nicht lesen konnte, stürzten sich herab und schossen wieder Richtung Himmel. Cherubim wollte Benito davon erzählen, als er bemerkte, dass der den Kopf mit geschlossenen Augen in den Himmel gerichtet hatte und den Tieren folgte. Er konnte ihre Flügelschläge hören. Benito lächelte, und an der Bewegung seiner Brust konnte Cherubim sehen, wie schnell ihm der Atem ging. Sie ließen sich auf den Boden fallen und schauten beide auf ihre Art den Vögeln zu. Ihre Hände berührten sich an den kleinen Fingern. Ein kleiner, warmer Punkt entstand dort, wo ihre Haut aneinanderlag. Als die Stare das Weite suchten, standen sie auf und gingen weiter zu dem windschiefen Hof. Ein knurriger Bauer ließ sie aus einem Wasserhahn am Haus die Kanister auffüllen, während sein angeketteter Hund kläffte, als gäbe es kein Morgen. Noch während der Rückkehr zu den Booten geisterten die Bilder des Vogelschwarms durch ihr Inneres, und Cherubim fragte sich, was ihrerseits die Vögel wohl gesehen haben mochten, während sie ihren Tanz am Himmel vollzogen hatten.

Immer schneller füllten sich die unlinierten A4-Seiten des Notizbuches. Die kürzeren Artikel passten ganz auf die leeren Blätter, die längeren schnitt ich spaltenweise aus, wobei ich stets so viel Platz ließ, dass sich um das eingeklebte Zeitungspapier herum Ergänzungen und Fragen aufschreiben ließen. Dinge, die ich nicht verstand. Dinge, die mir unbegreiflich erschienen. Dinge, die ich, der Zeuge, besser wusste als die Journalisten und Polizeisprecher. Ich ergänzte auch die Dinge, von denen überhaupt nur ich Kenntnis hatte. Benitos Identität war noch immer nicht aufgedeckt. Bis zum jetzigen Zeitpunkt war er ein Phantom, ein unbekannter Toter, ein Geist, ein anonymer Irrer. Ein Umstand, der das mediale Interesse an dem Fall noch erhöhte, wenn die Presse auch weitestgehend an der Oberfläche kratzte. Wer war der mysteriöse Attentäter, der seine Tat nicht vollzogen, sie nur vorgetäuscht hatte? Auch für mich war er ein Geist. Ein Geist jedoch, dessen fleischlicher Hülle ich in den Gängen des Hotels begegnet war. Was hatte er mit seiner Tat bezwecken wollen? Niemand wurde schlau daraus. So titelten die Zeitungen reißerisch – und je weniger gehaltvoll die Artikel waren, desto explosiver erschienen mir die Überschriften.

Der blinde Amokläufer von Bonn.

Zumindest hatten sie herausgefunden, dass Benito blind war. Hatte es eine Obduktion gegeben? Wo war sein Leichnam jetzt? Was würde mit ihm geschehen? Würde es eine öffentliche Beerdigung geben? Was passierte mit den Körpern von toten Terrorverdächtigen? Wer würde überhaupt zu seiner Beisetzung gehen? Was war Benito? Ein Amokläufer? Ein Terrorist? Ein Selbstmörder? Mir fiel kein Begriff ein für das, was seine Tat aus ihm gemacht hatte. War er überhaupt ein Täter?

Anschlag ohne Opfer. Attentäter täuscht Tat nur vor.

Auf den Titelseiten der seriöseren Zeitungen sah man den weißen Sichtschutz, davor die Ermittler der Spurensicherung in ihren weißen Overalls, weiß-rotes Absperrband, dahinter

Schaulustige, vielleicht Zeugen. Die Seiten der Boulevardblätter und mancher Tageszeitung hingegen waren vielmehr verziert von den schockierten Gesichtern der versammelten Prominenz. Mit ihren Bildern ließ sich noch immer gut verdienen.

Prinz gesteht: Ich dachte jetzt sterben wir alle.

Der Umstand, dass der überwiegende Teil der Gäste ein gerngesehenes Motiv in den Medien war, potenzierte die Berichterstattung. Warum hatte Benito gerade hier seine Inszenierung aufgeführt? Hatte er das mediale Interesse kalkuliert? Es war ihm um Aufmerksamkeit gegangen, davon ging ich mittlerweile aus. Aber Aufmerksamkeit für was? Bedeuteten die Opfer etwas? Und waren sie überhaupt Opfer?

Das Todesrätsel von Gronau: Was wollte das blinde Phantom?

Alle Blätter, die ich gekauft hatte, veröffentlichten Fotos der Tat, noch aus dem Saal und dann von Benitos tödlichem Feuertanz. Den Schrecken hatten die Bildredakteure unkenntlich gemacht, doch längst waren die Menschen konditioniert, das Grauen auch durch die Verfremdung zu sehen.

Geschmacklos: Irrer versetzt Prominenz in Angst und Schrecken.

Ich musste an einen französischen Austauschschüler denken, da war ich vielleicht zwölf oder 13 Jahre alt gewesen, der abends, wenn seine Mutter schlafen ging, heimlich Pornofilme im Pay-TV zu gucken pflegte, die aber durch einen Filter unkenntlich gemacht worden waren. Stundenlang saß er vor wabernden, rauschenden Farbflecken, im Schneidersitz auf dem Fußboden und dachte sich seinen Teil. Auch ich hatte die nur zu erahnenden, heftig kopulierenden Körper bei meinem Besuch unter gespieltem Desinteresse betrachtet.

Attentat in Bonner Hotel. Schauspiel mit blutigem Ende.

Sie machten die Fotos auf eine Art unkenntlich, dass man gerade noch genug erkennen konnte, um der Schaulust weiter zu verfallen. Die Andeutung und das Unscharfe vergrößerten das Interesse. Das war der Trick. Ging es hier um die Tat oder um das Danach? War das überhaupt voneinander zu trennen? Ich blätterte vor und zurück. Nur Fragen, immer mehr Fragen. Wie hatte Benito das gemacht? Wie hatte er sich in dem Hotel zurechtfinden können? Die Wege, auf denen ich ihn verfolgt hatte, waren komplex, das Timing schien perfekt. Er hatte auf das Eintreffen des Sondereinsatzkommandos gewartet. Hatte erschossen werden wollen. Hatte sich angezündet und war in den Kugelhagel gerannt.

Der Anschlag von Bonn: Die letzten Sekunden des Unbekannten.

Die Zeitungen und Nachrichtenmagazine hatten viel Bildmaterial aufgetan – von den Gästen, aufgenommen mit ihren Telefonen, drinnen, dunkel, unscharf und zudem so bearbeitet, dass sich nichts und niemand darauf erkennen ließ. Authentizität in der Konstruktion medialer Wirklichkeit, das bedeutete im digitalen Zeitalter die Integration jeder einzelnen und noch so dürftigen Quelle. Doch aus den einzelnen Steinchen setzte sich ein Mosaik zusammen, das auf nichts zu verweisen schien. Ein Chaos, ein verzerrtes Bild, ein heilloses Durcheinander.

Ermittler ratlos: Wer war der blinde Schütze?

Warum wusste ich, was niemand anders wusste? Diese Frage thronte mächtig über den vielen Fragezeichen, die mir begegneten. Ein Vordringen in ihre Aura verlangte, unterwegs jedes Fragezeichen zu betrachten, das sich mir in den Weg stellte. Ich musste aus einem bestimmten Grund dort gewesen sein. Über das Dossier gebeugt fragte ich vielmehr: *Was* war der blinde Schütze? Ein Selbstmordattentäter. Ein Terrorist. Ein Pfadfinder. Ein Wahnsinniger. Eine menschliche Fackel. Ein Hochstapler. Mir schwirrte der Kopf, aber ich las weiter.

Terror im Paradies.

Ich betrachtete die Bilder genau, holte sogar meine alte Lupe aus der Schublade und beugte mich tief über den körnigen Rasterdruck. Verrieten die Gäste nicht doch etwas über die Intention Benitos? Was waren die Anwesenden denn überhaupt in diesem Schauspiel? Opfer? Zeugen? Publikum? Sie einte die Repräsentation einer glamourösen Sphäre der Gesellschaft, Menschen, von denen man sagen konnte, dass sie es geschafft hatten. Lag hier eine Antwort? Einer dieser verschwommenen Flecken musste ich sein.

Was geschah wirklich im Bonner Regierungsviertel?

Immer wieder geriet auch das Sicherheitsunternehmen in die Kritik, das nicht in der Lage gewesen war, das Eindringen eines bewaffneten Mannes zu verhindern. Wie hatte der Attentäter unbemerkt in das abgeriegelte und bewachte Gebäude gelangen können? Im Vorfeld derartiger Großveranstaltungen wurden die Austragungsorte streng durchsucht. Warum war der Schütze nicht gefunden worden? Und wie hatte er sich Zutritt zum Saal verschafft, dessen Eingänge doch ebenfalls bewacht gewesen waren? Warum hatten die Sicherheitskräfte ihn nicht stoppen können? Nirgends ließ sich eine Stellungnahme dazu finden. Es blieb bei der bloßen Anschuldigung eines kompletten Versagens, auf die es bisher keine Reaktion von Seiten der Behörden gab. Auch das Sicherheitsunternehmen schwieg.

Toter Schütze gibt Ermittlern Rätsel auf.

Ich war wie ferngelenkt nach Bonn gereist, hatte mich von der mysteriösen Einladung vereinnahmen lassen, war im Rauschzustand meiner Abreise aus Italien – noch völlig dem latenten Schockzustand meines Wiedereintritts in die Zivilisation erlegen – weiter nach Bonn gefahren, war wie ein Schlafwandler durch die ehemalige Hauptstadt gewankt und zum Zeuge eines unfassbaren Ereignisses geworden. Warum?

Schlechter Scherz? Bonner Spektakel hinterlässt Bestürzung.

In den Artikeln ging es meist darum, die Einzigartigkeit des vorgetäuschten Amoklaufs zu unterstreichen, um dann auf die Ungeheuerlichkeit einzugehen, dass der tote Attentäter kein Sehvermögen besessen hatte. Auch ich konnte nichts sehen. Die Ereignisse kamen mir unendlich fern vor, als seien sie noch immer dicht eingehüllt von jenem künstlichen Nebel, der auch das Gebäude gefüllt hatte. Benito hatte ein Rätsel hinterlassen. Die Presse und die Behörden waren ratlos. Was hatte er sich nur dabei gedacht?

Schüsse im ehemaligen Regierungsviertel: Handelte der Selbstmörder allein?

∾

V.

Später an jenem Tag begegneten die Jungen zum ersten Mal dem Mann, den sie in ihren folgenden, aufgewühlten Gesprächen den *nackten Penner* nennen sollten. Der spärlich bekleidete Wanderer war offensichtlich obdachlos und genau genommen gar nicht nackt, trug er doch ein zerschlissenes Hemd, das knopflos von seinen schmalen Schultern herabhing, außerdem löchrige Shorts. Für die Jahreszeit war er nicht unüblich gekleidet, aber das interessierte die Jungen nicht. Etwas Unergründliches umgab ihn. Die Jungen erschraken, als sie ihn an der Biegung des Flusses erblickten. Der nackte Penner war groß und hager, er trug einen langen, ungepflegten Bart, dünn und löchrig. Sein Kopf war bedeckt von einem mitgenommenen Strohhut, unter dem schwarze strähnige Haare hervorlugten, die weit über die Schultern herabhingen. Er stand dicht am Ufer im kniehohen Gras und sah verwildert aus mit seiner von der Sonne gegerbten Lederhaut. Vielleicht war er 30, vielleicht auch 40 Jahre alt. Vielleicht war er auch 50 oder 60, es war kaum zu sagen. Die Jungen starrten auf das Ende seines rechten Unterarmes. Dem Mann fehlte eine Hand. Die Kinder waren einen derartigen Anblick nicht gewohnt und der Atem stand ihnen still. Nur Benito sah das alles nicht. Cherubim flüsterte es ihm zu.

Der Mann stand da wie erstarrt, nur ein paar Armlängen von den Booten entfernt. Er schien sich in einer Art Trance zu befinden, gleichzeitig wirkten seine Augen hell und wach. Sie starrten aus dem Schatten seines Hutes in die Ferne und streiften die Jungen dabei nicht. Er schien die Pfadfinder gar nicht zu bemerken. Uğur stieß einen spitzen Schrei aus. Doch der Mann rührte sich nicht.

Sie waren schon fast um die Kurve, da drehte sich Cherubim zu ihm um. Als sich ihre Blicke trafen, zuckte der Fremde zusammen und stieß einen markerschütternden Schrei aus. Das kaum menschliche Geräusch schoss wie ein Blitz durch die Köpfe der Jungen. Cherubim erschrak und paddelte schneller, was Benito jedoch nicht gleich bemerkte, und so drehte sich das Boot um die eigene Achse und stand mit einem Mal quer, wodurch wiederum Kippe und Uğur, die direkt hinter ihnen fuhren, mit ihrem Bug in die Seite des Kanus rammten. Benito knurrte. Uğur schrie auf. Cherubim schrie auf. Der Mann am Ufer schrie auf. Das Kanu schaukelte. Cherubim schrie lauter. Der Mann schrie lauter, schrie irgendetwas zu den Jungen rüber. Uğur schrie am lautesten. Dann schrie auch Maus. Aus dem Augenwinkel sah Cherubim, wie der Mann am Ufer sich in Bewegung setzte und durch das dichte Gestrüpp hinter ihnen herlief. Das Boot schaukelte immer heftiger, begleitet vom allgemeinen, hektischen Geschrei zwischen Ufer und Wasser. Uğur fluchte. Cherubim stand auf, das Paddel in der Hand. Das Boot schwankte jetzt so heftig, dass Cherubim das Gleichgewicht verlor. Jetzt ist es soweit, dachte er, ich werde ertrinken. Er schrie, schrie immer lauter. Da klatschte es nass in sein Gesicht. Der Häuptling, etwa gleichauf mit ihnen, spritzte mit dem Paddel einen Schwall Wasser in seine Richtung. Er schrie Cherubim an.

»Aufhören. Keine Panik. Es ist alles gut! Alles ist in Ordnung.«

Cherubim fiel nach vorne ins Boot und klammerte sich an der blauen Tonne fest.

Uğur schrie. »Wer ist das? Was will der?«

Die Jungen starrten den Mann an, der nun genau auf ihrer Höhe war und just in dem Augenblick im raschelnden Gebüsch verschwand. Das ganze Spektakel hatte keine Minute gedauert. Sie waren völlig außer sich. Und so brauchte es einen Moment, bis langsam wieder Ruhe einkehrte. Als es soweit war, fischte Cherubim sein Paddel aus dem Wasser und setzte sich zurück auf seinen Platz. Seine Hände zitterten. Mit etwas

Mühe brachten sie das Kanu zurück in seine angedachte Fahrt-richtung und ließen sich noch ein paar Meter verdutzt durchs Wasser treiben, bis sie ihre Fahrt wieder aufnahmen.

Die nächsten Stunden blieben die Schwarzen Steine mit den Booten dicht beieinander und tuschelten. Es gab kein an-deres Thema mehr. Wer war der Mann? Warum war er plötz-lich losgerannt, warum hatte er geschrien? Wo war er hin? Was hatte es mit der fehlenden, rechten Hand auf sich? Sie alle, der Häuptling eingenommen, mutmaßten über das Schicksal des Obdachlosen, dichteten ihm Geschichten an. Nur Benito saß schweigend auf seinem Platz, ohne sich an den Gesprächen zu beteiligen.

Als ich mit den Zeitungen und Nachrichtenmagazinen durch war, druckte ich alle Artikel aus, die ich im Internet finden konnte. Vieles doppelte sich. Ich ordnete, ergänzte, befragte. Dann schaute ich mir alle Videobeiträge an, die ich in den Me-diatheken des öffentlich-rechtlichen Rundfunks und der Privat-sender finden konnte, arbeitete mich durch obskure Blogs und Nachrichtenportale. Immer wieder schaute ich das Video vom brennenden Benito an. Wie er Pirouetten dreht, das Gewehr im Anschlag um sich schießend, in Flammen, bis er von den Kugeln der Beamten durchsiebt wird und zu Boden geht. Es er-innerte mich an einen Zustand nach dem 11. September 2001, als ich meine Augen nicht davon hatte lassen können, was ge-schehen war. Weil es so ungreifbar in seiner Tragweite und da-bei so bildgewaltig und konkret war, dass es mich schlichtweg überforderte. Immer wieder hatte ich mir die verschiedenen Nachrichtensendungen angeschaut, die verwackelten Amateu-raufnahmen, unfassbare Bilder aus den Hubschraubern oder von den Dächern und Fenstern aus in jeder erdenklichen Per-spektive abgefilmt. *This seems to be on purpose.* Die Aufnahmen damals waren nicht verfremdet worden. Von Benitos Tod, der durch die Kugeln, nicht durch das Feuer eingetreten war, gab es nur dieses eine Video, und so sehr ich das Internet auch durchforstete, konnte ich keine Version davon finden, in der mehr zu erkennen war. Vielleicht war das auch besser. Die Bilder entzündeten auch so meine Fantasie.

Nachdem ich das Video von Benitos letzten Momenten über eine Stunde lang immer wieder angeschaut hatte, hörte ich mich durch alle Radiobeiträge und notierte mir weiter jede Information, die mir noch nicht untergekommen war. Viel war es nicht, die Journalisten schrieben die wenigen Fakten voneinander ab.

Wenn es in ihren Leben auch gewisse Ähnlichkeiten gab, würde niemand bestreiten, dass Maus und Fliegentöter, die mit dem Häuptling in einem Kanu saßen, ihrem Wesen nach sehr unterschiedlich waren. Näherte man sich Maus, im Spiel etwa, hob der die Hände und drehte den Körper leicht ein, winkelte ein Knie an, zog es hoch, so als fürchte er stets, geschlagen oder getreten zu werden, was niemals geschah, zumindest nicht in der Gruppe. Mit offenem Mund beobachtete er das Treiben der anderen, passiv und unsicher. Maus hatte ein großes Herz. Wenn jemand beim Wandern zurücklag, machte er Halt und wartete, wenn nicht gerade auf ihn gewartet wurde. Doch ihn als schüchternen Beobachter zu bezeichnen, würde ihm nicht gerecht, so wie keine Beschreibung einem Menschen gerecht werden kann, denn so treffend ein Portrait auch sein mag, es ist immer nur eine Annäherung an eine Sphäre, in der etwas Unsichtbares verborgen liegt. Worte können dafür nicht genügen.

Maus verfügte in seinem Kinderzimmer über ein großes Archiv an Reliquien, Fundstücken, Fetischen, Artefakten, die er aufzusammeln pflegte an den Orten, die einen Eindruck bei ihm hinterließen. Sorgfältig standen sie aufgereiht in Regalen, und seine Eltern sehnten den Tag herbei, an dem ihr Sohn seine Eigenart ablegen würde. Doch dieser Tag würde niemals kommen. Sein Zimmer war vollgestellt von Modellen: Straßen und Häuser, gefertigt aus dem, was er eben so fand – Milchkartons, Kronkorken, Klopapierrollen, Steine. Kaum einen Fuß konnte man auf den Boden setzen. Doch die Miniaturwelt strahlte kein Chaos aus, wie es Kinderzimmerböden sonst bisweilen zu tun pflegen. Nein, hier schien alles mit planerischer Raffinesse durchdacht und präzise aufeinander abgestimmt.

Doch nicht nur dort, im Kinderzimmer, gab es eine andere Welt, die ihn umgab und in die er sich flüchtete. Maus trug ein Geheimnis mit sich, und dieses Geheimnis lebte in einer Streichholzschachtel, die Maus mit einem Stück Stoff ausgelegt hatte. Die Streichholzschachtel hatte er bereits einige Tage vor der Fahrt mit Tesafilm umwickelt, um sie vor dem Flusswasser und dem Regen zu schützen. Unter dem Tesafilm schimmerten nun die Modellbaufarben, mit denen er den kleinen Pappkasten akkurat bemalt hatte. Auf der Oberseite hatte Maus mit einer feinen Nadel winzig kleine Luftlöcher durch Tesafilm und Pappe gestoßen. Durch die Bemalung und den Tesafilm dicker geworden, benötigte es einen sanften Druck, sie zu öffnen, und also die mit einer Stoffschicht ausgelegte Schublade aus dem kleinen Bungalow zu schieben, um darin ein wohlbehütetes Nichts vorzufinden. Maus' Freund, den er hier heimlich als blinder Passagier auf die Flussfahrt mitnahm, den er beschützte und zu dem er in Gedanken sprach, war unsichtbar.

Pünktlich um 14:30 Uhr begann die zweite Pressekonferenz, die ein paar neue Informationen über den Ablauf der Tat versammelte, nichts jedoch über die Hintergründe aufzuklären wusste. Das mediale Interesse war riesig und die Anspannung stand den Menschen auf der Bühne ins Gesicht geschrieben. Der Chef der Bonner Polizei war anwesend, ein Mitarbeiter des BKA, dessen genauen Aufgabenbereich nicht eingehender erläutert wurde, außerdem die stellvertretende Direktorin des

Hotels und in moderierender Funktion der Polizeisprecher, der schon bei der ersten Pressekonferenz aufgetreten war und übernächtigt aussah. Die Kameras klackerten und die Blicke der Abgelichteten erinnerten im Blitzlichtgewitter an die Nervosität eines in die Enge getriebenen Tieres. Der Polizeichef sprach mit Unbehagen vom *Bonner Vorfall* – unter diesem Dachbegriff sammelte sich mittlerweile die Berichterstattung einhellig – und gestand mit ein paar rhetorischen Tricks die Ratlosigkeit der Ermittler. Gegen Ende, die Fragen der Medienvertreter waren weitestgehend unbeantwortet geblieben, zeigte man ein Bild Benitos. Die Augen lagen geschlossen und sein Gesicht zeigte sich als eine wächserne Totenmaske. Wieder flackerten die Blitzlichter.

... wenden wir uns daher in der Sache an die Bevölkerung und bitten Sie um Ihre Mithilfe: Wer kennt diesen Mann? Hinweise werden telefonisch in jeder Polizeidienststelle entgegengenommen, die Sonderkommission Bonn hat außerdem folgende Rufnummer eingerichtet, unter der Sie ...

Auch Fliegentöter fertigte Modelle an, doch waren sie für ihn kein kindlicher, imaginärer Fluchtpunkt. Die Waffen, die Fliegentöter nachbaute, waren ihm ein Faszinosum, das mit Macht zu tun hatte, mit dem Ende der Kindheit, der Sehnsucht nach Autonomie. Er wusste alles über diese Waffen, wusste ohnehin viel, sog Wissen in sich auf und gab es Preis, wann immer es ihm möglich war. Für sein Alter war der Junge überdurchschnittlich belesen und gebildet, konnte sich für nahezu alles begeistern. Wenn er dann sprach, schaute er etwas an, das keiner sehen konnte, und seine Fliegentöterhände bewegten sich zur Erklärung, unterstrichen die präzisen, wohlgewählten Worte. Nicht selten wendete er gegen Ende seiner Ausführungen die Handinnenflächen langsam zum Himmel, so als wolle er seine Zuhörer damit aufrufen, sich zum Gesagten zu verhalten. Trotz seiner Eloquenz wirkte er dabei bescheiden. Er hörte zu, wusste etwas zu entgegnen und ging doch sparsam mit Einwänden um, schien stets abzuwägen, ob es lohnte, ob es das Gespräch vereinfachte oder verkomplizierte, wenn er sprach.

Fliegentöter kam aus gutem Hause, aus sehr gutem Hause, finanziell gesehen zumindest. Der Vater hatte als junger Mann gleich mehrere Zechen in umstrittene Reformen geführt, wofür er sich gut hatte entlohnen lassen, er hatte ein Vermögen angehäuft, mit dem er nach seiner Abkehr vom Bergbau nun in große Bauprojekte investierte, die ihn und seine Gattin die meiste Zeit über in Beschlag nahmen und das Familienleben in den Hintergrund rücken ließen. So lebte Fliegentöter als ihr einziger Sohn mit ihnen zusammen in einer Villa im dünn besiedelten und reichen Norden der Stadt, in direkter Sichtweite des monströsen Festspielhauses, wo der Junge jedoch die meiste Zeit allein war. Die unerschütterliche Oberfläche der an einen Bunker erinnernden, grauen Villa, war nur von ein paar Fenstern unterbrochen, die auf die wenigen Besucher, die die schwere Eisenpforte passieren durften, wie dunkel verglaste Schießscharten wirken mussten. Um die Villa lag ein Park, in dem sich Fliegentöter bald häufiger aufhielt als im Haus. Dort hatte er diverse Gänge und Verstecke angelegt, geheime Truhen in die Erde eingelassen, mit Grasnarben auf den Deckeln, in denen er die Waffenattrappen versteckte, auch wenn ihm diese ohnehin niemand hätte absprechen wollen.

Der Junge mit den dicken Brillengläsern schämte sich des Wohlstands seiner Familie, wähnte er doch schon damals, dass dieser Reichtum wie jeder Reichtum auf den Rücken der Armen entstanden sein musste, und so pflegte er in abgewetzter Kleidung herumzulaufen, was seine Eltern zwar nicht gern sahen, ihm aber auch nicht verboten. Ohnehin verboten sie ihm überhaupt nichts. Sie sahen ihn ja kaum. Wenn sie mal zu Hause waren, zog sich ihr Sohn zum Lesen in sein Zimmer zurück oder hielt sich im Garten auf, in seinen Höhlen und Hütten und Erdlöchern, und das war alles, was er tat: lesen und sich das immer komplexer werdende System an Verstecken und Geheimwegen im Park erschließen.

Obwohl ein Motiv nach wie vor undenkbar schien, trotz der allgemeinen Fassungslosigkeit gegenüber dem Umstand, dass ein Blinder zu einer derlei komplexen Tat in der Lage gewesen war, trotz der schier endlosen Fragen, die der Vorfall aufrief und das Vokabular der Journalisten und Offiziellen in der Präzedenz der Ereignisse an seine Grenzen führte, konnte ich bald zumindest einen Überblick vom Tatablauf gewinnen. Ich ließ das Dossier ruhen und durchwanderte in Verdichtung des errungenen Wissens den Ablauf, um ihn möglichst präzise zu rekapitulieren. Benito hatte sich trotz der Sicherheitsvorkehrungen des privaten Security-Unternehmens, dessen Versagen bisher unergründlich blieb, Zugang zum Gebäude verschafft, oder – auch das ließ sich bisher nicht rekonstruieren – er war schon vor Beginn der Veranstaltung im Hotel gewesen. Er hatte an einem bislang unbekannten Ort gewartet, bis alle Gäste des Empfangs im großen Saal versammelt waren. Den einzigen zu diesem Zeitpunkt passierbaren direkten Ein- und Ausgang zum Saal, durch den ich genau wie die anderen Gäste kontrolliert eingetreten war, hatte das Sondereinsatzkommando bei der Stürmung des Gebäudes verschlossen vorgefunden und gewaltsam geöffnet, wobei die spätere Untersuchung der Ermittler ergeben hatte, dass das elektronische Schließsystem, das sich über alle Türen des Hotels erstreckte, im Vorfeld manipuliert worden war. Bei den Sachen, die der Tote in der Eingangshalle hinterlassen hatte, war – neben seiner Kleidung und der Gasmaske, einer leeren Dose Brandpaste und einem Feuerzeug – eine selbstgebaute Fernbedienung gefunden worden, mit der er kurz vor seinem Auftreten nicht nur die Flügeltür verbarrikadiert hatte, sondern auch den Notausgang, durch den er zuvor hineingelangt war. Mit der Fernbedienung, von der die Ermittler während der zweiten Pressekonferenz ein Foto gezeigt hatten, das ich mir im Internet von der Seite des BKA abspeicherte und ausdruckte, hatte er alle Türen verschließen und öffnen können. Das sei nach Aussage des Polizeisprechers technisch nahezu unmöglich und gebe den Ermittlern daher ein großes Rätsel auf. Der Unbekannte müsse über großes technisches Wissen verfügt und darüber hinaus genaue Ortskenntnisse besessen haben, hatte der Sprecher weiter gemutmaßt. Nach dem Eintreten Benitos also war der große Saal eine Art Käfig gewesen, der weder verlassen noch betreten werden konnte und in dem auch ich gefangen gewesen war. Die Tore des Saals Eden waren verriegelt worden. Gleiches galt für die Außentüren des gesamten Gebäudes. Benito hatte das Paradies per Knopfdruck verbarrikadieren und wieder öffnen können. Als er den Saal verließ, hatte er da die Tür für mich offenstehen gelassen? Hatte er gehofft oder geahnt, dass ich ihm folgen würde? Um 13:37 Uhr hatte Benito den Saal an der Westseite betreten und die Türen geschlossen. Er war mit Stiefeln, einer Gasmaske, einem Kampfanzug und einer Sprengstoffweste bekleidet gewesen – allesamt schwarz. Auch von der Gasmaske und der Weste waren während der zweiten Pressekonferenz Fotos gezeigt worden, die ich mir umgehend besorgte, ausdruckte und in mein stetig wachsendes Dossier einklebte. Kurz nach seinem Auftreten, das die Begrüßung der Moderatorin unterbrochen hatte, waren zeitgleich und in allen vier Ecken des Saals Rauchgranaten explodiert, wie sie beim Film benutzt werden. Auch diese waren von der Fernbedienung ausgelöst worden. Benito hatte sich dann, während der Rauch sich verteilte, in Bewegung gesetzt und das Feuer eröffnet – oder auch: nicht eröffnet –, während sich in den Gängen im Erdgeschoss außerhalb des Saals ebenfalls ein dichter Bühnennebel aus den in mehreren Pflanzenkübeln versteckten Rauchgranaten zu verteilen begonnen hatte. Bei der Waffe, die in der Pressekonferenz nicht gezeigt wurde, handelte es sich um eine Attrappe, eine exakte Nachbildung des Heckler-&-

Koch-Sturmgewehrs G36, wobei Benito nicht, wie es noch vor Ort meine Vermutung gewesen war, mit Platzpatronen geschossen hatte: Im Lauf der Waffe war ein Lichteffekt angebracht, der ein helles Mündungsfeuer nachstellte, während die abgegebenen Schussgeräusche von einem Sample stammten, das über eine ganze Batterie zwar kleiner, aber offenbar recht leistungsstarker Boxen, die sich hinter den Röhren der ebenfalls täuschend echt nachgebildeten Sprengstoffweste verbargen, lautstark die Illusion des Maschinengewehrfeuers verstärkt hatte. Benito war dann, das zigfache Töten nur vortäuschend, in die Mitte des Saals gelaufen. Panik war ausgebrochen. Die Menschen hatten versucht zu fliehen, waren zurückgewichen, gestolpert, über den Boden gekrabbelt. Einige Gäste hatten einen schweren Schock erlitten, es gab mehrere Bewusstlose, deren Geiste ob der Überforderung einfach zugemacht hatten. Benito war im Zentrum des Saals stehengeblieben, hatte einmal im Kreis um sich gefeuert – so getan, als feuere er einmal im Kreis um sich –, hatte dann die Richtung geändert und war zu einem der Notausgänge gegangen, hatte diesen per Fernbedienung geöffnet und war aus dem Saal verschwunden, woraufhin ich, der ich ihn da bereits erkannt hatte, ihm gefolgt war. Auch wenn ich in dem Moment zu wissen glaubte, dass das seine Intention war – schließlich hatte er mich direkt erkannt, als ich ihn in der Lobby aufzuhalten versucht hatte, er hatte gelächelt, als er meinen Namen sagte, er hatte gewusst, dass ich es war, war nicht überrascht gewesen –, hatte er sich nicht sicher sein können, dass ich ihm folgte. Doch ich war ihm gefolgt. Ich war ihm nachgelaufen, immer noch unsicher, ob es sich bei der Waffe nicht vielleicht doch um ein echtes Gewehr handelte und ob der Sprengstoff seiner Weste nicht vielleicht doch in die Luft gehen würde. Mir waren während meiner Verfolgung mehrere Menschen begegnet, die noch nicht im Saal gewesen und nun zwischen den geschlossenen Türen in den Gängen des Hotels wie in einem Todesstreifen gefangen waren. Benito hatte sich nicht für sie interessiert, hatte von ihrem Auftauchen scheinbar unbekümmert das Spektakel fortgesetzt, wenn er sie überhaupt hatte wahrnehmen können, hatte geschossen – nicht geschossen! –, war zielstrebig durch die Flure gelaufen, während sich der immer dichter werdende Bühnennebel weiter ausgebreitet hatte. Ein paar herbeigerufene Streifenpolizisten, die einem Notruf des Rezeptionisten gefolgt waren, hatten die Tür verschlossen vorgefunden und aufgrund des dichten Nebels hinter der Glasfassade ein Feuer vermutet. Als sie Benitos Schüsse hörten, hatten sie über die Dienststelle ein in Bonn stationiertes SEK angefordert, das binnen weniger Minuten um 14:08 Uhr am Ort des Geschehens eingetroffen war. Die Beamten hatten das Gebäude umstellt, sich jedoch zunächst keinen Zugang verschaffen können, hatte sich doch nicht eindeutig erkennen lassen, ob die Türen mit Sprengstoff vermint waren. Auch die durch den Nebel beschränkte Sicht hatte eine Erstürmung des Gebäudes unmöglich gemacht. Als die Beamten des SEK gerade damit beginnen wollten, in einem verborgen gelegenen Winkel nahe des großen Speisesaals eine Fensterscheibe zu zerschlagen, um sich auf diesem Wege unbemerkt Zutritt zu verschaffen, hatte Benito die Eingangshalle erreicht, in die ich ihm gefolgt war und von wo ich ihm dann zugerufen hatte. Er hatte mich gleich erkannt und mich bei meinem alten Fahrtennamen genannt. Während er die Gasmaske abgenommen und sich entkleidet hatte, war von draußen durch das Megafon der Polizei auch Benito des Eintreffens der Staatsgewalt gewiss geworden. Unbeirrt hatte er sich weiter ausgezogen. Benitos athletischer Körper war unregelmäßig aber dicht mit einer lehmigen Farbe bedeckt gewesen. Ich hatte beobachtet, wie er sich mit der Brandpaste einrieb, einem in Ausstattungsgeschäften für Tricktechnik erhältlichen Gel, wie es beim Film verwendet wird und das das Verbrennen lediglich vortäuscht, den Körper darunter jedoch schützt, bis es erlischt. Im professionellen Gebrauch trugen Stuntmen dennoch feuerfeste

Kleidung, und so war davon auszugehen, dass Benito durchaus Verbrennungen davongetragen hatte. Als er mit dem Auftragen des Gels fertig gewesen war, hatte er die zweite Strophe von Alexander Puschkins Gedicht *Der Prophet* aus dem Jahre 1826 zitiert, wobei er sich mir zuwandte. Ich dachte: Diese Worte müssen mir gegolten haben. Sie müssen eine Botschaft gewesen sein. Doch ich konnte sie nicht dechiffrieren. Benito hatte sich angezündet. Hatte die Flamme des Feuerzeugs an seine Augen gehalten und sofort Feuer gefangen. Er war dann, mit der Waffe erneut ein zerstörerisches Dauerfeuer mimend – dabei nun selbst ein Feuer, eine menschliche Fackel, ein tänzelndes Licht – auf den Ausgang zugelaufen und vor das Hotel getreten. Dort hatten Beamte des SEK im Schutz ihrer Wagen und Schilde in höchster Anspannung gelauert. Benito hatte vorgetäuscht, auf sie zu schießen, und die Beamten des SEK hatten, dieser Illusion folgend und das Spiel der Fälschung durch die Echtheit ihrer Waffen unwissend brechend, das Feuer erwidert. Benito war von einem ganzen Schwarm Polizeikugeln getroffen worden, hatte sich in wilden Pirouetten drehend und immer noch im lichterlohen Feuerschein für ein paar endlose Augenblicke auf den Beinen halten können, bis er vor dem Hotel Paradies zusammengesunken war. Während die Beamten sich seinem Körper genähert hatten, hatte ich schon das Bewusstsein verloren. Sie hatten das Feuer gelöscht und einen von den Flammen kaum versengten, jedoch von ihren Kugeln durchsiebten Körper vorgefunden, hatten den Tod des unbekannten Attentäters umgehend an die Einsatzleitung durchgegeben und waren unter äußerster Vorsicht ins Hotel vorgedrungen, während ich wieder erwacht und aus dem Paradies gekrabbelt war.

Gegen frühen Abend erreichten sie die nächstgrößere Stadt und legten an. Kippe, Uğur, Benito und Cherubim liefen los, um einzukaufen und Wasser zu holen, der Häuptling, Fliegentöter und Maus blieben bei den Booten. Den Jungen kam der

Spaziergang durch die Ausläufer der Stadt wie der Besuch einer fremden Welt vor, als seien sie keine Pfadfinder, sondern Astronauten, die nach einem langen Aufenthalt im All nun auf die Erde zurückkehrten. So hatten sich die Jungen alle auf ihre Art auf der Flussfahrt eingerichtet. Auf ihrem Weg zum Einkauf in der zivilisierten Welt dann prallten die ob ihrer Uniformiertheit misstrauischen Blicke der Passanten an den vier Kindern ab, die erhobenen Hauptes über die Bürgersteige liefen. Manche der Stadtbewohner wirkten auch belustigt, stießen sich an, wenn sie die Jungen erblickten, flüsterten sich etwas zu. Aber das waren die Schwarzen Steine gewohnt. Wenn Cherubim zu Hause mit dem Fahrrad zu den Heimabenden fuhr, waren ihm die skeptischen Blicke weitaus unangenehmer. Er hoffte dann, dass er niemanden traf, den er kannte, aber für gewöhnlich begegneten ihm auf dem Weg stets irgendwelche anderen Kinder aus der Schule, meistens Mädchen, die dann tuschelten und grinsten und ihm irgendetwas hinterherriefen, unverfänglich, aber verletzend. *Schöne Hose*, und dann Gekicher. Cherubim fuhr in solchen Situationen mit hochrotem Kopf weiter und hoffte, dass die Kette seines Fahrrads nicht absprang, was sie in genau diesen Situationen jedoch mit verlässlicher Regelmäßigkeit zu tun pflegte. Doch jetzt war es anders. In der Gruppe fühlte sich Cherubim stark, so als wäre er Teil einer unangreifbaren Gemeinschaft, der Menschheit unlängst entgrenzt, eine Gruppe von verschworenen Aussteigern, die der Welt, die sie doch längst verlassen hatten, nur einen kleinen Besuch abstatteten.

VI.

Ich machte mir einen Kaffee. Den henkellosen Becher hatte mir Uta geschenkt. Er lag gut in der Hand, gerade wenn der Kaffee ihn von innen wärmte. Der glasierte Ton schmiegte sich angenehm an die Haut an. Ich schaute aus dem Fenster auf die Nachbarhäuser gegenüber und versuchte, mir ähnliche Vorfälle dieser Art vor Augen zu rufen. Es gab keine. Sicher, da waren die angekündigten Amokläufe von verzweifelten Schülern, entlassenen Arbeitern, betrogenen Ehemännern und einsamen Vätern, die sich, wenn sie denn nicht vollzogen wurden, als Hilferuf entpuppten. Fast immer waren es Männer, die solche Taten begingen. Doch ein Hilferuf war Benitos Tat nicht gewesen. Ein Ruf, ja. Wer einen solchen Abgang wählt, der ruft doch nicht um Hilfe, dachte ich. Entweder geht es ihm nicht um Rettung, oder es ist schon längst zu spät dafür. Was also sagte diese Tat? Was erzählte sie? Gab es dieses Bild schon: die menschliche Fackel, die Pirouetten, der Suizid durch Täuschung der Polizisten? In Filmen oder Stunt-Shows, wie sie in Freizeitparks und im Fernsehen gezeigt wurden, gab es brennende Menschen, die nicht wirklich verbrannten. Dort wurde trickreiche Pyrotechnik genutzt, wie sie auch Benito verwendet hatte, um eine Illusion herzustellen. Stuntmen, Zauberer, Entertainer. Das war ihr Beruf, ihnen geschah nichts. Benito jedoch hatte nicht überleben wollen, auch wenn er kein Benzin benutzt hatte. Da war ich mir sicher. Er hatte die Polizisten derart getäuscht, dass sie keine andere Wahl gehabt hatten, als ihn zu erschießen. Die angestrebte Selbsttötung durch Kugeln der Polizei ist ein moderner Klassiker: *suicide by cop*. Ein selbstgewählter Tod durch ein provoziertes Erschießen, und dann noch im Feuer, als menschliche Fackel. Woher kannte ich dieses Motiv bloß?

Doch der Reihe nach: Erst war da das Feuer. Mir fiel dieser Mönch ein, der sich Anfang der 1960er-Jahre in Vietnam aus Protest gegen die Unterdrückung der Buddhisten verbrannt hatte. Thích Quảng Đức, 1963 in Saigon. Ich fand das genaue Datum in Internet: 11. Juni 1963. Das Bild seiner Selbstverbrennung war ikonisch geworden, hatte Bücher und Plattencover gekürt. Im Studium hatte ich in einem Sammelband einen Artikel dazu veröffentlicht, das war mehr als 20 Jahre her. *Drastischer Protest: Das Radikale und die Ästhetik des Todes* – so oder so ähnlich hatte die Überschrift gelautet. Ich besaß kein Exemplar des Buches mehr. Wahrscheinlich würde ich meinen Text heute auch als unzulänglich und miserabel bewerten. So ging es mir bald mit allem, was ich einmal geschrieben hatte. Das Foto des brennenden Mönchs aber war in die Geschichte eingegangen. Vielleicht war das eine Spur?

Sie waren erst seit einer Woche unterwegs, doch in dieser kurzen Zeit hatte die vermeintliche Eintönigkeit der Flussfahrt Cherubim bereits so sehr für seine Umwelt sensibilisiert, dass seine Wahrnehmung, abgeschieden von der zivilisierten Welt, zu einer neuen Intensität gefunden hatte. So war ihm etwa bewusst geworden, dass die Natur nicht einfach nur grün war, wie er sie bis dahin stets empfunden hatte, sondern sich in einer ausufernden, ungeahnten Vielfalt an Farben darstellte, die ihm völlig neuartig erschien. Auch die sanften Unterschiede in der Temperatur bestaunte er, oder die weitgefächerten Windstärken, den Regen zwischen harten Schlägen und sanfter Berührung, die komplexe Geräuschwelt der Wälder und des Flusses. Er bestaunte die Aspekte seines Erlebens, die ihm das Gefühl gaben, eine neue Welt zu betreten. In der Folge bemerkte er nun, wo er wieder über Bürgersteige an Häusern entlanglief, Passanten ausweichen und an Ampeln stehenbleiben musste, umso mehr die Beschaffenheit der bewohnten Umwelt. Überall lauerten da Reklametafeln und bald jeder freie Fleck wurde genutzt, um auf ein Angebot hinzuweisen, und diese Angebote konkurrierten in ihren Bildern und ihrer Sprache. Ja, an allen Ecken und Enden sprach es zu ihm, wurde auf etwas hingewiesen, war von Dingen die Rede, die jeder Mensch unbedingt brauche, neben Anweisungen und Verhaltensregeln, die bereits in ihrer Erscheinung das Verbot aussprachen, missachtet zu werden. Während sie so liefen, schaute Cherubim immer wieder zu Benito rüber, und da wurde dem Sehenden klar, dass der Blinde den Kontaktaufnahmen durch die Beschilderung des öffentlichen Raums, durch die Plakatwände, die Litfaßsäulen und Schriftzüge, die auf bald jedem freien Fleck prangten, ja gar nicht ausgesetzt war. Die bloße Schrift, die Bilder, das berührte ihn nicht. Gleichzeitig musste er sich durch eine Welt bewegen, die sich auf eine Art erschloss, die auf das sehende Auge angewiesen war. Das, was Cherubim als neue Welt empfand, in der er sich noch kaum auskannte: Der Fluss mit seinen zahllosen Nebenarmen, das Wasser, die Wälder, die Ufer, die Felder – das alles bot für Benito Räume, in denen er sich weitaus besser zurechtfinden konnte, als zwischen einer von Ampeln und Schildern geebneten Welt.

Ich las am Computer Statistiken über Selbstverbrennung. Der Kaffee war kalt. Es hatte in der Zeit Thích Quảng Đức ähnliche Vorfälle gegeben. Auch vorher schon hatten sich Menschen selbst angezündet, um damit ein Zeichen gegen ihre Oppression zu setzen, doch die erste Hochphase hatte diese radikalste Form des politischen Protests wie aller radikaler Ausdruck einer unbeugsamen Opposition im Zeitgeist der 1960er-Jahre erfahren. Aus diesen Jahren sind heute weltweit knapp über 50 Fälle bekannt. Danach wurden es wieder deutlich weniger. Bis zum Ende der 2000er-Jahre, also für einen Zeitraum von 40 Jahren, wurden jährlich nur noch sehr wenige Fälle registriert, im Schnitt hochgerechnet zwischen 15 und 20 pro Jahrzehnt. Einige Jahre nach dem Millennium jedoch erlebte die

Selbstverbrennung eine erschreckende Konjunktur: Weltweit verbrannten sich zwischen 2010 und 2019 über hundert Menschen, etwa 30 von ihnen allein in Tibet, in Auflehnung gegen die Unterdrückung durch die chinesische Staatsmacht. Die notierten Motive waren sehr unterschiedlich. In allen Teilen der Welt nahmen die Selbstverbrennungen zu. Ich hatte in dieser Form des Protests immer eine Marginalie gewähnt, hatte die Entschlossenheit, die dahintersteckte, in meiner jugendlichen Unreife vielleicht sogar naiv romantisiert. Doch wenn ich ehrlich war, konnte ich mir keinen grausameren Tod vorstellen, als zu verbrennen. Folgte man Zeugenbeschreibungen, war immer vom Geruch die Rede, den man nie wieder vergessen konnte. Seit dem Jahr 2010 verbrannten sich auch in Deutschland immer mehr Menschen. Warum hatte ich nie davon gehört? Ich erinnerte mich nicht an eine Berichterstattung über diese Fälle, doch seit 2012 war in den Statistiken bis auf 2017 für jedes Jahr eine Selbstverbrennung vermerkt. Ich hatte diese grausame Form des Suizids für ein Relikt aus der Vergangenheit gehalten, erinnerte, wie ich mich als Jugendlicher während eines Urlaubs auf Korfu nicht von der Schönheit einer Statue Kostas Georgakis' hatte lösen können, ein griechischer Student, der sich am 19. September 1970 aus Protest gegen das in seiner Heimat von Georgios Papadopoulos angeführte faschistische Regime verbrannt hatte. Georgakis hatte sich im italienischen Genua, wo er zu dieser Zeit studierte, mit Benzin übergossen und angezündet. Neun Stunden hatte er leiden müssen, bis er erlöst worden war. Ich hatte damals durch die fein gearbeitete Statue, die ja etwas historisierte, gemeint, es läge weit zurück, dass sich Menschen aus Protest selbst verbrannten. Die Statue, die heute noch im Stadtzentrum von Korfu steht, hatte ich aus allen möglichen Winkeln und Perspektiven fotografiert, hatte sie nachgezeichnet und die Zeichnungen damals, noch dem jugendlichen Wunsch folgend, ein Maler zu werden, bei einer kleinen Sammelausstellung junger Künstler gezeigt.

Vorgetäuschte Schüsse in die Menge. André Breton hatte 1929 in seinem zweiten Surrealistischen Manifest davon gesprochen: *Die einfachste surrealistische Handlung besteht darin, mit Revolvern in den Fäusten auf die Straße zu gehen und blindlings soviel wie möglich in die Menge zu schießen. Wer nicht wenigstens einmal im Leben Lust gehabt hat, auf diese Weise mit dem derzeit bestehenden elenden Prinzip der Erniedrigung und Verdummung aufzuräumen, der gehört eindeutig selbst in diese Menge und hat den Wanst ständig in Schusshöhe.* Ganz sicher war dies nicht als Aufruf zum Amoklauf gemeint gewesen. Breton spricht in der Sache ja lediglich von einem Gefühl, das man gehabt haben könnte, bewegt sich auf dem Feld der Imagination, nicht der Handlung. Sein Text bedeutet vielmehr die Synthese einer albtraumhaften Ästhetik und des Anspruchs, das Publikum – ergo die bürgerliche Gesellschaft – zu überfordern. Sein Surrealismus will die Unmöglichkeit einer objektiven Wirklichkeitsbeschreibung infrage stellen. Ließ sich Benitos Tat einem radikalen Surrealismus zuschreiben? Hatte er Breton gelesen?

Es gab Konzerte, auf denen mit Waffenattrappen ins Publikum gefeuert worden war. Die Sex Pistols hatten das getan, bezeichnenderweise. Auch das Duo The KLF hatten auf den Brit-Awards 1992 in England mit der Attrappe eines Maschinengewehrs auf dem Höhepunkt ihres Auftritts in die vor Ort versammelten Gäste, die sich überwiegend aus bekannten Gesichtern der britischen Musikindustrie rekrutierten, gefeuert. Ich sah das Bild von Bill Drummond vor mir, der schwarze Ledermantel, die Zigarre, das Sturmgewehr. Er sah aus wie der *Punisher*, jene Selbstjustiz übende Comicfigur, die sich nach dem Mord an seiner Familie auf einen wahnwitzigen Rachefeldzug gegen die Unterwelt begibt. Dann waren da noch Kreator aus Essen, eine der größten Metal-Bands der Welt, deren Frontmann Mille Petrozza auf dem Höhepunkt des Songs *Warcurse* mit einer Nebelkanone ins Publikum zu schießen pflegte. Aber spätestens seit dem islamistischen Terroranschlag im Bataclan am 13. November 2015 in Paris gehörte ein derart martialisches Gebaren der Vergangenheit an, wenn hier auch unmissverständlich klar war: Das gehört zur Show! Nein. Einen Amoklauf vortäuschen, um sich dann selbst zu verbrennen – so zu tun, als verbrenne man sich selbst – und dabei von der Polizei erschossen zu werden, das war beispiellos. Nie hatte jemand mit einem derartigen Aufwand ein bis ins letzte Detail durchchoreografiertes Verbrechen vorgetäuscht, ein Massaker inszeniert, Terror gespielt, um dann lichterloh brennend im Kugelhagel der Staatsgewalt zu sterben.

Vielleicht musste ich die Frage weiter fassen: Gab es vergleichbare Fälle, bei denen Menschen im Bewusstsein der Ausweglosigkeit ihrer Handlung den eigenen Tod instrumentalisiert hatten, bei denen das Scheitern möglicherweise schon angelegt, ja kalkuliert gewesen sein mochte? Ich dachte an den Putschversuch Yukio Mishimas in Japan. Er hatte am 25. November 1970 in Tokio mit vier seiner Gefolgsleute, einer fetisch-artigen rechten Gruppe von Paramilitärs, den ein paar Jahre zuvor gegründeten Tatenokai, eine aufsehenerregende Geiselnahme im Tokioter Militärhauptquartier unternommen, die dem rationalen Geist nach wissentlich zum Scheitern verurteilt gewesen war, was der sonst so scharfsinnige Mishima ebenfalls gewusst haben musste. Der japanische Dichter und Romancier hatte sich, den obersten Militärgeneral in seiner Gewalt, vom Balkon aus an die versammelte Menge gewandt und einem konservativen Impetus folgend zum Putsch aufgerufen, zur Rückbesinnung auf das Kaiserreich, er, der sich Zeit seines Lebens der Moderne und dem Westen geöffnet hatte, um dann, in der kalkulierten Ausweglosigkeit seines Unterfangens und unter der Aufmerksamkeit der medialen Öffentlichkeit, jenen heldenhaften Tod durch das eigene Schwert zu sterben, von dem er sein ganzes literarisches Leben, ja schon in der Kindheit schwülstig fantasiert hatte. Ein Widerspruch, der auf diesem Wege unsterblich geworden war. Den grausamen Tod durch das Seppuku hatte Mishima bereits Jahre zuvor sogar filmisch inszeniert: In der Hauptrolle des Kurzfilms *Patriotism* aus dem Jahre 1966 war er selbst zu sehen gewesen. Nach seinem wirklichen Seppuku dann hatte einer seiner Gefolgsleute ihm mit dem Schwert den Kopf abgetrennt. Benito aber hatte nichts verlauten lassen. Er war stumm geblieben. Das Einzige, was er gesagt hatte, waren mein Fahrtenname und die Zeilen von Puschkin. Ich musste mir dieses Gedicht endlich genauer anschauen. Er hatte mit Puschkin einen Dichter zitiert, der in seiner gewaltigen Lyrik sicher auch Mishima gefallen hat. Ich notierte mir Namen und Lebensdaten des Japaners und schrieb das 1000. Fragezeichen dahinter. Vielleicht war das eine Spur: Mishima, der heute von der neuen Rechten verehrt wurde. Ein Schauer lief mir über den Rücken. Paul Schrader, den meisten nur bekannt als Drehbuchautor von Martin Scorceses *Taxi Driver*, hatte Mishimas Leben Mitte der 1980er-Jahre verfilmt. Er rekonstruierte den letzten Tag Mishimas und montierte den gescheiterten Putschversuch mit autobiografischen Versatzstücken seines literarischen Werkes. Paul Schrader. Ich schrieb auch seinen Namen auf. Eigentlich handelten fast alle Filme und Drehbücher des Amerikaners von verzweifelten Antihelden – nicht selten in einem spektakulären Finale drastischer Selbstjustiz dem Suizid nahe. Einen seiner späten Filme hatte ich zuletzt in Italien gesehen, mit Lucio. Ich kam nicht auf den Titel. In Schraders Filmen gab es nur selten eine Abkehr von der totalen Eskalation. Aber diese Taten waren immer erläutert, sie besaßen ein nachvollziehbares Narrativ, ergaben sich aus einer logisch entwickelten Dramaturgie. Gab es hingegen Amokläufe, die unerklärlich geblieben waren? Paddock. Ja, Stephen Paddock. Am 1. Oktober 2017 hatte der 66-jährige Amerikaner Stephen Paddock in Las Vegas aus dem Fenster seiner Suite im 32. Stockwerk des Mandalay-Bay-Hotels das Feuer auf die Gäste des gegenüberliegenden Route-91-Harvest-Country-Festivals eröffnet. 60 Menschen hatte er getötet und über 850 verletzt. Er hatte sich selbst erschossen, bevor ihn das SWAT-Team hatte stellen können, und hatte so sein Motiv mit ins Grab genommen. Las Vegas, Nevada. Ich las die Details des grauenhaften Massakers nach. Paradise, Nevada. Im Süden von Las Vegas. Ich klappte den Computer zu. Niemand hatte bis heute auch nur die leiseste Ahnung, was Paddock zu seiner grausamen Tat bewegt haben mochte. Es war schrecklich, und für die Angehörigen musste es noch viel schrecklicher sein. Das Verbrechen, dessen Motiv verborgen bleibt, hinterlässt unheilbare Wunden, weil es im Unwissen keine Erlösung zulässt. Das Einzige, was ich mir noch furchtbarer vorstellte, war, wenn das Opfer eines Verbrechens verschwunden blieb, wenn man in der Ungewissheit weiterleben musste, was mit einem geliebten Menschen geschehen war.

Schließlich gelangten sie zu einer großen Fläche an einer rauschenden Hauptstraße, auf der sie gleich drei verschiedene Supermärkte vorfanden. Auf dem Parkplatz standen ein paar Autos und Cherubim bemerkte, dass die Leute, die mit ihren Einkäufen durch die Schiebetüren traten, je nach Markt ganz ähnlich gekleidet waren. Die Jungen nahmen sich einen Einkaufswagen und gingen in den Laden, aus dem gerade ein Mann in Unterhemd und Sporthose seinen voll bepackten Wagen schob. Sie gingen stumm an ihm vorbei durch die Schiebetür in den Markt, der Cherubim zugleich vertraut und fremd vorkam, kauften Brot, Reis, Dosentomaten, Zwiebeln, Kidneybohnen, Chilis, Mais, Quark und Obst, außerdem Toilettenpapier, denn das brauchten sie auch im Wald.

Als sie sich dann auf den Rückweg machten, fielen Cherubim und Benito bald ein Stück hinter die anderen Jungen zurück. Benito senkte den Kopf, wirkte nachdenklich auf Cherubim.

»Was ist los? Stimmt etwas nicht?«

»Dieser Mann am Ufer heute. Das ist kein nackter Penner. Darüber sollten wir keine Witze machen. Was wissen wir denn schon über den?«

»Ich glaube, das war nicht böse gemeint.«

»Warum lacht ihr denn über ihn? Warum habt ihr euch vor ihm gefürchtet? So schlimm kann er gar nicht ausgesehen haben.«

»Hat er auch nicht. Wir haben uns erschreckt.«

»Ja, das verstehe ich. Aber wie man über Menschen dann redet und mutmaßt, als wären die nicht von dieser Welt, das ist nicht richtig. Du bist auch komisch und willst nicht, dass Leute sich lustig machen oder überhaupt über dich reden. Guck dir die anderen doch mal an. Maus, Kippe, Uğur. Oder Fliegentöter, der sich für das Geld seiner Eltern schämt und ständig diese selbstgebauten Waffen mit sich rumträgt.«

»Attrappen. Es sind keine richtigen Waffen.«

»Das meine ich doch. Wir sind auch alle auf eine Art anders und haben irgendwelche Eigenarten. Da sollten wir nicht über andere richten. Niemand sollte das, niemandem steht das zu.«

»Du hast ja recht.«

»Ist ja auch egal. Ich fand das nur falsch.«

»Entschuldigung.«

»Du brauchst dich nicht entschuldigen.«

»Ja, stimmt. 'Tschuldigung.«

Als sie bald darauf wieder bei den Kanus am Steg zusammensaßen, blickte Cherubim in die Runde und dachte, dass Benito wirklich recht hatte. Ihm kamen die anderen Jungen nur normal vor, weil sie alle irgendwelche merkwürdigen Eigenarten besaßen. Vielleicht würde einer von den Schwarzen Steinen ebenfalls eines Tages mit einem zerpflückten Strohhut am Ufer stehen und ungewollt eine Gruppe Pfadfinder erschrecken. Wer konnte schon wissen, was aus ihnen mal werden würde?

Ich ließ mir ein heißes Bad ein. Keine fünf Minuten, nachdem ich im wohltuenden Wasser lag, klingelte das Telefon. Ich hoffte instinktiv, es sei Uta. Hastig kletterte ich aus der Badewanne, streifte mir meinen dicken Bademantel über und lief zum Telefon.

»Hallo?«

»Cherubim, wie schön.«

»Wer spricht da? Wer ist ... Woher wissen Sie von diesem Namen?«

»Das spielt jetzt keine Rolle. Ich will dir etwas mitteilen.«

»Wer sind Sie? Woher haben Sie diese Nummer?«

»Cherubim, reg dich nicht auf. Sie wissen es jetzt. Sie wissen jetzt, dass es Benito war. Es hat einen Tipp gegeben, jemand hat ihn erkannt. Vielleicht war es auch einer von uns. Warst du es vielleicht sogar? Aber das ist auch ganz egal. Es soll sogar so sein. Die Ermittlungen werden jetzt Fahrt aufnehmen. Alles nimmt seinen Lauf! Das ist gut.«

»Was nimmt seinen Lauf?«

»Sie werden den Leichnam freigeben. Benito wollte verbrannt werden.«

Die Stimme hüstelte gekünstelt. Ich konnte nicht erkennen, ob am anderen Ende der Leitung ein Mann oder eine Frau sprach.

»Na, das mit dem Wunsch zu verbrennen hast du ja mit eigenen Augen gesehen, nicht? In der nächsten Woche schon könnte die Beerdigung sein. Vielleicht auch übernächste Woche. Halt dir alles frei. Ich melde mich deswegen noch rechtzeitig bei dir.«

»Wer spricht denn da?«

Ich rief jetzt in den Hörer. Irgendwoher kannte ich diese Stimme.

»Du hast lange gebraucht, dich wieder zu fangen, nicht? Ich war überrascht. Aber dir wird es wieder besser gehen, kleiner Cherubim.«

»Bitte! Ich verstehe das nicht. Was hat das alles zu bedeuten? Ich ... Wer spricht denn da? Ich kenne doch deine Stimme. Mir reicht es jetzt. Ich habe keine Lust mehr auf dieses Katz-und-Maus-Spiel.«

»Komm auf die Beerdigung. Wir sagen dir noch Bescheid, wann.«

»Was willst du von mir, du Arschloch?«

»Komm ins Ruhrgebiet.«

»Wer ist *wir*? Spricht da ... Du bist doch keiner von den ... Aber ich kenn doch deine Stimme. Bitte, ich halt das nicht mehr aus. Was soll das alles?«

»Nimm dir Urlaub, Schriftsteller. Die Bücher müssen jetzt mal warten.«

»Wenn das ein Scherz sein soll: Ich finde das überhaupt nicht lustig, du dummes Arschloch!«

»Zeigst du doch noch Regung. Aber ein Scherz, nein. Das ist kein Scherz. Du wirst es verstehen. Am Ende wirst du alles verstehen, Cherubim. Komm ins Ruhrgebiet, dann erfährst du mehr. Ich lege jetzt auf. Wir melden uns wieder.«

»Bitte, ich ...«

»Und sprich mit Niemandem darüber, ja? Noch nicht ...«

Es klickte.

»Hallo?«

Die Leitung war tot.

∽

Drei

Wo immer ich aufschlage find' ich dich / Du fällst im
Schatten der Tage / Als Stille und Stich / Ich trink' auf dich dutzende
Flaschen Wein / Und will doch viel lieber eine Made sein
(soap&skin, 2012)

Seltsam, dich hier zu sehen.
(Kiev Stingl, 1975)

I.

Fliegentöter! Schlagartig öffnete ich die Augen und starr-te in das mächtige Gebirge meines Kopfkissens. Ein Spu-ckefaden hing aus meinem Mund, Wange und Stoff klebten feucht aneinander. Vor mir sah ich den Mann im gedimmten Licht des Hotelsaals stehen, unsere Blicke trafen sich. Neben ihm, mir abgewandt, die blonde Frau, er berührte sie am Arm, dann ein Geräusch von der Bühne. Ende. Mein Herzschlag er-höhte sich merklich. Der Mann auf dem Empfang, kurz bevor Benito das Szenario betreten hatte: Das musste Fliegentöter gewesen sein! Die Brille, die langen schwarzen Haare. Ich hatte ihn ja schon ansprechen wollen, eh ich jäh davon abgehalten worden war. *Kennen wir uns nicht?* Der Mann war aus meinem Bewusstsein verschwunden. Er musste mich erkannt haben. Unser Blickkontakt war eindeutig gewesen. Aber warum diese Geste? Warum hatte er die Frau am Arm berührt? Hatten die beiden mich dort erwartet? Zerstreut und hektisch stand ich auf und lief durch die Wohnung. Ich nahm im Sessel am Fens-ter Platz und ging durch das Dossier, schaute nach, ob ich Flie-gentöter auf den Fotos würde entdecken können. Obwohl ich ihn dort nicht fand, wurde sein Bild vor meinem inneren Auge deutlich schärfer. Ich musste ihn sprechen.

Es war der Abend der Feuertaufe Uğurs. Die Feuertaufe war ein Ritual der Namensgebung. Der Spitzname, der einem Pfadfinder aus einer meist amüsanten Situation heraus gege-ben worden war, hatte sich bewährt und war in Fleisch und

Blut übergegangen. Rief man den Fahrtennamen und die angesprochene Person reagierte, war das ein gutes Zeichen. Bei der Feuertaufe dann machte man ein Lagerfeuer, und in einer feierlichen Zeremonie fragte der Häuptling, ob man bereit sei, den Namen, der sich meist aus einem individuellen Erlebnis, einer Angewohnheit oder einem Witz ergab, anzunehmen, um ihn danach über dem Feuer zu besiegeln. So hatten alle Schwarzen Steine ihre Namen verewigt. Nur Uğur nicht, der traurig darüber war, ja, geradezu erbost, dass er seinen bürgerlichen Namen, der im Türkischen *Glück* bedeutet, behalten sollte. Der Häuptling schien diese Ungerechtigkeit zu begreifen und machte Uğur einen Vorschlag zur Güte: Die Feuertaufe, das eigentliche Spektakel der Namensvergabe, würde stattfinden, nur würde er eben auf seinen eigenen Namen getauft. Uğur, dem kaum etwas anderes übrigblieb, erklärte sich einverstanden. Als also die Kohte aufgebaut war, die Jungen gegessen hatten und die Nacht hereinbrach, legte Kippe ein paar Scheite Holz nach, bis das Feuer mit der Zunge schnalzte und in den Himmel leckte. Die schwarzen Steine bildeten einen Kreis und Uğur kniete sich in ihre Mitte. Der Häuptling ergriff das Wort.

»Uğur von der Horte der Schwarzen Steine, erklärst du dich bereit, deinen Namen abzulegen und von nun an dem Namen Uğur zu folgen?«

Die Jungen lachten. Uğur lachte auch.

»Ja, ich bin dazu bereit.«

»Dann schreie den Namen nun dreimal in die Nacht, während wir dich im Feuer taufen.«

Kippe und Fliegentöter packten Uğur an den Knöcheln und Handgelenken und trugen ihn zum Feuer, die anderen Jungen begleiteten die drei und stellten sich um sie herum. Uğur quiekte. Er war in heller Aufregung. Sie schleuderten ihn jetzt durch das Feuer hin und her, sodass die Flammen durch die hereinbrechende Nacht zuckten. Ein paar Holzscheite brachen unter Knacken und Knistern zusammen und Funken stoben in die Luft.

»Wie heißt du?«

»Uğur.«

»Wie sollen wir dich rufen?«

»Uğur!«

»Wer bist du von heute an bis in alle Ewigkeit?«

»Uğur!«

Als Kippe und Fliegentöter den frisch getauften Uğur nun zu ihren Füßen auf den Boden legten, hatte er die Augen geschlossen und atmete heftig. Wie in einem Crescendo johlten und schrien die Schwarzen Steine seinen Namen in die Nacht, laut und immer lauter. Uğur wand sich auf dem Boden hin und her und lachte.

Ich beschloss, der Aufforderung der unbekannten Stimme am Telefon nachzukommen. Wenn ich herausfinden wollte, was für ein Spiel hier gespielt wurde, würde ich mitspielen müssen. Ich rief meine Mutter an. Wir hatten uns in den drei Jahren meines selbstgewählten Exils nicht persönlich gesehen. Doch ich hatte ihr geschrieben, mit ihr telefoniert, und ein paar Mal, wenn ich mit Lucio in den Ort gefahren war, hatte ich in einem jener Internetcafés, die im Apennin noch vereinzelt zu finden waren, per Videotelefonie mit ihr gesprochen. Für eine viel zu lange Zeit jedoch waren wir uns nicht mehr begegnet. Sie sagte immer, sie habe Verständnis dafür, sie wisse doch, wie konsequent ich für meine Arbeit meinen Ideen zu folgen habe, dass das keine Kompromisse zulasse und dass ich eben tun müsse, was für das Schreiben wichtig sei. Dabei hatte ich in den letzten drei Jahren keine einzige Zeile verfasst. Meine verständnisvolle Mutter. Ich wusste, dass es ihr wehtat. Wie kann ein Sohn seiner Mutter das nur antun? Sie freute sich, als ich mich zum Besuch ankündigte.

»Ich kann dich vom Bahnhof abholen. Du kommst doch mit dem Zug, oder? Fahr lieber nicht mit dem Auto. Es sind so viele Idioten unterwegs. Ich mach dir das Zimmer unten im Keller zurecht. Weißt du schon, wann du ankommst? Du kannst hier so lange bleiben, wie du willst. Das weißt du ja. Du kannst hier immer so lange bleiben, wie du willst.«

Ich merkte ihrer Stimme die Aufregung an, vermischt mit jener hintergründigen Traurigkeit. Etwas Zögerliches lag in ihrem Sprechen. Und diese hörbare Besorgnis, die sie seit damals, seit dem Ende der Flussfahrt, nicht mehr verlassen hatte.

»Ja, vielleicht bleibe ich länger.«

»Ist alles in Ordnung? Bist du verletzt?«

»Was? Nein. Warum verletzt?«

»Ich dachte, dass du ...«

»Es tut mir leid, dass ich so lange weg war. Ich fühle mich schrecklich.«

»Aber ich weiß doch. Du brauchst nichts sagen. Jetzt bist du ja wieder da. Geht's dir denn gut? Deine Stimme klingt so anders. Ist wirklich alles in Ordnung bei dir? Seit wann bist du denn wieder da?«

»Ja, alles in Ordnung soweit.«

»Bleib hier, so lange du willst. Was ist denn mit Uta?«

»Wir reden. Ich weiß es nicht. Ihr geht es gut, glaube ich. Können wir nicht darüber sprechen, wenn ich da bin?«

»Ja! Ja – natürlich. Komm erst mal her. Verzeih. Ich geh gleich nach unten und bereite alles vor. Ich freu mich sehr!«

Ich konnte ihr nichts vormachen. Sie wusste immer, was mit mir los war. Manchmal hatte ich das Gefühl, sie wusste es besser als ich.

»Ich war in dem Hotel in Bonn. Ich habe es gesehen.«

»Oh ...«

»Ich bin okay. Mir ist nichts passiert.«

»Der Junge, war das dein Freund von damals? Benito?«

»Du hast ihn erkannt?«

»Ich habe sein Bild gesehen, gestern, in den Abendnachrichten. In der Zeitung war es auch. Ich war mir nicht sicher. Wie furchtbar das ist. Ich habe versucht, dich anzurufen.«

»Ich wollte nicht, dass du dir schon wieder Sorgen machen musst. Hast du mit irgendwem darüber geredet?«

»Nein. Mit wem denn? Ich habe auch nicht bei der Polizei angerufen. Ich wollte erst mit dir sprechen. Es ist merkwürdig. Irgendwie habe ich gewusst, dass du noch anrufen würdest. Auch, dass du da gewesen bist. Irgendwie habe ich es gewusst. Was hat das alles nur zu bedeuten?«

»Mama, ich ... Sprich bitte mit niemandem darüber, ja?«

»Ja. Werde ich nicht. Komm erst mal her. Und sag mir noch mal Bescheid, wann genau. Ich mache Kartoffelsalat. Ich hol dich vom Bahnhof ab.«

»Ich brauch hier noch ein paar Tage. Ich rufe dich an, wenn ich mehr weiß. Ich will zu Benitos Beerdigung gehen. Und du musst wirklich nichts vorbereiten. Ich bin in Ordnung.«

»Gut. Ich mache Kartoffelsalat.«

Aufgepeitscht von diesem aberwitzigen Ritual baten die Jungen den Häuptling, von nun an Nachtwachen schieben zu dürfen, immer zwei Jungen, immer für drei Stunden, und Cherubim übernahm mit Benito in dieser ersten Nacht die zweite Schicht. So saßen sie schließlich verschlafen und aus unruhigen Träumen gerissen um das kleine Feuer, das sie nur so eben am Brennen hielten, spürten die Hitze auf den Wangen, während in ihren Rücken die Kälte der Nacht nach ihnen griff. Cherubim stocherte schweigend mit einem Stock in der Glut herum. Er schaute immer wieder verstohlen zu Benito, in dem er es arbeiten sah. Vielleicht war es die Nacht, die Nähe zu den Träumen, in denen sie noch kurz zuvor herumgewandert waren, die nun ein Gespräch hervorbrachte, das anders war als ihre bisherigen Unterhaltungen. Als Benito nämlich das Wort an Cherubim richtete, wusste der Junge, dass sein blinder Freund da am Feuer auf eine Art mit ihm sprach, die nur im Vertrauen möglich ist. Er wusste dabei nicht, dass es eine Art zu sprechen war, die nur Kindern vorbehalten ist.

»Wirst du auch manchmal wach oder liegst da und stellst fest, dass du genau in diesem Moment gerade da bist, und dass das eigentlich kaum zu fassen ist? Also das Bewusstsein, vorhanden zu sein, in einer Welt, aus Fleisch und Blut zu sein, zu sprechen, zu riechen, zu empfinden. Das ist doch unfassbar. Warum wird da nicht ständig drüber gesprochen?«

»Du meinst, dass man geboren wird und dann da ist?«

»Ich meine ... ja, das auch. Aber ich meine, dass wir jetzt hier sitzen und dass das wirklich ist, dass wir etwas sind, dass es das alles gibt, um uns herum. Wir sind da, wir sind ein Teil von allem, und alles andere ist undenkbar. Wir können uns nicht vorstellen, was wäre, wenn wir nicht da wären. Eigentlich müssten die Menschen ohne Unterlass darüber sprechen. Es müsste jeden Tag in den Nachrichten die Rede davon sein: Mit aller Wahrscheinlichkeit wachen wir morgen früh auf und sind immer noch am Leben, und alles ist so, wie es davor gewesen ist. Es kann nicht anders sein, als es ist. Ich meine, wir atmen, wir handeln, die Sachen, die wir machen, haben Konsequenzen. Wenn ich mich an der Schläfe kratze, brennt es. Ja, da wird es deutlich, weil es spürbar wird. Aber wenn man davon zurücktritt, wenn ich mir klar mache, dass das alles jetzt genau in diesem Moment da ist: Ich meine, das Ganze, alles, in seiner Summe. Das ist so mächtig und intensiv und schwer, dass die Leute es nicht sehen, weil sie sich keine Alternative dazu ausdenken können. Ich meine nicht den Tod. Ich meine das Leben. Klar, Religion, wenn die Leute sagen, das ist alles Gott oder dass man danach in den Himmel kommt oder in die Hölle. Aber selbst dann, wenn sie wirklich daran glauben, denken sie das doch in Bildern und in Gedanken, die nicht von ihnen kommen und die aus dem Leben, aus dem Dasein stammen. Du musst das mal machen. Dir immer wieder sagen: Ich bin jetzt, in diesem Augenblick, hier, das ist wahr, das ist wirklich, ich bin ein Teil der Unendlichkeit. Ich bin ein lebendiges Wesen, ich trage einen Namen, ich spreche und denke und handle,

Menschen haben ein Bild von mir, ich habe ein Bild von mir. Das alles ist so selbstverständlich, obwohl es nicht zu verstehen ist. Du sagst dir immer nur: Ich bin hier, jetzt gerade, in diesem Augenblick! Immer wieder. Das musst du ausprobieren.«

»Ich bin hier, jetzt gerade, in diesem Augenblick.«
Immer wieder.
Ich bin hier, jetzt gerade, in diesem Augenblick.
Ich bin hier, jetzt gerade, in diesem Augenblick.
Ich bin hier, jetzt gerade, in diesem Augenblick.
Ich bin hier, jetzt gerade, in diesem Augenblick.
Ich bin hier, jetzt gerade, in diesem Augenblick.
Ich bin hier, jetzt gerade, in diesem Augenblick.
Ich bin hier, jetzt gerade, in diesem Augenblick.
Ich bin hier, jetzt gerade, in diesem Augenblick.
Ich bin hier, jetzt gerade, in diesem Augenblick.
Ich bin hier, jetzt gerade, in diesem Augenblick.
Ich bin hier, jetzt gerade, in diesem Augenblick.
Ich bin hier, jetzt gerade, in diesem Augenblick.
Es gibt mich wirklich.

II.

Mittlerweile ließ die bloße Rekonstruktion des Vorfalls in der Berichterstattung nach. Benitos bürgerlicher Name wurde aus ermittlungstechnischen Gründen weiterhin geheim gehalten, auch wenn seine Identität, wie ich der Zeitung entnehmen konnte, hatte ermittelt werden können. Die mediale Erforschung stagnierte vor dieser Anonymität, die wie eine Mauer den Überblick begrenzte und ein Vorankommen verhinderte. Mittlerweile waren alle greifbaren Informationen erzählt, alle Fakten aufgelistet, alles Wissen versammelt worden. Die Zeugen, die bereit gewesen waren, vor der Kamera oder einem Aufnahmegerät zu sprechen, hatten ihre Schilderungen oft genug zum Besten gegeben, und die Experten und Polizeisprecher wiederholten sich so lange in ihren Erläuterungen, bis sie nicht mehr gefragt wurden. Der Informationshandel stagnierte, die Aufregung mäßigte sich.

Nun aber, wo sich die Sachlage erschöpfte, wurde ein neuer, ein anderer Staub aufgewirbelt. Die Interpretationen begannen: Benitos Tat erschien als vollkommenes Rätsel, das nur Mutmaßungen, keine Eindeutigkeiten zuließ. Ein Gedicht, dessen Lesarten sich ergänzten oder widersprachen, sich gegenseitig auflösten. Ein wahrer Deutungswettbewerb hatte begonnen, dessen Ziel es zu sein schien, die weitreichenden Ereignisse von Bonn der jeweiligen Perspektive entsprechend, die meist an eine mehr oder weniger stark ausgeprägte politische Haltung gekoppelt war, für sich zu vereinnahmen. Obwohl mit Benitos geheim gehaltener Identität auch sein Hintergrund verborgen blieb und die Presse nicht mehr über ihn wusste, als dass er 43 Jahre alt und deutscher Abstammung war, dass er im Ruhrgebiet gelebt und kein Augenlicht besessen hatte, geschah diese Vereinnahmung bei Weitem nicht unter jener zaghaften

Annäherung, die die Faktenlage eigentlich erfordert hätte. Die Mutmaßenden ermächtigten sich in den geführten Kontroversen des Ereignisses. Sie schrieben um, was sie nicht wissen konnten. Sie bearbeiteten das Geschehen wie ein Bildhauer seine Modelliermasse, bis es die gewünschte Form erlangte und für ihre Interpretation taugte.

Die Ästhetik des Terrors, die an die grausamen Selbstmordanschläge und Amokläufe der letzten Jahrzehnte erinnerte, Bilder aufrief von Ein-Mann-Kommandos, die keine Einzeltäter waren, die vielmehr von Verschwörungstheorien angestachelt und im Internet von unsichtbaren Ideologen instrumentalisiert wurden, riss Wunden auf, die ohnehin nicht hatten verheilen können. Auf bürgerlicher Seite war die vorherrschende Haltung gegenüber der Tat voller Abscheu. Die Bevölkerung war weitestgehend erbost über den Schock, den der Attentäter bei den Anwesenden ausgelöst hatte, wobei insbesondere das Risiko der physischen und psychischen Verletzung der Gäste, welches der Täter in Kauf genommen hatte, moralisch scharf verurteilt wurde. Davon zeugten auch die aufgebrachten Leserbriefe.

Im Internet hingegen las ich Beiträge, in denen sich die Kommentatoren für die Tat begeisterten, wobei die Beweggründe diffus blieben und oft über eine gewisse Sensationslust nicht hinausgingen. Doch der Schwarm peitschte sich hoch. Die Drastik der Tat, der martialische Abgang des geheimnisvollen Blinden, der Umstand, dass er den Gewinnern der Gesellschaft einen gehörigen Schrecken eingejagt hatte, machte Benito für diese Menschen zu einem Antihelden, einem Märtyrer sogar, auch, wenn diese Begriffe selbst nirgendwo fielen. In diesen Äußerungen trat eine gefährliche Dichotomie auf, die auch Verschwörungstheorien nährte. Das Skandalöse provozierte einen flächendeckenden Voyeurismus – und die Extreme der Tat bildete Lager zwischen moralischer Verurteilung und irrationaler Verherrlichung. Dazwischen gab es bald nichts mehr, zumindest dort nicht, wo ich mitlas – denn sicher gab es auch Stimmen, die ich nicht hörte, die mir verborgen blieben. Niemandem war der Bonner Vorfall ja egal, jeder schien eine Meinung dazu zu haben. Benito hatte die Menschen mit seiner unbegreiflichen Aktion provoziert.

Der Bundestag hielt sich verhältnismäßig bedeckt, verurteilte aber geschlossen die Tat, welche die Pressesprecherin als eine erschreckende Attacke auf die Demokratie durch einen geistig gestörten Einzeltäter bezeichnete. Mehr gab es nicht aus der Hauptstadt, zumindest nicht von offizieller Seite.

Auf journalistischer Ebene hingegen schwangen sich die politischen Lager zu großen Meinungskommentaren auf, in denen sie sich dem vorgetäuschten Terroranschlag ausführlich und mit prominenten Verfassern nun interpretierend widmeten: Die linke Journaille deutete grob zusammengefasst einen verzweifelten Hinweis auf die Schieflage, in der die Welt sich befand, las im Ort des Geschehens ein eindeutiges Indiz für eine hilflose Kapitalismuskritik, einen Aufschrei gegen den Neoliberalismus, zu dessen Protagonisten die Gäste und somit die Opfer des Vorfalls ernannt wurden. Es ließ sich keine Befürwortung darin lesen, doch eine Distanzierung wurde ebenso wenig unternommen. Die Konservativen interpretierten, ebenso wie die offen Rechten, in ihren bisweilen giftigen Publikationsorganen ganz ähnlich, wenn hier auch andere Schlüsse daraus gezogen wurden und das vermeintlich Symbolische der Tat eine alternative Auslegung erfuhr: Gegen den Verfall der Werte, exemplarisch festgemacht am Hedonismus der feierlichen Gesellschaft, die da zusammengekommen war, habe sich die Tat gerichtet, gegen den Untergang des Abendlandes, gegen die sich der deutsche Täter, der voreilig zum patriotischen Märtyrer ernannt wurde, aufopfernd gestemmt habe. Von den weit ausdifferenzierten linken wie auch rechten Spektren wurde dabei, und das gestaltete sich trotz massiver inhaltlicher Gegensätze überraschend ähnlich, eher anhand der Charakteristika der Opfer argumentiert, so sublimierten sich die Anschauungen der Kommentatoren mehr über eine Diskreditierung der Feindbilder als durch eine präzise Betrachtung des konkreten Gegenstands. Dass Benito blind war, sich mit einer lehmigen Farbe angemalt hatte, so gesehen *sprachlos* aufgetreten war, sich verbrannt und dabei nichts hinterlassen hatte, was eine eindeutige politische Einordnung ermöglichte – diese Zeichen beleuchteten sie nicht.

Die Kirchen sahen in Benito eine verlorene Seele, die von den grausamen Zuständen der Welt weit abgetrieben worden war, ein einsames Schaf, das seiner Verzweiflung auf einem Weg zum Ausdruck verholfen hatte, der nur Unheil bedeuten konnte. Sie riefen auf, für ihn zu beten und das Ereignis zum Anlass zu nehmen, sich im eigenen Umfeld wieder genauer umzuschauen, ob es nicht auch dort leidende Menschen gäbe, denen gegenüber es Empathie aufzubringen gelte – auch soziale Institutionen und wohltätige Stiftungen veröffentlichten ganz ähnliche Kommentare. Doch auch hier wurden die Details verschluckt, blieb die Betrachtung oberflächlich, konzentrierte sich nur auf Argumente für die eigenen Anliegen.

Mit etwas Verzögerung, was vielleicht auch an den langsameren Publikationszyklen liegen mochte, meldeten sich auch ein paar Kunst- und Kulturmagazine zu Wort, die in dem Ereignis eher eine radikale Performance sahen. Sie hoben gerade die Uneindeutigkeit hervor, unter stetiger Versicherung ihrer Bestürzung, die in dem poetisch inszenierten Freitod gesteckt habe, analysierten die Vieldeutigkeit, die Gewaltigkeit des Bildes, zogen Vergleiche zum Surrealismus, zum Wiener Aktionismus. Es hagelte Proteste. Wutentbrannte Kommentare wurden veröffentlicht, so eine Lesart sei pietätlos und dekadent. Hier aber wurde zumindest genauer hingeschaut: die Blindheit als Bedingung des visionären Sehens, die Transzendenz in wahnhafter Umnachtung, der Lehm als Zeichen der elementaren Reinigung, das Feuer als Grenze zwischen Zerstörung und

Leben. Doch auch in diesen Publikationen gerieten die durchaus feinsinnigen Reflexionen durch den Gebrauch sprachlicher Allgemeinplätze meist in nichtssagende Abstraktionen.

In der Telefonzelle roch es streng. Es schien in jeder Stadt Menschen zu geben, die während des Telefonierens mit Vorliebe in die winzigen gelben Zellen urinierten und dabei eine Zigarette rauchten. Cherubim rümpfte die Nase und hielt den Hörer fest umklammert in der linken Hand. Heute war Telefontag und die Schwarzen Steine durften zu Hause anrufen. Vor Cherubim waren bereits Maus und Fliegentöter an der Reihe gewesen, die nun ein paar Meter abseits der Telefonzelle im Schatten der Bäume standen und mit Kirschkernen spuckten, während Cherubim darauf wartete, dass jemand den Hörer abnahm. Cherubim telefonierte nicht gern, doch als er die Stimme seines kleinen Bruders hörte, musste er lächeln. Am anderen Ende der Leitung erkannte der Bruder schon mit den ersten Worten Cherubims Stimme und rief seinen Namen. Cherubim vermisste ihn, wollte ihn in den Arm nehmen oder irgendeinen Unsinn mit ihm treiben. Aufgeregt erzählte der Bruder ihm von einem Unfall bei einem Motorradrennen im Fernsehen und dass Herr Lemmer von gegenüber wieder einmal rumgeschrien habe, weil die Nachbarn gegrillt hatten, erzählte, wie er das alles mit Cherubims Fernglas vom Fenster aus beobachtet hatte. Dann fragte er Cherubim, ob er das Fernglas benutzen dürfe, was ihm Cherubim ohne zu zögern erlaubte, nicht ohne ihn darauf hinzuweisen, dass er es ja schon benutzt habe und nur nicht zu lange durchgucken solle, weil man davon Kopfschmerzen bekomme. Cherubim fragte ihn dann, ob die Großeltern bereits angekommen seien, und nach kurzem Schweigen sagte sein Bruder mit gedämpfter Stimme: Ja, sie säßen im Garten bei Kaffee und Kuchen. Dann fragte der Bruder Cherubim, was er so mache und ob er schon von einem Piranha gebissen worden sei. Cherubim verneinte. Er hätte gerne weiter mit seinem kleinen Bruder geplaudert, aber die Jungen hatten alle nur ein paar Münzen zum Telefonieren bekommen, und so bat Cherubim ihn, die Mutter an den Apparat zu holen. Der Bruder rannte los und brüllte so laut und aufgeregt nach der Mutter, dass Cherubim ihn trotz der wachsenden Entfernung hören konnte. Auch seine ungestümen Schritte polterten durch die Leitung und Cherubim sah ganz deutlich seine kleinen Füße über die Teppichfliesen im Esszimmer fliegen. Ein paar Wochen vor der Fahrt waren die beiden Brüder wie wild um den runden Esszimmertisch gerannt, bis der kleine Junge an einem Stuhlbein hängengeblieben und mit dem Kopf gegen die Heizung geknallt war, wobei er sich an den scharfkantigen Lamellen drei kleine Löcher im Schädel zugezogen hatte, direkt hintereinander. Die Mutter hatte aufgeregt und voller Sorge den Vater angerufen, der nach zwei Versuchen abgehoben hatte. Der Wagen der Mutter war in der Werkstatt, und so hatte der Vater, der an diesem Vormittag noch nüchtern war, Cherubims Bruder ins Krankenhaus gefahren. Drei Stunden später waren sie wieder zurückgekommen, der Bruder mit einem mächtigen Turban um den Schädel, den er Cherubim voller Stolz präsentierte. Er habe nicht geweint, erzählte er mit leuchtenden Augen. Als sie den Vater dann kurz darauf verabschiedeten, weinten sie dafür dann alle, wenn auch kaum merklich, nur für sich, im Stillen: die Mutter, der Vater, der kleine Bruder und Cherubim selbst.

Nun erklang die sanfte Stimme seiner Mutter und befreite ihren Sohn aus der Erinnerung.

»Wie geht es dir?«

Cherubim antwortete einsilbig, fragte nach den Meerschweinchen, nach deren Wohlbefinden er sich beim Bruder zu erkundigen vergessen hatte. Den Tieren gehe es gut, sie lebten glücklich und in völliger Harmonie zusammen im Garten, daran habe sich auch seit Cherubims Abreise nichts geändert. Als Cherubim dann fragte, ob die Mutter etwas vom Vater gehört habe – Cherubim sagte *Papa* –, zitterte bereits seine Stimme, und was sie dann antwortete, verstand Cherubim nicht mehr, denn er begann heftig zu schluchzen. Dann schnappte er nach Luft und hustete in den Hörer, dass er nach Hause wolle. Die Mutter erschrak, fragte, was denn los sei, ob etwas nicht stimme, dem Sohn etwas fehle, aber der konnte auf die Fragen schon nicht mehr antworten. Cherubim jaulte nach Luft japsend in den Hörer.

»Ich will nach Hause. Ich will zu euch!«

Kurz herrschte am anderen Ende der Leitung Stille. Dann entgegnete die Mutter beschwichtigend, dass die Fahrt ja nicht mehr lange dauern würde, zwei Wochen, versicherte ihm mit beruhigender Stimme, dass er bald wieder daheim sei, sagte dann seinen Namen, wobei auch ihre Stimme den Kummer nicht länger verbergen konnte. Es piepte in der Leitung, die letzte Münze war bereits durch den Apparat gerasselt. Cherubim sagte, sie solle sich keine Sorgen machen und den Vater grüßen, wenn er anrief, solle den Bruder drücken und den Meerschweinchen eine Möhre geben, dann knackte es in der Leitung, tutete hektisch, als sei das Telefon vom Inhalt des Dialogs betroffen, und schon war das Gespräch vorbei. Cherubim tat so, als ob er noch zuhörte, behielt den Hörer in der Hand, bis er sich wieder beruhigt hatte. Er schluckte, schluckte einen salzigen Klumpen, hängte den Hörer ein, kniff die Augen vor einer Telefonsex-Werbung zusammen und verließ die stinkende Zelle.

Es war gewiss nicht so, dass mir die verschiedenen Lesarten nicht einleuchteten. Ganz im Gegenteil konnte ich in beinahe allen Interpretationen etwas entdecken, das ich für denkbar hielt. Doch die reißerische Art und Weise, wie über den Vorfall berichtet wurde, die Oberflächlichkeit, die Egozentrik und die voreilige Vereinnahmung waren deprimierend. Wie so oft ging es mehr um Distinktion, als um eine konsequente Betrachtung des Gegenstands. Hier brauchte es klügere Köpfe, hätte es klügere Köpfe gebraucht. Doch Susan Sontag war genau so tot wie Mark Fisher und Karl Heinz Bohrer. Sie fehlten in einer Zeit, in der jenseits der intellektuellen Nischen gemeinhin bloß noch in der Dimension und Komplexität von Memes gedacht wurde.

Schlüssig erschien mir keiner der Interpretationsansätze. Es gab kein Narrativ, auf das sich die Leute einigen konnten, da ein paar Meter weiter schon wieder lautstark das Gegenteil verkündet wurde. Die Wunde, die Benito zugefügt hatte, ließ sich nicht schließen. Ich staunte nicht schlecht darüber, wie gut Benito seine Inszenierung *gemacht* hatte. Wann schon in der Geschichte der Menschheit hatte es ein Ereignis gegeben, das ein solches Rätsel geblieben war, ohne jemandem konkret zu schaden? Welche subversive Aktion hatte sich so lange auf den Titelseiten gehalten, dass sie wirklich in die Köpfe der Bevölkerung vorgedrungen war? Noch immer wurde ja Tag für Tag dazu publiziert. Der »Vorfall von Bonn« tauchte in allen Zeitungen und Magazinen auf, geisterte durch diverse Ressorts, Radiosendungen und Fernsehbeiträge, wanderte weit durch die Ausläufer des Feuilletons: weil jeder etwas dazu zu sagen hatte. Weil jeder sich provoziert fühlte. Hier ließ sich keine Befriedigung finden, die Sache endlich verstanden und die Botschaft entschlüsselt, ja, die Intention ausgedeutet zu haben. Hier blieb ein Rätsel rätselhaft. Es ließ die Menschen nicht los.

Benitos Tat war ein bloßer Rorschach, ohne Test, ein Experiment ohne Auswertung. Der Laborant war während des Versuchs gegangen. Der Autor der Erzählung war nicht einfach nur tot. Er hatte sich selbst gerichtet. Er konnte nicht mehr gefragt werden, was er sich dabei gedacht haben mochte. Ein wirkmächtiger Tintenklecks war entstanden, in dem jeder Mensch etwas anderes sah. Die Bevölkerung beunruhigte das. Den Zuschauern, zu denen Benito die Menschen ja unweigerlich gemacht hatte, kamen Fragen und Beobachtungen auf, die von weiten Teilen der Gesellschaft stets verdrängt worden waren. Das Rätsel ließ sich nicht ignorieren. Benito hatte die Menschen durch die Drastik seiner Tat zur Interpretation genötigt, zwang sie zur Stellungnahme, rang ihnen eine Reflexion ab.

Nach Cherubim war Kippe mit Telefonieren dran, der sich dicht an ihm vorbei in die Zelle schob. Cherubim stach die Sonne in die Augen, als sei er gerade erst aus einem tiefen Schlaf erwacht. Der Häuptling streichelte ihm über den Kopf, aber das konnte er jetzt nicht ertragen, und so rannte er ein Stück weiter zu Uğur und Benito, die im Schatten der Bäume darauf warteten, nach Kippes Telefonat gemeinsam im Heim anzurufen.

Uğur fragte: »Was ist los, hast du wieder geheult?«

Cherubim gab Uğur einen Pferdekuss. Er trat Uğur vors Schienbein, Uğur fiel zu Boden. Cherubim trat noch mal zu, dann noch mal, dann noch mal, Uğur schrie auf und die Luft war plötzlich ganz staubig. Im Hintergrund hörte Cherubim den Häuptling, er rief irgendwas, aber da hatte ihn Benito schon beim Handgelenk gepackt. Er riss an Cherubims Arm, zischte ihm zu: »Niemand hier kann etwas dafür.«

Für eine Weile blieben sie so stehen. Der Staub legte sich, Cherubim spürte ihn auf den Zähnen. Beschämt senkte er den Blick. Dann schaute er in Uğurs Augen. Benito schlang ganz kurz seinen Arm um Cherubim und drückte ihn, wirklich nur für einen Augenblick. Dann ließ er sein Handgelenk wieder los und stieß ihn zu Uğur.

Cherubim sagte: »Entschuldigung.«

Uğur sagte: »Egal.«

Im Nacken spürte Cherubim den aufmerksamen Blick des Häuptlings, traute sich nicht, sich umzudrehen. Er reichte Uğur die Hand, zog ihn hoch, sagte: »Ich wollte das nicht.«

Uğur grinste: »Ist doch egal jetzt!«

Cherubim wandte sich vorsichtig ab, tat so, als suche er nach irgendetwas auf dem Boden. Dann schaute er zum Häuptling. Der zwinkerte ihm mit dem rechten Auge zu und nickte unauffällig mit dem Kopf. Kippe trat aus der Telefonzelle und Uğur und Benito liefen los, um im Heim anzurufen. Cherubim drehte sich um und ging zu Fliegentöter und Maus, um Kirschkerne zu spucken.

~

III.

Eine Woche nach dem Telefonat mit meiner Mutter hatte mich die Einladung zu Benitos Beerdigung erreicht, schlicht gehalten und ohne irgendeinen Hinweis auf den Absender. Ich hatte es in dieser Zeit geschafft, dem Alkohol fernzubleiben. Hatte nicht geraucht. Ein paar Zigaretten sind nicht schlimm, ein paar Drinks auch nicht. Aber bei mir holt das Trinken immer etwas anderes hervor, vor dem ich mich in Acht nehmen muss. Etwas, das lauert. Mein Vater war daran gestorben, und ich meine, dass auch ich davon bedroht bin. Ich packte die grüne Reisetasche, die ich damals in New York gekauft hatte, nahm nur das Nötigste mit. Kleidung, das Dossier, mein Notizbuch, einen Krekov-Roman, der erst post mortem erschienen war und den ich lange nicht mehr gelesen hatte: *Der wächserne See.* Kurz darauf verließ ich die Wohnung in ebenjenen Wanderschuhen, die mich drei Jahre lang durch das Apennin getragen hatten. Irgendwie vermutete ich, dass ich im Ruhrgebiet viel würde laufen müssen. Etwas wartete dort auf mich. Ich spürte es lauern. Vielleicht war es die Vergangenheit.

Im Zug war ich bereits eingeschlafen, da hatten wir Spandau noch nicht passiert. Ich hatte einen Albtraum. Ich war Benito. Nur, dass ich sehen konnte. Ich konnte durch seine Augen sehen, und ich spürte auch den trockenen Lehm auf der Haut. Ich lief durch das Hotel, durch den Saal, und ich schoss auf die Leute. Im Traum aber war die Waffe keine Attrappe. Ich verübte ein Massaker. Der Körper gehorchte mir nicht, ich war in ihm und somit auch in seinen Handlungen gefangen, und so sah ich und lief ich mit ihm durch den Saal und dann durch die Gänge des Hotels und ich schoss auf alles, was sich bewegte. Die Leute schrien, griffen sich theatralisch an die Schusswunden, kollabierten, bluteten. Starben. Mir fiel auf, dass ihre Tode nicht echt aussahen. Doch den Gesetzen des Traums nach waren sie es. Es war schrecklich. Ich schrie, schrie stimmlos, dass es aufhören solle. Doch der Körper, in dem ich gefangen war, kannte kein Erbarmen. Als er bei den Aufzügen vor einem Spiegel Halt machte, blickte ich mir nun selbst entgegen, das Maschinengewehr in meinen Händen. Ich war als Benito losgelaufen und steckte nun aber in mir, ohne die Kontrolle über diesen Körper zu haben, der nur eine fremdgesteuerte Hülle war. Auch dieser, mein eigener Körper, war mit Lehm beschmiert. Nachdem es noch um ein paar Ecken so weitergegangen war, sah ich mich selbst über den Boden krabbeln. Das Hotel hatte sich jetzt verändert. Ich wähnte noch die gläsernen Wände, die Aufzüge in die oberen Etagen, die hohe Decke über allem – doch am Boden der Eingangshalle erstreckte sich statt der edlen Marmorplatten bloß noch die nackte Erde: morastige, schmatzende Erde. Ich befand mich auf einer Landzunge – das heißt: Wir befanden uns dort. Ich, zwei Mal: als Amokläufer und krabbelnd auf dem Boden, als nacktes Kind. Links und rechts rauschte das Wasser vorbei. Mein kindliches Ich am Boden suchte etwas in der lehmig-feuchten Erde, bis es sich dann flehend und winselnd zu mir umdrehte. Mein lehmverschmiertes Gegenüber schien zu wissen, dass ich hier war, schien mich zu erkennen. Genaugenommen war ich ja nicht zweimal da, sondern dreimal: ich, als Kind am Boden, ich, ein Mörder mit der Waffe im Anschlag, und ich, in mir, zur bloßen Betrachtung verflucht und den Handlungen meines Amokläufer-Ichs ausgesetzt. Ich musste an das dreifache Selbstportrait Egon Schieles denken, das ich meinen Studenten immer vorstellte, um ihnen klarzumachen, dass es auch von ihnen mehrere Versionen gab. Ich wollte den zwei anderen Versionen meiner selbst davon erzählen, doch ich konnte nicht sprechen. Ich versuchte, meine Atmung zu beruhigen. Der Nebel aus den Gängen war mit an diesen Ort gekommen. Er hatte sich verändert. Der Nebel war jetzt schwarz. Doch auch so konnte er nicht verhüllen, dass etwas Schreckliches passiert war, dass etwas Schreckliches passieren würde. Plötzlich bemerkte ich eine Flamme an meinem Traum-Ich hochlodern. Durch das Flackern direkt vor meinen Augen sah ich meinen Körper brennen. Die Flamme war nicht heiß. Ich spürte keine Hitze. Doch ich stand im Feuer. Ich sah es nicht nur, ich hörte es auch, spürte das Züngeln, ein Zischen fast. Der Körper, in dem ich mich befand, mein ungehorsamer Körper, er brannte. Aber ich blieb ruhig. In den Flammen fühlte ich mich auf eine mir bis dato unbekannte Art friedvoll. Ja, das Feuer erfüllte mich mit Ruhe. Es war mir wie ein Schutzmantel, eine Festung. Als müsste es so sein, als hätte mich mein gesamtes bisheriges Leben einer strengen Logik folgend an diesen Punkt gebracht. Das Feuer brannte als Grenze zwischen meinem Geist und der Außenwelt als eine lodernde Schutzwand der Endgültigkeit. Das nackte Kind kam nun auf meinen brennenden Körper zugeschritten und nahm ihn an die Hand, es schien keine Angst zu haben, ja schien viel mutiger als ich, als sei das alles selbstverständlich, und zu dritt standen wir plötzlich wieder in der Lobby des Hotels, wo wir jedoch nur kurz stehenblieben, um dann in der unmissverständlichen Bereitschaft vor die Tür zu treten, durch die Kugeln des SEK zu sterben. Ich hielt den Atem an. Ich wusste auch im Traum, was nun kommen würde. Aber da war niemand, der vor den Türen auf uns wartete. Kein Sondereinsatzkommando, das uns erlöste, keine Polizei, keine Feuerwehr. Niemand. Wir blieben stehen. Die Einsamkeit in diesem Moment war die größte denkbare Katastrophe. Die Sinnlosigkeit. Alles schien umsonst. Ich fing an zu weinen. Das Kind zupfte mich am Ärmel. Ich schreckte hoch, stieß mit dem Kopf gegen die Rückenlehne des Vordersitzes. Meine Thermoskanne fiel zu Boden. Sie kullerte den Gang entlang.

»Beruhigen Sie sich! Was ist denn los, junger Mann? Hallo!«

Die weißhaarige Schaffnerin schüttelte den Kopf. Mit strengem Blick, in dem ich mit meinen müden Augen einen Anflug von Spott zu erkennen meinte, verlangte sie mein Ticket. Der Zug fuhr gerade am VW-Werk in Wolfsburg vorbei, das auf der Fassade des Hauptgebäudes mit dem Schlagwort TRANSPARENZ für sich warb. Ich war so dankbar, dass sie mich geweckt hatte. Ich hätte sie dafür küssen können.

Dann wurden sie von einem Schwan angegriffen. Das Wasser war seicht und die Jungen mussten aus den Kanus aussteigen und sie durch das Flussbett ziehen. Da kam er plötzlich auf sie zu. Sie waren in sein Hoheitsgebiet eingedrungen. Hier nistete im Schilf die Familie des Tieres, und der Schwan tat das, was sein Instinkt ihm sagte. Er versuchte, seine Familie zu verteidigen. Der Schwan schwamm an die Jungen heran, die sich damit abmühten, die Boote wieder ins tiefere Wasser zu ziehen, gab fauchende Laute von sich. Der Kampfschrei schien nicht aus seinem Schnabel zu stammen. Das Tier war wunderschön, wie aus dichtem Schnee geformt, in Eis geschnitzt, das keine Sonne schmelzen konnte. Der Schwan plusterte sich auf, legte den Kopf zurück und lief mit vorgestreckter Brust durch das flache Wasser auf die Jungen zu. Er war in dieser Haltung größer als die Kinder, bald größer als der Häuptling, und flatterte bedrohlich mit seinen schweren Schwingen. Cherubim schrie auf. Der Schwan hielt auf sie zu. Benito duckte sich neben dem Kanu auf den Boden und war schon mit den Knien im Wasser. Cherubims Stimme überschlug sich: »Pass auf, der Schwan! Er greift an!«

Da sprang der Häuptling dem majestätischen Tier entgegen. Er schwang sein Holzpaddel über dem Kopf. Der Häuptling schrie und stürmte auf den Schwan zu, der seinen Kurs auf die beiden Jungen verließ und zur Mitte des Flusses abdrehte. Zeternd und schimpfend schwamm er ein Stück weiter, wendete, und begann nun mit viel höherer Geschwindigkeit auf Benito zuzulaufen, warf die Flügel auf und ab, bis er langsam abhob.

»Benito, duck dich!«

Der Schwan verfehlte Benito nur knapp und kam nun auf Cherubim zu, der schützend seine Arme über den Kopf warf und in Deckung ging. Er meinte, das massive Gewicht des Tieres zu spüren, hörte das Rauschen seiner Schwingen und die zischenden Laute direkt über sich. Benito drehte und wandte sich hin und her, die Arme über dem Kopf, suchte verzweifelt Deckung hinter dem Kanu. Der Schwan machte in der Luft kehrt und startete seinen nächsten Angriff. Wie ein Kriegsflugzeug stürzte er auf die beiden Freunde herab. Cherubim warf sich ins knöcheltiefe Wasser und schrappte mit den Knien über die Kieselsteine. Es brannte. Er hörte Benito schreien. Da machte es ein laut klatschendes Geräusch, gefolgt vom Platschen des Wassers und dem hysterischen Gezeter des Angreifers. Cherubim blickte auf. Der Häuptling hatte dem fliegenden Schwan eins mit dem Holzpaddel verpasst, sodass dieser nun sichtlich aufgeregt das Weite suchte und sich schließlich vor dem im Schilf liegenden Nest aufbaute.

»Weiter! Zieht die Boote weiter, los«, rief der Häuptling, und die Jungen taten wie ihnen befohlen. Benito packte den Rumpf und riss das Kanu ein paar Schritte mit sich. Cherubim stemmte sich achtern mit aller Kraft dagegen, bis das Wasser wieder tiefer wurde. In ihrem Rücken machte sich der Schwan für eine weitere Attacke bereit und erhob sich erneut in die Luft.

»Benito, spring ins Boot«, rief Cherubim, und als der mit einem beeindruckend sicheren Satz auf seine Sitzbank gehüpft war, tat Cherubim es ihm gleich. Wieder im tiefen Wasser paddelten sie was das Zeug hielt, bis sie nach etwa 50 Metern mit brennenden Lungen innehielten. Cherubim stach die Paddelspitze im rechten Winkel zum Kanu ins Wasser und drehte das Boot, als habe er sein ganzes Leben nichts anderes getan. Er blickte zurück.

»Er hat ihn verjagt. Der Häuptling hat ihn verjagt!«

Die anderen Kanus waren jetzt neben ihnen. Die Schwarzen Steine blickten zurück, noch immer erschrocken. Nur Fliegentöter lachte. Cherubim schaute entgeistert zu ihm herüber, gerade als der sich rückwärts ins Boot fallen ließ. Fliegentöter lachte immer lauter. Cherubim schloss die Augen und versuchte, seine Atmung zu beruhigen.

Am Freitagmorgen fuhr ich schon früh zu der Beerdigung. Ich hatte schlecht geschlafen, unten, in der Kellerwohnung, in der die Mutter des Mannes gelebt hatte, der ein paar Jahre nach dem Tod meines Vaters der neue, bald 20 Jahre ältere Partner meiner Mutter geworden war. Als seine Mutter gestorben war, im hohen Alter, und meine Mutter und mein Bruder in das großzügige Haus zu ihm eingezogen waren, meine Mutter oben, in den lichtdurchfluteten Bungalow, mein Bruder unten, in die Kellerwohnung, war ich gerade zu Hause ausgezogen und hatte damit erst den Weg für diese Veränderung freigemacht. Das Haus war mir immer fremd geblieben, auch wenn ich durch den Umstand, dass meine Mutter dort lebte, ein heimatliches Gefühl damit verband. Doch es fehlte die eindeutige Vertrautheit, die Zeit eines Lebens nur dem Ort vorbehalten bleibt, an dem man groß geworden ist. Ich konnte dort nur Gast sein. Trotz des Schlafmangels war ich früh wach und fuhr nach einem spärlichen Frühstück bereits eine Stunde vor der Beisetzung mit dem alten, gepflegten BMW, der, wie auch das Haus, dem Mann meiner Mutter gehörte – oder gehört hatte, denn er fuhr ihn nicht mehr –, in den Südwesten der Stadt. Benito würde auf demselben Friedhof bestattet werden, auf dem auch mein Vater lag. Ich war ewig nicht an seinem Grab gewesen. Ein kalter Nieselregen ging auf das Ruhrgebiet herab. Für eine Weile ging ich die Wege entlang. Nichts hatte sich hier verändert. Die Zeit stand still an diesem Ort, sogar der Kies auf dem Hauptgang hatte sein altes Knirschen beibehalten. Es schien, als sei ich zu dieser frühen Uhrzeit der einzige Besucher, was nicht zuletzt am Regen liegen mochte, der so fein war, dass er bald schon seinen Weg durch die Kleidung fand, bis meine Jacke klamm und merklich schwerer wurde. Bei diesem Hundewetter blieb auch der treueste Katholik daheim.

Ich fragte mich, wer wohl zu Benitos Beisetzung kommen würde, die ja nicht offiziell angekündigt worden war. Im Kondolenzteil der Tageszeitung hatte ich keine entsprechende Anzeige finden können, was mich nicht wunderte: Noch immer war der Fall das größte Thema in den Medien. Der Vorfall von Bonn hielt sich nun bereits seit fast einem Monat in den Schlagzeilen. Ich kam kaum noch hinterher, die Mutmaßungen und Deutungen nachzuverfolgen. Die Beerdigung des Attentäters – *des Irren, des Märtyrers, des Helden, des Terroristen, des geheimnisvollen Unbekannten* – wäre ein gefundenes Fressen für sie gewesen. Wer auch immer die Zeremonie organisiert haben mochte, hatte gut daran getan, dies weitestgehend im Geheimen zu tun. Die Anwesenheit von Reportern kann in einem solchen Moment wirklich niemand gebrauchen, ganz gleich, wer da beerdigt wird. Ganz egal, was er getan hat.

Der Friedhof lag am äußeren Rand von Hochlarmark, einem von Zechensiedlungen geprägten Stadtteil, den ich gut kannte. Auch mein Großvater, der lange vor meiner Geburt gestorben war, hatte hier gelegen, und als Kind war ich bald jede Woche mit meiner Oma zu ihm spaziert, um Unkraut zu jäten, zu gießen, die Erde zu harken, eine Kerze anzuzünden. Auch sie lag mittlerweile hier, in einem kleinen Grab, nur mit einem Stein darauf, sodass es niemand aus der Gemeinde pflegen brauchte, für die sie sich Zeit ihres Lebens aufgeopfert hatte. Ich weiß nicht mehr, bei wie vielen Gruften und Familiengräbern wir jedes Wochenende haltgemacht hatten. Meine Oma war eine gute Frau gewesen, die einzige Verwandte, mit der ich jede Begegnung als unbeschwert und erheiternd empfunden hatte. Das Grab meines Großvaters war schon ein paar

Jahre vor ihrem Tod aufgelöst worden, und so war sie schließlich neben meinem Vater beerdigt worden, den sie ebenfalls um einige Jahre überlebt hatte. Irgendeiner meiner Verwandten hatte also immer dafür gesorgt, dass es einen Grund für mich gab, hier vorbeizuschauen. Doch ich will nicht zynisch wirken. Es ist schrecklich, wenn Eltern ihre Kinder überleben. Das klingt wie eine Floskel, aber es stimmt. Es *ist* schrecklich. Ich werde nie das Schluchzen meiner Großmutter vergessen, wie sie in der kargen Friedhofskapelle dagesessen hat, in ihren alten Wollmantel gehüllt, von Gott und der Welt verlassen, denen sie doch stets so treu gedient hatte.

Während ich nun vor dem Grab meines Vaters in die Knie ging, um es ein wenig vom Laub zu befreien, schoben sich die Bilder von damals vor meine Augen. Am Tag der Urnenbeisetzung hatten wir noch nicht gewusst, dass es sich bei der Zeremonie bereits um die Beerdigung handelte. Genau wie alle Anwesenden war ich davon ausgegangen, wir befänden uns erst auf der Trauerfeier. Bis mir bewusst geworden war, dass es sich bei der unter einem weißen Tuch verborgenen Kiste vorne in der Friedhofskapelle nicht um einen aufgebahrten Sarg handelte, sondern dass dort lediglich ein Podest stand, und dass sich die sterblichen Überreste meines Vaters unlängst in der kleinen Urne darauf befanden, die Urne, die ich zunächst für eine Vase gehalten hatte und in der ich nun erschrocken seine letzte Ruhestätte erkennen musste. So war mir an diesem Tag zum ersten Mal im Leben die Endlichkeit begegnet. Sie hatte sich unwillkürlich vor meinen Augen materialisiert. Der 183 Zentimeter große Körper meines Vaters war ein Häufchen Asche geworden. Seine Überreste, das staubige Grau, das er geworden war, passten in eine Urne. Er hatte nun keine strubbeligen, mattschwarzen Haare mehr, keine Brandnarbe neben dem linken Auge, keine falschen Zähne, keine immerzu leicht belegte Stimme, kein Lächeln, keine glasigen Augen, keinen Blick, hatte keinen Atem mehr. Ich hatte es nicht fassen können.

Auch das meine ich nicht als Floskel, sondern wortwörtlich. Niemand hatte es fassen können. Später stellte sich heraus, dass mein Onkel, der Bruder meines Vaters, die Trauerfeier übersprungen hatte, um Geld zu sparen. Er hatte niemanden von der kleinen Planänderung unterrichtet, auch seine Mutter nicht. Auch meine Mutter nicht, seine Schwägerin, mit der er jedoch ohnehin kein Wort mehr sprach, machte er sie doch für den Tod seines Bruders mitverantwortlich, mit dem er wohlgemerkt seit Jahren nicht mehr gesprochen hatte. So hatte er dafür gesorgt, dass Zeit meines Lebens die Beerdigung meines Vaters mit dem Gefühl einer inneren Lähmung einhergehen sollte. Aus Geiz, Egoismus und Rücksichtslosigkeit. Als die Bestatter dann die Urne zum Grab trugen, tuschelten die Gäste, die auf seinem letzten Weg hinter meinem Vater herliefen und allesamt völlig überrumpelt waren. Sie hatten erwartet, einen Körper in einer Holzkiste vorzufinden, und nun folgten sie einem Häufchen Asche in einer Urne aus Eisenblech. Freunde, Kollegen, Verwandte. Viele Menschen waren gekommen. Mein Vater war bis ein paar Jahre vor seinem Tod, als es dann rapide bergab gegangen war und sich die Leute nach und nach von ihm abgewandt hatten, ein beliebter Mann gewesen. Ich wollte zum Urnenträger laufen, wollte ihn aufhalten, ihm sagen, dass es sich um ein Missverständnis handeln müsse und dass wir noch nicht bereit seien, uns endgültig zu verabschieden. Doch da war es schon zu spät. Die Urne war in der Erde verschwunden, und als ich vor das Grab getreten war, um Lebewohl zu sagen, war ich genau da auf die Knie gefallen, wo ich nun wieder hockte, hatte nach der Urne gegriffen und sie doch nicht berührt. Dreißig Jahre war das her. Es war nicht lange nach der Flussfahrt passiert. Und jetzt dachte ich, dass sich der Schock des Verlusts und das Prozedere der absurden Beisetzung vor das geschoben haben mussten, was auf der Flussfahrt passiert war. Aber konnte das sein? Kann eine Tragödie eine andere Tragödie überschreiben? Ich lächelte meinem Vater zu, der ein lieber, ein schwacher Mensch gewesen war. Wie gern hätte ich mich als Erwachsener mit ihm unterhalten. Wie gern hätte ich ihm Uta vorgestellt. Oder ihm eines meiner Bücher geschenkt, mit einer Widmung auf der ersten Seite. *Für meinen Vater.* Wie gern hätte ich ihn zum Essen eingeladen, und er hätte dann auch ruhig über Nacht bleiben können, wenn es spät geworden wäre, hätte auf der Couch im Wohnzimmer schlafen können, und am nächsten Morgen hätten wir noch zusammen gefrühstückt und dann hätte ich ihn zur Tür gebracht. Bis zum nächsten Mal. Oder er wäre gleich ein paar Tage geblieben. Soweit ich wusste, war er nur einmal in seinem Leben in Berlin gewesen, zur Reichstagverhüllung 1995, nicht lange vor seinem Tod und schon in einem desaströsen Zustand. Da hatte ich noch kein Bild von der Stadt gehabt, in die ich erst zwei Jahrzehnte später übersiedeln würde. Nur eine Postkarte vom verhüllten Reichstag hatte ich besessen, mit ein paar knappen Worten meines Vaters darauf. In großen, zittrigen Buchstaben: *Wetter gut. Liebe Grüße. P.* Ich erhob mich von seinem Grab und spürte in den Knien, dass ich kein kleiner Junge mehr war. Aber ich würde immer meines Vaters Kind bleiben.

⌇

IV.

Nacht für Nacht übernahmen Benito und Cherubim nun gemeinsam eine Schicht der Nachtwache, saßen für ein paar Stunden zusammen und unterhielten sich. Sie sprachen über ihre Gedanken, sprachen über die Dinge, die sie nicht verstanden und die sie aber zu verstehen versuchten, sprachen über das, was sie zu verstehen meinten, und so entstand langsam aber sicher eine zarte, vorsichtige Freundschaft. Während dieser Stunden am Feuer, in denen sie nur zu zweit waren, hatte Cherubim das Gefühl, dass Benito ihn verstand, dass er ein Bild von ihm hatte, das mit der Wirklichkeit übereinstimmte, das ihm entsprach, ja, dass der blinde Junge auf wundersame Weise in der Lage war, ihn zu sehen. Cherubim öffnete sich Benito, begann, von den Dingen zu sprechen, die ihn belasteten und verzweifeln ließen, Dinge, die lange schon in ihm waren.

Es war ganz eindeutig Fliegentöter. Das Alter war nicht spurlos an ihm vorübergegangen. Seine langen schwarzen Haare klebten vom strömenden Regen strähnig an seinem Kopf. Er trug teuer aussehende Stiefel, und auch die perfekt sitzenden Hosenbeine ließen einen edlen Maßanzug vermuten. Der Armeeparka hingegen, unter dem ich einen stattlichen Bauch ausmachte, stammte sicher aus dem letzten Jahrtausend, abgewetzt an den Ärmeln, verblasst und zerschlissen. Warum setzte er bei diesem Regen keine Kapuze auf? Fliegentöter war mit einer Frau da, vielleicht die Frau vom Empfang, in der ich unlängst auch die Anruferin wähnte. Ich sah sie den Weg entlangkommen, vom kleinen Nebengebäude der Kapelle. Vor ihnen liefen die Bestatter, ein längst ergrauter, grob wirkender Mann mit der Urne, neben ihm eine verhärmte Frau mittleren Alters und ein dritter Mann, jünger, mit ganz ähnlichen Zügen, vielleicht der Sohn der beiden. Für Benito gab es keine Kapelle. Nur die Beisetzung der Urne. In der herannahenden Gruppe wirkten die drei Schwarzgekleideten des Bestattungsunternehmens deplatziert und überflüssig. Alles war ja so schlicht gehalten, wie nur möglich. Auf Fliegentöter und seine Begleitung folgte ein alter Mann im Rollstuhl, der von einer Frau in meinem Alter über den Kiesweg geschoben wurde. Seine Beine waren in eine Decke gehüllt. Zitternd hielt er einen großen schwarzen Regenschirm. Als der Trauermarsch auf meiner Höhe vorbeikam, nickte mir Fliegentöter zu. Er lächelte nur kurz, schaute dann wieder auf den Boden. Ich wollte auf ihn zugehen, ihn ansprechen, aber irgendetwas hielt mich ab. Es war nicht der richtige Augenblick. Ich schloss mich der Gruppe an und gesellte mich zu dem Alten im Rollstuhl, nickte mit einem verkniffenen Lächeln seiner Helferin zu, die meinen Blick freundlich erwiderte.

Kurz darauf hielten wir an einem kleinen Erdloch auf einer Wiese im wilden, noch ungeebneten Teil des Friedhofs. Die Bestatterfamilie versammelte sich hinter dem Grab, Fliegentöter und seine Begleitung stellten sich einander untergehakt dicht davor. Doch die Gruppe war noch nicht komplett. Die junge Frau hinter dem Rollstuhl hatte Schwierigkeiten, den Alten über die matschige Wiese zum Grab zu schieben. Als ich mich ihr zuwandte, um meine Hilfe anzubieten, blieb mein Blick an zwei Zaungästen hängen, die in einigem Abstand unter einer Eiche standen, etwas verdeckt von den Ästen und Blättern. Sie schauten zu uns herüber. Der eine Mann trug einen langen Mantel, sein jüngerer Partner war mit einer Trainingsjacke, klobigen Jeans und weißen Turnschuhen bekleidet und sah mehr aus wie ein Fitnesstrainer. LKA? BKA? BND? Verfassungsschutz? Ich hatte nicht den blassesten Schimmer, in welchen Kompetenzbereich die ganze Angelegenheit wohl fallen mochte, doch ich ahnte, dass sie wegen dem hier waren, was Benito in Bonn veranstaltet hatte. Die Lippen des älteren Mannes bewegten sich. Sagte er etwas zu seinem Partner? Sein Blick ruhte unbeweglich auf dem stillen Trauergrüppchen. Vielleicht kaute er auch einfach nur Kaugummi. Der Jüngere guckte jetzt auf sein Telefon, hob es dann zum Ohr und ging ein paar Schritte tiefer ins Gestrüpp.

»Mein Vater hat mal mein Fahrrad gestohlen«, sagte Cherubim, während er mit seinem Blick einem Glühwürmchen folgte, das langsam in den Wald flog, nur noch als ein schwacher Schein zu sehen war, bis das Licht ganz zwischen den Bäumen verschwand.

»Wie meinst du das? Er hat dein Fahrrad gestohlen. Warum sollte er das Fahrrad von seinem Sohn stehlen?«

»Doch. Er hat es gestohlen.«

Cherubim kaute auf seiner Unterlippe herum und blickte in die Flammen.

»Wie ist denn das passiert?«

»Als meine Eltern sich getrennt haben, ein paar Monate, nachdem mein Vater ausgezogen war, ist es aus dem Garten verschwunden. Ich habe geweint und mich geärgert, dass ich es nicht abgeschlossen hatte.«

»Und woher willst du wissen, dass gerade *er* es aus dem Garten gestohlen hat? Warum sollte er das tun?«

»Er hat es zurückgebracht. Meine Mutter hat ihn angerufen und es ihm erzählt. Ein paar Stunden später, da war es schon dunkel draußen, stand er vor der Tür. Es hat in Strömen geregnet. Er hatte den Mantel an, den meine Mutter so mochte, früher, als sie noch zusammen waren, einen Detektivmantel, und er war klatschnass. Er stand da mit meinem Fahrrad und sagte, er habe überall danach geschaut und es schließlich auf dem Parkplatz hinter dem Supermarkt gefunden.«

»Du denkst, er hat es gestohlen und dann zurückgebracht, weil er so als Held dastehen konnte.«

»Ja. So was hat er sonst nie gemacht, sich um irgendwas ge- kümmert oder so. Er wollte erreichen, dass meine Mutter ihn plötzlich zurückwollte. Ich weiß es einfach.«

»Das ist hart.«

»Er ruft auch immer an und sagt nichts. Wenn ich ihn anrufe, geht er nicht ran, und wenn er bei uns anruft, sagt er nichts.«

»Woher weißt du, dass er es ist?«

»Weil er so ist. Weil er solche Sachen macht. Ich weiß es einfach. Ich höre das am Telefon, auch wenn er nichts sagt. Wenn er mich mal abholt und meine Mutter ist nicht da, läuft er wie ein Irrer durchs ganze Haus und guckt in ihrem Zimmer in die Schubladen.«

»Wann haben sich deine Eltern getrennt?«

Cherubim schaute jetzt durch das Feuer hindurch, und kein Glühwürmchen der Welt hätte seinen Blick auf sich len- ken können. Benito konnte Cherubim nicht anschauen. Er war blind. Aber Cherubim spürte, dass sein blinder Freund in diesem Moment seine Aufmerksamkeit nicht von ihm ließ. Cherubim hatte noch nie von diesem Abend erzählt. Er spürte den Geschmack von Eisen in seinem Mund.

»Meine Eltern hatten einen Streit. Im Esszimmer. Mein Bruder hat schon geschlafen, aber ich war oben im Flur an der Tür. Sie haben sich angeschrien, eine halbe Stunde, vielleicht länger, und dann hat es gepoltert und kurz darauf ist die Tür zugeknallt. Ich bin dann ein Stück die Treppe runter und habe um die Ecke durch das Geländer geguckt. Mein Vater saß im Rahmen der geschlossenen Tür und hat geweint. Ich wollte ei- gentlich zurück oder weglaufen, aber irgendwie bin ich zu ihm gegangen und er hat mich in den Arm genommen. Ich dachte, meine Mutter ...«

Cherubim konnte nicht mehr weitersprechen. Benito stand auf und setzte sich neben ihn. Er legte seinen Arm um Cherubims Schulter.

»Sie ist nicht gestorben.«

»Nein. Aber ich dachte es. Ich habe meinen Vater gefragt. Er hat den Kopf geschüttelt und gesagt, ich solle sie rufen, damit sie die Tür aufsperrt. Ich habe es gemacht, immer wieder. Aber sie hat nicht geantwortet. Und dann, nach ein paar Minuten, hat sich der Schlüssel im Schloss gedreht. Sie hatte im Streit den Vorhang vom Esszimmerfenster abgerissen, mit den Kamelen und den Pyramiden drauf, weil sie so wütend auf meinen Vater war. Dabei ist ein Stuhl umgefallen. Das war das, was so gepoltert hatte. Nicht ihr Körper. Nur der Stuhl. Und da ist mein Papa raus und sie hat hinter ihm abgeschlossen.«

Cherubim heulte. Er saß da, mitten im Nirgendwo der Dunkelheit, an einem erlöschenden Feuer, im Arm seines blinden Freundes. Doch ihm war, als habe sich etwas unterhalb seines Kinns geöffnet, der ganze Brustkorb, und als sei von dort nun etwas entnommen, das dort nie hingehört hatte.

»Meine Mutter hat mich in den Arm genommen. Am nächsten Tag ist mein Vater ausgezogen.«

»Wir sind hier zusammengekommen, um den Verstorbenen zu seiner letzten Ruhestätte zu geleiten. Mein Beileid gehört den Hinterbliebenen.«

Die Bestatterin lenkte mit theatralischer Stimme meine Aufmerksamkeit wieder Richtung Grab. Sie beließ es bei der knappen Formel. Der Mann neben ihr hob die Urne demonstrativ in die Höhe seiner Brust, hielt einen Moment in dieser Geste inne. Die Bestatterin sagte in Richtung des Aschebehälters: »Mögest du in Frieden ruhen.« Dann ließ der Mann das schlichte mattschwarze Gefäß in das kleine Erdloch herabsinken, die drei verbeugten sich knapp und verließen die Szenerie. Fliegentöter und die Frau machten einen schnellen Schritt zum Grab, schauten kurz in das Loch, drehten dann um und kamen eilig auf mich zu. Ich merkte, wie mein Herz schneller schlug. Fliegentöter guckte mir durch seine dicken, vom Regen benetzten Brillengläser in die Augen. Mittlerweile hatte er seine Kapuze übergestülpt. Er zischte mir im Vorbeigehen zu.

»Jetzt nicht. Wir reden später. Wir werden beobachtet. Bleib in der Stadt, wir melden uns bald.«

Ich blieb wie angewurzelt stehen, stumm, während das merkwürdige Paar an mir vorbeilief. Die hinter den Sträuchern verborgenen Beamten setzten sich in Bewegung. Offensichtlich folgten sie meinem Freund und der Frau. Ich wagte es nicht, ihnen hinterherzuschauen. Stattdessen trat ich noch einen Schritt näher zu dem Alten im Rollstuhl, sprach die Frau an, ob sie Hilfe bräuchte. Sie verneinte und schob den Rollstuhl die letzten Meter bis zu dem Erdloch. Ich folgte ihnen, und zu dritt blickten wir nun auf die Urne zu unseren Füßen. Es sah kalt und ungemütlich aus dort unten. Ich verspürte das Bedürfnis, die Urne aus dem Boden zu holen, sie irgendwo im Trockenen unterzustellen, wo es warm war und hell. Elektrisches Licht. Der Alte riss mich aus diesen Gedanken. Seine Stimme klang, als habe er lange nicht mehr gesprochen. Schwach und kratzig.

»Sind Sie auch einer von den Jungen? Von der Pfadfindergruppe?«

»Sie meinen von den Schwarzen Steinen? Ja, da war ich, als Kind. Das ist mehr als 30 Jahre her. Aber ja, daher kannte ich ihn.«

Ich nickte zum Grab. Kurzes Schweigen.

»Kommen Sie einen Tee mit uns trinken, junger Mann. Hier draußen holen wir uns noch den Tod.«

Er lächelte, aber ich sah Tränen in seinen Augen. Schwere, volle Tränen. Der alte Mann wandte sich zur Seite und blickte über die Schulter zu der jungen Frau. Ein Flüstern.

»Gehen wir, Liebes.«

Sie schob den Rollstuhl an, wendete, nickte mir zu. Ein letztes Mal blickte ich auf das Grab. Ich spürte einen Stich am Rücken, knapp über der rechten Hüfte, war kurz eingehüllt von einem wohligen Schmerz. Dann machte ich kehrt und folgte den beiden. Von Fliegentöter und der Frau keine Spur mehr. Auch die beiden Beamten waren fort.

Ein Ast knackte, oder ein Gebüsch raschelte, und plötzlich war Benito ganz nah an Cherubims Ohr. Er flüsterte.

»Bleib ruhig. Erschrick dich nicht. Da ist jemand. Da vorne steht jemand, ich kann es spüren. Keiner von uns.«

Kurz setzte Cherubims Herzschlag aus. Seine Augen suchten langsam die Umgebung ab. Und wirklich, ein paar Meter hinter dem Feuer, nur schemenhaft zu erkennen, stand jemand. Cherubim erschrak. Es war der Mann vom Ufer. Wie konnte der jetzt hier sein? Die Jungen waren mit den Kanus seit ihrer ersten Begegnung weiter mit der Strömung den Fluss heruntergefahren, die Strecke hatte er zu Fuß unmöglich so schnell zurücklegen können. Der Mann war nur mit einer zerschlissenen Jeans bekleidet, trug keine Schuhe, kein Hemd. Um seine Schultern hatte er eine graue Decke geworfen. Als sich ihre Blicke begegneten, schon zum zweiten Mal, zog der Mann mit der linken Hand die Decke enger um sich, so als sei ihm kalt. Cherubim starrte auf den Stumpf an seinem rechten Unterarm, der unter dem Stoff hervorlugte. Diesmal schrie niemand und es blieb ganz still.

»Benito. Das ist der Mann vom Ufer.«

»Bleib ganz ruhig hier sitzen.«

Benito erhob sich.

»Benito, nein. Bleib hier.«

Mit leicht nach außen gestreckten Armen ging Benito Schritt für Schritt am Feuer vorbei auf den Mann zu. Cherubim konnte es kaum aushalten, jede Muskelfaser in seinem Körper war gespannt. Seine Zähne waren so fest aufeinander gepresst, dass sie zu zersplittern drohten. Er zitterte. Seine Hände verkrampften, sodass er ungewollt ein Stück Rinde des toten Baumstamms abblätterte, auf dem er saß. Er spürte die Splitter unter seinen Fingernägeln. Der Mann aber stand wie angewurzelt da, als wolle er Benito empfangen, als habe er ihn schon erwartet. War er ihrem Gespräch gefolgt? Kannte er Cherubims Geheimnis? Benito und der Mann standen sich jetzt genau gegenüber. Der Fremde beugte sich zu Benito vor. Er sagte etwas, sprach in Benitos Ohr, vielleicht eine Minute lang. Dann drehte Benito sich um und kam mit langsamen, vorsichtig tastenden Schritten wieder zurück in Cherubims Richtung. Er hob die Hand und legte den Zeigefinger auf seine Lippen. Der Mann lief mit etwas Abstand hinter ihm her, und als Benito wieder auf Höhe des umgefallenen Baumstamms war und sich Cherubim zuwandte, überholte der Mann ihn, ging nun immer schneller. Benito kniete sich auf den Boden. Cherubim drehte sich um und blickte dem Fremden hinterher, der nun über das weite Feld lief, das sich hinter ihnen erstreckte, und dann Richtung Wald dem Mond entgegenrannte. Als der Mann die Baumgrenze erreicht hatte, blieb er noch einmal stehen und drehte sich zu den Jungen um, hielt einen Augenblick inne. Dann verschwand er im dichten Gestrüpp der Bäume.

Cherubims Stimme war in ein kaum hörbares Flüstern gerutscht.

»Was wollte der?«

»Ich weiß es nicht.«

»Benito. Bitte! Was hat er zu dir gesagt? Was wollte der? Wir müssen den anderen Bescheid geben. Vielleicht ist er gefährlich.«

»Er hat gesagt, dass wir auf uns aufpassen sollen. Mehr nicht.«

Cherubim blickte in die schwach lodernde Flamme des Feuers, als sei darin eine Antwort auf die Fragen der Welt verborgen. Er seufzte und schloss die Augen. Da war nichts.

Wir kehrten in das kleine Café Kalisch nicht weit vom Friedhof ein, das es schon gegeben hatte, als ich noch mit meiner Großmutter hergekommen war. Manche Dinge ändern sich eben doch nie. Hans Wenderin hieß er, der alte Mann, und er war in den 1990er-Jahren Leiter des Kinderheims gewesen, in dem Benito und Uğur gelebt hatten. Seine Begleiterin, die etwa in meinem Alter sein mochte, stellte sich mir als Myriam vor. Die Stimme des Alten war schwach, ich hatte Schwierigkeiten, ihn zu verstehen. Immer wieder blickte er ins Leere, schien abzudriften. Es stellte sich heraus, dass ich ihn schon einmal gesehen hatte – oder vielmehr: er mich. Ich nämlich konnte mich nicht mehr an unsere erste Begegnung erinnern. Wenderin war es gewesen, der die Heimjungen damals abgeholt hatte, als wir gefunden worden waren. Er schien sich in der Vergangenheit sicherer zu bewegen als in der Gegenwart, und schnell rekonstruierte er, welcher der Jungen ich damals gewesen sein musste. Wir tranken Tee. Wie so oft hielt ich die Stille nicht aus, musste reden. Wie ein Zwang, sich ständig zu erklären. Grauenhaft.

»Ich bin in diese ganze Angelegenheit reingezogen worden. Ich versuche, mir einen Reim darauf zu machen. Ich kann das alles noch nicht so recht begreifen. Ich hatte Benito seit 30 Jahren nicht mehr gesehen. Scheinbar wollte er, dass ich dabei bin, in Bonn, und ich versuche herauszufinden, warum. Ich weiß kaum etwas über ihn, wie er die letzten drei Jahrzehnte verbracht hat. Deshalb bin ich hier. Um ihm nachzuspüren. Um zu verstehen, was er da in Bonn erreichen wollte. Und um herauszufinden, welche Rolle ich dabei spielen soll.«

»Der war ja unsichtbar geworden, der Junge, schon lange. Benito. So habt ihr ihn alle genannt, nicht? Ich weiß auch nicht, was das alles soll. Ich habe ihn verloren. Bald nach eurer Odyssee schon. Damals ist er ja adoptiert worden und weg aus dem Heim. Er hat mir gefehlt, sehr gefehlt. Der Junge, er war mir sehr wichtig geworden. Das war alles so furchtbar. Sie wissen doch von seinen Augen, nicht? Dass er blind war?«

»Ja, natürlich. Das wusste ich. Wer hat ihn denn adoptiert?«

»Na, die Eltern von seinem Freund, der das heute alles organisiert hat.«

»Seine Eltern?«

»Aber na klar, mein Junge. Was dachtest du denn? Der Sohn vom Hancke. Fliegentöter, oder wie ihr ihn genannt habt.«

»Die haben ihn adoptiert? Dann waren die beiden Brüder?«

»Aber ja! Brüder per Adoption. Aber noch mehr waren sie Freunde. Unzertrennlich waren die beiden seit damals. Haben zusammengewohnt und alles. Wie zwei alte Junggesellen.«

»Und die Frau? Wissen Sie, wer die Frau ist, die heute dabei war?«

»Von solchen Sachen weiß ich nichts. Da kann ich gar nichts zu sagen.«

»Er hätte sich sicher gefreut zu wissen, dass Sie heute da waren.«

»Das weiß ich nicht. Was spielt das auch schon für eine Rolle.«

Er hielt inne, stockte, dann packte seine knochige Hand blitzschnell nach meinem Unterarm. Sie war kalt und der Griff eisern.

»Es ist furchtbar, was er getan hat. Grausam, ganz grausam.«

Der Alte glotzte mich eindringlich an.

»Was meinen Sie, wie das die Leute traumatisiert hat? Vielleicht waren da wirklich welche bei, die so was schon mal in echt erlebt haben. Was denkt sich einer, der so was macht? Sag es mir! Warum hat er das gemacht? Warum? Sag es mir: *Warum?*«

Er zog mich dicht zu sich heran. Die Teetasse war umgefallen. Ich roch seinen Atem. Die anderen Gäste unterbrachen ihre Gespräche und schauten zu uns rüber.

»Was habt ihr damals erlebt? Das muss doch damit zu tun haben. So was macht doch keiner einfach so. Was ist damals mit euch passiert?«

»Ich ... ich weiß es nicht mehr. Ich kann mich nicht erinnern.«

Ich riss mich von ihm los. Auf meinem Unterarm leuchteten weiß die Abdrücke seiner knochigen Finger. Er fing an zu schluchzen. Die Frau drückte seinen Kopf an sich, streichelte ihm über die Wange, tupfte ihm die Tränen vom Gesicht. Sie beruhigte ihn, wie ein kleines Kind beruhigte sie ihn. Ich schaute sie hilflos an, sie lächelte schüchtern zurück, reif im Ausdruck, gleichzeitig verletzlich. In ihrem Blick lagen Demut und Güte.

»Ihn regt das alles sehr auf. Er war für ein paar Jahre wie ein Vater für den Jungen, und dann die Adoption, die Psychiatrien. Das hat ihn sehr mitgenommen. Und jetzt das.«

»Was für Psychiatrien?«

»Der Junge war lange weg, immer wieder, auch noch, als er schon bei der Familie gelebt hat. Sie wissen das alles gar nicht, oder?«

»Myriam, können wir jetzt wieder nach Hause fahren? Ich mag nicht mehr hier sein. Ich glaube, ich muss mich hinlegen. Fährst du mich, ja?«

Seine Stimme hatte sich verändert. Er klang jetzt wie ein kleiner Junge. Da begriff ich. Als sein Blick apathisch ins Leere ging, schaute ich Myriam an, die ihm die Decke über den Beinen zurecht zog.

»Es geht schon seit ein paar Jahren so. Er hat immer wieder helle Momente, aber seit dem, was da in Bonn passiert ist, hat sich sein Zustand sehr verschlechtert. Er kriegt jetzt gerade gar nichts mehr mit.«

»Es tut mir leid. Ich wollte nicht ...«

»Das muss ihnen nicht leidtun. Es war gut, wenigstens mit Ihnen eine kleine Trauerfeier zu haben. Er braucht solche Momente zur Orientierung. Sonst verläuft er sich ganz und wird panisch.«

Sie gab mir eine Visitenkarte.

»Wir gehen jetzt besser. Es war schön, Sie kennenzulernen. Rufen Sie mich doch mal an, wenn Sie reden wollen.«

»Warten Sie noch, bitte, nur kurz. Was ist mit Uğur? Was ist aus ihm geworden? Ist er auch adoptiert worden?«

»Nein. Uğur ist nicht adoptiert worden. Er ist im Heim geblieben, bis er volljährig war. Er war ein starker Junge. Er hat das ganz anders weggesteckt damals. Als er von eurer Flussfahrt wiederkam, war er wie ausgewechselt.«

»Woher wissen Sie das alles?«

»Ich war auch in dem Heim, bevor Hans mich adoptiert hat. So gesehen bin ich vielleicht einfach dortgeblieben.«

Sie lächelte, strich dem alten übers Haar. Ich schaute auf die Karte.

Myriam Wenderin. Jugendseelsorgerin. Kinderwohnheim Mondgarten.

»Was ist aus ihm geworden?«

»Der Uğur hat sich hochgearbeitet. Ist richtig zu Geld gekommen. Aber den habe ich auch seit Jahren nicht mehr gesehen, den Uğur.«

Sie schaute in eine weite Ferne.

»Ein paar Jahre waren wir ziemlich verliebt ineinander.«

»Was ist dann passiert?«

»Man könnte sagen: Er hat es geschafft.«

»Was geschafft?«

»Nicht so zu enden wie Benito.«

≈

V.

Als ich in aller Herrgottsfrühe aus dem Küchenfenster eines riesigen Altbaus nördlich des Stadtzentrums kletterte, das warme Metall des Schlüssels in der rechten Faust, überforderte mich das Vogelgezwitscher und die mir gnadenlos erscheinende Morgensonne auf eine Art, wie es nur in der Konsequenz eines abklingenden Vollrausches geschehen kann. Doch da war keine Zeit für Selbstmitleid, ich hatte es eilig. Die Wohnung, aus der ich floh, lag im ersten Stock, und vom Fenster aus konnte ich mich gerade noch auf den tiefer gelegenen Anbau im Hinterhof herablassen. Ich war um einige Erkenntnis reicher, außerdem war mir speiübel. Vielleicht war ich auch noch betrunken. Nein, ganz sicher: Ich war noch betrunken, befand mich aber schon in jener toten Zone, in der sich Rausch und Kater überlagern. Scham erfüllte mich, und Reue. Ich hangelte mich vom Anbau in den Hof und stöhnte, als ich mit den Füßen auf dem Boden aufkam. Ich hörte ein leises Klirren und dachte erst, es käme aus Richtung des Fensters, aus dem ich soeben geflüchtet war, doch dann blickte ich auf den Boden zu meinen Füßen und sah den Schlüssel daliegen. Er musste mir aus der Hand gefallen sein. Ja, richtig: kein Schlüssel in der Hand, nur Phantomwärme auf der Haut. Ich bückte mich, um ihn aufzuheben. Der Rotwein drängte die Speiseröhre hoch. Oben durchsuchte die Polizei bestimmt schon die Küche, die ich so fluchtartig verlassen hatte. Wasser sammelte sich in meinem Rachen. In den Winkeln des Kiefers spürte ich dieses unerträgliche Jucken, das das Unausweichliche ankündigt. Ich schluckte den salzig-sauren Speichel und steckte den Schlüssel in meine Hosentasche. Etwas mit der Schwerkraft war nicht in Ordnung. Ich stützte mich an der Wand des Nachbargrundstücks ab, während ich durch die Hofeinfahrt

Richtung Straße torkelte. Der Boden hatte heftigen Seegang. An der Ausfahrt blieb ich stehen und blickte vorsichtig um die Ecke. Zwei Polizeiautos parkten in etwa 20 Metern Entfernung vor dem Hauseingang, davor standen eine junge Beamtin und ihr dem Aussehen nach kurz vor der Rente stehender Kollege. Sie schienen in ein Gespräch vertieft. Wenn ich mich duckte und schnell machte, hätte ich vielleicht eine Chance. Ich ging ein wenig in die Knie, um unbemerkt hinter die geparkten Autos auf der gegenüberliegenden Straßenseite zu schleichen. Da spürte ich es kommen, und schon spie ich einen brennenden Schwall dunkelroter Flüssigkeit aus, der platschend auf dem Boden landete. Ich stützte mich an der kalten Backsteinmauer ab und blickte ungläubig auf die Pfütze zu meinen Füßen. Kalter Schweiß trat mir auf die Stirn.

Die Mittagssonne brannte heiß auf die Schwarzen Steine an diesem Tag, heißer und erbarmungsloser, als an den Tagen zuvor, und so hatten sie die drei Kanus an einem verwitterten Holzsteg festgemacht, der vergessen und ungenutzt im hohen Schilf lag. Der Häuptling, der nicht nur Pfadfinder war, sondern seit seiner Kindheit im Wasserballverein ihrer Heimatstadt trainierte und schon viele Turniersiege errungen hatte, ja hin und wieder sogar auf großflächigen Fotos im Sportteil der Lokalzeitung zu sehen war, gerade in dem Augenblick abgelichtet, wenn sein muskulöser Oberkörper aus dem Wasser schoss, in der Bewegung aufgenommen, im Wurf auf das Tor oder im Zweikampf mit einem Kontrahenten, stellte zur Begeisterung der Jungen einen Tauchrekord nach dem anderen auf. Sie konnten kaum fassen, für welch enorme Zeiträume der Häuptling unter Wasser bleiben konnte, waren auf eine liebevolle Art besorgt und angespannt, und so schwammen sie ungläubig um ihn herum und unterbrachen die meisten seiner Tauchgänge vorzeitig, weil sie irgendwann nicht mehr glaubten, dass der Häuptling unter Wasser noch immer die Luft anhielt, bezweifelten, dass es ihm noch gutging da unten, sie griffen nach ihm, schüttelten ihn an der Schulter, und dann kam er prustend hoch, wie auf einem der Fotos in der Lokalzeitung, wies die Jungen an, ihn machen zu lassen und unbedingt auf die Uhr zu schauen, tauchte wieder ab und versuchte es noch mal. Dabei war er niemals unfreundlich, auch wenn der erwachende Sportsgeist eine gewisse Rauheit mit an die Oberfläche schwemmte. Nicht nur die Jungen wohnten diesem Spektakel begeistert bei. Auch eine Entenfamilie hatte sich in der Nähe aufgereiht, betrachtete gebannt die Tauchgänge des Häuptlings, der schon wieder den Kopf unter Wasser hielt, mit ausgebreiteten Armen im Wasser trieb. Hätten die Jungen genauer hingesehen, dann hätten sie auch Frösche bemerkt, die zuschauten, Vögel, Insekten. Und hätten sie ihren Blick konzentriert in das hohe Schilfgras gerichtet, hätten sie einen weiteren Beobachter bemerkt, der an diesem Tag jedoch ganz im Verborgenen blieb. Nur Cherubim war nicht im Wasser. Er saß auf dem warmen, spröden Holz des Stegs und beobachtete mit offenem Mund, was da nur wenige Meter von ihm entfernt vor sich ging. Er hatte behauptet, seine linke Schulter tue ihm weh, vom Paddeln, er wolle sich deshalb schonen und ein wenig ausruhen, was niemanden gewundert hatte, waren sie doch ohnehin so mit den Rekordversuchen beschäftigt, dass sie bald alles um sich herum vergaßen. Nicht einmal der Häuptling, der sonst mit seinen sensiblen Einschätzungen unfehlbar schien, fragte nach. So saß Cherubim mit den Oberschenkeln auf den Händen, die Füße ins Wasser getaucht, lachte, wenn der Häuptling wieder einmal von Uğur beim Tauchen unterbrochen wurde, staunte, wenn der athletische Anführer der Gruppe die Zwei-Minuten-Marke überschritt, riss besorgt die Augen auf, wenn es weit darüber hinausging. Auch Benito schwamm, orientierte sich dem Gehör nach mühelos an den anderen Jungen und fand scheinbar dort im Wasser zu einer Gelassenheit, ja, zu einer Freiheit. Im Wasser konnte er wohl sichergehen, nicht auf ungeahnte Hindernisse zu stoßen, dachte Cherubim. Er hielt die Augen geschlossen und lachte, tummelte sich zwischen den Jungen und unternahm selbst einige vielversprechende Tauchgänge, die mit frenetischem Jubel honoriert wurden. Cherubim beobachtete den blinden Schwimmer, betrachtete den drahtigen, bleichen Körper seines Freundes, biss die Zähne zusammen, wenn sein Blick die blass rote Operationsnarbe an der Hüfte streifte, blieb auch an den dünnen Narben am Rücken hängen und spürte dann selbst einen Schmerz, bis Benito wieder abtauchte. Irgendwann, als die anderen Jungen noch plantschten, sich mit Wasser vollspritzten und juchzend döppten, kam Benito auf den Steg zugeschwommen. Cherubim richtete sich auf, legte sich ausgestreckt auf den Bauch, reichte Benito die Hand und half seinem blinden Freund hoch, der sich neben ihn setzte. Das Wasser tropfte ihm von Kinn und Nase.

»Du kannst es nicht, oder?«

Cherubim erstarrte.

»Ich werde es niemandem sagen. Aber du musst auf dich aufpassen, Cherubim. Und wenn etwas passiert, dann rufst du um Hilfe. Hast du das verstanden? Versprichst du mir das?«

»Ja, versprochen.«

»Wenn du untergehst, dann ruf mich. Ich werde dich hören.«

Zwei Tage zuvor hatte meine Mutter bereits an der Tür gewartet, als ich von der Beerdigung nach Hause kam. Sie machte mir auf. Es habe einen Anruf für mich gegeben, von einer unbekannten Frau, die sich ihr auch nicht vorgestellt habe, einer meiner Freunde von damals, Fliegentöter, wolle mich treffen. Sie hielt mir aufgeregt den Zettel hin, auf dem in ihrer geschwungenen, regelmäßigen Handschrift eine Zeit und ein Ort notiert waren. Seit ich denken konnte, benutzte sie denselben silbernen Kugelschreiber. Morgen Abend. *19 Uhr, Auerbachs*

Keller. Ich hatte schon damit gerechnet, dass ich bald von ihm hören würde. Die Frau musste von unterwegs aus angerufen haben, ich hatte die beiden ja noch vor nicht mehr als zwei Stunden auf dem Friedhof gesehen. Meine Mutter schaute mich fragend an und ich brachte sie auf den Stand der Dinge. Sie nickte und bestätigte: Fliegentöter sei in die Angelegenheit verwickelt, das sei gewiss, von ihm würde ich sicher mehr erfahren.

Was aber war mit den anderen Schwarzen Steinen? War es möglich, dass sich Benito, Fliegentöter oder die geheimnisvolle Frau auch bei ihnen gemeldet hatten? Lebten sie noch im Ruhrgebiet? Ich fragte meine Mutter nach Uğur, nach Kippe und Maus. Doch auch sie wusste nicht, was mit den Jungen geschehen war, die sie ja nur als Kinder gekannt hatte, wusste weder von der Adoption noch von Uğurs weiterem Lebensweg oder was aus Kippe geworden war. Nach dem schrecklichen Ereignis damals hatte es keinen Kontakt mehr zu den anderen Pfadfindern gegeben. Mit meiner Mutter und meinem Bruder war ich für eine Weile zu meiner Tante aufs Land gezogen, in einen Vorort von Hannover, dann war mein Vater gestorben und neue Sorgen hatten uns für sich beansprucht. Die Schwarzen Steine hatten wir aus den Augen verloren, und meine Erinnerungen waren verschüttet worden, von wem auch immer, von was auch immer. Nur was Maus anging, konnte meine Mutter mir weiterhelfen.

»Das war der etwas dickere Junge, nicht? Ich glaube, der ist hier in der Gegend geblieben. Seine Mutter habe ich mal im Supermarkt getroffen. Ja, der ist mit einer Asiatin verheiratet und wohnt mit Familie in Westerholt. Aber gesehen habe ich ihn auch nicht mehr. Nur von ihm gehört. Ich glaube, der war Bergmann und ist dann arbeitslos geworden. Die Mutter ist ganz nett, die geht auch bei Appelkamp einkaufen. Mit der habe ich ein paar Mal gesprochen. Über damals geredet haben wir aber nie, das hat sich nicht ergeben, im Supermarkt. Ich weiß auch nicht. War das ein Fehler?«

»Nein, bestimmt nicht. Kannst du vielleicht die Adresse da in Westerholt herausfinden? Das wäre mir eine große Hilfe. Aber unauffällig, wenn es geht.«

»Na, wenn du willst, dass deine alte Frau Mutter für dich die Gehilfin macht, kann ich mich gerne mal ein bisschen umhören.«

Sie strahlte mich erleichtert an. Ich legte ihr meinen Arm um die Schultern und gab ihr einen flüchtigen Kuss auf den Kopf. Wenn dieser schreckliche Vorfall auch nur ein Gutes hatte, dann war es, dass ich jetzt hier bei ihr stand und nicht mehr im Apennin vor meinen unsichtbaren Dämonen davonlief.

»Ich könnte mir doch keine bessere Assistentin vorstellen.«

Meine Mutter lachte.

Sie hatten die Boote an Land gezogen und waren im Abendrot das Ufer heraufgeklettert, hatten schnell einen noch jungen Baumstamm im Gebüsch gefunden, der nahe der Wiese auf dem Boden lag, und hatten routiniert die Kohte daran hochgezogen. Die Handgriffe der Jungen waren längst zu einer Einheit verschmolzen, ja, das Paddeln auf dem Fluss schien ihnen einen Rhythmus geschenkt zu haben, den sie auch an Land nicht mehr verloren. Kippe kochte ein Chili mit Kidneybohnen, Zwiebeln, Tomaten und Mais, auf Benitos Wunsch hin, der sich zur Verblüffung seiner Kameraden vegetarisch ernährte, ohne Fleisch. Die Jungen sparten sich ihre neckenden Sprüche, hatten sie doch nicht lange zuvor vom Fluss aus eine große Fabrikhalle gesehen, deren baumlangen Schornsteinen mit ihren weißen, dünnen und unscheinbaren Rauchschwaden sie ohne Zweifel einen abstoßenden Geruch zuschrieben, der sich unaufhaltsam über der Idylle ausbreitete. Eine Tierverwertungsanlage, wie sie Fliegentöter gleich aufklärte. So hatten auch die anderen Jungen nichts dagegen, auf das Fleisch zu verzichten, geisterten in ihren Köpfen und Gesprächen doch Bilder umher, wie es wohl in der Fabrik aussehen möge, ja, wie es dort wohl zuginge. Fliegentöter erläuterte in einem seiner informierten Monologe und mit dem Paddel gestikulierend, die Tiere seien bereits tot, wenn sie dort angeliefert wurden, doch das änderte an den unlängst heraufbeschworenen Szenarien nichts.

Auf der Wiese, auf der die Schwarzen Steine nun viele Kilometer weiter ihr Nachtlager aufgeschlagen hatten, roch es ebenfalls merkwürdig streng, wenn sie den Geruch auch nicht zuordnen konnten. Es interessierte sie aber nicht weiter. Sie waren zu erschöpft, sich einen Reim darauf zu machen, alle, auch der Häuptling. Der schwarze Stoff der Kohte verschwamm in der Dämmerung mit dem Himmel und den Spitzen der Baumkronen, die ihrerseits unlängst ineinander übergingen, zu einer Ebene wurden, einzig erleuchtet von den Flammen des kleinen Lagerfeuers, das Kippe entfacht hatte und auf dem der Topf mit dem Abendessen blubberte. Der Himmel war sternenklar und der Häuptling bot sich an, in dieser Nacht die gesamte Wache zu übernehmen. Er würde sicher auch mal die Augen zumachen zwischendurch, habe aber, wie die Jungen ja wüssten, einen leichten Schlaf und würde ganz sicher wach werden, sollte etwas Unvorhergesehenes geschehen. Dagegen hatte keiner etwas einzuwenden, und so lagen die Jungen bald nach dem Abendessen wieder in der Kohte.

Mit Auerbachs Keller assoziierte ich eine längst vergangene, heile Welt. Die Gastwirtschaft hatte sich, im Gegensatz zu den meisten Gastronomiebetrieben im Stadtzentrum, auch nach der großen Pleitewelle Anfang 2023 ohne größeren Schaden über Wasser halten können. Nach der Erbauung einer gigantischen, an ein auf die Innenstadt gestürztes Raumschiff erinnernden Shopping Mall im Jahrzehnt zuvor, waren nicht nur die meisten Geschäfte des Einzelhandels, sondern auch die

Restaurants und Cafés bereits stark angeschlagen gewesen, als die Pandemie auch vor meiner Geburtsstadt nicht Halt gemacht hatte. Auerbachs Keller hatte jedoch scheinbar davon profitiert, nach diesem Kahlschlag ohne große Konkurrenz dazustehen: Die Einrichtung war luxuriöser, als ich sie in Erinnerung hatte. Marmor, edle Hölzer, indirekte Beleuchtung. Nein, ein Keller war das hier nicht. Tatsächlich handelte es sich bei dem italienischen Restaurant, dessen Name unüblich war für die nationale Herkunft dieser im Ruhrgebiet seit den 1960er-Jahren äußerst populären Küche, um ein tiefes Gewölbe, wenn es auch im Vergleich zu der durch Goethes *Faust* berühmten Wirtschaft in Leipzig deutlich kleiner ausfiel.

»Oswalth Kerzenrauch war unsterblich.«

»Was ist das denn für ein Name – Oskar Kerzenrauch?«

»Uğur, sei ruhig, jetzt lass ihn doch erst mal erzählen.«

»Er hatte sich diesen Namen selbst gegeben. Immer dann, wenn so viel Zeit vergangen war, dass die Menschen um ihn herum bemerkt hätten, dass er nicht alterte, ergriff er die Flucht.«

»Und was hat das mit dem Namen zu tun?«

»Oswalth Kerzenrauch hatte sich diesen Namen gegeben, um zu einer Erfindung zu werden.«

»Ach so, ok. Verstehe! Also eine Erfindung.«

»Uğur, jetzt unterbrich ihn nicht.«

»Aber warum war er unsterblich?«

»Das wusste er nicht. Er wusste nur, dass es so war. Schon als junger Mann hatte er es herausgefunden. Wenn ihm etwas passierte, spürte er durchaus die Schmerzen. Es war also nicht so, dass er nicht darunter litt. Ganz im Gegenteil. Er war auch sehr einsam, weil er alle Menschen überlebte, die ihm etwas bedeuteten. Er hatte keine Familie und keine Freunde. Und er hatte Zeit seines Lebens viel Leid gesehen. Kriege, Hungersnöte, Naturkatastrophen.«

»Wie alt war er denn?«

»Uğur!«

»Er war bestimmt tausend Jahre alt. Und in den tausend Jahren hatte er viel erlebt. Aber er war nicht älter geworden, zumindest nicht körperlich.«

»Also lebte er in der Zukunft?«

»Uğur, wenn du Cherubim noch einmal unterbrichst, schmeiße ich dich aus dem Zelt und du schläfst bei den Booten.«

»Ja, er lebte in der Zukunft. In einer fernen Zukunft. Die Erde war überflutet worden und weitestgehend unbewohnbar. Als es immer heißer wurde, schmolz der Schnee und das Eis und das Wasser stieg immer höher, sodass die Menschen auf den Häusern neue Häuser bauten und immer weiter nach oben zogen, bis neue Städte auf den alten Städten entstanden waren.«

»Und die alten Städte waren unter Wasser? Wie bei *Der Mann aus Atlantis*. Alter, das ist krass. Was war mit ihren Sachen?«

»Mit der Zeit verdunstete das Wasser und die nun trockenen, alten Städte lagen von Algen bewachsen. Die Häuser moderten vor sich hin und alles war grau, schwarz und grün. Immer wieder fiel Müll herab und in den dunklen Straßen, denn alles lag hier im Schatten, türmten sich Berge aus Schutt und Geröll. Der Zutritt zu dieser Welt war verboten, denn es war gefährlich. Aber sie war nicht unbewohnt. Die Aussätzigen lebten dort, na ja, sie vegetierten vor sich hin wie Ratten. Oben, in den neuen Städten, lebten auch nicht mehr viele Menschen. Die Reichen waren längst mit Raumschiffen nach Nektar II geflogen. Bald würde der Planet ganz verlassen sein, denn die Menschen bekamen keine Kinder mehr. Oswalth Kerzenrauch aber ...«

»Ach OSWALTH! Ich dachte Oskar. Was ist das denn für ein Name?«

»Sei ruhig jetzt! Lass ihn weitererzählen. Die Geschichte ist super. Und dein Name klingt wie von einer Taube.«

»Halt deine blöde Fresse, ich ...«

»Uğur!«

»Oswalth Kerzenrauch lebte davon, auf den Grund der alten Stadt hinabzusteigen und Dinge in ihr zu suchen. Er kannte die Wege, auch wenn sie gefährlich waren, und fand sich in der alten Stadt zurecht, hatte er doch eine Zeit erlebt, in der sie noch bewohnt gewesen war. Er selbst hatte ja dort gelebt, früher, in einer lang zurückliegenden Vergangenheit.«

»Das ist so krass! Was macht er da?«

»Die Menschen, die nach Nektar II aufgebrochen waren, hatten oft Sehnsucht nach der Erde und vermissten manche Dinge, die sie oder ihre Vorfahren zurückgelassen hatten. Oswalth suchte nach diesen Dingen. Und wenn er sie fand, wurden sie mit dem nächsten Raumschiff, dass die Erde Richtung Nektar II für immer verlassen würde, mit dorthin geschickt.«

»Warum flog er nicht einfach auch nach Nektar II?«

»Weil er auf der Erde leben wollte. Er hing an ihr. Sie war seine Heimat, und weil er so alt war, hatte er sich noch viel mehr an sie gewöhnt. Eines Tages jedenfalls bekam er den Auftrag, ein Mädchen dort unten zu suchen, die Tochter eines reichen Ministers von Nektar II, die dort geboren und dann aber zur Erde geflohen war, weil sie mehr über die Herkunft der menschlichen Spezies erfahren wollte. Er machte sich auf den Weg nach unten, und nach ein paar Tagen fand er sie tatsächlich, wie sie einsam durch die alte Stadt streifte. Sie verliebten sich sofort ineinander.«

»Nein! Das ist so eklig. Warum müssen sich alle immer direkt verlieben?«

»Sie verliebten sich sofort ineinander und küssten sich.«

»Ich kotze gleich. Ich sag es euch. Ich kotze gleich ins Zelt, das hast du dann davon, Cherubim.«

»Doch das Mädchen wollte nicht zurück nach Nektar II. Sie wollte mit Oswalth Kerzenrauch auf der Erde bleiben, bis sie nicht mehr bewohnbar war. Und dann wollte sie mit dem Planeten sterben. Auch Oswalth wollte sterben.«

»Das ist total krass. Sie will sterben? Und er auch? Warum?«

»Er versuchte, sie zu überreden, zu ihrem Vater zurückzukehren. Aber das wollte sie nicht. Sie nahm ihn an der linken Hand – die rechte Hand nämlich fehlte ihm –, und die beiden ...«

»Ich weiß es. Alter! Kerzenrauch ist der nackte Penner. Der hatte auch nur eine Hand. Wir haben ihn gesehen! Wir haben den Typ aus deiner Geschichte gesehen, Cherubim!«

VI.

Schon um kurz nach 18 Uhr ließ ich mich zu dem Tisch im hintersten Eckchen des weißgekalkten Gewölbes bringen, der auf Fliegentöters Nachnamen reserviert war. Während ich bei Kaffee auf ihn wartete, ging ich durch meine Notizen, angespannt wie vor einem Interview mit einer berüchtigten Diva, versuchte, mich zu sortieren. Benitos Fall hatte sich in diesen wenigen Wochen zu einer intensiven Ermittlung entwickelt, die mich mittlerweile vollkommen vereinnahmte. Ich bewegte mich darin wie von einer fremden Macht gelenkt, handelte automatisch, war aufgerührt durch die emotionale Bedeutung, die das alles für mich einnahm. Ich fühlte mich wie ein persönlich befangener Detektiv, jemand, der noch eine Rechnung offen hatte. Mein Ziel? Die Wahrheit, wie immer. Oder die Wahrheitssuche? Auch, wenn Benitos Tod und die davon angestoßenen Entwicklungen mich mit großem Unbehagen erfüllten, schien die ganze Angelegenheit meinem Leben doch auf eine paradoxe Art und Weise wieder einen Sinn zu schenken. Vielleicht brauchte ich das ja – immer getrieben sein, etwas ergründen, herausfinden, verstehen müssen. Vielleicht hatten die drei Jahre in Italien, in denen ich nur in mir selbst gesucht hatte, mich mürbe gemacht. Aber wenn das wirklich so war, warum suchte ich mir in meinen Auseinandersetzungen dann immer gleich die dunkelsten Stoffe? Oder suchten sie am Ende mich? Waren die Zerstörung, das Leiden und die Gewalt in meinem daran Abarbeiten nicht auch Bedingungen meiner Existenz, bildete das Schreiben, das ja im Durchleuchten immer das Gefühl eines Dagegenseins, eines Aufbegehrens benötigte, nicht die Grundlage meiner Identität? Und was hätte ich wohl gemacht, wenn es das alles nicht gäbe, wenn die Welt ein Ort von Frieden und Glück wäre? Ein lächerlicher Gedanke.

Die Menschheit hatte sich an die Hand, die sie am Genick gepackt hielt, auf eine Art gewöhnt, dass die Unbeschwertheit
kaum noch über die Ahnung einer diffusen Fantasie hinauszu-
gehen vermochte. Das Ende der menschlichen Zivilisation war
mir jüngst denkbarer geworden als ihre Rettung.

Cherubim hörte deutlich, wie der Atem der anderen Jungen
nach und nach schwerer wurde, sich zwischen gleichmäßigem
Pfeifen und sanftem Schnarchen einpendelte, bisweilen von
kurzem, ruckartigem Grunzen unterbrochen. Da waren auch
noch andere Geräusche. Das Nachspiel des Chilis versetzte
der Luft im Zelt eine kaum einladende, hässliche Geruchs-
note. Cherubim musste lächeln, vermutete er doch, dass der
Häuptling, ein durch und durch kluger Mann, nur deshalb
die Nachtwache so bereitwillig auf sich genommen hatte, weil
er schon damit gerechnet hatte, wie es im Zelt zugehen würde. Um sich abzulenken, versuchte Cherubim, die einzelnen
Atemgeräusche Maus, Kippe, Uğur, Fliegentöter und Benito
zuzuordnen. Ihm wurde bewusst, wie vertraut ihm diese Jungen doch mittlerweile waren. Er kannte sie ja alle wenigstens
zwei Jahre, durch die Heimabende und durch andere, kleinere
Fahrten, Fahrradtouren, Wanderungen und große Pfadfinder-
lager, die sie gemeinsam besucht hatten. Durch die Flussfahrt
aber, ihr erstes großes Abenteuer, war er ihnen noch viel nähergekommen. Cherubim mochte die anderen Jungen und er
fühlte sich von ihnen akzeptiert. Doch auch hier, unter seinen
Freunden, konnte er das Gefühl nicht loswerden, nicht dazu-
zugehören. Dieses Gefühl verfolgte ihn, überallhin verfolgte
es ihn. Cherubim wähnte in der Gesellschaft von Menschen
stets ein verborgenes Erleben, eine harmonische Intensität,
an der zu partizipieren er nicht befähigt war, fühlte sich selbst
hier wie ein Außenseiter unter den Außenseitern. Niemand
war dafür verantwortlich, denn jeder von ihnen wurde von der
Gemeinschaft bedingungslos aufgenommen. Dafür sorgte die

Güte und Empathie des Häuptlings. Doch Cherubim konnte es nicht ändern. Auf Kindergeburtstagen, in der Schule, bei Familienbesuchen, auf der Kirmes, bei Übernachtungen, nachmittäglichen Verabredungen, während seiner bloß eine Saison andauernden Karriere beim Fußball und nicht zuletzt im Schwimmverein, dem er bald entflohen war, fühlte er sich allein. Immerzu begleitete ihn ein Gefühl der Abkapselung, einer ungewollten Abkapselung, die sich ganz naturgemäß zu vollziehen schien. Er war da und dann aber auch wieder nicht, handelte, reagierte, aber blieb für sich. In den Dingen hingegen, die Cherubim sich ausdachte, verhielt es sich ganz anders. Er verfügte über eine lebhafte Fantasie. Dort gab es keine diffuse Grenze, die ihn aussonderte, und er war nicht nur am Erleben beteiligt, nein, er erzeugte es überhaupt.

Im kaum zurückliegenden Frühling, noch vor den großen Sommerferien, war ihm bewusst geworden, dass es von den einzelnen Menschen immer gleich mehrere Versionen gab. Seine Mutter etwa, die ein sauberes, ihrer norddeutschen Herkunft entsprechendes Hochdeutsch sprach, wenn sie telefonierte, in dieser Stimmung ernst und zögerlich erschien, dann aber selbstbewusst und mit leichter Zunge in den Dialekt des Ruhrgebiets kippte, wenn sie mit der Nachbarin im Garten saß und ausgelassen lachte und plauderte, wechselte stetig zwischen Versionen ihrer selbst. Oder auch der Häuptling, der viel weniger Gelassenheit ausstrahlte und nicht mehr wie gewohnt für jeden Spaß zu haben war, wenn auf größeren Zusammenkünften andere erwachsene Pfadfinder oder Mädchen seines Alters zugegen waren. Diese Beobachtungen nun standen in unmittelbarer Verbindung mit Cherubims Eindruck der Abkapselung. Er ahnte, dass es eine verborgene Version von ihm gab, die seinem Kern näher war. Doch er konnte diese Form seines Ichs nicht zeigen. Er war unsicher und verstellte mit den abweichenden Versionen seiner Selbst den Blick auf sein wahres Wesen. Cherubim wusste nicht, wie sich das bei den anderen

Menschen verhielt, die er kannte. Vielleicht gab es von ihnen auch eine unverstellte Version, die sich niemals offenbarte, sich niemals offenbaren konnte. Vielleicht lebten alle Menschen am Ende in einem einzigen großen und komplex verstellten Missverständnis. In seiner Fantasie hingegen hatte Cherubim stets den Eindruck, dass nicht nur er selbst, sondern auch diese anderen Menschen, wenn sie denn in seinen Gedankengebilden vorkamen, hier vielmehr sie selbst waren als in der Wirklichkeit, ja, hier einen Ort fanden, an dem sie ihrem eigentlichen Wesen deutlich näherkamen. Außerhalb dieser Wahrnehmung wusste er, dass die Menschen immer nur ein Bild von ihm erfuhren, das nicht ihn zeigte, ihn nicht in Gänze zeigte, nur jemanden, der ihm ähnlich war, den sie aber an Dingen festmachten, die dann so ins Gewicht fielen, dass er dazwischen nur ins Schwanken geraten, ja, das Gleichgewicht verlieren konnte.

Um Punkt 19 Uhr holte mich der Klang des hellen Glöckchens über der Eingangstür zurück in die Gegenwart. Fliegentöter trug seinen abgewetzten Parka offen, darunter einen grau karierten, weiten Maßanzug und an den Füßen dunkelrote Cowboystiefel. Er blieb an der Glastür stehen und atmete schwer, blickte sich um, als wartete er auf etwas. Dann grüßte er Richtung Theke, nickte dem Kellner zu und schritt erhobenen Hauptes in meine Richtung. Selbstsicher wirkte er, fast ein wenig überheblich. Ich musterte Fliegentöter, der ein wenig aufgedunsen wirkte. Er schien meinen suchenden Blick zu bemerken. Als er unseren Tisch erreichte, strich er sich mit schnaufendem Grinsen eine lange, pechschwarze Haarsträhne hinter das rechte Ohr.

Cherubim musste an seinen Vater denken. Der nämlich erschien ihm als ein Mensch, der eine Hülle um sich aufgebaut hatte, die dieses Selbstverständnis, dass einen keiner wirklich erkennen kann, ganz klar nach außen zeigte. Als habe er sich damit arrangiert und würde diese Gegebenheit nun mit äußerster Demut umhertragen. Auf eine merkwürdige Art jedoch schien Cherubim, als sei diese Hülle transparent, und als wäre es möglich, ihn darunter zu erkennen. Der Vater duckte sich permanent, als wäre die leichte Beugung seines Wesens lange schon ein Ausdruck seiner Resignation geworden, und auch, wenn Cherubim das dazugehörige Bild bisher nicht zuließ, hatte es sich fest in seinem Kopf eingerichtet: dass sein Vater dem Tod damit näher war als dem Leben. Er hatte den Vater nie als einen ungebrochenen Menschen kennengelernt, war in einer ständigen Sorge gefangen, die ihr Verhältnis behaftete. Cherubim verdrängte diese Gefühle, vergrub sie, war jedoch unterschwellig nahezu besessen von der Angst, dass der Vater sterben könnte. Hörte Cherubim in der Ferne die Sirenen eines Krankenwagens, dachte er: *Jetzt hat es ihn erwischt!* Sein Vater war ja ein Pechvogel, einer, der sich ständig wehtat, sich verletzte, irgendwo gegenstieß. Cherubim erinnerte sich etwa an eine Nordseereise, die sie zu zweit unternommen hatten. Vater und Sohn. Da lebte er noch bei ihnen zu Hause, wenn auch alles schon in Scherben lag. Sie waren zum winzigen Hafen des kleinen Luftkurortes gewandert, in dem sie eine karge Ferienwohnung bezogen hatten. Dort angekommen, aß der Vater ein Fischbrötchen, das er von einem Imbisswagen direkt am Wasser gekauft hatte. Als er sich plötzlich räusperte, innehielt, irgendwo vor sich ins Leere blickte, in Konzentration auf sein Inneres, ahnte Cherubim bereits, dass etwas Bedrohliches seinen Verlauf zu nehmen begann. Tatsächlich war dem Vater eine Gräte im Hals steckengeblieben. Die Luft blieb ihm weg. Der Vater wurde panisch und versuchte gleichzeitig, seinen ebenso erschrockenen Sohn zu beruhigen, was nicht gut zusammenging. Er fuchtelte mit der Hand durch die Luft, als wolle er eine Wespe vertreiben, spuckte, räusperte sich. Die Geräusche wurden immer lauter und animalischer, und schon bildete sich eine Traube Schaulustiger. Cherubim wusste nicht, was er tun sollte, lief umher, fragte den Fischbudenbesitzer nach Wasser, rannte im nächsten Moment schon wieder zum Vater, der an der Kaimauer entlang stolperte, sich an den Hals fasste. Cherubim sah seine Spuckeflecken den Boden masern, manche von ihnen blutig rot. Jetzt hatte der Vater sich vor einen Poller gekniet, an dem die Boote festmachten, röchelte und spuckte, hielt sich mit einer Hand an dem rostigen Stahlzylinder fest. In der anderen Hand hielt er noch immer das Fischbrötchen. Dann, als er keine Luft mehr bekam, ließ er es ins Wasser fallen, griff sich mit zwei Fingern tief in den Hals, würgte, stopfte die Hand immer weiter in sich hinein, bis sie in seinem Mund zu verschwinden schien. Dann pulte er eine riesige, blutige Gräte hervor. Cherubim war jetzt direkt bei ihm, stand wie angewurzelt da. Der Vater hielt die Gräte gegen die Sonne, blinzelte sie an, als untersuche er ein seltenes Insekt, dessen giftigen Stachel er fürchtete. Sein Kopf war rot, die gelblich-trüben Augen tränten. Der Fischbudenbesitzer kam mit einer Wasserflasche und einem Taschentuch angelaufen, murrte irgendetwas vor sich hin, blieb einen Augenblick stehen und trottete dann missmutig zurück in seinen Verkaufswagen. Der Vater lächelte Cherubim gequält an.

»Alles in Ordnung, mach dir keine Sorgen.«

Seine Stimme klang kratzig. Cherubim starrte aufs Wasser, wo die Reste der nahezu tödlichen Mahlzeit einige Fische angelockt hatten, die gierig nach den aufgeweichten Brocken schnappten.

»Gefärbt. Die Haare sind gefärbt. Wenn du das meinst. Und du bist ganz kahl. Mit den langen Haaren und dem Bart hast du mir auch ganz gut gefallen. Aber an dem grauen Fleck erkenne ich dich auch so. Mensch, Cherubim. Schön, dass du unserer Einladung gefolgt bist.«

Er schlug mir sachte auf die Schulter, tätschelte dann im Zurückziehen der Hand ganz kurz den grauen Fleck auf meinem

Kopf und zwinkerte dabei auffallend oft mit den Augen. Er setzte sich und wir schlossen da an, wo unsere Kindheit unterbrochen worden war.

»Gefällt es dir hier? Wie geht es dir denn heute?«

»Gut. Es ist schön, dich zu sehen. Siehst gut aus. Und ich bin dankbar für die Einladung. Damit können wir die Höflichkeiten aber auch gleich hinter uns lassen. Ich habe langsam keine Geduld mehr. Sag mir bitte, was hier los ist. Was soll das alles? Warum bist du hier? Warum bin ich hier? Was hast du mit dem Ganzen zu tun? Kannst du dir vorstellen, was ich in den letzten Wochen durchgemacht habe?«

»Das kann ich sehr gut, und es tut mir leid. Ich verstehe auch, dass du eine Menge Fragen hast, Cherubim. Auch deshalb haben wir bei dir angerufen und um ein Treffen gebeten. Aber lass uns doch was essen und ein schönes Glas Wein trinken, und dabei reden wir. Bitte. Erklären kann ich dir nichts, da muss ich dich gleich enttäuschen. Aber wir können darüber sprechen. Und über Benito. Meinst du nicht, das sind wir unserem toten Freund schuldig?«

Er winkte den Ober heran, gestikulierte beim Sprechen mit der Hand, wie er das als Kind schon immer getan hatte.

»Bringst du uns den roten Hauswein und ein paar schöne Vorspeisen? So wie immer, ja? Eine Flasche Wasser, still. Und wir gucken gerne noch mal in die Karte. Und Brot. Brot, bitte, ja?«

Für die Wahrheit braucht es Geduld.

»Also?«

Fliegentöter atmete tief durch und schaute mich eindringlich an. Seine Stimme war nun mehr ein Raunen. Ich musste mich vorbeugen, um ihn zu verstehen.

»Natürlich bin ich hier, um mit dir über Benito zu reden. Ich werde versuchen, dir deine Fragen zu beantworten. Aber lass es uns langsam angehen lassen, ja? Die Lage ist gerade etwas angespannt. Ich glaube, ich werde beobachtet. Die zwei

Vögel auf der Beerdigung? Wenn du mich fragst: Die waren nicht zum Trauern da. Ich glaube, sie werden mich bald vorladen. Wir haben ja zusammengewohnt, Benito und ich. Weiß nicht, ob du das wusstest? Mich haben sie auch weitestgehend in Ruhe gelassen bisher, nur befragt, schon in Bonn. Hast du mich eigentlich erkannt da? Ja, oder? Da konnten sie dich wohl ebenso wenig zuordnen wie mich, also, dass wir den Attentäter kannten.«

Bei dem Wort Attentäter mimten seine Zeige- und Mittelfinger zwei Anführungszeichen.

»Aber unsere Wohnung haben sie auf den Kopf gestellt, vor ein paar Tagen erst, als sie endlich rausgefunden hatten, wer Benito war. Da haben sie sicher eins und eins zusammengezählt im Nachhinein, also dass ich was damit zu tun haben muss, wenn ich doch vor Ort war und mit Benito zusammengewohnt habe. Aber da hieß es erst mal: Durchsuchungsbefehl! Haben sich ganz gesittet benommen dabei, muss ich schon sagen. Ordentlich, die Ordnungskräfte. Aber da ist ja auch nichts, in der Wohnung.«

»Was ist da nicht?«

»Na, eben: Nichts!«

Der Kellner brachte die Getränke. Ich wusste schon, wo das hinführen würde. Zögernd blickte ich auf das sich füllende Weinglas. Ich nahm einen Schluck und lehnte mich zurück. Es ging mir direkt durch den ganzen Körper. Gut, in Ordnung. Ich konnte jetzt nicht Nein sagen, das hier war zu wichtig. Auf Benito!

Wir sprachen über unseren alten Freund. Langsam und der Reihe nach. Ich folgte Fliegentöters Bitte nach Contenance, fragte mit Vorsicht nach Benitos Leben, nach seiner Vergangenheit. Fliegentöter erzählte und ich hörte zu. Er sprach von ihrer gemeinsamen Jugend, von Reisen, die sie zusammen unternommen hatten. Es war so merkwürdig: Da sprach ein Erwachsener und ich sah ein Kind reden. Irgendwann zückte ich mein Notizbuch, um ein paar Dinge mitzuschreiben. Doch es waren keine einzelnen Worte. Nein, es floss wieder. Ich schrieb ganze Sätze auf. Meine Hand zitterte. Fliegentöter schmunzelte.

Cherubim hielt es in der stickigen Kohte nicht mehr aus. Ihm brummte der Schädel und sein Hals war ganz trocken. Er hatte versäumt, seine Wasserflasche aufzufüllen, und so entschied er, das Zelt zu verlassen. Leise kletterte er über die schlafenden Freunde, knöpfte die Plane am Eingang auf und schlüpfte lautlos in die Nacht. An den Resten des Feuers lag der Häuptling an jenen klobigen Baumstamm gelehnt, der den Jungen beim Abendbrot als Bank gedient hatte. Er betrachtete den Himmel. Als Cherubim sich verlegen räusperte, schaute der Häuptling ihn kurz an, blickte dann aber wieder in den Himmel, als wolle er Cherubim einladen, es ihm gleichzutun.

»Ist das nicht wunderschön?«, fragte er.

Cherubim setzte sich zu ihm. Der Häuptling legte ihm einen Arm um die Schulter und Cherubim kuschelte sich fröstelnd an ihn. Mit müden Augen betrachteten sie das gigantische Schaubild über ihren Köpfen, auf dem die Sterne so zahlreich waren, dass sich die Erde um sie herum auf einmal winzig klein anfühlte.

~

VII.

Als das Essen kam, spürte ich den Wein bereits recht deutlich. Guter Wein. Auch Fliegentöter schenkte sich schon das dritte Glas nach. Doch trotz der besänftigenden Wirkung des Alkohols, trotz des Wunsches, einfach nur mit einem Menschen aus der Vergangenheit zu sitzen und zu trinken, drängten meine Fragen mich vorwärts.

»Was weißt du über das, was in Bonn passiert ist? Und was hat das mit mir zu tun?«

»Genau kann ich dir das nicht sagen. Ich war ja nicht in seinem Kopf. Aber ich wusste davon, ja. Wir haben ja alles miteinander geteilt, Cherubim. Natürlich kannte ich auch seine Pläne, und ich habe ihm bei ihrer Durchführung geholfen. Und ja, er wollte etwas damit hinterlassen. Du liest bestimmt, wie sich die Reporter die Finger wundschreiben. So gesehen ist es gelungen. Wenn man da von einem Gelingen sprechen kann.«

»Aber warum dieser Terror? Und warum der Selbstmord? Hat sich das angekündigt? Hat er irgendwie darüber gesprochen? Hast du davon gewusst? Warum hast du ihn nicht aufgehalten?«

»Selbstmord? Lass uns lieber Freitod sagen, ja? Das, was er gemacht hat, ist kein Mord. Du hast doch bestimmt Améry gelesen, oder? Das ist ein Zustand gewesen, ein langanhaltender und sich schließlich final auflösender Zustand, und wenn überhaupt, könnte man allenfalls von einem Mord durch die Zustände sprechen, einem Mord an ihm. Benito wollte nicht sterben. Aber er dachte, dass er sterben musste.

»Wie meinst du das, er wollte nicht sterben?«

»Das lässt sich nicht so leicht erklären.«

»Warum hast du ihn nicht aufgehalten?«

»Wusste ich, dass er sich umbringen wollte? Ja. Spielt das noch eine Rolle, nun da er tot ist?«

»Du hättest ihm helfen können.«

»Ach, Cherubim. Ich hab ihm doch geholfen. Ich habe nichts anderes getan, als ihm zu helfen. Du verstehst nicht. So wie du dir das vorstellst: Jemandem helfen – das verhielt sich mit Benito doch ein wenig anders. Meine Eltern haben ja seine ganze Jugend über versucht, ihm zu helfen. Aber er wollte keine Hilfe, wie sie das meinten: Therapie, Medikamente, Ablenkung, Bedingungen eines normalen Lebens, eine Perspektive. Ich glaube, er brauchte diese Hilfe nicht, wie die Gesellschaft sie einem bietet, damit man in ihr klarkommt. Da habe ich ihm eben auf die Art geholfen, wie er das wollte. Oder brauchte. Und wie er überhaupt auch nur bereit war, meine Hilfe anzunehmen.«

»Hilfe wobei?«

»Na, bei der Sache in Bonn zum Beispiel. Man könnte mich wohl seinen Komplizen nennen. Cherubim, wir haben Jahre daran gearbeitet!«

Fliegentöter grinste verschwörerisch und schenkte uns schon wieder nach. Den letzten Satz hatte er geflüstert. Draußen setzte die Dämmerung ein. Durch die Glaskuppel am Eingang konnte ich sehen, dass die Straßenlaternen angegangen waren.

»Weißt du, er hat das Leben ja geliebt irgendwie. Musik, die Literatur. Menschen. Na ja, ein paar zumindest. Er lebte sehr zurückgezogen. *Wir* lebten sehr zurückgezogen. Wie Einsiedler, nur in der Stadt. *A farmer in the city*. Aber zu denen, die er an sich ranließ, war er unbeschreiblich liebevoll. Benito hat sich für so vieles begeistert. Für die Kunst. Und da natürlich auch für die blinden Künstler. Ray Charles und Stevie Wonder, Bach, Händel, Monet, Bocelli, die hat er bewundert für die Schönheit, die sie hervorbrachten. Denn auch, wenn du es mir nicht glaubst: Benito interessierte sich vor allen Dingen für Schönheit. Er wollte Schönheit. Du musst mal diesen Film von Werner Herzog angucken, über Fini Straubinger. Die war taub und blind. Das ist der Wahnsinn. So was hat Benito Kraft gegeben. Das hat ihn inspiriert. Dieses Poetische im Alltag, das einen innehalten lässt. Und dabei dann auch die Blinden, die die Welt auf ihre Art sehen, wenn du mir erlaubst, da ein bisschen kitschig zu werden, ja, Herr Schriftsteller?«

»Kenn ich. *Land des Schweigens und der Dunkelheit.*«

»Und hast du mal was von Moondog gehört? Diese Musik, da sieht man Sachen, in sich drin, für die unsere Augen blind sind. Wahre Schönheit ist unsichtbar. Und Borges, Borges war Benitos Held. Ein blinder Mann, der Kraft seiner Worte, mit Sprache nur, Bilder zu evozieren wusste, die weitaus strahlender waren als das Kino, die Malerei, Fotografie – das hat Benito viel Kraft gegeben. Ich habe ihm von Borges vorgelesen, immer wieder, habe ihm alles vorgelesen, was er hören wollte. Die Sachen, die er lesen wollte, gab es nicht in Braille. Und Hörbücher, na – da müssen wir nicht drüber sprechen. Du bist Schriftsteller. Du weißt, was das für eine Unart ist. Aber Benito war da sehr erfinderisch: Irgendwann haben wir mitgeschnitten und Benito hat sich die Tonbänder angehört. Immer wieder. So hat er ja überhaupt lesen können. Durch mich. Also sag nicht, ich hätte ihm nicht geholfen. Ich war Benitos Augenlicht.«

»Was hast du ihm vorgelesen? Wo sind denn diese Tonbänder?«

»Woanders. Das wirst du schon noch herausfinden.«

Cherubim saß auf den Schultern seines Vaters. Da waren noch andere Leute, die er nicht kannte und die seine Eltern erst hier getroffen hatten. Der Junge war mit Mutter und Vater in dem rostigen, röhrenden Passat einen Tag und eine Nacht über die Autobahn gefahren. Zwischendurch hatten sie immer wieder Rast gemacht. Die Mutter hatte ihm schon vor der Abfahrt auf der Rückbank ein Lager gebaut, hatte die Schlafsäcke und die weichen Gepäckstücke in den Fußraum gestopft, eine Decke über die so entstandene Fläche gespannt. Cherubim hatte dort geschlafen, gespielt, gedöst, durch seine Bücher geblättert, für Stunden aus dem Fenster geschaut. Es wurde nicht langweilig. Vorne lief das Radio, und jedes Mal, wenn ein Lied vorbei war und Cherubim fragte, ob sie es nicht vielleicht noch mal hören könnten, erklärte ihm der Vater geduldig, dass das nicht möglich sei, weil die Musik aus dem Radio käme, nicht von einer Kassette oder einer Schallplatte. Cherubim verstand das Prinzip nicht, gab sich aber mit der Erklärung zufrieden, bis das nächste Stück lief, das er noch einmal anhören wollte. Schließlich waren sie auf dem von großen Nadelbäumen überdachten Campingplatz angekommen, von dem ein Trampelpfad durch ein paar Klippen und Dünen hinunter zum Strand führte, wo der kalte Nordatlantik rauschend seine Wellen brach. Cherubim fürchtete die Wellen, sah in ihnen eine Bedrohung, einen Feind. Die Burgen, die er mit seinen Eltern in den kommenden Tagen in den Sand baute, zerstörte er, wenn sie wieder zurück zum Zelt kletterten. Er konnte die Vorstellung nicht ertragen, dass die Wellen sie holen würden. Doch hoch über diesen Wellen saß er nun, auf den Schultern seines Vaters, und er schrie wie am Spieß, weil er Angst hatte, dass die Wellen sie einholen, sie wegspülen würden. Der Vater aber rannte den Wellen entgegen, machte kehrt, rannte wieder auf sie zu. Auch die anderen Erwachsenen rannten hin und her, eine Gruppe aus fünf oder sechs Leuten. Sie lachten und kreischten begeistert. Um sie herum spuckte die Gischt. Cherubims kleine Kinderhände hatten sich fest in die dunklen, struppigen Haare des Vaters gekrallt. Er schrie vor Angst, schrie immer lauter, trampelte mit den Füßen, riss seinen Vater an den Haaren, klatschte heulend auf seinen Kopf. Da blieb der Vater plötzlich mit einem Ruck stehen und bewegte sich nicht mehr. Der Körper, auf dem Cherubim saß, fühlte sich mit einem Mal ganz hart an, als sei er von einem auf den anderen Augenblick nicht mehr aus Fleisch und Blut und Knochen gebaut, sei wie durch ein Wunder zu einer steinernen Statue geworden. Er war genau in dem Moment erstarrt, als sie wieder kehrtmachten, um vor der nächsten großen Welle Richtung Strand zu fliehen. Auch die anderen Erwachsenen standen still, waren erstarrt, die Gesichter in einem Augenblick eingefroren. Ihre freudigen Schreie waren verklungen. Über der kleinen Gruppe flogen die Möwen. Cherubim, der sich als Einziger bewegen konnte, drehte sich um und sein Herzschlag setzte aus. Da türmte sich eine gigantische Welle auf, wie die Menschheit sie noch nicht gesehen hatte. Die graue steile Masse rollte auf die starr stehenden, im lustvollen Spiel eingefrorenen Menschen zu und verschob den Horizont, verdeckte schon die Sonne, tauchte den Strand, die Dünen, die Klippen, den rissigen Beton der Straße und auch den Wald dahinter, den Zeltplatz, den Spielplatz und den Fußballplatz in ihren kalten Schatten. Cherubim wusste das alles, er konnte es sehen, während die Welle weiter unaufhaltsam auf sie zurollte, nach vorn kippte, wie ein Fabrikschlot im Augenblick kurz nach der Sprengung. Cherubim schrie immer lauter. Die Welle würde ihren Weg fortsetzen, das Dorf wegschwämmen, die nächste Stadt zerstören, würde alles mit sich reißen, dem sie begegnete, würde abertausende Leben kosten. Sie würde alles zerstören. Und mit ihm würde sie ihre Zerstörung beginnen. Cherubim fiel. Alle fielen. Alles fiel. Er fiel auf den Schultern seines Vaters, mit dem Vater, mit der Mutter. Sie fielen zusammen, trudelten durch ein endloses Grau. Ihm wurde schwindelig. Dann schlugen sie auf.

Nach der Hauptspeise gingen wir in einem Hinterzimmer rauchen. Fliegentöter war Stammkunde in Auerbachs Keller, er genoss hier gewisse Privilegien. Die Zigarette haute mich um. Auch die zweite Flasche Wein neigte sich dem Ende zu, aber das Essen hatte mir ein wenig Balance zurückgegeben.

»Er hat so eine Art Tagebuch geführt. Auch auf Tonband. Also auf Kassette eigentlich. Benito hat nicht mehr wirklich gesprochen die letzten paar Jahre, musst du wissen. Manchmal habe ich mir seine alten Aufzeichnungen angehört, wenn ich seine Stimme vermisste. Gestern auch, nach der Beerdigung, als wir so schnell weg mussten.«

Der Nachtisch kam, als wir wieder am Tisch waren.

»Deine Begleitung, die mich angerufen hat, ist das deine Frau?«

Er lachte.

»Nein, nein. Nur eine alte Freundin, die mir ein wenig hilft. Vielleicht stelle ich euch mal vor.«

Während der ganzen Zeit, die wir sprachen, dachte ich immer mehr, dass Fliegentöter vielleicht wirklich nichts gegen Benitos tödliche Entscheidung hatte unternehmen können. Ich konnte es ja auch aus der Distanz kaum beurteilen, wusste wenig über Benitos Zustand und seinen Weg, der ihn dorthin gebracht hatte, von wo es kein Zurück mehr gegeben hatte. Benitos Willensstärke, die schon in seiner Kindheit und frühen Jugend spürbar gewesen war, schien sich noch weiter ausgeprägt zu haben. Fliegentöter, Benitos Wunsch respektierend, hatte sich seinem Freund gewidmet, anstatt sich in Überforderung abzuwenden. Er hatte ihm zugehört, hatte ihm geholfen, sein Leben zu meistern. Am Ende hatte er ihm geholfen, zu sterben. Auf eine Art bewunderte ich Fliegentöter für seine Hingabe. Gleichzeitig bereitete mir seine Erzählung großes Unbehagen. Für ihn schienen die Ereignisse von Bonn eine logische Entscheidung gewesen zu sein, die er akzeptiert hatte und der er gefolgt war, auch wenn er nicht müde wurde, jedweder Konkretisierung aus dem Weg zu gehen, was sich Benito bei dem Ganzen gedacht haben mochte. Er lallte jetzt.

»Weißt du, es müssten mehr Leute hören, was Benito zu sagen hatte. Seine Worte waren so pur und ungeschliffen. Er redete von Dingen, die die meisten Menschen nicht hören wollen, oder vor denen sie sich verstecken, weil sie sie mit Scham erfüllen, oder mit Schuld. Oder weil sie sie aufwecken würden. Ach, aber das passiert ja doch nicht. Ich weiß nicht. Ist es vertan? Benito war so ein besonderer Mensch. Das musst du doch wissen, du hast ihn doch erlebt, damals, auf dem Fluss. Du kannst dich doch erinnern, nicht?«

Fliegentöter schaute mich an, und in seinem Blick erkannte ich, dass er wusste, dass ich Lücken hatte, dass mir Dinge fehlten. Ich wurde unruhig.

»Nein, ich kann mich kaum noch erinnern. Ich weiß noch ein paar Sachen. Da sind auch Bilder, aber ich verstehe sie nicht und sie verschwinden wieder, sobald ich mich ihnen zuwende. Kannst du dich denn an alles erinnern?«

Er legte seine Hand auf mein Knie, und hinter seinen dicken Brillengläsern flammte aufrichtige Güte.

»Du wirst deine Erinnerung wiederfinden. Und was du nicht erinnern kannst, das wirst du erfinden müssen!«

»Sprich weiter über Benito, bitte. Wegen ihm bin ich hier.«

»Benito, ja. Wegen ihm sind wir hier. Er konnte Kraft seines Geistes durch Wände gehen, weißt du? Er konnte Wege finden, ohne Augenlicht. Weil er die Grenzen nicht sehen konnte, war er frei in seinem Denken.«

»Warum hat er dann keinen anderen Weg gefunden, als ein paar hundert Menschen zu traumatisieren? Warum musste er eine Waffe in die Hand nehmen? Warum hat er nicht gesprochen?«

»Ach, er hat Waffen verachtet. Sie haben ihn angezogen, ja, als etwas Menschengemachtes und Machtvolles, als Ausdruck der menschlichen Dummheit. Er hat immer gesagt, es gebe nichts, in dem sich so viel Irrsinn und traurige Wahrheit manifestiere, wie in einer Waffe. Er war da voller Abscheu und Skepsis. Er war ein Pazifist. Ein militanter Pazifist. Darüber haben wir auch gestritten. Ich finde Waffen ja ziemlich interessant.«

Jetzt lachte Fliegentöter. Lachte laut, schlug sich auf den Oberschenkel. Er zündete sich eine Zigarette an. Ich blickte mich instinktiv um. Bis auf uns war es leer in Auerbachs Keller, ich konnte keine anderen Gäste ausmachen. Nur der Kellner war noch da, der nun mit entschuldigender Geste auf uns zukam.

»Hier ist immer noch Rauchverbot, leider. Signori, wir schließen auch gleich. Sie wissen, die Vorschriften: Ich mache die Regeln ja nicht. Und es wird alles immer strenger in diesem Land, wie Sie wissen.«

»Schon gut!«

Fliegentöter steckte die Zigarette in eine bald geschmolzene Kugel Eis. Es roch nach Vanille und Qualm.

»Möchten Sie zum Abschied noch eine Kleinigkeit aufs Haus? Und darf ich dann die Rechnung bringen?«

Fliegentöter reichte ihm eine Kreditkarte.

»Zwei Grappa. Und bringst du uns noch eine Flasche vom Hauswein für den Heimweg?«

Er beugte sich zu mir vor und stieß auf, entschuldigte sich. Dann wurde seine Stimme feierlich.

»Cherubim, mein alter Freund. Wir haben uns so lange nicht mehr gesehen. Ich freu mich, dass du hier bist! Komm doch noch mit zu uns und wir reden weiter. Das muss doch gefeiert werden!«

Er stand auf, schaute mich grinsend an, hob die rechte Hand und legte den Daumen auf den kleinen Finger, streckte die drei langen Finger dazwischen, reckte sie zum Himmel.

»Allzeit bereit, Cherubim? Na los, steh schon auf! Allzeit bereit?«

Der Geruch im Zelt war unerträglich geworden. Die Gase, die den Körpern der Kinder die Nacht über entwichen waren, hatten sich schon bei Cherubims Rückkehr in die Schlafstätte mit einem penetranten Urin- und Fäkalgeruch vermischt, der nun alles beherrschte. In der Nacht hatte der kühle Duft der Dunkelheit den Geruch noch gerade so übertüncht, jetzt aber, in der bereits hellstrahlenden Morgensonne, schien er auf allem zu haften, was sie umgab. Der Geruch war nicht zu leugnen, schlug dem Jungen geradezu in die Nase. Cherubim war, als bestünde die Welt nur noch aus diesem Geruch, als habe er sich schleichend materialisiert und würde nun in all seinen ekelerregenden Farben vor ihm stehen. Er versuchte, nicht zu atmen, meinte dann bald aber zu ersticken, musste um so heftiger einatmen, saugte den Gestank ein, fing an zu würgen. Etwas trat ihm in den Bauch, und er spürte ein Tier oder irgendeinen Körper auf seinem Schädel liegen. Cherubim öffnete die Augen. Auf seinem Kopf lag Maus' Hand, und Uğur strampelte direkt neben ihm wie verrückt im Schlaf. Die Jungen lagen in einem menschlichen Knäuel am Zelteingang. Die Wiese war abschüssiger, als sie gedacht hatten, und so waren sie in der Nacht nach und nach übereinander gerutscht. Cherubim war in seinem Schlafsack gefangen, kriegte seine Arme und Beine nicht befreit. Er musste lachen, auch wenn er sich ekelte. Sollte es so mit ihnen zu Ende gehen? Eine ganze Pfadfindergruppe erstickt im eigenen Zelt? Wo war der Häuptling? Cherubim hatte noch bestimmt eine Stunde mit ihm dagesessen und den sternenklaren Nachthimmel angeschaut. Der Häuptling hatte nichts gesagt, hatte ihn einfach nur weiter im Arm gehalten. Irgendwann hatte Cherubim seinem großen Freund sagen können, was ihn bedrückte, hatte ihm erzählt, dass er traurig war, weil seine Eltern sich getrennt hatten, dass er sich um seinen kleinen Bruder sorgte, um seine Mutter, dass er Angst hatte, dass sein Vater sterben würde, dass er nicht wollte, dass der Vater ein Alkoholiker war und dass er es nicht ertrug, ihn zu besuchen und vor verschlossener Tür zu stehen. Wirklich alles hatte er dem Häuptling erzählt.

Vom Weg zu Fliegentöters riesiger Altbauwohnung weiß ich nicht mehr viel. Es ist schon häufiger passiert, dass mir im trunkenen Zustand etwas verlorengeht. Ich weiß dann, wie ich einen Ort verlassen habe und wie ich an einem anderen Ort angekommen bin, aber das Dazwischen fehlt. So geht es mir auch mit unserer Flussfahrt damals: Ich weiß noch, wie wir die Reise angetreten haben, weiß von Dingen, über die wir uns unterhalten haben, wie wir auf dem Fluss gepaddelt sind, was wir gesehen haben, kann mich an Gerüche und Bilder erinnern. Bis es passiert ist. Danach wird es diffus, etwa bis zu jenem Moment, als wir gefunden wurden. Damals hatte ich keinen Wein getrunken, und das schwarze Loch war begrenzt von einem deutlich weiteren Zeitrand als der Filmriss einer trunkenen Nacht. Vom Heimweg war aber auch nicht alles weg. Ich weiß noch, dass wir rumgrölten, dass irgendwann die Flasche Rotwein zu Bruch ging, dass wir uns in den Armen lagen. Und vielleicht haben wir auch gesungen. Dass wir Autospiegel abgetreten haben, das weiß ich auch noch. Das hatte ich, bis auf eine kleine, alberne Ausnahme mit Uta, seit bestimmt 20 Jahren nicht mehr gemacht.

~

VIII.

Fliegentöters Eigentumswohnung, in der er bis zu dessen Tod mit Benito gelebt hatte, lag im reichsten Teil der Nordstadt, nahe dem Ruhrfestspielhaus. Fliegentöter war in diesem Stadtteil groß geworden, und als er von zu Hause ausgezogen war, hatten seine Eltern ihm und seinem neuen Bruder eine großzügige Altbauwohnung überlassen. Fliegentöter zeigte mir beiläufig die Wohnung, Benitos Raum, karg, in dem neben einer Kleiderstange nur eine Matratze mit einem Bundeswehrschlafsack darauf lag. Fliegentöters Zimmer bordete nahezu über, ein Klischee bohèmer Lebensart, vollgestopft mit Büchern, Schallplatten, dreckig, unaufgeräumt, weltgewandt, einsam. Das Wohn- und Esszimmer hingegen, getrennt durch eine weite Flügeltür, war sauber und penibel geordnet, wirkte äußerst prunkvoll – doch wie Benitos Zimmer war es karg, löchrig, als fehle etwas, das bis vor Kurzem noch hier gewesen sein mochte. Bis auf Fliegentöters Zimmer zeichnete sich die Wohnung durch eine Abwesenheit von Spuren aus, die auf das Leben der Bewohner hätte schließen lassen. Die Beamten, die die Wohnung ein paar Tage zuvor durchsucht hatten, mussten sie mit leeren Taschen verlassen haben.

Wir saßen am Küchentisch, rauchten, tranken einen torfigen, alten Single Malt. Fliegentöter hatte in seinem Zimmer Miles Davis aufgelegt, hatte die Anlage so laut aufgedreht, dass die Musik den großzügigen Küchenraum erfüllte. *Sketches of Spain.* Unser Gespräch entspannte sich, die Eskapaden auf dem Weg von Auerbachs Keller bis in den ersten Stock des fürstlichen Hauses hatten die Anspannung weggeblasen, der Alkohol sein Übriges getan.

»Wie konnte er das nur tun, wenn er doch wissen musste, was er damit aufreißen, welche Assoziationen er damit wecken würde? Kannst du mir das sagen? Er muss doch vom Bataclan mitbekommen haben, von Charlie Hebdo, von Hanau, von den unzähligen Terroranschlägen, die ihren blutigen Pfad durch die letzten 25 Jahre ziehen, von Stephen Paddock, von Anders Breivik? Kann man alles nicht vergleichen, klar. Aber diese Ereignisse haben in unserer Welt die Kriege abgelöst. Das alles hat Menschen wehgetan!«

»Ja, vielleicht war es genau das. Vielleicht wollte er auf diese Weise etwas hierher bringen, das wir längst abgeschoben haben, das passiert, jeden Tag, ohne dass wir es noch wahrnehmen. Ist das nicht auch ein Verbrechen? Die Abstumpfung? Das Hinnehmen? Die Gewöhnung? Die Kriege, von denen wir noch nicht einmal wissen, und die doch auch geführt werden, um die Welt so zu erhalten, wie wir sie haben wollen?«

»Wie im Krieg trifft es immer auch Unschuldige. Und deshalb ist es falsch! Diese Attentate, das sind die Traumata der westlichen Zivilisation, und er hat damit gespielt, leichtfertig.«

»Und fällt dir auf, welche Terroranschläge du nicht aufzählst, weil sie nicht Teil deiner Welt sind? Weil du nicht davon in der Zeitung liest?«

»Aber ist es nicht eine Verhöhnung der Opfer?«

»Es ist eine Erinnerung an die Opfer. Weißt du, was wir alles nicht wissen? Es gibt schreckliche Verbrechen in Ländern, von deren Existenz die meisten Menschen nicht einmal wissen. Soll ich sie dir aufzählen? Ich weiß sie auswendig.«

»Benito hat unschuldige Menschen in Angst und Schrecken versetzt!«

»Unschuld? Wie willst du die messen? Und er hat ja niemanden verletzt. Unschuldige Menschen, dass ich nicht lache. In dieser Welt?«

»Was ist mit den psychischen Wunden?«

»Bei diesen Leuten, die da waren? Die sind doch froh, wenn in ihrem Leben mal etwas passiert. Cherubim: Dabei sein ist alles!«

»Und selbst, wenn er in den Gästen irgendetwas gesehen haben mag, Schuldige, was weiß ich, dann wären da noch die Angestellten vom Hotel, die er traumatisiert hat, die Personenschützer, die Polizisten, oder die Menschen, die die Getränke verteilt haben. Und all die Menschen, die das verfolgt haben, im Fernsehen, im Radio, an irgendwelchen Bildschirmen oder ihren beschissenen Telefonen. Was ist mit denen? *Was ist mit mir?*«

»Er hat doch nur gezeigt: Das ist alles hier, das ist schon angelegt. Das hätte passieren können, das seid ihr, und ich bin einer von euch: Weil ich es mir vorstellen kann. Das ist sowieso vorhanden, in euch allen, sonst hätte ich es nicht erfinden können.«

»Wie meinst du das?«

»Na, wie du sagst: Solche Dinge passieren auch wirklich!«

»Und stellt er sich damit nicht in eine Reihe mit diesen Verbrechern, den Faschisten, dem Terror?«

»Benito war ganz sicher kein Faschist.«

»Aber er hat damit gespielt. Gerade in der Uneindeutigkeit. Was in der Ästhetik alles drinsteckte, die er da aufgerufen hat: die RAF, Mishima, diese ganze Welle an Amokläufen und Terroranschlägen, Columbine, Erfurt, Christchurch, München.«

Ich wollte noch mehr Amokläufe aufzählen, doch plötzlich fielen mir keine mehr ein.

»Baader, Mishima, das ist Quatsch. Er hat sich damit beschäftigt, ja, aber er wollte sich doch nicht in eine Reihe stellen mit denen. Er hat es ja eben nicht gemacht. Das ist der wesentliche Unterschied. Er hat auf etwas gezeigt, in dem er es eben nicht getan hat. Das war auch nichts Politisches. Benito wollte nicht Teil einer größenwahnsinnigen, nazistischen und in Todessehnsucht zerflossenen Ahnengalerie werden. Er war, wenn überhaupt, Anarchist – Anarchist im Sinne eines Künstlers.«

»Was ist mit Stephen Paddock?«

»Klar, Benito interessierte sich sehr für ihn, für das Perfide des unfassbaren Schreckens. Ich hab ihm besorgt, was ich darüber finden konnte. Aber er war bestürzt über Paddocks Tat. Und trotzdem inspirierte ihn das Rätsel, die vermeintliche Motivlosigkeit, das Nagende, die nicht heilende oder nicht heilen wollende Wunde. Aber er hatte eine Entscheidung getroffen, und die war nicht diskutabel für ihn: Er würde keinen Menschen verletzen. Er würde nicht töten. Er hat noch nicht mal Fleisch gegessen. Kannst du dir das vorstellen?«

»Mein Gott, bitte – sogar Hitler war Vegetarier.«

»Jetzt bleib mal auf dem Teppich, Cherubim!«

»Hat er je darüber nachgedacht, es wirklich zu tun? Sag es mir, bitte. Kannst du das ausschließen? Wer auf die Idee kommt, es nicht zu tun, muss darüber nachgedacht haben, es zu tun.«

»Benito war der Überzeugung, er müsse alle dunklen Gedanken denken, im Kopf durchspielen und sie kennen, um ihnen nicht zu verfallen und frei von ihnen entscheiden zu können. Sieh das von mir aus als eine Bekämpfung seiner Dämonen. Die Frage, ob er zu einem Zeitpunkt überlegt hat, wirklich Amok zu laufen, lässt sich also kaum beantworten. Bestimmt hat er daran gedacht. Er hat an alles gedacht. Aber wenn er daran gedacht hat, dann nur, um es zu verhindern. Benito hat einen Schritt getan, ohne den Fuß wieder aufzusetzen. Er hat auf etwas hingedeutet, eine Tat, eine Art, eine Tat zu begehen, und hat sie nicht vollzogen und somit auch etwas über die Möglichkeit einer solchen Tat ausgesagt. Er hat ein Zeichen genutzt, ist einer Ästhetik gefolgt. Doch all das wurde von ihm umgedeutet, als er das maßgebliche Detail verschoben hat. Er war kein Terrorist, und er war auch kein Amokläufer. Wenn Benito etwas war, dann ein Hochstapler.«

»Ein Hochstapler des Schreckens.«

»Wenn du unbedingt willst.«

»Du weißt, wie sich das anhört, ja? Das ist alles total krank. Das weißt du, oder? Das alles ist einfach völlig geisteskrank.«

»Benito war krank. Er krankte an der Zivilisation.«

»Und welche Rolle spiele ich dabei? Warum hat er mich eingeladen, nach Bonn zu kommen? Warum sollte ich das sehen? Verdammt noch mal, ich hab ihn *brennen* sehen. Ich habe seine Leiche gesehen!«

»Das wirst du selbst herausfinden müssen.«

»Darum geht es hier?«

»Es geht um weitaus mehr. Du bist nur ein winziger Teil.«

»Verdammt. Ihr ... Das ist doch alles ein einziger Wahnsinn ... Ihr habt auf Sand gebaut.«

»Und jetzt bewegt sich der Sand. Merkst du es?«

»Was redest du da?«

»Treibsand!«

Von außerhalb des Zeltes drang lautes Hundegebell herein. Der Eingang öffnete sich. Erst schoben sich ein paar Finger durch den Spalt, dann waren zwei Hände zu sehen, die Planen teilten sich. Mit dem hellen Sonnenlicht, das Cherubims müde Augen blendete, strömte auch etwas Luft in die Kohte. Er spannte seinen Körper an, trat und wandte sich hin und her, bis er sich befreit hatte und es schließlich aus dem Schlafsack schaffte. Der Häuptling rief den erwachenden Jungen entgegen, während das Kläffen der Hunde lauter und lauter wurde. Er lachte.

»Lebt ihr noch da drinnen?«

Jetzt waren auch die anderen Schwarzen Steine wach. Cherubim nutzte seinen Vorsprung und war als Erster draußen. Um das Zelt herum sprangen vergnügt zwei kleine Terrier auf und ab. Cherubim blickte sich um. Hier, in der Helligkeit des Morgens, erschien ihm der Platz um das Nachtlager deutlich begrenzter. Weiter hinten auf der Wiese, die von trockenen, abgegrasten Erdflecken übersät war, sah er einen Dackel geschäftig den Boden beschnüffeln, und an einem Drahtzaun, den Cherubim überhaupt zum ersten Mal wahrnahm, stand ein Schäferhund und schnupperte an einem anderen Hund, dessen Rasse er nicht zuordnen konnte und der in diesem Moment anfing, gegen den rostigen Draht zu pinkeln. Mit einem Mal war Cherubim klar, warum die Wiese so unerträglich roch. Ja, weiter hinten erblickte er nun auch einige Hindernisse aus Holz, eine Wippe, Reifen. Sie hatten auf einem Hundeübungsplatz übernachtet. Überall sah er nun Löcher im Boden, die die Hunde gebuddelt hatten, Hundehaufen, angenagte Äste. Da kamen auch schon von weiter rechts ein paar der Hundebesitzer auf sie zugelaufen, ein älterer Herr in Anglerweste, eine junge Frau mit schwarz gefärbten Haaren und eine ältere Dame mit einem Tuch um den Kopf. Sie schimpften in Einigkeit, dass das hier kein Zeltplatz sei, was den Jungen denn einfiele, hier zu zelten. Der Häuptling beschwichtigte sie gekonnt, entschuldigte sich für das Versehen, und schließlich zogen sie von dannen, wandten sich wieder ihren Hunden zu.

Fliegentöter stand ruckartig auf und ließ sich gleich wieder wie ein nasser Sack auf den Stuhl fallen, der krachend unter ihm zu Bruch ging. Er saß da, die Beine von sich gestreckt, und lachte sich kaputt. Wir lachten beide. Wahnhaft lachten wir. Wir lachten, weil wir nicht mehr reden wollten. Ich konnte nicht mehr. Und Fliegentöter, der konnte ganz offensichtlich auch nicht mehr. Er saß auf dem Boden, die zweite Schachtel Zigaretten war bald leer, sah aus wie nach einem hässlichen Boxkampf. Irgendwann stand er einfach auf und torkelte mit Schlagseite aus der Küche. Da lachte er noch immer. Aus den Augenwinkeln sah ich, wie er sich im Wohnzimmer auf das Sofa fallen ließ. Ich wartete. Wartete zehn Minuten. Ich weiß nicht, zum wievielten Mal in dieser Nacht Miles Davis' traurige Trompete mich umschwirrte. Dieses Album ist so großartig. Miles Davis kann nicht mit dem Orchester, und das Orchester kann nicht mit ihm – und dadurch entsteht etwas Wunderschönes. Ich schloss die Augen beim Hören. Trank ein Glas

Wasser, rauchte eine Zigarette. Als ich Fliegentöter schnarchen hörte, stand ich auf. Ich ging in sein Zimmer. Es drehte sich. Ich schaute mich um, sah mir die Bücher an. Alle harmlos. Nichts konnte ich finden, was mit dem zu tun haben könnte, was sich in Bonn ereignet hatte. Fliegentöters Lektüre, so erzählte mir sein Bücherregal, war sozusagen ungefährlich. Naive Revolutionsromantik.

Vor seinem Schreibtisch hielt ich inne. Da war ein Foto an die Wand gepinnt, schwarz-weiß, ohne Rahmen. Drei Menschen waren darauf. Es sah aus, als säßen sie auf einem Motorboot. Im Hintergrund glitzerte das Meer. Links war Fliegentöter zu erkennen, ganz eindeutig, der seiner Pose nach wohl die Kamera gehalten haben mochte, und in der Mitte Benito, muskulös, mit nacktem Oberkörper und einer Sonnenbrille auf der Nase. Auch die Frau trug eine große Sonnenbrille und einen weiten, geflochtenen Sonnenhut. Es war die Frau vom Friedhof, die mysteriöse Anruferin, die auch mit Fliegentöter auf dem Empfang gewesen war. Mich wunderte nicht, dass sie hier auf einem Foto zu sehen war, in Fliegentöters Zimmer. Und doch irritierte mich etwas an ihr. Sie kam mir bekannt vor. Ich ging näher heran. Dann begriff ich. Ich kannte sie. Ja, ohne Zweifel. Ich musste schmunzeln, strich mit dem Finger über die Köpfe meiner drei alten Freunde. Die Frau auf dem Foto, das war Kippe.

Ich legte mich in Fliegentöters Zimmer auf das ungemachte Bett. Meine Gedanken drehten sich wie auf einem Karussell. Ein Kettenkarussell, wohlgemerkt, und es ging so schnell, dass das Denken von der Fliehkraft meiner inneren Rotation bald aus mir herauskatapultiert wurde. Schwindel. Ich versuchte zu rekapitulieren, was Fliegentöter eigentlich preisgegeben, was ich Neues erfahren hatte. Es war ernüchternd. Mir kam es so vor, als spielte Fliegentöter ein Spiel, dessen Regeln er frei nach seinen Bedürfnissen variierte, und als sei ich, als Figur dieses Spiels, der Unmöglichkeit des Verstehens ausgesetzt. Anstatt das Rätsel, das Benito hinterlassen hatte, aufzulösen, hatte er es zu einem Mythos heraufbeschworen, hatte mich bewusst im Unklaren gelassen, hatte mir nur gerade so viel hingeworfen, mich weiter graben zu lassen. Er hatte Benitos Tat in Schutz genommen, ohne eine Begründung zu liefern. Sein Denken war irrational, und so auch seine Handlungen, seine Sprechakte, und dieser Umstand hatte auch einen Effekt auf mich. In all seiner Verrätselung zog es mich doch mit, ohne dass ich begreifen konnte, wohin. Wir würden am Morgen weiterreden müssen. Dann würde ich ihn nicht so einfach davonkommen lassen.

Noch einmal schaute ich das Foto an. Kippe, eine Frau. Es machte mich auf eine Art glücklich, dass die drei sich offensichtlich so nahegestanden hatten, dass es Freundschaft zwischen ihnen gegeben hatte, vielleicht sogar mehr. Und es machte mich im selben Moment traurig, weil es auch bedeutete, dass es noch jemanden gab, der über den Tod Benitos von tiefer Trauer befallen sein musste. Ich würde Kippe ausfindig machen müssen. Wir würden reden. Ich würde mit allen Schwarzen Steinen reden, würde auch Maus und Uğur suchen. Etwas lag in der Vergangenheit verborgen, und ich würde so lange danach graben, bis ich es fand. Wieder strich ich mit dem Daumen zärtlich über die Gesichter meiner Freunde.

Die Schwarzen Steine beeilten sich dann trotzdem, die Kohte abzubauen, warfen den Holzstamm über den Zaun ins Gebüsch, buddelten die schwarz verkohlten Reste des Feuers in einem der Erdlöcher ein und ließen die Boote zu Wasser. Als sie wieder auf dem Fluss waren und ein paar Kurven später die Kanus nebeneinander manövrierten, fühlte sich das rastlose Wasser wie ihre Heimat an. Sie vertäuten die Boote miteinander und der Häuptling steuerte durch die sanfte Strömung, während die Jungen eine kleine Katzenwäsche unternahmen, um dann auf dem Fluss zu frühstücken. Übermütig und albern warfen sie sich Brot und Marmelade zu. Hinter jeder Kurve schien der Fluss noch schöner zu werden, die sich aneinanderreihenden Bilder von Wald, Felsen und Bergen übertrumpften sich ein ums andere Mal.

Ein paar Stunden später wurde ich unsanft geweckt. Fliegentöter rüttelte an meiner Schulter und riss mich jäh aus meinem alkoholschweren Schlaf. Ich schrak hoch. Etwas aus einem Traum trabte davon, doch ich bekam es nicht mehr zu fassen.

»Sie sind da. Sie kommen mich holen. Du musst verschwinden.«

»Wer kommt?«

»Die Polizei. Die Polizei steht vor der Tür. Sie haben einen Haftbefehl. Die nehmen mich in Untersuchungshaft. Du musst aus dem Küchenfenster. Die dürfen dich hier auf keinen Fall finden.«

»Was?«

»Hör mir jetzt gut zu: Um 9 Uhr morgen früh stehst du in der Telefonzelle an der Pauluskirche. Keine Minute später. Hast du das verstanden? Cherubim: Morgen um 9 Uhr in der gelben Telefonzelle. Pauluskirche. Kapiert?«

Er gab mir eine Ohrfeige.

»Spinnst du?«

»Hast du mich verstanden?«

»Ja. Ja, hab ich verstanden.«

»Das Telefon wird schellen und du wirst drangehen. Und du nimmst jetzt diesen Schlüssel hier und behältst ihn bei dir. Kapiert? Es ist wichtig, dass du ihn nicht verlierst. Hast du das verstanden?«

»Ja. Ja, kapiert. Ich muss mit den anderen Jungs reden.«

»Kippe wird dir helfen.«

Er tippte mit einem flüchtigen Lächeln auf das Foto, das ich im Schlaf mit verschränkten Armen vor der Brust gehalten hatte, dann zog er mich hoch und trieb mich hastig Richtung Küche.

»Du kannst das Foto gern behalten. Und jetzt raus aus dem Fenster. Ich mach den Bullen auf, bevor sie die Tür eintreten. Also los, beeil dich. Und Cherubim ...«

Ich drehte mich zu ihm. Er hielt mich an den Schultern und strahlte mich an. Ich sah einen kleinen Jungen in einer Pfadfinderuniform.

»Es war schön, dich zu sehen!«

～

Wenn jemand stirbt, ist es, als höre den Hinterbliebenen dessen Wirklichkeit auf. Alles scheint abgetrennt und auf einer anderen Ebene zu liegen, die parallel läuft, oder überblendet ist mit der eigenen Wirklichkeitserfahrung; wie ein Zug, den man aus seinem Abteil heraus auf einem Nachbargleis beobachtet, mal näher kommend, dann sich entfernend und so oder so unerreichbar – oder der Nebenarm eines Flusses, in den abzubiegen einem die Strömung, die das eigene Boot befördert, nicht erlaubt. Man sieht die Person noch, sieht sie aber auf diese Art in der Ferne, und die tatsächliche Absenz in der eigenen Gegenwart bleibt einem unbegreiflich. Deshalb bleibt der Schmerz eines solchen Verlusts auch stets undurchdringbar umhüllt. Man sieht die Toten und sieht sie doch nicht. Ja, gerade weil sie auf diese Art abgetrennt sind von der eigenen Wirklichkeit, bleiben sie bestehen. Die Momente, in denen die Verlorenen zu einem sprechen, oder: die Geister sich bemerkbar machen, sind jene, in denen für einen kurzen Augenblick diese Grenze aufgehoben ist – weil eine Handlung oder ein Objekt in der eigenen Erfahrung als konkrete Reaktion auf etwas, das nicht mehr da ist, erlebt wird: ein umgekippter Salzstreuer, der Mann im Zug, der so ähnlich aussieht, eine bis dato vergessene Melodie, der Geruch von Hustenbonbons und Zigaretten, das verdammte Geräusch im Frühling auf einer Autobahnbrücke, ein lange Zeit nicht mehr geschmeckter Geschmack, ein Schmerz unter der Fußsohle. Die Toten verschwinden ja nicht, sie sind einem nur unerreichbar. Dabei ist es so, dass man in ihnen und in dem eigenen Verhältnis zu ihnen die Unwirklichkeit des eigenen Daseins erkennen kann. Aus diesen beiden Gründen ist der Tod eines nahestehenden Menschen etwas Schmerzhaftes: weil man es nicht begreifen kann und trotzdem weiß, dass sich dieser Zustand nicht mehr ändern wird, ja, dass er endgültig ist und darin ebenso die eigene, unfassbare Endlichkeit liegt.

Vier

... es bleibt dabei: das Gras, das in den Häusern wächst, der
Löwenzahn in den Kirchen, und plötzlich kann man sich
vorstellen, wie es weiterwächst, wie ein Urwald in unsere Städte
zieht, langsam, unaufhaltsam, ein menschenloses Gedeihen,
ein Schweigen aus Disteln und Moos, eine gesichtslose Erde,
dazu das Zwitschern der Vögel, Frühling, Sommer und Herbst,
Atem der Jahre, die niemand mehr zählt.
(Max Frisch, 1946)

La naissance du lecteur doit se payer de la mort de l'auteur.
(Roland Barthes, 1967)

I.

Am letzten Tag des Häuptlings standen sie früher auf als gewöhnlich. Es war ohne Zweifel der schönste Morgen ihrer Reise, und die Jungen und der Häuptling waren tief von einer derart großen Zufriedenheit und einer so unbändigen Lust auf alles Kommende ergriffen, dass sich die Schwarzen Steine mit den ersten jener weitgereisten Sonnenstrahlen, die ihnen beim Verlassen des Zelts die Gesichter erhellten, wirklich glücklich fühlten. Schon das Frühstück war ein Akt der Feierlichkeit. Die Jungen aßen Quark mit frischen, saftigen Pfirsichen, mischten ein wenig Honig unter, vertilgten schmatzend weißes Brot mit Marmelade und graues Brot mit Zwiebelschmalz, und als ob den Jungen nun Zugang zu einer höheren Seinsstufe gewährt wäre, rührte der Häuptling ihnen einem weisen und gütigen Zeremonienmeister gleich einen kräftigen Instantkaffee an, den sie stolz und lautstark schlürften, mit geschürzten Lippen ganz darum bemüht, diese Handlung möglichst alltäglich und gewöhnlich aussehen zu lassen. Sie spürten es alle. Sie hatten den kritischen Punkt der Reise überwunden, waren eins geworden, hatten sich im Abenteuer eingerichtet. Als sie bald darauf wieder in den Booten saßen, ausgeschlafen und aufgeweckt und vom Kaffee beflügelt, schwor sich Cherubim, diesen Morgen nie mehr zu vergessen. Die Strömung nahm zu und die Vordermänner legten die Paddel quer auf die Knie. Cherubim betrachtete den Rücken seines blinden Freundes. Benito hielt die linke Hand ins Wasser, ließ sie vom nie enden wollenden Strom umspülen, als plötzlich Uğur freudig neben ihnen aufschrie.

»Da ist Kerzenrauch!«

Er sprang auf, sein Paddel landete klatschend im Wasser und das Kanu schaukelte. Uğur wedelte wie wild mit den Armen.

»Oswalth! Hallo, Oswalth! Hier sind wir!«

Ich wusste nicht, wohin mit mir. Noch im letzten Augenblick hatte ich mich von der Polizei unbemerkt von Fliegentöters Hinterhof wegschleichen können, nur um gleich hinter der nächsten Ecke in eine große Leere zu stürzen. Zu meiner Mutter wollte ich in diesem Zustand nicht. Überhaupt erschien mir nichts sinnvoll. Ich war zum Stillstand gezwungen, noch halb betrunken und durch das lange Reden mit Fliegentöter ganz wirr im Kopf. Der nächste Morgen, die Telefonzelle: Jeder Augenblick bis dahin bedeutete ein unerträgliches Warten! In einem Café am Marktplatz kaufte ich zwei Sandwiches, einen Cappuccino und eine Flasche Wasser. Ich setzte mich auf eine Bank gegenüber einem losen Arrangement von Wippen, verspeiste eines der Sandwiches und trank meinen Kaffee. Die Sonne blendete mich. Eine Frau spielte mit ihrer Tochter. Ein Hund pinkelte an einen Mülleimer. Ein alter Mann fütterte die Tauben. Als Kind war ich hier mit meinem Vater gewesen, mindestens einmal. 1986 etwa, ich muss zwei Jahre alt gewesen sein. Es gab ein Foto davon: Ich auf einem wippenden Pferd und mein Vater neben mir, in langem, graublauem Trenchcoat, die schützende Hand an meiner Schulter, dass ich nicht falle. Sicherlich war ich öfter hier gewesen mit ihm, doch ich erinnerte nur, was ich auf der Aufnahme gesehen hatte. Nach ein paar Minuten erhob ich mich, das zweite Sandwich und die Wasserflasche in einer dünnen Plastiktüte an der Hand. Erst als ich den Stadtring bereits weit hinter mir gelassen hatte, realisierte ich, wohin es mich zog.

Sie sahen den Obdachlosen an diesem Tage zum letzten Mal. Er brach aus der Stille, sprach nicht, bewegte sich aber, sodass die Bewegung ein paar Vögel aufschreckte und Geräusch wurde.

Die Schwarzen Steine glitten in der sanften Strömung an ihm vorbei, während ein junger Reiher sich mit gemächlichen Stößen in die Luft erhob. Cherubim fischte Uğurs Paddel aus dem Wasser, nicht den Blick vom Ufer lassend, an dem der Fremde langsam den Stumpf seines rechten Armes erhob, wie zum Gruß. Wollte er ihnen etwas sagen? Wollte er sie warnen, ihnen Lebewohl sagen, sie aufhalten, ihnen Glück wünschen? Wer kann das schon wissen? Es ließ sich nicht erkennen, ob sein mysteriöser Gesichtsausdruck überhaupt den Jungen galt, oder ob er sich damit an eine innere Welt richtete, die nur er betrachtete.

Bald darauf stießen sie auf eine Halbinsel, eine Landzunge, an der sich der Fluss teilte, und die Jungen entschieden, genau dort an Land zu gehen, bald schon das Zelt aufzuschlagen, Feuer zu machen. Der Ort war von paradiesischer Schönheit. Die Bäume trugen Äpfel und überall summte und surrte es. Auch das Gras schien weicher dort. Viel weiter hinten ging die Idylle der Landzunge über in einen dunklen Wald, in dem die Bäume so dicht standen, dass das Sonnenlicht nicht bis zum Boden vorzudringen vermochte. Zwischen ihrer Anlegestelle und dem Wald lag eine weite Ebene, und als die Jungen die Boote an Land gezogen hatten, standen sie eine ganze Weile einfach nur da und blickten schweigend auf die ferne Finsternis. Auch Benito konnte seinen Kopf nicht abwenden, als ginge vom Wald etwas aus, das keinen Blick benötigte, um wahrgenommen zu werden, etwas, das nur auf einer Ebene bemerkt werden konnte, die keine Sprache kannte, keine Augen brauchte.

Zwei Stunden später gelangte ich an den Friedhofseingang. Der Kater war durch die Bewegung weitestgehend verflogen und ich fühlte mich schon deutlich besser. Es war Wochenende, trotzdem schien kaum etwas los zu sein. Auf dem schmalen Parkstreifen vor dem Waldfriedhof stand lediglich ein gewaltiger SUV mit Dortmunder Kennzeichen, mattschwarz und so groß, dass sein Heck ein Stück auf die Straße ragte. Ich öffnete das quietschende Friedhofstor und lief zum Grab meines Vaters, dann zu meiner Großmutter, fegte mit der Hand Blätter und Äste von ihren Ruhestätten, fühlte mich den beiden an diesem Vormittag ungewöhnlich nah. Als ich mich dann nach ein paar Minuten zu Benito begeben wollte, stand da mit dem Rücken zu mir ein Mann vor seinem Grab. Viel mehr als seine dichten, grauschwarzen Haare konnte ich nicht erkennen. Er trug einen schweren, edel aussehenden Kamelhaarmantel, außerdem schwarze Lederhandschuhe. Ich hielt inne, duckte mich hinter ein Gebüsch und beobachtete den Besucher, der dort für ein paar Minuten regungslos verweilte – den Blick nach unten gerichtet und die rechte Hand in der Manteltasche verborgen, in stiller Andacht oder versunken in Gedanken, bis eine krächzende Stimme in meinem Rücken ertönte.

»Kann ich dir irgendwie helfen? Was machst du denn da?«

Erschrocken fuhr ich herum. Vor mir stand der Friedhofsgärtner, alt, furchig, mit eindringlicher Physiognomie, einen Rechen in der Hand, die Zinken gen Himmel, als hielte er Zeus' Dreizack. Ich stammelte, sagte, ich suche nach Benitos Grab, nannte seinen bürgerlichen Namen, der mir dabei merkwürdig fremd vorkam. Als redete ich von jemandem, den ich mir ausgedacht hatte. Ich erfand eine Ausrede, obwohl ich keine brauchte.

»Da hast du schon in die richtige Ecke geguckt.«

Er wies mit dem Kopf hinter mich, in meine ursprüngliche Blickrichtung. Ich drehte mich um. Der Mann mit dem Mantel war verschwunden. Ich schaute nach links, nach rechts. Aber da war niemand mehr. Ich murmelte ein Dankeschön und wollte mich gerade zu Benitos Grab aufmachen, als der Gärtner wieder das Wort ergriff.

»Angehöriger?«

»Nein. Wir waren zusammen in einer Pfadfindergruppe, als Kinder. Vor 30 Jahren war das.«

»Ach, von den Pfadfindern. Na, da liegt ja noch einer hier von eurer Truppe. Euer Chef von damals. Schlimme Sache. Der ist doch gestorben, wie ihr unterwegs wart, oder? Warst du da mit, als das passiert ist?«

»Ja ... Aber ich kann mich kaum noch daran erinnern ... Eigentlich kann ich mich gar nicht daran erinnern.«

»Kommt vor. Haste wohl verdrängt. Werde ich jedenfalls nicht vergessen, so viele Jungens in Uniform habe ich noch nie auf einem Haufen gesehen. Erst dachte ich: Scheiße, die Hitlerjugend. Aber die Truppe war ja harmlos. Da war ja der komplette Verein gekommen, aus ganz NRW, und die Presse. Aber die Zeitungsfuzzis mussten draußen bleiben. So eine Beerdigung haben wir hier nie wieder gehabt. Da standen die Autos die ganze Straße runter. Kennzeichen in alle Himmelsrichtungen. Habe sein Grab ausgehoben, Mitte der 90er muss das gewesen sein. Kommt hin, oder? Warst du denn nicht mit auf der Beerdigung seinerzeit? Na, da warst du vielleicht auch noch zu klein, was?«

Ich hielt den Atem an.

»Ja, kommt hin. 1995. Und nein – nein, da war ich leider nicht. Ich wusste nichts davon. Aber, wo ist denn sein Grab? Wissen Sie das zufällig?«

»Nicht nur zufällig. Ist ja mein Job. Seit 40 Jahren! Na, komm mal mit.«

Und dann führte mich der alte Friedhofsgärtner in seiner schroffen Güte zielstrebig zu einem Grab, auf dessen Gedenkstein ich doch wirklich den bürgerlichen Namen des Häuptlings vorfand, ein Name, der mir ebenfalls fremd und erfunden vorkam, außerdem das Geburtsdatum und sein Todestag. Nur 19 Jahre hatte er gelebt. 1976 bis 1995. Er wäre heute 50 alt gewesen, hätte vielleicht Familie gehabt. Der Gärtner empfahl sich, ging zurück zu seiner Schubkarre und ließ mich mit meiner Überraschung allein. Das Grab war verwittert. Ich kniete mich runter zum Häuptling und strich ein wenig das Gestrüpp zur Seite. Vor dem schlichten Grabstein lag ein weiterer Stein, moosig und halb im Erdreich versunken. Ein schwarzer Stein. Auch er trug eine Inschrift. Die Buchstaben waren fein in seine Oberfläche gefräst. Ich ging näher heran und fegte mit der Hand die angetrocknete Erde weg.

ALLZEIT BEREIT
IN LIEBE + EWIGER FREUNDSCHAFT
DIE SCHWARZEN STEINE
B K M U F

Cherubim drehte sich um und blickte auf den Fluss zurück, den sie bis zu diesem Punkt hinter sich gelassen hatten und der ihm nun vorkam wie ein Vertrauter, ein alter Bekannter. Wie nie zuvor spürte er die Erde, auf der er stand. Er wusste, dass er existierte. Ich bin hier, jetzt gerade, in diesem Augenblick. Dann erwachte er aus dem kurzen Moment der Starre und widmete sich den Routinen der Pfadfindergruppe. Feuer machen, Boote flicken, Essen vorbereiten. Alles, was sie brauchten, war da, alles war voller Frieden. Nur Benito stand an der Baumgrenze und starrte blind auf den dunklen Wald jenseits des Feldes.

Benito. Kippe. Maus. Uğur. Fliegentöter. Nur meine Initiale fehlte. All die Jahre hatte der Häuptling hier gelegen, der Größe des Grabes nach eingeäschert, nicht weit entfernt von meiner Familie und nun auch in Unweite unseres gemeinsamen, jüngst verstorbenen Freundes. Und ich hatte nichts davon gewusst. Vermutlich waren wir damals, zum Zeitpunkt der Beisetzung, schon zu meiner Tante geflüchtet. Ich wollte auch auf diesem Grabstein stehen. Ich blickte mich um. Bald lagen hier so viele Tote, die mir etwas bedeuten, wie ich überhaupt dergleichen

Lebende kannte. Ich setzte mich vor das Grab auf den Boden und aß mein zweites Sandwich, trank den Rest des Wassers. Dachte an den Häuptling. Dankte ihm, entschuldigte mich, dass ich damals, als man ihn beerdigt hatte, nicht dabei gewesen war. Mit dem Finger malte ich ein C in die dünne Staubschicht des schwarzen Steins, gleich rechts neben Fliegentöters F. Dann erhob ich mich ächzend und füllte an einer der Pumpen, die zum Befüllen der Gießkannen an den Wegrändern standen, meine Flasche auf, spritzte mir ein wenig Wasser ins Gesicht und kühlte mir mit der nassen Hand den Nacken.

Sie aßen zusammen. Stille kehrte ein. Überhaupt sprachen sie immer weniger. Die Dinge, die Cherubim in den Kopf kamen, verschluckte er. Benitos Unruhe schien die anderen Jungen anzustecken. Immer wieder blickten sie verstohlen zum Wald hinüber, bis irgendwann der Häuptling vorschlug, einen kleinen Spaziergang über das Feld zu machen. Als sie an der Grenze des Waldes ankamen, ging die Sonne unter und die Jungen legten sich ins hohe Gras. Cherubim schaute in den Himmel, folgte den Wolken, den Vögeln, dem Verlauf der Blautöne. Er spürte, dass er in die Kleider gehörte, die er trug, dass er auf diesem Boden im Gras liegen sollte, dass das Kanu sein Gefährt war und die Jungen seine Gefährten, der Häuptling sein Häuptling. Er drehte und wendete behutsam den Kopf, ganz langsam, als wolle er den Augenblick nicht stören, betrachtete durch die hohen Halme des Grases die Schwarzen Steine, Maus, Kippe, Uğur, Fliegentöter, Benito und den Häuptling. Seine Freunde.

Ich ging an diesem Tag nicht mehr zu Benitos Grab. Als ich nach etwa einem Kilometer Fußweg ein Taxi am Straßenrand stehen sah, stieg ich ein und ließ mich zum Haus meiner Mutter fahren. Es war erst später Nachmittag, aber ich fühlte mich so müde wie schon lange nicht mehr. Meine Mutter war nicht

da. Sie hatte mir einen Zettel geschrieben: *Wollte dich nicht wecken. Bin (mit BMW) im Pflg.-heim. Hoffe dir geht es gut. Habe
Infos bezügl. »Pfadfinder« – sprechen am Abend. Kartoffelsalat
im Khl.-schrank. Schlaf gut.* Sie war bei ihrem Mann und hatte wohl gedacht, ich sei gestern noch nach Hause gekommen.
Wie früher, als ich in meiner Jugend die ersten nächtlichen
Eskapaden unternommen und mich dann morgens heimlich
in das schiefe Zechenhaus geschlichen hatte, das wir damals
noch bewohnten. Ich konnte nicht mehr, wollte heute wirklich niemanden mehr sprechen, selbst sie nicht. Ich drehte den
Zettel um und schrieb ihr als Antwort: *Muss morgen früh raus
(neue Spur). Reden beim Frühstück (8?). Spät geworden gestern,
habe bei FT übernachtet, bin total fertig. Leg mich hin. Mach
dir keine Sorgen! Danke für den Salat.* Dann ging ich runter in
die Kellerwohnung und machte *Nostalghia* an, den vorletzten
Film Andrei Tarkowskis, gedreht im italienischen Exil, mein
Lieblingsfilm, den ich vor vielen Jahren hier auf DVD dagelas-
sen und bei meinen früheren Besuchen als eine Art Tradition
mit meiner Mutter angeschaut hatte, die Tarkowski liebte –
auf dem gigantisch großen Fernseher, den ihr Mann im hohen
Alter für sich angeschafft hatte, nachdem das Fernsehen in
seinen Tagesabläufen immer wichtiger geworden war. Bald jedoch schlief ich vor den hypnotischen Bildern ein, lange bevor
der wahnsinnige Mathematiker Domenico, der seine Familie
in Erwartung des Weltuntergangs sieben Jahre lang in seinem
Haus eingesperrt hatte und nach ihrer Befreiung in eine Psychiatrie eingewiesen worden war, die Reiterstatue Mark Au-
rels auf dem Kapitolshügel in Rom erklomm, die nach einem
Bombenattentat auf den Senatorenpalast 1979 und aufgrund
fortschreitender Korrosion von einem Gerüst umgeben war,
um von dort aus mit inbrünstiger Stimme und in einem me-
lodiösen, zauberhaften Italienisch gegen den Irrweg der Zivilisation zu wettern, sich dabei mit Benzin zu übergießen, sich
anzuzünden und dann – Freude schöner Götterfunken! – als

menschliche Fackel auf den Boden zu stürzen, wo er sich vor den Augen der Marginalisierten vor Schmerz windend starb, während einer der auf der Piazza del Campidoglio versammelten Verrückten unter vollem Körpereinsatz seinen Todeskampf nachahmte. Schmerz, Katharsis. Opfer, Schlaf. Nostalgie: Heimweh nach der Vergangenheit, wie die Russen sagen.

Vom Waldrand knackte und raschelte es. Der Häuptling richtete sich auf, blickte in Richtung der Bäume. Ein ohrenbetäubender Knall, der noch weit in die Zeit nachhallen sollte, peitschte über die Wiese, scheuchte einen Schwarm Stare auf. Ein Knall, der sich über alles legte, alles schon im Moment seines Erscheinens beherrschte und auf immer veränderte, auf immer zerstörte. Ein nicht zu leugnender Knall. Die Jungen richteten sich erschrocken auf: Sechs kahlgeschorene Köpfe schossen aus dem Gras hoch und wandten sich zum Waldrand, sahen oder hörten noch eine Bewegung, drehten sich dann zum Häuptling, der ein krächzendes, schnaubendes und unmenschliches Geräusch von sich gab, der Häuptling, der sich ungläubig an die Brust fasste, erstarrte, die Augen weit aufgerissen, den Mund weit aufgerissen. Er sackte langsam in sich zusammen, fiel in Zeitlupe, wie ein gesprengter Turm, der sich bedacht hinlegt, um am Boden nichts zu zerstören. Er landete auf der Erde und machte ein Geräusch, das nur entsteht, wenn ein gefallener Körper nicht mehr in der Lage sein wird, sich aufzurichten. Lag jetzt da, atmete ein paar letzte Male, röchelte, gurgelte rote Blasen, noch immer die Hand an der Brust, die andere ins Gras gekrallt, starrte ungläubig vom Planeten abgewandt in die Leere des Weltalls, pumpte, pumpte immer heftiger, während sich auf seinem grauen Hemd erbarmungslos mäandernd die endlose Dunkelheit des Waldes ausbreitete.

Pumpte nicht mehr.

∽

II.

Wieder wurde ich unsanft geweckt, diesmal von meiner Mutter. Ich saß noch immer im Sessel. Die Digitalanzeige der Uhr neben dem Fernseher zeigte rot leuchtend 08:03. Meine Mutter schaute mich erschrocken an.

»Hast du im Fernsehsessel geschlafen?«

»Ich bin wohl kurz eingenickt.«

»Es ist 8 Uhr morgens!«

Bevor sie den Satz beendet hatte, stand ich aufrecht im Zimmer.

»Verdammt. Nein, das kann nicht wahr sein. Ich muss um 9 Uhr an der Pauluskirche sein. Bei der alten Telefonzelle. Ich darf das auf keinen Fall verpassen.«

Meine Mutter schaute an mir runter, als hätte ich mich beim Spielen im Wald dreckig gemacht. Ich fühlte mich wie ein kleiner, 42 Jahre alter Junge.

»Die Telefonzelle. Ja, die gibt es noch. Die letzte hier im Ort. Pass auf: Du springst jetzt unter die Dusche und ich schmiere dir ein paar Brote. 9 Uhr, Pauluskirche, das schaffen wir. Ich fahr dich hin.«

Etwa 45 Minuten später folgte meine Mutter einem Netz aus Abkürzungen, die sie tief verinnerlicht zu haben schien. Sie wollte mir gerade etwas mitteilen, stockte aber und sprach dann doch nicht. Man muss wissen: Beim Autofahren nicht sprechen, diese Regel hatte sie sich vor Jahren selbst auferlegt, nachdem sie einmal in angeregter Unterhaltung versehentlich in den Gegenverkehr abgebogen war, was ihr, wenn auch gar nichts passiert war damals, noch immer große Schuldgefühle bereitete.

»Fliegentöter hat mich zu der alten Telefonzelle bestellt. Er wurde gestern früh verhaftet. Ich habe bei ihm übernachtet, es ist spät geworden.«

Und schon warf sie ihre Regel doch wieder über Bord:

»Du meinst vorgestern.«

»Ja, natürlich. Nein. Vorgestern wurde es spät, und gestern früh wurde er verhaftet.«

»Er wurde verhaftet?«

»Die haben ihn in U-Haft genommen.«

»Was hat er denn erzählt?«

»So gesehen nicht viel. Er hat damit zu tun, da bin ich sicher. Ich weiß nur noch nicht, was das heißt. Mir kommt es vor, als spiele er ein Rätselspiel mit mir. Ich war auch noch mal beim Friedhof.«

»Beim Friedhof?«

»Ja. Gestern. Ich bin dahin gelaufen. Warum war ich damals nicht auf der Beerdigung vom Häuptling? Ich habe sein Grab gefunden. Da war sogar ein Gedenkstein von den anderen Jungs.«

Sie hielt das Lenkrad so fest umklammert, dass ihre Fingerknöchel weiß hervortraten.

»Du warst so durcheinander damals. Wir sind doch zu meiner Schwester. Als die Beerdigung war, da waren wir schon bei ihr. Was hätte ich denn machen sollen?«

Der Tod hatte am Waldrand gestanden. Niemand hatte ihn kommen sehen, und unerkannt hatte er mit dem Finger auf den Häuptling gezeigt und entschieden. Da war sie durch diesen wunderschönen Sommerabend geknallt, die unmissverständliche, tödliche Dummheit der Menschen, die Jagd, die Verwendung einer Explosion, um ein hartes Projektil der ihr eingeschriebenen Intention folgend in einen weichen Körper zu befördern, Haut, Fett, Fleisch, Muskeln, Knochen zu durchstoßen, ein tödliches Geschoss, das in den Häuptling eingedrungen war und ihn auf ewig verändert hatte. Ein Unfall, aber in der Sache ausgedacht, im Vorhinein entworfen, geschrieben – oder Mord, oder Totschlag, was heißt das schon? Ändern tut es nichts an der Tragödie eines abrupten Todes, dieses jungen Ablebens. Der Häuptling war tot, es gab keinen Grund.

Die lauten Schläge der Kirchturmuhr schienen sich über die ganze Stadt, ach, über das ganze Ruhrgebiet gelegt zu haben. Wir blickten auf. Mir war, als stünde in ihnen die Zeit still, als sei alles unter diesem Klang kurz angehalten. Doch ihre Schallwellen wurden jäh von den quietschenden Reifen des BMW durchbrochen, als meine Mutter das Fahrzeug ruckartig ein paar Meter vor der alten Telefonzelle zum Stehen brachte. Um die Kirche herum war es noch menschenleer. Ich wollte gerade die Beifahrertür öffnen, da hielt sie mich zurück.

»Ich muss dir auch noch etwas Wichtiges erzählen.«

»Mama! Ich muss zu dem Telefon.«

»Es ist wirklich wichtig. Ich hab die Adresse von Maus, er wohnt in Westerholt. Zu Kippe konnte ich nichts herausfinden. Aber da bleibe ich dran. Ich habe schon ein paar Leute angerufen. Nur wegen Uğur: Da habe ich auch eine Adresse. Aber ...«

»Was? Was Aber?«

Sie schaute mich eindringlich an.

»Du glaubst es nicht: Uğur wohnt in Dortmund, Gartenstadt. Das Villenviertel, weißt du? Er ist sehr reich. Er hat vor vielen Jahren so eine Security Firma gegründet. Der hat über 200 Mitarbeiter, die beschützen Politiker, Schauspieler, Fußballspieler. Sie sorgen auch für die Sicherheit auf Großveranstaltungen. Die Firma heißt Black Stone Security.«

Ungläubig schaute ich ihr in die Augen.

»Black Stone?«

»Ja. Die waren für die Sicherheit in Bonn verantwortlich. Du, ich glaube, der Uğur steckt da auch mit drin irgendwie!«

Aus der Telefonzelle drang ein schrilles Klingeln. Ich spurtete los, klemmte mich in die Kabine, in der es nach kaltem Zigarettenqualm und Urin roch, und riss den Hörer ans Ohr.

»Kippe?«

»Sieh an, unser Herr Schriftsteller. Noch immer von der ganz schnellen Sorte.«

»Ob du es glaubst oder nicht: Ich freue mich, von dir zu hören.«

»Na, ich freue mich ebenso – auch wenn die Umstände etwas merkwürdig sind, findest du nicht?«

»Sag du es mir. Ich habe mir diesen ganzen Quatsch nicht ausgedacht.«

»Das würde auch wirklich keinen Sinn ergeben.«

»Warum rufst du mich nicht zu Hause an, so wie bei unserem letzten Gespräch? Die Telefonnummer meiner Mutter hast du doch bestimmt. Ihr scheint ja eh so ziemlich alles über mich zu wissen – wo ich bin, was ich mache, wie es mir geht. Ich wüsste jetzt aber gerne langsam mal, was das alles soll.«

»Das kann ich gut verstehen. Darum geht es eigentlich auch. Du musst es selbst herausfinden.«

»Und wenn ich einfach keine Lust mehr habe, bei eurem bescheuerten Spiel mitzumachen? Was soll dieser ganze Affenzirkus? Ich bin zu alt für eure Schnitzeljagd.«

»Aber dich geht das alles auch was an. Du warst dabei damals. Und wir würden dieses Spiel ganz sicher nicht mit dir spielen, wenn wir nicht wüssten, dass du so oder so mit von der Partie bist. Es geht nicht anders.«

»Was ist mit Fliegentöter? Weißt du, dass er verhaftet wurde? Ich war bei ihm. Natürlich weißt du das.«

»Ja. Ich weiß das. Es geht ihm gut. Sitzt in Untersuchungshaft. Fliegentöter hat eine gute Anwältin. Er wird bald schon wieder rauskommen. Aber das spielt keine Rolle. Er hat seinen Teil beigetragen.«

»Was für einen Teil? Was soll das alles?« Ich schrie jetzt: »Was um alles in der Welt wollt ihr von mir?«

Ich schaute zu meiner Mutter, die besorgt neben dem BMW stand, die linke Hand an der offenen Tür. Als unsere

Blicke sich kreuzten, hob sie die Hand, als wolle sie mich grüßen, oder beschwichtigen. Oder beides. Meine Hand hingegen presste gegen die Scheibe der gelben Telefonzelle, als versuchte ich, das Glas durchzudrücken, mit der anderen umklammerte ich den Hörer.

»Mir reicht es jetzt! Wo bist du? Können wir uns treffen? Ich will reden.«

»Ich bin in Köln. Wir können uns treffen, bald schon. Aber erst hast du noch etwas anderes zu erledigen. Der Schlüssel, den dir Fliegentöter gegeben hat: Hast du den bei dir?«

»Ja, hab ich. Was soll ich damit?«

»Er gehört zu einem Keller, den du finden musst. In Gladbeck. Greif mal unter den Telefonkasten.«

Ich folgte der Anweisung. Unter dem Telefonkasten ertastete ich einen dicken Din-A5-Umschlag, der dort festgeklebt war. Ich öffnete ihn und schüttete den Inhalt vorsichtig auf das aufgeklappte Telefonbuch: Zum Vorschein kamen eine gefaltete Straßenkarte, ein Kompass, ein Geodreieck, ein Bleistiftstummel. Und ein blaues Buch mit einer schwarzen, kleinen Lilie darauf. Eine Welle von Erinnerungen durchströmte mich. Ein Probenbuch. Der Häuptling hatte die Proben während der Heimabende abgenommen und bei Bestehen quittiert. Die Menge der Proben markierte den Status innerhalb der Gruppe, zumindest was das Rangabzeichen anging.

»Ich gebe dir jetzt eine Marschzahl. Weißt du noch, wie man nach Marschzahl läuft?«

»Kannst du mir nicht einfach die verdammte Adresse sagen?«

»Na, komm. Was denkst du denn wohl?«

»Dass du das nicht machen wirst. Dass ich so wie früher dorthin finden muss, dass das ein weiterer Teil von eurem beschissenen Rätsel ist.«

»Genau. Du wirst gleich losmarschieren. Und du wirst aufpassen, dass dir niemand folgt. Ich könnte dir auch sagen, wo das Ziel ist. Aber dann würdest du vielleicht einfach hinfahren. Das würde keinen Sinn ergeben.«

»Sinn?«

»Ja, Sinn.«

»Was habt ihr mit der Sache zu tun? Du, Fliegentöter. Und Uğur?«

Schweigen.

»Steckt Maus auch mit euch unter einer Decke?«

»Es gibt keine Decke.«

»Mir reicht es langsam.«

»66. Die Marschzahl lautet 66. Und vielleicht rufst du gleich deine Mutter an und sagst ihr, dass du ein paar Tage weg sein wirst. Ich will nicht, dass sie sich Sorgen macht. Und grüßt du sie bitte von mir, wenn du mit ihr sprichst?«

»Ja. Ja, mach ich.«

»Also. Du läufst jetzt los und suchst das Schloss, das zu dem Schlüssel passt. Wenn du nicht mehr weißt, wie es geht, guck in das Buch. Danach sehen wir mal, ob du mich nicht vielleicht in Köln besuchen kommst.«

Es klickte. Aber das kannte ich ja schon von Kippe.

Sie blieben allein mit der Leiche ihres geliebten Häuptlings. Kippe, Fliegentöter, Maus, Uğur, Benito und Cherubim. Sie torkelten und krabbelten durch das hohe Gras, richteten sich auf, nur um gleich wieder umzufallen, jammerten, weinten, fragten wortlos immer wieder zum Himmel: Warum? Warum war das geschehen? Sie verhielten sich ganz unterschiedlich und doch verhielten sie sich gleich. Ein Schmerz war in sie gefahren, im selben Augenblick, und kurz hatten sie ihn gemeinsam erfahren, bis sich dann um jeden von ihnen etwas schloss, auf ewig, das sie alle voneinander und von der Welt ein Stück abkapselte, eine unsichtbare Hülle bildete, und auch, wenn sie irgendwann lernen würden, damit umzugehen, den Schock zu verarbeiten, die Trauer hinter sich zu lassen, das Trauma zu überwinden, wäre doch nichts ungeschehen und eine Narbe auf einer Kinderseele würde immer eine Narbe bleiben, ganz gleich, wie alt sie würden. So war jeder der sechs Verbliebenen bald für sich, starrte hier und dort hin, lag auf dem Boden, mit dem Gesicht ins Gras gesenkt, saß auf der Erde mit dem Kopf an die Knie gelehnt, das Gesicht in den Händen vergraben, irgendwie weg von allem, nur weg, das war zu viel für sie, für jeden von ihnen, weg, einfach weg. Sie wurden immer wieder aufs Neue des toten Häuptlings gewahr und erschraken jedes Mal so sehr, als hätten sie ihn gerade erst entdeckt.

Meine Mutter wirkte aufgeregt, als ich der Telefonzelle den Rücken kehrte. Vielleicht hatte ich mich einfach schon an die ganzen Absurditäten gewöhnt, die mir in den letzten Wochen widerfahren waren – und sie eben nicht. Das Leben, das ich führte, so dachte ich, kam ihr ohnehin aufregender vor, als es tatsächlich war. Ich grüßte sie von Kippe, den sie als Kind immer sehr gemocht hatte, erzählte ihr, dass ich nach Gladbeck wandern solle. Sie bot mir ihr Telefon an, zur Orientierung, vielleicht auch, um mich erreichen zu können, wohl wissend, dass ich den Gebrauch dieser Geräte noch immer strikt ablehnte. Gerade wollte ich zu einem meiner unlängst automatisierten Monologe ansetzen, wie unfassbar es doch eigentlich sei, dass die meisten Menschen auf diesem Planeten heute freiwillig ein Gerät mit sich herumtrugen, mit dem man sie permanent orten und belauschen konnte, ein Gerät, das außerdem dafür sorgte, dass man sich keine fünf Minuten mehr auf eine Sache konzentrieren konnte, dass man permanent Informationen zum eigenen Konsumverhalten bereitstellte, ein Profil von sich anbot, von dessen Verwendung niemand wirklich eine Ahnung haben konnte, alles zunächst fotografierte und filmte, bevor man es überhaupt anschaute, keine Bücher mehr las, nur noch oberflächliche, dem Format angepasste Informationen konsumierte, dass man in der Medienrezeption auf das kleinst denkbare

Interface gewechselt war – ich sah es ja in den Zügen, wenn sie darauf ihre Serien guckten –, dass man in jedem Gespräch, das man führte, ständig auch noch irgendwo anders war, sich überhaupt davon verabschiedet hatte, mit temporären Unwissen leben zu können, die Fantasie zu benutzen, zu raten, zu schlussfolgern, zu denken, und dass man diese Dinger auch schon Babys und Kleinkindern in die Hände drückte, um sie abzulenken, Menschen, die ja noch nicht einmal selbst entscheiden konnten und die man mit in diesen Wahnsinn riss, und ganz grundsätzlich: dass man ständig und überall erreichbar war, morgens den Tag schon mit diesen Dingern begann, wenn man den Wecker ausschaltete nämlich, und dass diese permanente Erreichbarkeit auch die Arbeit radikal verändert hatte, und wie furchtbar es überhaupt sei, dass man sich davon abhängig gemacht hatte, zum Beispiel: den Weg von ihnen erklärt zu bekommen, ja, dass die Menschen sowieso abhängig waren, süchtig, und dass man durch den Besitz eines solchen Gerätes all die Menschen ausgrenzte, die keines besaßen et cetera. Doch ich ließ es bleiben, denn diesen Monolog hatte ich meiner Mutter, die ihr Telefon ohnehin nur zum Telefonieren benutzte, es nur zum Telefonieren überhaupt einschaltete, schon etliche Male gehalten.

»Ich melde mich bei dir. Verlass dich drauf. Und ich gehe nicht verloren, und ich pass auch auf mich auf. Ich verspreche es. Versprochen.«

»Ich kann dich doch fahren.«

»Ich muss aber laufen.«

»Nach Gladbeck sind es von hier mehr als fünf Stunden zu Fuß.«

»Na und?«

»Du hast recht. Das solltest du schaffen, so viel wie du in Italien gewandert bist. Und wenn du gefunden hast, wonach du suchst, dann rufst du mich an und ich hole dich ab. Ein paar Telefonzellen gibt es ja noch. Und du hast doch auch deinen alten Knochen dabei, oder?«

»Den habe ich im Keller gelassen.«

»Ach, Junge.«

»Es könnte sein, dass ich länger weg bin.«

»Versprich mir, dass du auf dich aufpassen wirst.«

»Ich verspreche es. Wirklich.«

Meine Mutter schaute mich besorgt an. Sie reichte mir ein eingepacktes Brot mit Zwiebelschmalz, einen Apfel und eine Thermoskanne mit Fencheltee, sagte noch mal, ich solle auf mich aufpassen, mich melden, solle nicht wieder drei Jahre einfach *weg* sein. Das, also das mit dem Wegsein, sagte sie nicht. Aber das las ich in ihren Augen, in denen Tränen standen. Ich versprach es, versprach es noch einmal.

Aber dann, als sie sich nach einer Zeit wieder gegenseitig wahrnahmen, sich in ihrer Trauer ineinander erkannten, da versammelten sich die Jungen um den Leichnam und bildeten einen Kreis. Sie setzten sich im Kreis auf den Boden, den toten Häuptling in ihrer Mitte. Seit dem Schuss war etwa eine halbe Stunde vergangen. Benito, dessen Verwandlung hier schon begonnen hatte, vielleicht auch fortgeschritten war, wie will man das bemessen, richtete sich auf. Wann hatte es begonnen, wann hatte es damit angefangen, dass er so wurde, dass er so war? Damals, Jahre vor dem Tod des Häuptlings schon, im Moment des Unfalls, als er erblindet war und seine Eltern verloren hatte? Oder hatte es in den Jahren danach begonnen, vielleicht auch erst auf der Flussfahrt? Oder war es in ihm veranlagt, haftete ihm seit seiner Geburt an? Und was überhaupt? Lässt sein Zustand sich benennen? Und ist es das: ein Zustand? Gab es einen Auslöser? War alles ein Auslöser?

Als meine Mutter mit dem BMW hinter der Kirche verschwunden war, setzte ich mich an einen Tisch auf dem Kirchplatz. Ich breitete die Karte vor mir aus, klappte den Kompass auf und legte ihn an den Rand des festen Papiers. Ich blätterte durch das Probenbuch. Die simplen Tuschezeichnungen neben den Texten kamen mir vertraut vor, so als habe ich sie noch vor einer Woche betrachtet, Zeichnungen von Waldläuferzeichen, von Jungen und Mädchen mit Fackeln und Fahnen. Ich erkannte die bebilderten Anleitungen für Knoten wieder, für Feuerstellen, für Zelt- und Lagerbau, Sternzeichen, Hufabdrücke, die Silhouetten der Vögel, Zeichnungen zur Bestimmung von Bäumen und Getreide. Und die Pfadfinderlieder, die ich gesungen hatte, vor 31 Jahren.

Benito jedenfalls zeigte, wenn man das so sagen kann, die deutlichste Reaktion auf das Ereignis, damals, in der Stunde nach dem Tod des Häuptlings. Er stand auf, drehte sich um, ging entschiedenen Schrittes und ohne ein Wort zu sagen über das Feld in den Wald, verließ oder betrat den Ort des Geschehens, je nachdem, von wo aus man es betrachtete. Die Jungen blickten ihm nach, blickten auf den Körper am Boden, dann wieder über das Feld, auf den Wald, verstanden nicht, denn es gab nichts zu verstehen. Durch die Veränderung der Konstellation aber begann sich das Siegel der Apathie zu lösen und es kehrte ein wenig Ruhe in sie ein, zumindest in ihre Körper, in ihre Stimmen, ihre Atmung. Nicht so in Benito, der laut wurde und zornig, sobald er zwischen den Bäumen verschwunden war. Während die fünf Jungen nun also ungläubig neben der Leiche auf dem Boden zurückblieben, Totenwache hielten, ratlos und gewiss noch unter Schock im stillen Kreis andachten, da hallten Benitos wütende Schreie aus der Dämmerung zu ihnen herüber, übertrugen eine eisige Kälte, die den eigentlich doch so lauen Sommerabend zerlegte und die Jungen in ihren warmen Tränen bibbern ließ. Niemand ging Benito nach, sah nach ihm, fragte nach ihm. Der Schreck lähmte die Jungen noch immer, hielt sie zurück, machte sie blind für ihren blinden Freund. Doch sie hörten ihn, hörten seinen Zorn. Aus dem Wald klang es, als fielen die Bäume, als knickten sie um, dort wo Benito sich seinen Weg ebnete. Sie konnten mit ihren Ohren die Schneise verfolgen, die er schlug, meinten, die Baumwipfel schwanken, die Stämme fallen zu sehen. Ein berstendes Krachen schoss vom Wald aus in die Stille ihrer Trauer über, durchlöcherte zuckend jene zarte Wand des Unfassbaren, die das tragische Ereignis unsichtbar einhüllte.

Auf Seite 48 fand ich das Kapitel *Karte und Kompass*. Ich richtete die Karte nach Norden ein, sodass sie mit dem Gelände übereinstimmte. Es kam mir ganz einfach vor. Wie Fahrradfahren: Wenn man es einmal gelernt hat, verlernt man es nicht wieder. Oder Schwimmen. Ja, Schwimmen. Von meinem Standpunkt auf der Karte aus, dem Vorplatz der Kirche, zog ich nun dem Winkel folgend, den die Marschzahl vorgab, eine Linie bis an den linken Kartenrand. Ich würde versuchen müssen, mich möglichst streng an diese Bleistiftlinie zu halten, die durch Siedlungen, Industriegebiete, Brachen und Wälder führte. Kurz vor dem Rand der Karte lief der Bleistiftstrich quer durch das gigantische Kraftwerk Scholven, etwas außerhalb von Gelsenkirchen. Dahinter streifte er den oberen Norden Gladbecks. Das Kraftwerk würde ich umgehen müssen, doch bis dahin würde ich es als meinen Zielpunkt anvisieren können. Irgendwo links in seinem Schatten, dort, am Ende der Karte und schon tief im Westen des Ruhrgebiets, sollte mein mir noch unbekanntes Ziel liegen.

~

III.

Irgendwann erhoben sie sich, nahmen den Körper ihres toten Freundes auf, schleppten ihn behutsam zurück zu den Booten an der Spitze der Landzunge. Alle wollten sie noch den Arm heben und Richtung Wald zeigen, allen lag ein fragendes *Aber Benito?* auf den Lippen, doch sie waren zu leer und kraftlos, um sich wirkliche Gedanken zu machen. Niemand konnte sich um einen Lebendigen kümmern, wo doch ein Toter in ihrer Mitte lag, der durch das weiche Gras geschleift worden war und nun herabgelassen wurde, dort, wo sie noch wenige Stunden zuvor zusammengesessen und wo ein Feuer gebrannt hatte, das jetzt bloß noch ein schwarzer Fleck war, erloschene Glut, verkohlte Holzreste, Asche. Der Leichnam lag zwischen ihnen am Boden und der Mond, der unbemerkt aufgegangen war, tauchte die Haut des Häuptlings in ein gespenstisches Licht, machte sie noch blauer, blasser, weißer – auch wenn sie bereits ohne die lunare Färbung ganz unmissverständlich genau das war: die fahle Haut eines Toten. Sie legten eine Kohtenplane als Totentuch auf den Körper, um die Seele des verlorenen Freundes zu schützen. Bis zum jetzigen Zeitpunkt hatte keiner von ihnen auch nur ein einziges Wort gesprochen.

Ich blieb noch einen Moment sitzen und blätterte durch die verbleibenden Seiten des abgegriffenen Buches. Auf den letzten zwei Blättern waren die 30 Proben chronologisch in einem Register aufgeführt. Darüber stand der Name des Pfadfinders, dem in der Tabelle das Bestehen der Proben durch den Prüfer mit Datum quittiert worden war. Es war Benitos Probenbuch, das ich hier in den Händen hielt. Die Proben, die er absolviert hatte, waren bis in den Sommer 1995 vom Häuptling unterschrieben worden. Zwei Tote hatten dieses Buch berührt, zwei

Tote, deren Tode auf mir unerklärliche Weise miteinander verbunden schienen. Ich sah sie im Schneidersitz im Gras sitzen, wie Benito dem lächelnden Häuptling konzentriert seine prüfenden Fragen beantwortete, wie der Häuptling zustimmend nickte und Benito schließlich anerkennend auf die Schulter klopfte. Benito hatte alle 30 Proben abgelegt. Ab Herbst 1995 jedoch war über einen Zeitraum von drei Jahren nur noch das jeweilige Datum vermerkt. Keine Unterschrift. Die Datumsangaben gingen seitdem über die dünnen, schwarzen Linien der Tabelle hinaus. Die Zahlen wirkten kindlich und unsicher. Er musste die etwaige Position der Felder ertastet und sich das Bestehen der Probe nach dem Tod des Häuptlings selbst quittiert haben. Vorsichtig strich ich über die mit Kugelschreiber geschriebenen Ziffern. Benito war, anders als ich, nach unserer Flussfahrt ein Pfadfinder geblieben. Vielleicht sogar bis zu seinem Tod.

Da bemerkten sie das graue Mal, oder: die grauen Male, den kleinen grauen oder weißen Fleck, den nun jeder von ihnen am Kopf trug. Kippe fiel es als Erstem auf. Er zeigte auf sie, Fliegentöter, Cherubim, Maus, Uğur, und stammelte, als gebrauche er seine Stimme zum ersten Mal.

»Ihr habt alle so einen Fleck auf dem Kopf!«

Die Jungen fassten sich an ihre Schädel, tasteten, tasteten nach einer Beule oder einer blutenden Wunde.

»Du auch, du hast auch so einen Fleck«, entgegnete Fliegentöter.

Die Flecken befanden sich bei jedem von ihnen an einer anderen Stelle des Kopfes und waren unterschiedlich groß. Bei Kippe etwa war der Fleck ganz klein, während die weißgraue Fläche auf Maus' Kopf bald eine Kinderhand hätte umfassen können. Die Jungen führten keinen Spiegel mit auf ihrer Fahrt, so etwas brauchten Pfadfinder nicht zum Überleben, und so beschrieben sie sich Form und Größe ihrer geheimnisvollen

Erscheinungen, blieben dabei verwundert sitzen, die Hände an den Köpfen, wie zum Schutz, noch immer tastend nach einer Erhebung oder einer feuchten Stelle, an der etwas austrat. Doch das, was aus ihnen ausgetreten war, das konnte man mit den Händen nicht fühlen. Es war unsichtbar.

Bald schon, nachdem ich die Freiherr-vom-Stein-Straße hinter mir gelassen hatte, auf der ich nach unserem Umzug vom Süden in den Norden der Stadt als Jugendlicher ein paar Jahre mit meiner Mutter und meinem Bruder gelebt hatte, bis ich dann irgendwann dort ausgezogen und die beiden in das große Bungalowhaus ihres neuen Mannes eingezogen waren, hatte ich fast unbemerkt das Ortseingangsschild von Herten passiert. Ich lief über den Westerholter Weg nach Scherlebeck, fand durch den Hinweis einer Gruppe Männer, arbeitslose Bergleute vielleicht, die am vermeintlich toten Ende einer Straße rauchend in einem Vorgarten standen, eine kleine Brücke, die es mir erlaubte, nah an der Bleistiftlinie zu bleiben und über einen schmalen Kanal zu gelangen. Ich lief immer weiter, und während dieser merkwürdigen Wanderung überkam mich wiederholt das Gefühl, Kulissen zu betreten, Arrangements, Bühnenbilder, die schon auf mich gewartet hatten, schon lange vor all dem, was gerade passierte, und die mich auf etwas aufmerksam machen wollten. Etwas Unsichtbares. Ich wanderte durch einen Wald und stolperte über eine Wurzel am Boden, die sich bei genauerer Betrachtung als rostiger Überrest eines Klettergerüsts herausstellte. Und tatsächlich. Hier musste es eine Lichtung gegeben haben, vor vielen Jahren, mit einem Spielplatz darauf. Nun war der Boden von Farn bedeckt, von jungen Bäumen und Sträuchern. Doch hier und da ragten schief noch die metallenen Gerüste aus dem Boden, auf denen vielleicht auch ich in meiner Kindheit herumgeklettert war, während eines Familienausflugs in die Nachbarstadt oder auf einem Kindergeburtstag. Da hing eine Schaukel bloß noch an einer von Efeu umrankten rostbraunen Kette, und dort lag eine Rutsche zusammengekrümmt auf der Seite, halb im Boden versunken. Ein Stück weiter verbargen sich die Streben einer geborstenen Wippe unter dichtem Dornengestrüpp. Der Spielplatz hatte ausgedient, und nun versank er im Waldboden.

Dann, und wieder war Zeit vergangen, nahmen sie in der Ferne eine Bewegung wahr, einen schmalen Körper, der jener Spur folgte, die entstanden war, als sie zum Wald gelaufen waren, und die sich weiter geebnet hatte, als sie ihren toten Häuptling durch das hohe Gras hierher zurückgetragen hatten. Langsam schritt die schemenhafte Figur vom Waldrand über das im Mondlicht schimmernde Feld auf sie zu. Es war Benito. In seinem Rücken leuchtete das weiße, kreisrunde Licht des Mondes, das seinen Körper als weiten Schatten vorauswarf. Er hatte die Faust fest um einen Holzstab geschlossen, der ihm als Wanderstock diente und den er mit jedem Schritt zum Himmel stieß, drohend, wie das Werkzeug eines Schamanen, vielleicht auch wie die Waffe eines Kriegers. In stummer Anspannung blickten die Jungen ihrem Freund entgegen, als fürchteten sie das, was Benito aus dem Wald mitbringen würde.

Ein besonders großes Glühwürmchen schwirrte um seinen Kopf, blieb kurz darüber stehen, näherte sich dann langsam seinem Gesicht, als wolle es sicherstellen, dass die Jungen Benitos Entschlossenheit sehen konnten. Der Leuchtkäfer blinkte langsam und gleichmäßig, und wenn Fliegentöter durch die Ereignisse nicht unter Schock gestanden hätte, nun, vielleicht hätte er in einem kurzen Exkurs doziert, dass es sich bei dem Blinken um ein Verfahren handelte, mit dem ein Leuchtkäfer einen anderen Leuchtkäfer zwecks Paarung auf sich aufmerksam machen wollte, oder aber, sollte es sich etwa um ein Weibchen vom Stamm der Photuris-Käfer handeln, um eine Nachahmung ebenjenes Leuchtens. Die Photuris-Weibchen nämlich sind in der Lage, diverse Leuchtarten und Blink-Rhythmen verwandter Käferarten nachzuahmen. Sie passen sich den Leuchtkäfern an, denen sie begegnen, um ihnen vorzuspielen, sich paaren zu wollen. Gehen die getäuschten Käfer auf die nachgeahmten Werbeversuche ein und kommen sie dann näher, verspeisen die Photuris-Weibchen sie.

Bei einer Statue des Kardinals Clemens August von Galen, dessen Gesichtszüge dem Fraß der Zeit zum Opfer gefallen waren, sodass man ihn kaum noch zwischen dem moosbewachsenen Stein erkennen konnte, verlor ich während einer kurzen Trinkpause vermutlich meine Wollmütze, die ich ständig trug, seit ich mir im Wahn den Schädel rasiert hatte. Eigentlich war es für die Mütze ohnehin zu warm. Dem Kardinal saß eine Taube auf dem Kopf, die mich skeptisch beobachtete, wie ich da auf der morschen Bank saß, mit der Thermoskanne und meinem Brot mit Zwiebelschmalz. Ich schaute mich um. Das Ruhrgebiet war ein Mosaik aus mehr oder weniger großen Städten und Dörfern. Die einzelnen Orte lagen so dicht beieinander, dass man den Übergang von einer in die nächste Stadt oft nur an der Beschilderung oder an den sich wandelnden Nummernschildern bemerkte. Die Ränder der Orte berührten sich, auch wenn die kleinen Zwischenbereiche reich an grünen Wäldern waren. Gerade in diesen Niemandsländern zwischen den Städten standen viele der Häuser leer. Ihr Verfall ähnelte sich, und so konnte man meinen, noch immer in derselben Stadt zu sein. In den letzten 30 Jahren, in der die Zahl der Menschen auf diesem Planeten auf über acht Milliarden angestiegen war, hatte sich die Bevölkerungszahl des Ruhrgebiets um gut eine halbe Millionen Menschen verkleinert. Auch eine steigende Geburtenrate und Immigration hatte diese Entwicklung nicht aufhalten können. Die Bevölkerung wurde immer älter, der Nachwuchs zog weg. So, wie ja auch ich vor langer Zeit weggezogen war.

Auch ihr blinder Freund trug das graue Mal. Es war groß und beschrieb eine kubische, leicht geschwungene Form, verlief vom vorderen Haaransatz der linken Kopfhälfte bis hinter das Ohr. Doch nicht nur darin wurde seine Veränderung sichtbar. Er hatte Spuren von seinem Spaziergang im Wald davongetragen. Die Haut war dreckig und zerkratzt, der rechte Ärmel des grauen Hemdes war abgerissen und an seinem Hals blutete ein Kratzer. Schon stand er in ihrer Mitte, über den Häuptling gebeugt. Er war aufgebracht, ganz außer Atem, ächzte, stöhnte. Mit wilder Stimme formte er aus, was er erfahren hatte, formte eine Menge an Sätzen aneinander, wie es die Jungen nicht von ihm kannten.

»Ich habe nachgedacht. Nein, es kam zu mir. Ja, so war es. Ich habe nicht gefragt, auch nicht danach gesucht. Es hat sich einen anderen Weg gebahnt, um zu mir zu kommen. Im Wald kam es, kamen sie mir, die Gedanken, sie schwirrten um mich herum wie Fliegen um einen Kadaver, als zöge ich sie an mit dem Geruch der Verzweiflung, mit der Erfahrung der Ungerechtigkeit, die an uns haftet. Während ich schrie und klagte, kamen sie zu mir, und da wurde ich still. Es war, als dringe eine Antwort vor, als sage mir etwas Unbegreifliches, was zu tun sei, und ich blieb stehen und ich horchte. Wortlos sprach der Wald zu mir, und da wusste ich es. Denn wir müssen weiterfahren. Wir müssen die Fahrt beenden. Wir müssen den Häuptling bestatten und dann weiterfahren. Der Häuptling ist mit uns auf diese Reise gegangen, und wir müssen seinen Weg fortsetzen. Wir können jetzt nicht anhalten. Die Erde, die wir verlassen haben, verändert sich, während wir auf dem Wasser sind, das immer gleich ist. Deshalb können wir nicht zurück. Wir müssen weiter, bis wir an einen Punkt gelangen, an dem es vorbei ist, an dem unsere Reise ihr Ende findet. Bis wir diesen Punkt gefunden haben, müssen wir auf dem Wasser bleiben, dem Fluss weiter folgen. Der Fluss ist ewig, und wir brauchen Zeit. Es ist keine Umkehr möglich, wir würden mit leeren Händen an einen

Ort gelangen, der in der Vergangenheit liegt. Der Fluss ist ein Portal. Wir müssen etwas mitbringen, etwas zurück in die Welt bringen, müssen etwas finden, von dem wir noch nicht wissen. Wir müssen etwas suchen, von dem wir noch nicht wissen. Wenn wir also leben wollen, müssen wir die Flussfahrt fortsetzen. Von hier aus gibt es kein Zurück. Wir müssen weiter. «

Ich lief an einem mit Graffiti bemaltem Bunker vorbei, passierte einen Friedhof, ging dann durch eine Siedlung, in der sich doch tatsächlich ein Mann in seinem Garten mehrere Ziegen hielt, um schließlich auf das riesige Gelände des stillgelegten Schlägel-und-Eisen-Bergwerks zu gelangen, wo heute noch ein paar Stelen mit historischen Informationen an die über hundert Jahre währende Bergbauarbeit auf dem 30 Quadratkilometer großen Gebiet erinnerten, von der Entwicklung des Kohleabbaus in der Region erzählten, dem Aufstieg, aber auch den Zwangsarbeitern, den Unglücken, der Schuld, dem Ende. Bis 1990 war hier Kohle gefördert worden. Im Zuge des Projekts Kulturhauptstadt Europa 2010 dann kam es mit Geldern von EU, Bund und Ländern nach und nach zum Umbau des bis dato weitestgehend abgetragenen Geländes in eine großflächige Parkanlage, auf der ich nun einigen Ausflüglern begegnete, die mit ihren Fahrrädern unterwegs waren und auf einem der hochgelegenen Aussichtspunkte die erste Rast des Tages einlegten. Ich stellte mich in ihre Nähe und drehte mich am höchsten Punkt der ehemaligen Halde einmal im Kreis. Dorsten, Marl, Oer-Erkenschwick, Castrop-Rauxel, Herne, dahinter Bochum, Gelsenkirchen, Bottrop und schließlich mein Ziel, Gladbeck, ganz im Westen. Bis auf seine Halden war das Ruhrgebiet flach. Ich stahl mich noch etwas näher zu den Ausflüglern, um heimlich zuzuhören, worüber sie sich unterhielten, doch sie tauschten nur Handyfotos von ihren Hunden aus, und so lief ich weiter und gelangte schließlich in den Bereich des einzig noch verbliebenen Förderturms, in dessen Radius die Gebäude großzügig saniert worden waren, um interessierten Unternehmen die Ansiedlung schmackhaft zu machen. Vor einer Stele mit einem Lageplan blieb ich stehen. Von den über 30 angebotenen Immobilien waren gerade mal acht belegt, vier davon intern im Bereich der Verwaltung und Denkmalpflege. So sah der Strukturwandel hier also tatsächlich aus: gepflegter Leerstand, dem Verfall entgegen. Im Schatten des weiß gestrichenen Förderturms trank ich einen Schluck Wasser und kehrte dann zurück auf meine Route, die mich nun für mehrere Kilometer unter Bäumen an einem monströsen alten Rohr entlangführte, das vom Zechengelände weiter Richtung Westen verlief.

Schließlich antwortete Kippe auf Benitos Vorschlag, seine Idee, seinen Wahn, die Stimme erhoben, wie zum Schrei ansetzend und dann doch mehr in ein lautes Rufen mündend.

»Aber was machen wir mit dem Häuptling? Wir können ihn doch nicht mitnehmen. Und hierlassen können wir ihn auch nicht.«

Uğur und Maus brachen in Tränen aus, sie knieten auf dem Boden, ließen sich nun auf die Seite fallen, als suchten sie etwas im tiefen Gras. Benito fuhr fort.

»Auch der Häuptling muss dem Fluss weiter folgen. Der Strom gabelt sich an dieser Insel, auf der er gestorben ist, und wir werden ihn auf die linke Seite hinabschicken und selbst die rechte Seite nehmen. Wir müssen uns trennen, um unseren Weg gemeinsam fortsetzen zu können.«

»Aber wie stellst du dir das vor? Wie wollen wir ihn dorthin schicken?«

Fliegentöter mischte sich ein.

»Und was ist mit dem Schützen aus dem Wald? Wer hat den Häuptling erschossen, wo ist der hin? Wir müssen zur Polizei und ihn anzeigen.«

»Wir haben Wichtigeres zu tun, als Vergeltung zu üben. Wir müssen dem Fluss folgen, bis wir dort ankommen, wo der

Häuptling hinwollte. Nur so wird unser Freund Frieden finden. Wir müssen die Reise fortsetzen. Den Häuptling werden wir verabschieden, wir werden ihm eine Zeremonie bereiten, ihm ein Floß bauen. So wird er seinen Weg finden, und so werden wir seinen Weg finden, seinen Weg, der jetzt nur unser Weg sein kann und nichts anderes.«

»Aber wir müssen doch irgendwie mit einem Erwachsenem sprechen, Benito! Der Häuptling ist tot.«

»Und wir müssen seinen Weg beschreiten, ohne die Hilfe der Erwachsenen, denn die Welt der Erwachsenen ist verloren. Was will man denen zutrauen, die sich Erwachsene nennen, was will man von ihnen denn erwarten? Sie vertrauen jetzt schon darauf, dass wir, die Kinder, und auch die heute noch Ungeborenen, dass also ihre Nachfahren eines Tages das korrigieren, das richten werden, was sie heute verursachen und was bereits sie geerbt haben, denn nichts von dem, was die Menschen eines Tages in die Knie zwingen wird, ist neu, alles wiederholt sich, wird vererbt, weitergegeben, und eine Reaktion darauf wird aufgeschoben, wird von Generation zu Generation aufgeschoben. Die Welt steht am Abgrund, und wir sollen sie vor dem Absturz bewahren. Was aber, wenn wir nicht wissen, wie? Was, wenn es keine Ideen, keine Möglichkeiten mehr gibt, mehr geben wird? Was, wenn wir nicht die Retter sind, sondern die Opfer, wenn wir und unsere Kinder die letzten der Leidenden sein werden?«

Wieder stieß er den Stab zum Himmel.

Nach einer Zeit meinte ich, einen Verfolger zu bemerken. Einen Mann, er blieb auf Abstand, mal mehr, mal weniger. Doch er folgte mir, da war ich sicher. In einem passenden Moment beugte ich mich runter und tat so, als sei mir die Schleife meines linken Wanderstiefels aufgegangen. Auf dem Boden kniend schaute ich nun unauffällig nach hinten. Und wirklich: Etwa zehn Meter hinter mir war ein Mann ebenfalls stehengeblieben. Auch er hatte sich hingekniet, um mir vorzutäuschen, sich eine Schleife zu binden. Eine Schleife an seinen Klettverschlussturnschuhen. Er trug eine bunte Trainingsjacke. Ich richtete mich auf und spurtete auf ihn zu. Er erschrak und hielt mir noch abwehrend die Hände entgegen. Doch es war zu spät. Ich schlug zu. Schlug zu! Schlug zu! Schlug zu! Nein. In Wirklichkeit lief ich weg, in den Wald, versteckte mich mit schlagendem Herzen und ging dann, als ich mich wieder etwas beruhigt hatte, einen Bogen, bis ich einigermaßen sicher war, dass er mich verloren hatte. Vorsichtshalber blieb ich nun aber parallel zum Spazierweg im Schatten der Bäume.

Darin schon lag es, darin klang es an. Benito hatte sich verändert. Alle Jungen hatten sich verändert, doch Benitos Wandlung war schon hier am deutlichsten. Der stille, immer auf sein Wort bedachte Junge, folgte plötzlich seinen Ahnungen, stieß nach vorn, ohne wissen zu können, was dort vor ihm lag. Oder es war eine andere Form von Wissen, eine, die sich der Rationalität entzog, die ganz anders konstituiert war, als das Wissen, das sich aus Fakten und Logik zusammenfügt. Ohne Scheu folgte Benito dem, was er da erfuhr. Er tastete nicht, er trieb, lechzte, dürstete nun, war bereits der anderen Stimme hörig. Und die Jungen? Sie folgten ihm. Und so folgten auch sie dieser Stimme.

»Wir können nicht hierbleiben, denn dieser Ort gehört nun dem Tod. Wir müssen uns von ihm befreien, müssen den Häuptling befreien, ihn gehen lassen, ihn seinem Weg übergeben, dem Flusslauf, in dem das Wasser die Richtung bestimmt. Nichts anderes ist möglich. Hierbleiben können wir nicht, uns Hilfe suchen können wir nicht, Rache üben können wir nicht – denn nichts davon wäre richtig. Wir müssen weiter, müssen suchen, müssen uns öffnen für Antworten, die wir nicht verstehen können und die uns wie Fragen erscheinen werden.«

IV.

Während ich weiter über den Waldboden wanderte, durch Bertlich und Westerholt, Westerholt, wo Maus mit seiner Familie lebte, Maus, den ich bald, wenn ich diese Schnitzeljagd hinter mich gebracht hätte, besuchen würde, da meinte ich plötzlich, wieder durch die Wälder des Apennin zu wandern, wie ich es drei Jahre lang nahezu jeden Tag und manches Mal auch noch in der Nacht getan hatte. Ich sah, was ich dort gesehen hatte, so als sei der eine Spaziergang nun ein anderer Spaziergang geworden, ja, als wanderte ich durch die Zeit zurück, als trügen mich meine Füße geradewegs in die Vergangenheit. Und auch, wenn ich eigentlich viel weiter hätte zurückwandern müssen, in die Zeit meiner Kindheit, zu den Schwarzen Steinen und unseren Erlebnissen auf der Flussfahrt im Sommer 1995, gab ich mich den Erinnerungen an meine drei letzten Jahre im italienischen Exil hin, an Lucio, meinen Gastgeber, an Castellino in der Gemeinde Riolunato, an das Casa Gigli, den Schweinestall. Es war ganz schnell gegangen. Ich hatte mich von Uta verabschiedet, am Telefon, hatte versprochen, mich zu melden, hatte dann Lucio angerufen, den ich über meine damalige Verlegerin kennengelernt hatte und den ich sehr mochte. Lucio, mit der Kleidung aus den 1970er-Jahren, der dick umrandeten Brille, dem schlohweißen Haar und den buschigen Koteletten, gelb angefärbt vom Nikotin, und hatte ihm gesagt, dass ich vorbeikommen würde, auf unbestimmte Zeit, und ob er mir den Schweinestall würde reservieren können. Der Schweinestall, muss man wissen, war wirklich einmal ein Schweinestall gewesen, doch Lucio hatte ihn, genau wie das alte, verfallene Steinhaus, über die Jahre bewohnbar gemacht, hatte eine karge Wohnung eingerichtet, dort, in den menschenleeren Wäldern des Apennin, jenem Gebirgszug auf einer Linie zwischen San Marino und Rom, südlich der Alpen und angrenzend an die Toskana, der touristisch kaum erschlossen war, weil sich die Menschen in der Region nicht entscheiden konnten, was ihre schöne Heimat eigentlich nach außen hin bedeuten wollte. So war der Apennin einfach ein bloßer Gebirgszug geblieben. Lucios Casa Gigli, das sich namentlich auf den Universalgelehrten Lorenzo Gigli bezog, der dort 1685 das Licht der Welt erblickt hatte, war – so ließ ein Datum in einem Türsturz vermuten – bereits Ende des 15. Jahrhunderts erbaut worden, in jenem Ort namens Castellino, in dem heute neben Lucio nur noch drei andere Menschen lebten. Das Haupthaus lag am Ende bröckliger Serpentinen, die der ebenfalls brüchigen Hauptstraße noch mal für etwa einen Kilometer abgingen, um sich dann in den Hang abfallend einem weitläufigen, wild bewachsenem Anwesen zu öffnen, an dessen südlicher Grenze der Schweinestall gelegen war. Von dort aus hatte ich die nächsten drei Jahre über in endlose Täler geblickt, in Urwälder, die dort wieder wild wucherten, seit die wenigen Menschen der Region, die dort zuvor noch in den Bergen Landwirtschaft betrieben hatten, ausgewandert oder verstorben waren. In der Nacht waren Mond und Sterne die einzigen Lichtquellen. Jeden Tag war ich losgegangen, ohne Ziel, war gewandert, bis ich jeden Baum dort gekannt hatte, und jeden Tag war ich den steilen Hang bis zum schattigen Plateau eines Wasserfalls hinabgeklettert, in dem das eiskalte Quellwasser über Jahrtausende eine Reihe natürlicher Badewannen in den Stein gewaschen hatte. Dort hatte ich mich hineingelegt, an jedem verdammten Tag, und in den eiskalten Becken hatte ich versucht, meinen Gedanken zu entfliehen. Bis ich ganz leer gewesen war.

Sie zerrten zwei kräftige, jung gefallene Baumstämme herbei und befreiten sie mit ihrer Axt von den letzten Ästen, die noch von ihnen abstanden, sodass Fliegentöter – der mit dem Buchstabenritzen in die Rinden diverser Baumarten geübt war und in seinem bisherigen Leben manch sinnlose, kindliche Bot-

schaft und Verewigung angebracht hatte, mit seinem Takelmesser einen Gruß, einen Code, ein Geheimwort, etwas, das
eine Verbindung schuf zwischen den Jungen und ihrem Häuptling, in die Rinde des einen Stammes ritzen konnte, und dann
wurden noch ihre Initialen in krakeligen Buchstaben in die
Rinde hineingeschabt, sodass da stand:

ALLZEIT BEREIT
IN LIEBE + EWIGER FREUNDSCHAFT
DIE SCHWARZEN STEINE
B K M U F C,

und während also Fliegentöter, der wie alle der Jungen in diesem Augenblick froh war, eine Aufgabe zu haben, sich nun alle
Mühe gab, den durch die Wegnahme des Holzes geschriebenen
Worten eine besondere Erhabenheit zu schenken, was ihm zur
Zufriedenheit aller auch zweifellos gelang, bauten die anderen
Jungen parallel aus zwei starken Ästen und einem viel schmale-
ren Stamm einen Schwimmer, um das Floß sicher und bestän-
dig auf der Wasseroberfläche zu halten, und als die Schrift abgeschlossen war und jeder der Jungen seinen Anfangsbuchstaben
in das Holz geritzt hatte, die beiden wohlgemerkt gleichgroßen
Stämme durch Tampen fest mit dem Schwimmer verbunden
waren, sah das Gefährt in etwa so aus, wobei die Proportionen
hier – typografisch rekonstruiert – alles andere als realistisch
sind und es vielmehr um das Prinzip der Totenfähre und seiner
damit verbundenen Glaubwürdigkeit gehen soll:

$$II = I$$

Viel ließe sich noch über den Apennin erzählen, von der Via
Vandelli, vom Winterlager Hannibals und seiner Elefanten,
von Theodora, der Ex-Prostituierten und römischen Kaiserin,
den Partisanen und der Belagerung durch Albert Kesselring

während des Zweiten Weltkriegs, von einem blinden Raubritter oder den Aluminiumfahrgestellen, von den Autobauern der teuersten Fahrzeuge der Welt, die sich hier am Wochenende in ihren Feriendomizilen versteckten, vom Rainbow Gathering 1999 und barfüßigen Hippies mit Pilzvergiftungen, von leerstehenden Skihotels und ausbleibendem Schnee – doch das wird noch warten müssen. Vielleicht werde ich es an anderer Stelle tun. Es geht ja vielmehr um meine Spurensuche durch das Ruhrgebiet. Und so passierte ich mit einem wohligen Schauer die Grenze nach Gelsenkirchen-Hassel, lief an leerstehenden Zechenhäusern vorbei und durch eine triste Stadtlandschaft, wanderte dann weiter über Land und schlug einen weiten Bogen um das Kraftwerk Scholven, einst größtes Steinkohlekraftwerk Deutschlands, das nun meiner Orientierung an der noch am Morgen gezogenen Bleistiftlinie in die Quere kam. Ich stand im Wald, in Gedanken noch halb im Apennin, und ich erstarrte vor den gigantischen, über 300 Meter hohen Schornsteinen, die mir ganz unwirklich vorkamen, die machten, dass ich mich klein fühlte, klein wie ein Atom, obwohl sie längst schon nicht mehr in die Atmosphäre spuckten. Die Industriekulisse zeigte nur noch einen Bruchteil der einstigen Größe des Kraftwerks. Die meisten Blöcke, Schornsteine und Kühltürme waren unlängst zurückgebaut oder gesprengt worden. Scholven, das seit dem Wiederaufbau Ende der 1960er-Jahre als eines der gesundheitsschädlichsten Kohlekraftwerke überhaupt gegolten hatte, stand still. Es war vor vier Jahren endgültig vom Netz genommen worden. Das Kraftwerk lag da als ein schlafender Drache. Seit Anfang des 20. Jahrhunderts war hier Kohle abgebaut und Energie erzeugt worden. Zunächst war das Kraftwerk, als man in den Boden abzuteufen begonnen hatte, einzig dafür errichtet worden, den hiesigen Bergbau mit Strom und Wasserdampf zu versorgen. Doch Scholven war schnell gewachsen, hatte bald schon die Siedlungen mit Energie gespeist, die rings um das Gelände entstanden. 1936 versorgte es bereits die neugebaute

Kokerei und einen angrenzenden Chemiebetrieb mit Strom – und präsentierte sich der schnell wachsenden Bevölkerung des Ruhrgebiets stolz mit einem 150 Meter hohen Schornstein, zu dieser Zeit dem höchsten in Europa. Nach dem Krieg, in dem das Kraftwerk weitläufig zerstört worden war – von den Fliegerbomben zeugten heute noch die so entstandenen Kuhlen und Tümpel im Wald –, wurden bis in die 1970er-Jahre fünf neue Kraftwerksblöcke gebaut. Scholven wurde zu einer ascheprustenden Hauptfigur des Wirtschaftswunders. Zeitweise war das Kraftwerk der größte Arbeitgeber der Region, was nicht einer gewissen Ironie entbehrt, kosteten die Schadstoffausstöße doch statistisch unzählige Menschenjahre. Der Fortschritt aber war unaufhaltbar, für eine lange Zeit zumindest. Auch zwei Ölblöcke hatte man gebaut, als man noch davon ausging, diese Energiequelle würde sich niemals erschöpfen. Während der Ölkrise vervierfachte sich der Preis für das Barrel jedoch schlagartig, sodass sich diese Art der Energieerzeugung nie etablieren sollte, bis der entsprechende Bereich des Kraftwerks schließlich in den späten 2000er-Jahren abgerissen worden war. Es war nicht die einzige Zäsur in der über hundert Jahre währenden Geschichte von Scholven, das in seiner Hochphase nicht weniger als 3 Millionen Haushalte mit Energie und Fernwärme versorgt hatte. Als das Erdreich des Ruhrgebiets kaum noch Kohle hergegeben hatte, um das Kraftwerk zu füttern, war man dazu übergegangen, die 20.000 Tonnen Steinkohle, die dort täglich verfeuert wurden, aus Südafrika und Südamerika zu importieren – erst per Schiff nach Rotterdam, dann über die Binnenkanäle nach Duisburg und schließlich weiter mit der Bahn, verfügte die Region doch über keinen Anschluss zu einem ausreichend vernetzten Kanalsystem. 300 Waggons waren bald jeden Tag auf Scholven eingefahren, und die scheinbar endlosen rostbraunen Züge, die durch den gesamten Kohlenpott zogen, prägten von da an das Bild des Ruhrgebiets. Wie oft hatte ich als Kind an den Schranken gestanden, fest davon überzeugt, dass der Zug, der meinen Weg unterbrach, niemals enden würde. Doch heute sucht man diese Züge hier vergeblich. Spätestens mit dem Abschalten von Scholven war im Ruhrgebiet eine Ära zu Ende gegangen. Mit der Energiewende, der größten Zäsur, die dieses Ungeheuer des Ruhrpotts noch erlebt hatte, waren in den letzten drei Jahrzehnten immer mehr Teile des Kraftwerks verschwunden, bis es Ende 2022 ganz stillgelegt wurde. Heute wandeln nur noch die Geister der Arbeiter zwischen den verwaisten Kühltürmen und Schornsteinen umher.

Dann bereiteten die Jungen aus dem, was noch an Vorräten vorhanden war, ein karges Festmahl, und als der langsam starr werdende Körper des Häuptlings in jener ihn bereits umhüllenden Kohtenplane fest verschnürt auf das Floß gebunden worden war, setzten sie sich um das Feuer, das Kippe fast beiläufig mannshoch entfacht hatte, aßen, prosteten dem Häuptling mit ihren Feldflaschen zu und sangen die Lieder in die Nacht, die er ihnen beigebracht hatte. Als sie satt waren und trunken von diesem Wahnsinn, als sei das Wasser plötzlich Wein gewesen, tanzten sie im Kreis um den aufgebahrten Körper und skandierten singend im Chor:

WIR SIND DIE SCHWARZEN STEINE
WIR SIND DIE SCHWARZEN STEINE
WIR SIND DIE SCHWARZEN STEINE
WIR SIND DIE SCHWARZEN STEINE
WIR SIND DIE SCHWARZEN STEINE
WIR SIND DIE SCHWARZEN STEINE
WIR SIND DIE SCHWARZEN STEINE
WIR SIND DIE SCHWARZEN STEINE
WIR SIND DIE SCHWARZEN STEINE
WIR SIND DIE SCHWARZEN STEINE
WIR SIND DIE SCHWARZEN STEINE,

bis sie auf dem Höhepunkt ihrer jubelnden und immer lauter werdenden Gesänge schließlich, den Rhythmus des Gesangs auch in der Bewegung nicht verlassend, das Floß mit dem toten Häuptling darauf mit ungeahnten Kräften zum Wasser trugen. Als das Holz den Fluss berührte und sie die Totenfähre – wie von Benito bestimmt – auf der weitaus breiteren, linken Seite des Gewässers der Strömung überließen, verstummten sie mit einem Mal. Sechs gottverlassene Jungen waren sie da. Der Mond war hinter dunklen Wolken verschwunden, die Lichter der nächsten Stadt unendlich fern, das Feuer bald erloschen und die Glühwürmchen weitergezogen. So bewegten sich die sechs Gestalten in dieser merkwürdigen Nacht wie Blinde am Ufer, und Benito, der auch am Tag blind war, der immer blind war und ihnen dadurch nun etwas voraushatte, führte sie durch die Nacht. Sie hielten sich, berauscht von der Zeremonie, an den Händen und blickten dem Floß nach, bis es um die erste Biegung des Flusses in der Finsternis verschwunden war. Dann legten sie sich um die Reste des Feuers auf den Boden und fielen in einen tiefen, traumlosen Schlaf.

Nach fünf Stunden Wanderung stand ich nun, im Schatten dieses Kolosses der Vergangenheit, vor einem Zaun, vor dem auch mein zielloses Irren der Wege um das tote Kraftwerk ein Ende fand. Hier ging es nicht weiter, und das immer dichter bewachsene Erdreich ließ darauf schließen, dass sich in diesen abgelegenen Winkel auch keine Spaziergänger mehr verliefen. Ich ahnte, dass ich mein Ziel fast erreicht hatte. Hinter dem Zaun standen Bäume und Gestrüpp, sie verstärkten in dichtem Blattwerk den Maschendraht und verdeckten die Sicht auf das, was dahinter lag. Im blättrigen Rauschen der Äste erkannte ich ein paar Häuser. Hinter der Baumgrenze lag eine große Brache. Ich befand mich in etwa wieder auf der Bleistiftlinie. Der Zaun war rostig und von Schlingpflanzen umfasst, Finger aus dem

Erdreich, die an ihm zu ziehen, zu reißen schienen, und da war ein Schild angebracht:

PRIVATGELANDE: BETRETEN VERPOTEN

Die Schrift war schon halb verblichen. Das Trema über dem Ä fehlte und das B sah aus wie ein P, als habe sich jemand verschrieben. Ich griff mit den Fingern in die Drahtmaschen und zog mich hoch. Auf den zitternden Zaun gestützt hielt ich einen Moment inne, hielt die Luft an, die Augen geschlossen. Dann schwang ich mich ungelenk über den Zaun und ließ mich fallen, und landete auf meinen Füßen, landete mit meinen Füßen auf dem Boden einer anderen Welt.

～

V.

Als ich dann also nach ein paar Schritten aus dem Wald-
streifen trat, musste ich die vom langen Marsch unter
Bäumen und im Kraftwerkschatten noch lichtscheuen Augen
zusammenkneifen. Ich war geblendet, als stünde ein Komet
über dem Gelände, ganz tief und schon kurz vor dem Auf-
schlag. Vorsichtig schaute ich nach oben. Doch da war nichts.
Kein brennender Feuerball, der bald alles Wasser verdampfen
würde. Nur die angenehm wärmende Nachmittagssonne, die
verlässlich ihre Strahlen durch das Weltall sandte. Aber schien
sie nicht heller als sonst, als wollte sie mir etwas ausleuchten,
das ich unbedingt sehen sollte? Ich bemerkte ein paar kleine,
schwarze Flecken vor meinen Augen tänzeln. Die Sonne schien
wirklich hell hier. Alles um mich herum, auch ich selbst, warf
scharfkantige Schatten auf die riesige grüne Fläche, die sich da
vor mir ausbreitete. Sekundärvegetation hatte sich angesiedelt:
Birken, Efeu, Geißblatt, Brombeersträucher, Löwenzahn. Das
Gras wuchs ungehemmt. Die Gräser und Farne standen hoch,
und wie von windlosen Böen geschoben wogen sanfte Wellen
über die Oberfläche der Halme. Etwa 300 Meter entfernt sah
ich eine Reihe Häuser stehen, hinter denen sich ein Kirchturm
zum Himmel streckte. Zweifelsohne war ich hier auf eine verlassene Zechensiedlung gestoßen. Ich ging ein Stück auf die
Gebäude zu. Auch hier war der Wuchs außer Kontrolle, Baumkronen hatten an mehreren Stellen die Dächer der drei großen,
doppelstöckigen Wohnhäuser durchstoßen, die sich da vor mir
auftaten. Die Gebäude waren weitestgehend verfallen. Hinter den glaslosen Fenstern lebte wohl schon seit Jahrzehnten
niemand mehr. Dachpfannen, Holz und Schutt türmten sich
davor auf. Die Baustoffe waren längst von Efeu überwachsen.
Pilze sprossen aus dem feuchten Gehölz, das durch sie irgend-

wann wieder zu Erde werden würde. Ich ließ den Blick wandern und ging ein Stück nach links. Dies musste der Ort sein, den ich hatte finden sollen. Ich blickte noch mal auf die Karte. Tatsächlich war in etwa auf meiner Position eine kleine, an das Kraftwerk angrenzende Zechensiedlung verzeichnet, die schon zum äußersten Rand von Gladbeck gehörte. Den wenigen Straßen nach zu urteilen, konnte sie nur aus zwei oder drei Wohnblöcken bestehen. In ihrem Zentrum war eine Kirche verzeichnet. Die Bleistiftlinie lief direkt durch das Gotteshaus.

Ein paar Meter weiter stieß ich auf einen großen Schaufelbagger, einen Radlader und eine Planierraupe. Sie erschienen mir wie Wegmarken: einst Boten der Veränderung, die angerückt waren, einen Wandel herbeizuführen, nun Skulpturen verronnener Zeit – ein Ende und darin ein Neubeginn, der ausgeblieben war. Auch ihre Körper waren dicht von Efeu umrankt und mit der Landschaft verwachsen. Führerlos waren sie hier stehengelassen worden, ohne Aufgabe. Ohnehin schien es, als fräße das Gräsermeer die Dinge auf, die hier wie Inseln von der grünen Brandung umspielt wurden. Kurz meinte ich, die Halme griffen auch schon nach mir.

An einigen verstreuten Plätzen des etwa zwei Hektar großen Gebiets türmten sich wie vor den Wohnhäusern kleine Schutthaufen auf, Ansammlungen von Gerümpel, allesamt bereits im schlingenden Griff der grünen Triebe, die aus dem Erdreich nach ihnen langten. Vor einem der Schutthaufen blieb ich stehen. Die Bewohner hatten ihre Besitztümer aus den Häusern getragen und davor aufgeschichtet. Ich fand Gartengerät, Kinderspielzeug, Möbelstücke, Teppiche, billige Gipsfiguren, die einmal in den Gärten gestanden haben mochten, alte Autoreifen, Lampen, Puppen, Pfannen und Töpfe. Ein Schaukelpferd starrte mir mit irren Augen entgegen. Alles hatte Grün angesetzt.

Nicht weit von den Wracks und Sperrmüllinseln entfernt reckte sich ein Schild gen Himmel, dem zu entnehmen war, dass hier vor über zehn Jahren, Mitte der 2010er-Jahre, ein neues Wohnviertel hatte erbaut werden sollen. Stutzig las ich den Text, der von preisgünstigen und modernen Eigenheimen sprach, von Mietwohnungen in großzügig geplanten Neubauten und hochwertig restaurierten Altbauten, die in den noch intakten Häusern auf dem Gelände der Zechensiedlung hätten verkauft werden sollen. Das Schild war von Wind und Wetter ganz verblichen und ließ sich noch gerade so entziffern. Nur der fettgedruckte Name der Investorengruppe, die ihr gescheitertes Großprojekt hier angekündigt hatte, ließ sich noch deutlich erkennen: HANCKE. Fliegentöters Nachname. Der Name seiner Eltern.

Sie erwachten verwirrt und schlaftrunken, ja, nach dem Rausch des Abschieds gleichzeitig ernüchtert und niedergeschlagen. So mussten sie sich eingestehen, dass der Tod des Häuptlings kein böser Traum gewesen sein konnte, war doch ihr Freund, der sonst die Tage mit einer kurzen, wegweisenden Ansprache und der Verteilung der ersten Aufgaben eröffnet hatte, nicht da – und noch immer trugen sie alle das graue Mal, das ihre Veränderung deutlich markierte: ein Fleck im kurz rasierten Haar, der das Ereignis am eigenen Körper materialisiert hatte. Plötzlich und vielleicht ausgelöst vom Schock, hatten dort die Pigmente ihre Farbkraft verloren, war das Haar in einem rasanten Zeitsprung gealtert. Aber war es ein Morgen, an dem sie da erwachten? Es war weder Tag noch Nacht. Das Licht beschien fahl diese Uneindeutigkeit, als wolle sie sie noch hervorheben. Die einzige Uhr, die sie bei sich getragen hatten, eine Uhr, die bis drei Meter Tiefe wasserdicht war und auch das Datum anzeigte, befand sich am Handgelenk des Häuptlings, dessen Zeit stehengeblieben war und der die Uhr mit in diesen Zustand genommen hatte. So kam es, dass die Zeit – oder: das Vergehen von Zeit – für die Schwarzen Steine nun keine Rolle mehr spielte. Ihre Mienen blieben starr und ausdruckslos, sie bewegten sich zaghaft und ziellos umher, als suchten sie etwas, von dem sie längst wussten, dass sie es nicht finden würden.

Bald aber, als ihnen ihr Plan, die Reise zu Ehren des Häuptlings fortzusetzen, langsam aber sicher wieder in den Sinn kam, kehrte das Leben in ihre kleinen Körper zurück. Vorsichtig fingen sie an, sich zu unterhalten. Nur über den Häuptling sprachen sie nicht, und in dieser Auslassung hätte er nicht anwesender sein können. Ja, in ihren Gesprächen tanzten sie um den Häuptling umher wie um einen dunklen, hohen Turm, die Gesichter abgewandt und doch von seinem Schatten berührt.

Es war merkwürdig: Hier, wo der Fortschritt zweifelsohne unterbrochen war, wo alles gen Erde ging, versank, verstaubte, verfiel, verschwand, da erlebte ich ein Gefühl unsagbarer Gegenwärtigkeit. Eine Idylle, abgegrenzt vom Rest des Ruhrgebiets, vom Rest der Welt. Eine menschenleere Enklave. Der Zaun, über den ich geklettert war, schien das gesamte Areal zu umschließen und war gänzlich von Bäumen und Sträuchern umfasst. Ein paar Straßenlaternen reckten ihre Hälse über den von Pflanzentrieben durchbrochenen Asphalt. Ihre Köpfe hingen schläfrig in der Luft. Wie langhalsige Dinosaurier sahen sie aus, die mühelos die Blätter von den Bäumen fraßen. Auch ihre Lichter waren längst erloschen. Ich wanderte durch die leeren Gassen, entdeckte ein paar verfallene Schuppen und Kleintierställe, einen rostigen, weitläufigen Hundezwinger, stolperte über die kargen Reste einer Ansammlung von Gemüsebeeten, die hier einst von den Bewohnern der Kolonie unterhalten worden sein mussten. Nun wucherte darin, was an Samen eben so angeflogen kam. Auf dem Gehweg vor einem Haus fand ich ein verrostetes Dreirad, das in einer tiefen, weiten Pfütze stand, die mit ihrer grünen Uferböschung auf mich wirkte wie ein unberührter See.

Als ich dann an den ersten Gebäuden vorbei war, erhob sich vor mir im Zentrum der winzigen Geisterkolonie jene Kirche, die ich schon auf der Karte gesehen hatte und die für

Gläubige einer zehnmal größeren Gemeinde Platz geboten hätte. Das vom Ruß der Zechen grau gefärbte Gebäude war arg ramponiert. In der rechten Außenmauer klaffte ein Loch und auch das Dach schien nicht mehr vorhanden. Selbst der klobige Turm neben dem Eingang, den ich schon aus der Entfernung gesehen hatte, wirkte gebrechlich – als taumele er, als sei der Fall bereits unabwendbar. Sein Grau war tiefdunkel, ging bald ins Schwarze über. Mir kam es vor, als würde das Gebäude bloß noch von den Ranken und Flechten zusammengehalten, die seinem Äußeren ein auffälliges Farbspiel schenkten, schien doch das Blattwerk auf der rußgeschwärzten Fassade geradezu außerirdisch zu leuchten. Gemessen am Verfall vermutete ich, dass die Kirche, deren Architektur auf eine Erbauung etwa in den 1920er-Jahren schließen ließ, schon vor der Abwanderung der Gemeinde ihren Zenit überschritten hatte und sich selbst überlassen worden war, wie es heute so vielen Kirchen in der Region erging, in die ja kaum noch jemand pilgerte. Die Gläubigen starben aus und die katholische Kirche sabotierte ihr eigenes Bild in der Öffentlichkeit durch einen Gotteseifer, der auch noch den letzten Nachwuchs verschreckte.

Überfordert von den Sinneseindrücken, die hier auf mich lauerten, blieb ich neben dem Wrack eines rostigen VW Käfers stehen, der sich auf dem sandigen Boden längst dem Lauf der Dinge hingegeben hatte. Das Fahrzeug besaß keine Türen und Fenster mehr. Es war rundherum dicht von leuchtendem Farn eingefasst. Käfer krabbelten über das Armaturenbrett und aus den Polstern wucherten Gräser. Ich ging näher heran. Vom Rückspiegel ließ sich eine Spinne herab, die dort ihr Fangnetz gesponnen hatte. Schnaufend setzte ich mich ans Steuer des Wagens, um ein wenig auszuruhen. Unweigerlich driftete ich ab in eine weit zurückliegende Erinnerung.

Mein Bruder war gerade geboren gewesen, und wir waren zu viert in den Urlaub gefahren, die Eltern noch als Paar, wir vier als Familie. Mit dem kantigen Passat waren wir in eine

Holzhütte an einem See gefahren, ich wusste nicht mehr, wo genau. Irgendwo in Deutschland. Da hatte ich in der Nacht ein paar Stunden mit meiner Mutter am Tisch gesessen, während der kleine Bruder lange schon im Bett war – der Vater schaute im Haupthaus Fußball mit anderen Vätern –, und wir beobachteten eine Spinne dabei, wie sie an der Esszimmerlampe ihr Netz knüpfte. Da hatte ich das erste Mal das Vergehen von Zeit bemerkt.

Dann ließen die Schwarzen Steine die Kanus ins Wasser. Uğur und Kippe teilten sich ein Boot, Maus und Fliegentöter, Benito und Cherubim. Sie hissten den Wimpel, vielmehr: fixierten den Fahnenstiel in der Mitte von Kippes und Uğurs Boot, blickten wehmütig zurück auf jene Landzunge, auf der sie sich in der Nacht in wildem Tanz von ihrem Freund verabschiedet hatten, spuckten zum Abschied ins Wasser und paddelten in den rechten Arm des Flusses, der hier schmaler war und mit weitaus weniger Strömung an den Kanus saugte, als der linke Arm, in den sie noch im Mondlicht das Totenfloß entlassen hatten.

In einer Zeit, in der die Oberfläche des Planeten bald lückenlos digital erfasst sein würde, kamen derlei menschenlose Enklaven kaum noch vor, zumindest in der mir bekannten Welt nicht, oder vielmehr: in der Welt nicht, die ich durchschritt, die ich sah, wirklich vor mir sah. Wie sich wohl jener Bewohner gefühlt haben musste, der diese Siedlung als Letzter verlassen hatte? Oder war der letzte Mensch, der in diesen Häusern gelebt hatte, auch hier gestorben? Die Zeit war seitdem nur noch in wild wachsenden Pflanzen und anfallendem Schutt fortgeschritten, in Disteln und Löwenzahn, Moos, Gras und Farn. Ja, ohne das Diktat des geschäftigen Treibens der Anwohner, die in eng getakteten Schichten im Kraftwerk gearbeitet haben mochten, war das nun unbezeugte Dasein bloß noch von den Jahreszeiten und dem unabwendbaren Verfall aller Dinge bestimmt. Niemand schien hier zurückgeblieben. Und überhaupt hatte doch wohl niemand gerne in der unmittelbaren Nachbarschaft eines titanischen Kraftwerks gelebt, das mit seinem Zischen und Hämmern und Pochen und den Unmengen an giftigen Oxiden, Quecksilberfreisetzungen und Feinstaubpartikeln, die sich in jeder Ritze der Siedlung festgesetzt haben mussten, den Schlaf störte und die Körper schädigte. Die Menschen waren gegangen und hatten ihre Häuser dem Verfall überlassen. Niemand hatte hinter ihnen aufgeräumt. Der Ort war ein Unort geworden, menschenleer.

Etwas knallte auf das Dach des alten Käfers. Noch mal, ein blecherner Schlag, gefolgt von einem sanften Rostrieseln. Die Spinne zog sich blitzartig zurück in ihr Netz, das schlingernd vibrierte. Ich kletterte aus dem Wagen und bemerkte eine Bewegung von einem der Häuser rechts. Da stand ein Mann in Lumpen, ein Obdachloser. Er hatte die Steine nach mir geworfen. Gerade wollte ich ihn lautstark zurechtweisen, da eilte eine Frau aus der Eingangstür des verfallenen Gebäudes. Sie beschwichtigte den Steinewerfer. Die beiden schauten zu mir herüber, und die Frau, die mir friedlich gesonnen schien, winkte nun und zeigte auf die Kirche. Ihr Mund formte ein paar Worte, und dann verschwanden sie beide auch schon wieder in dem dunklen Hausflur ihres verfallenden Obdachs.

Ich ließ den Käfer hinter mir und ging auf die Kirche zu. Da war ein kleiner Friedhof davor, bloß ein paar Gräber, die Grabsteine und Kreuze umgekippt und von Moos bald eingefasst. Hier wurde schon lange niemand mehr beerdigt. Totenruhe. Ich ging weiter. In den Betonritzen der Stufen blühte Löwenzahn. Trümmer lagen auf dem Weg. Steine, Dachbalken und Ziegel versperrten mir den Weg. Die Pforte aber stand weit geöffnet. Ich kletterte über die Hindernisse. Das Bekreuzigen übergehend betrat ich das verlassene Gotteshaus. Ein paar Tauben flüchteten aus der durchbrochenen Stille. Ohne Dach gab das Gebäude ihnen den Himmel frei, und die Sonne in meinem Rücken, die bereits so tief stand, dass ihre Strahlen gerade noch so den Weg in das Gemäuer fanden, tauchte den Ort in ein schwindendes, ein unwirkliches Licht. Die Hälfte des Kirchenschiffes lag in sanftem Nachmittagsschatten. Erst am Ende, zum Chor hin, wurde es heller. Überall befand sich Unrat auf dem Boden, Trümmer des Daches, aber auch Laub und Äste, die verrottet waren und wieder Nährboden für Pflanzen boten, die zart zwischen den umgestürzten Holzbänken wuchsen. Die Landschaft auf dem Boden zeigte sich mir als ein Spiel aus Verfall und junger Blüte, sogar das hier liegende Bruchfeld war immer wieder getupft von leuchtendem Löwenzahn. Ein Mikrokosmos war entstanden, von schweren Mauern begrenzt, aus den Überresten einer vergangenen Gesellschaft. Ich setzte mich auf eine morsche Kirchenbank und beobachtete ein paar Kellerasseln, meinte, die Insekten tapsen und tuscheln zu hören. Der Raum erzeugte einen auffälligen Klang. Es roch kühl und modrig.

Schon nach ein paar Metern gelangten sie an eine Absperrung. Links und rechts vom Wasser markierten rostige, hohe und von Stacheldraht gesäumte Zäune die Grenze zu einem Bereich, der in der Vergangenheit offensichtlich nicht zugänglich gewesen war, so zeugten auch verblichene Schilder in verschiedenen Sprachen und blasse, kaum noch erkennbare Piktogramme davon, dass das Passieren hier strengstens verboten war. Doch der Zaun, der sich einmal über die gesamte Breite des Flusses erstreckt haben musste, behinderte ihre Durchfahrt nun nicht mehr, war er doch in der Mitte geöffnet oder von einer vergangenen Strömung mitgerissen worden. Draht und Reste des Zauns hingen herab, standen rostig und struppig zu Berge, wiesen hierhin und dorthin wie Stacheln. Doch sie waren schnell entfernt. Durch den von Schlingpflanzen umwundenen Stacheldraht, der die beiden Ufer in der Luft miteinander verband, erschien die Durchfahrt wie ein Tor, das weder geöffnet noch geschlossen war, und als Kippe und Uğur, die die Vorhut machten, den Wimpel angewinkelt und ein paar Lianen und undefinierbares Gestrüpp beseitigt hatten, setzten sie in den Bereich jenseits der Abgrenzung über und hatten das merkwürdige Portal bald vergessen.

VI.

Als kleiner Junge, noch vor meiner Zeit bei den Pfadfindern, war ich oft in der Kirche gewesen, mit meiner Oma, wenn ich sie am Wochenende besucht habe. Mir war es immer ein Graus gewesen dort, doch meiner gläubigen Großmutter zuliebe war ich ihr für ein paar Jahre bald an jedem Sonntagmorgen in die St. Michaelkirche in Hochlarmark gefolgt, missmutig, wusste ich doch, was mich dort erwartete. Es ergab für mich einfach keinen Sinn. Ich verstand nicht, was der Priester sagte. Niemand verstand es. Er nuschelte. Doch das schien die folgsamen Katholiken nicht zu stören. Ich aber verspürte nicht nur Verwirrung. Ich hatte Angst vor dem Kirchenmann. Bevor ich die Kommunion empfangen durfte, was noch in weiter Ferne lag, musste ich während der Gabenschenkung mit zu ihm nach vorn, musste mich aufstellen, und dann segnete mich der Priester mit seinem scharfkantigen Daumennagel, zeichnete mir nicht etwa mit der Fingerkuppe in sanfter Segnung das Kreuz auf die Stirn, wie es dem lieben Gott, an den ich ohnehin nicht glaubte, sicher genügt hätte, sondern ritzte kraftvoll mit dem Daumennagel in die Haut, gerade so, dass es nicht blutete, ich aber das blasse rote Kreuz noch erkennen konnte, wenn ich nach unserer Rückkehr in die Wohnung der Oma wütend die Stirn im Spiegel untersuchte. Viel schlimmer aber war, was mir in dieser Zeit *entging*. Denn während ich noch dasaß, auf der harten Holzbank, ohne ein Wort zu verstehen und in Furcht vor der drohenden Segnung, lief im Fernsehen *Zorro*. Zu Hause empfingen wir nur drei Programme und ich bekam den Rächer der Armen, wie er in der Fernsehzeitung genannt wurde, so gut wie nie zu Gesicht. Meine Oma war in technologischer Hinsicht etwas fortschrittlicher als meine Eltern, und so versuchte ich bei jeder sich bietenden Gelegenheit, möglichst viel fernzusehen. Nur *Zorro* verpasste ich, an jedem verdammten Sonntag, obwohl mir der eigentlich am wichtigsten war. So saß ich da, auf dem harten Holz der Kirchenbank, und blickte auf das andere Holz, das über dem Altar schwebte und an das der Körper Jesu geschlagen war. Ich stellte mir vor, wie sich der maskierte Rächer gekonnt durch die Kirche schwang, mit schwarzem Umhang und Degen, die Identität verborgen unter einer Augenbinde und den Kopf bedeckt von jenem unverkennbaren Hut, der nie zu verrutschen schien, egal wie toll und wild die Prügeleien auch sein mochten. Er würde mich rächen, so hoffte ich, und dem Priester mit dem Degen das Z auf die Stirn ritzen. Nach außen drang von diesen Gedanken nichts. Im Gegenteil waren die Freundinnen meiner Großmutter ganz entzückt von meiner Stille. Sie wurden nicht müde zu loben, wie andächtig ich während der Gottesdienste doch sei, beteuerten immerzu, wie *liebenswürdig* ich doch sei. In Wirklichkeit jedoch sorgte nicht Gott oder mein Verhältnis zu ihm für mein Schweigen. Es war der reitende Degenkämpfer in meinem Kopf, den ich mir sehnsüchtig imaginierte. Ohnehin war mein Verhältnis zu Gott schon damals gebrochen. Einmal nur hatte ich als Kindergartenkind nämlich gebetet, als meine Gruppe mit den Erzieherinnen und den Eltern im Herbst einen Ausflug auf den Drachenberg machte, eine kleine Halde in Suderwich, auf der man angeblich besonders gut Drachen steigen lassen konnte. Ich weiß noch, wie ich auf der kleinen Treppe im Flur unseres schmalen Zechenhauses gekniet und für starken Wind gebetet hatte, damit mein Drachen es auch ja in die Luft schaffen würde. Meine Eltern hatten ihn für mich gebastelt. Er war gelb, mit roten Rändern und einem zwinkernden Clownsgesicht, und ich war von einem intensiven, kindlichen Stolz auf diesen Drachen erfüllt gewesen. Ich sehe ihn vor mir durch die Luft flattern, gerade jetzt. Der Wind auf der Halde jedoch war dann so stark, dass er das Papier meines Drachens zerriss und ihn zerstörte. Niedergeschlagen hatte ich seine Überreste aufgelesen und wieder mit nach Hause genommen. Es muss ausgesehen haben, als trüge ich ein verstorbenes Haustier zu seinem Grab, hinten im Garten. Doch da war kein Grab. Da standen nur die Mülltonnen, und dort habe ich ihn dann auch hingebracht. Ich gab Gott die Schuld an diesem Fiasko und war wütend auf ihn ob der Maßlosigkeit, mit der er auf meinen Anruf reagiert hatte. Trotz dieser Erfahrung stimmte ich kurze Zeit später, da war mein Bruder gerade geboren, mit etwa sechs Jahren auf das erneute Bitten meiner Oma hin zu, doch noch getauft zu werden. Nach meiner Geburt hatte meine Mutter zunächst durchgesetzt, dass ich ohne Konfession bleiben konnte, bis ich selbst über meinen Glauben würde entscheiden können. Doch als mein kleiner Bruder nun das Licht der Welt erblickt hatte, war sie den Wünschen meines Vaters und meiner Oma nachgekommen, denen unsere Taufe sehr wichtig war. Ich weiß noch, wie es bis in den Nacken gekitzelt hatte, als das kühle Wasser über meinen Kopf gelaufen war, und wie ich dabei ganz unwillkürlich hatte lächeln müssen. Lange hatte ich mich davor gesträubt, hatte vor der Zeremonie sogar Angst gehabt. Doch dann war es überhaupt nicht schlimm gewesen. Im Anschluss hatte ich sogar für ein oder zwei Jahre als Ministrant gedient, wenn auch nur meiner Oma zuliebe. Nun, ich muss der wohl schlechteste Messdiener gewesen sein, den die katholische Kirche jemals gesehen hat. Die Kleidung kratzte mich ganz furchtbar und ständig zupfte ich missmutig an mir herum. Außerdem wusste ich einfach nie, was genau zu tun war. So waren die Gottesdienste für mich eine furchtbare Erfahrung voller Nervosität. Die ganze Zeit über war ich erfüllt von der Angst, etwas falsch zu machen, und nicht selten lief ich zu früh los, etwas zu holen oder zu bringen. Einzig, wenn sich der Altarraum an einem Punkt der Messe mit Weihrauch füllte, beruhigte ich mich ein wenig und erfuhr in den schützenden Schwaden, die mich für einen Augenblick verschwinden ließen, die ersten leisen Ahnungen jener nebulösen Rauschwelt, der ich später in meinem Leben so obsessiv nachjagen sollte. Doch davon war noch nichts zu ahnen. Ich war ein ungläubiger Junge, zur falschen Zeit am falschen Ort, und zum zweiten und wirklich letzten Mal betete ich erst wieder, als ich den gütigen Herrn im Himmel anrief, die Trennung meiner Eltern rückgängig zu machen. Stumm verweigerte er meinen sehnlichsten Wunsch. Da brach ich endgültig mit der Kirche. Noch im selben Sommer sollte ich stattdessen ein gläubiger Pfadfinder werden.

An seinen Ufern war der Fluss, der hier schmaler war, mehr ein morastiger Wasserlauf und gerade tief genug, dass die Kanus nicht auf Grund liefen, von schwarzen, vertrockneten Bäumen gesäumt. Blattlos und verrenkt, berührten sich die Äste oben über dem Wasser und bildeten einen schattigen Tunnel. Den Jungen fröstelte, und so ohne wärmendes Sonnenlicht zogen sie sich bald ihre Jacken an. Nicht selten stießen die Paddel auf den Grund, und manchmal mussten sie ihre Kanus vom Boden abstoßen, sie drückten sich mehr durch das von Generationen von Laub verstopfte Wasser, als dass sie paddelten. Doch nicht nur Laub und Morast bevölkerten den Fluss. Da waren Dinge im Wasser! Kein Müll im eigentlichen Sinne, denn nichts, über das sie sich im trüben Nass hinwegbewegten, wirkte wie achtlos in den Fluss geworfen. Vielmehr schienen die Objekte wie platziert, wie von einer unbekannten Hand bewusst angeordnet. Da lagen Reliquien der Zivilisation, deren Abstammung vom Menschen ihr einziger gemeinsamer Nenner war. Ein leuchtendes Geldstück, ein Schwert, eine Schubkarre, eine Harke, die Skulptur eines Engels, ein Autoreifen, ein Mikroskop, ein Fahrrad, ein Propeller, eine Stehlampe, ein Schaukelpferd, eine silberne Schüssel, ein Kleiderbügel, eine Kommode, eine Plastiktonne, eine Holzbank, ein Grill, eine Standuhr et cetera. Die Reliquien wirkten drapiert, so stand die Stehlampe etwa aufrecht und ragte bis zur Hälfte aus dem Wasser, und auch der Kopf des Pferdes schien eine Geschichte zu erzählen, ließ gar den Gedanken zu, das Pferd wolle das Ufer wechseln und schwimme um Luft ringend durch den Fluss. Die Jungen rätselten, wer wohl für das Arrangement der Objekte verantwortlich sein könnte, denn ihnen erschien das, was sie da im Wasser sahen, mehr wie ein vergessener Skulpturenpark, als dass sie darin die Mülldeponie eines Anwohners vermutet hätten. Nun, und Anwohner gab es hier wohl auch keine, der Abschnitt des Seitenarms, dem sie nun folgten, erschien ihnen als der verlassenste Ort der Welt.

Ich stand auf und schritt weiter das Kirchenschiff entlang. Die Laute meiner Schritte wurden von den Wänden zurückgeworfen. Ich hörte auch die einzelnen Wassertropfen in den Pfützen aufkommen, kleine Oasen, die hier den Boden maserten. Der Teppich aus glasklaren Pfützen spiegelte den Rand des offenen Daches. Leuchtend strahlte im Wasser der Himmel. Aus dieser Perspektive sah es so aus, als flöge ich über eine moorige Seenlandschaft. Als ich mich über eine besonders große Pfütze beugte, flitzte erschrocken ein Wasserläufer davon. Seine Schritte erzeugten eine Spur sich überlappender Wellenkreise, die die Reflexion meines Gesichts verschwimmen ließen. Hinter mir krachte es morsch. Die Bank, auf der ich gerade noch gesessen hatte, war in sich zusammengefallen.

Auf Höhe der Kanzel schließlich blieb ich stehen. Das platschende Echo meiner Schritte hallte nach, als liefe ich noch immer. Hier sah es aus wie nach einem Erdbeben. Das schwere Holzkreuz, das über dem Altar gehangen hatte, war darauf gestürzt, sodass der ohnehin schon malträtierte Jesus nun ohne Kopf war. Den Schädel konnte ich nirgends entdecken. Rechts am Querhaus fiel mir dafür ein großer schwarzer Stein ins Auge, ein Fremdkörper, der erst im Verfall hierhin geschafft worden sein musste. Er wirkte auf mich wie ein Geheimzeichen. Ein Zeichen für mich. Ich ging zu dem Stein herüber, der mir etwa bis zur Hüfte reichte, um ihn genauer zu betrachten. Ein wenig Taubendreck musterte die glatte Oberfläche. Seine Schwärze war einmalig. Das Schwarz schien regelrecht zu leuchten. Ich strich andächtig über die Oberfläche, kratzte den getrockneten Vogelmist mit dem Daumennagel ab. Neben dem Stein führte eine schmale Steintreppe ins Erdreich hinab. An ihrem Ende, gut vier oder fünf Meter in der Tiefe, befand sich eine schwer aussehende Stahltür. Mein Herz pochte. Ich umgriff den Schlüssel in meiner Hosentasche. Das Metall war ganz heiß.

Bald wurde das Wasser tiefer und der Fluss breiter, und auch die Bäume, die noch immer die Ufer säumten, berührten sich in ihren Spitzen nun nicht mehr, sodass die Jungen wieder den noch immer grauen Himmel sehen konnten. Hinter den Baumreihen am Ufer öffneten sich weite Felder, deren Enden die Jungen nicht ausmachen konnten, auch, weil nun ein immer dichter werdender Nebel aufzog und bald alles in ein undurchsichtiges, blasses Weißgrau hüllte. Doch sie konnten sehen, dass nicht unweit von ihnen ein schwerer Regen niederging.

Klickend rastete irgendetwas in der Metalltür ein. Drei- oder viermal musste ich den Schlüssel umdrehen, und ich hörte, wie in der Folge gleich mehrere Schlösser und Riegel aufschnappten, sich öffneten, einen mir unbekannten Weg freigaben. Mit einigem Kraftaufwand stemmte ich die schwere, kreischende Stahltür auf. Ein rotes Licht erhellte schwach eine Art Vorraum, auf dessen Boden bloß ein Holzschemel mit ein paar Hausschuhen darunter stand. Ich überlegte kurz, sie anzuziehen, behielt dann aber doch meine Wanderstiefel an. Neben dem Schemel befand sich eine zweite Tür, mehr ein Tor. Genaugenommen eine eiserne Schiebetür. Ich hielt die Luft an und schloss den Eingang hinter mir wieder ab. Die Schiebetür dann ließ sich an einem Eisengriff nach links bewegen. Es quietschte und riss und klang nach Reibung und Stahl. Düsternis hauchte mich an, als ich den sich mir öffnenden Raum betrat. Ein Geruch von Stein und Einsamkeit strömte mir entgegen, von Heizöl und Geheimnissen, und in der Dunkelheit ahnte ich bereits die Weite dieses Raumes. An einer Konsole zu meiner Rechten ertastete ich ein paar Schalter, die ich nacheinander umlegte. Mit schnalzender Zunge gingen die Lichter an, eins nach dem anderen, und im wachsenden Schein jeder der aufleuchtenden Glühbirnen breitete sich vor mir tatsächlich eine mindestens 250 Quadratmeter große Katakombe aus, ein gigantischer, etwa vier Meter hoher Raum, der auf seiner Mittellinie von drei massiven Steinsäulen gestützt wurde. Unter der Kirche lag eine Krypta! Während sich meine Augen noch etwas an das elektrische Licht gewöhnten, blickte ich mich um. Die Unterkirche schien trocken und warm, und im Gegensatz zu den feuchten Resten des zerstörten Gotteshauses war der Keller bestens erhalten. Behelfsmäßig und deutlich improvisiert lagen an die steinernen Außenwände angebaut verschieden große Kammern. Sie waren nach oben hin offen und nicht ummauert, waren vielmehr aus alten Türen, Brettern und Fenstern gefertigt. Und doch sahen sie stabil aus. Die Wände dienten als Raumtrenner, sodass das, was ich hier vorfand, mich mehr an eine Theaterkulisse erinnerte. Ich befand mich nun bereits hinter dem zweiten oder dritten Vorhang, wo schon die Requisiten für die nächste Szene bereitstanden, eine Szene, die wohl in der alten BRD spielen würde. Alles hier war aus der Zeit gefallen, die Farbe, die Glasscheiben der Fenster und Türen, die geblümten Tapetenreste, das Holz, die Regale, die gesamte Einrichtung – all das war vergangene Zeit. Die Holzbauten waren dabei nicht die einzigen Elemente, die auf die Vergangenheit verwiesen. Über den weiten Raum verteilt standen und hingen Reliquien aus der Pfadfinderzeit, ich meine: aus der Zeit, in der wir, die Schwarzen Steine, Pfadfinder gewesen waren. Sie waren ausgestellt wie die Artefakte in einer Galerie. Auf Regalbrettern, in Vitrinen, an den Wänden. Die

Baumaterialien, die hier verwendet worden waren, hatte man vermutlich aus den Ruinen der Zechensiedlung geborgen, und auch die Vitrinen mochten aus der verlassenen Kolonie stammen. Hier war etwas rekonstruiert worden. Und dieses Etwas schrie nicht: Nostalgie! Es flüsterte vielmehr: Kindheit, Unschuld, Sehnsucht. Verblassen.

Ich ging nun doch zurück in die kleine Vorkammer, die mir jetzt wie eine Zeitschleuse vorkam, um die Hausschuhe anzuziehen. Sie passten mir wie angegossen.

$\approx$

VII.

Für Stunden paddelten sie stoisch weiter, jeder für sich und alle zusammen. In diesen Stunden dachten sie an ihren geliebten Häuptling, trafen ihn in Gedanken, besuchten gemeinsame Erinnerungen, und immer stand da ein Souverän vor ihnen, ein strahlend lächelnder, junger Mensch, der ihnen zuzwinkerte, ihnen Mut zusprach und Selbstvertrauen schenkte. Nichts geschah während dieser Stunden, und bald war es, als paddelten die Jungen nicht durch die Gegenwart, sondern als seien ihnen die Kanus zu Transportschiffen geworden, die sie geradezu in ihre Erinnerungen beförderten. Dort waren sie ganz nah bei ihrem Häuptling, den sie doch gerade erst verabschiedet hatten. Während sie Kilometer um Kilometer den einsamen Fluss hinunterpaddelten, zeigte der ein oder andere von ihnen sogar ein zartes Lächeln. Nur Benitos Gesicht war wie versteinert. Sein Mund beschrieb eine gerade Linie.

Im Zentrum des merkwürdigen Gewölbes stand eine große Tafel mit sechs Stühlen. Hatten Benito und Fliegentöter, in denen ich unlängst die Erbauer dieser merkwürdigen Kultstätte erkannt hatte, hier Gäste empfangen, rauschende Feste gefeiert? Platz genug bot die Katakombe. In weitem Radius um den schweren Eichentisch fächerten sich die in Sperrholz gebauten Räume auf: Gegenüber dem Eingang und verborgen in einem grob gemauerten Verschlag befand sich ein großer Heizöltank samt Steuerkonsole und Verbrenner, der noch funktionstüchtig schien. Tief sog ich den kalten Heizölgeruch ein, der mir unendlich vertraut erschien. Im Keller des schmalen Zechenhauses, in dem ich groß geworden war, hatte es auch einen solchen Tank gegeben. Einmal im Jahr war der Heizöllieferant gekommen, mit ölverschmierter Haut, hatte seinen Tanklaster vorne an der Straße geparkt, um dann einen langen Schlauch an allen Häusern vorbei die Einfahrt hoch bis zu unserem kleinen Vorgarten zu entrollen, wo er ihn dann durch das offene Kellerfenster schob, um den Tank wieder aufzufüllen. Das rote, dickflüssige Öl, von dem in diesen Jahren auch täglich in den Nachrichten die Rede gewesen war, war bei dieser Operation immer unsichtbar geblieben, und so war es mir auf eine Art noch heute geheimnisvoll. Der Tank hier war viel größer und hatte bestimmt einmal, als noch Menschen in ihr gesessen hatten, die ganze Kirche beheizen können. Nun wärmte er die Krypta.

Links neben dem Heizraum war offen zur Mitte hin eine Küche eingebaut, an die dahinter verborgen eine Speisekammer angrenzte. In fünf bis zur Decke gebauten Holzregalen fand ich dort Dosen und Konserven, Weckgläser mit eingelegtem Gemüse und Pilzen, zudem Mehl, Zucker, Salz, Essig, Öl, Backmischungen für Brot. Wein. Von der Menge an Vorräten hätte wenigstens ein Jahr lang problemlos eine ganze Familie zehren können. Ich ging weiter. Neben Küche und Vorratskammer befand sich so etwas wie ein Wohnzimmer, mit einer großen Sofagarnitur aus braunem Leder. Auch eine Stereoanlage war dort aufgebaut, auf einer alten Holzkonsole, mit Radio, Kassettenrekorder, Plattenspieler, daneben gleich mehrere große Kisten mit Schallplatten. Zuvorderst erblickte ich ein abgegriffenes Exemplar von Karlheinz Stockhausens *Gesang der Jünglinge im Feuerofen* aus dem Jahre 1956, eine der visionärsten Aufnahmen der deutschen Musikgeschichte. Fliegentöter hatte nicht gelogen, als er von Benitos Musikbegeisterung gesprochen hatte. Etwa ab der Mitte des Raums dann tat sich nach links hin eine weitere Kammer auf, in der ich eine beeindruckende Bibliothek vorfand. Zu den unzähligen Büchern reihten sich mit Kugelschreiber beschriftete Tonbänder. Vor dem Regal stand neben einem gemütlichen Ohrensessel eine Chaiselongue, an deren Kopfende auf einer

Holzkiste ein großes Tonbandgerät mit Kopfhörern aufgebaut war. Daneben, als letzter der an der Rückwand gelegenen Separees, war ein kleiner Fitnessraum eingerichtet, mit Hantelbank, Gewichten, Sprossenwand, einem Trimm-dich-Rad und einem lädierten Boxsack. Am Boden lagen Turnmatten und ein Medizinball. Vis-à-vis zum Fitnessraum dann betrat ich eine große Werkstatt, jetzt wieder auf der Seite des Eingangs, mit Werkbank, Arbeitsfläche, üppig bestücktem Werkzeugregal, einem alten Esstisch und drei Stühlen. Auch ein karger Schreibtisch war dort aufgebaut, mehr ein Sekretär, mit einem jener alten grünen Wählscheibentelefone der Post darauf, wie wir auch eines zu Hause gehabt hatten, außerdem eine elektrische Schreibmaschine. Auf der Werkbank lagen zwei Gewehre, die jenem ähnelten, welches Benito in Bonn benutzt hatte. Ich ging näher heran und erkannte sie als noch unvollendete Attrappen. Hier und da fehlte ein Teil, außerdem waren einige Stellen noch nicht lackiert. Auf dem alten Tisch stand das große Modell einer Halle, das ich bei genauerer Betrachtung als einen detailgetreuen Nachbau des Hotel Paradies erkannte, des Erdgeschosses zumindest. Ich blieb eine Weile am Tisch stehen und betrachtete das penibel gefertigte, nach oben hin offene Modell, in dessen Vorlage ich vor wenigen Wochen zu einem Ereignis gelotst worden war, das mich schließlich über Umwege hierher geführt hatte: ins Zentrum einer verfallenen Zechenkolonie, in die Geisterwelt eines Toten. Ich schien in die Herzkammer des Rätsels vorgedrungen, das mich seit Wochen vereinnahmte. Neben der Werkstatt, schon wieder nah beim Eingang, befand sich eine Schlafkammer mit einem Doppelstockbett und einem Kleiderschrank, angrenzend an ein in seiner Raumgröße dem Schlafgemach entsprechendes Bad mit Waschbecken, Dusche und einer freistehenden Badewanne. Beide Räume waren äußerst funktional gestaltet. Daneben, am Ende meiner Runde und direkt neben dem Schiebetor, an dem ich meinen kleinen Rundgang begonnen hatte, lag in einer kleinen Kammer die Toilette, gerade so groß, dass eine Kloschüssel und ein winziges Waschbecken hineinpassten. Es war kaum zu fassen. In der Krypta der Kirchenruine befand sich eine komplett eingerichtete Wohnung. Ein Versteck. Ein Bunker. Wie man es auch nennen mochte. Ein Museum. Ich ging in den Wohnzimmerbereich, legte den *Gesang der Jünglinge* auf, setzte mich auf das Sofa und ließ den Blick wandern. Ich hatte Benitos und Fliegentöters Geheimversteck gefunden. Ich hatte es gefunden, weil ich es hatte finden sollen. Hier hatten sie die Tat geplant, vielleicht mit Kippes Hilfe, vielleicht allein. Mir kam dieser Ort ungeahnt behaglich vor, und ich spürte jene voyeuristische Aufregung, die mich zu befallen pflegte, wenn ich ein Szenario betrat, das etwas mit mir machte, mich veränderte, mich forderte. Oder anders: dessen Intimität ich verletzte. Eine Berufskrankheit. Das Schreiben ist für mich am ehesten mit der Arbeit eines Detektivs vergleichbar, der tief vordringt in die Leben anderer Menschen. Wie im Traum ließ ich den Blick wandern. Das mit den Überbleibseln der verschwundenen Bevölkerung dieser Siedlung erschaffene Mausoleum, ein Archiv vergangener Zeit, bot Kulisse für eine Art Privatmythologie, die ihren Ursprung in der Geschichte der Schwarzen Steine zu finden schien. Sie hatte also auch etwas mit mir zu tun. So, wie das alles mit mir zu tun hatte. Nur wie, das musste ich noch herausfinden.

»Da vorne ist eine Brücke«, rief Fliegentöter wenig oder viel später, und tatsächlich, einige hundert Meter weiter erblickten sie einen steinernen Übergang, der über den Fluss führte, massiv und breit, sodass zwei Fahrzeuge darauf problemlos aneinander vorbeifahren konnten. Auf der Brücke standen mehrere Wagen. Ein Blaulicht stieß fahl durch den Nebel, wirkte in seinen kreisenden Bewegungen dabei wie ein Leuchtturm. Langsam paddelten die Jungen weiter, tasteten sich nun mehr zu der

Brücke vor, als dass sie Anstalten machten, sie zu passieren. Als sie näherkamen, erkannten sie, dass auf der Brücke Polizisten und Männer mit Hüten standen, Männer, die rauchten, sich ihrer Körperhaltung nach unterhielten, wenn auch erst nichts zu hören war. Als sie näherkamen, vernahmen die Jungen jedoch ein unverständliches Gemurmel, das ohne Zweifel von den Männern stammte. Zwei von ihnen lehnten mit den Armen auf der steinernen Brüstung und schauten runter auf den Fluss. Auf der Brücke stand sicher ein Dutzend weiterer Männer im Nebel. Sie bemerkten die Jungen in ihren Kanus nicht. Alles ging ganz langsam, und einer der beiden aß mit lautem Biss einen Apfel. Als Benito und Cherubim genau unter dem Apfelesser hindurchfuhren, um gleich darauf unter der Brücke zu verschwinden, ließ der Polizist seine bis auf das Gehäuse abgenagte Apfelkitsche fallen, die dann geräuschlos zwischen den Booten der Jungen im Fluss verschwand. Wie auf ein Zeichen nahmen sie ihre Paddel ins Boot und trieben jetzt langsam und geräuschlos unter der steinernen Brücke hindurch. Mit aufgerissenen Augen schauten sie nach oben, ins Dunkel der Brücke, stumm und mit angehaltener Luft. Dort sahen sie die Welt, wie Benito sie sehen musste, sahen nicht einmal die Fledermäuse, so dunkel war es ganz plötzlich. Keiner von ihnen sagte ein Wort. Als sie auf der anderen Seite wiederauftauchten, geschah nichts, nur dass einer der Polizisten ganz im Gegenteil rief – »Hier ist nichts, lasst uns weiterfahren!« –, und da drehten sie den Männern auf der Brücke ihre Rücken zu und setzten ihre einsame Flussfahrt fort.

An diesem ersten Tag wandelte ich wie im Traum von Zimmer zu Zimmer, als pilgerte ich einem Nachtwächter gleich durch ein verlassenes Museum, das mich mit seinen Exponaten überforderte, blieb hier und da stehen, blies den Staub von ihnen ab. Ich erkundete die Welt, die Fliegentöter und Benito hier unter der Erde geschaffen hatten. Der schwarze Felsblock, der oben am Treppenabsatz wie ein verirrter Findling gelegen hatte, war längst nicht der einzige Stein, den ich fand. Im Wohnzimmer stand eine große Glasvitrine, in der mehr als 20 schwarze Gesteinsbrocken ausgestellt lagen, beschildert mit Zeit- und Ortsangaben. Sie waren über einen Zeitraum von 20 Jahren datiert und stammten aus verschiedenen Kontinenten. Der Name unserer Pfadfindergruppe war zu einem mysteriösen Zeichensystem geworden.

An den Wänden hingen Fotografien von schwarzen Steinen, außerdem Reliquien aus unserer gemeinsamen Zeit bei den Pfadfindern. Feldflaschen, Kochgeschirre, die Lilie, das Wappen des Pfadfinderbundes, aber auch der Wimpel mit dem schwarzen Stein darauf, Takelmesser, Tampen, Affen, ein Beil. Viele Exponate waren schwarz angestrichen. In Bilderrahmen fand ich Einzelseiten aus den Proben- und Liederbüchern, ein Portrait von Sir Robert Stephenson Smyths Lord Baden-Powell of Gilwell, dem britischen Gründervater der Pfadfinderbewegung. Dann stand ich vor einer lebensgroßen Stoffpuppe, gesichtslos und mit einer Pfadfinderkluft angezogen, die an einer der Säulen im Hauptraum stand. Eine Schaufensterpuppe, deren Plastikkörper von einem dünnen schwarzen Textil umspannt war. Bei eingehender Betrachtung erkannte ich, dass auch die Hemden und die Jujas genau wie die knielange Cordhose schwarz eingefärbt waren, ebenso das eigentlich rote Barett und das sonst blaugraue Halstuch. Die Kluft war verändert worden. Der Bundesadler und die Deutschlandflagge, die für gewöhnlich über der linken Brusttasche angenäht waren, fehlten. So verhielt es sich auf die ein oder andere Art mit allen Artefakten. Die Reliquien waren ihrer ursprünglichen Zeit entrückt, waren musealisiert und dabei verändert worden, mal ganz deutlich, mal nur subtil. So, wie es jede Form der Ausstellung bedingt, raubt sie ihrem Gegenstand doch durch die Konservierung ganz automatisch seine Lebendigkeit. Gegenstände – wie ausgestopfte Tiere.

Ich betrachtete nun auch das Modell des Hotels genauer, wanderte mit meinen Blicken durch das Erdgeschoss. Hier musste Benito den Weg einstudiert haben, seine Todeschoreografie, die an seinem letzten Tag in Bonn zu ihrer spektakulären Aufführung gekommen war. Sogar die Farben, die bis ins kleinste Detail aufgetragen worden waren, stimmten mit der Vorlage überein.

Ich schaute mir die Waffen an, Prototypen der Attrappe von Bonn, entdeckte in einer Schublade Fliegentöters Baupläne und weiteres Zubehör. Er hatte sie entworfen und angefertigt. Schon als Kind hatte er nicht selten Ärger bekommen wegen seiner täuschend echt aussehenden Pistolen, den Messern, den Zwillen. Auf der Werkbank stand eine weitere elektrische Schreibmaschine. Ein Mikrofon klemmte noch im Ständer. Ich schaltete den Apparat an und drückte auf die Leertaste. Das knatternde Geräusch klang wie eine gedämpfte, harmlosere Version des elektrisch verstärkten Maschinengewehrfeuers, das aus Benitos Waffenattrappe im Hotel geschallt war.

Im Kleiderschrank der kargen Schlafkammer fand ich ein paar Militärhemden und Jacken von ganz unterschiedlichen Armeen. Sie ähnelten dem schwarzen Kampfanzug, den Benito in Bonn getragen hatte. Auch hier waren, wie bei der ausgestellten Kluft, die Länderwappen und alle weiteren Symbole und Abzeichen entfernt. Der Camouflage-Stoff war schwarz eingefärbt worden. Ich zog mir ein mattschwarzes, nun nationsloses Tarnhemd an, auf dem man gerade noch die Idee des Blattwerks erahnen konnte. Ich hatte einmal gelesen, dass Arno Schmidt in seinen mittellosen Jahren, bevor er mit Alice nach Bargfeld gekommen war, schwarz eingefärbte Tommy-Hemden getragen hatte, sie danach aber auch weiterhin angezogen hatte, auch als er sich schon neue Kleider hätte leisten können, wie ein Zeichen der Erinnerung.

Ich ging auf die Toilette. Danach machte ich mir etwas zu essen. Alles funktionierte. Die Spülung, der Herd, das warme

Wasser. Nach dem Essen legte ich mich für eine Stunde auf die Couch, um mich auszuruhen.

Später ging ich rüber zu dem grünen Posttelefon, dessen Anblick mich an die stummen Anrufe meines Vaters erinnerte und blieb wohl ein paar Minuten davor stehen, dachte an diesen verschlossenen, traurigen Mann. Dann rief ich meine Mutter an. Mit dem Finger die glattgeschliffene Wählscheibe zu drehen fühlte sich vertraut an, wie eine alltägliche Handlung, auch wenn ich ein solch altes Telefon seit Jahrzehnten nicht benutzt hatte. Meine Mutter nahm ab und in ihrer Stimme klang eine merkwürdige Verwunderung mit, als sie mich begrüßte. Ich erzählte ihr, dass ich das Geheimversteck von Benito und Fliegentöter gefunden hatte und dass ich mich für ein paar Tage hier einquartieren würde, um alles zu begutachten.

Bald schon wusste ich nicht mehr, ob draußen Tag oder Nacht war, konnte nicht mehr sagen, wie viel Zeit vergangen war – aber das spielte vielleicht auch keine Rolle, dachte ich. Ich stöberte durch die Platten, fand Arvo Pärt, Krzysztof Penderecki, Arnold Schönberg, Hans Rosbaud, Samuel Barber. Benitos Musikgeschmack war beeindruckend elaboriert. Oder gehörten die Platten Fliegentöter? Miles Davis, den wir ja schon bei ihm in der Wohnung gehört hatten, war hier ebenso vertreten wie Alice und John Coltrane, Ornette Coleman, Charles Mingus, Pharoah Sanders, Archie Shepp, Harold Vick, Don Cherry, Ernest Baku, John Luries Lounge Lizards – aber auch Avantgardekomponisten und Klangforscher: Stockhausen stand neben Conrad Schnitzler, Terry Riley, La Monte Young, Jon Hassell, John Cage, Robert Ashley, Harold Budd, Morton Feldman, William Basinski, The Caretaker, Ryuichi Sakamoto, Alvin Lucier. Ich hielt Arthur Russells *World Of Echo* in der Hand, möglicherweise die schönste Platte, die jemals aufgenommen wurde. Bill Evans, Art Pepper und Chet Baker waren vertreten. Ich stellte mir vor, dass die beiden sie zum Abendessen gehört hatten. Moondog. Eine äußerst schöne Mischung. Die Antimusik etwa von Throbbing Gristle stand da neben den eskapistischen ersten Alben Edgar Froeses, die Mediationen Popol Vuhs schmiegten ihren Rücken an das breite Kreuz des verworrenen Gesamtwerks Scott Walkers. Das Frühwerk von Kreator stach auffällig aus der Sammlung hervor, nicht nur, weil es sich dabei um die einzig vertretene Metalband hielt. *Endless Pain. Pleasure To Kill. Flag Of Hate. Terrible Certainty. Extreme Aggression. Coma Of Souls.* Die Cover waren allesamt abgegriffen, sahen alt und benutzt aus.

Anders als die Bibliothek schien die Plattensammlung assoziativ sortiert, was mich fragen ließ, wie Benito sich darin hatte zurechtfinden können. Vielleicht hatte er ja einfach gewusst, wo welche Platten standen. Fast alle der Alben kannte oder besaß ich selbst. Die Musik einte, dass sie Landschaften erzeugte, innere Landschaften. Orte, die auch ich nur mit geschlossenen Augen zu betreten pflegte, die überhaupt nur im Inneren existierten. Diese Musik erzeugte diese synästhetischen Sphären jedoch nicht nur, nein, sie führte einen durch sie hindurch und erzählte dabei von einer unbekannten Welt, machte sie sichtbar, auch in der Dunkelheit, geleitete in einem unbekannten Tempo, das weder langsam war, noch schnell, durch die lichtlosen Landschaften. Auch für mich vermochte nur Musik solche Landschaften zu erzeugen.

≈

VIII.

Irgendwann sahen sie am linken Ufer, zunächst schemenhaft und dann immer deutlicher, die Umrisse zweier Menschen in den weißgrauen Schwaden, die auf einer Picknickdecke saßen, wie sich bald unschwer erkennen ließ. Die beiden Personen, eine rothaarige Frau in einem blauen Kleid und ein braunhaariger Mann in Anzughose und Hemd, hatten ihre Schuhe ausgezogen, die sorgsam aufgereiht neben der karierten Decke im Gras standen. Ein Kofferradio bei den Schuhen gab rauschende Laute von sich, hier und da unterbrochen von ein paar Stimmfetzen oder musikalischen Fragmenten, so knapp angespielt jedoch, dass man sie nicht erkennen konnte. Es klang, als rausche eine unsichtbare Hand durch die Frequenzen. Die Jungen wurden langsamer, stellten sich in den Kanus auf, um mehr zu erkennen, denn etwas an diesem Bild erschien ihnen merkwürdig. Die beiden Menschen nämlich, die dort saßen, regten sich nicht. Auch der in der Mitte stehende Picknickkorb schien unberührt. Kippe rief zu ihnen herüber, grüßte sie, fragte dann, ob alles in Ordnung sei, doch er erfuhr weder Antwort noch ließ sich überhaupt eine Regung der beiden Körper ausmachen. Grüße, die ohne Entgegnung verhallten, ein Fragen, das keine Antwort erhielt. Fliegentöter und Maus waren nun ganz nah am Ufer. Maus schrie auf: »Verdammt, das sind ja Puppen! Das sind keine Menschen. Das sind Puppen. Da hat jemand Puppen hingesetzt.«

Nun paddelten auch die anderen zwei Kanus näher ans Ufer, drehten bei. Und wirklich, Maus hatte richtig gesehen. Die gut frisierten Puppen waren aus einem beigefarbenen Stoff gefertigt, vermutlich gefüllt mit Stroh oder Wolle. Ihre Gesichter waren ausdruckslos, denn auch, wenn ihre Gliedmaßen wohlüberlegt angelegt worden waren und aus der Distanz täuschend echt wirkten, hatte ihr Erschaffer ihnen keine Augen aufgemalt, keinen Mund genäht, keine Nase modelliert.

Uğur flüsterte, als wolle er die schlafenden Puppen nicht wecken, und er sprach dabei nicht mit den Jungen, sondern mit sich selbst.

»Die hat jemand da hingelegt. Warum hat die da jemand hingelegt? Wer sind die? Wer sollen die sein? Die sehen aus wie Menschen, die auf einer Decke ein Picknick machen, einfach so dasitzen oder dem Radio zuhören. Was soll das? Wer macht so was?«

Jetzt erhob er die Stimme, richtete sie doch an die anderen Jungen, wendete den Blick von jenem inszenierten, gefälschten Picknick ab. Er zitterte: »Bitte, lasst uns weiterfahren. Ich will hier weg.«

Er setzte sich zurück auf sein Brett und begann, wie wild zu paddeln, brabbelte entrüstet vor sich hin, erst rechts, dann links durch das Wasser schaufelnd. Das Kanu wackelte, sodass Kippe, der noch immer dastand und das merkwürdige Bild betrachtete, fast ins Wasser fiel, sich jedoch gerade noch fing, um dann fluchend auf seine schmale Holzbank zu plumpsen. Irritiert passierten sie das Szenario, auf das sich keiner der Freunde einen Reim machen konnte, ließen das stumme Paar bald hinter sich. In wisperndem Ton rätselten sie dann, stellten Theorien auf und mutmaßten über das Gesehene. Doch keine ihrer Ideen schien ihnen plausibel. So wurden sie immer ratloser.

In einem Bilderrahmen an der Rückwand des Wohnzimmers fand ich einen maschinengeschriebenen Zettel. Das Papier war sehr alt und an den Faltlinien bereits angerissen. Die Sätze, in Aneignung des Pfadfinderversprechens, wie wir es früher im Kreis gesprochen hatten, waren hier und da durchgestrichen, in kindlicher Schrift überschrieben und kommentiert worden, auf eine Weise, dass das Papier wie ein Readymade wirkte, bewusst unvollkommen und als die bloße Momentaufnahme eines Findungsprozesses belassen, als Zeugnis eines Versuchs konserviert. Die letzte Fassung ließ sich in etwa wie folgt lesen:

Wir versprechen, dass wir niemals jemand sein wollen.
Wir wollen auch vergessen, wer wir sind.
Wir sind die Schwarzen Steine.
Wir versprechen, im Leben eine gute Tat zu tun.
Wir glauben an die Verborgenheit und an die Verkleidung.
Nennt uns Wahnsinnige und wir werden euch küssen.
Wir leben im Dreck, wir kriechen durch den Schlamm.
Wir geloben, unser Leben zu führen, wie wir wollen.
Ohne Moral, in jedem Moment.
Wir scheißen auf Ehre, Gott und Vaterland.
Wir fallen ins Wasser und sinken.
Doch da, wo wir aufkommen, schlagen wir Wellen.
Keine Wurzeln, aber Triebe.
Unsere Gegenwart ist die Zukunft der Vergangenheit.
Allzeit bereit und zu nichts zu gebrauchen.
Wir sind die Schwarzen Steine.
Allzeit bereit.

Unterschrieben war der Zettel mit B K M U F. Genau wie der Grabstein des Häuptlings.

Die menschlichen Puppen blieben bei Weitem nicht die letzten Merkwürdigkeiten, denen die Jungen begegnen sollten. Schon bald nach dem stillen Paar auf der Picknickdecke fanden sie weitere Stillleben vor, die wie in die Landschaft platziert wirkten und mit ihrer stetig wuchernden Umgebung zu verwachsen schienen. Zunächst zogen sie an einer Gruppe Pferde vorüber, die weiter als die Puppen vom Ufer entfernt standen, ohne Zweifel jedoch mit einer vergleichbaren Raffinesse konstruiert worden waren: ein schwarzer Rappen und ein weißes

Pferd, gemasert von dünnen schwarzen Flecken, außerdem, so erkannten sie bei genauerem Hinsehen, ein grauer Esel, der neben einem kleinen Fohlen stand, das er halb verdeckte. Die Tiere standen dicht beisammen und blickten bewegungslos in Richtung Ufer. Kippe holte seinen kleinen Feldstecher aus dem Brotbeutel und bestätigte: Auch diese Tiere waren von Menschenhand geschaffen, waren aus Holz und Draht gefertigt, der hier und da noch hervorlugte, waren mit Decken und Laken bespannt, das Haar aus Stroh, die Augen aufgemalt.

»Was hat das bloß zu bedeuten?«

Ich rief Uta an und erzählte ihr davon, erzählte ihr alles, was ich in den letzten Tagen erlebt hatte, von der verlassenen Zechenkolonie, vom Geheimversteck, von der Werkstatt, den Reliquien, dem Manifest. Es war gut, ihre Stimme zu hören. Ich vermisste sie. Als ich ihr ein paar der Platten nannte, die auch wir zusammen zu hören gepflegt hatten, erzählte sie mir von einem geheimnisvollen Klangkünstler, dessen Identität im Verborgenen lag und der trotz seiner weitgehenden Anonymität seit ein paar Jahren eine kultische Verehrung in der Kunstwelt erfuhr, und dass dieser geheimnisvolle Musiker, der sich X nannte oder so genannt wurde und vermutlich aus dem Ruhrgebiet stammte – vielmehr wusste man nicht über ihn –, jüngst eine Arbeit veröffentlicht hatte, die sich auf den Vorfall in Bonn bezog. Uta hatte das Stück, das nur auf Kassette veröffentlicht worden war, dann aber wie alle Werke des mysteriösen Künstlers schnell seine Wege ins Internet gefunden hatte, bereits gehört. Sie sagte, es sei wunderschön und gleichzeitig unsagbar verstörend.

Benito hatte Eindruck hinterlassen, hatte mehr angestoßen, als ein paar reißerische Schlagzeilen. Kunstschaffende begannen bereits damit, sich an seiner Tat abzuarbeiten. Uta wusste zu berichten, dass an den geisteswissenschaftlichen Instituten in Köln, Frankfurt, Bochum, Dessau und Bamberg erste Beschäftigungen mit den Ereignissen um den Anschlag unternommen wurden. Das Rätsel wucherte, es verteilte sich. Menschen pilgerten nach Bonn, um sich den Ort des Geschehens anzuschauen. Versammlungen und Demos wurden organisiert, auf denen sich Gruppen trafen, die Benitos Tat guthießen, ihn glorifizierten als Märtyrer, als Aufschreienden gegen das System – und ebenso kam es zu großen Gegenveranstaltungen, deren Teilnehmer ihn moralisch verurteilten, in der Aktion eine Form von Terror sahen, Bedrohung und Unheil in ihr aufkeimen zu sehen meinten. Philosophen meldeten sich zu Wort, Soziologen, Konservative, Marxisten. Es schien, als rätselte die gesamte westliche Welt über den Vorfall von Bonn. Heftig wurde darüber gestritten, in Interpretationen, in Mutmaßungen. Ich hatte die neuesten Entwicklungen seit meinem Aufbruch nicht weiterverfolgt, doch Uta schilderte mir, wie ungebrochen das allgemeine Interesse an Benitos Tat doch war, ja, wie es sogar noch angestiegen schien in den letzten Tagen. Ich bedankte mich bei ihr. Dann sagte ich ihr, dass ich sie vermisste. Und dann sagte ich ihr, dass ich sie noch immer liebte. Ich hatte das gar nicht geplant. Vielleicht hatte ich es auch nicht gewusst. Ich biss mir auf die Zunge. Uta schwieg, bestimmt eine Minute lang. Ich schmeckte Blut in meinem Mund. Dann sagte sie: »I love you, too.« Sie legte sogleich den Hörer auf. Für ein paar Minuten starrte ich regungslos in die Tiefen der Katakombe.

Als Nächstes passierten sie drei Autos, die mitten auf der Wiese standen, ohne Scheiben, auch die Türen fehlten, und nun, der Feldstecher machte die Runde, bestätigte Maus, dass der Lack hier bereits rostete, aus den aufgerissenen Polstern Unkraut spross, die Karosserie von Flechten besetzt war und die Autos, die tatsächlich älteren Modells war, in diesen Dingen verfügte Fliegentöter über detaillierte Kenntnisse, dort schon seit geraumer Zeit bei Wind und Wetter stehen mussten.

»Das sind ganz eindeutig Oldtimer, so was wird heute gar nicht mehr gebaut. Die müssen hier schon ewig stehen«, bestimmte er im Kanu stehend, die linke Hand am Feldstecher und mit der Rechten wie zur Erläuterung gestikulierend.

»Oder die hat wer dort hingestellt«, entgegnete Kippe.

»Oder das«, antwortete ihm Fliegentöter, wieder mit der freien Hand gestikulierend.

Einige hundert Meter weiter erkannten die Jungen dann eine Gruppe Menschen, die bei einer Litfaßsäule zusammenstanden. Auch bei dieser kleinen Gesellschaft handelte es sich um Puppen, die mit Hüten, schicken Anzügen und schwungvollen Kleidern angezogen waren. Eine der Puppen schien in einer Geste zu verharren, die einen amüsierten Ausfallschritt andeutete.

»Die sehen aus wie aus einer anderen Zeit. Schaut euch die Kleider und die Anzüge an, so was trägt doch heute keiner mehr!«

Jetzt war Kippe wieder am Fernglas, der ohnehin sehr gute Augen hatte, und er entdeckte weiter hinten im Nebel etwas, das die Jungen noch mehr überraschte, als die Dinge, die sie bisher gesehen hatten. Dort nämlich, auf einer Linie mit der kleinen Menschengruppe, stand ein Panzer im Gras – von Efeu umrankt und ganz eindeutig außer Betrieb.

»Wo kommt denn all das Zeug her?«

Niemand wusste darauf eine Antwort.

Bald fühlte ich mich in der Krypta wie zu Hause. Ich aß etwas, wenn ich hungrig war, ging schlafen, wenn mir Geist und Augen müde wurden, trieb ein wenig Sport und legte weiter Benitos und Fliegentöters Platten auf. Doch ich schlief nicht in ihren Betten. Das wagte ich nicht. Stattdessen baute ich mir in Nähe der Audioanlage ein Nachtlager aus den Ausstellungsstücken, unter denen ich auch einen Schlafsack und eine Schlafmatte gefunden hatte. So lag ich da, wenn die Müdigkeit mich übermannte, wie ich vor 31 Jahren dagelegen hatte.

Vor allem aber studierte ich die Bibliothek. Würde ich Benitos Intention nicht näherkommen, wenn ich seine Lektüre rekonstruierte? Genaugenommen ließ sich gar nicht wirklich von Benitos Lektüre sprechen. Vielmehr hatte Fliegentöter die Bücher, die Benito lesen wollte, auf Tonbänder gesprochen, und Benito musste sie wieder und wieder abgehört haben, worauf zumindest die fortgeschrittene Abnutzung der Magnetbänder schließen ließ. Ich lag auf der Liege in der Bibliothek, las in den Büchern und hörte die Bänder durch, ließ sie im Hintergrund plätschern, während ich etwas kochte oder Sport trieb, um im nächsten Moment schon wieder wie besessen darüber zu brüten. Fliegentöter war ein guter Vorleser. Er sprach die Texte so, als ob er sie sich selbst vorlese, ohne übertriebene Betonung, wenn auch nicht gänzlich befreit von Temperament. Da waren Titel, die ich schon vermutet hatte und die sich als so etwas wie die theoretische Grundlage für das interpretieren ließen, was Benito getan hatte, aber auch Prosaliteratur, Romane und Erzählungen. Borges etwa, der blinde Großmeister, über den ich schon mit Fliegentöter gesprochen hatte. Franz Kafka, Joseph Roth, Thomas Bernhard, Anna Segers, Joseph Conrad, Bernard Mallamud, Abe Kōbō, Don DeLillo, Sylvia Plath, Anthony Burgess, Sylvio Cortazar. Stephen King, Michel Houellebecq, Bret Easton Ellis, Sarah Kane, T. C. Boyle und der amerikanische Anarchist Chuck Palahniuk. Wenn ich hätte sagen sollen, was die Literatur eine, die sich mir da eröffnete, was vielleicht ihr kleinster gemeinsamer Nenner sein mochte, wäre das nicht weniger als ihr Interesse an der Zerstörung der Welt durch die menschliche Zivilisation. Nicht in einem ökologischen oder politischen Sinne, sondern vielmehr auf einer abstrakten Ebene, die sich, ohne dabei zwingend einer allzu deutlich ausgebildeten Misanthropie zu verfallen, mit jenem Wesensaspekt des Menschen beschäftigte, der über unsichtbare Bünde mit dem Leid, der Vernichtung, der Ausbeutung verknüpft schien, die sich durch die Annalen der Geschichte zog und den Zivilisationsmythos zweifelsohne als eine Erzählung der Barbarei entlarvte. W. G. Sebald etwa, in dessen Werk sich lexikalisch erforschte Mosaike der Vernichtung und Zerstörung finden ließen, oder Arno Schmidt, bei dem der Einzelne sich immer einer übermächtigen, autokratischen Welt gegenübersah. Ich fragte mich manchmal, ob nicht in jeder ernstzunehmenden Literatur derlei Gegenstand vergraben lag, und ob nicht – nun, ich sage es einfach: das Böse überhaupt der maßgebliche Anlass war, es ernsthaft mit dem Schreiben zu versuchen. Auch Burroughs und seine Sinnesgenossen waren vertreten, die sich mit ihrer Literatur und der Zurschaustellung ihres Lebenswandels, der mir weitaus interessanter erschien als das konkrete Werk, schreibend gegen die Übermacht des Bösen erhoben hatten. Das Böse, das hier ganz unterschiedliche Decknamen trug: die Moral der bürgerlichen Gesellschaft, der Faschismus des Staatsapparats, die Dürftigkeit der Wahrnehmung. Sie waren so etwas wie die schmutzigen Straßenphilosophen, deren seriösere Kollegen von den Akademien ebenfalls die Regale bevölkerten: Schopenhauer, Hegel, Wittgenstein, Arendt, Adorno, Horkheimer, Sontag, Foucault, Derrida, Chomsky. Huey P. Newton. Georges Bataille. Der Apokalyptiker Jean Baudrillard. Das Gesamtwerk von John Zerza. Gleichzeitig bot das Regal Raum für solitäre Einzelgänger, die in ihrem Leben vielleicht nur ein Buch verfasst hatten und nicht dem Kanon der Geistesgeschichte zugeschrieben waren. Max Stirner etwa.

Nietzsche, den ich zwischen den Buchrücken ebenfalls vermutet hätte, fand ich allerdings nicht. Vielleicht war das die viel wichtigere Frage: Was hatte Benito nicht gelesen? Kaum etwas, das Strategien entwarf, ein erfülltes Leben zu führen. Unterhaltung und Leichtigkeit fehlten in dieser Bibliothek ebenfalls, waren einzig durch den bisweilen äußerst amüsanten Roberto Bolaño vertreten, dessen Schreiben jedoch stets auch die Melancholie des Exilanten in sich trug, von den Marginalisierten erzählte, den Verlierern der Geschichte, den Unsichtbaren und Stimmlosen – und darin auch eine große Traurigkeit einfing. Ich strich über die Buchrücken seiner umfangreichen literarischen Hinterlassenschaft, die mich in jungen Jahren sehr geprägt hatte. Ohnehin verhielt es sich mit den Büchern wie mit den Schallplatten: Die meisten der hier versammelten Werke nannte auch ich mein Eigen. Ähnlich abgegriffen wie in meinem Bücherregal etwa war die aktuellste Werkausgabe Shabbatz Krekovs, die vor zehn Jahren als erste Gesamtausgabe auch die Romane Richard Kallmanns versammelt hatte und so zwei Autoren zusammenbrachte, die ja – ähnlich den multiplen Autorenegos bei Pessoa – eine Person gewesen waren, was erst lange Zeit nach Krekovs Tod durch einen unsagbar unwahrscheinlichen Zufall herausgefunden worden war. Ich hatte für den wissenschaftlichen Apparat dieses Mammutprojekts in meiner unendlichen Verehrung des kauzigen Schriftstellers, der sich nach seinem Tod 1987 in Los Angeles hatte einfrieren lassen, ein paar Studien verfassen dürfen, die wohl mehr als Essays durchgingen, denn als literaturwissenschaftliche Arbeiten, was mir seinerzeit einigen Ärger mit dem Herausgeber beschert hatte. Mit Krekov stieß ich auf eine Art direkten Treffer. Es existierte nämlich ein ob seiner wirren Erzählweise kaum dingfest zu machender, erst fünf Jahre nach dem Tod des geheimnisvollen Autors aus dem Nachlass erschienener Roman mit dem Titel *Die unsichtbare Waffe*, der sich als eine Art innerer Monolog charakterisieren ließe, der auf etwa 140 Seiten das Für und Wider eines Amoklaufs als verzweifeltes Zeichen gegen den zivilisatorischen Irrweg erwog, wobei offengelassen wurde, wie sich der unbekannte Träger dieses fluiden Geistesstroms letztlich entschied. Auch dieser schmale Band stand im Regal und war parallel von Fliegentöter auf Band gesprochen worden, und in keinem anderen der hier versammelten Bücher zeigte sich deutlicher, wie Benitos Tat auch mit seiner Lektüre verflochten war: In der wiederentdeckten Novelle hatte der blinde Amokläufer seinen fiktiven Vorläufer gefunden. Dieser Bezug hatte so deutlich vor mir gelegen, die ganze Zeit schon. Warum war ich nicht darauf gekommen? Ich war doch ein Krekov-Experte! Kunst und Leben schienen mir in diesem Moment doch weiter voneinander entfernt, als ich immer gedacht hatte.

Benito und Fliegentöter hatten die Texte einer Zeit geborgen, in der das Lesen von Theorie noch vielmehr das Potenzial besessen hatte, geistige Sprengköpfe herzustellen, ohne dabei einer Marktkategorie zu folgen: Das Beste aus 50 Jahren Merve und März stand da, wirklich, wenn die Buchwände auch nicht nach Verlagen sortiert waren. Doch die oft schmalen Bändchen, die nicht viel Raum brauchten, nie viel Raum gebraucht hatten, um das Denken zu verändern, unterwanderten die gesamte Bibliothek. Benito war mit diesen Lektüren abgrundtief eingetaucht in Kunst und Politik, in deren Zusammenhänge. Vielleicht waren Benito und Fliegentöter so etwas wie die geistigen Kinder Peter Gentes und Heidi Paris', die intellektuellen Ziehsöhne von Jörg Schröder und Barbara Kalender. Neben theoretischen Texten des Anarchismus fand ich Klassiker der Kunstgeschichte: André Breton und die Manifeste des Surrealismus, Studien über den Wiener Aktionismus, Oskar Wiener, Artikel, die sich mit den Impulsen der Fluxusbewegung auseinandersetzten. Allen Ortes ging es dabei auf die ein oder andere Weise in die Extreme: Gesamtausgaben von Georges Bataille und Walter Benjamin als Beispiele geistiger Extreme, Literatur von und über Yukio Mishima als ein Aufzeigen extremer Handlungen. Artauds *Theater der Grausamkeit* als eine Idee extremer Abgrenzung – wobei: danach würde ich Uta fragen müssen. Artaud hatte ich nie gelesen.

Irgendwo in diesem Bildungsprozess musste es einen irrationalen Funken gegeben haben, einen spontanen, unreflektierten Kurzschluss, eine wahnwitzige Eingebung, die dann in Benito gewachsen war, sich mit Wissen genährt, Dinge miteinander verknüpft haben musste, die schließlich zu einer irrwitzigen Dynamik geführt hatten – bis sie schließlich im Gewand einer extremen Handlung zur Antwort geworden waren auf eine unsichtbare, noch nicht gestellte Frage. Anders, als Adorno es zu seinem Lebensabend hin noch gelehrt hatte, war Benito nicht in der Theorie verankert geblieben. Er war zur Praxis übergegangen.

Dystopien entdeckte ich in dem Bücherregal kaum. Benito mochte mit seinem sensiblen, auf das Leid der Menschheit gerichteten Blick in der Gegenwart eine Welt vorgefunden haben, die in ihrer barbarischen Grausamkeit so mächtig war, dass ihm das Feld der Dystopie vorgekommen sein musste wie eine naive, infantile Spinnerei – oder, wenn sie in die Vollen gingen, wie die sardonischen Götzenbilder eines Entwurfs verkitschter Apokalypse. Die Zeit der Dystopien war vorbei. Sie waren von der Wirklichkeit überholt worden. Die Imagination steckte in einer tiefen Krise.

IX.

Als sie die Menschengruppe an der Litfaßsäule passiert hatten, vielleicht auch kurz zuvor, möglicherweise auch etwas später, richtete sich Benito plötzlich halb im Kanu auf, das linke Knie aufs Sitzbrett gestützt, das andere Bein angewinkelt, so als wolle er aufstehen, zögere aber noch. Es war, als sei ihm etwas eingefallen, das er vielleicht selbst noch nicht ganz begriff und das er nun aber mitteilen wollte, etwas, das in Verbindung mit dem stand, was sie in letzter Zeit gesehen hatten: eine geisterhafte, stumme Scheinwelt. Benito sprach nun zu ihnen, sprach ganz selbstverständlich, wenn in seiner lauter werdenden Stimme auch etwas Wahnhaftes mitschwang. Die Selbstverständlichkeit lag mehr darin, dass er einfach zu sprechen begann, ohne zu erläutern, wie er zu seinen Gedanken gekommen war oder was er damit bezweckte. Er räusperte sich nicht einmal, spuckte direkt die Wörter aus, die ihm kamen, in zornigem Tonfall. Mehr nicht. Die Jungen wunderten sich, ja, natürlich wunderten sie sich. Doch sie hörten ihrem Freund zu, wie sie ihm auch in Zukunft zuhören würden. Es war der erste von Benitos Monologen und er kam aus dem Nichts, wie alles aus dem Nichts kommt, dem randvollen Nichts.

Als ich beim Anfangsbuchstaben meines Nachnamens ankam, durchfuhr mich ein kalter Schauer, denn auch mein schmales Werk stand dort aufgereiht. Unter normalen Umständen, da will ich ganz ehrlich sein, empfand ich ein wohliges Gefühl der Erhabenheit, entdeckte ich einmal eins oder gleich mehrere meiner Bücher in einem fremden Regal. Nun aber bereitete mir dieser Umstand zittrige Knie. Doch ich versuchte, mich nicht davon irritieren zu lassen. Das hier war wichtig. Diese Bibliothek stellte die Bezugspunkte einer komplexen Geisteswelt dar, die in ihrer Kombination das Potential besaß, zum Fatalismus zu führen. Ein geistiger Steinbruch, in dem auch Uran gefördert wurde. Nein, das Bild hinkt: Die einzelnen Bücher waren vielleicht mehr oder weniger harmlos, doch in ihrer Kombination verhielt es sich mit ihnen wie mit den Zutaten für eine selbstgebaute Bombe – für sich betrachtet unbedenkliche Produkte zur Bewältigung des Alltags, die man in Baumarkt und Drogerie finden konnte. Verband man sie aber auf eine bestimmte Weise miteinander, waren sie in der Lage, einen Kopf zu sprengen.

Auch das äußerst rare und überwiegend nur noch archivarisch zu bekommende Schriftwerk Andrei Tarkowskis fand ich dort, Tarkowski, der, wäre er heute noch am Leben, sicher eine wahre Freude daran gehabt hätte, Benitos Leben zu verfilmen, genau wie vielleicht Michael Haneke, wenn auch aus anderen Gründen. Aber hier drifte ich ab ins Hypothetische, und das wird uns mit Verlaub gesagt nicht weiterbringen. Es fanden sich ohnehin mehr als genug tatsächliche – sagen wir: Indizien, die etwas konkreter machten, was in den meisten der anderen Bücher bloß zwischen den Zeilen verborgen lag. Versachlicht und ganz im Gegensatz zu den bereits genannten Titeln in brisanter Eindeutigkeit, bahnten sich hier doch, ausgehend von einer durchaus beeindruckenden Reflexionsleistung, äußerst radikale Konsequenzen den Weg, fand ich unter K wie Kaczynski das schmale Manifest des sogenannten Unabombers: *Die industrielle Gesellschaft und ihre Zukunft.* Theodor John Kaczynski, ein amerikanischer Mathematikprofessor mit Harvard-Ausbildung, der sich im Jahr 1971 in eine selbstgebaute Holzhütte inmitten der Wälder Montanas zurückzog und fortan nach außen hin das Leben eines Einsiedlers führte, tatsächlich aber in den Jahren von 1978 bis 1995 mindestens 16 Paketbomben an Universitäten und Technologie-Konzerne verschickte, in deren Personal er die Motoren einer fortschreitenden, letztlich vernichtenden Industrialisierung wähnte, der er entgegenwirken wollte. Er tötete mit seinen selbstgebauten und auf dem Postweg verschickten Bomben in den 17 Jahren seiner terroristischen Aktivität drei Menschen und verletzte 23 zum Teil schwer, hielt über bald zwei Jahrzehnte die Öffentlichkeit in Atem und die ratlosen Ermittler, die ihm einfach nicht auf die Spur kommen wollten, in beispiellosem Aufruhr. Als er sich an die Presse wandte, die ein von ihm verfasstes Manifest veröffentlichen sollte, woraufhin er seine Anschläge zu beenden anbot, erkannte sein Bruder in dem dann tatsächlich in der *Washington Post* publizierten Text Formulierungen aus ihrer langjährigen, ebenfalls postalischen Privatkorrespondenz wieder, woraufhin er sich schweren Herzens und besorgt um den geliebten, unlängst verloren geglaubten Bruder an die Behörden wandte, was schließlich zur Verhaftung des Unabombers in den Wäldern Montanas führte. Kaczynski, in dessen Ideologie sich ein fataler zivilisationskritischer Anarchismus mit seinem autistischen Intellekt kreuzte, erfuhr in den letzten Jahren eine wachsende Popularität, so wurde neben einer Vielzahl an hochwertigen, neuen Dokumentationen auch eine erfolgreiche Serienadaption seiner Geschichte produziert, die die Ereignisse nun auch in die Köpfe jüngerer Menschen gebracht hatte, die vielleicht sogar erst nach seiner Verhaftung 1995 geboren und in einer Welt aufgewachsen waren, die nicht zu leugnende Züge jener post-industriellen Beschädigungen aufwies, die Kaczinsky für unsere Umwelt und Psyche vorausgesagt hatte. Vor vielen Jahren hatte ich mich eingehend mit seinem komplexen Fall beschäftigt, hatte dann zuletzt einen Essay veröffentlicht, in dem ich die These vertrat, dass seine Taten diese neue, breitflächige Aufmerksamkeit insbesondere deshalb erfuhren, weil sich auffallend viele Voraussagen seines Manifests, das er zur Tarnung mit einer fiktiven anarchistischen Vereinigung – dem *Freedom Club* – unterzeichnet hatte, in der jüngeren Gegenwart bewahrheiteten, und dass die Menschen in ihrer latenten säkularen Sehnsucht nach einem modernen Propheten vor allem fasziniert davon waren, dass ein Terrorist und Mörder mit einer so merkwürdigen Biografie derart visionäre Züge aufwies. In der Langversion seines rund einhundert Seiten langen Texts, der einem gewissen Zynismus folgend auf Deutsch nurmehr durch das Angebot von Amazon Publishing verfügbar war, analysierte Kaczinsky zunächst die globale Situation der Gesellschaft als Konsequenz eines Kontrolldrangs durch das industrielle System, in dessen Fortsetzung er einen folgenreichen Zusammenbruch dieses alles bedingenden Prozesses ausmachte, der abstrakt gefasst ein großes Leid und irreparable Schäden hervorbringen würde, plädierte, dass dieser Entwicklung nur entgegenzuwirken sei, indem sich die menschliche Zivilisation einer primitiveren Lebensführung zuwende, sich nicht weiter blind und gehorsam einem fatalistischen Fortschrittsstreben unterwerfe. Seine Schriften, die ganz ohne Zweifel auch die Idiosynkrasie eines endlos Verzweifelten, so gesehen nicht gesellschaftsfähigen Zurückgeworfenen trugen, wiesen unterkomplexe Oberflächlichkeit und intellektuelle Kurzschlüsse auf, waren nicht selten gefärbt von einem nihilistischen Verdruss, der auch Ökofaschisten und Neonazis ansprach. Doch auch, wenn Kaczinskys Schriften brandgefährlich waren, in ihrer Konsequenz für seine Opfer Tod und Leid bedeutet hatten, ließen sich in ihnen tatsächlich prophetische Wahrheiten lesen, was den Zustand der menschlichen Zivilisation angeht. Hatte Benito in Kaczinsky eine Art Vorbild gefunden, einen grenzüberschreitenden Vorreiter radikaler Handlungen für die vermeintlich gute Sache, den Weckruf, den Appell an die Gesellschaft, ihren Zustand zu reflektieren und Konsequenzen zu ziehen, die letztlich zu Emanzipation führen sollten? Ließ sich Benito mit Kaczinsky lesen? Die Schriften des noch bis zu seinem Lebensende im amerikanischen Gefängnis einsitzenden Kaczinsky mochten Benito beeinflusst haben, auch wenn er die Konsequenzen letztlich gegen sich selbst gerichtet hatte.

»Wisst ihr es? Wisst ihr, wie viele Menschen in diesem Augenblick von anderen Menschen gefoltert, vergewaltigt, unterdrückt, ausgebeutet, entführt, erniedrigt oder getötet werden? Wisst ihr, wie viele Arten unwiederbringlich ausgestorben sein werden, bis zum Ende dieses Tages? Wisst ihr, wie es sich anfühlt, der Letzte seiner Art zu sein? Ihr wisst es nicht. Wisst ihr, wie viel heute dafür getan wurde, dass diese Welt mit uns untergeht, dass sie näher an den Abgrund rollt, als dass etwas dagegen getan wurde? Es ist so schade. All das Wissen, das ein besseres Leben ermöglichen würde. Aber der Einzelne verschwindet davor. Die Menschen wissen so viel, doch sie ziehen keine Konsequenz aus diesem Wissen. Und die, die diesen Umstand bemerken? Sie sind allein. Ihnen schadet das Wissen, denn je mehr sie erfahren, desto trauriger müssen sie werden, denn sie begreifen, dass sie machtlos sind, dass sie nichts daran werden ändern können, wie die Menschheit sich unentwegt zugrunde richtet. Aber niemand hört ihnen zu. Dabei könnten die Menschen miteinander sprechen lernen. Die Menschen könnten die Arten erhalten. Die Menschen könnten vom Monster der Geschichte lernen, ihm die Zähne zeigen, mit einem Lächeln, gemeinsam. Die Menschen könnten sich anschauen, könnten sich fragen, wie es ihrem Gegenüber wirklich geht, könnten sich klarmachen und darüber verständigen, dass die Hoffnung des einen immer die Angst des anderen ist, sie könnten Konsequenzen aus diesem Bewusstsein ziehen, könnten ihre Handlungen ändern, sodass kein Schaden mehr entstünde, könnten eine Konsequenz ziehen in ihren Antworten, ihrem Reden, ihrer Sprache, die doch auch eine Handlung ist. Die Menschen könnten so viel gestalten aus dem, was sie errungen haben. Aber was tun sie? Sie sprechen nicht miteinander. Sie schweigen, oder sie schreien. Dazwischen gibt es nichts. Sie sind zu laut oder zu leise. Sie verstehen sich nicht.«

Die Auseinandersetzung mit Benitos Lektüre führte ohne Zweifel zu neuen Erkenntnissen, förderte gleichzeitig jedoch Themenkomplexe und nicht zuletzt mit Kaczinsky Autoren an die Oberfläche, die es mir kaum erlaubten, eine klare Position zu beziehen, las sie sich doch als eine Bibliothek der Extreme, formuliert von Aussteigern, Solitären, Radikalen, Verbrechern, von Uneindeutigen, die sich nicht selten als Wegbegleiter und Wortführer der intellektuellen Kontroversen vorstellten, deren Wege auch ich in meiner Arbeit immer wieder kreuzte, stets bemüht, in distanzierter Beobachtung zu verweilen. So ahnte ich auch schnell, welche Aspekte aus Leben und Werk Ernst Jüngers Benito reizvoll erschienen sein mussten. Ich hatte mich in jungen Jahren nie sonderlich für Jünger interessiert, hatte den 1996 mit fast 103 Jahren verstorbenen Autoren, der aufgrund seiner Vergangenheit in der Weimarer Republik, während der er noch vor seiner späteren Abwendung vom Nationalsozialismus an dessen ideologischer Vorformulierung mitgewirkt hatte, noch immer weitestgehend verschrien war, eher gemieden. Ein befreundeter Literaturkritiker hatte einmal im Gespräch über Jünger gesagt, wenn überhaupt sei dieser dafür zu verurteilen, dass er 1983 Bundeskanzler Helmut Kohl bei sich in Wilfingen empfangen hatte, jenen Rückzugsort und Alterssitz Jüngers, der auch Pilgerort für Intellektuelle wie Borges, Heiner Müller oder den französischen Staatspräsidenten François Mitterrand geworden war, und sonst lohne es sich in diesem Falle, die hypothetische Trennung von Werk und Autor vorzunehmen. Mit Nüchternheit in der kritischen Betrachtung, so hatte er es gesagt, um gleich darauf einen großen Schluck von seinem Humpen Bier zu nehmen. Die meisten meiner Gesprächspartner jedoch ergriffen die Flucht, kam man ihnen mit dem heiklen Jünger und den einhergehenden, komplexen Leseeindrücken. Ließ er sich nicht aber wie ein Kontrastmittel betrachten, an dem der Verlauf der Geschichte nachzulesen war? Lohnte sich etwa die Beschäftigung mit seinem kontroversen Werk nicht? Und war die kritische Beobachtung, die auch Jünger pflegte, nicht ohnehin der einzige Weg, sich der Gedankenwelt eines anderen Menschen zu nähern? Sicher, lief man doch andernfalls Gefahr einer gefährlichen Verklärung: Die Verehrung, die der Konservative partiell auch von Seiten linker Intellektueller erfuhr, täuschte nicht darüber hinweg, dass er auch noch im 21. Jahrhundert dem Faschismus Denkanstöße lieferte. Jünger wurde von der Neuen Rechten gelesen, wurde wiederentdeckt, was nicht von Ungefähr kam, romantisierte er in seiner aristokratischen Art und seinem elitären Duktus doch nicht nur das Phantasma des Krieges. Die Faschisten bedienten sich vor allem beim jungen Jünger, weil sie in ihm, der sich ideologisch bereits Jahre vor Shoah und Kriegsbeginn von den Nazis abgewandt hatte, einen etwa im Vergleich zu Carl Schmitt weitaus weniger befleckten Wortgeber fanden. Sie entdeckten in Jünger so gesehen einen Rehabilitierten, der in jungen Jahren aber ihrer Sache dienend ohne Zweifel ein Nationalsozialist gewesen war und in dessen Frühwerk sie somit ihr ideologisches Pulver bergen konnten, um sich dort – ohne die Last der Jahre 1933 bis 1945 – in ihrer eigenen Ideologieschreibung mit Freuden daran zu bedienen. Das war ja ein ganz gängiger Ansatz: Nicht nur in Sachen Jünger begeisterte sich die Neue Rechte für antidemokratisches Gedankengut innerhalb der Weimarer Republik.

Wenn Benito etwas mit Jünger gemeinsam hatte, dann war das die Lebensweise des registrierenden Beobachters, seine seismografische Existenz in Anbetracht der Umstände, aus denen er ungeschönt und scheinbar frei von Angst zutage förderte, was in der Gesellschaft vorging, um diese Dynamiken im Kontext ihrer ideologischen Bedingungen und in Betrachtung der politischen Systeme zu reflektieren. Nur, dass diese Betrachtungen bei Jünger zu streitlustigen Publikationen geführt und sich bei Benito zu einer Art tödlichem Erdbeben heraufbeschworen hatten. Auch die Auswahl an Jünger-Literatur, die

Benito rezipiert hatte, sprach dafür: Benito war es nicht um eine konservative Revolution gegangen, wie Jünger sie mit Carl Schmitt diskutiert hatte. Er schien vielmehr die Perspektive des *Anarchen* eingenommen zu haben, jenen Typus des in innerer Emigration verweilenden Historikers aus seinem utopischen Roman *Eumeswil*, der schon manifest im Essay *Der Waldgang* vorformuliert worden war. Jünger hatte den Anarchen, der unpolitisch und zurückgezogen scheint, bloß passiv und mit gewissem Opportunismus am Weltgeschehen teilnimmt, um im rechten Moment, bei Umstürzen etwa oder einer zu erwartenden Repression, den Waldgang, die Flucht, zu unternehmen, die er in obsessiver Genauigkeit im Geiste wie aber auch praktisch vorbereitet, aus sich selbst heraus entworfen: Ein freier Mensch im Geiste Max Stirners, der sich durch nichts auf der Welt bevormunden lässt und sein Leben darauf ausrichtet, um seiner Freiheit Willen intellektuell und in der Eskalation auch tatkräftig Widerstand zu leisten. Dieser Widerstand hatte bis zu Jüngers Tod bloß in seinem Werk stattgefunden, in der Fiktion. In Benito schien der Anarch eine tödliche Manifestation gefunden zu haben.

Während des letzten Teils seiner Rede war Benito laut geworden, zorniger noch, viel zorniger, und Cherubim konnte sehen, wie sich Muskeln und Sehnen anspannten, an den Stellen zumindest, die nicht von Kleidung bedeckt waren: Gesicht, Hals, Hände, Unterschenkel, am rechten Arm, der frei lag, seit Benito den im Wald gerissenen Ärmel nun ganz abgetrennt hatte. Er schien um Jahre gealtert während dieser Rede, als zehre etwas an ihm, das ihn aus seinem Inneren heraus vertrocknete, ihn dem Tod näher brachte. Dieser erste Monolog zog sich über gut fünf Minuten, denn zwischen den Sätzen pflegte Benito kurze Pausen einzufügen, als müsse er Kraft holen, um sie auszuspucken. Wenn er dann sprach, bebte die Erde am Ufer und die Boote begannen zu schaukeln.

Ich rief Uta an, um sie nach Antoine Artaud zu fragen, mit dem sie sich gut auskannte. Ich erzählte ihr von meinen Funden, von Kaczynski, den Uta als Mörder und Feind der Moderne verachtete, von Jünger, der mir letztlich doch immer wieder auch Unbehagen bereitete und den aber Uta wiederum, obwohl sie eine emanzipierte schwarze Frau war, vergleichsweise unproblematisch fand, vielleicht auch, weil sie aus ihrer amerikanischen Perspektive einen weitaus differenzierteren Blick auf Deutschland einnahm, überhaupt zu manchen Themen, die in meiner Wahrnehmung durch meine Herkunft geprägt waren, deutlich angstloser Stellung bezog, ohne dabei die immanenten Komplexitätsansprüche zu unterschlagen. Mit Artaud kannte sie sich tatsächlich sehr gut aus, hatte sie doch in Studienjahren eine Arbeit über seine Idee eines radikalen Theaters geschrieben, und mit einem Mal war es wieder wie früher zwischen uns, als wir neben dem Körperlichen auch eine Art geistiger Erotik erlebt hatten, angestoßen worden waren von Fragen und Impulsen des anderen, im glücklichen Bewusstsein, ineinander eine Verbindung zu finden, in der man nicht nur vögeln, sondern auch denken konnte. Uta. Ich sah sie für mich zum Bücherregal hüpfen, um ihre Ausgabe der Schriften Artauds zu suchen, der, 1896 in Marseille geboren, Zeit seines Lebens wohl das bedeutet hatte, was man als das unauflösbare Verhältnis von Genie und Wahnsinn bezeichnen würde. Er war krank, schon als Kind aus einer inzestuösen Vereinigung, als junger Mann dann immer wieder niedergerungen von körperlicher und geistiger Fragilität, legte aber ungeachtet dessen eine künstlerische Aktivität an den Tag, die gleich für mehrere Leben gereicht hätte. Er schrieb, gründete ein Theater, arbeitete als Schauspieler und Regisseur, bewegte sich zuckend durch das aufgewirbelte Kunstmilieu des wackligen Europas, brach nach intensiven Intermezzi mit den Surrealisten, deren eindeutige Politisierung er ablehnte, ging Anfang der 1930er-Jahre nach Berlin, wo er bald sein *Theater der Grausamkeit* gründete, mit dem er heute vor allem von jungen Theaterleuten assoziiert wird, die in seinen damit einhergehenden Schriften Anstoß finden für eine Performativität des Drastischen und Grenzüberschreitenden. Während seiner Reisen nach Mexiko und Irland, wo er einige spirituelle Fährten verfolgte, hatte sich etwas in ihm entfaltet, das bald als Schizophrenie diagnostiziert werden sollte und sich in Visionen der anstehenden Apokalypse äußerte. Es folgte eine Zwangseinweisung in die Psychiatrie zurück in Frankreich, in der der äußerst schöne Antoine Artaud mit brachialen Mitteln behandelt wurde, die ihn bis zu seinem Tod 1948, als er, da bereits schwer an Darmkrebs erkrankt, an einer Überdosis Schmerzmittel starb, zu einem erbitterten Feind der institutionalisierten Nervenheilkunde machte. Die Zeit sollte ihm recht geben: Dass der Einsatz von Quecksilber, Lithium und Elektroschocks eher zerstört, als dem Leidenden zu helfen, gestand man sich erst etwa ein halbes Jahrhundert später ein.

Uta war mit dem gefragten Artaud-Band am Apparat, offenbarte mir unter dem Klang blätternder Papierseiten, dass sich Artauds Schriften wie eine Blaupause für Benitos Taten lesen ließen.

»Hör dir das an, es ist kaum zu fassen. Warum bin ich denn nicht schon früher darauf gekommen? Das passt wie die Faust auf dein Auge: ›Wenn das Theater seine Notwendigkeit wiederfinden will, muss es uns all das zurückgeben, was in der Liebe, im Verbrechen, im Krieg oder in der Ausgelassenheit zu finden ist.‹«

»Das ist wirklich unglaublich.«

»Pass auf: ›Wir glauben, mit einem Wort, dass in dem, was man Poesie nennt, lebendige Kräfte stecken und dass das Bild eines unter entsprechenden Theaterbedingungen vorgeführten Verbrechens für den Geist etwas unendlich viel Scheußlicheres ist als dasselbe Verbrechen, wenn es zur Ausführung kommt!‹«

»Platzpatronen!«

»›Daher jene Anrufung der Grausamkeit und des Schreckens, aber auf einer umfassenden Ebene, deren Weite unsre gesamte Vitalität ergründet und uns mit allen unsren Möglichkeiten konfrontiert.‹ Er spricht dann davon, dass das jenseits der Bühne geschehen, dass die Grenze zwischen Akteuren und Zuschauern letztlich aufgehoben werden muss, dass es eine Überforderung braucht, die zu neuen Möglichkeiten der Kommunikation führt. Benito, er hat doch nur mit dir gesprochen, richtig? Sonst war er stumm, da in Bonn, ja?« Ich bestätigte und sie zitierte weiter: »›Der begrenzte Teil, der dem Verständnis eingeräumt wird, führt zu einer energischen Komprimierung des Textes; der aktive Teil, welcher der dunklen poetischen Emotion belassen wird, zwingt zu konkreten Zeichen.‹«

»Unfassbar.«

»›Und wir bestehen auf der Tatsache, dass sich das erste Schauspiel des Theaters der Grausamkeit um Massenängste drehen wird, die sehr viel dringender und sehr viel beunruhigender sind als die eines beliebigen Individuums.‹«

»Das ist krass.«

»Ja. Zum Schluss sagt er dann, dass, sollte ein solches Theater nicht realisierbar sein, vielleicht wirkliches Blut fließen müsste.«

Wir verabschiedeten uns und ich las Artauds *Manifeste der Grausamkeit* doch noch selbst. Ich fand in ihnen tatsächlich einen Kriterienkatalog, der auf abstrakter Ebene den Vorfall von Bonn fassbar machte, ihn als Bühnenstück vorformulierte, nur dass das Publikum sich hier nicht ausgesucht hatte, der Inszenierung beizuwohnen, nicht einmal von dem Theaterbesuch gewusst hatte. Auch Artauds Schriften schienen Benito angeleitet zu haben. All diese Bücher waren Teil ihrer Privatmythologie. Die Bauteile einer Bombe. Fliegentöter und Benito hatten nicht nur einfach gelesen. Sie hatten vielmehr aus der Summe der brisanten Inhalte eine Konsequenz abgeleitet, die Benitos Leben schließlich beendet hatte. Und ich war von ihnen genötigt worden, diesen Zusammenhängen nachzuspüren, im Nachhinein, im Trümmerfeld, auf diesem Wege zusammenzuzählen, was sie hinterlassen hatten. Im Prinzip verhielt es sich mit der Lektüre ganz ähnlich wie mit der Konstruktion dieses unterirdischen Ortes: Aus Bruchstücken der Vergangenheit war etwas Neues entstanden, ein Flickwerk fremder Gedanken. Sie hatten sich das, was sie brauchten, einfach genommen, es neu arrangiert und in der Abgeschiedenheit zu etwas werden lassen, das dann einem eigenen Gesetz gefolgt war, das sich aber erst in ebendiesem Prozess aus der Summe aller Teile ergeben hatte. Aber was war es denn eigentlich, das daraus geworden war? Gab es eine Ideologie, eine Haltung, eine Position? Irgendwo im Spannungsverhältnis von Jünger und Kaczynski, zwischen Artaud und Tarkowski, zwischen Waldgang, Terror, Theater, Suizid und Selbstopferung lag das Bewusstsein dieses Wahnsinns begründet. Es erschöpfte mich, mir einen Reim darauf machen zu müssen. Ich war müde. Lesen ist gut, und wer das Gegenteil behauptet, ist ohne Zweifel ein Cretin. Aber müde macht es nun mal auch. Manchmal macht es müde, weil soviel Hoffnungslosigkeit darin steckt.

∾

X.

Dann fuhren sie weiter langsam an den mit Imitationen ausstaffierten Ufern entlang, an dieser Mimikry einer vergangenen, unscharfen Zeit, wenn auch über weite Strecken nichts an Land zu entdecken war, außer einer im Nebel glanzlos wirkenden Flora. Niemand von ihnen reagierte auf diesen ersten und noch zarten Ausbruch Benitos, zumindest nicht in Form einer Entgegnung. Vielleicht war es der Schock, dass der sonst so schweigsame und bedacht sprechende Junge sich überhaupt in dieser Intensität zu Wort gemeldet hatte, die sie verstummen ließ. Vielleicht war es auch das, *was* er gesagt hatte. Doch auch, wenn Benito keine Antwort erhielt, gärten seine Worte in den Jungen von nun an, hatten in jedem von ihnen einen Prozess losgelöst, der nie mehr enden würde. Wie eine Säure, die sich durch alles frisst, Stockwerk für Stockwerk nach unten tropft, bis da nichts mehr ist, außer einem dunklen schwarzen Loch.

Ich entdeckte mich schließlich vor der Schiebetür stehend im Gedanken, einfach zu gehen und all das hinter mir zu lassen. Die wenigen Wochen, seit ich aus Italien zurückgekehrt war, kamen mir vor wie ein halbes Leben. Ich hatte so viel gesehen, so viele Dinge erfahren, hatte so viel geredet und gelesen und angehört. Und trotzdem hatte ich noch immer keine Ahnung, warum, also: warum ich hier war, was das alles mit mir zu tun hatte, haben sollte. Ich ging aber nicht. Ich löschte nur das Licht, legte nach und nach die schnalzenden Schalter am Eingang um, bis die fensterlose Krypta vollkommen dunkel lag und ich meine eigenen Hände nicht mehr vor den Augen sehen konnte. Vorsichtig lief ich umher, tastete mich an den Wänden entlang, Schritt für Schritt. Blieb stehen, drehte mich im Kreis. Es war ein merkwürdiges Gefühl. Ich ahnte noch die verschwindenden Umrisse der Dinge, die ich im Licht gesehen hatte, doch sie machten bereits Platz für ein grenzenloses Nichts, das mich bald auch die Mauern der Krypta vergessen ließ. Es war, als sei in der Dunkelheit jede Grenze aufgehoben, die bei Licht und sehendem Auge die Welt einteilte. Ich schwamm durch dieses Nichts und sah, was Benito Zeit seines Lebens gesehen hatte. Dunkelheit. Eine halbe Stunde lief ich so umher, mindestens, vielleicht war es auch eine Stunde. Vielleicht war es auch viel länger. Die Zeit spielte keine Rolle mehr für mich. Bald stieß ich nicht mehr an, lief so sicher wie sehenden Auges. Ich fühlte mich wie unter Wasser, mit schweren Bleistiefeln über den Boden watend, um tastend eine am finsteren Grund des Meeres verborgene Welt zu entdecken.

Da wurde es in dem Dunkel, das mich so einfasste, mit einem Mal gleißend hell. Und dann, ganz plötzlich, als habe mich die Schwärze befreit, fiel mir etwas ein und ich stand nicht mehr in der Dunkelheit. Ich fand mich in einem weiß gekachelten Raum wieder. Ich erkannte den Raum, erkannte auch die Zeit. Ich war wieder ein Kind. Fliegentöter hatte mir in den Magen geboxt. Nicht mit böser Absicht. Mehr in spielerischem Übermut. Aber mir war ein wenig schlecht geworden und da bin ich eben zur Toilette. Ja, ich war in der Toilette des Gemeindezentrums hinter der Herz-Jesu-Kirche in Suderwich, in der wir uns mit der Pfadfindergruppe ein paar Jahre lang getroffen hatten, damals, noch vor der Flussfahrt. Durch die Glasbausteine tat die Sonne ihr Spiel mit den Ästen, deren Schatten sich nur langsam tastend über die Kacheln bewegten. Ich stand vor einem Pissoir und erleichterte mich, und in diesem Moment, in dem ich dastand, pinkelnd und von weißen Kacheln umgeben, dachte ich zum ersten Mal in meinem Leben darüber nach, wie unfassbar es doch eigentlich war, dass man so viel des Erlebens vergaß.

War denn nicht das, was man erlebte, das Leben? Bestand es denn nicht aus Erinnerungen? Und was geschah mit diesem Leben, wenn es einem stetig verschwand? Es fühlte sich an, als habe mich etwas getroffen und gleichzeitig angestoßen. Und da entschied ich, während draußen die anderen Schwarzen Steine rauften, dass ich diesen Augenblick, hier, pissend, im Blick auf die weißen Kacheln, niemals vergessen würde – egal, wie unbedeutend er eigentlich auch sein mochte. Ich machte ihn bedeutsam, erhob ihn Kraft meiner Gedanken zu einem besonderen Augenblick. Ich prägte mir ein, was ich sah und fühlte, was ich machte, getan hatte, tun würde. Ich steckte diesen Augenblick in eine unsichtbare Zeitkapsel. Dann schüttelte ich mühsam den letzten Tropfen meines Urins ab, wusch mir die Hände, spritzte etwas Wasser ins Nichts und blickte in den Spiegel. Dabei spürte ich der Gegenwart dieses Augenblicks nach, spürte, dass sie immer da sein würde.

Nach einer Weile ging ich wieder auf die Wiese zu den anderen Jungen, die laut schreiend umherrannten und ein Spiel spielten, dessen Anfang ich verpasst hatte, das ich also nicht kannte und dessen Regeln ich folglich nicht verstand. Irgendwer lag schon auf dem Boden und hielt sich das Knie, ich glaube, es war Maus. Ich zog die dunkelblaue Juja aus, denn die Wolken hatten sich verzogen, und schreiend rannte ich auf die anderen Jungen zu. Ich rannte auf das Spielfeld, ohne zu wissen, für oder gegen wen ich hier kämpfte. Ich wusste ja nicht einmal, was gespielt wurde. Doch das war mir egal. Die Bilder waberten im Tempo meines ungezielten Angriffs. Dann tauchten ganz langsam und zaghaft andere Bilder vor mir auf, aus der Ferne, vom Häuptling, seinem braunen Haar, den anderen Jungen, dem Fluss, den wir heruntergefahren waren, Weinbergen und blühenden Disteln, von Benitos Rücken, vor mir im Boot, von Lagerfeuern. Es waren schöne Bilder. Sie tänzelten bunten Blättern gleich vor meinen Augen, in Zeitlupe, weich und warm. Ein Hubschrauber flog über mir durch die Luft und das Licht veränderte sich. Auf dem Boden zu meinen Füßen lag nun der Körper des Häuptlings. Ein Jäger hatte ihn erschossen.

Hier und da begegneten ihnen alte Autos, ein paar intakte und zum Teil auch eingefallene Gebäude, ein verwaistes Zugabteil, das wie die Gebäude ohne Zweifel in die Landschaft gebaut worden war wie die Requisite eines Filmsets, dann die Attrappen einer Kuh, eines Hundes, eines Rehs – und zuletzt ein Briefträger und kurz darauf ein einsamer Wanderer, wohlgemerkt ebenfalls bewegungslos. Lebendige Menschen oder Tiere begegneten ihnen nicht. Dieser Landstrich war wie selbstverständlich ausschließlich von Puppen bevölkert.

Das Telefon riss mich zurück in die Gegenwart. Problemlos bewegte ich mich in der Dunkelheit durch die nachtschwarze Krypta auf das Klingeln zu, das mit jedem Schritt lauter wurde. Ich nahm den Hörer ab. Kippe meldete sich am anderen Ende der Leitung. Wer auch sonst.

»Hallo, mein Freund. Wie ist es dir ergangen?«

»Ich habe eure Krypta gefunden.«

Kippe lachte.

»Krypta? Was für eine Krypta? Du meinst den gammligen Heizungskeller unter der alten Kirche in Gladbeck?«

»Ja, den meine ich.«

»Das ist gut. Den solltest du auch finden.«

»Du weißt, dass ich ihn gefunden habe. Du rufst mich hier gerade an.«

»Ja.«

»Meinst du nicht, es wäre jetzt langsam mal an der Zeit, dass du mir sagst, was ich hier eigentlich soll?«

»Ja. Ja, das meine ich. Willst du mich nicht vielleicht in Köln besuchen kommen, und wir reden? Ich meine: anders, als du mit Fliegentöter geredet hast. Mit Antworten, richtigen Antworten.«

»Gut. Das ist längst überfällig.«

»Ich bin hier noch ein paar Tage beschäftigt. Ich muss noch etwas erledigen. Und dann kommst du und wir reden, ja?«

»Warum nicht gleich?«

»Weil es jetzt nicht geht. Du wirst dich schon zu beschäftigen wissen. Ich rufe dann bei deiner Mutter an. Du bleibst doch noch bei ihr, oder?«

»Ja. Ja, ich bleibe bei ihr, bis du mich anrufst.«

»Grüß sie doch bitte ganz lieb von mir. Und wenn du dann jetzt gehst: Nimm doch bitte die Kassetten mit Benitos Tagebüchern mit.«

»Was für Kassetten? Ich habe hier keine Kassetten gefunden. Nur die Tonbänder mit den Büchern.«

»Hinter der Reihe mit deinen Büchern ist ein Fach. Da ist ein Koffer mit Kassetten drin. Nimm sie mit. Da ist auch ein Walkman. Den nimmst du auch mit. Du solltest sie nicht gleich finden. Alles muss zu seiner Zeit geschehen. Wir dachten, deine Bücher nimmst du nicht aus dem Regal. So eitel bist du dann doch nicht. Offensichtlich hatten wir recht.«

Ich seufzte.

»Ja, das mache ich. Ich werde sie mir anhören.«

»Noch eine letzte Bitte. Ein Gefallen eigentlich. Würdest du noch eine Sache für mich tun, alter Freund?«

»Das kommt darauf an, was du von mir willst. Ich finde, ich habe schon ganz schön viel für euch getan.«

»Es ist ganz einfach. Beim Heizöltank, da findest du ein paar Kanister mit Benzin. Sie stehen auf dem Boden hinter dem Tank.«

»Und was soll ich damit machen?«

»Na, was denkst du denn? Zünd alles an!«

»Meinst du das ernst?«

»Die Krypta muss brennen! Brennen muss sie!«

Doch dann, als sie länger keine Objekte passiert hatten und nun an einem verrosteten VW Käfer vorbeifuhren, bemerkten sie eine Bewegung. Am Steuer des ausgeschlachteten Wagens saß in einen robusten Overall gekleidet eine magere, glatzköpfige Gestalt. Die Jungen stoppten leise ihre Kanus und betrachteten den einsamen Menschen, der hier unter all den Requisiten wie ein Fremdkörper wirkte, wie ein Geist, nur dass er eben kein Geist war, sondern aus Fleisch und Blut bestand, denn wenn überhaupt, waren die Puppen der Menschen und Tiere Geister. Als sich das drahtige Wesen nun zu den Jungen umdrehte, blickten sie in das tausendjährige Gesicht eines alten Mannes, fleckig die Haut und die Augen so in Falten verborgen, dass er einer Echse ähnelte. Irre wirkte er, der Wahnsinn schien aus seinen Augen zu sprechen. Die Jungen erschraken. Der Mann blickte sie an, als könne er kaum begreifen, was er da sah. Dann machte der Greis ein paar Schritte zum Ufer, rieb sich die Augen und fing stotternd an zu rufen.

»He, was macht ihr denn hier? Das ist mein Reich! Ihr habt hier nichts zu suchen. Verschwindet! Los, macht, dass ihr fortkommt! Ihr seid hier nicht willkommen. Haut ab! Habt ihr denn die Schilder nicht gesehen? Was soll das denn? Was fällt euch eigentlich ein, ihr Lausebengels? Ihr macht noch alles kaputt. Haut ab, habt ihr verstanden?«

Wütend schoss die schrille Stimme rüber zu den Booten, von denen aus Kippe beschwichtigend antwortete, versuchte, dem wütenden Mann am Ufer zu schmeicheln.

»Wir fahren hier nur vorbei, wirklich. Wir wollen gar nicht an Land gehen. Haben Sie all die schönen Puppen aufgebaut?«

»An Land gehen? Seht euch vor, hier an Land zu gehen. Ihr fahrt schön weiter. Ich lebe hier, das gehört alles mir. Niemand darf hier an Land gehen. Das ist meine Welt. Ihr habt hier nichts zu suchen.«

»Wir wollen nicht an Land gehen!«

»An Land gehen? Wartet nur, euch werd ich Beine machen.«

So ging es in einem fort und das kleine, alte Männchen stieß drohend die knochige, fleckige Faust zum Himmel.

Kippe versuchte es ein letztes Mal.

»Verzeihen Sie! Wir wollten hier nicht eindringen. Wir fahren schon weiter. Bitte, wirklich – wir wollen Ihnen nichts Böses.«

Doch das interessierte den Greis gar nicht, wenn er überhaupt verstand, was Kippe da sagte, denn er schien auch so gut wie taub zu sein, und während Kippe noch sprach, bückte sich der Alte schon zum Ufer und hob ein paar Steine auf, mit denen er sodann nach den Jungen warf, und wirklich, man kann es nicht anders sagen: Er war ein besserer Schütze als Zuhörer.

Kippe schrie ihn an.

»Hören Sie sofort auf damit!«

Da traf den Wortführer der Jungen ein Stein an der Schulter. Kippe schrie nun wütend.

»Hören Sie auf damit. Wir haben Ihnen doch nichts getan!«

Der nächste Stein zischte an ihm vorbei und erwischte Maus am Kopf, der laut aufjaulte und hinten über ins Kanu fiel, wo er bewegungslos liegenblieb. Der tattrige Alte schien geübt im Steinewerfen.

»Wir müssen hier weg«, brüllte Kippe. »Paddelt, was das Zeug hält! Der Typ ist ja völlig geisteskrank.«

Ich tastete mich zum Eingang vor und machte wieder Licht. Meine Augen brannten. Tatsächlich fand ich einen Aktenkoffer mit Kassetten und dem Walkman darin, versteckt in einem simplen Geheimfach im Regal, hinter meinen Büchern, ganz so, wie Kippe es beschrieben hatte. Es waren etwa 80 Kassetten in durchsichtigen Schutzhüllen. 80 mal 90 Minuten. 7200 Minuten. 120 Stunden. Im Koffer war zwischen den Kassetten und dem Deckel noch ein Finger breit Platz, und so steckte ich *Die unsichtbare Waffe* von Shabbatz Krekov dazu. Das Buch besaß ich natürlich schon, in mehrfacher Ausführung sogar, aber ich wollte etwas von hier mitnehmen. Etwas, das ich mir selbst ausgesucht hatte. Als Erinnerung. Ich ging zu dem Heizöltank. Die Benzinkanister waren genau dort, wo Kippe sie mir beschrieben hatte. Eine Weile lang blieb ich vor ihnen stehen und betrachtete sie. Dann zog ich meine Wanderstiefel an, nahm den Aktenkoffer und verließ das Geheimversteck.

Die Welt, die ich betrat, kam mir fremd und doch vertraut vor. Es war offensichtlich mitten in der Nacht. Als ich draußen durch das Loch in der Kirchenwand kletterte, schreckte ich ein paar Hasen auf, die vor der Kirche grasten. Der Mond stand voll und rund am Himmel. Nahe der verlassenen Häuser sah ich ein Feuer flackern. Wie im Schlaf wandelte ich zu den Flammen, in deren Schein eine Gruppe Menschen saß, eine Familie vielleicht: die Eltern, eine Großmutter, ein paar Jugendliche und Kinder. Acht oder neun Menschen, ich konnte es in der Dunkelheit und dem unsteten Licht des Feuers nicht genau erkennen. Sie blickten mir erschrocken entgegen. Einer der Jugendlichen sprang auf, als wolle er sich mir entgegenstellen. Die Frauen und Kinder waren in Decken gehüllt. Ich wusste nicht, woher diese Menschen stammten, doch es sah so aus, als seien sie von weither gekommen. Leid sprach aus ihren Gesichtern. Ich hob beschwichtigend die Hände. Wir sprachen nicht dieselbe Sprache. Der Schlüssel in meiner Hosentasche war so heiß, dass ich ihn auf dem Oberschenkel zu spüren meinte. Ich holte ihn hervor und zeigte ihn dem Jugendlichen. Ich bat ihn mitzukommen. Er trottete neben mir her und wir betraten die Kirche durch das Loch, durch das ich gekommen war. Er redete die ganze Zeit und ich hätte ihn gern verstanden, hätte gern geantwortet, doch es war mir nicht möglich. Unter skeptischer Vorsicht folgte uns nun auch der Rest der Gruppe. Ich zeigte auf die Treppe beim schwarzen Stein und gab ihm den Schlüssel.

Bald lag die Geisterkolonie hinter mir. Ich blickte mich noch einmal um und betrachtete den dunklen Kirchturm, der nun dastand wie ein schwarzer Monolith. Das Mondlicht warf mir seinen Schatten hinterher. Das hohe Gras, durch das ich mit den Fingern streifte, hatte in der Nacht eine Farbe angenommen, die mir nicht irdisch schien.

Der Greis verfolgte sie zeternd, warf mit immer größeren Steinen nach ihnen, die hier und da gegen die Wände der Kanus knallten oder glucksend wie verirrte Kanonenkugeln im Wasser verschwanden. Dann, als sich an der Uferböschung ein paar Büsche erhoben und ihm den Weg abschnitten, blieb er stehen, warf ihnen einen letzten Stein hinterher und stieß zum Abschied seine übelsten Verwünschungen und Flüche aus. Doch gleich darauf zischte wieder etwas durch die Luft, schneller nun und aus der anderen Richtung, und von dem Angreifer am Ufer hallte ein Schrei herüber. Der Mann hielt sich den Kopf, sackte röchelnd auf die Knie und fiel vorn über. Fliegentöter stand aufrecht im Kanu, den rechten Fuß auf dem Sitzbrett, in seiner Hand in Schussposition seine Zwille, der Gummiriemen noch in schwingender Bewegung. Er hatte gleich mit dem ersten Schuss getroffen, mit dem einzigen Stein, der ihm zur Verfügung stand, eben dem Stein, der zuvor Maus erwischt hatte, und der Treffer zeigte seine grausame Wirkung, denn vom Ufer hallten schmerzerfüllte Schreie zu den Jungen herüber. Fliegentöter schloss die Augen. Er schien kurz zu lächeln. Dann ließ er seine Steinschleuder im Brotbeutel verschwinden und setzte sich wieder hin. Die Jungen sprachen kein Wort, sprachen kein Wort über diese Gewalt, doch sie paddelten so schnell sie konnten, und als sie eine Weile später zurückblickten, war die merkwürdige Landschaft, die sie da passiert hatten, samt ihrem garstigen Bewohner schon wieder im Nebel verschwunden.

~

Fünf

Das Gefährliche bei diesen Abstraktionen und Formulierungen
ist freilich, daß sie dazu neigen, sich selbstständig zu machen.
Sie vergessen dann die Person, von der sie ausgegangen sind –
eine Kettenreaktion von Wendungen und Sätzen wie Bilder im
Traum, ein Literatur-Ritual, in dem ein individuelles Leben
nur noch als Anlaß funktioniert.
(Peter Handke, 1972)

Es ist vollkommen klar, daß es außerhalb der Zeit auch keinerlei
Erinnerung geben kann. Und die Erinnerung wiederum ist ein
äußerst komplexer Begriff. Selbst wenn man ihre sämtlichen
Merkmale aufzählen wollte, könnte man damit noch nicht die
Summe all jener Eindrücke erfassen, mit denen sie auf uns
einwirkt. Erinnerung ist ein geistiger Begriff!
(Andrei Tarkowski, 1984)

I.

Nach einer Dreiviertelstunde Fußmarsch fand ich mich im Zentrum von Gladbeck wieder. Von einer Telefonzelle am Marktplatz aus rief ich meine Mutter an. Ihr Schlaf war fragil und so nahm sie trotz dieser unmöglichen Uhrzeit bereits nach kurzem Klingeln den Hörer ab und erklärte sich sofort bereit, mich abzuholen. Während ich im hellen Mondlicht auf sie wartete, schaute ich mich um. Auch der Ortskern von Gladbeck kam mir verlassen vor, als habe sich der Zustand der Zechenkolonie weiter gen Süden ausgebreitet, ja, als fresse sich die Menschenleere von Scholven aus langsam durch das Ruhrgebiet. Nicht wenige der Geschäfte hier schienen aufgegeben, und auch die Häuser machten bei Nacht den Eindruck, als stünden sie verlassen und unbewohnt, als schlafe schon lange niemand mehr darin. Als meine Mutter mich kurze Zeit später aufsammelte, bat ich sie, doch einen kleinen Schlenker zu fahren, damit wir auf dem Heimweg den Gladbecker Stadtteil Rentfort passieren würden. Ich wollte einmal jenen Gebäudekomplex sehen, in dem am 16. August 1988 eines der aufsehenerregendsten Verbrechen der deutschen Nachkriegsgeschichte seinen Lauf genommen hatte.

In den frühen Morgenstunden waren Hans-Jürgen Rösner und Dieter Degowski, beide knapp über 30 und mit einer langen kriminellen Vorgeschichte, in eine im ebenerdigen Vorbau des Hochhauses Schwechater Straße Nummer 38 gelegene Filiale der Deutschen Bank eingedrungen, um dann, als sie gerade mit ihrer Beute fliehen wollten, beim Eintreffen der Polizei, mehrere Bankangestellte als Geiseln zu nehmen, woraus sich in der Folge eine drei Tage andauernde Odyssee entwickelte, auf der die Geiselnehmer von Polizei und Presse bald weit über die Grenzen des Ruhrgebiets und immer wieder dorthin zurück verfolgt worden waren. Die Pressevertreter hatten sich nah an die Verbrecher herangetraut, hatten Interviews mit ihnen geführt, waren als fragwürdige Vermittler aufgetreten, hatten sich gegen zwei Geiseln austauschen lassen, um noch näher ins Geschehen vorzurücken. Sie hatten den Gangstern sogar bei der Flucht geholfen, waren im Entführungsauto mitgefahren, um Rösner und Degowski aus der Kölner Innenstadt zu lotsen, als diese sich dort verirrt hatten. Die Journalisten hatten in ihrer Sensationslust die Arbeit der ohnehin völlig überforderten Polizei sabotiert, die später ebenfalls schwer in der Kritik stand. Ein Nervenkrieg. Das Geiseldrama von Gladbeck ist bis heute ein Präzedenzfall – juristisch, aber auch mediengeschichtlich. In einem komplexen Spannungsverhältnis hatte sich die Situation nicht zuletzt durch die zahllosen Fehler der Polizei immer weiter zugespitzt, bis die Geiselnahme nach drei Tagen hektischer, schlafloser Flucht durch den Zugriff einer SEK-Einheit auf der A3, knapp vor der Landesgrenze Nordrhein-Westfalens, mit einer Bilanz von zwei Toten ihr Ende fand. Als Erster war der 15-jährige Emanuele De Giorgi getötet worden, der mit seiner jüngeren Schwester in einem von den Entführern gekaperten Linienbus in Bremen gesessen hatte. Heldenhaft hatte er sich am 17. August, dem zweiten Tag des Verbrechens, noch schützend vor seine Schwester gestellt, um dann, auf der Raststätte Grundbergsee bei Bremen, wohin die Gangster den entführten Linienbus delegierten, kaltblütig von Degowski erschossen zu werden. Sein Mörder hatte so die Beamten zwingen wollen, Rösners kurz zuvor auf der Toilette der Raststätte festgenommene Freundin wieder freizulassen, die sich dem Verbrecherduo noch im Ruhrgebiet angeschlossen hatte.

Als zweite Tote war die gerade volljährige Silke Bischoff zu beklagen, die während des Zugriffs der Einsatzkräfte auf der Autobahn, am dritten und finalen Tag des Geiseldramas, durch die Waffe Rösners zu Tode kam. Die Bilder der jungen Frau, noch vor dem Zugriff aufgenommen, sichtlich unter Schock, mit dem ausgebrannten Degowski neben sich auf der Rückbank, dessen Waffe am Hals, während sie den Reportern in der Kölner Innenstadt aus dem Auto heraus Fragen beantwortet, waren damals um die Welt gegangen. Auch die Aufnahmen Rösners, wie er in seinem blassgelben T-Shirt in einer Fußgängerzone am Fluchtauto steht, die Waffe in der Hand, um den Journalisten Rede und Antwort zu stehen, waren ikonisch geworden. *Ich scheiß auf mein Leben, das meine ich ganz im Ernst.* Die Leichtigkeit der Geste, als er sich dann den Pistolenlauf in den Mund gesteckt hatte, untermauerte nicht nur seine Entschlossenheit, sie ließ vielmehr auf eine gefährliche Todessehnsucht schließen. Meine Mutter hielt an und wir blickten aus dem Beifahrerfenster. Das gigantische Hochhaus, in dem sich die Bankfiliale befunden hatte, gab es nicht mehr. Das 14-stöckige Gebäude war, nachdem es jahrelang leergestanden hatte, Anfang des Jahrzehnts abgerissen worden. Auf dem Gelände standen jetzt ein Supermarkt und eine Drogerie, die die Region für die schwindende Bevölkerung wieder lebenswerter machen sollten.

Maus hatte eine Kopfwunde davongetragen, die blutete und wenigstens gereinigt, wenn nicht sogar genäht werden musste. Ihm war schlecht und er fragte die anderen Jungen immer wieder, wo er sich befinde und was denn geschehen und ob seine Streichholzschachtel noch intakt sei, was keiner der Jungen verstand, tastete dann nach der Brusttasche seines Hemdes, seufzte beruhigt auf, fragte erneut danach, schien in einer Zeitschleife gefangen. Das Blut lief ihm in die Augen. Behelfsmäßig spülte Fliegentöter die Verletzung aus und verband ihm den Kopf.

Während der kurzen Rückfahrt blickte meine Mutter immer wieder verstohlen zu mir herüber, so als müsse sie überprüfen, ob ich auch wirklich noch ich sei, ob nicht ein Parasit von mir Besitz ergriffen habe, oder ob hier womöglich nur ein Klon ihres Sohnes säße.

»Was ist in dem Aktenkoffer?«

»Benitos Gedanken.«

»Wie in dem Film hältst du den Koffer fest, – also nicht genau wie in dem Film, aber so ähnlich. Herrgott, es ist viel zu spät, ich kann mich nicht mehr konzentrieren. Wie heißt noch gleich dieser Film, in dem sie den Sprengstoff transportieren müssen, um ein Feuer zu löschen?«

»Du meinst *Sorcerer* von William Friedkin. Mit Roy Scheider. Friedkins größter Flop. Guter Film.«

»Nein. Nein, den meine ich nicht.«

»Aber da transportieren sie Sprengstoff in zwei Lastwagen, und die fahren auch in etwa so, wie du. Einer der Wagen explodiert.«

»Den meine ich nicht. Der hieß anders. Ah! *Lohn der Angst.* Von Henri-Georges Clouzot, weißt du? Der auch diesen Film mit Romy Schneider gemacht hat, der nie fertiggestellt wurde. Roy Scheider. Romy Schneider. Da gibt es eine Doku drüber. Der Wahnsinn. Wobei es kaum zu ertragen ist, dass der Film nie beendet wurde. *L'enfer.* Die Hölle. *Die Hölle* hätte ich gern gesehen. Aber den gibt es ja nun leider nicht, weil der Regisseur den Verstand verloren hat. Oder er hatte einen Herzinfarkt. Ich weiß nicht mehr. Aber die Aufnahmen, die es davon gibt, sind unfassbar.«

Die Jungen wagten nicht, an Land zu gehen, denn sie fürchteten, ihrem Angreifer erneut zu begegnen. Dabei kamen sie nur langsam voran. Maus lag im Boot, das sie mit dem Kanu von Uğur und Kippe vertäut hatten, auf dem Boden. Er war nicht in der Lage, zu paddeln, fantasierte. Uğur bekundete Fliegentöter seine Bewunderung für die Präzision des Schusses, der den Angreifer direkt außer Gefecht gesetzt hatte. Fliegentöter schüttelte lächelnd den Kopf, hob eine Hand, als wolle er das Lob abwiegeln. Die Jungen unterhielten sich, die Kanus dicht beisammen und in langsamem Tempo durch den immer dichter werdenden Nebel paddelnd, über das, was sie gesehen hatten, mutmaßten über die Bedeutung der Dinge, die der kleine Mann offensichtlich so arrangiert hatte, dass man sie vom Wasser aus wahrnehmen sollte. Doch es blieb ihnen ein Rätsel, auch, weil er ja scheinbar kein Publikum für die von ihm erschaffene Welt suchte. Hatte er das alles für sich selbst aufgebaut?

Noch in der Nacht fing ich an, mit dem Walkman Benitos Kassetten abzuhören. Die Aufzeichnungen schienen überwiegend spontan entstanden zu sein, angestoßen von konkreten Impulsen, gleichzeitig erzeugten sie in ihrer Summe ein detailreiches Panorama der dem Aufnahmemoment umliegenden historischen Ereignisse. Benitos Stimme klang jung, seine Wortwahl hingegen wirkte erwachsen. Die erste der Aufnahmen, die sich im Weiteren in losen Fragmenten und ohne genaue Datumsangaben fortsetzen, hatte er laut Beschriftung 1997 unternommen. Es war merkwürdig, ihn so sprechen zu hören. Etwas Intimeres, als die Gedanken eines Menschen nachzulesen, ist nicht vorstellbar. Aber zudem die Stimme der betreffenden Person zu hören, erzeugt eine überfordernde Nähe. Die Stimme eines Toten. Ich wurde das Gefühl nicht los, dass es Unrecht war, diesen Erinnerungsraum zu betreten. Wann hatte er entschieden, dass ich seine Aufzeichnungen anhören sollte? Hatte er es überhaupt entschieden? Ich hörte der Stimme des 13 Jahre alten Benito zu, der mit stockender Stimme über seine Lebensumstände berichtet, dann, in einem etwas gelöster wirkenden Tonfall, von einem Spaziergang im Wald erzählt, der ihm sehr gefallen habe, um sich alsbald und mit kleinen

Unterbrechungen immer stärker über Dinge zu echauffieren, die er aus den Nachrichten mitbekommen hat: das Kyoto-Abkommen, die nun die Regierung bildende SPD Gerhard Schröders. Er spricht über die Auflösung der RAF, über die er gut Bescheid zu wissen scheint, mutmaßt mit viel Fantasie über die Anonymität der dritten Generation, kommt dann auf die Flucht Marc Dutroux' in Belgien zu sprechen, referiert einem unsichtbaren Publikum über Atomtests in Indien und Bombenanschläge in Algerien, über die Ölpest vor Amrum, sich weltweit häufende Flugzeugabstürze, das ICE-Unglück von Enschede. Mit gebrochener Stimme spricht er über den Kosovokrieg, die Toten, die Kinder. Benito: ein 13 Jahre alter, blinder Junge, der sich mit dem Leiden der Welt beschäftigte, während ich noch mit meinem gelben Ballonroller durch die Nachbarschaft rollte.

∼

II.

Es lässt sich nun nicht mehr eindeutig rekonstruieren, was Benito in der Folge zu seinem zweiten, ebenfalls noch recht verhaltenen Ausbruch verleitete. Es spielt auch keine allzu große Rolle. Vielleicht war er da, in diesen verhüllten Stunden, so etwas wie ein Seismograf, der die Erschütterungen spürte, denen alles Leben ausgesetzt ist und die wir Menschen so oft übersehen. Ja, so mag es gewesen sein, vielleicht zitterte da etwas in ihm, das nur ein verirrter Ausläufer dessen war, was eigentlich brodelte, rumpelte, spannte, und was eines Tages ausbrechen würde, wann auch immer, wie auch immer. Nur, dass es so sein würde, das steckte vielleicht schon in diesem Zittern. Während sich also die Kanus nun eine Armlänge voneinander entfernt durch den Nebel schoben, erhob der blinde Junge das Wort.

»Was wisst ihr denn über den? Sicher, er hat uns beschimpft, hat mit Steinen nach uns geworfen und unseren Freund verletzt, aber steht uns denn ein Urteil zu über diesen Mann? Ihr sprecht von Einsamkeit, ohne etwas über diesen Mann zu wissen. Und was ist das, Einsamkeit? Was wissen wir schon über die Einsamkeit? Und wenn kein Ort ist unter den Menschen, an dem er so sein kann, wie er ist, und wenn er sich deshalb eine Welt baut, die er beobachtet, durch die er streift? Der Rest der Welt ist das Merkwürdige, das Auffällige, das Kranke und Kaputte, dieser Rest, der so beschaffen ist, dass er einem Menschen wie diesem armen Irren, wie ihr ihn nennt, keine Freiheit gewährt.«

»Aber Benito«, antwortete Kippe. »Wir wissen doch nichts über ihn, wir haben doch nur nachgedacht, was mit ihm sein könnte.«

»Aber es steckt etwas darin, das von großer Traurigkeit ist, und das liegt daran, dass die Menschen immer nur über das sprechen und mutmaßen, was abweicht, was nicht normal ist und was im Umkehrschluss ihre Normalität zementiert. Darin liegt die Motivation eines solchen Sprechens: sich gemeinsam wundern und sich dann stark fühlen, sich in Betrachtung der Abweichung der eigenen Normalität gewiss werden. Doch der Blick nach außen erschafft erst dieses Außen, erschafft überhaupt erst eine Grenze. Müssten wir nicht aber über die Welt sprechen, welcher Menschen wie dieser alte Mann entfliehen müssen, eine Welt, die für jene, die nicht in ihr zu Glück finden können, nur Rückzug, nur Flucht erlaubt?«

»Aber er hat uns mit Steinen beworfen, Benito!«

»Und das ist nicht recht. Ich will nur sagen, dass jede Gewalt eine Ursache trägt, und dass auch nach dieser Ursache zu fragen ist, wenn man die Gewalt verhindern will. Denn Gewalt bringt nur Gewalt hervor.«

Jetzt schwiegen die anderen, und auch Kippe legte sein Paddel in das Boot und hörte Benito zu, der sich zu den anderen Reisenden umgewandt hatte. Benitos Hand fuhr beim Sprechen tastend durch den Nebel, als suche er die Worte noch, die er nun fortführte.

»Ihr wisst doch, wovon ich spreche. Auch ihr habt keinen Ort gefunden, an dem ihr sein könnt, außer diesen Fluss vielleicht. Und das ist gut so, denn die, die immer nur betrachtet werden, die, die als *das Andere* begriffen werden, mögen vielleicht eines Tages die einzigen Menschen sein, die überhaupt noch Wege und Antworten liefern können, dann nämlich, wenn der Vorhang fällt und sich alles verschiebt. Sie werden bestehen können, werden gewappnet sein, wenn sich alles verändert – die Menschheit bewegt sich auf Katastrophen zu, von denen wir noch kein Bild haben können. Angesichts der Bedrohung durch diese Katastrophen, die von uns selbst gemacht sein werden und die schon in unseren Rücken sich auftürmen als meterhohe Wellen, müssen die Menschen zusammenfinden. Es darf kein Denken mehr geben in Kategorien von ›fremd‹ und ›gleich‹. Wenn die Menschheit überleben will, muss sie dieses Denken ablegen, von richtigen und falschen Menschen, dieses Denken in Differenzen, das noch nie zu etwas anderem als Zerstörung und Vernichtung geführt hat! Seid ehrlich, ihr seht es doch an euch selbst. Wie es sich in euch aufbäumt, wie sich die Muskeln spannen und die Fäuste ballen, wenn etwas nicht in eurem Sinne ist, euch kränkt, euch vor den Kopf stößt. Auch ihr tragt es in euch, seid zur Gewalt fähig. Jeder Mensch ist das. Und daher stellt euch immer die Frage, was die Ursache der Gewalt ist, und wie ihr ohne Gewalt darauf reagieren könnt. Nur so ist Frieden überhaupt möglich. Frieden erreicht man nicht durch Krieg, Frieden ist nur zu gewinnen, wenn die Menschen die Gewalt überwinden und lernen, dahinter zu blicken.«

Am nächsten Morgen rief ich bei Maus an. Nach dem dritten Klingeln nahm seine Frau den Hörer ab. Sie schien bereits zu wissen, wer ich war. Es lag eine große Herzlichkeit in ihrer Stimme. Dass ich gerne vorbeikommen könne, beteuerte sie mir, die Kinder würden sich über den Besuch eines alten Pfadfinderfreundes ihres Vaters sicher freuen, und dass es auch gerade heute gut passe, da sie alle, Maus eingeschlossen, zu Hause seien. Dann sagte sie, dass es eigentlich immer passe, sie seien ja ohnehin die meiste Zeit zu Hause, seitdem ihr Mann seine Arbeit verloren habe. Ich kündigte mich für den Nachmittag an, worauf sie mir mit gedrungener Stimme entgegnete, ich solle mir von einer Begegnung mit Maus nicht zu viel erhoffen. Seit dem Vorfall in Bonn habe er aufgehört zu sprechen.

Ich lieh mir den BMW und fuhr nach Herten Westerholt. Maus' Familie wohnte in einer weit verästelten Wohnsiedlung kleiner Zechenhäuschen, je auf zwei Haushälften aufgeteilt, mit Vorgarten und einem großem Garten nach hinten. Die Häuser der Bergbausiedlung stammten überwiegend aus den 1960er-Jahren und folgten alle derselben Architektur, bestan den jeweils aus Erdgeschoss und ausgebautem Dach. Sie boten über die Siedlung verteilt ein merkwürdiges Bild: Viele der Fassaden waren zuletzt nur auf einer Seite renoviert und gestrichen worden, sodass sie wie die geteilten Gesichtshälften einer Maske auf mich wirkten; hier strahlend, gesund und lächelnd, dort betrübt und grau – oder: geschminkt und ungeschminkt. Maus wohnte mit seiner Frau Ye-Jin, deren Mutter Yong-Suk und seinen zwei Kindern in einer grauen Haushälfte. Die beiden Frauen stammten aus Südkorea, und Ye-Jin sprach mit leichtem Akzent. Sie empfing mich herzlich, bot mir Kaffee an, stellte mir auch die Kinder vor, Luzi und Emil, in denen ich gleich Maus' Gesichtszüge wiedererkannte. Auch ihre alte Mutter begrüßte mich, allerdings auf Koreanisch, sodass die Enkelin dolmetschen musste. Sie ermahnte ihre Großmutter schrill, als diese mir etwas übermütig in die Backe kniff.

»*Oma!*«

Ich lachte verlegen und beteuerte, dass mir das nichts ausmache, das sei doch nett – wirklich, sehr nett! Dabei lief ich wohl ziemlich rot an.

»Sie weiß, dass Sie ein Schriftsteller sind, weil Papa Ihre Bücher gelesen hat, und jetzt denkt sie, Sie seien total berühmt oder so was.«

»Das macht rein gar nichts. Sag ihr, ich fühle mich geehrt, sie kennenzulernen. Und du kannst ruhig Du zu mir sagen, ja?«

Luzi übersetzte und die wangenkneifende Großmutter winkte lachend ab, wobei sie sich wankend in Richtung Terrasse zurückzog. Ich aber war mittlerweile ohnehin mit Emil beschäftigt, der damals, vor 31 Jahren, sicher als Maus' kleiner Bruder durchgegangen wäre, und mir jetzt, 2026, gleich mehrere LKW in die Hand drückte, wobei er pausenlos auf mich einredete, was diese alles zu transportieren in der Lage seien. Dann lief er schreiend seiner Schwester hinterher, die mit einem der Fahrzeuge Richtung Kinderzimmer flüchtete. Und plötzlich war es ganz still. Die Oma saß in einem Lehnstuhl auf der Terrasse und hatte sich in eine Decke eingehüllt, die Kinder waren in ihrem Zimmer und spielten, Ye-Jin hantierte in der Küche. Das kleine Zechenhaus erschien mir als der friedlichste Ort der Welt. Ich ging zu meiner Gastgeberin und setzte mich an den Küchentisch.

»Und hatte er denn noch Kontakt zu Benito?«

»Ja. Sie haben sich ja jede Woche getroffen, schon seit ich ihn kennengelernt habe. Also bestimmt 15 Jahre.«

»Sie hatten die ganze Zeit Kontakt?«

»Ja. Also nicht immer, aber die ganze Zeit Kontakt. Auch vorher.«

»Und Sie haben gesagt, es gehe ihm nicht gut seit dem, was in Bonn passiert ist, und dass er nicht mehr spreche?«

»Ja. Sprachverlust, hat der Nervenarzt gesagt. Also, er spricht schon, mit den Kindern, manchmal auch mit mir. Aber es geht ihm nicht gut, und meistens ist er im Keller bei seinen Modellen oder hinten im Bunker.«

»Was denn für ein Bunker? Und was sind das für Modelle?«

»Er baut Modelle. Von Häusern, Zügen. Modelleisenbahn. Das hat er schon gemacht, als wir uns kennengelernt haben.«

»Seit wann sind Sie denn verheiratet?«

»Seit etwas über zehn Jahren, aber wir sind schon länger zusammen. Er ist ein guter Mann, ein wirklich guter Mann. Er ist sehr lieb und aufmerksam. Ich kann mich auf ihn verlassen. Und er ist ein guter Vater. Aber er hat viel Pech gehabt in den letzten Jahren. Seine Eltern sind kurz nacheinander gestorben, dann war die Zechenschließung, wo er gearbeitet hatte, und jetzt ist sein Freund von früher tot. Es geht ihm wirklich nicht gut gerade.«

»Und der Bunker?«

Zögernd blickte sie durch die Küchentür in den Garten.

»Das müssen Sie ihn am besten selber fragen.«

»Kann ich ihn sehen?«

»Ja. Ich taue einen Kuchen auf. Wenn Sie noch ein bisschen warten, können wir ihn zusammen essen.«

»Gern. Ich bleibe gern zum Kaffeetrinken. Und ich danke Ihnen für Ihre Offenheit. Das ist wirklich sehr nett von Ihnen.«

Ihre sanfte Miene verhärtete sich. Dann blickte sie mich traurig an.

»Ich verstehe nicht, was da in Bonn passiert ist. Das ist so schlimm alles. Er war doch sein Freund. Ich kann auch mit meiner Mutter nicht darüber sprechen, sie ist sehr empfindlich, und den Kindern kann ich ja auch nichts sagen.«

»Ja, das verstehe ich. Das sollten die Kinder nicht mitkriegen.«

»Er ist im Keller. Gehen Sie zu ihm. Er weiß, dass Sie kommen.«

Benitos Stimme hallte über den Fluss und schien bis auf die nebligen Felder dahinter zu schwappen. Alles war ganz still, und in den kurzen Pausen, wenn sich Benito sammelte oder Luft holte, war lediglich das leise Plätschern des Wassers zu hören, das an den Außenwänden der Kanus hochschlug. Wieder wirkte er gealtert, doch eine Hoffnung, eine Sehnsucht, ja, etwas durch und durch Junges klang da in seinen Worten an, nur um gleich darauf schon wieder zu kippen.

»Wie falsch die Menschen doch leben, in ihrer naiven, aggressiven Idee von Gemeinschaft, die doch immer nur Abgrenzung bedeutet. Der einzelne Mensch braucht diese Gesellschaft doch eigentlich überhaupt nicht, die ihm nur Feindschaft zu bieten hat, wenn er sich ihr entzieht, ausgestoßen wird oder vertrieben! Vielmehr braucht die Gesellschaft diese einzelnen Menschen, die sie Außenseiter schimpft, sie als arme Irre, Verlierer, Kranke bezichtigt, nur um sich zu vergewissern: Hier stehen wir. Wir sind mehr, sind stark, haben recht, halten zusammen. Mit Waffen behaupten sie diesen Platz! Aber warum kann Zusammenhalt immer nur da entstehen, wo er auf etwas reagiert und sich zu etwas verhält, das nicht dazugehören soll? Was ist das im Menschen, das ihn so handeln lässt? Und sollte nicht jeder Mensch für eine Zeit allein leben auf einem Feld voller Attrappen, so wie wir es hier gesehen haben, sollte nicht jeder Mensch in die Natur gehen, unter Tieren leben und von Pflanzen eingehüllt sein, ohne Haus, ohne Festung, ohne Nation? Nur so kann er die Demut wiederfinden, alle Menschen zu lieben. Nur wer die Einsamkeit kennt, wird zu einer Art Leben finden, die niemanden mehr ausschließt, und nur so wird eine Gesellschaft möglich sein, in der das Glück entstehen kann: wenn sie alle Menschen einschließt! Das Glück als das Gegenteil der Gewalt ist nur möglich, wenn es jedem Wesen offensteht. Nur wer zu sich findet, in Demut und Ehrlichkeit, wird die Gewalt überwinden.«

Vorsichtig tastend stieg ich die Kellertreppe hinab. Maus saß vor der gegenüberliegenden Wand, den Rücken mir zugewandt. Der alte Schreibtischstuhl, mit dem er an einer voll gestellten Arbeitsplatte saß, wirkte unter seinem mächtigen Kreuz winzig klein. Ich schaute mich um. In der Mitte des Raumes stand auf ein paar Tapeziertischen tatsächlich eine riesige Modelllandschaft aufgebaut. Gleich mehrere Züge drehten ihre Runden. Eingehend betrachtete ich das detailversessene, bewegliche Stillleben, dessen Herstellung viel Zeit gekostet haben musste. Die Häuser und die Autos sahen täuschend echt aus, auch die Schilder, die Gärten, die Geschäfte. Es war ein Modell genau der Region, in der Maus mit seiner Familie lebte. Nicht nur die Züge bewegten sich. Auch die Fördertürme. Deutlich war hier die Handschrift seiner Arbeit zu erkennen. Ich hatte sie schon einmal gesehen. Langsam ging ich nun zu Maus herüber, stellte mich neben ihn, schaute zu, wie er unter einer großen, von einem Stativ gehaltenen Lupe mit seinen klobigen Händen einen Jägerzaun strich, der nicht einmal so groß war wie sein kleiner Finger.

»Allzeit bereit?«

Er schaute zu mir hoch und lächelte. Doch er antwortete nicht. Auch ich schwieg für eine Weile, und so zelebrierten wir die Floskeln unseres Wiedersehens mehr wortlos, ließen unsere herzliche Freude nur durch Blicke stattfinden.

»Maus, ich weiß Bescheid. Ich bin hier, weil ich wissen will, was da in Bonn passiert ist. Ich weiß, dass du daran beteiligt bist. Ich war da, und ich war auch in Gladbeck in dem Kellergewölbe unter der Kirche. Das Modell von dem Hotel, das ist von dir, richtig? Du wusstest über alles Bescheid. Das ist doch so, oder? Ich will das alles begreifen, und ich will auch begreifen, was ihr von mir wollt, oder was Benito von mir wollte. Und ich will endlich verstehen, was das alles mit der Vergangenheit zu tun hat, mit der Flussfahrt.«

Er werkelte weiter an dem Zaun herum, trug nun mit Pinzette und Heißklebepistole ein wenig Moos auf. Im Geruch der heißen Klebe tauchte ein Bild meines Vaters vor mir auf, wie er die Carrera-Bahn, die er mir zum Geburtstag geschenkt hatte, auf einer großen Holzplatte befestigte. Die gesamte Fläche beklebte er mit Modellrasen und kleinen Büschen. Doch sie blieb eine flache, einsame Ödnis.

»Erinnerst du dich, wie wir von dem Schwan angegriffen wurden?«

Maus fing an zu kichern und drehte sich auf dem quietschenden Schreibtischstuhl zu mir um. Er trug eine kleine Nickelbrille, die er sich nun höher aufs Nasenbein schob.

»Du wirst mir nicht helfen, oder? Ich werde selbst darauf kommen müssen, was das alles zu bedeuten hat. Aber geht es darum? Dass ich selbst darauf komme?«

Maus schaute mich besorgt an, als wolle er etwas sagen, dringe aber nicht bis zu den Worten durch. Dann ging sein Blick ins Leere und die Augen weiteten sich. Es wirkte, als sei da eine Schranke, und als wisse er sehr gut, was dahinter lag. Er kam aber nicht dorthin. Ich hätte ihm gerne auf die Schulter geklopft oder ihn in den Arm genommen. Aber ich konnte nicht.

»Maus, ich habe nur ein Problem bei der ganzen Sache. Ich kann mich nicht mehr erinnern, was passiert ist, nachdem der Häuptling gestorben ist. Ich weiß, dass es einen Unfall gegeben hat, dass er von einem Jäger erschossen worden ist und dass wir dann ohne ihn weitergefahren sind. Aber ich weiß nicht mehr, wie es weiterging. Weißt du es noch? Kannst du dich erinnern? Bitte, ich muss das herausfinden. Was ist damals passiert? Es ist wie ein schwarzes Loch.«

Maus Gesicht zeigte nun eine deutliche Unruhe. Seine Brust hob und senkte sich schneller. Ich war vielleicht ein wenig laut geworden. Aber ich stellte diese Fragen ja nicht zum ersten Mal. Er schüttelte den Kopf, drehte sich weg und fingerte eifrig weiter an dem Zaun. Da wusste ich, dass ich zu ungeduldig gewesen war, zu forsch, und dass ich heute nichts mehr bei ihm würde erreichen können. Ich verabschiedete mich von meinem alten Freund, sagte noch, wie süß ich seine Kinder finde und dass ich Lust habe, bald wiederzukommen. Danach ging ich die Treppe hoch und aß schweigend ein Stück Apfelkuchen mit seiner Frau Ye-Jin, die jetzt auch sehr niedergeschlagen wirkte, und dann sagte ich ihr, dass es mir leidtue und dass ich ein anderes Mal wiederkommen würde, und sie sagte, das sei kein Problem, ja, dass sie sich gefreut habe, mich kennenzulernen. Ich verabschiedete mich von ihr und schaute noch im Kinderzimmer vorbei, wo Luzi und Emil die LKW um sich herum im Kreis aufgebaut hatten, so wie bei *Rhea M.*, Stephen Kings einziger Regiearbeit, und ich wünschte ihnen einen schönen Tag oder so was, und plötzlich musste ich ziemlich schnell aus diesem Haus raus, und dann verließ ich Herten Westerholt mit stark überhöhter Geschwindigkeit, wurde geblitzt, ich glaube sogar zweimal.

Maus richtete sich im Kanu auf, wie ein Klappmesser. Ein großer roter Fleck zeichnete sich unter dem Verband ab. Als erwache er aus einem Fiebertraum und wolle die Dämonen beschwören, die ihm da begegnet waren. Er rief über das Wasser, drehte sich nach links und rechts, als wähne er an den Ufern eine Zuhörerschaft.

»Er hat recht! Benito hat recht. Hört ihr denn nicht? Wie konnten wir so über diesen Mann denken. Nur so können wir die Gewalt hinter uns lassen. Hört auf Benitos Worte, denn er spricht die Wahrheit. Wir sollten umkehren und den Alten suchen. Ich will ihm verzeihen. Ja, wir sollten ihm eine Krone aufsetzen.«

Doch dazu kam es nicht mehr, denn Maus verlor in Folge seines spontanen und ungeahnt euphorischen Ausbruchs das Bewusstsein und kippte mit einem Schwung wieder nach hinten, der ihn so hart mit dem Hinterkopf dort aufschlagen ließ, dass das Boot erzitterte und sich kleine Wellen davon abstießen. Da wussten die Jungen, dass sie etwas unternehmen mussten und der Landgang sich nicht mehr würde vermeiden lassen.

III.

D er dunkelblaue BMW war immer der ganze Stolz des
Mannes meiner Mutter gewesen. Das Baujahr des gepflegten Wagens belief sich auf 1997, und so besaß das Modell
zu meinem Glück sogar noch ein Kassettendeck. Ich legte eine
von Benitos Tagebuchaufzeichnungen ein, schaltete dann aber,
während ich das Auto recht spontan über die A2 in Richtung
Dortmund-Gartenstadt steuerte, zunächst das Radio an. Es
war eigentlich schon zu spät für einen unangemeldeten Besuch bei Uğur, doch plötzlich wollte ich nicht mehr bis morgen warten. Vor der Autobahnauffahrt hatte ich mir in einem
libanesischen Imbiss etwas zu essen gekauft. Wenn der Mann
meiner Mutter gewusst hätte, dass ich nun auf dem Fahrersitz
seines geliebten Wagens eine Falafel aß, mit nur einer Hand am
Steuer, hätte das wohl unabwendbar zu einem massiven Eklat
geführt, und trotz meiner 42 Jahre hätte ich mich im Moment
der Konfrontation wie ein beschämter Jugendlicher gefühlt.
Aber ich hatte Hunger, und er saß ja ohnehin in einem Pfle-
geheim in Bottrop und befand sich nun, im hohen Alter, in einem ungeahnten Stadium der Glückseligkeit, was sicher nicht
zuletzt damit zusammenhing, dass er nicht mehr ganz mitbe-
kam, was um ihn herum passierte.

Kurz hinter Dortmund-Mengede hatte es einen schweren
Unfall gegeben. Für fast eine Stunde stand ich im Stau. Ich
musste an meinen Vater denken, mit dem ich gerne Auto gefahren war, und der am Steuer immer geraucht hatte, was wohl
bis heute dazu führt, dass mir dieser abgestandene Qualmge-
ruch, der einer bestimmten, aussterbenden Generation von
Raucherautos anhaftet, noch immer ein heimeliges Gefühl
beschert. Mit ihm hatte ich immer gern im Stau gestanden. In
unserem alten Passat hatte man sogar essen dürfen, und immer

waren da Krümel in den dünnen Nahtbereichen der Sitze gewesen, die ich aber nur im Sommer bemerkt hatte, wenn sie mich an der Unterseite meiner nackten Oberschenkel piksten. Ich erinnerte auch, wie die Insekten in gelben schleimigen Flecken auf der Windschutzscheibe des Passats zerplatzten. Der BMW vom Mann meiner Mutter hingegen war stets krümellos. Er roch wie ein alter Neuwagen, und im Jahre 2026 zerplatzte absolut gar nichts mehr auf den Windschutzscheiben. Schmatzend leckte ich mir einen Rest Sesamsoße von den Fingern und schob die Kassette ganz in den Schlitz des Tapedecks.

Regen fiel vom Himmel. Maus lag gebettet auf einem Regenponcho der Bundeswehr, den Fliegentöter eilig am Ufer auf dem morastigen, schmatzenden Boden ausgebreitet hatte. Am Ufer hatten sie die drei Boote mit Tampen an den Stamm eines verdorrten Baums gebunden. Die Jungen knieten im Kreis um ihren Freund und überlegten, was zu tun sei, während Maus unverständlich vor sich hin brabbelte und zu fantasieren schien.

»Wir können ihn nicht hierlassen.«

»Nein, das können wir nicht.«

»Aber wir müssen weiter.«

»Lasst uns eine Pause machen und sehen, ob er sich erholt.«

»Ja, das tun wir.«

»Vielleicht sollte sich die Wunde mal jemand ansehen?«

»Ich mache ein Feuer.«

»Mit welchem Holz?«

»Da vorne am Weg habe ich ein Kreuz gesehen, unter einem Schutzdach.

»Was für ein Weg? Wo führt er hin?«

»Ich weiß nicht. Ich kann nichts sehen. Es ist dunkel, und der Nebel ...«

»Gut, lasst uns ein Feuer machen.«

Die ersten Kassetten hatten noch fragmentierte, distanzierte Reflexionen versammelt, ein zaghaftes Ausprobieren des Mediums könnte man meinen, in dem Benito zunächst weitestgehend distanziert schilderte, was er über das Weltgeschehen erfuhr und wie er darüber dachte. Zwischen den Aufnahmen klafften bisweilen große zeitliche Lücken. Dann wiederum zeichnete er kleinteilig die Ereignisse einiger direkt aufeinanderfolgender Tage nach. So berichtete er etwa von Zusammentreffen mit Kippe, Maus und Uğur, über das Leben mit Fliegentöter, bei dessen Eltern er 1997 eingezogen war, sprach dann über die Bombardierung Jugoslawiens durch die NATO, den Einmarsch in den Kosovo, den Tschetschenienkrieg. Doch er blieb gemäßigt in seinen Ausführungen. So plätscherten die ersten beiden Jahre dahin, ein Warmreden, fragmentarisch und unregelmäßig. Mit der Zeit jedoch steigerten die Aufnahmen sich in ihrer Intensität. Die erste ausführliche Aufnahme zeigte sich in einem etwa 30-minütigen Panorama eines der furchtbarsten Verbrechen der späten 1990er-Jahre. Während ich noch im Stau saß, schilderte Benito den Amoklauf der erst 17 und 18 Jahre alten Abschlussschüler Eric Harris und Dylan Klebold, die an der Columbine Highschool im amerikanischen Littleton, Colorado 1999 ein furchtbares Massaker angerichtet hatten. Es ist das bis heute aufsehenerregendste *school shooting*, wie diese spezielle Form der sich bald weltweit häufenden Amokläufe mittlerweile genannt wird. Ihre Tat fand Eingang in zahlreiche Dokumentationen und Filmadaptionen, in denen nachgezeichnet wurde, wie zwei jugendliche Außenseiter sich immer tiefer in ein faschistoides Weltbild bewegten, sich in Rachefantasien verloren, sich Waffen und Bomben besorgten und – völlig unbemerkt von ihren Mitmenschen – seit 1998 mit langem Vorlauf die in ihrem unergründlichen Hass beispiellose Tat planten, minutiös getaktet und bedacht auf eine möglichst große Opferzahl. Und auf eine möglichst große Öffentlichkeitswirkung: Es handelte sich hierbei um den ersten Amoklauf, dessen Entstehen auch durch umfangreiches Material der Täter selbst dokumentiert worden war, was nicht zuletzt dafür sorgte, dass die gänzlich im Verborgenen liegende Todesspirale hin zum Massaker später medial derart intensiv aufgearbeitet werden konnte – ein Umstand, der nicht zuletzt den Schluss zulässt, dass Harris und Klebold ganz bewusst an der Wahrnehmung ihres schockierenden Vermächtnisses mitgeschrieben haben. Sie führten Tagebuch, erstellten Websites, hielten ihre Vorbereitungen und Fantasien schriftlich, auf Video und sogar in Form von Schulaufsätzen fest. Ein Großteil dieser Materialien wurde später von den Behörden veröffentlicht. Es wird noch heute darüber gestritten, ob diese Dokumentensammlung nicht auch Nachahmungstäter inspiriert haben könnte. Die Daten jedenfalls ließen unabhängig davon zumindest eine relativ genaue Rekonstruktion der Geschehnisse zu: Am Vormittag des 20. Aprils 1999 betraten Harris und Klebold, zwei übermäßig intelligente weiße Jungen aus gutem Hause, schwer bewaffnet ihre Schule. Innerhalb einer Stunde erschossen sie mit einem ganzen Arsenal frei erworbener Waffen 13 Menschen, verletzten zudem zahlreiche Personen schwer, von den psychischen Schäden der Opfer einmal ganz zu schweigen. Sie hatten noch viel mehr Unheil anrichten wollen, doch die über 30 selbstgebauten, im Schulgebäude sowie auf dem Parkplatz platzierten Bomben brachten, wenn sie überhaupt detonierten, nicht das gewünschte Ausmaß an Zerstörung hervor. Um 12:08 Uhr töteten sie sich gemeinsam in der Bibliothek. Die Tat markierte eine Zäsur in der amerikanischen Geschichte und hat jene Generation X, der auch die Attentäter angehörten, durch ihren überfordernden Schrecken ihrer Unbefangenheit beraubt. Auch ich hatte mich mit diesem Ereignis beschäftigt, wenn auch weitaus später als Benito. Es hatte mich als junger Erwachsener gänzlich fassungslos zurückgelassen. Was aber mochte die intensive Auseinandersetzung wohl bei einem 15-jährigen Jungen angerichtet haben?

So geschah es. Kippe fällte das Kreuz mit einer kleinen Axt und zerlegte das Holz in geeignete Scheite. Uğur steckte den nackten Mann mit der Dornenkrone, den das Holz bis zu seinem Fall verlässlich und sicher getragen hatte, behutsam und ehrfürchtig mit den Füßen zuerst in den matschigen Boden des Moors, in das er nun langsam und unter dem Geräusch eines fast albern wirkenden Blubberns und Schmatzens versank. Doch das konnten sie nicht sehen, denn das kleine Feuer, das Kippe unter Zuhilfenahme des Feuerzeugbenzins trotz des Regens entfacht hatte, bündelte ihre Blicke, und ohnehin reduzierte der Nebel alles jenseits dieses Feuers zu einer übergangslosen, undurchsichtigen Masse.

Als ich dann schließlich durch das vornehme Villenviertel der Dortmunder Gartenstadt fuhr, in dem heute vor allem Fußballspieler und Politiker wohnen, war ich mir gar nicht mehr so sicher, was ich Uğur überhaupt fragen wollte. Er schien auf einer anderen Ebene in die Ereignisse involviert, hatte seine Position als Verantwortlicher für die Sicherheit genutzt, um Benito Zugang zum Hotel zu verschaffen, hatte vermutlich schon im Vorfeld dafür gesorgt, dass das Gebäude präpariert worden war – oder dies zumindest ermöglicht. Die Staatsanwaltschaft ermittelte zwar gegen seine Firma, doch bisher hatte sich in dieser Hinsicht laut der entsprechenden Pressemeldungen nichts getan. Über ihre Anwälte hatte die Firma ihr offizielles Versagen zwar eingestanden, eine Mutwilligkeit aber strikt abgestritten. Ich parkte den BMW gegenüber einem massiven Gittertor, das mir eine breite, von weißen Kieselsteinen gemaserte Auffahrt versperrte. Der Weg führte von blauen LEDs beleuchtet hoch zu einem mächtigen und prunkvollen Neubau. Ich klingelte mehrmals, registrierte dabei, dass mich eine Kameralinse fokussierte, die in einer Halbkugel über der Klingel verborgen lag. Nach ein paar hartnäckigen Minuten knackte es aus einem Lautsprecher im Klingelschild. Eine tiefe Frauenstimme fragte, was ich wolle und ob ich einen Termin habe. Ich sagte, so freundlich ich konnte, ich sei ein alter Freund von Uğur und wolle ihn in einer privaten Angelegenheit sprechen, worauf mir die Stimme entgegnete, der Chef sei für mehrere Tage außer Haus. Mein weiteres Klingeln erzeugte keine Reaktion, außer, dass bald darauf das blaue LED-Licht und die Außenbeleuchtung des Hauses gelöscht wurden. Ich ging zurück zum BMW, fuhr ihn um die Ecke und parkte im Schatten eines Baumes, wo das Licht der Straßenlaternen das Auto nicht erreichte. Von hier aus konnte ich gerade noch die Einfahrt sehen.

Da knackte es vom Weg aus, dem sie das Kreuz geraubt hatten, und plötzlich stand im fahlen Schein des Feuers ein Mann vor ihnen, der wenigstens ebenso alt war wie der irre Steinewerfer. Die Jungen erschraken und schon spannte Fliegentöter die Zwille, doch Kippe hielt ihn mit einer Handbewegung zurück.

»Was habt ihr hier zu suchen?«, krächzte der Fremde.

»Unser Freund ist verletzt, vielleicht braucht er einen Arzt.«

»Hier gibt es keinen Arzt. Was denkt ihr denn, wo ihr seid?«

»Wir wissen es nicht. Wir kommen vom Fluss, unsere Boote liegen unten bei der Böschung.«

»Hier gibt es gewiss keinen Arzt, der euch helfen kann. Hier ist niemand. Es wäre besser für euch, ihr würdet schnell wieder verschwinden.«

Er trat ein Stück näher, betrachtete die Jungen und raunte sich kaum verständlich selbst zu: »Sie tragen das graue Mal!«

»Ist denn hier ein Dorf in der Nähe, in das wir ihn bringen könnten?«

»Nein, hier gibt es kein Dorf. Seid ihr von der Hitlerjugend?«

»Was?«

Nervös fuhr sich der Alte mit seiner knochigen Hand durchs Gesicht, massierte sein versteinertes Kinn.

»Ob ihr von der verdammten Hitlerjugend seid, habe ich gefragt!«

»Nein. Wir sind Pfadfinder.«

»Pfandfinder?«

»Pfadfinder!«

»Pfadfinder?«

»Ja.«

»Na, das ist ja was. Einen Pfadfinder habe ich noch nie getroffen.«

Ungeniert kratzte er sich am Sack und schielte die Jungen mit seinen glubschigen Augen argwöhnisch an. Der Alte mochte 70 oder 80 Jahre alt sein, bei näherer Betrachtung vielleicht auch 90 oder 100. Er trug langes weißes Haar, dessen Beschaffenheit auf eine großflächige Glatze schließen ließ, welche die Jungen aber nur unter dem schwarzen breitkrempigen Hut vermuten konnten, der sein fahles, langgezogenes Gesicht in seinem Schatten verbarg. Er trug einen zerschlissenen schwarzen Umhang um die Schultern, darunter eine filzige Jacke, nicht unähnlich den Jujas der Jungen, und um seinen Hals hing eine Kette aus großen, honigfarbenen Perlen, in denen das kleine, aus Jesu Holz geschlagene Feuer leuchtend reflektierte. Die Kette hing ihm bald bis zu seinem Bauchnabel herab. Seine dünnen Storchenbeine waren bis zu den Knien von einer speckigen Lederhose bedeckt und die Füße steckten in Wanderstiefeln, die aus einer anderen Zeit stammen mussten. Die spindeldürre Hand des Alten umklammerte einen knochigen Wanderstab, auf den er sich nun stützte, vorgebeugt, um die Jungen eingehender zu mustern.

»Was ist denn mit dem Dicken da passiert? Ist der gegen einen Baum gerannt?«

Kippe übernahm das Reden.

»Ein paar Kilometer den Fluss runter, von da, wo wir herkommen, hat uns ein Mann mit Steinen beworfen, als wir an ihm vorbei sind. Der hat Maus am Kopf getroffen. Es sieht übel aus.«

»Maus? Was ist das denn für ein Name?«

»Aber wir sind doch Pfadfinder! Das ist ein Fahrtenname. Jeder von uns hat einen Fahrtennamen.«

»Wie heißt die Brillenschlange?«

»Fliegentöter.«

»Ich werd verrückt. Das ist wahrhaftig ein grandioser Name für einen jungen Mann mit Brille. Und der Türkenjunge?«

»Uğur. Aber das ist kein Fahrtenname.«

»Ist es ja doch! Spinnt ihr? Ihr habt doch gesagt, dass das jetzt auch mein Fahrtenname ist.«

»Uğur, halt die Klappe!«

»Für mich seht ihr aus wie von der Hitlerjugend. Gibt es die noch?«

»Die Hitlerjugend? Natürlich nicht. Hitler ist lange tot.«

»Der war ja auch nicht in der Hitlerjugend. Der war ja viel zu alt. Aber seinen Namen hat der dem Verein gegeben. Und die Kinder, die in der Hitlerjugend waren, die leben doch noch, oder nicht?«

»Zum Teil, vielleicht, ja.«

»Mein Opa war in der Hitlerjugend, und der lebt noch«, mischte sich Cherubim ein.

»Und ist dein Großvater ein böser Mann?«

Cherubim schwieg und blickte betreten auf den Boden. Der Alte hatte recht. Sein Großvater war ein böser Mann, nicht nur, weil er bei der Hitlerjugend gewesen und immer Faschist geblieben war. Doch das war eine andere Geschichte, und gleichzeitig war es Teil dieser Geschichte, wie alles ein Teil von allem ist, so sind die Geschichten der Eltern immer auch die Geschichten der Kinder und ihrer Kinder und Kindeskinder. Es hört nie auf. Aber darum geht es jetzt nicht, oder?

»Na seht ihr, da habt ihr's doch. Das Böse stirbt nicht aus.«

Trotz der beunruhigenden Spannung des Gesprächs waren die Jungen erleichtert, soweit sie das überhaupt noch sein konnten. Die schrullige Gestalt, der sie hier begegneten, schien zwar auch nicht mehr alle beisammen zu haben, doch bewarf der Alte sie zumindest nicht mit Steinen.

»Können Sie unserem Freund helfen?«

Der alte Mann blickte Benito an. Seine Miene erstarrte.

»Aber, das ist ja ... Du bist blind, Junge, stimmt das?«

»Ja, ich kann nicht sehen.«

»Ein blinder Junge in dieser Nebelsuppe«, murmelte der Alte. »Wie heißt du – also: Wie nennen die dich in eurem Verein?«

»Benito.«

»Benito. Das also ist sein Name«, murmelte er zu sich.

Der Alte schaute Benito eindringlich an, musterte ihn von Kopf bis Fuß. Etwas Hässliches lag darin, wie er ihn anschaute, war doch Benito diesem Blick, den er nicht erwidern konnte, auf eine Art ausgesetzt. Aber so meinte es sein Betrachter ja nicht, ihm war lediglich der Sinn für derlei Dinge abhandengekommen. Er räusperte sich.

»Nun gut, ich will mal schaun, was ich für euch tun kann. Ihr seht ja halb verhungert aus, und der Dicke muss wirklich verarztet werden. Hier im Regen könnt ihr jedenfalls nicht bleiben, da holt ihr euch den Tod. Ein ganzes Stück weiter steht meine Draisine auf dem Gleis. Wenn ihr den Dicken dahinschleppt, können wir ihn in den Bunker fahren und ich verarzte ihn. Hier kann ich nichts machen.«

Er spuckte mit einem schleimigen Röcheln auf den Boden.

»Wir müssen zum alten Verladebahnhof. Da fangen die Gleise an. Beeilt euch.«

Benito sprach jetzt zum ersten Mal auch über die Flussfahrt. Er war dabei schwer zu verstehen, als befände er sich weit entfernt vom Mikrofon. Seine Stimme klang anders, klang bedauernd und traurig. Er sagte, er habe es nicht gewollt, dass es so komme. Seine Worte, in denen sonst so viel Klarheit und Konzentration steckte, klangen nun wirr, endeten abrupt, waren voller Zweifel und Ängste. Auf der nächsten Aufnahme hörte ich ihn schluchzen. Kaum ein Wort war zu verstehen. Ich spulte das Band ein Stück zurück und drehte die Mitteltöne auf, reduzierte den Bass. Ja, er sagte, dass er bereue, was geschehen sei, dass wir nicht hätten weiterfahren dürfen, dass das ein Wahnsinn gewesen sei, ein einziger Wahnsinn. Dass wir auf Rettung hätten warten sollen, auf der Insel, und dass es falsch gewesen war, den Leichnam des Häuptlings den Fluss hinunter zu schicken. Ich drehte das Kassettendeck aus und schloss die Augen. Bald schlief ich ein, und in meinen Träumen verband sich das Gehörte mit verworrenen Erinnerungen, mit unmöglichen Ereignissen, die nur meiner Fantasie entsprungen sein konnten, mit Bildern, deren Herkunft ich nicht zu ergründen vermochte. Benito schrie in diesen Träumen, schrie voller Wut. Er stand vor mir im Kanu, das ich mit vorsichtigen Paddelstichen durch das seichte Wasser bewegte. Knochige Bäume streckten vom Ufer aus ihre Arme nach uns. Die Wasseroberfläche war von dichtem Nebel bedeckt, der sich schleichend mit dem Theaternebel vermengte, mit dem Benito das Hotel in Bonn eingehüllt hatte. Wobei, nein, es war kein Theaternebel. Es war dichter schwarzer Qualm. Der blinde Amokläufer, der in meinem Traum nun ein blinder Junge war, verlor sich in einem wütenden Klagelied. Benito drehte sich zu mir um. *Siehst du es nicht?*, rief er immer wieder. *Siehst du es denn nicht?* Seine Augen leuchteten. Ich schreckte auf. Die grellen Lichter eines Fahrzeugs streiften mich. Gerade noch sah ich das Heck eines schwarzen SUVs, der links von mir in der Straße verschwand. Ich startete den BMW. Die blasse Digitaluhr im Armaturenbrett zeigte 5:03 Uhr.

Und so geschah es. Die Jungen holten ihr Gepäck und drehten die Kanus um, damit sie nicht mit Wasser vollliefen, zogen sie auf Anraten des Alten noch in ein Gebüsch, um dann mit vereinten Kräften ihren verletzten Freund durch den Regen zu tragen, der dabei ohne Unterlass vor sich hin murmelte. Der Fremde lief neben ihnen her und betrachtete sie nachdenklich.

»Wer hat euch denn mit den Steinen beworfen?«

»Ein alter Mann bei einem VW Käfer, der am Ufer stand.«

»Na, das habe ich mir doch gedacht.«

~

IV.

Es war der SUV vom Friedhof, dem ich da folgte. Der Mann an Benitos Grab, in dem Kamelhaarmantel: Das war Uğur. Ich versuchte, nicht zu dicht aufzufahren, das monströse Gefährt aber auch nicht zu viel Abstand gewinnen zu lassen. In den Detektivfilmen wirkte das viel einfacher. Ständig musste ich bremsen oder das Licht löschen und rechts ranfahren, um nicht plötzlich an einer Ampel direkt hinter dem an einen Panzer erinnernden Gefährt stehenzubleiben.

Auf der Autobahn ging es schon besser, auch wenn ich den BMW hier heftig treten musste, um nicht den Anschluss zu verlieren. Uğur fuhr schnell. Sehr schnell. Obwohl ich mich auf die Verfolgung konzentrieren musste, konnte ich es nicht lassen, hin und wieder einen Blick auf die Landschaft zu richten, die an mir vorbeirauschte. Das Ruhrgebiet bei Nacht hat etwas Magisches, vor allem von der Autobahn aus betrachtet. Die Lichter der Kraftwerke und Fabriken, die spuckenden Fackelköpfe und die Neonlichter der vorbeihuschenden Städte, die Wälder zwischen Beton und Stahl. Ein im Todeskampf liegender, sich aufbäumender Riese. Wir fuhren fast zwei Stunden, erst südlich an Bochum vorbei, dann raus aus dem Pott, Wuppertal, Leverkusen, weiter über Köln und Bonn und schließlich Richtung Koblenz. Ich ahnte bereits, wo die Reise hingehen würde, und tatsächlich bog der SUV hinter Koblenz schließlich von der Autobahn ab. Uğur fuhr nun weiter über Landstraßen und durch die Wälder Richtung Lahn, jenem Fluss, auf dem vor 31 Jahren unsere Geschichte begonnen hatte. Ich war nie wieder hier gewesen. Einmal hatte ich auf einer meiner vielen Zugfahrten, noch vor der Pandemie, als ich noch Lesungen gegeben hatte, müde registrierend den Fluss passiert. Mehr nicht. Näher war ich diesem Kapitel meines Lebens bisher nicht gekommen. Der SUV bog von der Straße auf einen holprigen Waldweg ab. Alles war von dichtem Baumwerk eingefasst. Ich löschte das Licht und fuhr langsam hinterher. Da bremste der SUV abrupt. Ich erschrak. Uğur stieg aus dem Wagen, zog seinen Mantel zurecht, drehte sich schwungvoll um und kam gemächlich auf mich zu. Er sah gut aus. Als er grinsend an die Scheibe klopfte, kurbelte ich das Fenster runter.

»Sieh an, der Herr Schriftsteller. So eine lausige Beschattung habe ich wirklich noch nie erlebt. Aber du bist gut drangeblieben, das muss ich dir lassen. Gibst nicht nach, und das ist das Wichtigste.«

Ich stieg aus und wir umarmten uns.

»Wir lassen die Karren hier stehen und gehen zu Fuß zum Wasser.«

Uğur zwinkerte mir zu und holte einen Blumenstrauß aus dem Kofferraum seines Autos. Die Klappe schloss automatisch.

»Weißt du, ich hätte dich auch reinlassen können, aber du warst nicht der Einzige, der mich heute Nacht beschattet hat. Der Verfassungsschutz beobachtet mich. Aber die Vögel haben wir abgehängt. Die können einfach nix, da bist du wirklich um Längen besser, Schriftsteller.«

Lachend klopfte er mir auf die Schulter.

»Was wird aus der ganzen Angelegenheit? Werden die dich drankriegen, weil du Benito ins Hotel gelassen hast?«

»Du hast deine Hausaufgaben gemacht, wie ich sehe. Weißt du, ich habe die besten Anwälte, die man in Deutschland kriegen kann. Und glaub mir, ich bin nicht blöd. Mir wird nix passieren. Ich muss nur ein bisschen aufpassen. Darf mich nicht mit Schwarzen Steinen erwischen lassen und so, verstehst du? Bisschen abtauchen, Gras über die Sache wachsen lassen. Ich hab gehört, dass du bei Maus warst. Dich haben die noch nicht auf dem Schirm, du kannst so was noch machen.«

»Woher weißt du das? Da war ich doch erst gerade eben.«

»Ich hab so meine Quellen.«

»Und auf dem Schirm für was? Was soll das alles? Ihr redet alle nur so nichtssagend daher, oder ihr redet gar nicht.«

»Ich kann dir deine Fragen auch nicht beantworten. Benito hatte irgendeinen Plan, schon seit Jahren. Aber so richtig hab ich es nie kapiert. War mir aber auch egal. Weißt du, die Jungs, du, Maus, Kippe, Fliegentöter und Benito. Ihr seid die besten Freunde, die ich jemals hatte. Auch, wenn du nicht mehr dabei warst nach damals. Aber ich kenn dich ja. Ich weiß ja, wer du bist. Wir sind zusammengeschweißt, für immer. Wir alle. Wegen damals. Und ich habe die anderen ja noch gesehen. Ich war auch in der Bruchbude da in Gladbeck. Wahnsinn, oder? Und als die mir dann erzählt haben von ihrem Vorhaben, und dass Benito dabei sterben wolle, da habe ich natürlich erst mal abgeblockt, klar. Das war ein Schock. Aber ich hab viel drüber nachgedacht, was ich euch zu verdanken habe, vor allem Benito. Auch wenn er ein Irrer war: Ich hab ihn immer respektiert. Und seinen Wunsch zu sterben, den musste ich dann auch respektieren.«

»Aber hattest du keine Skrupel wegen der Leute? Also den Leuten in Bonn, die das mit ansehen mussten. Die sind doch alle traumatisiert jetzt.«

Er wedelte jetzt mit dem Blumenstrauß rum, sodass dieser ein paar Blüten verlor, die sanft zu Boden segelten.

»Ach, weißt du: Klar, das war heftig, auch für die. Aber guck doch mal, wer da auf so einem Empfang rumläuft. Ich arbeite für so Leute, seit über 20 Jahren. Die freuen sich am Ende, wenn endlich wieder irgendetwas passiert in ihrem Leben, über das sie reden können. Ist doch auch so: Seit Wochen sitzen die in jeder Talkshow und erzählen. Und glaub mir, was die zum Teil machen, also wie die an ihr Geld kommen und was das letztlich bedeutet, das ist dann doch ein bisschen schlimmer als Benitos kleines Spektakel. Das kriegt halt nur keiner mit, also keiner draußen. Niemand ist unschuldig, mein

Freund. Ich will hier bestimmt nicht den Moralapostel spielen, davon halte ich nix. Aber die Leute, die Benito mit seiner Aktion erschreckt hat, die können das verkraften. Die müssen das verkraften.«

Waren das auch Benitos Überlegungen gewesen? Eine kalte Berechnung mit ein wenig Restwärme? Und hätte Benito das überhaupt sicher wissen können – also, dass er im Hinblick auf das Publikum, oder sagen wir: die Opfer, niemandem schaden würde? Hatte ihn das überhaupt interessiert? Und was war mit denen, die davon in den Medien mitbekamen? Spielten derlei Überlegungen überhaupt eine Rolle für ihn? Ich hatte die Panik in den Augen der Leute gesehen, ihre Ohnmacht, ihren Schrecken. Benito hatte das in Kauf genommen. Sie alle hatten das in Kauf genommen.

»Mir geht es auch darum herauszufinden, warum ich dort war, was ich damit zu tun habe. Welche Rolle spiele ich in dem Ganzen?«

Uğur hob den Blumenstrauß in die Luft und rief in die Nacht.

»Keine Ahnung, Schriftsteller! Du bist der Schlauberger, nicht ich.«

Er grinste mich an.

»Ich mach nur Security.«

Wir waren jetzt am Ufer angekommen. Mein Puls ging schon wieder heftig, doch irgendwie beruhigte mich Uğurs Anwesenheit auch. Ich erkannte den Ort wieder. Es war die Landzunge, auf der wir damals angelegt hatten, kurz bevor der Häuptling erschossen worden war. Hier in etwa endete auch meine Erinnerung. An einem Ort, in einer Zeit. Uğur blieb stehen, und plötzlich war die Leichtigkeit aus ihm verschwunden, seine Schultern sanken herab. Vielleicht hatte er sie auch vorher nur gespielt. Er zeigte mit dem Arm den Fluss runter, zeigte im zaghaften Aufgang der Sonne in die Richtung, in die wir damals gefahren waren.

»Da ist jetzt ein Staudamm. Ist das nicht irre? Vor 30 Jahren sind wir da langgepaddelt, als Kinder, und jetzt ist das alles versunken. Ich würde da so gerne noch mal hin.«

Er atmete schwer. Langsam ging er zu einem Fleck am Boden der sonst wild bewachsenen Landzunge, der ganz kahl war. Uğur kniete nieder und legte den Blumenstrauß ab. Dann drehte er sich zu mir um. Da waren Tränen in seinen Augen.

»Für den Häuptling. Und für Benito.«

Er lächelte. Es schien, als wolle er noch etwas sagen. Doch der Junge, der sich gegen alle Wetten hochgekämpft hatte, hielt inne und schüttelte dann nur gedankenverloren den Kopf. Was gab es auch noch zu sagen? Hier hatte der Häuptling gelegen. Hier hatten wir unsere Kindheit begraben.

Schweigend gingen wir durch den Wald zurück zu den Autos. Ich musste daran denken, wie ich nach Uğur getreten hatte, damals, vor der Telefonzelle, wie mein Tritt den Staub aufgewirbelt hatte, wie wütend ich auf ihn gewesen war. Wie wir uns vertragen hatten. In der Kindheit kommt einem alles so kompliziert vor. Aber das stimmt nicht. Es wird erst später kompliziert. Bilder flammten in mir auf. Schöne Bilder, von Freundschaft und Unschuld. Mit dem Häuptling an unserer Seite. Bis zu dem Schuss im Sommer 1995 war alles ein harmloses Abenteuer gewesen. Uğur und ich umarmten uns herzlich, wortlos. Wir stiegen in unsere Autos, wendeten mit etwas Mühe auf dem schmalen Waldweg, gaben uns zum Abschied Lichthupe. Dann trennten sich unsere Wege wieder. Ein Stausee. Die Vergangenheit war geflutet worden. Sie lag unter Wasser. Der Staub der Geschichte, der die Zeit sichtbar machte, war fortgespült worden.

Als sie eine Zeit später vom Regen schon ganz aufgeweicht bei der Ruine des alten Verladebahnhofs ankamen, wartete auf den Gleisen tatsächlich eine Draisine auf sie. Sie stand inmitten verfallener Lagerhallen und in Nachbarschaft ausgebrannter

Güterwagons und Lokomotiven, die allesamt keinen Meter mehr machen würden. Der Bahnhof bot das Bild einer weit zurückliegenden Zerstörung, war von Feuer verzehrt und wie von einem Erdbeben zu Fall gebracht, lag längst vom wuchernden Gestrüpp bedeckt da wie ein toter Ort. Sie wuchteten Maus auf den Anhänger des Wagens, der bereits mit Erde und Metallschrott beladen war.

»Macht euch ruhig Platz da, das ist alles nicht so wichtig.«
Während der Alte nun fluchend versuchte, den Dieselmotor zum Laufen zu bringen, verteilten sich die Jungen auf dem Anhänger und dem kleinen Schienengefährt, bis die alte Draisine sich schließlich unter einigem Stottern und Quietschen über die Gleise schob. Als sie ein wenig Fahrt aufgenommen hatten, lief der Wagen jedoch flüssig und ohne Gerumpel. Es war wohl das einzige Fahrzeug, das dieser Tage überhaupt noch auf den verrottenden Gleisen herumfuhr. Und so verschwand die Bahntrasse nach wenigen Metern bereits im tiefen, wilden Gras.

In den nächsten Tagen wartete ich auf einen Anruf von Kippe und hörte weiter mit dem Walkman die Kassetten durch, was in mir das Gefühl erzeugte, ich hörte Benito in Echtzeit zu, ging die Aufnahme doch im Abspielen immer genau dort weiter, wo ich sie zuletzt verlassen hatte. Ich machte mir Notizen, transkribierte Stellen der Monologe. Immer mehr wurden Benitos Aufzeichnungen nun zu Suaden, klangen zornig und verloren. Der Sprecher monologisierte, jetzt als junger Erwachsener, gegen die Ungerechtigkeit der Welt an, gegen den Staat und gegen die bürgerliche Gesellschaft, gegen die Lügen, die er im demokratischen Gefüge wähnte, gegen die Vernichtung, die Gewalt, den Hass, Krieg, die Einsamkeit, die Ausbeutung der Lebewesen. Gegen die Schuld der Menschen am Niedergang der Welt. Überschäumende Rundumschläge, oft vage und fatalistisch, dann wieder scharfsinnig und überzeugend. Er arbeitete sich ab an den leidvollsten Facetten des Menschseins, formulierte traurige Fragen und noch traurigere Antworten. Über sein Privatleben erfuhr man mit der Zeit immer weniger. Der Tagebuchcharakter war dem Gegenwartsbefund gewichen. Längst schon äußerte sich dies nicht mehr in tagespolitischen Zusammenhängen. Vielmehr schälten sich nun aufgeregte, wahnhafte Visionen einer grauenvollen Zukunft aus diesen Monologen heraus, monströs wachsende Schreckensbilder einer kommenden Zeit, die er vor sich sah und in der er eine Endgültigkeit zu erkennen meinte, die tatsächlich war, tatsächlich sein würde. Es war wirklich erschreckend und auf eine Art auch äußerst fesselnd: Die Zeit nämlich hatte Benito nicht selten recht gegeben. Das war das bedrückende an seinen Monologen – dass vieles von dem, was er beschrieb, sich aus heutiger Sicht als wahre Vorausahnung herausstellte, ein Wissen nahelegte über Dinge, die später so oder so ähnlich eingetreten waren. Doch es war nicht seine Wut, die mich dabei so ergriff, noch die Treffsicherheit mancher Vorhersage. Es war die Traurigkeit.

Auf einer Kassette aus dem Frühjahr 1998 sprach Benito unerwartet über meinen Vater. Die Jungen hatten durch eine Todesanzeige in der Zeitung von seinem Ableben erfahren. Mit anrührender Empathie reflektierte Benito über die Bedeutung des Todes eines nahen Angehörigen, entgegen seiner sonstigen Aufzeichnungen ganz ohne Pathos, sprach sanft und ruhig von den Wunden eines solchen Verlusts, die vernarbten, die aber niemals ganz verschwanden. Er, der seine Eltern verloren hatte in einer Zeit, an die er sich nicht mehr erinnern konnte, eine Zeit aber, deren Folgen er tagtäglich spürte – durch eine Einsamkeit, durch seine Verletzungen, das verlorene Augenlicht. Während des Abhörens dieser Aufzeichnung erfasste mich unwillkürlich eine heftige Melancholie, ja, mir war, als krabbelten winzige Insekten an der Innenwand meines Rückens entlang, als stiefelten sie rasend schnell die Wirbelsäule rauf und runter, um dann in einer Säurewelle über die Schultern in meine Arme und tief in den Steiß zu schwämmen. Wieder musste ich an die Beerdigung denken, vor allem aber an die Tage und Wochen davor, von denen Benito nicht gewusst haben konnte, ebenso wenig wie von meiner merkwürdigen Stimmung, meiner Ahnung, obwohl ich da schon keinen Kontakt mehr zu meinem Vater gehabt hatte. Es war, als hätte es schon gelauert, dieses Wissen, als sei es dem Ereignis vorausgegangen, habe sich in einer langsam schwebenden Bewegung um mich herum eingerichtet, mich immer mehr und schließlich ganz eingehüllt. Dann der Anruf, das Telefonklingeln, wie ich irgendwie direkt gewusst hatte, dass die ehemalige Freundin meines Vater am anderen Ende der Leitung sein würde, die ihn wenige Monate vor seinem Tod verlassen hatte, weil sein Zustand ihr unerträglich geworden war. Wie sie dann unter Tränen berichtet hatte, dass es vorbei sei, dass die Organe, vor allem die Leber, nun endgültig versagt hätten, dass die Ärzte nichts mehr für meinen Vater hätten tun können. Das alles berichtete sie aber nicht mir, sondern meiner Mutter, die ans Telefon gegangen war und dann vor der furchtbaren Aufgabe gestanden hatte, ihren Söhnen beizubringen, meinem Bruder und mir, die wir während des Anrufs regungslos im Zimmer gestanden hatten, dass ihr Vater gestorben war, was wir beide, mein Bruder und ich, ohnehin schon mit dem ersten Klingeln gewusst hatten: dass wir jetzt Halbwaisen waren in einem viel zu jungen Alter, für immer. *Ich will dich nicht vergessen. Den Kindern geht es gut. Die Kinder werden älter nur. Verliere nicht den Mut.*

Nicht nur die Schienen verschwanden im Grün. Auch andere Zeichen, die auf eine Zivilisation hindeuteten, hatten die Farben der Umwelt angenommen, und so vermischten sich die von Ruß befleckten Trümmer und Gebeine früherer Gebäude mit Flechten und Moosen, waren bedeckt von Farnen und Sträuchern. Die Welt, in die sie nun vordrangen, stellte sich ihnen als eine vergessene Landschaft dar, von Menschen verlassen und in dieser Hinsicht ohne Gebrauch, oder anders gesagt: von der Flora und Fauna nun, wo außer dem Alten hier kein Mensch mehr zu leben schien, zurückerobert. Das hohe Gras hielt die Fahrt mit dem knatternden Gefährt dabei jedoch nicht auf, ganz im Gegenteil meinten die Jungen bald, sie schwebten über die sich an ihr gemäßigtes Tempo anschmiegende Wiese, die sich im lichtenden Nebel immer weiter vor ihren Augen auszubreiten begann. Langsam und bedächtig gingen die Windböen durch das Gras, verlängerten so die zaghaften Wellen des Flussufers. Ungeahnt, in einer Umgebung, die ihnen seit dem Tod des Häuptlings unwirtlich und fremd vorkam, spürten die Jungen da plötzlich wieder den Hauch einer Entspannung, eines leisen Einklangs, einer kurz auflodernden Ruhe.

~

V.

Verändern sich Menschen? Ich weiß es nicht. Kippe erkannte ich wieder, jetzt, wo ich wusste, dass er es war. Und auch, wenn sein Äußeres ganz anders wirkte, meinte ich, dass er sich kein Stück verändert hatte. Wie hatte es sein können, dass ich ihn auf dem Friedhof nicht erkannt hatte, und auch in Bonn nicht, und dass ich seine Stimme am Telefon nicht gleich hatte zuordnen können? Gut, da, also in Bonn, hatte ich ihn ja nicht wirklich gesehen, nur von hinten, und am Telefon gar nicht, denn das gab es zum Glück ja auch noch, zumindest, wenn man sich dafür entschied: Telefonieren ohne Bild. Drei Tage nach meinem Besuch bei Maus und der Nachtfahrt mit Uğur hatte er angerufen. Ganz klassisch, auf dem Festnetztelefon meiner Mutter, die mir den Hörer gebracht hatte, lächelnd und verschwörerisch den Namen flüsternd – *Kippe!* –; sie hatte ihn schon gemocht, als wir noch Kinder waren, weil er so aufgeweckt war, so tüchtig, so diszipliniert und zuverlässig.

Und so fand ich mich schon bald darauf in Köln wieder, in einem Jazzladen am Ebertplatz, westlich vom Rhein, obere Nordstadt. Die Musik-Bar, in der ich in meiner Sturm-und-Drang-Phase manches schöne Glas zu viel gehabt hatte, war von einer seltenen Bauweise. Der ovale Thekenbereich war derart dicht an die holzvertäfelten Außenwände gebaut worden, dass sich im Innenbereich der Theke mehr Platz auftat als im Raum ringsherum, in dem die Gäste standen und sich infolgedessen dicht aneinanderdrängen mussten, ganz reibungslos jedoch, wie es mir vorkam. Sie fühlten sich scheinbar gerade durch die Enge inspiriert zur sanften Bewegung. Nur ich schien jeden der zahllosen Trinker anzustoßen, die sich um die Theke aufgestellt hatten, wie ich mich da nun entlangquetschte, während ich versuchte, mir meinen Weg in den hinteren

Bereich zu bahnen, wo ich mit Kippe verabredet war, der hier, wie am Telefon verkündet, *einen Tisch hatte*, einen Stammtisch.

Ich hatte den Laden schon angetrunken betreten. Warum, ja – *warum?* Aus Nervosität. Kippe, wunderschön und voller Eleganz, schaute mir entgegen. In seinem Blick erahnte ich, dass auch diese Begegnung nicht ohne Folgen bleiben würde. Ich kannte es kaum noch anders. Nichts, was ich erlebt hatte, war ohne Belang gewesen seit Benitos Tod. Alles schien eine zwingende Bedeutung zu tragen, und wenn nicht, wenn etwas nur der Kitt zwischen den Bedeutungen war, dann hatte der wenigstens ihre Farbe angenommen und war nicht mehr herauszuhalten aus diesem Bedeutungsterror. Gott, wenn ich meinen Glauben nicht schon als Kind verloren hätte, wäre ich nur zu gern bereit gewesen, für ein wenig Ruhe zu beten. Diese Schnitzeljagd machte mich langsam wirklich fertig.

Zwei Jungen flatterten davon, Kolibri-artig, anders kann man es nicht sagen, sie hatten gerade noch bei Kippe am Tisch gesessen, vielleicht 25 Jahre alt, Studenten oder einfach nur junge Männer, neugierig und mit adoleszenter Arroganz in den Gesichtern hatten sie sich auf ein Wort von Kippe zu mir umgeblickt, hatten ihre milchigen Pastis-Gläser genommen, um dann in Richtung Kellertreppe zu gehen. Sie gingen auf eine Art, als berührten sie dabei den Boden nicht, schwebten nach unten, zu den Toiletten, wo es im regen Austausch der Gäste früher Pulver gegeben hatte und heute vielleicht auch noch immer gab, aber das würde ich ganz sicher nicht überprüfen, dafür war ich zu alt und vernünftig. Nichts ist unangenehmer als ein Wochenend-Kokainist jenseits der 40, nichts wäre unangenehmer.

Kippe saß allein in einem der Separees, die im hinteren Bereich des Ladens ebenfalls in Kreisform eine kleine Tanzfläche mit Schachbrettmuster umschlossen, auf der ich nie jemanden hatte tanzen sehen, denn hier standen sie mehr, tranken wie früher. Und während ich mich zwischen den jungen Körpern nun zu ihm durchschob, da kam ich mir alt vor, denn alle anderen Menschen in Köln, die ich kannte, waren gestorben oder hatten Familie. Bis auf Kippe. Der war Mitte 40 und schien äußerst lebendig. Er stand auf und wir umarmten uns.

»Cherubim – endlich sehen wir uns *richtig*!«

Ich setzte mich zu ihm.

»Ich habe ein bisschen gebraucht, bis ich begriffen habe, dass du es bist.«

»Das macht rein gar nichts, mein Lieber.«

»Heißt du immer noch Kippe? Oder soll ich dich jetzt anders nennen?«

»Ach, komm. Das ist doch total egal. Was denkst du denn?«

Ich musste lachen, aus Unsicherheit, ja, weil Kippe recht hatte.

»Dass es völlig egal ist. Dass ich dich Kippe nennen soll, weil es keine Rolle spielt. Dass du deinen bürgerlichen Namen schon damals abgelegt hast und dass es so geblieben ist.«

»Weißt du, dieser ganze Dreck: die Bürokratie, sich erklären müssen, zu hoffen, dass man auf jemanden trifft, der Verständnis hat – ich will mich nicht rechtfertigen müssen, vor niemandem. Ich finde, das ist das einfachste und klarste Anliegen der Welt. Aber du weißt, wie diese Welt ist. Deshalb sehe ich es so: Ich erwarte nichts – aber ich bin auch nicht bereit, irgendetwas zu geben.«

Lachend zündete Kippe eine Zigarette an, gab sie mir, um sich dann selbst noch eine anzustecken. Er schnippte mit den Fingern und keine zwei Minuten später hatten wir zwei Aperol Spritz auf dem Tisch stehen, kredenzt in Gläsern, die schwer lagen in der Hand und sich sanft und wohltemperiert den Lippen anschmiegten.

»Weißt du, es hat aber auch einen Vorteil. Jetzt, wo Benito so viel Staub aufgewirbelt hat mit seiner Sache da in Bonn, und wo sie Fliegentöter verhaftet haben – da sucht eben keiner nach einer hübschen Frau, die in Köln durch die Kneipen geistert. Ich habe meinen alten Namen ja zurückgelassen. Ich brauche ihn nicht mehr. Und das, was ich jetzt bin, ist nicht erfasst. Wenn du mich fragst, was ich bin oder was ich sein will, dann ist meine Antwort: ein Phantom. Niemand wird mich finden. So, wie ich jetzt bin, existiere ich ja nicht. Zumindest offiziell nicht.«

»Ja, das verstehe ich. Und du hast recht. Die Luft wird dünn, aber dich wird das kaum betreffen. Uğur wird beschattet, und ich meine auch, dass ich in den letzten Tagen verfolgt wurde. Weißt du, ob die sich auch Maus vorknüpfen werden? Ich war bei ihm, vorgestern. Aber wir haben nicht geredet. Vermutlich weißt du aber auch schon, dass ich da war. Du weißt ja alles.«

»Das hätte mich auch gewundert, wenn er geredet hätte. Es geht ihm nicht gut. Schon vorher nicht, und das in Bonn ...«

»Das hat seine Frau auch gesagt. Das Modell im Keller in Gladbeck, das ist von ihm, nicht?«

»Ja! Und wo du Gladbeck sagst: Du hast den Heizungskeller nicht angezündet, wie ich es dir aufgetragen habe. Warum nicht?«

»Da waren Menschen.«

»Ach, Cherubim.«

»Ich habe auch einen richtigen Namen.«

»Der führt nur in die Irre.«

»Warum sollte ich die Krypta denn anzünden? Was hätte das für einen Zweck gehabt? Die Bücher da – Bücher verbrennt man nicht.«

»Spuren verwischen. Dinge beenden. Einen Ort verschließen.«

»Und dann wäre es das gewesen, mit eurer kleinen Privatmythologie?«

»Privatmythologie? So habe ich es noch nie gesehen. Aber du magst recht haben, ja. Und nun ist das alles Vergangenheit.«

»Du bist recht radikal, wenn es darum geht, etwas hinter dir zu lassen.«

»Das liegt in der Sache selbst. Es ist heftig, was da passiert ist, und das macht auch etwas mit mir. Natürlich tut es das.«

»Wenn du Skrupel hattest, warum hast du dann nichts unternommen?«

»Ich hatte keine Skrupel, so gesehen. Ich wusste, dass es für Benito keinen anderen Weg gab. Hätte ich mich da abwenden sollen? Von Benito weggehen sollen, meinem Freund? Für mich ist Benito ein Held, Cherubim. Er hat sich geopfert, um den Schmerz der Welt erfahrbar zu machen. Jeder Mensch muss entscheiden dürfen, wie er leben möchte – oder eben, wie er nicht leben möchte. Wenn Benito sich die Freiheit genommen hat, das zu tun, dann ist das auch meine Freiheit.«

»Warum musste das so martialisch sein, so voller Terror und Gewalt?«

»Es hat nur das gespiegelt, was existiert. Er hat aufgeworfen, woran er litt, hat seine Verzweiflung stattfinden lassen.«

»Ich verstehe nicht, warum Benito sich nicht hat helfen lassen. Ich meine, er war doch psychisch krank, oder nicht? Das muss er doch selbst auch so erkannt haben. Wenn man sich das mal anguckt, was er da gemacht hat, kommt man doch ganz unweigerlich darauf: Das ist die Tat eines Psychopathen! Habt ihr denn nie mit ihm darüber gesprochen?«

»Benito hatte den Punkt lange überwunden, sich etwas aussuchen zu können. Vielleicht war er davon abhängig geworden. Vielleicht brauchte er genau das zum Leben, was ihn zum Tod geführt hat. Und brauchst du das Leid der Welt nicht auch, um das zu tun, was dich erfüllt, was dein Leben ist? Oder anders gefragt, Cherubim: Würdest du etwas zu Papier bringen, wenn alle Menschen glücklich wären, wenn es das alles nicht gäbe, diese unaufhaltsame Selbstzerstörung, das Leiden, den Schmerz?«

»Das ist etwas ganz anderes. Literatur funktioniert anders. Diese Aggression, die Selbstverletzung – das gibt es im Schreiben nicht.«

»Bist du dir da sicher? Haben sich nicht auch Schriftsteller mit ihrem Werk zu Tode geschrieben, haben ihr Leben gegeben, um etwas Größeres entstehen zu lassen? Thomas Bernhard. Peter Weiss. Wie viele von euch trinken, bringen sich um, drehen durch? Schreiben ist gefährlich. Was ist denn mit Ingeborg Bachmann, mit Sylvia Plath, David Foster Wallace?«

»Schreiben ist vielmehr ... Nein, dieses kalkulierte Ausmaß in Benitos Tat, das ließe sich im Schreiben niemals herstellen. Es bleibt auf den Seiten. Das ist, als ob man ein Schiff entwirft, und man weiß nur: Es soll ein Schiff werden. Man weiß noch nicht, was gebraucht wird, oder was überhaupt daraus wird, eine Nussschale, ein Kanonenboot, ein Kreuzfahrtschiff, ein Flugzeugträger. Man weiß nur, dass es Stürmen unbekannten Ausmaßes ausgeliefert sein wird, und dass der Architekt des Schiffes, der man selbst ist, der einzige Passagier sein wird und das einzige Mitglied der Crew, also der einzige Mensch, der mit diesem Schiff auf See fahren wird, und so rennt dieser Mensch durch die Gänge, die Kombüse, die Kajüten, den Maschinenraum, rennt über Deck und bis tief in den Bug hinein, weil er die ganze Zeit jeden der Räume des Schiffes in seinem Verhältnis zu allen anderen Räumen ausmessen und begreifen muss. Das Blatt ist begrenzt! Und während er sich durch das Schiff bewegt, dem Wahnsinn immer gefährlich nahe, da bewegt sich das Schiff nicht nur über das Meer mit seiner spürbaren, von der Wasseroberfläche aus aber unsichtbaren und unergründlichen Tiefe darunter. Nein, es reist durch nichts anderes als die Zeit. Daran siehst du es, Kippe: Im Schreiben kann man über das Schreiben nicht hinausblicken.«

Kippe schlug mit der flachen Hand auf die Tischplatte, lachte sich halb tot, und auch ich konnte mir ein selbstironisches Schmunzeln nicht verkneifen. Wenn ich etwas getrunken habe, neige ich zu einem gewissen Pathos.

»Du hast dich nicht verändert, Kapitän, bist still und forschend, tastest alles ab. Und wenn du dann aber einmal angefangen hast zu erzählen, dann wird es ernst, dann geht es ums Eingemachte.«

»Wo wir schon von der Vergangenheit sprechen, wie wir waren, damals: Ich bin mit Uğur da gewesen, wo es passiert ist, wo der Häuptling gestorben ist. An der Landzunge.«

Kippes Verblüffung konnte nicht gespielt sein.

»Er hat mit dir gesprochen?«

»Ich bin ihm nachgefahren. Er hat Blumen an der Stelle abgelegt. Und dann haben wir geredet. Ich weiß, dass ihr alle mit drinsteckt. Scheinbar seid ihr alle Teil dieser Verschwörung. Nur ich nicht – und irgendwie doch. Aber du willst mir ja nichts sagen, das führt also zu nichts. Wie geht es Fliegentöter?«

Schweigen.

»Was war das da, zwischen euch? Oder anders: Was ist es?«

»Nenn es, wie du willst: Freundschaft, Gemeinschaft, Vertrauen, Liebe.«

»Eine Todessehnsucht. Wahnsinn, Verzweiflung, Depression.«

»Kennst du das Sprichwort vom Glashaus und den Steinen?«

»Mir geht es gut.«

»Ja, genau – *dir geht es gut!*«

»Wann hat das alles endlich ein Ende?«

»*Man sieht die Tränen derer nicht, die man in den Regen schickt.*«

»Was?«

»Wann es aufhört, das entscheidest du.«

»Ich? Wie soll ich das denn entscheiden? Ich renne euch seit Tagen hinterher, ach, seit Wochen. Wie eine Marionette. Und was macht ihr? Ihr spielt euer komisches Todesspiel mit mir. Meine Nerven machen das nicht mehr lange mit.«

»Wenn du es verstehst, wird es enden.«

»Das heißt, du wirst es mir auch nicht sagen.«

»Es gibt nichts zu sagen.«

»Warum bin ich dann hier?«, fuhr ich ihn an.

»Weil auch du einer von den Schwarzen Steinen bist, weil du dabei warst, damals, weil du Benito gekannt hast. Und weil du 31 Jahre lang weg warst. Du bist ein Teil des Ganzen. Du musst alles sehen, um dir das Bild vorstellen zu können. Nur so kann es zu einer Erinnerung werden.«

»Und wenn ich mich erinnere, dann wird es aufhören?«

»Ja, vielleicht.«

»Nur dafür bin ich jetzt nach Köln kommen? Damit du mir das sagst kannst?«

»Ach, komm schon: Köln ist eine schöne Stadt!«

»Hier dürft ihr niemals zu Fuß durch, habt ihr das verstanden?«, sagte der Alte, und wie es der Zufall so wollte – da ließ dieser alte Schnitter manchmal einfach nichts auf sich kommen –, ließ gleich darauf eine heftige Explosion die Erde erzittern. Ein Reigen aus Dreck und Staub und den zerfetzten Körperteilen eines undefinierbaren Tieres schleuderte durch die Luft, um gleich darauf wieder im ewigen Gras zu verschwinden. Die Jungen erschraken, doch der Alte, der nun die Geschwindigkeit der Draisine drosselte, beschwichtigte sie. Oder beunruhigte er sie?

»Hier ist alles vermint. Aber die verdammten Wölfe wollen es einfach nicht begreifen! Das ist das dritte Tier diesen Monat. Habt keine Angst, Jungens, auf den Schienen sind wir sicher, hier kann uns nichts passieren. Aber denkt daran: Verlasst niemals das Gleisbett!«

Und dann erzählte mir Kippe doch noch eine ganze Menge. Nicht das, wonach ich fragte, gefragt hatte. Nicht von der Gegenwart, nicht von Bonn. Er erzählte mir von Benito, von Fliegentöter, von sich. Von ihrer gemeinsamen Zeit nach der Flussfahrt, von Jahren, in denen sie sich aus den Augen verloren und dann wiedergefunden hatten, wie sie mit Fliegentöters

Geld um die Welt gereist waren, zusammengelebt hatten, im Ruhrgebiet, an anderen Orten. Es klafften Lücken in dieser Erzählung, Dinge, die Kippe aussparte oder die er nicht erzählen konnte, weil er sie nicht wusste. Oder, weil er sie nicht erzählen wollte. Aber dem Dämon, als der sich Benito mir gezeigt hatte, brennend und wahnsinnig, verrutschte seine Maske ein Stück – und darunter erkannte ich immer mehr die Kontur eines menschlichen Gesichts. Drei Jahrzehnte seiner Geschichte lagen bald vor mir auf dem Tisch, auf dem sich mit der Zeit auch immer mehr Gläser versammelten.

Irgendwann spät in der Nacht standen wir auf. Ich bemerkte trotz meiner Trunkenheit, wie Kippe die beiden Pastis-Jungen mit einer unauffälligen Geste wegwischte, als diese sich aufmachten, uns zu folgen. Er zog mich an der Hand durch die immer noch dichtgedrängte Menge, diesmal stieß ich niemanden an, und draußen behielt er meine Hand in der seinen und zog mich auf stolpernden Schuhen weiter durch die Nacht, ins Chinesenviertel, das nie zu schlafen schien, und ich hatte die beste Portion You Po Mian meines Lebens. Genau so, wie sie in der Provinz Shaanxi zubereitet werden, handgezogen, der Knoblauch und der gehackte Chili nur gerade so mit siedendem Öl übergossen, dass sie für einen Augenblick frittieren. Betrunken war ich danach immer noch. Vielleicht war das auch gut so.

∼

VI.

Der Nebel lichtete sich immer weiter, blieb aber in ihren Rücken als Mauer bestehen, als sei da ein Schutzwall, der den Zugang zu der Region, in die sie nun vorstießen, erschweren, den Ort verstecken wollte. Auch die Intensität des Regens nahm ab. Es musste Morgen sein, denn die Sonne lugte tief im Osten mit ein paar zarten Strahlen über den Horizont. So konnten die Jungen immer mehr von der merkwürdigen Umwelt ausmachen, durch die sie sich hier bewegten. Die Draisine pflügte knatternd ihren Weg durch die weiten, längst nicht mehr geebneten Felder, in denen immer wieder Baumgruppen und Sträucher auftauchten. Oasen aus Kiefern, Tannen, wildem Wuchs, kleine Inseln im Meer einer menschenlosen Ebene. Der Wind, der über die Gräser strich, verstärkte diesen Eindruck. Er ging in sanften Wellen über die Felder, sodass man meinte, mit einem Kopfsprung in sie eintauchen zu können. Auch hier, zwischen den Inseln, standen verrostete und ausgebrannte Fahrzeuge, Lastwagen, Motorräder, Autos, abgehängte Waggons – doch anders als im Bühnenbild des Irren wirkten sie nicht wie inszeniert und hingestellt, sondern verlassen, als hätten ihre einstigen Besitzer sie ganz plötzlich und spontan aufgeben müssen, seien einem Impuls folgend einfach ausgestiegen und gegangen. In dieser Unordnung begegneten den Jungen weitere Indizien auf eine vergangene Lebendigkeit, so reckten sich etwa immer wieder Telefon- und Strommasten einsam und nutzlos zum Himmel, die den Schluss zuließen, dass zwischen den Dingen, die die Jungen hier sahen, einmal eine Verbindung bestanden haben musste. Die Leitungen waren gerissen, hingen auf dem Boden und dienten längst den Ranken und Schlingen als Kletterseile. Vereinzelt und ohne erkennbaren Zusammenhang lungerten die verfallenen Gemäuer einstiger Häuser, Höfe und Fabriken in der Landschaft – Ruinen, deren vergessene Funktionen auf immer ein Geheimnis bleiben würden. Ja, in den Bereichen um die Gleise musste es einst eine verstreute Siedlung gegeben haben, ein Dorf, das nun bloß noch in verwischten Spuren des Verfalls zu entdecken war. Wie gerne wären die Jungen durch diese Ruinen geklettert, hätten sie erkundet, vielleicht in ihnen übernachtet. Doch sie sehnten sich nach einer Pause, einem Dach über dem Kopf. Seit ihrem Aufbruch von der Landzunge hatten sie nicht mehr geschlafen. Tag und Nacht waren nicht mehr getrennt, die Zeit zur Unkenntlichkeit verwaschen. Auch der Hunger setzte ihnen zu, und der Regen machte sie langsam aber sicher mürbe.

»Wir sind da!«

Im Morgengrauen erwachte ich auf einer Parkbank sitzend, die Kopfhörer auf den Ohren. Der Boden stand voller Nebel, als sei noch niemand hier entlanggekommen, ihn aufzuwirbeln. Die Kassette war lange durchgelaufen. Um mich herum, auf den Holzpanelen links und rechts neben mir, zu meinen Schultern auf der Rückenlehne, ja, sogar auf meinem rechten Oberschenkel, saßen Tauben, bestimmt 30 an der Zahl. Sie schauten mich an und gurrten. Ich spürte einen leichten Anflug von Panik in mir hochsteigen, blieb aber ganz still und bewegte mich nicht. Gegenüber, auf der anderen Seite der angrenzenden Straßenkreuzung, erhob sich mächtig die Zentralmoschee, die mehr an den titanischen Bau aus einem Science-Fiction-Film erinnerte, denn an ein irdisches Gotteshaus. So stellte ich mir, sagen wir, die Klingonische Botschaft vor. Ich musste mich auf dem Inneren Grüngürtel befinden, das konnte ich anhand der Moschee rekonstruieren, deren harte, unzerstörbar wirkende Fassade ich schon früher häufiger bestaunt hatte. Doch wo Kippe abgeblieben und wie ich hierher gelangt war, und was wir überhaupt nach den chinesischen Schnäpsen noch erlebt hatten, das lag außerhalb meiner Erinnerung. Mein

Schädel brummte heftig. In der Zeit, bevor Uta und ich uns getrennt hatten, war ich oft so aufgewacht. Zerschossen, verbraucht, leer, orientierungslos. Damals war es heftiger gewesen, ohne Zweifel, und diese Zustände jagten mir noch immer eine Heidenangst ein. Die Gefahr des völligen Absturzes lauerte, war dicht an mir dran. In meiner Jackentasche fand ich Kippes Visitenkarte. Kugelschreiberschrift: *Meld dich, wenn du das nächste Mal in Köln bist.* Vorne standen nur sein Name und eine Telefonnummer. Ich saß auf der Bank, meine Knochen und Gelenke taten weh, und als ich mit den Fingern an die Schläfen fasste, meinte ich, eine andere Person zu berühren. Als gehöre mir der Kopf nicht, als habe es eine Verwechslung gegeben und dieser Schädel sei mir fälschlicherweise aufgesetzt worden. Gurren. Die Gegenwart konnte wirklich eine schreckliche Zeit sein. Nein: Die Gegenwart *war* eine schreckliche Zeit. Mit einem Ruck stand ich auf. Die Tauben flogen erbost davon. Ich spürte den Wind ihrer Flügelschläge.

Der Alte zeigte mit seinem knochigen Finger auf ein Gebäude, dessen Umriss sich mit jedem Meter deutlicher aus dem Nebel erhob. Vor ihren Augen tauchte die Festung auf, ein Luftschutzbunker aus dem Zweiten Weltkrieg vermutlich, ein Tiefbunker, wie sich bald herausstellen sollte, der sich unscheinbar acht oder zehn, vielleicht auch nur sechs Meter aus dem Boden erhob. Die Bahnschienen führten direkt zu einem schweren Stahltor, das dunkel im verborgenen Schlund des grauen Gebäudes lag und auf dessen rostige Oberfläche mit weißer und bald verblassender Farbe ein Totenkopf gemalt war, ein Radioaktivitätszeichen, außerdem in krakeliger Schrift und unterschiedlicher Größe die Worte

BETRETEN VERPOTEN
PRIWATGELENDE
GEFAHR

NEIN
DAINGER
und
GO AWEY.

Am selben Tag fuhr ich mit dem Zug zurück, sprach mit meiner Mutter, telefonierte mit Uta. Nach einer unruhigen Nacht im Haus meiner Mutter machte ich mich noch einmal auf den Weg nach Herten Westerholt. Ich wurde das Gefühl nicht los, etwas übersehen zu haben, und außerdem hegte ich auch ein wenig die Hoffnung, dass Maus doch noch mit mir sprechen würde. Doch ich hatte Pech, mein stummer Freund war nicht da. Ye-Jin empfing mich überaus gut gelaunt und erzählte mir, am Tag nach meinem Besuch habe Uğur angerufen und Maus eine Arbeit angeboten. Als Gebäudeschützer, hier im Ruhrgebiet, Maus habe gleich anfangen können. Ich beglückwünschte Ye-Jin, sagte, dass es ihrem Mann sicher helfen würde, wieder eine Aufgabe zu haben. Dann sagte ich ihr, dass ich gerne das Modell noch einmal anschauen würde, und sie fragte, welches Modell ich denn meine. Ich verstand nicht, sagte, das im Keller, und dann verstand ich doch und fragte, ob es noch ein zweites gäbe. Ja, das gebe es. Im Bunker.

Auf dem Weg in den Garten erklärte mir Ye-Jin, Maus habe, sicher auch bedingt durch seine immer heftiger werdenden Panikattacken, das irrationale Verlangen nach einem Schutzraum entwickelt, ein Wunsch, der mehr und mehr in ihm gewachsen war und so bald zum existentiellen Bedürfnis wurde, bis er sie schließlich überredet hatte, einen kleinen Bunker in den Garten bauen zu lassen. Viele der Arbeiten hatte er selbst übernommen, um Geld zu sparen, aber auch weil er im Bau dieses Zufluchtsortes eine neue, sinnstiftende Aufgabe gefunden hatte. Nur, dass er ihr nicht hatte erklären können, worin dieser Sinn lag. Die Idee sei ihm gekommen, als er in einer Vollmondnacht beobachtet hatte, wie Yong-Suk, die alte Mutter, nach traditionellem Brauch ein Glas Kimchi zur Fermentierung im Garten vergraben hatte. In diesen Bunker jedenfalls hatte er sich immer häufiger zurückgezogen, vor allem, wenn es ihm schlecht ging. Und so hatte Maus dort manche Nacht verbracht, hatte irgendwann angefangen, ein zweites Modell zu bauen. Ye-Jin stampfte auf den Boden, drehte sich zu mir um, zeigte auf den Rasen, wo sie mühelos den Drehverschluss einer massiven Luke öffnete, die sich aus dem Gras erhob wie eine Vulkaninsel aus dem weiten Ozean. Sie sagte, sie werde im Haus warten und dass ich den Bunker wieder verschließen solle, wenn ich ihn verlassen hätte. Ich stieg hinab, über eine kleine Eisenleiter, die in den Beton eingelassen war. Der Geruch staubigen Betons stob mir in die Nase. Es roch auch nach verbrannten Kabeln, Plastik. Der Geruch erinnerte mich an die Kellerwohnung meines Vaters im Haus des Fernsehreparateurs. Im hinteren Bereich des an die Autobahn grenzenden Geländes hatte es einen Schuppen gegeben, in dem Udo, ein bleichgesichtiger junger Mann mit rotbraunen Haaren, der immer weiße Turnschuhe, hellblaue Jeans und karierte Hemden zu tragen pflegte, die Fernseher der Stadtmenschen reparierte. Dort hatte es so gerochen, genau so, nach verschmortem Plastik, verbranntem Gummi, Lötzinn. Im Sommer war Udo, dessen Kreislauf außerordentlich schwach gewesen sein muss, einige Male umgekippt. Einmal hatte sogar ein Krankenwagen kommen müssen, was mich extrem beunruhigt hatte. Doch gesagt hatte ich nichts. Später dann, als die Schulden meinem Vater langsam die Luft zum Atmen raubten, hatte Udo unseren alten Passat gekauft, der zu diesem Zeitpunkt schon vom Ex-Mann der Geliebten meines Vaters mit einigen tiefen Kratzern verschandelt worden war. Auch das Autoradio hatte längst nicht mehr funktioniert, und so hatte Udo kurzerhand einen riesigen Ghettoblaster, wie man damals sagte, genau dort eingebaut, wo er zuvor das Handschuhfach entfernt hatte. Es hatte sich falsch angefühlt, auch wenn ich von der technischen

Raffinesse Udos äußerst beeindruckt gewesen war. Nach und nach hatte ich das Auto, in dem wir, als meine Eltern noch zusammen gewesen waren, viele Ausflüge und Reisen unternommen hatten, verfallen sehen. Der kantige, dunkelrote Wagen war immer rostiger geworden, Müll und Elektronikteile hatten sich auf der Rückbank und im Kofferraum angesammelt. Es hatte mir fast das Herz gebrochen, diesen Niedergang zu beobachten, ohne darauf einwirken zu können. Alles war jetzt anders. Auch hatte Udo im Wagen nicht geraucht. Er rauchte ja gar nicht, allein schon wegen seines schwachen Kreislaufs.

Der Bunker ließ bereits von außen darauf schließen, dass sein Inneres weiter verzweigt war, als seine unscheinbare Erscheinung vorzuspielen suchte. Eher wirkte er wie die Spitze eines Eisbergs. Wie etwas, das auf etwas anderem saß, ein Helm auf dem Kopf eines Körpers, eines Körpers, der tief im Sand verbuddelt lag, oder wie eine Zecke, eine graue Zecke, von Moos und Flechten überwachsen, die schon den Organismus beherrschte, in den sie sich verbissen hatte. Grau war er, rundlich und ohne eine sichtbare Ecke oder Kante, grün verziert vom Verrinnen der Zeit, massiv, dickwandig, unbeweglich und schwer. Der Durchmesser des runden Gebäudes, auf dessen Dach nur ein paar eiserne Leitersprossen führten, mochte oberhalb der Erde bei vielleicht 30 Metern liegen. Der Alte drosselte die Draisine, holte einen langen Schlüssel hervor, der an einer Kette um seinen Hals hing, fingerte damit an einem Loch neben dem Eingang herum, bis das Tor sich in der Mitte teilte und unter mechanischem Quietschen und Kratzen in gleichmäßigem Schub langsam und gemächlich zu den Seiten hin aufschob. Aus dem schwarzen Loch drang den Jungen ein muffiger Geruch entgegen, feucht und kalt. Es roch nach Tod, nach Friedhof, nach Grabkammer, nach Pilzbefall und schmatzenden, feuchten Flecken. Nach Tropfen, die von der Decke hingen, aber nicht herabfielen. Es roch nach vergessener, ungelüfteter Vergangenheit. Sie traten ein.

Flackernd erhellte eine Neonröhre einen gedrungenen Raum, in dessen vorderem Bereich nicht viel mehr stand als ein kleiner Schemel, eine Werkbank mit Schreibtischlampe und eine Ansammlung nach Größe und Funktion sortierter Werkzeuge. Am Tischende, zur Wand hin, stand eine ganze Batterie Modellfarben. Der Raum war mindestens 20 Quadratmeter groß, wobei die zweite Hälfte bis zu den Seitenwänden ausgefüllt war von einer riesigen Holzplatte, die das zweite Modell trug. Ich machte ein paar Schritte, bis ich ganz an der waldigen Landschaft angelangt war, beugte mich näher heran. Über die gesamte Holzplatte schlängelte sich ein Fluss, bahnte sich seinen Weg durch Bäume, unter Brücken entlang, durch Brachland, ein kleines Dorf. Es begann bei der Landzunge, auf der ich noch vor wenigen Tagen mit Uğur gestanden hatte. Das Modell versammelte die Stationen, die wir damals passiert hatten, passiert haben mussten. Da lagen Menschen am Ufer, auf einer Picknickdecke, mit einem Kofferradio zwischen sich, dann folgte eine Brücke mit Polizeiautos darauf, kleinen Figuren, dann eine Litfaßsäule, Tiere, verrostete Fahrzeuge. Vom Fluss ab lag nun ein menschenleeres Gebiet, das aus Ruinen bestand und von rostigen Gleisen durchzogen war, die durch dichtes Gestrüpp zu einem Bunker führten. Der Bunker war ebenfalls von dichtem Wald umgeben. Zwischen den Bäumen klaffte an einer Stelle ein tiefes Sandloch, das sicher den selben Durchmesser zählte wie der Bunker. Ein Stück weiter dann wieder den Fluss runter ragte ein verfallener Steg ins Wasser, von dem ein schmaler Trampelpfad in ein kleines Dorf führte. Auf der Hauptstraße patrouillierten merkwürdige Skulpturen. Das Dorf verfügte sogar über ein Kino, und Maus hatte in winzig kleiner Schrift auf die Anzeige über dem Eingang den Titel des Films gepinselt, der dort gezeigt wurde: *Die Spur der Schwarzen Steine*. Die Straße führte weiter auf einen Marktplatz am Rathaus, wo eine Kirmes mit allerlei Fahrgeschäften gastierte. Meine Hand streifte einen roten Hebel am Rand der riesigen Holzplatte und das Modell erwachte zum Leben. Das Kofferradio spielte ein Rauschen, die Blaulichter der Polizeiautos drehten sich leuchtend, das Schild über dem Kino blinkte, das Riesenrad begann sich zu drehen, die Turmuhr schlug. Durch das Brachland fuhr eine kleine Draisine, und der Krater im Wald geriet in Bewegung, der Sand rieselte langsam durch ein winziges Loch am Grund aus dem Modell heraus. Am Ende des Flusses hatte Maus Stromschnellen in das aus Gips und Farbe nachgeahmte Wasser modelliert, und in diese Stromschnellen gerieten nun drei Kanus mit ihren sechs Insassen. Nein, nur fünf Jungen befanden sich in den Kanus. Einer schwamm neben ihnen her. Maus hatte ganze Arbeit geleistet. Ich konnte den Jungen erkennen, obwohl er nur von der Brust an aufwärts aus dem Wasser ragte, winzig klein, mit seinem drahtigen, nackten Körper. Da schwamm Benito durch das Wasser, in Streichholzgröße.

~

VII.

Ein paar Stunden später saßen sie alle zusammen an einer langen Tafel. Der Alte hatte Maus' Kopfwunde verarztet und der Junge schien froh, wieder unter den Lebenden zu sein. Ihr Gastgeber hatte ein köstliches Mahl zubereitet. Als Vorspeise hatte es eine Affenkopf-Pilzsuppe mit geschmorten Rötelritterlingen gegeben, dazu eine Mischung aus eingelegten Ledertäublingen und Moor-Röhrlingen. Zur Hauptspeise brachte er die gerösteten Scheiben einer Löwenmähne mit Kartoffelpüree und zum Nachtisch reichte er ein paar süßsauer eingelegte Steinpilze. Maus, dem es, wenn er auch noch etwas verwirrt und orientierungslos wirken mochte, bereits wieder viel besser ging, hauchte das Essen neue Lebensgeister ein.

»Was Sie für mich getan haben, werde ich Ihnen niemals vergessen«, sagte er zu dem Alten und löffelte andächtig die Pilzsuppe von seinem dunkel angelaufenen Messinglöffel.

»Na, wenn ihr euch alle ein wenig erholt habt, rückt doch mal langsam raus mit der Sprache. Was macht ihr denn hier? Wie kommt es, dass ein paar Buben wie ihr hier so mutterseelenallein durch diese Ödnis paddeln, weit und breit kein Erwachsener, der nach euch sieht. Seid ihr abgehauen?«

Eine Weile herrschte betretenes Schweigen, bis Kippe schließlich damit begann, alles, was geschehen war, rückwärts zu erzählen. Schritt für Schritt, ab dem Moment, in dem sie dem Alten begegnet waren, wieder auf den Fluss und so weiter, dann und wann ergänzt durch Uğur, der in kleinen Schritten hier und da dem ausführlichen Bericht des Gruppenältesten ein paar Details hinzufügte. Kippe sprach, und die Jungen sahen die Erlebnisse der letzten Tage und Nächte, die für sie im Nebel zu einem nicht enden wollenden, zusammenhängenden Ereignis geworden waren, wie in einem rückwärts laufenden

Film an sich vorbeiziehen. Da wurde ihnen bewusst, wie verrückt das alles doch war, ja, dass es klang wie eine ausgedachte Geschichte, und als Kippe in seiner Erzählung mit kratziger Stimme beim Tod des Häuptlings angekommen war, plötzlich stammelte, und es dann in seiner Kinderstimme – denn er war ein Kind, wie auch die anderen Jungen ja Kinder waren –, aus ihm herausbrach, dass sich seit dem Tod des Häuptlings alles so komisch anfühle, fingen die Jungen wie im Chor an zu weinen. Kippe fing sich als Erster wieder, erzählte schniefend weiter, sprach von der unmenschlichen Brutalität des Schusses, mit dem der Häuptling niedergestreckt worden war, und alle sahen es wieder vor sich, oder hörten es: den dumpfen Donnerknall, schwer und bedrohlich, eine Explosion, und dann, wie ihr geliebter Held sich an die Brust greift, wie sein Atem sich verändert, er auf den Boden fällt. Mit glasigen Augen blickten sie ins Leere.

Ein Mosaik war entstanden, fast unbemerkt. Meine Einblicke in Benitos Leben durch den Aufenthalt in der verfallenen Gladbecker Kolonie, die Dinge, die ich durch Ye-Jin erfahren hatte, die Gespräche mit Fliegentöter und Kippe, die Tonbänder – all das hatte Bruchstücke eines größeren Bildes vor mir versammelt, das mich nun immer deutlicher ahnen ließ, wer Benito eigentlich gewesen war. Oder: wer er geworden war. Oder: wie er zu dem geworden war, den ich zuletzt in Bonn hatte in Flammen aufgehen sehen. In manchen der reflektierenden Splitter, die ja erst in meiner Betrachtung entstanden waren, schien auch mein Gesicht aufzublitzen. Ich rief Myriam Wenderin an, die Jugendseelsorgerin, die als junges Mädchen mit Benito im Kinderheim gelebt hatte. Wir sprachen erst am Telefon, verabredeten uns dann zu einem Spaziergang in der Brandheide, und nach diesen Gesprächen unternahm ich, auch wenn ich nicht wusste, was daraus eigentlich werden sollte, einen ersten Versuch, Benitos Leben nachzuzeichnen. Trotz der

Unmengen an Notizen, die ich seit dem Vorfall angesammelt hatte, trotz des Dossiers, der Ergebnisse meiner Gespräche und Recherchen und trotz meiner manischen Konzentration wies seine Geschichte weiterhin dunkle Flecken auf.

Sicher jedoch ließ sich sagen, dass er nach unserer Rettung im Sommer 1995 in eine Einrichtung der Kinder- und Jugendpsychiatrie eingeliefert worden war, wozu der Leiter des Kinderheimes und gleichzeitige Vormund Benitos in diesen Jahren, in Absprache mit den Ärzten am Ort unseres Auffindens sein Einverständnis gegeben hatte. Tatsächlich sah ich nun auch den Krankenwagen vor mir, in dem er abtransportiert worden war, Blaulicht und Auspuffgase, eine Pfütze, aus der Brackwasser spritzt, als das behäbige Fahrzeug mit dem rechten Hinterrad hindurchfährt – so als ob dieses Bild die ganze Zeit dagelegen habe, nur von etwas verdeckt worden sei, von Laub, von Staub, von wucherndem Kraut. Und dieser Krankenwagen hatte Benito dann direkt nach Dortmund gebracht. Die psychiatrische Einrichtung, in die er eingeliefert worden war, befand sich auf dem Gelände einer stillgelegten Knochenmühle im Dortmunder Norden. Benito war dort nach einer ersten neurologischen Untersuchung mit Medikamenten ruhiggestellt worden, wodurch er ein wenig an Kraft hatte zurückgewinnen können. Die Psychopharmaka halfen ihm zumindest in den Schlaf – und Schlaf bedeutete Besserung. Er nahm wieder zu, wenn auch wenig. Trotz der positiven Tendenz jedoch blieb er nicht lange dort. Als er nach etwa einem Monat ausreichend Kraft gesammelt hatte, um sich selbst auf den Beinen zu halten, verließ Benito im Morgengrauen einer mondlosen Nacht völlig unbemerkt das flache Psychiatriegebäude, nahm sich eine Jacke, die er im Flur fand und stahl ein paar Schuhe aus dem Umkleideraum der Angestellten, um sich dann immer tiefer in das nach Norden hin angrenzende Naturschutzgebiet Grävingholz zu begeben, in dem er die folgenden 48 Stunden verbringen sollte. Er hatte sich einen Besenstiel als Blindenstock mitgenommen. Vielleicht hatte er auch vorgehabt, ihn als Knüppel zu benutzen: zur Verteidigung gegen unsichtbare Dämonen. Für zwei Tage im Herbst 1995 war er dort verschwunden, und es war schließlich Fliegentöter, der Benito in den frühen Morgenstunden des dritten Tages völlig ausgezehrt in dem mehr als 120 Hektar großen Waldgebiet fand und nach intensiven Bemühungen zur Umkehr überreden konnte.

Noch am Tage der Flucht seines Freundes hatte Fliegentöter von dessen Verschwinden erfahren, durch einen Anruf der Polizei, die überprüfen wollte, ob der Vermisste sich nicht vielleicht bei einem seiner Pfadfinderfreunde aufhielt. Fliegentöter, selbst noch mental und körperlich erschöpft von den Ereignissen der Wochen zuvor, hatte seine Eltern schon vor Benitos Flucht dermaßen bearbeitet, dass sie bald nachgeben und ihm den Krankenbesuch gestattet hatten. Er hatte dann seine Mutter überredet, ihn zu der Klinik zu fahren und dort vor den Toren der alten Knochenmühle auf ihn zu warten. Über eine Stunde lang war er bei seinem Freund geblieben. Als Fliegentöter dann wenige Tage später von Benitos Verschwinden erfahren hatte, war er direkt aufgebrochen, um ihn zu suchen. Dieses Mal ließ er seine Eltern im Unwissen, fuhr heimlich mit dem Zug nach Dortmund, um dann zu Fuß das weitläufige Waldgebiet zu durchkämmen, in dem er den Geflüchteten vermutete. Die Polizei, die routinemäßig ebenfalls direkt eingeschaltet worden war, konzentrierte sich in ihrer Suche auf das Gebiet der Dortmunder Innenstadt, vor allem auf die Bahnhofsgegend und den umliegenden Kinderstrich, auf dem viele der aus den Psychiatrien des Ruhrgebiets entflohenen Jugendlichen früher oder später landeten. Da kauerte Benito jedoch unlängst unter den moosigen Bäumen und begab sich von Farn umgeben bald in eine vollkommene Starre, verschwand im tiefsten Dickicht wie Camouflage, als sei er ein Teil des herbstlichen Waldes geworden. Ausgehend von dieser augenscheinlichen Bewegungslosigkeit jedoch hatte es ihn immer tiefer in jenen wahnhaften Zustand gesogen, in dem er wohl schon während unserer Odyssee gefangen gewesen war. Benito war aus der Knochenmühle geflüchtet, wie er später gestand, um der Beerdigung des Häuptlings beizuwohnen, dessen Asche da jedoch längst unter der Erde gelegen hatte. Ohne es wissen zu können, war er aufgebrochen, um sich zu Fuß in seine Heimatstadt durchzuschlagen. Ein verirrter Pfadfinder, ohne Kompass. Er war viel zu weit Richtung Norden gewandert, bis er sich so tief in dem großen Waldgebiet verlaufen hatte, dass ihm jegliche Orientierung abgegangen war, er immer tiefer ins Grün vorgedrungen war, bis seine Flucht schließlich ein erschöpftes Ende gefunden hatte. An einen alten Baumstamm gelehnt hatte er aufgegeben. Was aufgegeben? Alles.

Nur Benito weinte nicht. Er schien wach und hochkonzentriert, als blicke er auf diesen Augenblick wie der Mond auf das Meer. Dann schlug er mit der Faust auf den Tisch, dass die Teller klapperten und die Löffel und Gabeln in die Luft hüpften. Die Jungen, die vielleicht schon ahnten, was nun kommen würde, verstummten und blickten ihn voller Ehrfurcht an. Etwas brodelte in ihm, und es suchte sich einen anderen Weg als die Tränen. Benito sprang auf, sein Stuhl fiel hinten über.

»Dieser Schuss war nur ein Schuss, doch war er ein Schuss von vielen. Was sind die Menschen, dass sie sich bewaffnen, dass seit frühester Zeit der Mensch eine Waffe mit sich führt? Warum wird überhaupt geschossen? Weil sich die Menschen verirrt haben, und lange schon irren sie! Der Häuptling ist ein Opfer der Menschheit. Ja, die Menschen sind auf einem falschen, auf einem schrecklich gefährlichen Weg. Sie sind dort nicht erst seit gestern, nein, etwas hat sie bald schon darauf getrieben, seit den ersten Menschen geht es so – und schon ist es eins mit ihnen geworden, dieses Irren. Wir haben doch in der Schule davon gehört, oder nicht? In der Schule wissen sie davon, alle wissen davon, sie lehren es und es platzt aus den Geschichtsbüchern. Überall wird doch davon erzählt: vom Irrweg, vom falschen Weg. Von der Gewalt. Doch nichts geschieht und sie traben immer weiter. Schon in der Zeit der Höhlen, als der Mensch noch ganz jung war, vielleicht auch bereits davor, hat es begonnen.«

Der Alte unterbrach ihn: »Ja, ja, ganz richtig, junger Freund. So ist es, so ist es. Nur weiter, sprich weiter.«

»Als der Mensch sich als Mensch begriff, im Irrglauben seiner Überlegenheit gegenüber allem anderen, fühlte er nicht nur Erhabenheit und Größe, Größe, die da schon zu Wahn geworden war, nein, der Mensch spürte einhergehend, denn diese beiden Dinge sind unzertrennlich, auch Furcht – eine nackte Furcht: diese Größe einzubüßen. Zwischen Größe und Furcht krankt der Mensch seitdem an seinem Stolz.«

»So ist es, so ist es. Furcht, ja, Furcht! So ist es.«

»Erst fürchtet er die Dunkelheit und findet das Feuer, dann fürchtet er das Gewitter und fängt an, es zu erklären, dann fürchtet er die wilden Tiere und er tötet sie, macht sie sich hörig oder rottet sie aus. Im Blick der wilden Tiere, die bald ganz ausgelöscht sein werden, spiegelt sich heute, wenn sie ihn ansehen, nur noch die traurige Furcht des Menschen wider. Warum aber sucht er keinen Einklang mit den Tieren, mit dem Gewitter, mit der Dunkelheit? Warum vertraut er nicht darauf? Statt Frieden zu suchen, sucht er den Krieg. Statt sich zu verbünden für und mit allem Leben, fürchtet er es und rottet es aus, tötet seinesgleichen, frisst alles auf und wird zum Kannibalen. Er kämpft. Immer verteidigt er sich oder greift an, in alle Richtungen. Die Welt liegt im Chaos! Dieses ehrlose Gebaren ist sein Naturzustand geworden, er geht damit schlafen, steht damit auf, ja, er wütet noch in seinen Träumen. Doch Furcht und Größe, Stolz und Gewalt, das sind schlechte Ratgeber. Statt auf ihren Wegen das Miteinander zu suchen, die Harmonie, die Liebe, verkehren sich die Menschen in Gewalt, obwohl sie vielleicht die einzigen Wesen sind, die einen anderen Weg zu gehen in der Lage wären. Doch auch in diesem Gedanken steckt bereits der Keim eines tödlichen Hochmuts, also lassen wir das. Es hätte so schön werden können mit den Menschen, aber es wurde Qual, wurde Hass, Missgunst und Feindschaft. Seht ihr denn nicht, wie entstellt alles ist? Allein dieser Ort, an dem wir hier stehen, ist der Beweis. Von hier bis zum Tode unseres Häuptlings und zurück ist es nur ein Schuss durch die Geschichte. Da, wo der Mensch war, und da wo der Mensch jetzt ist, da ist immer auch Gewalt, ohne Sinn, obwohl wir es doch besser wissen, es besser machen könnten. Warum machen wir es dann nicht? Eine Handlung, eine Geste oder irgendetwas wird menschlich genannt, und die Leute haben ein Leuchten in den Augen, strecken die Brust raus, sind stolz auf ihr Wesen. Das ist so falsch, denn schon im Gefühl des Menschlichen ist das nächste Grauen angelegt – doch statt Genugtuung und Erhabenheit sollten wir uns in Demut üben!«

Benito hielt inne, suchte mit der Hand tastend nach seinem Wanderstock, konnte ihn nicht finden, stützte sich stattdessen auf der Tischkante ab, atmete schwer. Er sah jetzt mehr denn je aus wie ein alter Mann, kraftlos und leer, als sei in seinem Reden etwas aus ihm herausgesaugt worden, aschfahl die Haut und das Gesicht ganz faltig, die Augen in tiefen Höhlen verborgen. Fliegentöter, der Benito am nächsten saß, griff nach seiner Hand, wie zum Beweis des Gegenteils, als wolle er ihn beruhigen oder irgendwie zurückholen, ihm sagen: Wir sind hier, mit dir. Doch dazu kam es nicht, die Hände berührten sich nicht, streiften sich nur in einem Luftzug, denn schon stieß sich Benito von der Tischkante ab, um fortzufahren.

»Immer hat der Mensch nur gekämpft, hat die Natur, die Tiere, das Leben geschändet. Folter und Mord, Vergewaltigung, das ist das eine. Aber was geschieht in der sogenannten zivilisierten Welt? Ist es nicht dasselbe, und erscheint es nicht nur anders? Unsere Welt, unser ganzes Leben, das Menschliche, ist nur noch ein gewalttätiges Zerren. Zivilisation bedeutet Macht und Ausbeutung, und so leben wir in Furcht und Abhängigkeit. Der Wille zum Fortschritt, das Erstreben des Annehmlichen, die Sicherung des Komforts, das alles basiert auf einem Wesenszug, der nur die Selbstbehauptung zum Ziel hat.«

Wieder wurde Benitos Stimme schwach, er stützte sich erneut auf die Tischplatte, sein Kopf sank herab. Er murmelte, war nun kaum noch zu verstehen.

»Wilde Tiere sind wir, wilder noch, und tun so, als wären wir etwas anderes. Müssten es doch wissen, haben es gesehen und beschrieben und machen es doch wieder. Wieder und wieder und wieder und wieder. Wieso? Ich kann es nicht begreifen. Kann es nicht begreifen. Müssen wir? Sünde ist das, was nicht sein muss, und so sind wir Sünde in dem, was wir uns antun, jeden Tag, jede Minute, und das Schöne verblasst, sodass es nicht nur dem Blinden verborgen bleibt. Ich weiß nicht. Ist es zu spät?«

Er hob den Kopf.

»Ist es zu spät?«

Die nächsten zwei Jahre gestalteten sich als ein nervöses Wechselspiel aus Psychiatrieaufenthalten und dem oft tristen Leben im Kinderheim, in dem Benito nach wie vor mit Uğur wohnte, der sich seinerseits überraschend schnell von den Strapazen der Flussfahrt erholt hatte und sich zusammen mit Kippe und Maus, die nun regelmäßiger zu Besuch kamen, rührend um Benito kümmerte. Die Jungen unternahmen Ausflüge mit ihrem Freund, luden ihn zu sich nach Hause ein, besuchten ihn, wenn sich sein Zustand verschlechterte und er vom überforderten Wenderin in die Knochenmühle gebracht wurde. Sie schenkten ihm Hörspiele, lasen ihm aus Büchern vor, erzählten vom Weltgeschehen, das Benito, abgeschottet von Rundfunk und Fernsehen, in der Anstalt entging. Sie brachten ihm auch Unmengen Zeitungen, lasen ihm stundenlang daraus vor. Als er wieder einmal aus der Psychiatrie geflohen war, versteckte Fliegentöter ihn im Haus seiner Eltern, wo er seinem Freund im Keller unbemerkt ein Nachtlager bereitet hatte. Fliegentöters Eltern bekamen davon nichts mit. Sie waren verreist oder mit sich selbst beschäftigt. Im flackernden Schein einer Kerze schmiedeten die Jungen bei Keksen und Schokolade einen Plan, einen ersten Plan, kurz vor Mitternacht und im Flüsterton: den Plan nämlich, ihre Freundschaft hinter sich zu lassen, um eine Bruderschaft einzugehen.

Ende 1997, als Benito 13 Jahre alt war, gelang dieser Plan. Fliegentöters Eltern adoptierten den Waisen auf Bestreben ihres Sohnes, der von da an mit dem neuen Mitbewohner der Hancke'schen Stadtvilla nicht nur unter demselben Dach wohnte, sondern auch mit Benito zur Schule ging, dort neben ihm saß, ihm half wie ein großer Bruder, wenn die beiden auch fast gleich alt waren. In diesen Jahren nahm der Kontakt zu Maus und Uğur ab. Kippe, zwei Jahre älter und bereits weitaus selbstständiger, besuchte seine beiden Freunde dafür jetzt umso häufiger, übernachtete im Haus der Hanckes, das den Jungen oft freistand. Er versorgte Benito und FT, gesprochen Eftie, wie Fliegentöter sich in seiner Pubertät selbst zu nennen pflegte, mit Alkohol und Zigaretten, an die er mit seinen 16 Jahren ohne Weiteres herankam. Bald besorgte er auch Marihuana und andere Rauschmittel für das Trio. Benito zeichnete in diesen Zuständen einige seiner ersten heftigen Monologe auf.

Kurz vor dem Millennium geriet das unzertrennliche Trio Fliegentöter-Benito-Kippe immer häufiger in Konflikt mit dem Gesetz, eine Tendenz, die zunahm, als Kippe 1999 seinen Führerschein machte und die drei Schwarzen Steine sich nun heimlich, wenn die Eltern Hancke wieder einmal außer Haus waren, den 300er Mercedes ausborgten, eine 1990er E-Klasse mit 180 PS, um damit das Ruhrgebiet unsicher zu machen. Manchmal fuhren sie am Wochenende auch in die Niederlande, um sich dort zu amüsieren. Hier schon bahnte sich etwas an: Drogen, Vandalismus, Diebstahl.

Für einige Jahre experimentierten die drei Freunde mit Drogen, suchten in den Wäldern nach halluzinogenen Pilzen, kochten Engelstrompetentee, ließen es lieber wieder damit bleiben, machten Erfahrungen mit Amphetaminen und unternahmen Selbstversuche mit verschiedenen LSD-Dosierungen. In der Folge jener schlaflosen Nächte, die sich das Trio nun immer häufiger um die Ohren schlug, klafften Benitos Schulnoten bald weit auseinander. Die schlechten Noten waren dabei jedoch nicht nur darauf zurückzuführen. Sie zeigten sich vielmehr als ein Resultat von Benitos selektivem Interesse an den vermittelten Stoffen: Dort, wo der Gegenstand seine Neugierde weckte, konnte man ihn bald zum Überflieger aufsteigen sehen, und dort, wo es ihn thematisch nicht reizte, er keinen Sinn in der Auseinandersetzung sah, bemerkten die Lehrer seine Präsenz bald nur noch anhand der schlechten Klassenarbeiten. Das war Benito jedoch herzlich egal, und die Adoptiveltern kamen nicht damit hinterher, ihn anzutreiben oder zu ermahnen. Sie verhielten sich im Gegenteil zunehmend passiv und desinteressiert – was die Jungen nicht störte, ganz im Gegenteil. Die Erwachsenen ließen sich dabei nicht ungern vom vorgetäuschten Respekt FTs und Benitos blenden, entgingen sie auf diesem Wege doch letztlich einvernehmlich ihrer Fürsorgepflicht. So konnten die Jungen weiterhin tun und lassen, was sie wollten. Und die Eltern auch.

Irgendwann brach Benito die Schule ab, wartete aber fortan jeden Tag nach dem letzten Klingeln am Eingangstor auf seinen Freund und Bruder, um anschließend mit ihm durch die Stadt zu ziehen, zu stehlen, die Zeche zu prellen. Trotz dieser Vorfälle blieben Benito und FT weitestgehend unbehelligt, und es war vielmehr Kippe, einst die tugendhafte rechte

Hand des Häuptlings, der nun immer auffälliger wurde und es hin und wieder mit der Polizei zu tun bekam. Seine Kleidung und die Frisuren wurden exzentrischer. Er schminkte sich. Mal sah er aus wie ein Grufti, mal wie ein Rentner, kleidete sich dann wie ein androgynes, außerirdisches Wesen, nur um kurz darauf wieder wie ein Stadtstreicher herumzulaufen. Bald schleppte er seine jungen Freunde mit zu verschiedenen anarchistischen Vereinigungen, die über das Ruhrgebiet versprengt ihre konspirativen Treffen abhielten und von denen inspiriert nun auch FT und Benito begonnen, sich politisch zu bilden. Sie lasen Texte von Bakunin, besorgten sich die versprengten Ausgaben der *Schwarzen Botin*, studierten die Tagebücher Erich Mühsams, rätselten in Exkursen der Lesekreise, die sie nun besuchten, über Publikationen der Marxistischen Gruppe. Auf Benitos Drängen hin jedoch blieben sie bei keiner dieser Zusammenschlüsse länger als für ein paar Begegnungen. Nach den Treffen überboten sie sich in gespieltem Eifer darin, das Bestreben der überwiegend jungen Leute, die sie da kennenlernten, mehr als eine naive Abenteuerlust, denn ein längerfristiges politisches Anliegen aufzudecken, was trotz des Augenzwinkerns zu einigem Verdruss führte. Die Schwarzen Steine, wenn auch zersplittert und auf Eis gelegt, waren den Jungen Gemeinschaft genug, sollten auf ewig die einzige Gruppe bleiben, der sie angehörten.

Nach diesem Ausbruch, der sie alle sprachlos zurückgelassen hatte, betteten sie den zusammengesackten Benito auf ein Feldbett und deckten ihn zu. Langsam, der ausgedehnten Verwandlung eines Chamäleons gleich, gewann der erschöpfte Redner wieder das Antlitz eines Jungen zurück. Seine besorgten Freunde sprachen in raunendem Ton mit dem Alten darüber, berieten, was nun zu tun sei. Ihr Gastgeber schlug ihnen vor, zunächst in der Festung zu bleiben, was sie dankend annahmen, waltete draußen doch ein Wetterinferno, als gäbe es kein Morgen. Der Regen peitschte, und es pfiff so laut um die Festung, dass sie bald meinten, sie spürten den Wind nun auch durch das Gebäude ziehen. Ja, es klang, als wolle der Wind das Mauerwerk der Festung zu Sand schleifen.

~

VIII.

Während Benito, der kaum mit jemandem außer seinen beiden Freunden sprach, seine Zeit immer mehr damit verbrachte, die Bücher anzuhören, die ihm Fliegentöter auf Tonband eingelesen hatte, seinen Körper zu trainieren und sich in Meditation zu üben, gingen FT und Kippe in ihrer mäandernden Adoleszenz nun häufig aus, potenzierten die Intensität ihrer hungrigen Streifzüge nicht selten mit Speed und schlecht gestrecktem Kokain, lernten aufgepeitscht das Nachtleben des Ruhrgebiets kennen – Fliegentöter vor allem in Person reiferer Frauen, denen er nicht selten die Drinks spendierte, und Kippe bald ausschließlich in Form junger Männer, in der Regel einige Jahre älter als er. Benito schien sich weder für Männer noch für Frauen zu interessieren. Er zog sich über den Jahrtausendwechsel immer weiter zurück, verbrachte mehr und mehr Zeit vor dem Computer, den Fliegentöter ihm mit einer Vorlese- und Diktierfunktion ausgestattet hatte. Der Computer stand im Keller der Hancke-Villa, der in der Zwischenzeit zu Benitos Refugium und einer Art Vorläufer der späteren Gladbecker Krypta geworden war. Er saß dort im Dunkeln. Auch der Bildschirm war dunkel. Er sprach leise, vielleicht in Ehrfurcht vor der Stille des Kellers. Benito folgte den Tagesabläufen eines Mönchs, stand mit der Sonne auf, die er nicht sehen konnte, ging mit der Dämmerung, die er nicht wahrnehmen konnte, zu Bett.

Bald übte er sich darin, Filme anzuhören, über Kopfhörer, ohne Bildebene. Vor allem das französische Kino der 1960er- und 1970er-Jahre interessierte ihn, die Nouvelle Vague und ihre Ausläufer, Rohmer, Varda, Chabrol, dann das Cinéma Vérité, aber auch langsame Russen, Polen und Griechen: Tarkowski, Kieślowski, Wajda, Angelopoulos. Das war durchaus kein Wunder, erlaubten diese einzigartigen Filme in ihrem Reichtum an Dialogen und ihrer sprachlichen und dramaturgischen Brillanz doch sogar einem Blinden, tief in sie einzutauchen. Die meisten Filme hörte Benito im Nachtprogramm des Fernsehens an, dann als VHS und schließlich über DVDs, die er in der Stadtbücherei auslieh, wobei die DVDs den Vorteil hatten, dass sie mitunter auch über angepasste Hörfassungen für Blinde verfügten. Immer häufiger pilgerte er jetzt in ein kleines Programmkino in Bochum, setzte sich nach Möglichkeit genau in die Mitte, dort, wo der Klang am besten war, und hörte sich Film um Film an, stets mit einem Sandwich in der Jackentasche und einer kleinen Limonadenflasche im Ärmel. Benito entwickelte in dieser Zeit eine Sehnsucht nach fremden Orten, die er nur über die im Film eingefangenen Klänge und Ereignisse kennenlernte, verfiel fiktiven Charakteren, verliebte sich in Erfindungen. Er verliebte sich in ihr Wesen, nicht in ihr Aussehen. Vielleicht war es *Fahrstuhl zum Schafott* von Louis Malle, jener von Miles Davis' improvisiertem Soundtrack geprägte Film Noir aus dem Jahre 1958, der in ihm den Wunsch entstehen ließ, nach Frankreich zu gehen und in Paris zu leben. Doch ernüchtert musste er feststellen, dass dieser Plan ein Traum bleiben würde. Nach Paris würde er allein nicht kommen – und Fliegentöter und Kippe wollten in Deutschland bleiben.

Nicht mit allen Interessenfeldern Benitos verhielt es sich so unkompliziert wie mit dem Filmkonsum. Die Blindheit, die er nie als Einschränkung wahrnehmen wollte und um der zu begegnen, er immerfort auf die ein oder andere Art Kompensationen suchte, ja, mit viel Elan improvisierte, zeigte ihm, je mehr er sich in die Selbstständigkeit des Erwachsenenlebens vorwagte, immer härtere Grenzen auf. Gleichzeitig wurde er bald obsessiv mit den Dingen, die er nicht ohne fremde Hilfe praktizieren konnte. Benito, der immer härter und ausdauernder seinen Körper trainierte, entwickelte etwa ein extremes Interesse an Fahrradrennen, insbesondere an der Tour de France. Auch wenn er sich dank seines wachsenden Körpergefühls zu Fuß immer sicherer zu bewegen wusste, blieb ihm das Fahrradfahren ebenso verwehrt wie der Umzug nach Paris. Zu seinem 16. Geburtstag schenkten seine Freunde ihm daher ein Rennrad, das, hinten hochgebockt auf zwei rotierenden Rollen, die schweißtreibenden Schwierigkeitsstufen der *Grande Boucle* mit variablem Widerstand nachempfinden konnte, denen die Athleten auf dem französischen Asphalt ausgesetzt waren. Auch Maus und Uğur schenkten mit. Stundenlang fuhr Benito nun im Keller auf der Stelle, lauschte dabei den Kommentatoren des weltberühmten Rennradturniers oder ließ Musik laufen, während FT und Kippe im schwülen Sommer des Millenniums ihre Unschuld verloren. Die Energie, die sich in ihren frivolen Ausschweifungen entlud, kanalisierte sich im jungfräulichen Benito hingegen vielmehr in Wissen und Kraft, in Ausdauer und Kreativität. Er lernte Fremdsprachen, stählte seinen Körper, sog alles in sich auf, was FT und Kippe ihm an Material lieferten.

Dann kam der 11. September 2001, der Benito, der sich ganz gut gemacht hatte seit der Jahrtausendwende, völlig aus der Bahn warf. Der blinde Seher wusste, welche Veränderungen das unfassbare Attentat bedeuten würde, erkannte schnell, welch unheilbare Wunde es New York und der ganzen Welt auf der Zeitachse zugefügt hatte und weiter zufügen würde. Oder besser formuliert: welche lang schon bestehende Wunde es sichtbar machte, entzünden würde. Bis zum Sommer des Folgejahres verfiel Benito in eine Art Apathie, folgte zwar seinen täglichen Routinen, sprach aber kaum noch, wandelte nun mehr wie ein Untoter durch die Hancke'sche Villa, die er immer seltener verließ.

Im Juni 2002 dann überredeten Kippe und Fliegentöter, der sein Namenskürzel mittlerweile wieder abgelegt hatte, ihren Freund zu einer Reise. Diesen Tapetenwechsel versuchten sie ihm schmackhaft zu machen, indem sie ihn entscheiden ließen, wohin es gehen sollte. Die Eltern Fliegentöters begrüßten dieses Vorhaben, sehnten sie sich doch danach, einmal ganz für sich zu sein und die Kinder, die für sie in einer Art Geheimwelt zu leben schienen und zu denen sie ohnehin kaum noch einen Bezug spürten, aus dem Haus zu wissen. Sie stellten den Jungen sogar den Mercedes in Aussicht, zum ersten Mal offiziell, was diese auch gleich dankend annahmen. Benito schlug vor, mit dem Wagen zu den KZ-Gedenkstätten in und um Deutschland zu fahren, über die er sich viel angehört hatte. Gemeinsam schauten sich die Jungen Claude Lanzmanns Film *Shoah* aus dem Jahr 1985 an, ein Mosaik aus Gesprächen mit Überlebenden, Zeugen und Tätern der Vernichtung der europäischen Juden während des Hitler-Regimes, den jeder Deutsche, ach, jeder Mensch wenigstens einmal sehen müsste und der mit seiner Länge von über neun Stunden und unter ausschließlicher Verwendung von Filmmaterial aus seiner Entstehungszeit von 1974 bis 1985 eines der wichtigsten historischen Dokumente der Moderne darstellt, wobei er – und das macht seinen Umgang mit dem Unfassbaren so einzigartig und besonders – in seiner Bildsprache und Montage durchaus als ein poetisches Kunstwerk begriffen werden kann. Der Film veränderte das Leben der drei Freunde nicht nur im Hinblick auf ihr Geschichtsbewusstsein. Sie begannen zu begreifen, wie wichtig es war, den Menschen zuzuhören, ihre Erlebnisse auf diesem Wege zu bezeugen. Der Film zeugt für die Zeugen.

Zu Beginn der Sommerferien machten sie sich auf den Weg nach Buchenwald, fuhren weiter nach Sachsenhausen und Ravensbrück, dann nach Auschwitz, um anschließend in Polen ein paar Tage auf einem einsamen Campingplatz zu verbringen, begaben sich weiter auf den Weg Richtung Westen, besuchten Bergen-Belsen, woraufhin sie ihre Reise mit einem mehrtägigen Zwischenhalt in Leipzig gen Süden nach Dachau fortsetzten. In den Stätten der Vernichtung suchten Kippe und Fliegentöter nach schwarzen Steinen für Benito, die dieser so lange in den Händen hielt, bis sie ganz heiß waren. Sie schliefen im Auto oder im Zelt, speisten in billigen Imbissen, aßen, was die Raststätten und schäbigen Unterkünfte, die sie sich alle paar Tage erlaubten, eben hergaben. Sie waren dabei nicht wählerisch. Nur vegetarisch musste das Essen sein, für Benito zumindest. Manchmal hielten sie einfach auf der Lichtung irgendeines Waldes, den sie durchquerten, gingen in einem See baden, schliefen an den verglimmenden Resten eines Lagerfeuers unter freiem Himmel. Ihre Erfahrungen als Pfadfinder kamen ihnen dabei nicht selten zugute. Sie hatten nichts verlernt. Nachts, wenn sie über die leeren Autobahnen fuhren, lag Benito auf der Rückbank des Wagens, und manches Mal sah es fast so aus, als blicke er mit seinen blinden Augen zu den Sternen, als suche er in der endlosen Weite des Weltalls verzweifelt nach etwas Wahrhaftigem – vielleicht, weil er in diesen Wochen verstanden hatte, dass es auf manche seiner Fragen auf dieser Erde keine Antworten mehr geben konnte.

Auf eine Art gingen sie auf dieser Reise verloren, gingen ein zweites Mal in ihrem jungen Leben verloren, doch diesmal bewusst. Und als sie nach einem Monat zurück ins Ruhrgebiet gelangten, tauchten dort drei deutlich gereifte Menschen auf, gebrochen und wieder zusammengewachsen, verschweißt. Langsam erlosch in diesem Auftauchen ihre Jugend. In den nächsten zwei Jahren beschäftigte Fliegentöter sich überwiegend mit dem Abitur, das er sehr ernst nahm. Kippe, der sich auf ihrer Sommerreise unsterblich in einen jungen Polen verliebt hatte, tingelte zwischen den beiden Ländern hin und her, brachte seinen Freund auch manchmal mit ins Ruhrgebiet, zog dann wieder für Wochen rastlos mit ihm durch Hamburg, München oder Berlin, lebte von der Hand in den Mund, schien die Reise nicht mehr beenden zu können, die die Freunde irgendwann begonnen hatten, vielleicht schon damals begonnen hatten. Dann zerfiel die junge Liebe, wie das eben manchmal passiert – ohne Grund, ganz plötzlich. Ein Schreckschuss. Kippes Herz zerbrach, und während Fliegentöter sich in seinen Schulbüchern verschanzte, kümmerte sich Benito aufopfernd um seinen zwei Jahre älteren Freund, der tief gefallen, nein, vielmehr gestürzt war.

Maus legte sich zum Ausruhen hin und Cherubim wollte sich ein paar Notizen machen, so hatte er es gewohnt kleinlaut formuliert, aber die anderen drei erkundeten die Festung, in der sie sich, das hatte der Alte ihnen gewährt, frei bewegen durften. Der Aufzug in die unterirdischen Geschosse schien ihnen jedoch kaum vertrauenerweckend, und so besuchten Kippe, Uğur und Fliegentöter Stockwerk um Stockwerk über eine steile Wendeltreppe, stiegen immer tiefer hinab in die Rhizome des Bunkers, bis sie bald über und über mit Spinnweben bedeckt waren. In den meisten der finsteren Gänge fanden sie auf unzähligen Metern Kisten aufgebahrt, mit Erde gefüllt und nicht selten von Fäulnis befallen, in denen die unterschiedlichsten Pilzsorten gediehen. Sie fanden den kaum entzifferbaren Schildern zufolge prächtige und weniger prächtige Exemplare des Hericium erinaceus, Gyrodon lividus, Lactarius helvus, Suillus flavidus, Xerocomus parasiticus, Amanita virosa, Russula emetica, Russula betularum, Panaeolus cinctulus, Tricholoma matsutake, Hygrocybe coccineocrenata, Lepista panaeolus, Russula integra, Suillus flavidus, Boletus edulis, Psilocybe semilanceata, wenn auch viele der Brutkästen nicht beschriftet waren oder gleich mehrere Pilzsorten beherbergten, die zweifelsohne zu neuen, ungeahnten Kreuzungen geführt haben mussten.

Da das Spiegelsystem, das die Strahlen der Sonne bis in den entlegensten Winkel des Bunkers transportieren konnte, aufgrund der Wetterbedingungen zu dieser Zeit kein Licht spendete, trugen sie eine Fackel mit sich herum, taperten dichtgedrängt ums flackernde Feuer durch die feuchten, moosbewachsenen Katakomben, immer bemüht, nicht den Schein der Fackel zu verlassen, die Kippe in seiner erhobenen Hand trug, fürchteten sie doch, von der Dunkelheit verschluckt zu werden. Wenn das Feuer ein Spinnennetz streifte, knisterte es und verbrannte binnen eines Augenblicks. Kurz huschte dann der stinkende Geruch verbrannter Haare um ihre Nasen. Natürlich hörten sie in den dunklen Kellern auch Stimmen, die wispernd zu ihnen sprachen, natürlich sahen sie lebendige Schatten an den Wänden entlang krabbeln, die ihre knochigen Hände nach ihnen ausstreckten, natürlich spürten sie den kalten Atem der Gespenster, die sie umgaben, wähnten die Blicke der Dämonen in ihren Rücken. Die Festung war bevölkert von unsichtbaren Wesen, die ihnen nun ganz unmissverständlich gewahr wurden. Sie fühlten sich von den Kellerasseln, den flinken Kakerlaken, den Silberfischen und den pulsierenden Würmern beobachtet, die das kalte, feuchte Mauerwerk und die Brutkästen der Pilze bewohnten, und dieses Gefühl kroch unter die wärmenden Stoffe ihrer Kluften, erzeugte dort Gänsehaut. Ja, das gigantische, unterirdische Tunnelsystem war reich bevölkert von unheimlichen Wesen, die die feuchte Ödnis der Schatten dem Leben an der Erdoberfläche vorzogen und hier ihr Paradies gefunden hatten – ohne wohlgemerkt den verheißungsvollen, sündhaften Apfel fürchten zu müssen. An diesem Ort nämlich gediehen nur Pilze, theologisch betrachtet völlig ungefährlich. Doch nicht nur Pilzbrut fanden sie in den Gängen vor, diente das Tunnelsystem dem Alten doch offensichtlich auch als Lager für die zahllosen Dinge, die nach dem Krieg in der ausgebombten Gegend zurückgeblieben waren und die er mit seiner Draisine unermüdlich aus den Ruinen heranschaffte: Fahrräder, Autoreifen, Möbel, Werkzeuge, Skulpturen, Schilder, Grabsteine, Kleiderständer, ein Globus, Waffen, Volksempfänger, Instrumente, Werkzeuge, Draht und andere Metalle, alte Türen und Fenster, Blumentöpfe, Gartenschläuche und weiteres Arbeitsgerät, Aquarien, Gießkannen, Ölpumpen, Gläser und Flaschen.

Benito ist nie sexuell aktiv gewesen, was nicht bedeutete, dass er keine Sehnsucht, kein Körpergefühl, kein Verlangen, keine erotische Ambition, keine Lust besessen hätte. Diese Dinge äußerten sich bei ihm nur anders, wurden nicht in der direkten Intimität mit einem Menschen ausgelebt. Benito, der seinen Körperkult im Stillen immer weiter vorantrieb, bald jeden Muskel in der Textur seiner Fasern sichtbar machen konnte, bat Kippe eines Tages darum, Fotos von ihm zu schießen. Niemals ganz unbekleidet, immer jedoch einem Akt nahe und dabei stets dem Spiel, der expliziten Andeutung verschrieben, und Kippe knipste Film um Film, auf Anweisung des Abgelichteten immer darauf bedacht, dass dessen Kopf nicht ganz zu sehen war, das Gesicht abgewandt oder die Hand an genau der Stelle verweilte, die sein Gesicht im Winkel der Kamera verbarg, im Schatten, oder in Überbelichtung. Diese Fotos, die Benito im DIN-A5-Format vervielfältigen ließ, nahm er dann mit auf seinen alltäglichen Wegen, wenn er allein oder mit Kippe, Fliegentöter oder Maus irgendwo spazieren ging, von einem seiner Arztbesuche kam oder einfach nur blindlings flanierte, legte sie hier und da an öffentlichen Plätzen aus, einzeln, mehr so, als habe sie jemand dort liegengelassen, nicht bewusst platziert, wie Fremdkörper, mit seinem der Welt fremden Körper darauf. Das war seine merkwürdige Erotik, die ihn immer und in jeder ihrer Ausformungen ein Phantom bleiben ließ.

Nach dem Abitur, das Fliegentöter sehr zur Verwunderung seiner Eltern, die ihn in seinem jungen Leben nie zu etwas angetrieben hatten, mit Bravur bestand, wollte dieser entgegen seiner politischen Gesinnung zum Wehrdienst, einzig, weil er sich, noch immer ein frenetischer Waffennarr, dort Möglich-

keiten erhoffte, dem Gebrauch von Schusswaffen nachzuge-
hen. Doch zu seiner großen Enttäuschung wurde er aufgrund
seiner schlechten Augen ausgemustert. Fliegentöter, der Zeit
seines Lebens durch den Reichtum seiner Familie nicht darauf
angewiesen war, sich eine Arbeit zu suchen, schrieb sich an der
Ruhr-Universität Bochum für die Fächer Politikwissenschaften
und Soziologie ein, und bald sah man ihn und Benito nicht
selten bis in die späten Abendstunden zwischen den grauen
Hochhäusern herumspazieren, die sich um das große, muschel-
förmige Auditorium versammelten wie riesige Schiffe um eine
Insel, architektonisch dabei jedoch eher den Verdacht nahe-
legten, die Universität im Süden Bochums befände sich durch
eine Krümmung im Raum-Zeit-Kontinuum im ehemaligen
Ostblock. Die Gebäude verhalfen der Akademie zum zweifel-
haften Ruf einer Selbstmord-Uni, wobei die in unregelmäßigen
Abständen auf dem harten Steinboden aufschlagenden Selbstmörder selten Studenten oder Mitarbeiter des Campus waren
und den Ort für ihr Dahinscheiden einzig aus dem Grund
erwählten, dass es sich um die höchsten Gebäude Bochums
handelte. Und zwischen diesen Geistestürmen wandelten die
beiden Freunde hin und her. Sie pfiffen auf die vorgezeichne-
ten Wege, die das mit der Studienreform nun mehr denn je
neoliberal geprägte Studium nahelegte, widmeten sich ihrem
intellektuellen Fortschreiten vielmehr interdisziplinär, gingen
zu Vorlesungen und Veranstaltungen diverser Institute, studierten im Bereich der Philosophie, der Germanistik, der Me-
dienwissenschaften, besuchten Seminare und Vortragsreihen
der Archäologie und Geschichte, pilgerten zu den Musikwis-
senschaften, den Theaterwissenschaften. Fliegentöter wechselte die Studienfächer bald so häufig wie seine Partnerinnen, die
er oft in die großzügige Altbauwohnung in ihrer Heimatstadt
mitbrachte, in die die beiden mittlerweile eingezogen waren.

Benitos Tage waren gleichförmig. Er bildete sich, bewegte
sich bald auch unabhängig von Fliegentöter zur Universität, in

der er niemals eingeschrieben war, setzte sich still und unauffällig in die hinteren Reihen der Seminarräume und Hörsäle. Er benutzte einen dünnen weißen Blindenstock, trug immer eine Thermoskanne mit grünem Tee bei sich und nahm seine große, runde Sonnenbrille auch in den Gebäuden niemals ab. Mit seinem knielangen ockerfarbenen Mantel und den schwarzen Rollkragenpullovern strahlte er eine Aura der Unnahbarkeit aus, die seine Mitstudenten tatsächlich davon abhielt, ihn anzusprechen. Er führte in diesen Jahren ein unauffälliges Leben, zumindest von außen betrachtet. Doch seine Aufzeichnungen zeugen von einem zutiefst erschütterten Wesen, das in dem Gefüge der menschlichen Zivilisation, in dem es lebte und dessen Durchdringen ihm seine Studien nun in immer größerer Komplexität erlaubten, eine tiefe Traurigkeit fand. Benito war von Depressionen gequält. Zumindest trifft dieser Begriff am ehesten seinen Zustand. Unter jedem Stein, den er umdrehte, fand er erschreckende Erkenntnisse, die seine Monologe aufpeitschten, ja, zu verzweifelten Suaden werden ließen. Je mehr er über das Menschsein erfuhr, desto weniger glaubte er daran. Im Kapitalismus meinte er eben jene Gesellschaftsform zu erkennen, die zu den Menschen passte, eine Ideologie, die aus ihrem Überlebenswillen hervorgegangen war und sich als ein auf lange Sicht hin letztlich vernichtendes System verselbstständigt hatte, das als solches im frühen 21. Jahrhundert kaum noch reflektiert und vielmehr von den meisten Menschen als gegeben hingenommen wurde, obwohl es einer Logik der exponentiell steigenden Pervertierung folgte. Dabei gab es Alternativen, und Benito wähnte im Potential der Menschen durchaus Möglichkeiten, in einer gerechteren Welt zu leben, einer Welt, in der das Glück überwog und nicht 690 Millionen Menschen Hunger litten, nicht der Krieg den Frieden verhöhnte, nicht die Dummheit überwog, nicht ein Drittel der Bevölkerung psychisch krank war. Doch er wusste, dass diese Gedanken Seifenblasen waren, nichts weiter als ein ewiger

Wunschtraum, und so erhöhte sich mit wachsendem Wissen seine Fallhöhe wie auch sein Verdruss. In der Dunkelheit, die ihn dabei stetig weiter einhüllte, wucherte seine Verzweiflung ins Unermessliche.

~

IX.

Es war auch in dieser Zeit, mit Anfang 20, dass Benito über seinen Tod zu fantasieren begann, sich ihn ausmalte als etwas Naheliegendes, nicht erst im Alter Wartendes, sondern vielmehr als etwas sich bereits vor ihm Auftürmendes. Keiner der Studenten und Dozenten wähnte diese Abgründe, die einen sich bereits weit zum Himmel streckenden Todessturm umgaben, wenn er in den Seminarräumen bewegungslos auf seinem Stuhl saß, niemals mitschrieb, alles bloß im Kopf abspeicherte. Bis er eines Tages einfach voll war, voll von sich materialisierender Dunkelheit, von Todesfantasie, von Todessehnsucht, einer dämonischen Masse, die sein Inneres ausfüllte wie ein tiefschwarzes, dickflüssiges Öl. So erschraken die jungen Leute, mit denen er nie ein Wort sprach, als er plötzlich mitten im Seminar vom Stuhl fiel und bewusstlos am Boden liegen blieb. Einfach so, und für sie ganz plötzlich, unter starkem Nasenbluten.

Erst ging es ins Krankenhaus, dann wieder in die Psychiatrie. Doch niemand war in der Lage, eine Diagnose zu stellen. Es schien gar, als hätten die Ärzte und das Personal der Institutionen Angst vor Benito. Wenn sie sein Zimmer betraten, beeilten sie sich, und standen sie einmal mit dem Rücken zu ihm, blickten sie sich hektisch um, als wähnten sie eine dritte Person im Krankenzimmer. Benito wartete. Ein Gedanke schien in ihm entstanden zu sein, schien zu wachsen, vielleicht seit dem Moment der Ohnmacht, der emotionalen *Überforderung*. Er sprach darüber auf die Bänder. Benito wusste, dass er diesem Gedanken Zeit geben musste. Doch er war da. Und wenn ein Gedanke einmal da ist, dann geht er nicht mehr fort. Nach einer Woche holten Fliegentöter und Kippe ihren Freund aus der Psychiatrie ab. Diesmal war er nicht in der Knochenmühle gelandet, war vom Krankenhaus auf direktem Wege in eine Nervenheilanstalt in Essen überwiesen worden, die jedoch keinen Deut besser war. Die Psychiatrien erlebte er als Orte der Hoffnungslosigkeit, in die jene geschickt wurden, die eine traurige Wahrheit bedeuteten, eine Wahrheit, die die meisten ihrer Mitmenschen nicht ertragen wollten: dass eben nicht alles in Ordnung war, wirklich nicht, überhaupt nicht.

Auf dem Weg nach Hause unterbreiteten die Freunde Benito einen Vorschlag. Sie wollten mit dem Geld, das Fliegentöter zum Studienabschluss bekommen hatte, um die Welt reisen, wollten Orte besuchen, von denen sie nur ein vages Bild hatten, möglichst viele Kontinente des Planeten durchqueren. Benito sagte zunächst nichts zu diesem Vorschlag. Während der Rückfahrt lag er wieder auf der Rückbank, mit geschlossenen Augen. Am nächsten Tag willigte er ein. Da war er 26 Jahre alt. Da hatte Fliegentöter sein Studium abgeschlossen. Da merkte Kippe, dass noch etwas anderes auf ihn wartete, als ein junger Mann zu sein. Da hatte Benito damit begonnen, über etwas nachzudenken, war erschrocken vor diesem Gedanken – und folgte ihm doch immer weiter.

Flaschen. Ein ganzes Regal voll Weinflaschen. Die Jungen standen davor, standen da, als überlegten sie gemeinsam, ohne dabei zu sprechen, doch der Gedanke manifestierte sich zeitgleich in ihren geschorenen Schädeln. Kippe griff nach einer Flasche, und sie hielten das schwere Glasgefäß, das besonders schön auf sie wirkte, ins Licht der Fackel, entzifferten, was auf dem Etikett stand: Chateau Pichon Longueville Comtesse de Lalande. Niemand würde bemerken, wenn eine Flasche fehlte. Der Alte war bestimmt ewig nicht mehr hier unten gewesen, da waren sie sicher. Alles voller Staub, keine Spuren. Und wenn schon, was wollte er denn machen? Ehe er das Fehlen der Flasche überhaupt würde bemerken können, wären die Schwarzen Steine doch längst schon über alle Berge. Ja, sie würden auch höchstens mal probieren, jeder einen kleinen Schluck, und dann würden sie den Korken wieder in die Flasche drücken und sie zurückstellen, so wäre es noch viel unwahrscheinlicher, dass der Alte ihren kleinen Mundraub bemerkte. Und schon setzte Fliegentöter an, die edle Flasche zu entkorken, drehte den Korkenzieher seines Schweizer Taschenmessers, das er triumphierend aus dem Brotbeutel gefischt hatte, in das bröckelnde Material, klemmte die Flasche zwischen seinen Beinen ein, wie er es bei den Kellnern im Restaurant beobachtet hatte. Doch es klappte nicht. Der Korken saß zu fest. Also hielten Kippe und Uğur die Flasche nun fest, umklammerten sie mit ihren kleinen, zarten Händen, und Fliegentöter zog am Korken, drückte sich an seinen Freunden ab, stemmte sich gegen sie, bis es laut ploppte und die drei im Staub auf ihren Hintern saßen. Das Geräusch hallte weit nach durch die Gänge der Katakomben, und es war, als zerre es die Zeit. Sofort umhüllte der schwere Geruch des Rotweins die Jungen, verdrängt die Fäulnis, verführte sie. Verschwörerisch schauten sie sich an. Kippe nahm den ersten Schluck.

»Das ist ein sehr guter Wein. Guter Jahrgang. Das Aroma ist fantastisch«, urteilte er. »Oh ja, ein ganz feiner Tropfen. Ich denke, den nehmen wir.«

Uğur und Fliegentöter lachten sich halb tot. Ihre Mienen jedoch waren zum Reißen gespannt.

»Lass mich mal probieren.«

Tatsächlich verbrachten die drei Jungen die Jahre 2009 und 2010 damit, um die Welt zu reisen. Fliegentöter hatte viel Geld geschenkt bekommen zu seinem Studienabschluss, *summa cum laude*, und auch Kippe, der mittlerweile in Essen in einer Bar arbeitete, hatte ein wenig gespart. Benito bekam eine Behindertenrente, die er ebenfalls mit in den Topf schmiss, was es den Jungen ermöglichte, im Hinblick auf die Ziele und Distanzen großzügig zu planen, wenn sie dabei auch stets möglichst sparsam blieben. Sie reisten erst über das europäische Festland, dann auf ein paar Inseln im Mittelmeer, besuchten Marokko und die Türkei, flogen nach Australien, Bali, nach Vietnam, dann China, Südafrika, Japan, Südkorea, Kuba. Nach Indien wollten sie noch, doch damit klappte es nicht. Irgendwann waren ihre Reisepässe voll und sie mussten heimkehren.

Auf ihren Wegen hatten sie sich stets fernab der touristischen Routen bewegt, hatten sich an Orte begeben, die sie erst noch hatten entdecken müssen, die verborgen lagen. Auch an diesen Orten unternahm Benito seine Aufzeichnungen, die niemals ihre Melancholie verloren. Nun, wo er erkannte, wie das Zivilisationsgefüge sich jenseits seiner Studien tatsächlich darstellte, ja, welch grausame Konsequenz der globalisierten Politik an manchen Orten, die sie bereisten, konkret spürbar war, die Wirklichkeit sich als noch schlimmer herausstellte als die Theorie darüber, fühlte er sich winzig klein vor diesem Getriebe eines Weltgeschehens, das längst eine Dynamik erlangt hatte, die durch nichts und niemanden mehr aufzuhalten war und die in seiner Wahrnehmung alles Leben auf der Erde in einen tiefen Abgrund trieb. Der Kapitalismus war endlos, war grenzenlos, gewissenlos, übermächtig. Benito begriff, dass sich das Zusammenleben der Menschen darin bloß noch durch Gewalt regelte, und dass diese Gewalt Formen anzunehmen in der Lage war, die das menschliche Vorstellungsvermögen überstiegen, obwohl sie ihm gleichzeitig entstammten. Die Gewalt wurde längst nicht mehr von oben nach unten ausgeübt. Sie verteilte sich wie Schmieröl in den Fugen des gesellschaftlichen Getriebes.

Als sie zurückkehrten, wog Benitos Gepäck deutlich mehr als noch bei ihrer Abreise. Von überall auf der Welt hatte er schwarze Steine mitgebracht, Erinnerungen, Portale in die Vergangenheit, an weit entfernt liegende Orte. Er, der keine Erinnerungsfotos betrachten konnte, befühlte die von dort mitgenommen Steine, wog sie in den Händen, roch an ihnen. Die

Steine führten ihn an die vergangenen Stationen seines Lebens zurück. Sie waren die Fotografien eines Blinden.

Einmal, schon am Anfang ihrer Reise, auf La Palma, noch ein Jahrzehnt vor dem katastrophalen Vulkanausbruch, war Benito nicht auffindbar gewesen. Das Trio hatte eine schmale Hütte nahe eines von dichtem Wald behangenen Berges bezogen, in dem sie einige wenige Tage untergekommen waren, um bald ausufernde Wanderungen zu unternehmen. Da war er plötzlich verschwunden, vielleicht nach einem kurzen Mittagsschlaf, vielleicht am frühen Abend. Kippe und Fliegentöter waren in Sorge geraten und hatten ihren Freund zu suchen begonnen. Sie fürchteten, er könnte in dem steilen Gelände und den tiefen Schluchten, die ihre Unterkunft umgaben, abstürzen, verunglücken, *sterben*. So waren sie losgezogen, hatten immer wieder seinen Namen gerufen, der von den Felswänden widergehallt war und sich bald in Echos überlagerte. Schließlich hatten sie ihn gefunden, am Abgrund zu einer tiefen Schlucht, wo er sich nah der Kante an einen umgestürzten Baumstamm gelehnt hatte, das linke Bein angewinkelt, das rechte von sich gestreckt. Reglos hatte er dagesessen, und es war ihnen so vorgekommen, als blickte der Blinde in den Abgrund, in dem der Wind sein flüsterndes Spiel vollführte – *oder waren da Stimmen zu hören?* Benito hatte dagesessen, und seine Freunde hatten beide gedacht, ohne, dass sie je in ihrem zukünftigen Leben miteinander darüber sprechen sollten, dass es von dort aus nur ein Schritt gewesen wäre, um in den Abgrund zu stürzen. Um zu springen. Doch Benito war nicht gesprungen.

Uğur nahm einen Schluck. Dann Fliegentöter. Der rülpste. Kippe kicherte. Uğur lachte. Und dann kreiste die Flasche, kreiste immer schneller, Schluck für Schluck für Schluck, bis die Flasche leer und ihre Zähne lila waren, bis sie sich ausgeschüttet hatte, und etwas in ihnen stieg auf, legte sich wie eine feurig scharfe Schicht auf sie, übernahm Körper und Geist, steuerte die drei Freunde, die nun nicht mehr ganz sie selbst waren und gleichzeitig dachten, noch nie mehr sie selbst gewesen zu sein. Schwankend standen sie auf, lachten, die Augen und Münder weit aufgerissen. Die Jungen drehten sich im Licht der Fackel, während die leere Flasche weiter um sie kreiste, lachten, glucksten, prusteten. Der Tanz der Jungen spiegelte sich im alten Glas der Flasche. Dann hielten sie plötzlich inne, wie auf ein stummes Kommando, und die Flasche fiel zwischen ihnen auf den kalten Stein und zerplatzte. Schelmisch schauten sie sich an, konnten sich plötzlich keinen besseren Ort vorstellen, keine bessere Zeit, warfen den Rausch tief in die Gänge. Freude, schöner Götterfunken! Aufgekratzt und völlig furchtlos machten sie sich auf, verließen den Tatort ihres ersten Rauschs. Mit wankenden Schritten und schwellender Brust stolzierten sie durch das unterirdische Labyrinth, erkundeten die verborgenen Winkel des Tunnelsystems, bis sie vor einer schweren, antiken Eichenkommode stehenblieben.

Einen erneuten Zusammenbruch erlebte der heimgekehrte Weltreisende zwei Monate nach dem Tōhoku-Erdbeben in Japan, in dessen Folge 2011 über 20.000 Menschen ihr Leben verloren und die Welt durch die unmittelbar mit dem Beben verknüpfte Reaktorkatastrophe von Fukushima erneut gefährlich nah an den Abgrund rückte. Benito, der sich seit dem 11. März 2011, als das verheerende Erdbeben vor der Küste Japans eine Kettenreaktion in den Reaktoren des Tepco-Kraftwerks ausgelöst hatte, die schnell zu einem folgenschweren Super-GAU führte, bald ohne Unterbrechung mit dem Unglück beschäftigte, verschwand für ein paar Wochen spurlos. Weder Kippe noch Fliegentöter konnten ihn finden, was sie in große Sorge versetzte, fürchteten sie in solchen Phasen der Hysterie doch stets, Benito könnte sich etwas antun. Wenn auch in abstrakten Worten und als spreche er dabei über einen Dritten, hatte er in solchen Phasen schon über eine Selbsttötung fantasiert, wobei er seinen besorgten Freunden dabei im Nachklang stets beteuert hatte, er würde sich nie zum Suizid entscheiden, so lange darin kein größerer Sinn bestünde, was die beiden immer ratlos zurückgelassen hatte. Doch kein Nachfragen hatte genützt, Benito verweigerte sich weiterer Eindeutigkeit. War es nun dazu gekommen? Nach einer Woche ohne Lebenszeichen beauftragte Fliegentöter einen Privatdetektiv mit der Suche nach dem Verschwundenen, der ihn tatsächlich schon nach einigen Tagen in den Niederlanden ausfindig machen konnte. Fliegentöter und Kippe reisten zu der Adresse in Groningen, die ihnen der Detektiv mitgeteilt hatte, wo sie Benito in einem schäbigen Hotel vorfanden, das außer ihm nur von Junkies und Prostituierten bewohnt wurde. Er wirkte äußerst apathisch und befand sich in einem desaströsen Zustand, hatte seit Tagen kaum geschlafen, gegessen oder getrunken, hatte nicht geduscht, roch schlecht, sah furchtbar aus. Fliegentöter und Kippe sprachen lange mit ihm und entschieden gemeinsam, nicht wieder in eine Psychiatrie zu gehen, sich diesmal der Dinge selbst anzunehmen, sich um eine Art Genesung zu bemühen, die sie einem Psychiatrieaufenthalt längst nicht mehr zutrauten. Benito ließ sich darauf ein, zeigte sich ihnen dabei bald geöffneter und vertrauensvoller als je zuvor. Warum und wie er in die kleine Stadt nahe der deutschen Grenze gereist war, was er dort erlebt oder gesucht hatte, das sollte jedoch für immer sein Geheimnis bleiben.

Doch es war schwierig, in dieser Lebensphase eine Kontinuität zu gewährleisten, die für Benito wichtig gewesen wäre. Die Zeichen standen auf Umbruch. Fliegentöter begann bald ein weiteres Studium, diesmal in München, wo er dann auch für vier Semester hinzog. Während dieser zwei Jahre besuchte Benito seinen Adoptivbruder regelmäßig, verbrachte die meiste Zeit jedoch bei Kippe, der erst nach Wuppertal und dann weiter nach Köln ging. Mit ihm, der sich in einen Prozess der Verwandlung begeben hatte, nun feminine Kleidung trug und bald darauf dem Aussehen nach mehr als Frau durchs Leben zog, war das Zusammenleben auf Zeit nicht immer unkompliziert. Doch die beiden verstanden sich weiterhin gut und Kippe schaffte es, Benito gelegentlich auf andere Gedanken zu bringen. In den zwei Jahren nahmen die Aufzeichnungen deutlich ab. Es scheint sogar, als habe Benito in Köln mit Kippe auch Momente des Glücks erlebt. Vielleicht hat es Benito gutgetan, für jemand anders da zu sein. In diesen nach außen hin ruhigen Jahren muss er tief in sich gegangen, muss seiner nun wachsenden Idee Entfaltung gestattet haben, denn im Jahr 2013 dann, als die drei wieder häufiger vereint waren und Fliegentöter ins Ruhrgebiet zurückkehrte, da offenbarte er ihnen sein Vorhaben, das in diesem Moment noch abstrakt klang, von ihm nur kryptisch als ein drastisches, ein schwelendes Rätsel bezeichnet wurde, ein Rätsel, in dem eine Endgültigkeit genauso zu stecken habe wie die Unendlichkeit. Die Freunde konnten das Ausmaß von Benitos Vorhaben da noch nicht im Ansatz erahnen, erkannten aber, dass es ihm ernst war, dass er auf etwas äußerst Ernstes zusteuerte. Nie hatten sie Benito beflügelter erlebt, nie einen vergleichbaren Enthusiasmus in ihm gespürt. Er schien einen Sinn in seinem Leben zu entdecken, und auch, wenn sie darin bereits etwas Unheilvolles wähnten, unterstützten sie Benito, der plötzlich so ungeahnt gelöst schien. Keiner seiner Freunde bemerkte die schleichende Dynamik, die sich auf diesem Wege entwickelte und die Benitos Gedanken immer mehr an einen Punkt brachte, von dem aus es kein Zurück mehr geben würde.

In jenem Jahr muss es auch gewesen sein, dass Fliegentöters hochbetagter Vater beschloss, das Bauprojekt in Gladbeck ruhen und das Gebiet an der Grenze zu Scholven einzäunen zu lassen, wenn es sich auch nicht gänzlich nachvollziehen lässt, wie sein Sohn dann erreichen konnte, dass er mit seinen Freunden über diesen Ort frei verfügen durfte. Doch bereits 2014 begann die Umgestaltung des Heizungskellers unter der immer mehr verfallenden Kirche, bei der jetzt auch Maus half, der sich nach vielen Jahren des sporadischen Kontakts nun häufiger auf dem Gelände in Gladbeck blicken ließ. Auch Uğur war zurück, half, zahlte, machte mit, packte an. Benito sprach mit jedem von ihnen, sprach mit ihnen allen, wurde immer mehr das Zentrum ihres Denkens, sodass man von außen bald hätte meinen können, bei der Gruppe handele es sich nicht um ein paar erwachsene Pfadfinder, sondern um eine paramilitärische Sekte, mit einem blinden Seher als Guru in ihrer Mitte. Bald wurde die verlassene Zechenkolonie im Schatten des Scholvener Kraftwerks der Dreh- und Angelpunkt ihres Lebens, an dem sie sich nun überwiegend aufhielten, sofern das ihre sonstigen Verpflichtungen zuließen. Die Schwarzen Steine waren wieder vereint. Nur der Häuptling war tot. Und ich, ich war irgendwo anders.

Die drei Jungen torkelten johlend von der Wendeltreppe aus in das Gewölbe, in das sich Cherubim mit seinem Fahrtenbuch zurückgezogen hatte und in das er im Kerzenschein schrieb, nun aber erschrocken aufblickte, innehielt. Fliegentöter schwankte in Schräglage und lauthals lachend auf den Schreibenden zu, rauschte dann jedoch an Cherubim vorbei und krachte in einen schweren Holzstuhl. Uğur übergab sich auf den Steinboden direkt an der Treppe. Er stützte sich mit einer Hand am Gemäuer ab, stand gebückt, mit der anderen Hand auf dem Knie.

»Wann hört das endlich auf? Ich kann nicht mehr.«

Nur Kippe schien einigermaßen bei sich. Angeblich hatte er bereits Erfahrungen mit Alkohol gesammelt, jedenfalls sagte man das im Bund hinter vorgehaltener Hand über ihn, wenn es auch den unausgesprochenen Verdacht gab, er habe das Gerücht selbst gestreut. Er torkelte auf Cherubim zu und setzte sich zu ihm an den Tisch, guckte nach links und rechts, beugte sich ein Stück vor und schob ihm mit großen Augen eine alte, vergilbte Fotografie zu. Kippe roch nach Alkohol, der Wein hatte sich schwer in ihn hineingelegt.

»Dasis ungeheuerlich. Das mussu dir angucken!«

Auf dem sich wellenden Fotopapier, das Cherubim nun eingehend studierte, sah er eine Gruppe von sechs jungen Männern. Sie standen stramm zusammen, lächelten in die Kamera, die Münder vor Stolz verzogen. Ihre Stiefel waren blank poliert, sie reflektierten unverkennbar das Sonnenlicht. Die Köpfe waren frisch frisiert und die Uniformen saßen wie maßgeschneidert. Die Männer auf der Fotografie mochten gerade volljährig sein, sicher nicht älter als 20. Sie trugen Wehrmachtsuniformen. Vom Bildrand rechts unten zur Bildmitte hin verlief der Schatten des Fotografen. Cherubim betrachtete die Gesichter und erkannte den irren Steinewerfer, der ganz links stand und feixend in die Kamera grinste, auf Anhieb. Sein wahnsinniger Blick, der sich den Jungen eingeprägt hatte, wirkte hier harmlos und freundlich. Doch er war es, ganz ohne Zweifel. Der Soldat rechts neben ihm hatte dem Irren seinen Arm um die Schulter gelegt, eine freundschaftliche Geste, die ausdrückte: Zusammen gehen wir durch Dick und Dünn. Auch dieser junge Mann grinste, und seine Glubschaugen leuchteten voller Aufregung in Richtung des Fotografen.

»Aber, das ist doch …«

»Ja, das isser, ohne Sweifel.«

»Aber hat er nicht gesagt …?«

»Er hat uns angelogen.«

»Ein Nazi!«

»Ja!«

Ab 2015 also, noch elf Jahre vor dem Ereignis von Bonn, nahm nun etwas in Benito immer deutlicher Gestalt an, das seiner Todessehnsucht mit einer Art Sinnhaftigkeit begegnete und ihn schließlich das Leben kosten sollte. Gleichzeitig verblassten die Spuren, die ich bis hierhin hatte verfolgen können.

Benitos bis dahin sporadischer Kontakt zu Myriam Wenderin war ganz abgebrochen, die überlebenden Schwarzen Steine hatten sich bezogen auf diese letzte Zeit mir gegenüber bedeckt gehalten – und auch die Krypta selbst gab kaum mehr preis als das bereits Nachgezeichnete. Wie die Tage dort unten aussahen, wer dort ein- und ausging, wie sich das Leben jenseits der Zechenkolonie, das ja zum Schein aufrechterhalten wurde, gestaltete – all das blieb mir verborgen. Mir ging das biografische Material aus. Benitos Aufzeichnungen brachen nicht ab, wurden ganz im Gegenteil in den letzten zehn Jahren seines Lebens sogar immer dichter, doch sie verloren nun endgültig ihren ursprünglichen Tagebuchcharakter, so als sei Benito verschwunden, ein Phantom geworden, ein Geist, der nur noch Stimme war für eine Idee, für ein Vorhaben, das in seinen Worten bis zuletzt jedoch ungreifbar und abstrakt blieb.

Wie es ihm in den Jahren der Pandemie ergangen war, die die Welt verändert und so viel Schrecken hervorgebracht hatte, war ebenso wenig dokumentiert wie seine Wahrnehmung der russischen Kriegszüge. Die späten Kassetten versammelten vielmehr einen Reigen verzweifelter Monologe, wutschnaubende, dann wieder traurige Reflexionen der *conditio humana*, die aber auf eine merkwürdige Art zeitlos blieben. Sie taugten kaum noch als Quelle zur Rekonstruktion eines Menschenlebens, ließen nur erahnen, in welchem Zustand sich Benito befunden haben musste – und wie dieser Zustand sich immer weiter zugespitzt hatte. Ohne Zweifel hatten sie alle auf ihre Art einen Teil dazu beigetragen. Fliegentöter, Kippe, Maus und Uğur waren die Protagonisten jener Privatmythologie, die Benito kreiert hatte und die sich aus der verklärten Lebensweise der Pfadfinder und einer wahnhaften Apokalyptik zusammensetzte, sich irgendwo zwischen Kunst und Terror, zwischen der Depression eines Selbstmörders und dem Größenwahn eines Märtyrers aufhielt, zwischen der Tugendhaftigkeit des Pfadfinders und der fatalistischen Vision eines blinden Propheten.

»He, was treibt ihr Lausebengels denn da?«

Plötzlich stand der Alte im Raum, guckte verwirrt zu Uğur, der jammernd über den Boden krabbelte, schaute zu Kippe und Cherubim, blieb dann mit seinem Blick an Fliegentöters Beinen haften, die unter dem umgestürzten Holzstuhl hervorlugten.

»Was ist denn hier los?«

Kippe schob flink das Foto in Cherubims Fahrtenbuch und klappte es zu.

»Wir hatten so Durst und dann hamwir im Keller eine Flasche Traubensaft gefunden und jetzt issuns total schlecht. Es tuduns leid, wirklich. Ich glaube, der Saff war appelaufen!«

»Abgelaufen ... Besoffen seid ihr! Besoffen, und wisst es nicht mal.«

»Hamse ne Sigarette?«

Der Alte lachte und kratzte sich am Sack. Da rappelte sich Fliegentöter auf, wie ein Boxer, der noch nicht genug hatte. Sein rechtes Brillenglas war gesprungen. Er blickte mit zusammengekniffenen Augen in die Runde und lächelte, dann rülpste er so laut, dass es von den Steinmauern zurückhallte. Der Junge hatte Mühe, gerade zu stehen. Er lallte.

»Mir is' gar nich' schlecht. Ich hab' mich noch nie so gut gefühlt in meinem ganzen verdammten Leben. Hört ihr? In meinem verdammten Leben!«

Er salutierte in Richtung des Alten – *Soldat, stillgestanden!* –, verlor das Gleichgewicht und krachte zum zweiten Mal in den Holzstuhl, der bei dieser Gelegenheit das Zeitliche segnete und unter ihm zerbrach.

~

X.

Das Rätsel Benitos trug für mich ein weiteres Rätsel in sich. Ein Rätsel im Rätsel, das nur zu mir sprach und immerzu fragte: Warum bist du hier? Dieses Rätsel war mein eigentlicher Leviathan. Die Kassetten gaben nur Auskunft über eine Zeit, in der die Dinge längst ihren Lauf genommen hatten. Der Ursprung aber lag in einer Vorvergangenheit, und dort musste auch der Grund verborgen liegen, der zu mir führte, der meine Anwesenheit erklärte. Er war in der Zeit verschollen, die mir fehlte, in der Flussfahrt, dem Teil der Flussfahrt, an den ich keine Erinnerung hatte, nach dem Tod des Häuptlings. Dorthin würde ich vordringen, würde mir die Erinnerung zurückholen müssen. Aber wie? Tief lag die Vergangenheit begraben, zu tief, als dass ich sie würde bergen können. Da war ein blinder Fleck, eine Überlagerung der grauen Flecken, die wir seit damals auf den Köpfen trugen, graue Male, die sich miteinander verdichteten, bis das Grau zu Schwarz geworden war. So schwarz, dass die Flecken in der Dunkelheit unsichtbar waren. Schwarze Löcher, die meine Erinnerung aufgesaugt hatten.

Am nächsten Tag war der Alte mit seiner Draisine ausgefahren, um die Sturmschäden zu begutachten, und als Kippe, Uğur und Fliegentöter, der mit ein paar Schrammen und einer kaputten Brille davongekommen war, einigermaßen ausgenüchtert hatten, sprachen die Jungen über ihre Entdeckung. Sie fühlten sich vom Alten belogen, der mit großer Inbrunst über den Irren hergezogen, ihn verurteilt und dabei die Geschichte aufrechterhalten hatte, seinen schrulligen Nachbarn, mit dem ihn eine innige Feindschaft verband, erst hier kennengelernt zu haben. Er selbst sei erst viel später in der Region angesiedelt, das hatte er ihnen immer wieder versichert, in bald jede seiner Erzählungen eingestreut. Sie hatten dem Alten geglaubt. Bei einem Mitglied der Wehrmacht aber, das diesen Umstand zu aller Schande auch noch verleugnete, wollten sie nicht bleiben. Stolperten die Jungen da nicht vielleicht auch über ihre eigene Leichtgläubigkeit, ihre Naivität? Waren sie nicht erbost über etwas ganz anderes als die Lüge selbst, ja, schämten sie sich nicht eigentlich vielmehr dafür, ihm geglaubt zu haben? Es änderte nichts. Wenn der Alte zurückkäme, so beschlossen sie, würden sie ihn mit ihrer Entdeckung konfrontieren.

Ich war wie besessen von den Kassetten Benitos. Ich spulte zurück, hörte Passagen noch mal, wieder und wieder, sprach sie irgendwann mit. Ich sparte mir die letzten Monologe auf, fürchtete bereits den letzten Eintrag vor seinem Tod. Ich schlief kaum noch. Wenn ich einzuschlafen versuchte, erreichte ich irgendwann den Punkt, an dem ich mich hektisch aufrichtete, Licht machte oder im Dunkeln nach dem Walkman griff, um Benitos Stimme zu hören, die ich mittlerweile ohnehin stets in meinem Kopf mit mir trug.

Doch er kam nicht zurück. Stundenlang warteten die Jungen auf den Alten, hielten abwechselnd Wache am Eingang der Festung. Irgendwann, nachdem sie alle eine Mütze Schlaf genommen hatten, berieten sie, was nun zu tun sei, denn sie wollten ja bald zurück zu den Booten, zurück auf den Fluss, weiterfahren, vorwärtskommen. Wo aber war der Lügenbaron?

»Vielleicht hat der Irre ihn umgebracht.«

»Vielleicht hat er sich aus Scham auch selbst umgebracht.«

»Warum sollte er das jetzt tun, 50 Jahre später?«

»Er weiß doch gar nicht, dass wir es wissen.«

»Vielleicht ist er verrückt geworden.«

»Vielleicht hatte er einen Unfall.«

»Vielleicht ist er auf eine Mine getreten.«

»Das wäre ein Unfall.«

»Wie man's nimmt.«

»Vielleicht hat ihn ein Wolf erwischt.«

»Vielleicht hat er jemanden kennengelernt.«

»Das ist total eklig!«

»Vielleicht ...«

Mittels ihrer Fantasie eroberten die Jungen für eine kurze Zeit ganz unbemerkt ihre Kindheit zurück, die einzige Strategie wohlgemerkt, die diesbezüglich zum Ziel führt. Doch auch das brachte sie nicht weiter, und irgendwann entschieden sie, nicht länger auf den Alten zu warten. Benito und Maus blieben am Eingang und hielten Wache, während die anderen Jungen ausströmten, um so viele Gläser mit eingelegten Pilzen mitzunehmen, wie nur möglich. Etwas anderes gab es hier ja nicht, und so rauschten sie wie Trüffelschweine durch den Bunker. Auch vor den Privaträumen des alten Lügners machten sie nun keinen Halt mehr, ja, sie wüteten nahezu durch seine Gemächer, achteten gar nicht darauf, keine Spuren zu hinterlassen, öffneten Schubladen und Schränke, stießen Papierstapel um, benahmen sich wie die Polizei bei einer Hausdurchsuchung. Immer mehr Reliquien aus der Nazivergangenheit des Alten förderten sie so zu Tage: Abzeichen, Medaillen, Dokumente.

Plötzlich stand Fliegentöter mit einem Gewehr vor den Jungen. Seine Augen leuchteten. Kaum konnte er das schwere Gerät halten. Er schwang den Lauf des Maschinengewehrs hin und her und machte Schussgeräusche, als ahme er eine Szene aus einem Kriegsfilm nach, von dem er den anderen erzählen wolle.

»Das ist ein echtes MG42, hergestellt von der Metall- und Lackwarenfabrik Johannes Großfuß. Es wurde in der Form nur von 1942 bis zum Ende des Zweiten Weltkriegs eingesetzt. Der Wahnsinn! Die Leute nannten es auch Knochensäge, oder Hitlersense. Es schießt so schnell, dass man die einzelnen Schüsse nicht hört. Das klingt dann so, als ob es einen durchgehenden Ton gibt, wie bei einem Instrument, und angeblich hat es so eine hohe Schussrate, dass es die Menschen nicht bloß erschießt, sondern in der Mitte durchsägt. Mit bis zu 1500 Schuss. In der Minute! Es verstieß deshalb gegen die Haager Landkriegsordnung, habe ich mal gelesen, und trotzdem wurde es nach dem Krieg weiterentwickelt. Die Amerikaner haben die Technik adaptiert. Sogar die Bullen benutzen es. Aber ich habe noch nie eins in echt gesehen. Es ist überwiegend aus Blech und daher ziemlich leicht für diese extreme Wirkung. Ich dachte, es sei viel schwerer. Der Wahnsinn!«

Trotz des angeblich geringen Gewichts schwankte Fliegentöter. Der Lauf der Waffe beschrieb einen Halbkreis, doch kein Schuss löste sich und die Jungen blieben ganz.

»Es kann Menschen einfach in zwei Teile sägen.«

Kippe fuhr ihn an.

»Fliegentöter, leg das weg. Wir sind Pfadfinder, keine Soldaten!«

Bei den wenigen Sachen, die meine Mutter von meinem Vater noch in ihrem Haus verwahrte, befanden sich auch ein paar Kassetten, von denen ich mir nun eine nahm. Popol Vuhs *In den Gärten Pharaos* aus dem Jahre 1971, eine Musik, die Ruhe versprach. Ich suchte Ablenkung darin. Weil ich wusste, dass ich mit Benitos Aufnahmen vorsichtiger sein musste, dass ich pausieren musste. Seine Stimme verfolgte mich in den Schlaf, ging mit mir in die Träume, ließ mich auch dort keine Ruhe mehr finden. Mein Vater hatte sich die Schallplatte auf Kassette überspielt, die zwei Stücke mit einer Spieldauer von etwa 40 Minuten je auf die A- und B-Seite kopiert, sodass man sie gleich noch mal in einem durch, ja, unendlich hören konnte. Er hatte die Kassette falsch beschriftet: *In den Gärten des Pharaos* stand dort in seiner zittrigen Handschrift, mit Kugelschreiber geschrieben, dessen Tinte schon ins Hellblaue verblich. Es war ein komisches Gefühl, die Handschrift eines Toten zu betrachten. Ich setzte den Kopfhörer auf und legte mich hin, träumte bald, beschritt im Traum eine endlose, hügelige Wiese, am späten Nachmittag, auf meinem Nachtlager im Keller. Die Wiese ging in langsamen Wellen in die Unendlichkeit und war mit leuchtendem Löwenzahn gesprenkelt. Ich watete durch das hohe Gras, drehte mich immer wieder um, sah, wie die Welt jenseits der Wiese jetzt doch sichtbar wurde, sich veränderte, wie dort am Horizont Bäume und Sträucher zu Felsen wurden, zu Städten, zu titanischen Skeletten. Doch nichts davon gelangte auf die Wiese, es war alles weit entfernt. Ich legte mich ins tiefe Gras und schaute zum Himmel. Genau diesen Platz hatte ich in Italien gesucht, drei Jahre lang, ohne ihn zu finden. Eine Weile lang lag ich einfach nur da und tat nichts, dachte nichts, alles ruhte. Ich war an einem Ort jenseits der Zeit, in dem nichts alterte, nichts reifte, nichts starb und nichts geboren wurde, ein Ort, der eine Enklave bot außerhalb des Vergehens aller Dinge.

Im Schlafzimmer des Alten, eine kleine, fensterlose Kammer, fanden sie einen großen Rucksack. In dem winzigen Raum roch es nach saurer Milch, und das Bettlaken des Alten war ganz verschlissen und verkrustet, wirkte, als sei es seit dem Krieg nicht mehr gewechselt worden. Da packte sie mit einem Mal der Ekel vor all dem, das sie da zutage förderten, und so beeilten sich die Jungen, diesen merkwürdigen Ort wieder zu verlassen, kam er ihnen nun doch falsch und bedrohlich vor. Sie schütteten den Rucksack aus, der nur mit Lumpen gefüllt war, die, wie der Rucksack selbst, noch aus dem Krieg stammen mussten, füllten ihn mit ihrem Proviant. Als sie sich dann am Eingang trafen, dachten sie bereits alle an den langen Marsch die Gleise entlang, der zurück zum Wasser noch vor ihnen lag. Die Jungen fürchteten den irren Steinewerfer, fürchteten auch die Wölfe und die Minen. Es würde ein langer und gefährlicher Marsch werden. Doch in ihrer Wut auf die Lüge des Alten, in ihrer gemeinsamen Entrüstung, lag auch eine Entschlossenheit, die schützenden Wände des Bunkers hinter sich zu lassen. Sie beschlossen zu gehen.

»Vielleicht kommt uns der Alte ja entgegen und wir tun so, als sei nichts und fragen ihn, ob er uns zurück zu den Booten fährt?«

»Und wie erklären wir ihm das mit dem Rucksack?«

»Vielleicht kommt er auch nie wieder.«

»Vielleicht ist er tot.«

»Vielleicht haben ihn die Wölfe gefressen.«

»Vielleicht ist er explodiert.«

»Vielleicht wurde er von Außerirdischen entführt.«

»Vielleicht ...«

Der einzige Mensch, der mir bei meiner Suche noch helfen konnte, war meine Mutter. Sie musste doch einfach mehr wissen von damals. Über die Flussfahrt gesprochen hatten wir nie. Aber sie hatte Entscheidungen getroffen, hatte sich dazu entschlossen, mit mir und meinem Bruder zu ihrer Schwester zu fahren, mich abzuschirmen, das Geschehene eben nicht aufzuarbeiten, es dem Vergessen zu überlassen. Sie wird ihre Gründe gehabt haben, Gründe die ich nun erfahren wollte, denn sie mussten meinen gegenwärtigen Fragen in der Vergangenheit begegnet sein. Meine Mutter war im Garten. Ich unterbrach sie beim Unkrautjäten. Als ich nun auf sie zulief, drehte sie sich zu mir um. In ihren Augen und auch in der Haltung, die sie einnahm, erkannte ich, dass sie auf diesen Augenblick gewartet, ja, dass sie gewusst hatte, dass er kommen würde. Sie nickte mir zu und nahm ihren Strohhut vom Kopf. Wortlos schritten wir wie in einer Prozession zu dem kleinen Holzhaus im hinteren Teil des Gartens, das sie als Geräteschuppen nutzte und vor dem ihre weißen gusseisernen Gartenmöbel standen, im Schatten der Hütte, in dem sie so gerne saß, mit einer Zeitung oder einem Buch. Ich war nervös, doch ich fragte sie direkt nach der Flussfahrt, erklärte ihr, dass ich ihr keinen Vorwurf machen wolle, dass ich aber nicht mehr weiterwisse, nicht mehr weiterkomme, und dass die Monate nach dem Tod des Häuptlings von einer bleiernen Schicht bedeckt seien, einer Schicht, die es mir unmöglich mache, hindurchzuschauen, mich zu erinnern, dass ich mich aber erinnern wolle, erinnern müsse, und dass ich ihre Hilfe dabei bräuchte, dass ich mir eben dort nämlich eine Antwort erhoffte, wo ich nicht allein hingelangte, nur mit ihrer Hilfe hingelangen würde. Lange schaute sie mich an, sicher eine Minute, und dann sprach sie, als hätte sie diese Sätze im Kopf schon unendlich oft gesprochen, als lägen sie da ewig schon bereit. Sie sprach lang, und währenddessen spürte ich mich meiner Mutter unendlich verbunden, spürte mehr denn je, dass sie meine Mutter und ich ihr Sohn war, dass wir aneinandergeschweißt und in dem, was das Leben für uns bereitgestellt hatte, nicht allein waren. Doch es klang auch ein Schuldgefühl in ihrer Stimme mit. Ich spürte, dass sie es schon lange in sich herumtrug. Aber das musste sie nicht. Sie war eine gute Mutter gewesen, immer, hatte stets an meinen Bruder und mich geglaubt und uns unsere Wege gehen lassen – und immer hatten wir das Gefühl gehabt, dass sie stolz auf uns war und froh darüber, wie wir unsere Leben lebten und dass sie ein Teil davon sein konnte, auch wenn wir längst und viel zu früh erwachsen geworden waren, hatten erwachsen werden müssen.

»Ja, vielleicht hätten wir uns damit beschäftigen sollen. Aber du schienst zu vergessen und nicht mehr daran zu denken. Du warst so zart als Junge und es lastete schon so viel auf dir. Du hattest diese Lungenentzündung. Das war ganz schön heftig. Ganz schön heftig ... Ich habe gedacht: Erst mal weg, erst mal Ruhe finden, und dann gehen wir das an, dann reden wir darüber. Danach hätte ich weitergesehen, hätte überlegt, ob eine Therapie sinnvoll gewesen wäre. Und als du dich gefangen hattest und plötzlich so stark geworden warst, denn das warst du – plötzlich ganz stark –, da starb dein Vater und alles fiel wieder in sich zusammen. Es war, als hätten sich da drunter, also als er gestorben ist, auch deine Erlebnisse von davor begraben, als seien sie irgendwie nicht mehr für dich erreichbar gewesen. Und wie hätten wir das denn auch machen sollen: uns um zwei Tode kümmern, zwei Verluste, die du erleiden musstest? Das waren harte Jahre, dir ging es nicht gut. Du hast deinen Vater so geliebt. Du hast immer etwas für ihn tun wollen, ihm helfen wollen. Aber du konntest ihm ja nicht helfen. Niemand konnte ihm helfen. Als er noch lebte, und als es ihm schon so schlecht ging, da hatte ich immer das Gefühl, dass du mit einem Teil deiner Gedanken stets bei ihm warst, dass du dich immer fragtest, was er gerade machte – und die Bilder, die du dir da ausgemalt hast, die waren traurig. Du hast ja davon gesprochen, manchmal, im Schlaf oder wenn du allein warst in deinem Zimmer. Ich habe das gehört. Als du von dieser Fahrt wiederkamst damals ... Vielleicht hätte ich dich nie mitfahren lassen sollen, vielleicht war es ein Fehler ... Da sind deine Verlustängste noch so viel heftiger gewesen. Und das Schlimmste daran war ja, dass sich deine Angst erfüllte, dass er dann wirklich gestorben ist, etwas, wovor du dich so lange schon gefürchtet hattest. Manchmal bist du wie in Ohnmacht gewesen, wenn er wieder nicht ans Telefon ging oder dich zur besprochenen Uhrzeit nicht abholte, oder wenn du zu ihm gefahren bist und er nicht aufgemacht hat oder völlig neben der Spur war und du umkehren musstest. Und als er dann gestorben ist, da hast du dich verändert. Du bist so früh erwachsen geworden. Als hättest du gewusst, dass es nur so geht, dass du dich nicht fallen lassen durftest. Und dann warst du wie ein erwachsener Mensch, obwohl du so klein warst. So ernst. Doch das war gut, dein Selbstbewusstsein wuchs, und du hast angefangen zu malen, zu schreiben, hast mit deinen Freunden Musik gemacht. Und wie du dich um deinen Bruder gekümmert hast. Es war, als hättest du dich entschieden: Ich lasse mich nicht davon kaputt machen. Ich nehme das alles und mache etwas daraus. Da war ich so stolz auf dich, und ich dachte auch immer, du hast deinen Weg gefunden, du hast eine Möglichkeit gefunden, damit umzugehen. Du brauchst keine Therapie. Du bist ein Künstler. Da wollte ich das, was du dir geschaffen hattest, nicht irritieren. Und ich dachte auch, du würdest auf mich zukommen, wenn du reden wollen würdest. So wie jetzt. Du hast immer deine Wege gefunden, hast Gedichte geschrieben, und diese Bilder gemalt, und dann deine Kurzgeschichten und die Romane. Ich habe das ja alles gelesen und angeguckt. Aber das weißt du ja. Und ich dachte immer, das steckt da irgendwie alles drin. Und was davor passiert ist, mit eurem Häuptling, diese Irrfahrt – das war irgendwie da drunter und da konntest du vielleicht einfach nicht mehr dran. Stell dir vor, ich hätte das angesprochen, und alles, was du dir selbst geschaffen hattest – wie du lebst, wie du mit den Verlusten umgehst –, das wäre durcheinandergeraten. Du bist so stark, und ich bin so stolz auf dich. Aber ich weiß auch, wie schnell es gehen kann und auf einmal ist alles umgedreht, alles durcheinander. Das konnte ich nicht riskieren. Und irgendwann habe auch ich angefangen, das Wenige zu vergessen, was ich erfahren hatte. Ich dachte dann nicht mehr an euer Verschwinden. Aber ich habe immer gewusst, dass der Tag kommen würde, dass du fragen würdest, dass du mich mit diesen Augen anschauen würdest, so wie du es nun tust. Und als das in Bonn passiert ist, und als ich begriffen habe, dass das einer von deinen Freunden gewesen ist, und dass du auch dort warst, in Bonn – da wusste ich, dass dieser Tag näher rückte. Dass du so vor mir stehen würdest, bald schon, wie du jetzt vor mir stehst. Du findest immer deine Wege.«

Tränen brannten in meinen Augen und die Atmung ging ganz komisch. Ich verstand meine Mutter. Ich ging zu ihr und nahm sie in den Arm. Sie hatte das Richtige getan. Sie hatte recht, mit allem. Nur, dass ich diesen Weg, von dem sie sprach, nicht wirklich *gefunden* hatte. Benito, der blinde Amokläufer, hatte mich darauf gestoßen, hatte mich auf diesen Weg gebracht, hatte mich an die Hand genommen, als wolle er mich führen, erst durch die Hotelgänge in Bonn und dann durch die Vergangenheit, die ich beschritt, während ich durch die Gegenwart des Ruhrgebiets stolperte, auf der Suche nach etwas, von dem ich noch nicht wusste. Er hatte mich hierhin geführt, zu meiner Mutter. Ich schaute sie an, und in meinem Blick konnte in diesem Moment nichts anderes liegen als Verständnis und Liebe. Doch meine Fragen beantworteten sich dadurch noch immer nicht.

»Mehr kann ich dir auch nicht sagen, so leid es mir tut. Nur, dass ihr weitergefahren seid, nach dem Tod eures Anführers, und dass man euch drei Wochen gesucht hat, dass es überall in den Nachrichten war und dass wir fast verrückt geworden sind darüber, dein Vater und ich und die anderen Eltern. Aber auch sie wissen nichts. Wir haben ja gesprochen, damals, und auch noch später. Aber die Eltern deiner Freunde haben nichts von ihren Söhnen erfahren, und auch im Heim haben sie nichts herausbekommen. Mit dem alten Wenderin, dem Heimleiter, habe ich damals noch telefoniert. Nichts. Keiner hat je herausgefunden, was da passiert ist. Es war so grausam. Ihr habt ihn ja so verehrt, euren geliebten Häuptling. Auf dem Baumstamm waren eure Initialen eingeritzt, und ihr hattet ihn richtig bestattet, auf einem Floß. Aber dann verlief sich eure Spur. Ihr müsst weiter den Fluss runtergefahren sein, erst durch dieses stillgelegte Übungsgebiet der Bundeswehr und dann irgendwann auch über Land. Da ist ja heute nichts mehr. Das steht alles unter Wasser, wo ihr gewesen seid, wegen des Staudamms. Es ist unglaublich. Gott, was ihr durchgemacht haben müsst. Ich habe erst wieder daran gedacht, als ich Benito im Fernsehen gesehen habe. Ich habe gedacht: So, jetzt ist es so weit, jetzt kommt es hoch. Vielleicht ist es auch gut so, dass es jetzt kommt, dass du dich jetzt doch noch damit beschäftigst. Auch wenn es mir Angst macht. Du musst aufpassen. Ich habe Angst, dass du wieder verlorengehst.«

»Du musst dir keine Sorgen machen. Ich passe auf mich auf. Aber ich komme nicht weiter. Ich habe mit allen gesprochen von damals, habe viel herausgefunden über die Gegenwart und die letzten 30 Jahre, was sie gemacht haben, wie sie gelebt haben, dass sie alle mit in dem drinstecken, was da in Bonn passiert ist. Nur, was das mit dem zu tun hat, was nach dem Tod des Häuptlings passiert ist, kann ich nicht herausfinden. Was es mit mir zu tun hat. Weil ich nicht weiß, was danach passiert ist, und weil sie es auch nicht zu wissen scheinen, oder es nicht wissen wollen oder können, weil sie es verdrängt haben oder sich fürchten, darüber nachzudenken. Und ich glaube mittlerweile, dass es deshalb auch so eskaliert ist mit Benito, weil sie sich alle der Vergangenheit niemals wirklich gestellt haben. Auch er nicht. Weil sie einfach weitergemacht haben, ausgehend von einem Punkt, den sie vergessen haben, oder der ihnen nicht klar war, nicht klar sein konnte, von unserem Trauma verdeckt.«

»Da magst du recht haben. Du verstehst immer alles so gut. Das beeindruckt mich so an dir.«

»Das stimmt nicht. Und es hilft mir jetzt auch nicht weiter. Ich verstehe nämlich eigentlich gar nichts mehr. Erinnerst du denn überhaupt nichts? Weißt du nicht vielleicht irgendetwas, das ich noch nicht erfahren habe?«

»Das Einzige, was mir noch einfällt, ist diese Kiste.«

»Was denn für eine Kiste?«

»Na, ich habe doch noch diese Kiste.«

»Welche Kiste denn?«

»Mit deinen Sachen von damals, die nicht untergegangen sind, als eure Boote gekentert sind. Mein Gott, du hättest tot sein können.«

»Und das sagst du mir erst jetzt?«

»Ich hatte es völlig vergessen, ehrlich gesagt. Es ... es tut mir leid. Gott, ich wäre dir gern eine bessere Hilfe. Aber ja, im Keller im Schrank, da muss noch diese Kiste sein. Ich habe nie wieder reineguckt danach. Als wir von deiner Tante zurückkamen, habe ich alles, was an deine Pfadfinderzeit erinnerte, da reingepackt. Und als ich hier eingezogen bin, da habe ich sie wieder im Schrank im Keller verstaut. Deine Kluft, dein Tagebuch von der Fahrt, die Fotos.«

»Was denn für Fotos? Und da ist ernsthaft ein Tagebuch?«

»Ja. Dein Buch, das du damals geführt hast. Dein Fahrtenbuch. Du hast ja schon damals geschrieben. Es ist so lange her. Komm, wir gehen in den Keller und sehen nach.«

❧

XI.

Als die schwere Eisenpforte zum Bunker sich geräuschvoll hinter ihnen schloss, verharrten die Schwarzen Steine für einen Moment. Sie alle blickten auf ihre Art in das, was da vor ihnen lag. Es war ganz still, kein Laut war zu hören. Die Vögel, die hier sonst ihre Lieder sangen, hatten ihre Melodien unterbrochen, der Wind hatte sein Pfeifen gestoppt, selbst das Ächzen der Bäume war verklungen. Nicht ein Rascheln war zu vernehmen. Alles hielt den Atem an. Sie spielten mit dem Gedanken, den Bunker anzuzünden, doch sie taten es nicht. Dann, nach einigen Minuten, ergriff Kippe das Wort.

»Wenn wir an den Gleisen entlang zurücklaufen, passiert uns nichts.«

»Wie meinst du das, uns passiert nichts?«, fragte Benito harsch.

»Na, wegen der Minen. Auf den Gleisen sind keine Minen.«

»Wir sollten einen anderen Weg gehen, nicht die Gleise entlang.«

»Aber das ist Wahnsinn. Du hast es gehört. Willst du so enden wie der Wolf? Es ist viel zu gefährlich, einfach loszulaufen, außerdem würden wir uns sicher verirren. Wenn wir heil bei den Booten ankommen wollen, müssen wir so gehen, wie wir gekommen sind.«

»Benito, bitte. Nenne mir einen triftigen Grund, warum wir uns auf dieses Risiko einlassen sollten. Über die Gleise sind wir sicher, dort sind keine Minen. Du weißt doch noch, was der Alte gesagt hat.«

»Das ist ein Trugschluss. Der Weg in die Vergangenheit ist genauso vermint wie der Weg in die Zukunft. Das weiß der Alte nur nicht.«

»Benito. Wirklich, es ist zu gefährlich. Stell dir vor, einer von uns tritt auf so eine Mine. Das kannst du doch nicht wollen. Wir müssen vernünftig sein. Du hast gesagt, wir müssen die Reise fortsetzen, die wir mit dem Häuptling begonnen haben, und ich folge dir. Wir alle folgen dir. Aber diese Reise geht den Fluss runter, und nicht in ein vermintes Gebiet, in dem wir uns nicht auskennen.«

»Vielleicht hast du recht. Vielleicht ist es besser so. Und wenn wir auf etwas stoßen sollen, dann wird es ohnehin geschehen.«

»Benito, ich will mich nicht gegen dich richten. Aber ich denke, es ist die beste Entscheidung, auf den Gleisen zu bleiben.«

Benito nickte.

Und so machten sie sich auf den Weg. In einer Reihe folgten sie den Schienen, die durch die Wildnis zurück zum Güterbahnhof führten, von wo aus sie, da waren sich alle einig, problemlos zu den Booten finden sollten. Doch der zerbombte Bahnhof lag weit entfernt und es war wahrlich kein Spaziergang, der da vor ihnen lag. Kippe führte die Gruppe an. Er legte einen schnellen Marsch vor, und bald ächzten und stöhnten die Jungen. Schon dachten sie sehnsüchtig an die Draisine, die ihnen auf dem Weg zur Festung so treue Dienste geleistet hatte.

Der Sturm hatte der Gegend übel zugesetzt, das hohe Gras lag flächenweise wie gepeitscht am Boden. Nicht wenige der Bäume waren umgeknickt, zeigten starr und voller Schmerz ihre offenen Brüche. Auch Gebäude, die ihnen schon auf dem Hinweg als Ruinen begegnet waren, schienen seitdem noch weiter verfallen. Die Patina hatte eine Patina angesetzt, der Verfall saß auf Verfall, Kruste auf Kruste. Bald aber verloren die Jungen den Blick für diese Veränderungen, denn nun, in der entgegengesetzten Richtung, bemerkten sie ganz neue Dinge, die ihnen auf dem Hinweg entgangen sein mussten. Cherubim, der hinter Benito lief, schilderte ihm, was sich ihnen da zeigte, und fragte immer wieder, ob es vielleicht *das* sei, was Benito gemeint habe und was er zu finden hoffe: ein Turm, ein Brunnen, Wrackteile eines Kampfflugzeugs. Immer seltsamer wurden die Schilderungen Cherubims, so kamen sie bald an einer Gruppe verlassener, gigantischer Gehege vorbei, deren Gitter rostbraun von einer lang vergangenen Gefangenschaft erzählten. Doch Benito reagierte nicht und Cherubim bekam den Eindruck, als beschreite er tatsächlich einen anderen Weg zurück, einen Weg, den nur er sehen, den nur er gehen konnte.

Nach ein paar Stunden, die Uhrzeit war den Jungen weiterhin ungewiss, gerieten sie wieder in den Nebel, der sie seit dem Tod des Häuptlings begleitet hatte. Es fiel ihnen nun immer schwerer, den Gleisen zu folgen, die sich ihrem Sichtfeld bald entzogen. Nachdem sie für eine ganze Weile schweigsam und mit nach unten gerichteten Blicken gegangen waren, war es Uğur, der sich zu Wort meldete, und der Klang seiner Stimme kam ihnen allen wie eine Erlösung vor.

»Ich kann nicht mehr. Können wir nicht bitte eine Pause machen?«

»Ja, bitte. Mir tun schon die Füße weh«, pflichtete Maus bei.

»Die Großen schützen die Kleinen«, entgegnete Kippe, als habe er die Sätze schon bereitgelegt. Er hob die rechte Hand um den Stopp anzuzeigen. Die Jungen hielten an, ließen ächzend ihre Affen und den Rucksack mit Proviant ab. Die Gruppe setzte sich auf die Gleise, die hier durch ein dichtes Waldstück führten, sie blieben da auf den Schienen sitzen, lehnten sich an ihre Affen und ließen ein paar Gläser Pilze kreisen.

Nach und nach schliefen sie erschöpft ein. Keiner von ihnen träumte etwas, so als seien sie für eine Weile ausgeschaltet. Nur Cherubim konnte nicht einschlafen. Er dachte an den alten Mann. Dann dachte er an den Häuptling, an seine Eltern, seinen Bruder. So blickte auch er immer mehr in eine andere Welt, die weit entfernt lag von diesem seltsamen Wald. Plötzlich raschelte es im Gebüsch ein paar Meter weiter die Schienen entlang. Cherubim blickte zu der Stelle, von der die Geräusche ausgingen. Ein großer grauer Wolf betrat die Bahnstrecke. Scheinbar wollte er die Trasse kreuzen, doch nun blieb er mitten auf den Gleisen stehen und wendete Cherubim den Kopf zu. Der hielt die Luft an, bewegte sich nicht, blickte mit starrem Blick und voller Ehrfurcht zu dem mächtigen Tier hinüber. Der Wolf strahlte eine große Einsamkeit aus. Er senkte sein Haupt und schnupperte an einer der Schienen. Dann blickte er wieder zu Cherubim, oder nein, er blickte nicht zu Cherubim, er blickte zu Benito, denn auch der war wach, hatte sich geräuschlos erhoben und stand nun auf seinen Wanderstock gestützt ein Stück neben den Gleisen in Cherubims Rücken. Für eine Weile blieben sie so, der Wolf auf der einen, die beiden Jungen auf der anderen Seite. Die Zeit schien stillzustehen, bis der Wolf schließlich seinen Blick abwendete, um seinen unbekannten Weg fortzusetzen. Im nächsten Moment war er bereits wieder so still und leise im dichten Wald verschwunden, wie er gekommen war. Cherubim drehte sich zu Benito, der noch immer reglos dastand. Dann schloss er die Augen und legte den Kopf auf seinen Rucksack. Bald schlief auch er ein, verfiel in ebenjenen traumlosen Zustand, in den seine Freunde bereits tief eingedrungen waren. Er folgte ihnen.

Es war kaum zu fassen. Die Kiste gab es wirklich, etwa 40 mal 40 Zentimeter groß und ebenso hoch, aus braunem abgegriffenem Karton. Sie lag ganz unten in jenem gigantischen Kleiderschrank verborgen, der früher im Schlafzimmer meiner Eltern gestanden hatte und den meine Mutter hier im Keller seit Jahrzehnten zur Aufbewahrung der Dinge nutzte, von denen sie sich nicht trennen konnte, auch wenn sie sie im Alltag nicht mehr brauchte. Der Schrank trug den Geruch alten Holzes, roch nach dünner Staubschicht, nach Trockenheit, nach der

Hitze eines Sommers. Die Kiste musste von meiner Mutter erst freigelegt werden. Zuoberst stand ein Müllsack mit alten Stofftieren darauf, dann ein Stapel vergilbter Zeitungen und Magazine, eine dicke Mappe mit Urkunden und Zeugnissen, schließlich ein Gesellschaftsspiel – *Das verrückte Labyrinth* –, das der Kiste Halt gab wie ein zweiter Deckel. Ich musste unwillkürlich schmunzeln, als mir meine Mutter die abgegriffene Spielhülle kommentarlos reichte. Stundenlang hatte ich als Kind mit ihr immer wieder aufs Neue die Mauern verschoben, hatte die so entstandenen Wege erschlossen, hatte mich auf die Jagd begeben nach den zahlreichen Artefakten, Gespenstern und Fabelwesen, die zu erreichen mir mit jedem ihrer Züge schwieriger wurde, bis es nur noch darum ging, meine Mutter an der Heimkehr zu hindern. Irgendwann war ich ihr im Spiel gewachsen gewesen, und unsere Partien waren nicht selten ausgeufert in eine langwierige Jagd, bis schließlich eine Unachtsamkeit die Entscheidung herbeiführte. Nun war ich bis zur geheimen Schatzkammer vorgedrungen. Wir stellten die Kiste auf die Waschmaschine und ich bat meine Mutter darum, mich alleinzulassen.

Ich zog mich in mein Zimmer zurück, um den Inhalt in Ruhe zu studieren, trug den Karton ganz vorsichtig dorthin, als fürchtete ich, ihn fallenzulassen und den Inhalt direkt wieder zu verlieren. Doch ich wagte es noch nicht, die Kiste zu öffnen. Aus der Vorratskammer holte ich mir einen Laib Kartoffelkruste, schnitt zwei Scheiben ab und bestrich sie mit Zwiebelschmalz. Das Brot war so frisch, dass ich davon absah, es zu toasten. Ich sägte eine fleischige, reife Tomate auf und legte je drei Scheiben auf das Fett, streute ein wenig Salz und Pfeffer darüber, achtelte dann einen Braeburn dazu. Der Trick ist, genau dann ein Stück Apfel abzubeißen, wenn das Brot, Zwiebelschmalz und Tomate gerade erst für ein paar Kaubewegungen im Mund sind. So aß ich, als ob ich mich noch stärken wolle, und aus irgendeinem Grund musste ich dabei an meinen Vater denken, der die letzten Jahre seines Lebens immer eine OP-Schere hatte mit sich tragen müssen, an einem Band um den Hals, weil er sich, als er im nassen Türrahmen seiner Kellerwohnung ausgerutscht war, den Kiefer gebrochen hatte. Zumindest hatte er es so meiner Mutter erzählt, als sie ihn im Krankenhaus fragte, was passiert sei. Als sie ihn trotz ihrer heftigen Trennung dort besuchen gegangen war, weil sie nie ihr Mitgefühl für ihn verloren hatte, auch als da längst schon keine Liebe mehr gewesen war. Mir hingegen hatte mein Vater, als ich ihn bald nach seinem Unfall wieder in seiner fensterlosen Höhle besuchte, am Küchentisch schon angetrunken und mit feuchten Augen gestanden, dass ihm der Ex-Mann seiner damaligen Freundin im Dunkeln aufgelauert und dann mit einem einzigen Fausthieb den Kiefer gebrochen hatte. Ich versuchte mir vorzustellen, wie sich mein Vater danach gefühlt haben musste. Ich konnte es mir nicht vorstellen. Mein Vater hatte von da an seine Brote mit Messer und Gabel in kleine Stücke schneiden müssen, hatte oft nur Tütensuppen zu sich genommen, hatte stark abgenommen, obwohl er ohnehin schon sehr mager gewesen war. Die Schere hatte er um den Hals tragen müssen, weil sein Unterkiefer von den Ärzten mit zwei Drähten am Schädel fixiert worden war. Hätte er durch diese Konstruktion zu ersticken gedroht, so wäre die Schere dazu da gewesen, die Drähte möglichst schnell zu kappen. Meines Wissens nach war es nie dazu gekommen.

Als sie erwachten, war Benito fort.

»Ich wusste es. Dieser Sturkopf«, schimpfte Kippe, und es war Fliegentöter, der für seinen blinden Freund Partei ergriff.

»Das kannst du doch gar nicht wissen. Vielleicht wurde er entführt!«

»Er wollte doch die ganze Zeit einen anderen Weg gehen. Ich sag es euch, er hat gewartet, bis wir eingeschlafen sind, und dann hat er sich davongeschlichen. Wie soll er sich denn hier zurechtfinden, in diesem unwegsamen Gelände? Wenn er doch wenigstens auf freiem Feld weggelaufen wäre. Aber hier wird es unmöglich werden, ihn zu finden. Mein Gott, Benito, was um alles in der Welt machst du denn da? Er liegt bestimmt schon irgendwo und ist verletzt. Hier sind so viele Wurzeln und Äste und Bäume, die herumliegen. Da kommt er doch auch mit seinem Wanderstock nicht weit. Er wird stürzen und sich verletzen. Und was machen wir dann?«

»Wir müssen ihn suchen, so oder so. Zurücklassen können wir ihn nicht«, entgegnete Maus.

»Ja, außerdem schützen die Großen doch die Kleinen«, pflichtete Uğur mit voller Überzeugung bei.

»Natürlich müssen wir ihn suchen. Aber wir müssen vorsichtig sein. Nicht, dass wir auf eine Mine treten. Wir lassen das Gepäck hier neben den Gleisen und dann gehen wir in einer Reihe in den Wald und rufen. Ich gehe als Erster und suche den Boden nach Minen ab, und ihr schaut links und rechts. Ruft seinen Namen.«

»Und in welche Richtung sollen wir gehen? Links oder rechts?«

»Wir werfen eine Münze.«

Allerdings konnte keiner von ihnen eine Münze finden, und so entschieden sie schließlich, rechts von den Gleisen in den Wald zu gehen – so meinte Cherubim, dass Benito doch zuvor auch entschieden hatte, dem rechten Flusslauf zu folgen, als sie den Häuptling auf dem Floß den Fluss hinabgeschickt hatten. Vielleicht habe er wieder so entschieden, das könne doch durchaus sein. Er sagte nicht, dass er Benito rechts von den Gleisen hatte stehen sehen, als er eingeschlafen war. Doch den Jungen leuchtete das ein, und schon bewegte sich eine Polonaise durch den dichten Wald, wie sie die Welt noch nicht gesehen hatte: verschwitzt, dreckig, dem Wahnsinn nahe. Die Jungen brüllten nach ihrem Freund. Das Gestrüpp am Boden wurde immer dichter, je tiefer sie in den Wald vordrangen.

Langsam nur kamen sie voran. Kippe hatte einige Schwierigkeiten, den Erdboden nach Minen abzusuchen. Nicht selten
blieb er abrupt stehen, woraufhin die menschliche Schlange
stauchte und die Jungen fluchend ineinanderliefen. Doch sie
gaben nicht auf, drangen immer weiter in den Wald vor, bis es
kühl und dunkel um sie geworden war. Da waren ihre Stimmen
schon heiser.

Ich öffnete eine Zeitkapsel. Der Geruch, der der Kiste ent-
strömte, versetzte mich in eine Stimmung, ein Gefühl von
damals, das eine Art Sorglosigkeit bedeutete, weil es anders
roch als der Alltag. Es roch nach Fluss, nach Lehm, nach altem
Kinderschweiß, ehemaliger Feuchtigkeit. Ich öffnete die Kiste
und fand meinen Kompass wieder, mit einem Sprung auf der
Glasscheibe und defekt, mein verrostetes Takelmesser in der
Lederscheide, den Brotbeutel, in dem einige der versammelten
Utensilien aufbewahrt gewesen sein mussten und der sorgsam
zusammengelegt an der Seite steckte, das Schweizer Taschenmesser, ein Geschenk meines Vaters, das ich nie hatte vergessen
können und verloren geglaubt hatte, das ich nun voller Glück
und Wehmut in die Hand nahm und das sich noch genau so
anfühlte wie damals. Dann ein Kuscheltier, ein schwarzer
Stoffaffe, ganz abgenutzt und mit bald blinden Augen, mein
altes Probenbuch, vergilbt und halb aufgelöst. Und hinter dem
blauen Probenbuch steckte tatsächlich das Fahrtenbuch, in das
ich auf unserer Reise regelmäßig Einträge unternommen hatte. Mir zitterten die Hände. Vorsichtig öffnete ich das Buch.
Meine Schrift, die Schrift eines Kindes. Meine Gedanken, die
Gedanken eines Kindes. Meine Beobachtungen, die Beobachtungen eines Kindes. Mein Humor, der Humor eines Kindes.
Meine Angst. Ich las. Las Seite um Seite, vom Beginn der Fahrt
an, von der Zugfahrt ausgehend, als ich den ersten Eintrag gemacht hatte, las, wie ich mit den anderen Jungen und unserem
Häuptling im unendlich heißen Abteil saß, wie meine Ober-

schenkel auf dem roten Kunstleder der Sitzbank festklebten. Wie ich dann Pistazienschalen ins Wasser warf, während Benito noch ins Gebüsch pinkelte. Das Buch fiel fast auseinander. Ich blätterte, blätterte weiter, las Seite um Seite, las von unseren Abenteuern, von meinen Freunden, von Brennnesseln, vom Fluss, vom Schweiß, von Tieren und Pflanzen, von meiner Angst zu ertrinken, meiner Angst, dass jemand herausbekam, dass ich nicht schwimmen konnte, von unschuldigen Sehnsüchten, von Nächten im Zelt, von Gruselgeschichten am Lagerfeuer, von einem beobachteten Stelldichein im Scheinwerferlicht eines Golf GTI, las den Namen Jockel, musste laut lachen, las von Vogelschwärmen, von Hunger und Durst, von einem halbnackten Mann am Flussufer, von Supermärkten und Feuertaufen, von Heimweh und einem Schwanenangriff, von Nachtwachen und endlosen Gesprächen, von Geständnissen und Freundschaft, von Oswalth Kerzenrauch und Tauchrekorden, von Sternbildern, von dem Geruch auf einem Hundeplatz, von Euphorie und Tränen, von Pfirsichquark. Von einer Landzunge. Ich sah es vor mir, sah das, was ich in einfachen Worten, in wenigen, kurzen Sätzen beschrieben hatte, sah es mit meinen eigenen Augen, kam Seite um Seite dem Tod des Häuptlings näher. Doch die Schrift verschwamm, verschwamm genau da, wo auch meine Erinnerung aufhörte. Bis zur Landzunge, auf der ich vor wenigen Tagen mit dem erwachsenen Uğur gestanden hatte, der einen Blumenstrauß dort abgelegt hatte für unseren verlorenen Häuptling, war noch alles lesbar. Danach war die Schrift verschwunden. Die folgenden Seiten hatte das Wasser gelöscht, als wir gekentert waren. Ich sah die Tinte, sah die blaue Färbung der Seiten, erkannte die ausfransenden Ränder einiger Buchstaben. Doch da waren keine Worte. Hastig blätterte ich Seite um Seite weiter. Nichts. Nur Papier, auf dem nur noch zu erahnen war, dass einmal etwas darauf gestanden hatte. Worte, die vom reißenden Strom des Flusses weggewaschen worden waren. Ich schrie auf und warf das Buch weg. Es prallte gegen die Wand, landete auf den weißen Bodenfliesen, klappte zur letzten Seite. Zwei Fotos rutschten heraus. Mit zittrigen Händen hob ich die Bilder auf. Das eine zeigte unsere Gruppe, wie wir vor dem Gemeindezentrum standen, in dem wir unsere Gruppentreffen abgehalten hatten. Links der Häuptling, dann Kippe, Fliegentöter, Benito, Uğur, Maus und ich. Wir lächelten. Es musste ein paar Wochen vor der Fahrt aufgenommen worden sein. Wir standen auf der Wiese und kniffen geblendet von der Sonne die Augen zusammen. Da waren alle noch am Leben. Wir sahen jung aus. Kinder. Wir waren Kinder. Ich strich über die Gesichter meiner Freunde und drehte das Foto um. 1995 stand dünn dort aufgedruckt, in einer Computerschrift.

XII.

Fliegentöter hörte es als Erster.

»Wartet. Seid mal still«, krächzte er.

Verhallte, kaum hörbare Wortfetzen drangen zu ihnen vor, ferne Schreie, die schnell wieder erstickten und so ihre Bedeutung verbargen. Sie konnten nicht verstehen, was Benito rief, auch wenn sie in der Stimme ganz unverkennbar ihren blinden Freund erkannten. Sie folgten dieser Stimme, langsam, noch immer vorsichtig tastend, und mit jedem Meter nahmen sie die Stimme besser wahr. Es schallte bald auch ein sardonisches, angestrengtes Lachen zu ihnen durch, dann ein Schluchzen, dann vereinzelte Worte des Zorns. Die Jungen schlichen still durch den Wald, um sich besser auf die Herkunft der Stimme konzentrieren zu können. Jetzt konnten sie einzelne Worte aufschnappen, bald ein paar Fragmente der Sätze verstehen, die Benito ausstieß wie ein Drache das Feuer.

»Bomben, Bombenregen, Schrecken. Flugzeuge und … Ganze Städte, Feuerwalze. Sengendes Fleisch, Feuerbrunst, Schatten verfallener Menschen … Geister, Bomben. Bomben, die niemals aufhören, zu detonieren. Deren Zerstörung ganzer Städte und Leben niemals endet … Leiden, das sich fortsetzt. Bomben, die ewig explodieren.«

Nach und nach bahnten sich nun immer mehr trübe Lichtstrahlen ihren Weg durch das Blattwerk. Es wurde heller, je näher sie der Stimme kamen. Eine vergessene Helligkeit fiel durch die Bäume, und schließlich, als die Sonnenstrahlen ihnen lila Flecken auf der Netzhaut tänzeln ließen, übertraten sie eine Baumgrenze und standen plötzlich am Rande einer gigantischen Lichtung. Der Nebel, der sonst alles sicher beherrschte, war verschwunden. Wie von einem riesigen Ventil schien er mit einem Mal abgesogen. Vor den Schwarzen Steinen lag eine etwa zehn

Meter tiefe Kuhle, mit einem Durchmesser von bestimmt 20 Metern. Am Boden der Kuhle krabbelte ein menschliches Wesen.

»Da ist Benito!«

»He, Benito, kannst du uns hören?«

»Benito, wir sind hier oben!«

»Was ist das? Ein Baggerloch?«

Fliegentöter kreischte.

»Das ist ein Bombenkrater aus dem Krieg!«

Und wirklich, es schien, als seien die Jungen mitten im Wald auf einen gigantischen, sandigen Krater gestoßen, zu dessen Mitte hin es gleichmäßig steil hinabging. Dieser Krater passte nicht ins Bild der sonst so dicht bewachsenen Umgebung, denn er trug keine Erde. Ein Sandloch lag da vor ihnen, in dem nirgendwo auch nur der kleinste Strauch Unkraut zu wachsen schien. Im Zentrum dieser Grube wirbelte Benito über den Boden. Einer Schlange im Todeskampf gleich warf er sich hin und her, schrie, griff in den Sand, verteilte ihn in staubigen, scharfkantigen Wolken um sich, schlug auf ihn ein. Ein Sandsturm wütete aus seinen Händen. Benito krabbelte auf allen Vieren, schien der Grube entkommen zu wollen, bewegte sich von der Mitte weg nach oben. Doch der Winkel war zu steil, die sandige Oberfläche zu unbeständig. Er versank, stürzte zurück. Benito schien sich in Trance zu befinden, schien im Sand gegen Feinde zu kämpfen, die die Jungen nicht sehen konnten. Mit den Fäusten langte er nach diesen Unsichtbaren, verfluchte sie, griff an, nur um im nächsten Augenblick schon wieder zu versuchen, ihnen zu entkommen. Er floh dann vor seinen Gegnern, fiel, rappelte sich auf, ging wieder zum Angriff über. Immer wieder stürzte er, kullerte ein Stück zurück, verlor die Orientierung, fing wieder an zu kämpfen, schlug und trat um sich. Die Jungen riefen ihn, schrien heiser seinen Namen, doch er reagierte nicht. Verzweifelt streckten sie ihre Arme nach ihm aus. Da wussten sie schon, dass sie ihm nicht würden helfen können. Ohne darüber zu sprechen, wussten sie es. Beträten sie die Grube, wären auch sie verloren. Augenlicht oder nicht, der Krater war zu steil.

»Er dreht durch! Wir müssen ihn da rausholen!«

»Aber wie? Wir kommen nicht zu ihm.«

»Wenn er uns doch hören könnte!«

»Die Grube ist zu tief, viel zu tief.«

»Wir würden nicht wieder hochkommen.«

Die Schwarzen Steine waren zur stummen Zeugenschaft verdammt. Benito nahm sie gar nicht wahr, hörte ihr Rufen nicht. Er war in einer inneren Welt gefangen, in der er gegen seine Dämonen kämpfte. Oder kämpfte er mit ihnen?

»Was sollen wir denn machen?«

»Benito verliert den Verstand. Das hält er nicht mehr lange durch.«

»Was ist mit ihm?«

»Er wird noch ersticken. Er erstickt!«

Benito war endgültig zu Boden gegangen, von seinen unsichtbaren Gegnern niedergestreckt. Mit dem Gesicht nach unten lag er im Sand.

Da raschelte es im Rücken der Jungen.

»Aus dem Weg, ihr Lausebengels!«

Der Alte stand hinter ihnen, wie aus dem Nichts. In der Hand hielt er ein langes, aufgerolltes Seil.

»Na los, der Kleinste von euch bindet sich das Seil um und dann holen wir ihn wieder hoch!«

Für einen Moment herrschte Stille, bis Uğur, der hektisch die anderen Jungen musterte, begriff, dass er gemeint war.

»Ich mache es!«, rief er schnell, während Kippe schon gekonnt eine doppelte Rettungsschlinge vorbereitete, wie sie es beim Heimabend vom Häuptling gelernt hatten.

»Die doppelte Rettungsschlinge ist sicherer und bequemer, weil das Gewicht nicht auf einer Schlinge lastet, sondern sich verteilt«, sagte Fliegentöter und gestikulierte dabei wild mit der Hand.

Langsam ließen sie nun den kleinen Uğur hinab, wobei dieser eine ganze Menge Sand mit nach unten zog und immer wieder bis zu den Knien darin verschwand. Doch der Alte und die anderen Jungen ließen immer nur so viel Seil nach, dass es leicht gespannt blieb und Uğur wieder Halt finden konnte. Der Wald war ganz still, als beobachteten die Vögel und die Bäume das Schauspiel am Bombenkrater. Schließlich hatte Uğur Benito erreicht, der noch immer bewusstlos dalag. Er drehte ihn auf den Rücken, beugte sich über ihn. Uğur rief nach oben.

»Er atmet noch!«

Dann legte er die Rettungsschlaufe um Benitos Körper, sodass sie beide sicheren Halt fanden, griff dem Bewusstlosen wie ein Rettungsschwimmer unter die Arme, und die am Kraterrand verbliebenen Schwarzen Steine zogen das menschliche Bündel zusammen mit dem Alten langsam zu sich herauf, immer auf Kommando ihres unverhofften Helfers – *Hau ruck, hau ruck!* – wobei Uğur versuchte, mitzuhelfen, ohne den bewusstlosen Benito zu verlieren. Es sah aus, als zögen sie einen schmalen, nassen Sandsack nach oben, an den sich ein ebenso schmaler, mit den Beinen strampelnder Junge klammerte. Es funktionierte, und bald waren die beiden Jungen am Kraterrand angelangt. Als dann vier Paar verschwitzte, schwielige Hände nach Uğur und Benito griffen und die Jungen ihre Freunde erschöpft wieder auf den festen Waldboden zogen, lächelte Uğur. Während Kippe und Fliegentöter sich bereits um Benito kümmerten, krabbelte er ein Stück weiter, drehte sich um und ließ sich auf den Rücken fallen, streckte die Arme aus und blickte zum Himmel hinter den rauschenden Baumwipfeln. Nie hatte ihn ein Mensch glücklicher gesehen. Uğur rief es zu den Baumwipfeln, rief es in die weite Welt:

»Wir haben es geschafft! Wir haben ihn gerettet! Ich habe Benito gerettet! Wir haben es geschafft!«

Die andere Fotografie war alt. Sehr alt. Schwarz-weiß, mit zackiger Umrandung, entwickelt auf einem dicken Papier. Auf dem Foto waren sechs junge Männer zu sehen, die voller Stolz und Abenteuerlust in die Kamera blickten. Sie trugen Nazi-Uniformen. Auch die Männer auf diesem Foto kniffen die Augen zusammen, waren geblendet von derselben Sonne. Ich kannte dieses Foto. Irgendwo hatte ich es schon einmal gesehen. Einer der Soldaten kam mir unangenehm vertraut vor. Sein Blick erfüllte mich mit Unbehagen.

Mit der Kiste ging ich nach oben ins Wohnzimmer, wo ich meine Mutter lesend vorfand, auf dem Sofa. Ich setzte mich zu ihr, zeigte ihr, was ich geborgen hatte, was mir aber nur bedingt weiterhelfen konnte, weil das Fahrtenbuch ab dem wichtigsten Punkt abbrach, auf den für mich interessanten Seite nass geworden war, unleserlich, als Zeitdokument untauglich. Als habe sich dieser Teil der Geschichte selbst ertränkt. Doch die Einträge davor waren viel wert, brachten sie mich doch tiefer in die Vergangenheit. Ich zeigte ihr das Stofftier, das mir unbekannt war, nicht mir gehörte, und meine Mutter erzählte, dass ich es bei unserer Rettung bei mir getragen habe, im Brotbeutel, und dass ich es in den Tagen nach unserem Auffinden nicht habe weggeben wollen. Ich streichelte dem Affen über den Kopf. Dann zeigte ich meiner Mutter die beiden Fotos, zeigte auf den einen der Wehrmachtssoldaten, der mir bekannt vorkam. Sie schob sich ihre Brille auf der Nase zurecht.

»Warte mal. Lass mich mal gucken. Ja, das ist dein Opa auf dem Foto, ganz ohne Zweifel. Mein Vater. Wie kommt denn dieses Foto in deine Sachen?«

»Das ist dein Vater? Mein Großvater? Wie kann das denn sein?«

»Ich weiß es auch nicht. Ich habe das Foto sicher nicht dazu gelegt. War das vielleicht schon vorher bei den Sachen? Vielleicht hat er es dir gegeben? Ich meine, das andere Foto ist ja auch von ihm. Guck, da ist er auch mit drauf. Man sieht nur seinen Schatten, da unten. Das ist von ihm, ganz ohne Zweifel. Er muss das Foto von euch gemacht haben.«

Tatsächlich verlief vom rechten Bildrand diagonal zur Bildmitte hin der Schatten eines weiteren Menschen. Die Körperhaltung ließ erkennen, dass er das Foto gemacht hatte. Die Arme waren nach oben angewinkelt, sie hielten eine Kamera. Ich meinte, auch die Umrisse der Kappe zu erkennen, die mein Opa immer getragen hatte. Damals, als Junge, hatte ich mich gefreut, wenn er von der Nordsee bei uns zu Besuch war, mit zu meinen Treffen kam und sich so für die Schwarzen Steine begeisterte. Erst später hatte ich begriffen, warum er sich dermaßen für meine Pfadfindergruppe interessierte, mein Probenbuch durchblätterte, unsere Ausrüstung begutachtete, das Liederbuch durchstöberte. Das alles – die Uniformen, die Rituale, die Gesänge, die Struktur und Hierarchie, die Begrifflichkeiten – hatte ihn an seine Zeit bei der Hitlerjugend erinnert. Ich hatte es erst nicht wahrhaben wollen. Aber irgendwann, als ich alt genug war und sich bei mir und meinem Bruder ein politisches Bewusstsein auszubilden begann, da hatten wir es immer mehr verstanden, in Rückblick und Gegenwart: Unser Opa, der Vater meiner Mutter, war ein Nazi. Er hatte im Zweiten Weltkrieg als Marinefunker gearbeitet. Er war nicht an konkreten Kampfhandlungen beteiligt gewesen, doch die Ideologie hatte er umso mehr übernommen, hatte sie auch nach 1945 noch für den Rest seines Lebens internalisiert. Bald hatte er uns in seiner nun durchschimmernden Weltsicht immer mehr abgestoßen, in hitzigen Diskussionen, die wir führten und die stets darauf hinausliefen, dass er autoritär wurde, uns anfuhr, den Mund zu halten, etwas, das wir von unserer Mutter nicht kannten, die ganz anders war als er. Einmal, als wir bei ihm in Wilhelmshaven zu Besuch waren, haben mein Bruder und ich das Bücherregal in seinem Schlafzimmer durchgesehen. Er verfügte über eine große Bibliothek, und überwiegend fanden wir dort Bücher, in denen es um die Weltwirtschaft ging, um

Politik und Geschichte, Bücher, die wir in unserem jungen Alter nicht verstanden. Doch beim Durchblättern dieser Bücher war uns aufgefallen, dass immer wieder Namen unterstrichen waren und dann am Seitenrand mit Bleistift der Buchstabe J geschrieben stand. Es waren die Namen von Juden. Er hatte die Juden markiert. Er glaubte sich einer Weltverschwörung auf der Spur. Nach und nach fiel das Gerüst aus Lügen, das er konstruiert hatte, nun in sich zusammen. Zumindest für uns, meinen Bruder und mich, die wir nun mit einem Trugbild aufräumten, das uns in unserer Kindheit noch getäuscht hatte. Bei den Verwandten in der Familie galt er als ein lieber, ein aufmerksamer und immer gut gelaunter Mann, der sich nach dem Verlust seiner Frau, die kurz nach dem Jahrtausendwechsel an Krebs gestorben war, doch so tapfer hielt. Als wir uns nun immer mehr von ihm zurückzogen, verstanden die anderen Verwandten das nicht. Doch nicht nur mein Bruder und ich zogen uns zurück. Meine Mutter hatte nach dem Tod ihrer Mutter, zu der sie ein sehr liebevolles, inniges Verhältnis gehabt hatte, damit begonnen, ihre Geschichte aufzuarbeiten, hatte unsagbare Dinge zu Tage gefördert, Erlebnisse, die schließlich dazu führten, dass auch sie mit ihrem Vater brach. Wir galten in der Familie fortan als Abtrünnige, denn unser Großvater hielt an seinem Gerüst aus Lügen fest, behauptete, er verstehe nicht, warum wir uns von ihm abgewandt hätten, konstruierte Erklärungen, neue Lügen, neue Trugbilder. Er hatte dann unserer Mutter ungefragt 5000 Euro für mich und meinen Bruder überwiesen, hatte ihr per Brief mitgeteilt, es handele sich dabei um eine Vorauszahlung aufs Erbe, über die wir frei verfügen könnten, wenn wir wieder Kontakt zu ihm aufnähmen und uns entschuldigten. Aber wir waren nicht käuflich. Mit dem Geld hatte er den Bruch sogar noch besiegelt. Meine Mutter überwies die 5000 Euro zurück. Wir wollten dieses Geld nicht. Wir brauchten auch keinen Großvater. Wir brauchten ja noch nicht mal einen Vater. Wir hatten eine Mutter. Und wir wussten uns auch anders durchzuschlagen. So war unser Großvater für meinen Bruder und mich tatsächlich bereits einige Jahre vor seinem Tod gestorben, als wir die Wahrheit über ihn erfahren hatten. Es war nicht nur sein Antisemitismus, der dazu geführt hatte. Es war sein ganzes Leben. Der Schrecken, den er seinen Kindern bedeutet hatte. Ein Schrecken, der in einer Zeit lange vor meiner Geburt lag und der mich doch betraf, weil er einen langen Schatten warf. Dieser Schatten langte auf dem Foto, das er von mir und meinen Freunden gemacht hatte, fast bis zu meinen Füßen. Doch er erreichte mich nicht. Meine Mutter hatte recht. Er war auf beiden Fotos gegenwärtig, und wie er da erschien – erst als junger Wehrmachtssoldat und dann als schwarzer Schatten –, das war auf eine traurige Art miteinander verknüpft.

Benito war in ein Delirium gefallen. Er redete, murmelte geistesabwesend und fiebrig, und seine Retter standen ratlos um ihn herum und hörten zu.

»Warum sieht es denn keiner? Warum tut denn keiner etwas? Nein ... das darf nicht sein, das darf nicht so bleiben. Die Menschen sind blind, sie sehen nicht, ihre Augen sind verhangen. Da ist so viel Schmerz auf der Welt, und sie gehen hindurch und sehen nur ihr eigenes Leid, ihr mögliches Leid, ihre Angst, und sie verändern nichts, bis es zu spät ist. Aber des einen Leid ist mit dem Leid des anderen verbunden, hat dieselbe Ursache, dieselbe Konsequenz. Die Menschen müssen wieder zusammenkommen, müssen ihre Augen öffnen und sich erheben. Es kann so nicht gehen. Da ist ... da ist so eine Ungerechtigkeit in allem, sie vermehrt sich, und jeder weiß es, weiß es eigentlich, aber es gibt kein gemeinsames Bewusstsein dafür, und wenn es entsteht, wenn sie aufbegehren, dann wird es erstickt, erstickt es sich selbst oder wird erstickt. Und so taumeln sie durch die Dunkelheit, in der sie sich längst eingerichtet haben, wie Geister taumeln sie, nur sind sie geistlos, haben ihre Geistigkeit eingebüßt, aus Bequemlichkeit, oder weil sie ihnen genommen wurde, von den Systemen, in denen sie leben, den Systemen, die ihnen schaden und denen sie sich trotz allem dankbar ergeben, weil sie so erzogen wurden. Ein lebendiges Erbe ist das Leid geworden, es setzt sich fort und fort und fort, es reproduziert sich selbst. Wie eine Krebszelle ist es, das Leid, die Ungerechtigkeit, es steckt in allen Körpern. Die Menschen sind davon befallen, und so stützen sie diese Systeme. All das ist ... Sie leben in Städten, ohne Zeit, sie merken nicht, wie sie älter werden, und dann sind die Kinder groß und sie sterben und alles ist an ihnen vorbeigezogen. Es ist alles so ... Ich kann es nicht sagen, ich weiß nicht. Sie leben in Dunkelheit. Ihr alle lebt in Dunkelheit, und ihr seht euch nicht, seht euch gegenseitig nicht, dabei ist um jeden von euch ein Licht, das die Welt erhellen könnte. Aber was nützt das Licht, wenn die Augen so fest verschlossen sind? Alles stirbt, alles brennt, alles wird brennen und das Leiden wird immer größer werden, und ihr, ihr werdet in der Zeitung davon lesen, in den Nachrichten, und es wird weiter geschehen, weil es normal geworden ist. Der Schrecken ist normal geworden, die Menschen haben sich in ihm eingerichtet. Ich habe solche Angst. Wie soll es nur weitergehen?«

Kippe kniete sich neben seinen Freund und flößte ihm aus seiner Trinkflasche vorsichtig ein wenig Wasser ein, befeuchtete seine Stirn. Maus legte Benitos Beine hoch auf einen umgestürzten Baumstamm, zu dem sie den schlaffen Körper getragen hatten. Da sprach Benito weiter, als wandte er sich an seine Freunde, auch wenn er noch immer abwesend schien. Doch sein Kopf neigte sich zur Seite, als suche er nach etwas. Wasser lief aus seinem Mund. Die Stimme wurde schwächer, klang erschöpft und traurig, voller Resignation. Verschwörerisch flüsterte er seinen Rettern zu.

»Wisst ihr, ich bin nicht freiwillig dorthin. Ich wurde gestoßen. Aber es war gut, dass ich dort unten war, denn ich habe es gesehen. Da war ein Loch im Boden, und der Sand rieselte hinein. Habt ihr es denn nicht gehört? Habt ihr nicht den Sand rieseln gehört? Der Sand ... Und als ich fürchtete ... ja ... die Zeit ... als ich fürchtete, in dieses Loch zu fallen, fürchtete, davon verschlungen zu werden, da waren Männer und Frauen um mich herum, Kinder, Alte, Erwachsene. Sie sagten meinen Namen. Ich kannte diese Leute nicht und wollte nur weg von dort. Weg aus dieser Falle ... Diese Falle ... Ich wollte fliehen, aber sie schubsten mich, schlugen mich, immer wieder, sie zogen mir die Beine weg, ich ... ich ... Ich konnte nicht weg. Doch ich habe es gesehen. Da ist ein Loch, und darin wird die Welt eines Tages verschwinden. Es hat schon begonnen.«

»Ihr hättet auf mich warten sollen«, fuhr der Alte dazwischen. »Dann wäre das nie passiert, und der Blinde wäre nicht in das Loch geplumpst.«

Doch keiner der Jungen reagierte auf ihn. Er war nur noch ein einsamer Zaungast, dem keine Beachtung geschenkt wurde, der bereits wieder vergessen war. Auch, während sie aus ein paar Ästen eine Trage für Benito bauten und ihren bewusstlosen Freund dann ihrer eigenen Spur folgend durch den Wald zurück zu den Gleisen trugen, sprachen sie nicht mit ihm, und während der Alte sie von jenem Punkt aus, an dem sie ihr Gepäck zurückgelassen hatten, mit der Draisine in Richtung des alten Güterbahnhofs zurückfuhr, sprachen sie noch immer nicht mit ihm, blickten nur stumm über die Felder, die längst wieder von dichtem Nebel verhangen waren.

Als sie das letzte Stück der Strecke zu Fuß zurückgelegt hatten und endlich wieder ans Ufer des Flusses gelangt waren, ließen sie die drei Kanus zu Wasser und betteten den Körper ihres Freundes auf den Kohtenplanen. Der Alte, der ihnen bis dorthin nachgelaufen war, stand stumm da und beobachtete sie. Die Jungen deckten Benito zu, kletterten in die Kanus und stießen sich mit den Paddeln vom Ufer ab. Maus und Fliegentöter bildeten die Vorhut, und Kippe und Uğur zogen das Kanu mit dem Kranken darin, in dessen Heck Cherubim saß und paddelte. Er paddelte, ohne auch nur einmal die Augen vom schlafenden Benito zu lassen, der dort am Boden unendlich verloren aussah.

Den Alten ließen sie am Ufer zurück. Er hob noch die Hand, als wolle er nach den Besuchern greifen, die ihn nun verließen. Doch er hob sie auch zum Gruß, zum Abschied.

»Aber Kinder ...«, hauchte er in den Nebel. Es waren seine letzten Worte und sie versiegten in Einsamkeit. Die Jungen drehten sich nicht um. Cherubim meinte, den Alten sich da bereits im Augenwinkel auflösen zu sehen.

Das Telefon schellte. Meine Mutter erhob sich und ging zum Apparat. Sie nahm den Hörer ab und meldete sich mit Namen, verfiel dann in ein erschrockenes Schweigen, guckte wieder so, wie sie an der Kirche geschaut hatte, als sie mich bei der Telefonzelle abgesetzt hatte, am Anfang der Schnitzeljagd, erhob eine Hand, als wolle sie mich, der regungslos zu ihr herüberblickte, zum Innehalten auffordern.

Dann fragte sie: »Wann?« Fragte: »Wie ist das passiert?« Sagte: »Ich kann dich nicht verstehen!« Sagte: »Ja, ja, ich richte es ihm aus. Ja. Wir melden uns bei dir. Nimm dir Zeit. Bist du allein? Und ist jemand bei dir, der sich um dich kümmern kann? Oh Gott, ich denke an dich!«

Sie legte den Hörer auf und rang um Fassung.

Ich sagte: »Was denn? Was ist denn?«

»Das war Kippe.«

»Was wollte er denn?«

»Ich konnte sie kaum verstehen. Es ging um Fliegentöter.«

»Was ist mit Fliegentöter?«

»Er ist tot. Fliegentöter ist tot.«

～

Sechs

If I were a violent person, I would run out into the street and buy
guns and go into the nation's capital and start annihilating the
people who I believe are responsible for this pre-invented existence. But the originators of this existence are long dead. It's like
a machine that runs itself that can't stop.
(David Wojnarowicz, 1989)

Can the world be as sad as it seems?
(Throbbing Gristle, 1980)

I.

Als Benito wenig später erwachte, zitterte er am ganzen Körper. Er kniete im Kanu, das mit einem Seil an das Boot von Kippe und Uğur gebunden war und ein paar Meter dahinter fuhr. Die Jungen paddelten langsam, bleischwer die Arme. Etwas spiegelte im Wasser, das nicht die Sonne, nicht der Mond sein konnte. Benito schien zu frieren. Er hielt sich eng mit den eigenen Armen umschlungen, bewegte den Oberkörper langsam hin und her und taxierte dabei die anderen Jungen und die Umgebung, als könnte er plötzlich sehen. Dann griff er nach seinem Wanderstock. Es war still. Nur das Wasser war zu hören, und die Paddel, die sanft darin eintauchten. Benito zog sich an dem Stab hoch, hielt sich daran fest, hing an ihm wie an einer Krücke.

»Mir ist so kalt. Warum ist es so kalt hier? Ich spüre doch, wie es brennt auf meiner Haut. Aber warum friere ich?«

Er streifte die Juja über Kopf und Arme, dann das zerrissene Fahrtenhemd und sein Unterhemd, strampelte die Schuhe ab, riss sich die Socken von den Füßen, zog die kurze Lederhose aus, die ihm der Häuptling einmal überlassen hatte und die ganz speckig und abgewetzt war. Sein Gesicht war vom Wahnsinn verzerrt.

Ohne Zweifel war ich zunächst davon ausgegangen, dass auch Fliegentöter sich umgebracht hatte. Als der letzte Vorhang gefallen war und er hatte fürchten müssen, dass er für den Vorfall von Bonn zur Verantwortung gezogen werden würde, war er, so nahm ich an, in eine Leere gestürzt, die ihm nur diesen Ausweg erlaubte, hatte ihn in diesen Gedanken vor mir gesehen, in seiner Küche, wie abwesend er da zuletzt gewirkt hatte, ohne Bereitschaft oder Möglichkeit, sich der Zeit nach dem, was er zurückgelassen hatte, noch zu widmen. Nur noch zynisch. Besoffen und zynisch. Doch ich irrte mich. Fliegentöter hatte sich nicht umgebracht. Nachdem meine Mutter und ich eine Zeit schweigend auf der Couch gesessen hatten, war ich zum Telefon gegangen, um Kippe anzurufen. Es hatte lange geläutet, bis er an den Apparat gekommen war. Ich hatte in dem Schluchzen am anderen Ende der Leitung erst kaum etwas verstanden, doch als Kippe sich allmählich beruhigte, berichtete er mir, was sich mittlerweile rekonstruieren ließ: Fliegentöter hatte eine hohe Kaution angewiesen und war schließlich vor zwei Tagen aus der U-Haft entlassen worden. Zur Feier seiner vorläufigen Freilassung war er dann in Auerbachs Keller gepilgert, um dort festlich zu speisen, allein, wo er schon früh am Tag, als das Restaurant noch nicht für Gäste geöffnet gewesen war und man ihn als Stammgast aber trotzdem willkommen geheißen hatte, mit dem Trinken begonnen hatte. Dazu hatte er ein reiches Mahl zu sich genommen, mit vielen Gängen, sein letztes Abendmahl, schon am Nachmittag. So war es weitergegangen, für Stunden. Irgendwann am späten Abend, da musste er schon völlig derangiert gewesen sein, hatten ihn die Mitarbeiter freundlich aber bestimmt des Hauses verweisen müssen, weil er gegenüber den anderen Gästen ausfallend geworden war. Fliegentöter hatte sich dann irgendwo mit einer Flasche Schnaps eingedeckt und weiter getrunken, war wohl die ganze Nacht durch die Stadt gezogen, bis er schließlich in den frühen Morgenstunden auf dem Marktplatz von einem Reinigungskommando der Stadtwerke auf genau der Bank gefunden worden war, auf der auch ich nach meiner Flucht aus seiner Küche gesessen hatte. Fliegentöter war an einem Herzinfarkt gestorben. Sein Körper hatte vor den Exzessen kapituliert. Es fühlte sich an, als habe jemand ein Tau ganz eng um meine Brust geschnürt. Den unruhig pumpenden Schlag meines Herzens spürte ich bis in die Finger.

Die anderen Jungen sagten kein Wort. Das Wasser glitt an ihren Paddeln vorbei, die reglos in den Fluss getaucht verweilten. In dem Moment, in dem Benito das Wort erhoben hatte, waren die Schwarzen Steine in ihrer Bewegung erstarrt. Jetzt blickten sie ehrfürchtig zu ihm herüber, beobachteten ihn, wie er seine Kluft ablegte, warteten auf die Fortsetzung seiner Worte. Er stand nun in Unterhosen da, auf den Stab gestützt. Wie ein Prediger an seiner Kanzel hielt er sich daran fest, als brauchte er eine Stütze, um die Stimme zu erheben.

Lange noch saß ich nach unserem Telefonat einfach da, betrachtete unentwegt das Foto. Drei der sieben Menschen, die dort abgebildet waren, lebten nicht mehr. Der Häuptling, Benito, und Fliegentöter. Wenn man es genau nahm, waren dort acht Menschen zu sehen, und vier von ihnen lebten nicht mehr. Mein Großvater, nur als Schatten sichtbar, erhöhte die Quote. Der erste Tote, unser Häuptling, war 1995 bei einem Jagdunfall erschossen worden. Benito hatte sich 2026 umgebracht, war also 31 Jahre später ebenfalls durch Waffengewalt niedergestreckt worden, nur dass es diesmal kein Unfall gewesen war. Mein Großvater, der Schatten, war 2012 an Blutkrebs gestorben. Und jetzt war Fliegentöter dazugekommen, der sich über eine lange Zeit selbst zerstört hatte, genau wie mein Vater, der in fortschreitender Selbstaufgabe der tödlichen Krankheit, die das Trinken ist, erlegen war. Es muss schrecklich sein, am Suff zu sterben. Es dauert. Das Schlimmste muss die Zeit sein, bevor es endet, ist sie doch nicht zuletzt vom Wissen geprägt, was man den Menschen, die man liebt, hinterlassen wird. Niedergeschlagen ging ich in den Keller und hörte weiter Benitos Kassetten an. Es war das Einzige, worauf ich mich noch konzentrieren konnte. Ich machte kein Licht, und in der Dunkelheit war mir, als säße ich direkt neben meinem Freund, gerade während er ins Mikro sprach, ja, als wäre ich im Moment der Aufnahme zugegen. Ich hörte seine Stimme nun mehr denn je in meinem Kopf. Sie erfüllte mein Bewusstsein.

»Ich bin dagewesen, ich war kurz davor. Fast hätte es mich erwischt. Ich habe es schon hören können. Ja, da in dem Loch, da habe ich eine andere Zeit sehen können. Ich bin dem Sand gefolgt. Jemand hat mich hineingestoßen, weil ... ich musste gestoßen werden, denn niemand kann aus freien Stücken an diesen Ort gehen und diese Dinge sehen. Ich habe gesehen, habe Bilder gesehen von fernen Dingen. Andere Zeiten werden kommen. Bald schon, wir werden es erleben. Hört ihr nicht? Hört ihr es denn immer noch nicht?«

Er lachte.

»So oft stand die Welt, in der wir leben, schon am Abgrund. Und bald wird es soweit sein. Es hat ja schon begonnen. Die Religionen erzählen davon, doch sie verbinden dieses Szenario mit einer Idee von Erlösung, die eine Lüge ist. Ja, sie existieren aus diesem Grunde, weil es etwas braucht, mit dem man dem zivilisatorischen Irrweg begegnen kann, eine Erzählung, in der man Trost findet, ein Heilsversprechen, Sicherheit. Doch das sind Erfindungen ... Die Narrative der Religionen erzählen vom Untergang, genauso wie die Kriege und die Atombomben. Doch es wird anders aussehen. Es wird nicht den einen Grund geben, der alles zum Ende bringt. Es wird durcheinandergehen, sich überlagern, überlappen, in unendlichen Folien des Schreckens. Krankheit, Verfall, Hitze, Schmutz, Sturm, Gewalt. Das Eis wird schmelzen und Viren, die wir noch nicht kennen, werden uns befallen. Die Wälder werden brennen. Feuer wird es geben, die man vom Weltall aus sehen kann. Und es wird Fluten geben, und dann wird das Wasser verdampfen! Auch dieser Fluss wird verdampfen. Die

Luft wird voller Gift sein! Die Meere sterben, die Pflanzen sterben, die Tiere sterben. Die Luft ist verpestet. Die Menschen schauen zu und schmeißen alles ins Feuer, was sie nicht mehr sehen wollen. Wir tun der Welt Gewalt an, mit unseren Taten, mit dem Schweigen, den Lügen. Wir werden im Chaos enden. Und niemand wird mehr sein, davon zu berichten. Nichts wird mehr so sein, wie es einmal war, und so werden wir Menschen die Zeit begreifen als etwas, gegen das wir nicht gewinnen können und das kein Verzeihen kennt. Was die Zukunft an Schrecken bringen wird, können wir uns nicht vorstellen. Doch ich habe es gesehen ... Es wird so sein, und die, die noch geboren werden, sie sind dazu verdammt, diesen Untergang zu erfahren. Es ist so traurig. Wenn wir es doch nur aufhalten könnten, für all die unschuldigen Kinder von morgen. Die Menschen haben sich darin eingerichtet, sie schauen zu, wie alles Feuer fängt. Sie sind es gewohnt, dieses System, das keine Gnade, keine Intelligenz kennt, keinen Geist hat. Ein unmenschliches System, von Menschen gemacht. Doch es hat sie längst überstiegen. Die Menschen tragen so viel Schönheit in sich, doch sie leben in Krankheit. Ein Prinzip der Vernichtung ist es geworden, wie die Menschen leben, ein Prinzip um seiner selbst willen, es zerstört und kennt nur Zerstörung. Fortschritt! Ich begreife es nicht ... Warum muss das so sein? Warum lernen wir nicht? ... Ich ...«

Etwas stimmte nicht mit meinen Augen. Sie waren geschwollen, und unentwegt hatte ich das Gefühl, dass ein Fremdkörper sie reizte. Zunächst war ich nicht sonderlich beunruhigt davon. Es fing auch recht harmlos an. In Zeiten großer Anstrengung hatte ich das schon häufiger erlebt, meist, wenn ich unter Stress stand und in diesem Zusammenhang stark unterzuckert war. Eine Art Film schob sich dann in mein Sichtfeld, schwarze Flecken, die wie DNA-Strukturen aussahen, wie zerrissene Spinnweben. Muster, die den Bewegungen der Augen nachzogen, der Ruckhaftigkeit der Blickwechsel entsprechend dann ebenso nervös zuckten. Nach ein paar reglosen Stunden jedoch, meine Mutter war auf einen langen Spaziergang aufgebrochen, um den Kopf frei zu kriegen, sah ich plötzlich vereinzelte Lichtblitze vor mir auftauchen, gefolgt von tiefschwarzen Schatten, die schließlich in eine Art Rußregen übergingen. Das war neu. Trotzdem schob ich es zunächst auf die Tränen und meine allgemeine Erschöpfung. Es war ja auch alles ein bisschen viel: In wenigen Tagen würde Fliegentöter in einer Kiste landen, der dritte tote Pfadfinder, den ich kannte. Er wollte nicht verbrannt werden, das hatte er testamentarisch verfügt. Sein Leichnam sollte in einem schlichten Holzsarg beerdigt werden, auf dem Friedhof nur ein paar Gräber entfernt von den letzten Ruhestätten der anderen zwei Schwarzen Steine. Nicht weit entfernt vom Grab meines Vaters und meiner Großmutter. Bei meinen kommenden Friedhofsbesuchen würde ich gleich ein paar Blumensträuße mehr mitbringen.

Benitos Wanderstock fiel längsseits mit einem Poltern ins Boot. Der blinde Prediger drehte sich im Kreis, erst Cherubim zugewandt, dann den anderen Jungen, und jeder von ihnen hatte das Gefühl, von ihm angeschaut zu werden, ja, sie meinten, dass sich ihre Blicke träfen, auch, wenn das gar nicht sein konnte. Benito nickte ihnen zu. Er weinte.

»Ich bin erschöpft, meine Freunde. Es tut mir so leid. Es tut mir leid, was ich euch sagen muss. Aber ich habe es gesehen, und ich muss es euch sagen, denn es gibt nur die Wahrheit, sonst nichts. Verzeiht mir. Wir werden untergehen. Wir werden alle untergehen. Und wir tragen selbst Schuld daran.«

Er kniete sich hin, griff ins Wasser, benetzte sein Gesicht, sodass Tränen und Fluss eins wurden, griff an den Rand des Kanus, glitt über die Außenwand und ließ sich langsam und mit gespannten Muskeln ins Wasser hinab.

»Wir werden untergehen.«

Die Jungen vollendeten ihren Paddelstich, als würde der Zeiger der Uhr, der während Benitos Rede angehalten war, sich nun weiterbewegen. Als die Kanus ihre Flussfahrt fortsetzten, schwamm er stoisch neben ihnen her. Das Wasser um Benito herum schien zu dampfen.

Bevor ich Kippe in Köln wiedertreffen sollte, begegneten wir uns auf der Beerdigung, die schlicht gehalten war, ohne großes Aufsehen. Neben einigen entfernten Verwandten kamen die verbliebenen Schwarzen Steine zur Beisetzung. Uğur, Maus, Kippe und ich. Schwarze Splitter. Fliegentöters Eltern lebten nicht mehr. Aber meine Mutter war da. Ungläubig blickte die Bestatterin die wenigen Trauergäste an. Sie schien uns wiederzuerkennen. Der Sarg wurde in die Erde hinabgelassen. Es lief *Flamenco Sketches* von Miles Davis, ein Stück, das sich im Kopf auszubreiten beginnt, wenn es erklingt, kein Ende zu finden scheint, sich für ein paar Tage in einem einrichtet und den Moment, in dem man es wirklich hört, auszudehnen weiß. Ein magisches Stück. Am Grab tranken wir alle einen kleinen Schnaps, was mir heute zynisch erscheint, warfen die leeren Fläschchen in das Erdloch, grüßten unseren Freund, prosteten ihm zu, verabschiedeten ihn. Die Ermittlungen gegen Fliegentöter waren eingestellt worden. Gegen Tote wird nicht ermittelt. Doch wieder meinte ich, dass wir beobachtet wurden. Ich konnte allerdings nicht sehen, ob da wer in den Büschen lauerte, mit den Augen wurde es immer schlechter. Aber ich meinte, die Verfolger schon zu spüren.

~

II.

Nach der Beisetzung fragte ich meine drei alten Freunde, die sich tapfer hielten, sich gegenseitig stützten, noch einmal nach der Flussfahrt. Doch sie schüttelten nur die Köpfe. Weil sie nichts wussten. Oder weil sie nicht reden wollten. Auch ich wollte nicht mehr reden. Sowieso ging es bergab mit mir, das kann man wohl nicht anders sagen. Meine Hände zitterten und ich war seit einigen Tagen äußerst schreckhaft. Ich trug eine Sonnenbrille. Wegen der Beerdigung hätte ich das vielleicht ohnehin getan, aber meine Augen schmerzten und tränten sehr stark. Mittlerweile konnte ich kaum noch sehen. Meine Mutter, die zaghaft nach meinem Ellbogen griff, um mich zum Grab zu führen, machte sich große Sorgen. Auf der Rückfahrt vom Friedhof überredete sie mich, einen Termin beim Augenarzt zu machen.

Dann stießen sie auf einen Steg, der weit in den Fluss ragte. Eine Familie saß dicht beieinander um ein schwaches Feuer auf den Holzplanken, sie hielten sich aneinander fest. Vielleicht waren es auch mehrere Familien oder Splitter von Familien. Nur schwach erhellt vom Feuer, das sie in einem Blecheimer entzündet hatten, waren da eine weißhaarige Frau mit tiefen Furchen um die geschlossenen Augen, ganz nah bei ihr ein Paar, etwa in einem Alter und wohl die Eltern von den drei Kindern, die bei ihnen saßen, daneben zwei Jugendliche, abseits und für sich ein junger Mann und im Hintergrund eine Frau, die einen Säugling stillte. Sie alle waren in Lumpen gekleidet und ihr Hab und Gut führten sie in Taschen und Körben mit sich. Ihre Haut war von Lehm verschmiert. Sie schauten den Jungen entgegen, und etwas in diesen Blicken erzählte die Geschichte einer undenkbaren Odyssee, erzählte von Todesgefahren, von Verlust, Schmerz und Trauer, von Vertreibung und Trauma. Die Stützpfeiler vorne am Steg waren morsch und standen schief im Wasser, sodass das Holz abgesackt war und an der Spitze in den Fluss überging, wie eine Rampe von einem Element in das andere führte. Als sei sie gebaut worden, um die Menschen in die Tiefe des Flusses zu geleiten, die hier endlos schien. Die Beine des Mannes, der im Schneidersitz ganz rechts auf den Planken saß, waren schon von Wasser bedeckt.

Am frühen Abend nach Fliegentöters Beerdigung rief eine Fernsehredakteurin bei meiner Mutter an, im Auftrag von ███████ ██████, der seit bald 20 Jahren eine nach ihm benannte Talksendung im ZDF moderierte, die sich auf bestem Sendeplatz ununterbrochen einer starken Einschaltquote erfreute. Er hatte mich also doch erkannt, während unserer flüchtigen Begegnung im Aufzug des Hotels. Es wunderte mich, dass er mich wieder einladen ließ. Früher, als ich noch mehr in der Öffentlichkeit gestanden hatte, war ich das ein oder andere Mal auf Bitten des Verlags in der Sendung zu Gast gewesen, immer wieder enttäuscht von der eindimensionalen Dummheit des Formats. Auch einige Tage vor meiner Flucht in den Apennin hatte ich dort gesessen, wegen eines Buches, eines Romans, vielleicht auch eines Essaybands, oder wegen irgendeines Themas, zu dem man gemeint hatte, mich befragen zu müssen. Je weiter man sich jedoch von der Gesellschaft entfernt, desto weniger interessiert sie sich für einen. Und ich hatte mich sehr weit von ihr entfernt. Dementsprechend waren die wenigen Fragen an mich ausgefallen: oberflächlich, suggestiv, dumm. Da hatte ich einfach nichts mehr gesagt. Wie Norbert Grupe, der Hamburger Boxprinz, oder: Prinz Wilhelm von Homburg, wie er sich nannte, der 1969 im Aktuellen Sportstudio nach einer Niederlage im Halbschwergewicht gegen den Argentinier Óscar Bonavena vor laufender

Kamera das Gespräch verweigert hatte, einfach stumm geblieben war, der Blick ein verhöhnender Fausthieb, womit er den Moderator Rainer Günzler zur Weißglut getrieben haben muss, auch wenn dieser sich nach außen hin gelassen gab. Bonavena war wenige Jahre nach seinem Sieg gegen Grupe ermordet worden, Günzler, ein leidenschaftlicher Rennfahrer, starb 1977 an Lungenkrebs. Der Boxprinz aber lebte noch bis 2004 ein bewegtes Leben, verbrachte nach Drogenhandel, Zuhälterei und Schutzgelderpressung zunächst einige Jahre im Gefängnis in Hamburg, ging dann in den 1980er-Jahren nach Los Angeles und arbeitete fortan als erfolgloser Schauspieler, starb schließlich verarmt wenige Jahre nach der Jahrtausendwende in Mexiko. 2023 hatte mein erstes Schweigen im Publikum noch für Gelächter gesorgt, und auch ▮▮▮▮ ▮▮▮ hatte zunächst geschmunzelt. Beim zweiten Schweigen, das bereits als Provokation interpretiert worden war, hatten die Leute nicht mehr so amüsiert reagiert. Es hatte Pfiffe gegeben. Na ja, die Deutschen eben. Auch ▮▮▮▮ ▮▮▮ hatte gezeigt, dass ihm mein Verhalten aufstieß. Für den Rest der Sendung hatte er mich nichts mehr gefragt, hatte mich nur noch mit der ein oder anderen abfälligen Bemerkung geschnitten, vollkommen zurecht, wie ich heute verstehe, zumindest aus seiner Perspektive, hatte ich doch live und in Farbe gegen den Ehrenkodex der Unterhaltungsindustrie verstoßen. Zum Ende der Sendung dann hatte er mich ein letztes Mal gefragt, hatte mich sogar um eine Erläuterung meines Schweigens gebeten, als wolle er mir noch eine Chance geben, seine Güte unter Beweis stellen, die von seinen Kritikern so oft vermisst wurde. Mir aber war nichts mehr eingefallen. Ich hatte ganz einfach nichts mehr zu sagen gehabt. Bald danach war ich nach Italien aufgebrochen. Ich hatte keine Ahnung, wie sie nun herausgefunden hatten, dass ich bei meiner Mutter im Ruhrgebiet zu erreichen war, die sich ja bald vorkommen musste wie meine Vorzimmerdame.

Der Tod Fliegentöters war in einer Pressemitteilung von der Staatsanwaltschaft bekanntgegeben worden, was der *Causa Benito* neuen Aufwind bescherte. ████ ████, der sich dem Thema mit seinen stets ergriffenen Gästen schon in mehreren Ausgaben gewidmet hatte, wolle endlich Licht ins Dunkel bringen – und da man ja wisse, dass ich, der verschwundene Schriftsteller, wieder aufgetaucht und bei dem Ereignis in Bonn zugegen gewesen sei, darüber hinaus aus derselben Ruhrgebietsstadt stamme wie Benito und Fliegentöter, und da ich mich in meinem Werk ja durchaus mit vergleichbaren Phänomenen zu beschäftigen pflege, erhoffe man sich, so die Redakteurin am Telefon, von mir ein paar Eindrücke, wolle zumindest aber fragen, was ich denn von der ganzen Sache halte, wie ich mich dabei fühle, was das bei mir ausgelöst habe. Ich weiß nicht mehr, warum ich zusagte. Mit Fliegentöters Tod war ich in eine merkwürdige Passivität verfallen, fühlte mich wie in einen Kokon gesponnen. Ich war zu erschöpft, um mich zu widersetzen, zu erschöpft, die Einladung auszuschlagen, Gründe vorzubringen, warum ich nicht zur Verfügung stünde. Nun, und ich kannte diese Leute: Sie würden mir nachsetzen, wenn ich mich ihrem Nachfragen entzog, würden mir auflauern, würden mir so lange nachstellen, bis sie mich zu fassen kriegten. Sie brauchten ja Material. Im 21. Jahrhundert ging es um nichts anderes mehr als *content*. Vielleicht war es auch immer schon so gewesen: Die Leute brauchten irgendeinen geistlosen Müll, über den sie reden konnten.

Benito kletterte zurück ins Boot. Er zitterte. Er nahm das Takelmesser von seinen Sachen, tastete nach einer der schwarzen Kohtenplanen und schnitt ein großes Stück davon ab. Dann hüllte er sich in den schweren Stoff, warf ihn sich wie einen Umhang um die Schultern. Er griff nach seinem Wanderstock, stach damit ins Wasser, wie die venezianischen Gondoliere es tun, stoppte so die beiden Boote, und auch Fliegentöter und

Maus paddelten entgegen der Fahrtrichtung, bis die Jungen alle vor den Füßen der Menschen auf dem Steg zum Stehen kamen.

»Wer seid ihr?«, fragte Kippe und klang dabei wie der Kapitän eines Raumschiffes.

»Wir kommen von einem anderen Ort, weit entfernt von hier.«

»Wir sind Pfadfinder. Wir folgen dem Fluss.«

»Wir mussten fliehen, denn an dem Ort, von dem wir kommen, trachtete man uns nach dem Leben und unsere Kinder drohten zu verhungern. Es war unmöglich geworden, dort zu leben, und bald ist es überhaupt unmöglich, dort zu leben. Das Wasser ist gestiegen und es wurde immer heißer, alles war voller weißem Dunst und schwarzem Qualm. Wir sind lange gereist, durch das Salzwasser, das alles verbindet. Dort, wo wir waren, hat man uns abgewiesen. Dann waren wir wieder auf dem Wasser. Die Wellen haben uns hierher getragen, auf unserem Floß, das gesunken ist. So haben wir uns auf diesen Steg gerettet, der uns kaum noch halten kann. Seht her, meine Beine sind bereits im Wasser. Lange wird er uns nicht mehr tragen, und dann werden wir dorthin gehen, wo schon unsere Brüder und Schwestern ertranken, unsere Mütter und Väter, unsere Kinder. Wir können nicht zurück auf den Fluss, denn unser Floß ist gesunken. Wir können nicht an Land, denn in das Dorf lässt man uns nicht. Es ist ein großes Unglück.«

»Was für ein Dorf? Ist hier ein Dorf in der Nähe?«

»In diesem Dorf ist kein Platz für Fremde, sagen die Menschen, die dort leben. Als wir es betreten haben, hat man uns zurück zu diesem Steg gebracht. Die Menschen trugen Fackeln und Stöcke, und wilde Hunde liefen mit ihnen, Hunde, die nach uns schnappten, bellten, wütend und voller Hass, aufgepeitscht von ihren Besitzern, den Damen und Herren des Dorfes. Die Kinder hatten Angst, und auch ich hatte Angst.«

»Auch ich hatte Angst«, sagte die alte Frau.

»Auch ich hatte Angst«, sagte die Frau neben dem Mann.

Ja, auch wir hatten Angst, sagten die drei Kinder, doch sie sagten es mit ihren Augen, nicht mit ihren Mündern.

»Auch wir hatten Angst«, sagten die beiden Jugendlichen im Chor.

»Auch ich hatte Angst«, sagte der junge Mann.

»Auch wir haben Angst«, sagte die Frau, die stillte. »Immer noch. Wir haben Angst. Wir wollen nicht ertrinken. Wir wollen nicht fortgejagt werden. Wir wollen nicht mehr fliehen. Wir wollen nicht verbrennen. Wir wollen nicht sterben. Wir wollen leben, so wie jedes Wesen leben will. Wir sind Lebewesen. Aber jetzt sterben wir.«

Auf dem Gesicht des Mannes liefen Tränen, die das kleine, flackernde Feuer vor ihm reflektierten. Die Tränen glänzten. Er fuhr fort.

»Der Eintritt in das Dorf wurde uns verboten, und so brachten sie uns zurück zu dem Steg. Hier, haben sie gesagt, sollen wir bleiben, bis sie eine Lösung gefunden haben. Doch lange wird uns das Holz nicht mehr halten. Wir trauen uns nicht, zurück in das Dorf zu gehen, denn dort sind wir nicht willkommen.«

»Wie heißt ihr?«, fragte Kippe.

»Unsere Namen werdet ihr vergessen«, antwortete ihm der Mann. »Aber wie sind eure Namen?«

»Wir sind die Schwarzen Steine«, sagte Uğur.

»Ich verstehe«, antwortete der Mann. »Ihr seid die Schwarzen Steine.«

»Wo sind wir hier? Was ist das für eine Gegend?«, fragte Kippe.

»Das wissen wir nicht. Wir sind an Land und dann wieder doch nicht, wir sind angekommen und noch am entscheidenden Punkt unserer Reise, wir sind am Ziel und es droht uns der Untergang. Mehr wissen wir nicht, mehr können wir nicht sagen. Wir sind nicht in dem Dorf und wir sind nicht dort, von wo wir losgefahren sind. Wir sind auf einem Steg, der schon im Wasser liegt. Mehr lässt sich dazu nicht sagen, nicht von uns, nicht von mir. Mehr wissen nur die Menschen im Dorf und die Toten, die wir auf der Reise im Salzwasser verloren haben.«

Da meldete sich Benito zu Wort. Es klang, als glimme in seinen Worten ein Funken, der es kaum noch schaffte, ein Feuer zu entfachen.

»Wir werden in das Dorf gehen und mit diesen Menschen reden.«

»Eure Hilfe ehrt uns, doch ihr seid Kinder. Auf Kinder werden diese Menschen aus dem Dorf nicht hören.«

»Wir sind Kinder, ja«, antwortete Benito schwach. »Aber bisweilen müssen wir wie Erwachsene sprechen, denn wir sind allein auf dieser Reise. Wir sprechen wie Erwachsene, wir denken und fühlen wie Menschen, und wir leben in den Körpern von Kindern.«

»Dann versucht es. Seht euch jedoch vor, die Dorfbewohner nicht gegen euch aufzubringen. Sie sind ein wütendes Volk. Wir werden hier warten und auf eure Sachen achtgeben, bis ihr zurück seid.«

Die Jungen betrachteten die Menschen auf dem Steg, die traurig aussahen und ohne Hoffnung. Dann betraten sie das Ufer.

Der Augenarzt machte mir Mut. Ich sei gerade noch rechtzeitig gekommen, bei meinem Leiden handele es sich um eine Netzhautablösung, die gefährlich sei, im schlimmsten Verlauf sogar zur Erblindung führen könne, in meinem Fall aber, da sie sich in einem sehr frühen Stadium befände und ich gleich einen Termin bei ihm gemacht hatte, noch gut zu behandeln sei. Er befahl mir, mich schon am nächsten Morgen einer Photokoagulation zu unterziehen, eine kleine Operation, bei der ein Laser den winzigen Riss in meiner oberen Netzhautschicht schließen würde, um sie wieder mit der unteren Schicht zu verbinden. Ich willigte ein. Vor der OP fragte ich den Augenarzt, wie das wohl sei, blind zu sein, und da klopfte er mir auf die Schulter, sagte, da solle ich mir mal keine Sorgen machen, er kriege mich schon wieder hin. Ich wiederholte meine Frage noch einmal recht emotionslos, und da antwortete er, nun ebenfalls etwas unterkühlt, ja, fast mit einer gewissen Reizung in der Stimme, das könne man sich wohl kaum vorstellen. Er sagte so etwas wie: Blind bewegt man sich durch eine Welt, die der Sehende nicht verstehen kann. Woher wollte er das aber wissen?

Die Operation verlief gut und die Prognose des Arztes war trotz unserer latenten Verstimmung äußerst optimistisch. Es sei einzig darauf zu achten, dass ich während der nächsten zwei Wochen meine Augen schone und zu den Nachuntersuchungen käme. Meine Mutter hatte mir während des Eingriffs in der Innenstadt eine neue Sonnenbrille gekauft, die sehr eng anlag und an den Seiten mit einer bis zu den Wangenknochen reichenden Verschalung so gut abdichtete, dass kaum Licht hindurchfiel. Ich fragte mich, wer eine solche Brille außerhalb medizinischer Maßnahmen freiwillig tragen sollte. Ein Schweißer vielleicht. Aber ein Schweißer war ich nun mal nicht geworden. Ich war ein Schriftsteller, der nicht mehr schrieb.

In einer Gastwirtschaft, in die sie ein paar uniformierte Vertreter der Stadt hatten eintreten sehen, saßen die Jungen wenig später am Tisch, Benito noch immer in den schwarzen Umhang gehüllt, darunter nackt bis auf die Unterhosen. Keiner von ihnen passte mehr in die Zivilisation. Wild geworden waren sie, wild und inkompatibel. So saßen sie bloß da, ohne auf etwas zu warten. Sie wurden auch nicht bedient, wurden gar nicht wahrgenommen, weder vom Personal noch von den Gästen am Stammtisch, der hier offensichtlich vor Bierkrügen und

Schnapsgläsern tagte. Die Schwarzen Steine saßen schweigend da, spielten nervös mit den Bierdeckeln. Nun, da sie auf die Repräsentanten des Dorfes gestoßen waren, wussten sie nicht mehr so recht, wie sie überhaupt um Hilfe für die Menschen auf dem Steg bitten sollten. Das Dorf strahlte etwas zutiefst Abweisendes aus. Benito, der zunächst die Initiative ergriffen hatte, war in eine Art Trance gefallen. Er saß ohne Anteilnahme neben den Jungen, schien zwar zuzuhören und zu verstehen, was in der Wirtschaft geredet wurde, sprach jedoch nicht mehr, wirkte mehr denn je von der Welt abgekapselt. Die Jungen waren eingeschüchtert und auf eine Art dazu verdammt, den Menschen zuzuhören, die am Nachbartisch zusammensaßen. Ihre Hoffnung, etwas für die Hilfesuchenden auf dem Steg tun zu können, sank mit jedem Satz, den sie von den anderen Gästen vernahmen.

Eine Woche nach der OP, noch immer trug ich permanent die Sonnenbrille, hielt die Augen geschlossen, blieb meist mit den Kassetten in der abgedunkelten Kellerwohnung, machte ich mich dann auf den Weg nach Köln, wo die Sendung produziert werden würde. Erst hatte ich noch gemeint, endlich doch einen Grund gefunden zu haben, mein Kommen kurzfristig abzusagen, hatte ich doch festgestellt, dass ich ja gar nichts anzuziehen hatte für einen Fernsehauftritt bei ███████ █████, der tatsächlich einen gewissen Dresscode vorgab. Doch meine Mutter, die irgendwie an dem Gedanken Gefallen gefunden hatte, dass ich mich mal wieder in die Öffentlichkeit bewegen würde, schlug vor, ich solle doch einen Anzug meines Vaters anziehen, sie habe noch zwei oder drei Garnituren von ihm in ebenjenem Schrank hängen, in dem wir auch die Kiste wiedergefunden hatten. Tatsächlich fanden wir ziemlich schnell einen Anzug, der mir auch noch wie angegossen passte. Auf eine merkwürdige Art fühlte ich mich äußerst gut darin. Dazu muss man wissen, dass mein Vater bis zu den Jahren unmittelbar vor seinem Tod stets sehr gut gekleidet gewesen war. Vielleicht habe ich das aber auch bereits erwähnt, langsam verliere ich den Überblick.

Meine Mutter wollte mich dann mit dem BMW nach Köln fahren, doch trotz meines Zustands bestand ich darauf, allein mit der Bahn anzureisen. Ich hatte sie schon tief genug in diese ganze Geschichte hineingezogen. Außerdem machte es mich nervös, wenn ich einen öffentlichen Auftritt hatte und mir vertraute Menschen zugegen waren. Vielleicht, weil ich mich auf eine Art vor ihnen schämte, denn bei solchen Begebenheiten offenbarte sich für mich immer, was für ein Hochstapler ich eigentlich war. Ich packte eine Lage frische Unterwäsche in die New-York-Tasche, meine Zahnbürste, steckte die über 30 Jahre nicht benutzte Feldflasche ein, gereinigt und mit frischem Kranwasser befüllt, legte, sorgsam eingepackt in Wachspapier, ein Zwiebelschmalzbrot und einen festen Braeburn dazu, und dann, als wäre ich einer Angst verfallen, diese Dinge wieder zu verlieren, auch alle anderen Reliquien aus der Kiste. Und so saß ich dann an einem Mittwochmorgen im Anzug meines Vaters im ICE nach Köln. Ich versuchte, im Fahrtenbuch zu lesen, doch die Vergangenheit blieb weiterhin vor meinem Blick verschwommen, weswegen ich meine kindlichen Aufzeichnungen weglegte und mit geschlossenen Augen wieder Benito zuhörte, bei dessen letzter Kassette ich trotz aller Verzögerungstaktiken mittlerweile angekommen war. Er wiederholte sich auf diesen Aufnahmen immer häufiger in dem, was er sagte, sprach sich seine Kurzschlüsse und Weisheiten bald wie in einem Mantra vor, etwas, das er vorher nie getan hatte. *Ich bin hier, genau jetzt, in diesem Augenblick.* Als der Zug im Kölner Bahnhof einfuhr, stoppte ich den Walkman und tastete mich zum Ausgang. Ich hatte nur noch die letzte B-Seite vor mir. Die Waggontür öffnete sich mit einem Zischen und ich machte einen Schritt nach vorn, verlor das Gleichgewicht, rutschte ab, stolperte, fiel der Länge nach aus dem Zug, wobei ich meinen linken Fuß zwischen Bahnsteig und der Treppe einklemmte. Ich schrie wütend auf. Der Knöchel war verstaucht. Als ein paar Passagiere und Mitarbeiter des Zugpersonals besorgt zu Hilfe eilten, scheuchte ich sie fluchend weg, um dann mit Schamesröte im Gesicht zum Taxistand zu humpeln, von wo aus ich mich zum Hotel bringen ließ. Was für ein Tag. Was für eine Zeit, am Leben zu sein. Sorry, aber: Fuck it!

III.

Die Gastwirtin saß da, und mit ihr der parteilose Bürgermeister, der Dorfpolizist, eine Frau aus der Kirchengemeinde – stellvertretend für den Pastor, der an diesem Tag nicht gut zurecht war –, ein Künstler, der die öffentlichen Plätze mit Skulpturen zu verschönern suchte und im Dorf sehr beliebt war, ein Mitglied der freiwilligen Feuerwehr, ein Reporter vom Dorfanzeiger, eine Ärztin und nicht zuletzt der Besitzer der großen Torffabrik, seines Zeichens der größte Arbeitgeber der Region.

»... natürlich eine Möglichkeit, sie auf andere Dörfer zu verteilen.«

»Auf andere Dörfer zu verteilen! So ein Unsinn. Dann kommen immer mehr, außerdem: Welches andere Dorf wäre denn bereit dazu?«

»Am Fluss können Sie nicht bleiben, so viel steht fest.«

»Wir können sie nicht ins Dorf lassen, dabei bleibe ich.«

»Sie könnten in der Fabrik arbeiten.«

»Aber sie bringen Krankheiten.«

»Sie sind schon krank. Wie sollen sie da arbeiten?«

»Sie werden uns nur auf der Tasche liegen.«

»Es passiert überall, dass da Leute kommen, die niemand eingeladen hat, ich weiß es auch von meinen Kollegen aus der Stadt. Und dann wird man sie nicht mehr los und es kommen immer mehr.«

»Es ist viel zu gefährlich. Wegen der Krankheiten, aber auch, weil wir keinen Ort haben, an dem wir sie unterbringen könnten.«

»Aber die alte Schule. Wäre das nicht ein Ort?«

»Da gibt es andere Pläne. Außerdem ist die alte Schule mitten im Dorf.«

»Ich möchte in der alten Schule ein Atelier eröffnen, das passt vielleicht nicht so gut damit zusammen. Aber vielleicht finden wir eine Alternative?«

»Aber wo denn? Alle Häuser sind bewohnt oder in Gebrauch.«

»Dann müssen sie gehen.«

»Aber wohin denn?«

»Das ist nicht unser Problem. Irgendwoher sind sie ja schließlich auch gekommen.«

»Dahin können sie nicht zurück, sagt man. Das Floß sei gesunken, und es ist zu lesen, in ihrer Heimat herrschten Krieg und große Armut, dass es unmöglich werde, dort zu leben.«

»Das ist nicht unser Problem. Wir kümmern uns um die Belange des Dorfes, nicht um die Belange ihrer Heimat. Wir haben nichts übrig für irgendwelche Leute, die wir nicht kennen. Im Dorf gibt es genug Dinge, um die wir uns kümmern müssen.«

»Die Kirchturmuhr ist defekt.«

»Das wird teuer genug.«

»Was ist mit der alten Fabrikhalle, die nicht mehr genutzt wird?«

»Die steht nicht zur Verfügung. Dort gibt es andere Pläne.«

»Ist es nicht unsere Pflicht, sie aufzunehmen?«

»Warum soll das unsere Pflicht sein? Warum soll das gerade unsere Pflicht sein? Wir sind nicht dafür verantwortlich.«

»Es ist doch so: Wenn Fremde ins Dorf kommen, gibt es Probleme. So ist es immer gewesen. Am Ende hat niemand etwas davon.«

»Vielleicht könnte man ihnen woanders besser helfen.«

»Wir könnten sie doch vielleicht nur kurz aufnehmen, damit sie sich erholen, um sie dann weiterzuschicken?«

»Oder bis sie zurückgehen können?«

»Wenn ich es doch sage: Die bringen nicht nur Krankheiten. Die haben doch auch nichts, was sie hier einbringen könnten. Habt ihr sie nicht gesehen, in ihren Lumpen? Wenn die einmal da sind, bleiben die für immer. Die wollen doch gar nicht zurück. Die werden von uns leben müssen und werden uns noch bestehlen. Und es werden immer mehr kommen. Es wird niemals reichen. Sie werden immer mehr wollen. Wir müssen da ein Zeichen setzen. Wir müssen all jene abschrecken, die da noch kommen wollen.«

»Aber der Steg zerfällt bald, was machen sie dann?«

»Sie sind doch auch hergekommen! Sie können schwimmen.«

»Dann müssen sie eben weiter den Fluss runter und es in der Stadt versuchen. Die haben dort mehr Kapazitäten.«

»Ja, sollen sie in die Stadt schwimmen.«

»Das Dorf muss bleiben, wie es ist. Das Dorf ist für die Menschen, die hier geboren sind. So war es immer und so wird es immer sein. Wir haben hier genug zu tun.«

»Ja, wir haben eigene Probleme.«

»An erster Stelle stehen unsere Kinder.«

»Ja, so ist es ...«

»Ich muss zurück an die Arbeit.«

Der Besitzer der Torffabrik erhob sich und klopfte auf den Tisch, warf ein paar Münzen auf das schwere Holz und nahm seinen Hut. Er ging an den Schwarzen Steinen vorbei, nickte ihnen mit freundlichem Lächeln zu und verschwand. Da wussten die Jungen, dass sie hier nicht um Hilfe für die Menschen auf dem Steg fragen mussten. Trauer machte sich in ihnen breit, ein tiefes Bedauern, ein Schmerz, der auch der Schmerz der Menschen war, denen sie helfen wollten. Sie spürten den Schmerz der Leute auf dem Steg, und er verband sich mit dem ihren. Als sie sich niedergeschlagen und betrübt von ihren Stühlen erhoben, bemerkten sie, dass Benito nicht mehr da war. Sein Stuhl war leer.

Die Sendung würde live gezeigt werden, am Abend. Bis ich im Studio sein musste, hatte ich noch ein wenig Zeit. Ich ließ mir etwas zu Essen auf das Zimmer im obersten Stockwerk des edlen Hotels bringen, in das mich der Sender einquartiert hatte und das mich unwillkürlich an das Paradies im benachbarten Bonn erinnerte. Ich legte mich auf das Doppelbett, machte den Fernseher an und zappte durch die internationalen Nachrichtensender, die sich hier handverlesen die Klinke in die Hand gaben, schaute ohne Ton, hatte dabei wieder die Kopfhörer auf und näherte mich dem Ende von Benitos Aufzeichnungen. Seine Stimme, die sich zielstrebig in eine repetitive Manifestation steigerte, nun immer abstrakter und allgemeiner den Irrsinn anprangerte, in dem wir lebten, die Zerstörung und Ausbeutung der Welt durch die menschliche Zivilisation, synchronisierte sich auf wundersame Weise mit den Fernsehbildern. Wohin ich auch schaltete, taktlos und unabhängig von Nation oder Kontinent, fügten sich die visuellen Eindrücke der Schreckensmeldungen mit den Worten seiner verzweifelten Suada, als säße er mit in den Studios und würde an den Kommentatoren vorbei wie ein aufgebrachter Geist über ihre Schultern ins Mikrofon rufen, ja, als überschreibe er aus dem Reich der Toten ihre nüchterne Sachlichkeit, mit der sie Tag um Tag den Niedergang kommentierten. Es war, als spreche er die Bedeutungen der Nachrichten aus, deren Zusammenhang sich in ihrer Routine längst ins Unkenntliche zerfasert hatte. Mein Herz pumpte schon wieder wie verrückt. Vom Essen, das man mir gebracht hatte, ein Clubsandwich und ein Obstsalat, rührte ich nichts an, biss bloß lustlos in einen Apfel.

Irgendwann ertrug ich die Nachrichtenbilder einfach nicht mehr, schaltete den Apparat aus und stellte mich an das bodentiefe Fenster. Langsam nahm ich nun die Sonnenbrille ab, versuchte, auf die Rheinmetropole herunterzuschauen, blinzelte mit den Augen, während Benito in meinen Ohren sich immer mehr überschlug. Er war außer sich, stand schreiend irgendwo weiter weg vom Mikrofon. Er klang wie ein Höllenpriester. Das Unbehagen schien seinen Wirt von innen aufzufressen. Doch das Böse, das Falsche, das Negative darin – denn er sprach nun von der Gewalt, für die er sich entschieden hatte, eine pazifistische Gewalt, die notwendig sei, kam nach den unzähligen Stunden der Reflexion zu seinem folgenreichen Schluss – bannte meine Aufmerksamkeit, die ich ohnehin seit Tagen schon nicht mehr abwenden konnte. Benitos Tat und alles, was ich seither erlebt hatte, alles, was mir begegnet war und was es in mir ausgelöst hatte, ließ mich straucheln. Ich war zerrissen. Alles drehte sich. Mein Kopf, ein Karussell, Zentrifuge, viel zu schnell. Die Dinge um mich herum fielen in sich zusammen. Seine Worte hatten mir zugesetzt. Ich war voll von ihnen, schäumte über. Nur: Der Schaum war Säure geworden. Benito war jetzt ganz ruhig, ganz nah am Mikrofon. Ich konnte seinen Atem hören. Wie ich den Atem meines Vaters hatte hören können, wenn er nach der Trennung meiner Eltern bei uns angerufen hatte, ohne etwas zu sagen. Da hatte ich seinen Atem gehört, hatte ihn an seinem Atem erkannt. Die Augen eines stummen Mannes. Die Stimme eines blinden Jungen. Alles ist mit allem verbunden. Benito stammelte nun, es wäre soweit, morgen ginge es los, nach Bonn, ins Paradies. Ich meinte, in seiner Stimme plötzlich auch Furcht und Zweifel zu hören. Unsicherheit. Dann sagte er meinen Namen, also meinen Fahrtennahmen, Cherubim, sagte er, richtete sich direkt an mich, sprach mich an. Ich erschrak. Seine Stimme klang mit einem Mal ganz friedlich.

Wenn du das hören kannst, hat es geklappt, Cherubim, dann hat es geklappt, auf die ein oder andere Art, und ich bin endlich tot. Dann schwimmst du, musst du schwimmen. Du wirst deine Züge machen. Und auch deshalb will ich mich bei dir entschuldigen, Cherubim. Ich habe dich ins Wasser gestoßen. Ich habe unser Boot zum Kentern gebracht. Ich habe dein Leben auf den Kopf gestellt, habe dich traumatisiert, dich in hellen Aufruhr versetzt. Cherubim, du musstest es sehen. Du musstest erleben, was damals begonnen hat, vor 31 Jahren. Du musstest es sehen, musst sehen, was ich nicht mehr sehen kann, musst nun sehen, was ich nie sehen konnte.

Mir wurde schwindelig. Die Beine versagten mir den Dienst. Benito sprach weiter. Die letzten Worte, die er aufgenommen hatte, kannte ich bereits. Sie vollendeten das Zitat, das mit der Einladung begonnen hatte und sich mit Benitos letzten Worten in Bonn und nun hier auf Kassette zum Triptychon erhoben. Benito sprach die letzten Zeilen des Gedichts Puschkins, das ich doch nicht verstand, nicht dechiffrieren konnte, sprach die Verse mit erhobener, lauter Stimme, sodass die Aufnahme übersteuerte:

Und er hat mir die Brust mit dem Schwert gespalten, das zuckende Herz herausgenommen und eine feuerglühende Kohle in meine geöffnete Brust gelegt. Wie ein Leichnam lag ich in der Wüste, und Gottes Stimme rief mich an: Erhebe dich, Prophet, und sieh, und vernimm, erfülle dich mit meinem Willen, und Länder und Meere durchwandernd, entzünde mit dem Wort die Herzen der Menschen.

Die Aufnahme lief stumm weiter. Ich stolperte ein paar Schritte zurück und fiel hintenüber auf das riesige Hotelbett, ließ mich auf den weichen Teppichboden rutschen und krabbelte auf allen Vieren zur Minibar, riss hektisch eine kleine Flasche Sekt aus dem winzigen Kühlschrank, öffnete mit zitternden Händen den Schraubverschluss und trank sie aus, nahm mir auch die zweite kleine Flasche und sog sie leer, kippte dann ganz auf den Boden. Der Schaum drang schon aus meinen Poren. Ja, es fühlte sich tatsächlich so an, als läge eine glühende Kohle in meiner Brust. Als brächte ihre unerträgliche Hitze mein Blut zum Kochen. Aber ich befand mich nicht als Leiche in irgendeiner verdammten Wüste. Ich durchwanderte auch keine Länder oder Meere. Ich lag in einem schrecklichen Hotelzimmer auf dem verdammten Teppichboden. Wütend riss ich die Hörer von den Ohren und schleuderte den Walkman in die Ecke. Es reicht. Ich kann nicht mehr. Was willst du von mir? Es klopfte an der Tür. Der Fahrer, der mich zum Fernsehstudio bringen sollte, war da. Ich stand auf. Wieder ging der stechende Schmerz durch meinen linken Knöchel. Ich tastete nach der Sonnenbrille, die auf den Boden gefallen war, setzte sie auf, humpelte zur Tür. Ich komme ja schon! Ich streifte mir meine Jacke über und eilte mit schmerzendem Knöchel dem Chauffeur nach, der zielstrebig und völlig unbeeindruckt meines Gebarens zum Fahrstuhl hastete, obwohl er den Schrei im Hotelzimmer doch bestimmt gehört haben musste. Ich folgte ihm, stöhnte bei jedem Schritt.

Dann ging es abwärts. Ich stand in der verspiegelten Kabine, die mich erschrecken ließ, mir wohin ich mich auch drehte *mise en abyme* eine verzerrte Fratze entgegenwarf, in der ich mein Gesicht kaum mehr erkannte. Es mag merkwürdig klingen, aber ich meinte da, in der Reflexion des Spiegels, die meine Augen nur schemenhaft ausmachen konnte, mein Gesicht eingewickelt zu sehen in Bandagen, wie ein Brandopfer, dem die Haut versenkt war. Nur der Mund und die Augen lagen frei. Ich fasste nach meinem Gesicht und erschrak, als ich mit den Fingerkuppen meine Haut erfühlte. Die sanfte Landung des Aufzugs befreite mich aus dieser Anwandlung. Wir gelangten am Boden an, in der Tiefgarage, wo bereits ein protziger SUV auf uns wartete, und während ich langsam das Gefühl bekam, den Verstand zu verlieren, bretterte das Auto auch schon mit einem Affenzahn in Richtung der Fernsehstudios im Kölner Nordwesten. Der Häuptling, mein Vater, Benito, Fliegentöter. Ein Schuss. Feuer. Schüsse. Dieses Reden, dieses Gedicht. Ich fing an, im Fond des Autos zu hyperventilieren, schwitzte trotz der Klimaanlage. Meine Hände krallten sich in die Oberschenkel, der nasse Rücken durchgedrückt. Ich atmete heftig, ließ die Zähne knirschen.

»Entschuldigen Sie bitte: Soll ich langsamer fahren?«

Ich lachte, lachte laut, ja, ich schrie.

»Nein, nein. Gut so. Es ist alles gut. Alles ist gut. Alles ist in bester Ordnung. Fahren Sie weiter so. Alles gut. Bitte, fahren Sie doch noch schneller! Können Sie noch schneller? Fahren Sie so schnell es geht!«

Mit hängenden Köpfen liefen sie durch das schöne und gepflegte Dorf, das ihnen jedoch völlig ausgestorben vorkam. Die Häuser schienen nicht verlassen, sie waren im Gegenteil in einem äußerst guten Zustand, mit aufwändigen Vorgärten und tadellosen Fahrzeugen auf den Einfahrten. Doch die Gardinen waren zugezogen, die Fensterläden geschlossen, und nirgendwo konnten sie ein Licht in den Stuben ausmachen. Ohnehin hatten sie dafür kaum Aufmerksamkeit. Sie stritten über Benitos Verhalten. Die Jungen sorgten sich um ihren blinden Freund, doch waren sie auch erbost darüber, dass er wieder auf eigene Faust losgezogen war und sie ihn nun erneut suchen mussten, nachdem er sich doch noch kurz zuvor durch sein kopfloses Verhalten in eine derart missliche Lage gebracht hatte.

»Mir reicht es langsam«, postulierte Kippe. »Er kann das doch nicht schon wieder machen. Immer müssen wir nach ihm suchen, uns um ihn kümmern. Als sei das nicht alles schlimm genug. Warum läuft er denn fort? Es ist so gefährlich für einen wie ihn. Hier im Dorf kennt er sich nicht aus, wie soll er sich da zurechtfinden?«

Maus nahm Benito in Schutz.

»Du hast doch gesehen, was mit ihm los ist. Er verliert den Verstand. Das ist alles zu viel für ihn. Er handelt doch nicht normal. Er will nicht weglaufen. Er will irgendwo hin.«

»Doch, der läuft weg. Weil er Angst hat und wütend ist«, sagte Uğur. »Ich lauf auch immer weg, wenn ich im Heim Ärger habe. Dann habe ich auch kein Ziel. Mein Ziel ist es dann, einfach nur wegzukommen.«

»Aber wir sind doch nicht das Heim. Er hat doch auch keinen Ärger mit uns. Wir sind die Schwarzen Steine! Wir sind seine Freunde und wir sind für ihn da.«

»Vielleicht sollten wir ihm das mal sagen.«

»Das weiß er doch.«

Da meldete sich Cherubim zu Wort, der lange geschwiegen hatte.

»Vielleicht sollten wir ihn einfach mal in Ruhe lassen. Vielleicht braucht er ein bisschen Zeit für sich allein. Vielleicht beruhigt ihn das ja.«

In der Garderobe trank ich weiter. Auch hier gab es eine Minibar mit so einem kleinen Giftschrank. Ich wählte einen teuren Weißwein und trank direkt aus der Flasche. ███████ ██████ schaute an diesem frühen Abend nicht in meiner Garderobe vorbei, wie er das sonst immer getan hatte, aber die Redakteurin vom Telefon tauchte auf. Ich versteckte die Flasche hinter dem Vorhang, als sie klopfte, öffnete das Fenster, um sie meine Fahne nicht riechen zu lassen. Sie stellte mir vor, wer die anderen Gäste sein würden: ein Soziologe, ein Extremismusforscher, eine Journalistin, ein Kirchenmann und eine Schauspielerin, die in Bonn dabei gewesen war. Die Redakteurin muss da eigentlich schon meinen Zustand wahrgenommen haben, überspielte aber gekonnt ihre Unruhe. Sie war hier, um mit mir den groben Ablauf der Sendung durchzugehen. Es solle, wie schon am Telefon besprochen, darum gehen, noch einmal im Überblick über die Ereignisse zu sprechen, meine Wahrnehmung zu erfahren, in der Pluralität der versammelten Stimmen ein möglichst allumfassendes Bild zu zeichnen, um die vielen losen Enden, die seit Wochen durch die Medien geisterten, zu einem zusammenhängenden Ganzen zu verknüpfen. Es sei sicherlich nicht der Versuch, die Auseinandersetzung damit zu beenden. Vielmehr wolle man zu einer Art Zwischenresümee finden. Vielleicht könne ich mit meinem Wissen und den gemachten Erfahrungen ja auch in einer kommenden Sendung wieder zu Gast sein, die Geschichte sei ja wirklich äußerst komplex.

Die Redakteurin bat mich noch darum, dass ich die Sonnenbrille abnähme. Tatsächlich ging es mit dem Sehen schon wieder ein bisschen besser, zumindest, wenn das, was ich sah und betrachtete, einigermaßen ruhig blieb. Aber ich musste meine Augen noch schützen. Außerdem wollte ich mich auch selbst dadurch schützen, wenn man so will, dass man mir nicht in die Augen schauen konnte, wollte die allzu deutlichen Blicke abwehren. Ich entgegnete der Redakteurin giftig, das ginge nicht, sei unmöglich, meine Netzhaut habe sich abgelöst, ohne die Sonnenbrille würde ich im Scheinwerferlicht erblinden, ob sie das verantworten wolle? Die junge Frau schickte mich schließlich in die Maske, wo ich, während ich geschminkt wurde, kaum den Kopf stillhalten konnte. Zurück in der Garderobe trank ich noch ein paar Schluck von dem schrecklichen Weißwein, die Flasche war bald leer, um schließlich von einer anderen Redaktionsmitarbeiterin, die unentwegt in ein kleines Mikro ihres Headsets sprach, abgeholt und zur Bühne gebracht zu werden. Man brachte mich zur Schlachtbank. Ich trottete freiwillig dorthin, oder besser: humpelte, wenn man überhaupt irgendetwas in diesem verdammten Leben freiwillig tut, hörig, schon wissend, was da kommen mag, schon darauf wartend, als wollte ich mich geißeln, als suchte ich eine Strafe für eine Tat, die ich nicht begangen hatte, derer ich mich jedoch schuldig zu fühlen begann. Weil ich da irgendwie schon dachte, dass es auch meine Tat gewesen war, gewesen sein könnte, hätte gewesen sein können.

Schweigend gingen die Jungen weiter durch das leere Dorf, das an diesem Tage einzig von den furchtbaren, unsagbar hässlichen und in diesem Sinne nicht einmal dekorativen Skulpturen des Künstlers bewohnt zu sein schien, bis sie an einem kleinen Kino vorbeikamen. Der Eingang stand offen und die Kasse war unbesetzt. Sie blieben stehen und schauten sich um, doch sie konnten weit und breit keinen Menschen entdecken. Aus der Eingangshalle des Kinos strahlte ein sanftes, warmes Licht und es roch nach süßem Popcorn. Sie hörten Stimmen und Musik und schlussfolgerten, dass gerade eine Vorstellung laufen musste, doch weder die Anzeigetafel über dem Eingang noch eines der Plakate ließen darauf schließen, welcher Film hier zu sehen war. Die Jungen schauten sich an und betraten kommentarlos das Kino, nahmen sich von dem Popcorn, das in einem Verkaufswagen neben der Kasse stand. Sie gingen in den Saal, in dem schon verheißungsvoll die Strahlen des Projektors über die Leinwand tänzelten. Die fünf Jungen setzten sich nebeneinander mitten in den leeren Kinosaal. Die Filmvorführung musste erst kurz zuvor begonnen haben, denn gerade wurden auf der Leinwand die Namen der Mitwirkenden eingeblendet. Auch die Filmmusik ließ darauf schließen, soviel hatten die Kinder vom Fernsehen gelernt. Der Film jedoch erschien ihnen fremdartig. Die Menschen auf der Leinwand ließen kaum erkennen, dass sie kostümiert waren, ihr Handeln nur einer Rolle folgte, der Schweiß ihres Angesichts nur aufgetragen war. Sie erschienen den Jungen wie echte Menschen. Doch hier begann eine Erzählung, und für eine Zeit würde die Welt versiegelt sein. Gebannt starrten die Jungen nun auf das, was sich jemand anders ausgedacht hatte: Der Film erzählte die Geschichte zweier ungleicher Menschen, einer jungen, lebenslustigen Frau und eines grüblerischen, melancholischen Mannes, die sich gemeinsam durch einen nebelverhangenen Landstrich in Italien bewegen, erst mit einem VW Käfer, dann zu Fuß. Sie besuchen eine Kirche, in der eine Prozession stattfindet, kehren dann in einem Hotel ein. Es stellt sich heraus, dass der Mann aus Russland angereist ist, um in Italien einem längst vergessenen Dichter nachzuspüren, über den er eine Biografie zu schreiben gedenkt, und dass die Frau ihm als Übersetzerin hilft, wobei ihr Verhältnis zueinander unklar bleibt. Der Mann ist von einer Art Heimweh geplagt, von einer Unmöglichkeit, an einem anderen Ort zu sein als Russland. Am Rand einer Therme treffen sie auf einen älteren Mann, der mit seinem Schäferhund umherzieht, sich an den Rand des Beckens setzt, das mitten in dem kleinen Ort von den Bewohnern zum Baden genutzt wird. Die in der Therme schwimmenden Bewohner sprechen über den Mann, einen Mathematiker, nennen ihn einen Verrückten, und so erfährt der Russe die Geschichte des Mannes, der in Erwartung des Weltuntergangs sich und seine Familie sieben Jahre lang in sein Haus eingeschlossen hatte, bis die Polizei die Tür aufbrach und die Familie befreite. Der Mathematiker lebt mit seinem Hund in einer abgelegenen Ruine, und der Russe und die Übersetzerin machen sich bald auf, ihn dort zu besuchen. Wenn ihre Unterhaltungen auch wirr erscheinen, so finden die beiden doch einen Draht zueinander, bis der Mathematiker den Russen schließlich in seine Gedankenwelt eintreten lässt und nun davon spricht, dass die Welt nur zu retten sei, wenn man eine besondere Handlung unternehme, eine Handlung, die nach außen hin keinen Sinn ergebe, wohl aber dazu dienen könne, die Zivilisation von ihrem Irrweg abzubringen und schließlich die Menschheit zu retten. Er bittet den Russen, die von ihm erdachte Handlung zu vollziehen, da sie ihm nicht möglich sei, nämlich, sobald die Therme, an der sie sich zum ersten Mal begegneten, kein Wasser mehr führe, mit einer Kerze vom einen zum anderen Ende durch das Becken zu laufen, ohne dass diese erlösche. Er selbst, der diese Handlung schon habe unternehmen wollen, werde immer wieder von den Dorfbewohnern davon abgehalten, die sein Vorhaben nicht verstünden. Daraufhin kommt es, zurück im Hotel, zu einem Streit zwischen der Dolmetscherin und dem Russen, bis Erstere entnervt zurück nach Rom geht, nicht zuletzt, weil sie sich von dem Russen abgewiesen fühlt, der tatsächlich nur in seiner tiefen Melancholie gefangen scheint. Der

Russe bleibt in wachsender Verzweiflung zurück, verfällt in beunruhigende Träume, betrinkt sich dann und legt sich in einer gefluteten, wild bewachsenen Ruine auf den Boden. Als er bald darauf kurz vor der Rückreise nach Russland steht, die Koffer sind schon gepackt und er ist zur Abfahrt bereit, ruft ihn die Dolmetscherin aus Rom an und berichtet davon, dass der Mathematiker ebenfalls in Rom gesichtet worden sei und vollends den Verstand verloren habe. Sie fragt, ob der Russe dem Wunsch des Mathematikers nachgekommen sei, mit der Kerze durch das Thermalbecken zu laufen. Tatsächlich klettert der Mathematiker in diesem Moment auf dem Kapitolshügel auf eine Reiterstatue des römischen Kaisers Mark Aurel und wettert in einem aufgebrachten Monolog gegen den Wahnsinn der Welt, gegen den Irrsinn der Menschen. Er plädiert dafür, den Geräuschen der Insekten zuzuhören, sich in kollektive Träume zu begeben, sich an den Händen zu fassen. Das Publikum, das sich zu seinen Füßen auf dem Platz um die Statue versammelt hat, besteht ebenfalls aus Verrückten, in denen er die Marginalisierten sieht, zu denen er sich selbst zählt und die doch mit den Gesunden zusammengebracht werden müssten, denn nur noch von ihnen könne man etwas lernen, so führt er weiter aus, hätten doch die Gesunden die Welt an den Abgrund gebracht. Er fragt, wo er sich befinde, wenn er sich weder in der Wirklichkeit noch in seiner Vorstellung aufhalte. Die Dinge müssten sich umdrehen, müssten ihre Bedeutungen tauschen, von klein nach groß, und die Menschen müssten sich die Hände reichen und sich vereinen, anders sei das Ende nicht aufzuhalten. Er fragt: Was für eine Welt ist das, in der ein Verrückter so zu den Menschen sprechen muss? Dann verlangt er nach Musik, übergießt sich mit Benzin und hält nur noch inne, weil die Musik sich nicht abspielen lässt. Als die Platte schließlich doch läuft, stürzt er in ihren Klängen brennend in den Tod, während nun auch die Übersetzerin angelaufen kommt, um Zeugin des Spektakels zu werden. Der Mathematiker stirbt als menschliche Fackel, während ein Pantomime seinen Suizid am Boden nachstellt. Der Russe aber, der nun wieder in dem tatsächlich wasserleeren Becken der Therme steht, versucht, mit einer brennenden Kerze vom einen zum anderen Ende zu gelangen, was ihm erst im dritten Anlauf gelingt. Er bricht daraufhin zusammen. Der Film endet mit einem immer mehr in die Totale gleitenden Bild des Russen, wie dieser mit dem Hund des Mathematikers am Boden auf einer Wiese sitzt, in deren Hintergrund das Dorf seiner Kindheit zu erkennen ist, ein Dorf in Russland, nach dem er sich so sehr gesehnt hat, wohl wissend, dass es ihm verloren ist. Als die Kamera sich immer weiter entfernt, ist nun zu erkennen, dass der Russe mit dem Hund in der offenen Ruine einer gigantischen Kathedrale auf dem Boden sitzt. Es fängt an zu schneien und der Film endet.

Zunächst, nach der gekonnten Anmoderation ▓▓▓▓ ▓▓▓▓, während derer er in einer Art Sprungbereitschaft auf der Kante seines roten Sessels gesessen und alle Gäste der Reihe nach mit seinen stahlgrauen Augen durchdringend angeblickt hatte, nur mich nicht, die Sonnenbrille machte sich bezahlt, wurde ein kurzer Einspieler gezeigt, ein vielleicht vierminütiger Film, der noch einmal rekonstruierte, was in Bonn passiert war. Ich kniff die Augen zusammen, beugte mich vor zu den Monitoren, die zwischen den Sesseln aufgestellt waren, damit auch wir Gäste mitbekamen, was die Zuschauer zu Hause sehen konnten. Zunächst waren da Bilder vom Empfang, die ich schon kannte, von vorher, staatstragende Gäste, die aus glänzenden Karosserien stiegen. Auch die Tradition der Veranstaltung wurde angerissen, Bilder früherer Empfänge eingeblendet, Aufnahmen des Hotels während seiner rekordhaften Bauzeit, dann Bilder der Blütezeit, Politiker aus der ganzen Welt, reiche und berühmte Menschen aus einer Ära, als die Superlative noch öffentlich zur Schau gestellt wurden. Es folgten Fotos von Benito, ein Bild aus seiner Kindheit, ein Zeitungsartikel über einen Autounfall, dann Myriam Wenderin in einem Studio, die gefasst aus ihrer gemeinsamen Zeit im Heim berichtete, übergehend zu verschiedenen, zum Teil verpixelten Videos und Standbildern aus dem Saal, von Handykameras aufgenommen, Schreie und Schüsse auf einem wie Milchglas blind gemachten Bildschirm, darunter Transkriptionen von Sprachfetzen, die Verwirrung, Angst, Panik, Schrecken dokumentierten. Ich musste mich wirklich konzentrieren, um etwas zu erkennen. Die gänzlich verpixelte Sequenz, in der man in Zeitlupe nun Benitos sich windenden, brennenden Körper erahnen konnte, wie er nach den Pirouetten zu Boden ging, kannte ich schon. Ich hatte sie eingehend studiert. Dann wurde exklusives Material gezeigt, Bilder, die ich noch nicht gesehen hatte, aufgenommen von einer Sicherheitskamera über der Tür. Das war ihr Ass im Ärmel. Ein brennender Benito verließ in Standbildern die Lobby, lief brennend umher, drehte sich, schoss, wurde erschossen. Diesen mir neuen Bildern, die mich schockierten, die aus unerklärlichen Gründen auch nicht verpixelt waren, folgten Fetzen internationaler Nachrichtensendungen, die über die Tat in Bonn, *former capital of West Germany*, berichten, Polizisten, das SEK, verwirrte Gäste, Prominente, die aus dem von Nebel verhangenen Gebäude stolperten oder geführt wurden, Ausschnitte der Pressekonferenzen, eine Augenärztin, die über die Unmöglichkeit sprach, als Blinder eine so komplexe Tat zu begehen, dann das Logo von Black Stone Security, eine Aufnahme von Uğurs Haus, gefilmt vom Tor aus, durch die Gitterstreben, und schließlich ein Kinderfoto neben einem sicher 20 Jahre alten Passbild Fliegentöters. Filmaufnahmen des Hauses, in dem ich ihn zuletzt lebend gesehen hatte, dann wieder ein Foto Fliegentöters, in das langsam hineingezoomt wurde, auf die Augen hinter der dicken Brille. Wir näherten uns der Gegenwart. Dann ein Bild von mir, während die Sprecherin kommentierte, dass ich die involvierten Personen gekannt habe. Während die Frequenz meines Herzschlags mit einem Mal zunahm, berichtete die Schauspielerin von ihrer Wahrnehmung der Ereignisse, schilderte ihre Panik, wie sie noch immer von dem Vorfall träume und in großen Menschenmengen panisch werde, beklagte all den Hass und die Gewalt, die in der Tat symbolisiert seien, dass dadurch doch nichts besser würde, hatte plötzlich Tränen in den Augen, bekam von ███████ ████ das Knie getätschelt. Dann mutmaßte der Extremismusforscher über Benitos Werdegang, über mögliche politische Einflüsse, zog Parallelen zu anderen Attentätern, deren Taten unergründlich geblieben waren, wobei der Forscher es nicht verpasste, darauf hinzuweisen, dass Terroristen und Amokläufer in der Regel möglichst viele Menschen zu töten versuchten, hier ja nur eine Traumatisierung, das *nur* setzte er mit Fingern in Anführungszeichen, die Folge gewesen sei und dass der Fall damit beispiellos bleibe, die Tat eines verzweifelten, geisteskranken Selbstmörders. Der Kirchenmann beschrieb nonchalant die große Verwirrung, in der sich die Weltengemeinschaft angesichts der globalen Situation und nicht zuletzt in Folge der schrecklichen Pandemie befinde, eine Verwirrung und eine tiefe Spaltung der Gesellschaft, die ja augenscheinlich immer mehr zu verzweifelten Taten führe, und dass eine Zeit der Besinnung auf christliche Werte in einer – auch von ihm wurden dabei feingliedrige Anführungszeichen in die Luft geformt – *modernen Form* notwendig sei, woraufhin die Journalistin argumentierte, hier seien doch wirklich so deutlich Zeichen inszeniert worden, dass man das nicht einfach übergehen könne, Zeichen, die es zu lesen gelte und die über die Verzweiflung weit hinauswiesen, dass man nicht von der verwirrten Tat eines Selbstmörders reden könne, sondern geradezu von einer Botschaft ausgehen müsse, die mit unserer Gegenwart zu tun habe. Ich wollte ihr zustimmen, blieb aber ruhig.

Ich spürte einen Hustenreiz. Der Soziologe übernahm das Wort, sprach darüber, dass die heftige Spaltung, die durch die Gesellschaft gehe, auch daran lesbar sei, sehr deutlich sogar, wie er insistierte, dass große Teile der Bevölkerung ihre Sympathie bekundeten für den Vorfall von Bonn, woraufhin ███████ ████ heftig einwarf, darin sehe er eine große Gefahr, eine große Gefahr, wiederholte er noch einmal, ohne das weiter auszuführen. Der Forscher sprach nun von Nachahmungstätern oder Ankündigungen vergleichbarer Taten, tatsächlich habe es wohl Suizide gegeben oder Drohungen, deren Zusammenhang mit dem Vorfall von Bonn noch geprüft würden, wobei jedoch höchstens von einer Art Inspiration auszugehen sei. Er beschrieb dann eher phänomenologisch die Vereinnahmungsversuche durch die verschiedenen politischen Lager, die die Tat in bisweilen gegensätzlicher Interpretation erfahre. Er sei dabei, entgegen aufkommenden Verdächtigungen, noch immer fest davon überzeugt, dass der Täter allein gehandelt habe.

Ich ertappte mich dabei, wie ich leise das Lied vom Rumpelstilzchen summte, allerdings mit einem anderen Text im Kopf, so etwas wie: Ich weiß was, das du nicht weißt – oder hieß es: Ich sehe was, das du nicht siehst? –, unterbrach jedoch, als der Kirchenmann neben mir unwillkürlich zusammenzuckte. Die Schauspielerin bekräftigte noch mal, wie sehr sie Benitos Tat moralisch verurteile, woraufhin die Journalistin ihr ins Wort fiel, auch die Bedingungen, die den Attentäter zu der Tat getrieben haben, seien zu verurteilen, man müsse sich schon anschauen, auf was er habe reagieren wollen, was daraus zu lernen sei, der Soziologe stimmte ihr zu, ███████ ████ unterbrach mit latenter Aggression, für den Weg der Gewalt dürfe es kein Verständnis geben, schaute dann mich an, und auch, wenn er die Erwiderung meines Blickes ja nicht sehen konnte, passierte in diesem Moment etwas durchweg Unbehagliches. Mir wurde heiß im Kopf. Ich fühlte mich geschlagen. Ich meinte, die Kontrolle über meinen Körper zu verlieren. Die Journalistin schaltete sich noch mal ein, brachte die These auf, Gewalt dieser Art sei immer auch als etwas lesbar, das im Verhältnis zum bürgerlichen Faschismus stehe, in Opposition, als zugespitzter Ausdruck des *Dagegen*, wieder Gänsefüßchen in der Luft, was auch eine Form der Verzweiflung sei, und selbst wenn Gewalt eine pathologische Geschichte habe, dann sei diese Pathologie etwas, das die handelnde Person zuvor der Norm der Gesellschaft entgrenzt habe, weshalb man den Vorfall von Bonn nicht einfach von sich weisen könne. ████ ████ sagte so etwas wie: Gut, dann ziehe ich meine Frage zurück, obwohl er ja überhaupt keine Frage gestellt hatte, wandte sich dann mir zu, und ich konnte mit einem Mal meine Beine nicht mehr spüren.

Die Jungen verließen das Kino und trotteten weiter durch den Ort, bis sie den hellen Schein bunter Lichter bemerkten, welcher vom Ortskern zu kommen schien. Da vernahmen sie ein schwelendes Geschrei und Gelächter. Sie setzten sich in Bewegung, spurteten los, als ahnten sie bereits, was sie dort erwarten würde. Auf dem Marktplatz herrschte im Kontrast zu der einsamen Stille und Dunkelheit des restlichen Dorfes eine nahezu turbulente Lebendigkeit. Eine Kirmes war aufgebaut, mit Karussells, Schießbuden, einem Riesenrad, einer Eisenbahn für Kinder und ein paar Essensgelegenheiten. Zuckerwatte wehte durch die Luft. Doch niemand fuhr mehr auf den Fahrgeschäften oder probierte sein Glück am Gewehr. Selbst die Kinder waren von der kleinen Lokomotive und ihren Anhängern abgestiegen. Das ganze Dorf stand gemeinsam im Halbkreis an der Mauer der Kirche, um eine ganz andere Attraktion zu betrachten, und so hatten auch die Besitzer der Bretterbuden ihre Stände verlassen und drängten sich dicht an die Besucher der Kirmes, um nichts von dem zu verpassen, was sich da abspielte. Die Kleinen reckten die Hälse, um etwas sehen zu können, und Mütter und Väter nahmen ihre Sprösslinge auf die Schultern, um ihnen eine bessere Sicht zu ermöglichen. Die Leute lachten und pfiffen, klopften sich auf die Schenkel, prosteten sich zu.

Die Jungen drängten sich durch die dichten Menschenmassen. Sie wollten erfahren, was es da zu sehen gab – auch, wenn sie es unlängst ahnten. Mit dem Rücken zur Mauer stand Benito der Dorfgemeinschaft gegenüber. Sein Gesicht, die Hände und Arme, die Beine, die Füße, ja, sein ganzer Körper und auch der Umhang waren mit Lehm verschmiert. Mit dem schwarzen Umhang sah er aus wie ein Ungeheuer aus dem Sumpf. Benito war von den Jahrmarktbesuchern in die Enge getrieben worden, stand rasend vor Wut mit dem Rücken zur Wand, wirkte angespannt und nervös. Wie ein verletztes, wildes Tier. Mit beiden Händen hielt er fest seinen Wanderstock umklammert, ließ ihn zischend durch die Luft schneiden, ohne jemanden damit zu erreichen. Der Stock war sein Schwert und er kämpfte damit schon gegen die Dämonen, die ihm noch unschlüssig gegenüberstanden. Es sah so aus, als schlüge er nach einer unsichtbaren Piñata. Benito schrie, wirbelte mit nackten Füßen über das alte Kopfsteinpflaster, und der schwarze Umhang flatterte ihm um die lehmverschmierten Schultern.

»Seid ihr jetzt zufrieden? Habt ihr es so haben wollen? Was bringt euch das? Was bringt euch euer Hass? Was bedeutet eure Gemeinschaft, wenn sie doch nur auf Ausgrenzung fußt, weil ihr die Menschen verstoßt, die ihr nicht kennt? Wisst ihr, wer diese Menschen am Fluss sind? Was haben sie euch getan? Nichts haben sie euch getan. Euch regiert nur die Angst. Angst vor Fremdheit, vor dem Unbekannten, vor denen, die ihr nicht versteht. Ihr habt Angst vor den Menschen, die Leid erfahren haben, weil ihr nicht bereit ... Weil ihr es nicht verkraften wollt. Ihr seid eine feige Gesellschaft, die sich hier am Rummel trifft, sich vergnügt, und jeder weiß, dass da Menschen sind, nicht weit von hier, die sterben könnten. Ihr nennt euch Menschen? Ihr lasst eure Kinder Karussell fahren? Wie könnt ihr entscheiden, welche Kinder das dürfen und welche nicht? Woran macht ihr das fest? Arm seid ihr. Arm und kaputt. Ihr fühlt euch als Menschen, aber ihr seid Bestien, ohne Herz, ohne Seele. Ihr seid ...«

Ein angebissener Apfel flog in Benitos Richtung und zerschellte an seinem Kopf. Er stolperte rückwärts gegen die Kirchenmauer und schlug mit dem Kopf gegen die Steinwand. Die Menge jubelte.

»Wer war das? Wer von euch Feiglingen war das? Nur gemeinsam seid ihr stark, ihr Schwächlinge, ihr feigen Schwächlinge. Wäret ihr allein, würdet ihr so etwas nicht tun. Eure Gemeinschaft ist eine Krankheit, die fest von euch Besitz ergriffen hat. Und was macht ihr? Ihr gebt euch dieser Krankheit hin, umarmt sie, und fühlt euch noch im Recht. Während Menschen sterben. Menschen sterben! Schämt ihr euch denn nicht? Ist es euch egal? Seid ihr so leer? Seid ihr so vollkommen leer? Ihr habt euch eingerichtet in eurer Lüge!«

Nun regten sich die Leute, und einige Beleidigungen wurden zu Benito herübergerufen.

»Halt den Mund.«

»Wo kommt der eigentlich her?«

»Der Irre, guckt mal, wie der rumläuft.«

»Der Spasti!«

Höhnendes Gelächter, Applaus, Pfiffe.

»Seit einer Stunde krakeelt er hier rum.«

»Schämt er sich denn nicht?«

»Wie der aussiehst.«

»Guckt euch den Irren an.«

Wieder lautes Gelächter.

»Der gehört in die Klapse.«

Die johlenden Rufe der Dorfbevölkerung vermehrten sich schwelend, ja, die Worte wurden Gewalt, und sie fielen über Benito her.

»Guckt euch seine Augen an. Der ist doch blind.«

»Ja, der ist blind!«

»Wie kommt der überhaupt hierher?«

»Der ist doch aus der Irrenanstalt abgehauen.«

Wieder flog etwas durch die Luft und traf Benito am Kopf. Diesmal zerplatzte es nicht, denn der Apfel war ein Stein. Aber Benitos Haut platzte auf, und jetzt blutete er am Kopf.

»Das hat er jetzt davon, der Irre!«

Ein kleiner Junge sank auf die Knie – ein Zarathustra, dessen Wort niemanden interessierte –, und noch am Boden schlug er weiter mit dem Wanderstock um sich, brüllte, schrie. Da sprang Kippe nach vorne in den Halbkreis, half seinem Freund auf die Beine, legte Benitos Arm um seinen Nacken, hielt ihn fest an sich gedrückt und drehte sich mit dem Getroffenen einmal um seine eigene Achse.

»Seht ihr, was ihr angerichtet habt? Ihr seid Monster. Er hat Recht. Ihr seid nur stark, wenn ihr in der Überzahl seid und wenn euer Gegenüber schwächer ist als ihr. Aber Benito ist nicht schwächer! Er spricht die Wahrheit. Und die Wahrheit ist das Stärkste, was es gibt. Ihr seid so weit davon entfernt. Schämt ihr euch denn nicht?«

Wieder flog ein Stein, doch er verfehlte sein Ziel und verschwand im Nichts. Da traten auch die anderen Jungen vor und stellten sich schützend vor Kippe und den verletzten Benito. Schon hatte Fliegentöter die Steinschleuder gespannt und zielte in die Menge. Maus und Uğur reckten die Fäuste wie bei einem Boxkampf, und auch Cherubims Körper nahm Spannung an. Nervös blickten sie zu den Dorfbewohnern. Jedem der Schwarzen Steine war bewusst, dass ihre Lage aussichtslos war.

»Ich würde gerne unseren nächsten Gast in die Runde holen, der schon häufiger hier eingeladen gewesen ist und dessen tatsächlich letzter öffentlicher Auftritt, da verrate ich nicht zu viel, ebenfalls in dieser Sendung stattfand, vor drei Jahren – wir schauen mal ein paar Bilder an. Es sei noch gesagt, meine Damen und Herren, nur damit Sie sich nicht wundern: Er trägt

heute einzig aus medizinischer Notwendigkeit eine Sonnenbrille, das ist nicht mehr als eine Vorsichtsmaßnahme, er ist an
einem Augenleiden erkrankt. Nun, und ich hoffe, er ist dieses
Mal etwas gesprächiger.«

Auf den Bildschirmen: Ich, schweigend, drei Jahre jünger,
aus verschiedenen Perspektiven, dabei die Stimme von ████
████, jetzt und im Studio, mir gegenüber, live, meine Sprach-
losigkeit von damals, die den Studiogeräuschen eine ungeahnte
Bühne bot, weit nach hinten gemischt.

»Nach diesem fragwürdigen Auftritt verschwanden Sie
von der Bildfläche, galten für drei Jahre als verschollen, und
es ist schon etwas komisch, dass Sie nun wieder auftauchen im
Zusammenhang mit einem Terroranschlag auf einen der wichtigsten und prominentesten Begegnungsorte der westlichen
Demokratie, und ich weiß nicht, ob Sie sich noch erinnern,
wie wir uns am Tage des Attentats begegnet sind, da hatten Sie
ja noch eine etwas andere Frisur als jetzt, deshalb vielleicht zunächst die Frage, die Frage an Sie: Wie haben Sie das erlebt, da
in Bonn? Was hat das in Ihnen ausgelöst?«

Ich glaube, dass er lächelte. Schon an der Stelle mit der *anderen Frisur* hatte er trocken gelacht, zumindest meinte ich, das
gehört zu haben, nur ganz kurz, wie ein Räuspern, und vorher,
als er gesagt hatte, er hoffe auf meine Gesprächigkeit, da meinte ich auch ein Lachen vernommen zu haben. Oder stammte
das Lachen von mir? Wieder schwieg ich, diesmal aber nur für
einen kurzen Augenblick. Dann stotterte ich los.

»Wie meinen Sie das? Wie ich es erlebt habe? Erschreckend
fand ich das. Was denn sonst? Was denken Sie denn? Was das
bei mir ausgelöst hat? Ich ... Ich finde es einfach schrecklich.
Ganz schrecklich.«

»Nun, das wundert mich ein wenig. Was bisher noch nicht
bekannt war und was wir aber bei unseren Recherchen in Ko-
operation mehrerer Nachrichtenmagazine herausfinden konnten: Sie haben den Täter gekannt, was vielleicht die Frage er-

laubt, warum Sie eigentlich dort vor Ort gewesen sind. Haben Sie nicht vielleicht sogar gewusst, was da passieren würde?«

Wie ein listiger Fuchs schaute ████████ ████ zwischen den anderen Gästen umher, und ich meinte, ein Raunen zu hören, ausgehend von den Sesseln, vielleicht aber auch aus dem Publikum, vermutlich beides. Ach, ich meinte da, das Raunen in den Wohnzimmern der Leute zu hören. Mir fiel keine Antwort ein. Es fehlt nicht mehr viel, dachte ich, und ich falle einfach tot um, auf der Stelle, hier in dieser verdammten Sendung.

»Wir wissen aus sicherer Quelle, dass Sie ein Freund des Attentäters waren, dass Sie sich aus Kindertagen gekannt haben. Sie haben während ihrer Karriere immer wieder zu vergleichbaren Phänomenen publiziert, haben Erzählungen geschrieben und Analysen verfasst, die thematisch nicht weit davon entfernt sind, was sich da in Bonn zugetragen hat. Da liegt der Verdacht nahe, und danach würde ich Sie jetzt gerne direkt fragen, dass Sie in die Vorbereitung involviert gewesen sind. Sie kannten ja auch Marian Hancke, den verstorbenen Partner des Attentäters, mit dem er bis zu seinem Tod zusammengelebt hat und gegen den bis zu seinem überraschenden Tod vor wenigen Tagen ermittelt wurde, wegen Komplizenschaft, und auch wegen des Verdachts der Gründung einer terroristischen Vereinigung. Auch Uğur Cengiz, der Inhaber von Black Stone Security, gegen den in der Sache ermittelt wird, ist schon in Ihrer Kindheit ein Freund von Ihnen gewesen. Sagen Sie mir jetzt hier, vor laufender Kamera: Sind Sie Teil einer terroristischen Verbindung, die für das Attentat in Bonn verantwortlich ist? Sind Sie Teil einer Verschwörung?«

Ich räusperte mich, bekam aber das Kratzen im Hals nicht weg. Mein Herz pumpte direkt vor mir in der Luft, schien aus der Brust gesprungen.

»Nein, nein. Ich weiß von nichts. Ich bin schon lange kein Pfadfinder mehr. Ich … ich weiß nicht, was das alles mit mir zu tun haben soll.«

»Ist es nicht so, dass Sie vor 31 Jahren, mit ihrer Pfadfindergruppe, im Jahre 1995 zusammen mit Marian Hancke, dem Attentäter und ein paar anderen Jungen, darunter besagter Uğur
Cengiz, verlorengegangen sind, dass Sie für drei Wochen verschwunden waren, nachdem Ihr Anführer auf tragische Weise
ums Leben gekommen ist? Wir haben da ein paar Bilder, die
wir Ihnen und unseren Zuschauern gerne zeigen würden.«

Da ertönte in ihrem Rücken ein markerschütternder Schrei, ein
Schrei, der immer lauter wurde und alles durchdrang. Es war Benitos Schrei. Und in dem Moment, in dem sich eine furchtbare
Tragödie hätte ereignen können, wirklich im letzten Moment,
da vollzog sich ein Wunder, oder so etwas ähnliches wie ein
Wunder, zumindest etwas, das die Jungen wohl davor bewahrte,
an diesem Tage von einer wütenden Menge gesteinigt zu werden. Die Kirchturmuhr, die wie ein einsames Auge über das kleine Dorf gewacht hatte und ob ihrer Beobachtungen lange ver-
stummt war, vielleicht sogar versucht hatte, mit ihrem Schweigen
die Zeit hier anzuhalten, weil sie keine Zukunft mehr sah, schlug
mit einem Mal los. Ihre Mechanik war defekt, doch nun schlug
sie. Als wüsste sie nichts davon, dass sie nicht mehr funktionierte. Sie schlug einmal, schlug zweimal, dreimal, schlug immer wieder, lauter, heftiger, schneller. Die Leute vor der Kirche drehten
sich um, blickten ungläubig zum höchsten Gebäude ihres kleinen Dorfes, das nur noch vom Riesenrad überragt wurde. Das
Weiß ihrer Augen trat hervor, Panik zeichnete ihre Gesichter.

Ich bekam keine Luft mehr: Bilder aus dem Jahre 1995, Hubschrauber, Polizeiboote, Kinderfotos der Schwarzen Steine:
Benito, Fliegentöter, Maus, Kippe, Uğur, ich. Verwackelte Aufnahmen der Bergung eines Holzfloßes, auf das ein in eine
schwarze Plane eingeschlagener Körper gebunden war. Ein
Mitarbeiter des Technischen Hilfswerks stand mit seinen
Gummistiefeln tief im Morast des Ufers und versuchte, ein

Tau am Floß anzubringen, um es über eine Seilwinde an Land zu ziehen. Ich war in eine Falle getappt. Kalter Schweiß trat mir auf die Stirn. Die wussten mehr als ich. Die wussten mehr, als sie mir gesagt hatten. Die wollten mich hier vorführen. Das war eine verdammte Hinrichtung. Ich musste lachen, verschluckte es. Wieder richtete sich ███████ ████ an mich.

»Ich fasse noch mal zusammen, auch für unsere Zuschauer an den heimischen Geräten, die vielleicht jetzt erst eingeschaltet haben: In enger Zusammenarbeit mit einem Netzwerk aus Redakteuren haben wir herausgefunden, dass Mitglieder einer Pfadfindergruppe, darunter Uğur Cengiz, Inhaber von Black Stone Security, gegen den seit dem Vorfall in Bonn ermittelt wird, genau wie der vor wenigen Tagen verstorbene Marian Hancke, die gemeinsam mit Ihnen und dem Attentäter Mitte der 1990er-Jahre für drei Wochen verschollen waren, in den Vorfall von Bonn verstrickt sind, der seit über einem Monat die Öffentlichkeit beschäftigt. Und um das mal ganz klar zu sagen: Sie distanzieren sich nicht vom Terror?«

»Was denn für ein Terror? Benito hat es doch gar nicht getan! Er hat gezeigt, wie es sein könnte, wie es sich anfühlen muss, was tagtäglich auf der Welt geschieht und einfach ignoriert wird von der bürgerlichen Gesellschaft. Menschen machen so etwas! Und die ... die ... die Bundesregierung billigt Waffenlieferungen an Menschen, die so etwas in echt tun! Das ist unser Wohlstand. Unser Wohlstand ist Gewalt. Benito hat diese Gewalt abstrahiert, hat sie beschreibbar gemacht, ins Bewusstsein gerückt – weil er sie eben nicht vollzogen hat.«

»Sie sagen, wir sollten einem Terroristen dankbar sein?«

»Die, die wohl niemals ein Opfer sein werden, haben das Gefühl eines Opfers spüren können, und in der Ambivalenz, die die Tat und sein Tod damit aufgerufen haben, in der Uneindeutigkeit – ein Wort, das nicht im verdammten Duden steht, weil die Menschen es verlernt haben, Widersprüche auszuhalten, weil sie immer ein Lager suchen, eine Front, wenn sie sich überhaupt noch für etwas interessieren außer sich selbst –, hat er eine Ebene geschaffen, die dazu führt, dass wir reflektieren, dass wir nachdenken.«

»Ich halte das mal fest: Sie heißen die Tat gut, leugnen aber, mit dem Vorfall zu tun zu haben. Passt das nicht alles ein bisschen zu gut zusammen? Ich frage noch mal: Was haben Sie gewusst?«

Ich sprang auf.

»Nichts! Ich habe nichts gewusst. Das ist die Wahrheit. Ich ... ich ... Hier, das habe ich gefunden, erst vor ein paar Tagen, und ich konnte mich nicht mehr daran erinnern. Ich kann mich an überhaupt nichts mehr erinnern. Das ist alles wie ein schwarzes Loch, damals, ich weiß einfach nicht, was passiert ist, und ich weiß auch nicht, was das alles in Bonn sollte. Ich ... ich wäre doch nicht hierhergekommen, wenn das anders wäre, oder nicht?«

Ich stand da und hatte den kaputten Kompass in der Hand, hielt ihn den anderen Gästen hin, zeigte ihn in die Kamera, schwenkte meinen Arm hin und her, ging näher zu ███████ ███, hielt ihm das gesprungene Glas vor sein verblüfftes Gesicht. Wild spürte ich die Zeiger in dem defekten Gehäuse rotieren.

»Wir haben guten Grund zu der Annahme, dass Sie in die Planung und Durchführung des Anschlags auf den Empfang des Deutschen Wirtschaftskomitees involviert gewesen sind, ja, dass Sie so etwas wie der Vordenker der ganzen Sache sind, und natürlich haben wir unsere Erkenntnisse kurz vor der Sendung der Staatsanwaltschaft in Bonn übergeben, die diesem konkreten Verdachtsfall nachgehen wird. Also, sagen Sie unserem Publikum, sagen Sie es hier und jetzt: Was haben Sie mit dem Attentat im Hotel Paradies zu tun?«

Ich brüllte jetzt, warf den Kompass irgendwo in den hinteren Bühnenbereich, hörte den Aufprall, das Schlittern auf dem blank gewienerten Studioboden, drehte mich mit quietschenden Sohlen zwischen den Gästen im Kreis. Plötzlich hatte ich das rostige Takelmesser in der Hand. Fuchtelte wie wild damit herum.

»Licht ins Dunkel? Der einzige Mensch, der überhaupt Licht ins Dunkel gebracht hat, war Benito. Und jetzt soll er ein Wahnsinniger gewesen sein? Nein. Die Welt ist dem Wahnsinn verfallen, nicht Benito! Also zeigt nicht mit dem Finger auf den, der sich gegen den Wahnsinn aufzulehnen versucht hat. Das Leben ist so kalt und hart und brutal, und wir haben uns daran gewöhnt, leben unser Leben inmitten all des unermesslichen Leids, das unseresgleichen in jeder gegebenen Sekunde widerfährt. Wie können wir so leben? Es musste etwas geschehen, das uns Menschen anstößt. Benito hat ein Zeichen gesetzt. Er wollte die Gewalt nicht. Deshalb hat er ihren Schrecken gezeigt! Die Welt wird untergehen, wenn wir nicht reagieren, wenn wir uns nicht abwenden von Krieg und Vernichtung, von Zerstörung, von Hass und Ausbeutung. Wir müssen uns vielmehr bei der Hand halten. Wenn wir wollen, dass es weitergeht, müssen wir zu uns kommen und uns an den Händen halten, müssen uns in die Augen gucken, müssen jene anschauen, die wir fürchten, jene, die wir verachten. Wir dürfen keine Zeit mehr verlieren! Benito wollte uns helfen, wollte uns etwas sagen! Wir müssen die Liebe wiederfinden. Ja, wir sollten ihm dankbar sein. Was ist das für eine Welt, in der ein Blinder die Augen der Menschen öffnen muss, um ihnen das Sehen beizubringen? Die Menschheit muss eins werden, muss sich zusammentun, muss ihre Dummheit überwinden und lernen, endlich lernen. Sie muss lernen, zu sehen, zu sprechen, zu handeln! Wir müssen die Dämonen verjagen und die Menschlichkeit wiederfinden, müssen sie neu finden, uns neu in sie verlieben und sie für immer lieben und für immer ehren und erhalten. Die Welt ist so voller Schande. Warum muss die Welt so voller Schande sein, wenn wir doch wissen, wie viel Schönheit eigentlich in ihr steckt? Wie wir lachen könnten, wie glücklich wir sein könnten! Warum sind wir es nicht?«

Das Messer fiel mit einem Scheppern auf den Boden. Die rostige Klinge brach vom Griff. Ich war jetzt ganz ruhig. Nahm die Sonnenbrille ab und schaute in die Kamera, zu ███████ ██████, zum Publikum, zu den anderen Gästen, den Leuten, schaute in die Wohnzimmer, die Wartezimmer, die Kneipen. Ich schaute in die fassungslosen Augen der Menschen.

»Warum können wir nicht glücklich sein?«

Die Jungen rannten los, rammten mit spitzen Schultern durch die irritierte Menge, bahnten sich ihren Weg. Sie johlten und schrien und Fliegentöter schoss mit der Zwille in ein Schaufenster, das klirrend zu Bruch ging. Ihre Füße flogen über das Kopfsteinpflaster, das dort schon seit Jahrhunderten die Dorfbewohner zwischen Kirche, Marktplatz und Rathaus umhertrug. Sie schrien, und ihr Geschrei ging über in den Gesang des Liedes der Schwarzen Steine, das nun durch die Gassen des schlafenden Dorfes hallte. Niemand lief ihnen nach, niemand hörte sie. Sie verschwanden unbemerkt, noch immer begleitet von der wiedererwachten Kirchturmuhr in ihren Rücken, deren Schlagen in dieser Nacht nicht enden wollte.

～

Sieben

Vorgestern abend im Periskop dachte ich, daß die schrecklichsten Rätsel, um nicht als solche erkannt zu werden, sich als Verrücktheit tarnen. Heute denke ich, daß die Welt ein gutartiges Rätsel ist, das unsere Verrücktheit schrecklich macht, weil sie sich anmaßt, es nach ihrer Wahrheit zu deuten.
(Umberto Eco, 1988)

Ich öffnete die Augen nach einem langen Schlaf / Die Erde brannte, überschwemmt und sozusagen totgetrampelt / Schmerzkreischender Morast / Unsichtbare Funken versenken uns die Haut / Und alles ist noch dort, was zu vergessen nicht gemeint sein konnte / Ein Schatten sprach zu sich: / Man sieht die Tränen derer nicht, die man in den Regen schickt / Er sprang in das Wasser / Feuer und Flamme, Glut und Asche
(Shabbatz Krekov, 2984)

In gemächlichen Zügen teilten meine Arme das Wasser, ließen mich weiter schwerelos nach vorne gleiten, ganz langsam, ohne Wellen zu schlagen und auch ohne Ziel, wie auf einem Spiegel. Die Badeanstalt in Berlin-Charlottenburg, als deren einziger Gast ich in diesen frühen Morgenstunden meine Züge tat, war sehr alt, gewiss älter als das Schwimmbad, in dem man mir in meiner Heimatstadt im Ruhrgebiet einst das Schwimmen beizubringen versucht hatte. Ich war untergetaucht, aus der Öffentlichkeit verschwunden. Zurück in den Appenin-Zustand. Keine Kontaktaufnahme, stattdessen den Routinen folgen, ein unaufgeregtes Leben führen, nicht oder überhaupt nur in Ausnahmefällen das Telefon benutzen, den Wunden weiter Heilung schenken, keine Termine, keine Verabredungen, keine neuen Aufgaben annehmen, den Nerven Ruhe gewähren. Flucht ins Innere, wenn man so will. Ein halbes Jahr war seit meinem Auftritt in der Abendsendung vergangen, und bald danach, als ich wieder ein bisschen klarer bei Verstand gewesen war, hatte ich eigentlich gedacht, das sollte es jetzt gewesen sein. Zweimal wird man mir einen solchen Aussetzer nicht verzeihen. 2023 hatte ich geschwiegen, 2026 hatte ich geschrien. Jetzt würde man mich abschreiben, mir meine Buchverträge brechen, meine Lehrtätigkeit streichen. Mich in Gänze aufkündigen. Doch das Gegenteil war eingetreten. Man hatte sich wider Erwarten geradezu nach mir gerissen. Nach der Sendung hatte ich mich verstecken müssen. Ich war regelrecht belagert worden. Alle hatten sie mit mir sprechen wollen. Ein Exklusivinterview, eine große Geschichte, Titelseiten, ein Fernsehportrait. Werbungsversuche. Sie hatten mir sogar Geld geboten. Ich hatte alles abgelehnt, hatte ablehnen lassen, hatte mich zurückgezogen, war geflüchtet. Was gab es denn auch noch zu sagen? Dass ich an besagtem Abend aufgebracht gewesen war, von Fliegentöters Tod, noch immer verwirrt ob Benitos Tat, erschöpft und ausgelaugt – weil ich, ohne es zu wollen, in die Ereignisse, die in der Folge von Bonn entbrannt waren und nicht zu lodern aufhörten, hineingezogen worden, dem Wahnsinn gefährlich nahegekommen war? Weil ich total besoffen gewesen war? Weil ich wochenlang einem Phantom nachgejagt, mich in seinem Rätsel verlaufen hatte, zum Spielball geworden war eines größenwahnsinnigen Komplotts? Letztlich war ich dort gewesen, in der Sendung, und hatte alles gesagt, was zu sagen gewesen war. Reichte das denn nicht? Vielleicht hätte ich das Messer nicht zücken sollen, es nicht derart martialisch zücken, es subtiler zücken sollen. Das mit meinem alten Messer hätte wirklich nicht sein müssen. Ich war ausgerastet, das ließ sich nicht leugnen und auch nicht mehr rückgängig machen.

Überdreht und von ihrer Flucht ganz aufgepeitscht, erreichten sie bald darauf das Flussufer. Die Muskeln brannten ihnen und der Schweiß klebte auf ihrer Haut. Benitos Kopfwunde blutete noch. Er folgte dem Jungen wie ein Taucher über Wasser, ein Wesen in einer fremden Welt. *A farmer in the city*. Doch er war mitten unter ihnen.

Da blieben sie abrupt stehen. Ihr Gelächter verstummte.

Der Steg war leer. Auch die Feuerschale war weg.

»Aber …«, rief Uğur, und die Worte blieben ihm im Halse stecken. Es sah aus, als wolle er mit seiner zarten Kinderhand etwas Unsichtbares aus der Luft greifen, das unmittelbar vor ihm schwebte.

»Sie sind fort«, flüsterte Maus.

»Wo sind sie nur? Der Steg ist doch noch da, sie können nicht untergegangen sein«, flüsterte Kippe.

»Was ist nur passiert?«, flüsterte Fliegentöter.

Sie alle flüsterten wie für sich selbst.

Benito löste mit einer Hand den Knoten seines schwarzen Umhangs und ließ ihn hinter sich ins Gras fallen, warf den Wanderstock in Richtung der Boote.

»Was ist das für eine Welt?«, schrie er, und er schrie nicht wie für sich selbst, nein, er schrie den ganzen Erdball an. Die anderen Jungen stimmten mit ein. Die Schwarzen Steine schrien. Nur Cherubim blieb still. Mit wackligen Knien ging er Schritt für Schritt auf den Steg. Und während Benito ins Wasser stieg und sich mit heftigen Schwimmstößen in den Fluss schlug, stand Cherubim auf den Planken und blickte zu Boden. Da lag ein kleiner Stoffaffe zu seinen Füßen, den eines der Kinder verloren haben musste. Der schwarze Affe, eine Handpuppe, blickte den Erzähler mit seinen blassen Augen an. Er lag nur einen Schritt vom Wasser entfernt, das schon ein ganzes Stück weiter die Planken hochgestiegen war. Bald würde er untergehen. Da bückte sich Cherubim und las das verwaiste Kuscheltier vom Boden auf.

Die Redakteurin hatte mir geholfen. Nach meinem Ausraster war ich in den Bereich hinter die Studiobühne gestolpert, in die dunklen und engen Gänge, hatte mich tastend zu orientieren versucht, während ein stotternder ███████ ████ vor der Kamera noch verzweifelt darum bemüht war, die Fassung zurückzuerlangen. Seine kalkulierte Eskalation war ihm über den Kopf gewachsen. Die Schauspielerin hatte wieder zu weinen angefangen, die Journalistin mich in Schutz genommen. Was die anderen Gäste gemacht haben, weiß ich nicht. Ich hatte mir das Video, das in der Folge auf diesen und jenen Kanälen einige Aufmerksamkeit erzeugt hatte, wie Uta mir später berichtete, nie angeschaut. Eine kalte Hand hatte nach mir gegriffen. Die Redakteurin sagte so etwas wie: Ich bin auf Ihrer Seite! Aber auf welcher Seite denn? Vielleicht hätte ich dankbar sein sollen, dass sie mir half. Die Polizei war bereits angerückt und durchkämmte die Gänge des Fernsehstudios, denn

tatsächlich hatte die Redaktion vor der Sendung die Staatsanwaltschaft verständigt, die mich mittlerweile als Komplizen ver-
dächtigte, nun nach mir suchen ließ, um mich zum Verhör mitzunehmen. Doch da war ich mit der Redakteurin schon in einer
abgelegenen Garderobe verschwunden, tief in den weitverzweigten Katakomben unter dem Fernsehstudio. Doch in dem
schummrigen Raum saß ich eigentlich noch viel mehr in der
Falle. Sie würden das ganze Gebäude durchkämmen, und es gab
nur einen Weg nach draußen, am Pförtner vorbei, wo sicher ein
Beamter abgestellt worden war, um die Augen nach mir offen-
zuhalten. Also hatte mich die Redakteurin verkleidet, hatte mir
Frauenkleider angezogen, die dort in der Garderobe hingen,
hatte mir eine blonde, lockige Perücke aufgesetzt, mich mit
atemberaubender Raffinesse geschminkt. Sie hatte mir versprechen müssen, den Anzug meines Vaters zu verwahren, während
ich ihn noch umständlich vor ihr auszog, hatte es getan, hatte
versprochen, lachend, hatte plötzlich wie ein junges Mädchen
geklungen. In Stöckelschuhen, die mir meine darin viel zu großen Füße blutig quetschten, eingehüllt in einen edlen Trenchcoat, hatte ich das Fernsehstudio dann tatsächlich unbehelligt
verlassen können, war am Pförtner vorbeigestöckelt, hatte es
mir nicht nehmen lassen, ihm und den zwei Beamten, die da
tatsächlich gestanden hatten, zuzulächeln, ihnen zuzuzwinkern,
so nah war ich da schon dem Wahnsinn gewesen, oder noch,
oder wie auch immer. Ich war mit einem Taxi zu Kippe gefahren, dessen entgeistertes Gesicht ich niemals vergessen werde.
Er war so gesehen live dabei gewesen, an seinem Fernseher, zu
Hause, und hatte meine Eskalation mitverfolgt. Dass ich nun
aber kurz darauf in dieser Aufmachung vor ihm stand, an seiner
Tür, um Unterschlupf bat, das überstieg sein Fassungsvermö-
gen. Ich bin dann dortgeblieben, bei ihm, für ein paar Tage.

Benito war schon ein ganzes Stück weit vorangeschwommen,
als die Jungen ihn mit den Booten einholten. Die Erlebnisse im

Dorf hatten sie schwer mitgenommen. Das Freiheitsgefühl ihrer Flucht war nur von kurzer Dauer gewesen. Seit sie die Fremden nicht hatten finden können, waren die Jungen von einer bleiernen Niedergeschlagenheit erfasst. Sie sprachen kein Wort. Benito schwamm mit harten Zügen neben ihnen her. Das Wasser hatte Lehm und Dreck von seiner Haut gewaschen.

Wir trauerten um unsere toten Freunde. Ich hatte von Köln aus ein paar Telefonate geführt, mit meiner Mutter und mit Uta, die beide besorgt waren. Dann hatte ich meine Anwältin angerufen, die sich zuversichtlich gegeben und wiederum mich beruhigt hatte, es lege ja nichts gegen mich vor, ich habe kein Unrecht getan, sei unschuldig, das würde sie mit meiner Hilfe darlegen und auch beweisen können. Anschließend hatte ich meine Verlegerin angerufen, deren Apparat nicht stillstand seit der Sendung und die mit mir sprach wie mit einem Außerirdischen. Sie hatte alles abgeblockt, was an Anfragen eingegangen war, hatte mir den Rücken freigehalten. Und meine Anwältin hatte den Ermittlern dann wirklich auch schnell verdeutlichen können, dass ich nichts mit der Sache zu tun hatte. Schließlich war ich mit ihr zur Polizei gegangen, hatte eine lange Befragung über mich ergehen lassen, hatte mit spärlichen, ohnehin schon bekannten Informationen vage das Komplott erläutert, in das ich unwillentlich hineingezogen worden war, ohne Kippe, Maus oder Uğur zu beschuldigen, hatte die verbliebenen Schwarzen Steine ganz außen vor gelassen in meinen Schilderungen, hatte geleugnet, überhaupt in Kontakt mit ihnen zu stehen. Ich hatte gelogen. Ich hatte sie ja alle getroffen. Ich telefonierte gelegentlich auch noch immer mit ihnen. Maus sprach wieder. Er arbeitete jetzt für Uğurs Sicherheitsfirma im Gebäudeschutz. Das Verfahren gegen Uğur war aus Mangel an Beweisen eingestellt worden. Kippe und Maus hatte man nie zu belangen versucht. Noch immer gab es für den Vorfall in Bonn keinen passenden juristischen Terminus. Ich plauderte mit den

Schwarzen Steinen. Wir überlegten, uns zu treffen, bei der Gelegenheit auch Myriam Wenderin einzuladen. Wir verschoben es so oft, bis wir nicht mehr daran dachten. Auch über das, was in der Sendung passiert war, sprachen wir nicht. Wir sprachen auch nicht mehr über Benito. Wir sprachen über das Wetter.

Der Fluss wurde breiter. Kaum merklich erhöhte sich auch die Strömung. Die Jungen in den Booten bemerkten das gar nicht, sie blickten tief in sich selbst hinein, sprachen nur noch in Gedanken, fragten sich, was sie hier eigentlich vorhatten. Nichts würde den Häuptling wieder lebendig machen, das wussten sie. Die Trauer, der Verlust – diese Gefühle würden bleiben. Sie würden bleiben wie der Tod, den nichts ungeschehen machen kann. Den Verlust eines Menschen konnte man verarbeiten, konnte sich ihm stellen, damit leben lernen. Aber er würde immer da sein. Bis zum eigenen Tod, der wieder einen Verlust bedeutete. Das wussten sie jetzt, das hatten sie auf dieser Reise gelernt. Mit elf, zwölf Jahren, viel zu jung, um so etwas zu lernen. So geisterten sie in Gedanken immer weiter durch ihre Erinnerung, besuchten jene unbeschwerten Tage vor dem Tod des Häuptlings, die ihnen endlos weit entfernt vorkamen, Tage des Glücks, die sich zwischen ihr Leben vor der Flussfahrt geschoben hatte. Sie sahen den Häuptling, sahen Kerzenrauch, den Schwan, die Hunde, die Sonne. Dann zogen dunkle Wolken in ihre Erinnerungen ein und es tauchten andere Gestalten und Ereignisse auf. Alles wurde grau. So grau wie die Male auf ihren Köpfen.

Ich fand Frieden im Schwimmen. Mein Vater hatte es mir nicht beigebracht. Aber Benito. Ich dachte oft an ihn. Der lehmverschmierte Körper. Wie eine Naturkatastrophe. Manchmal war mir, als sei er plötzlich da, dicht neben mir, im Alltag, wenn ich wieder etwas betrachtete oder die Augen vor etwas verschloss und mich dann immerzu fragte, aufzählte, Listen im Kopf anlegte, was Benito verborgen geblieben wäre, wenn er wirklich neben mir gestanden hätte. Er, der immer nur die Bedeutungen hatte sehen können, nie aber die Oberflächen der Dinge. Wenn ich etwa an zwei Schulkindern vorbeilief, die sich am Ende ihres gemeinsamen Nachhausewegs nicht voneinander trennen konnten, eigentlich nach Hause sollten, wo schon das dampfende Mittagessen auf sie warten mochte, stattdessen aber dastanden, an irgendeiner Ecke oder Weggabelung, um sich weiter zu unterhalten, sehnsüchtig einer gemeinsamen Fachsimpelei folgten, die für sie das Zentrum der Welt darstellte in diesem Augenblick. Oder wenn ich einen Menschen sah, der einem anderen Menschen hinterherlief, weil dieser etwas verloren oder vergessen hatte. Oder einen Menschen, der sanft mit seiner Katze sprach. Oder eine alte Frau, die eine andere alte Frau zum Spazierengehen abholte. Oder einen Obdachlosen, der sich freute, weil ihm jemand irgendetwas schenkte, Geld oder etwas zu essen, oder weil jemand ihm zulächelte. Oder überhaupt Menschen, die lächelten. Zusammen auf einer Decke im Park lagen oder sich zu einer Fahrradtour trafen. Sich in den Arm nahmen. Lachten. Sich trösteten. Handlungen, über deren Bedeutung ich nicht nachdachte, aber von denen ich Kraft meiner Augen wusste, dass sie gut waren. Für Benito waren sie unsichtbar gewesen. Er hatte nur Bedeutungen gekannt, keine Oberflächen, hatte nur das Verborgene gesehen, nicht das Offensichtliche.

Irgendwann lüftete sich der Vorhang des Schweigens. Kippe erhob das Wort. Er richtete seine Worte an den blinden Schwimmer im Wasser, der unermüdlich seine Züge tat.

»Benito. Das macht doch alles keinen Sinn mehr. Unsere Eltern, die machen sich doch Sorgen, und wir können nicht mehr. Wir haben keine Kraft mehr. Wie soll das denn weitergehen? Wir müssen irgendwann aufhören damit, bevor noch etwas Schlimmes passiert.«

Da meldeten sich auch die anderen Jungen zu Wort.

»Ja, Benito, wir müssen die Reise beenden«, kam Maus seinem Vorredner zu Hilfe. »Guck dir doch an, was mit uns los ist. Wir haben seit Tagen nicht richtig geschlafen, haben kaum gegessen. Wir müssen hier weg, weg vom Fluss. Es ist gefährlich hier.«

»Wir müssen anlegen und irgendwem Bescheid geben«, sagte Uğur, und Fliegentöter pflichtete ihm bei. »Wir müssen irgendwem sagen, dass jemand nach den Leuten vom Steg sucht und nach der Leiche vom Häuptling.«

Doch Benito schrie auf.

»Diese Leute sind weg. Sie sind verschwunden, sind unsichtbar geworden. Wir werden sie nicht mehr finden. Niemand wird sie finden können. Sie sind aus unserer Wahrnehmung getilgt, und das hat eine Bedeutung. Alles hat eine Bedeutung. Alles ist so, wie es ist.«

Jetzt meldete sich Cherubim zu Wort, der so lange geschwiegen hatte, dass die anderen Jungen beim Erklingen seiner Stimme erschraken.

»So ein Unsinn, Benito! Du kannst nicht mehr klar denken. Du verlierst den Verstand. Alle sind der Meinung, dass es nicht mehr weitergehen kann, und du, du setzt dich darüber hinweg, läufst davon. Woher willst du wissen, was mit diesen Leuten passiert ist? Und woher willst du wissen, was überhaupt das Richtige ist? Unsere Familien und Freunde müssen schon krank vor Sorge um uns sein. Kannst du denn nicht an sie denken? Wir sind so weit gefahren, sind dem Fluss gefolgt, weiter, als wir das jemals geplant hatten. Der Häuptling ist tot! Es ist sinnlos, dass er tot ist. Nichts wird das ändern. Es reicht. Du musst es doch einsehen. Das ist verrückt, Benito. Was wollen wir denn damit erreichen? Was willst du damit erreichen? Du hast dich verändert, Benito. Du machst mir Angst!«

Da machte Benito einen Schwimmschlag nach links, griff an den Rand des Kanus, in dem Cherubim sich voller Wut aufgerichtet hatte, schwang sich über den Rand und stand da, zu voller Größe ausgestreckt. Jede Muskelfaser seines Körpers schien gespannt. Er breitete die Arme aus, als wolle er etwas beschwören.

»Diese Reise wird enden, aber es ist nicht an uns, zu entscheiden, wann das sein wird. Etwas wird geschehen. Die Flussfahrt muss sich selbst beenden und der Fluss muss es uns sagen, muss zu uns sprechen, muss entscheiden, wann es soweit ist. Nicht wir. Wie wollen wir das wissen? Wie sollen wir wissen, wann es zu Ende ist?«

Benito schrie noch viel lauter, die blinden Augen weit aufgerissen, seine Worte breiteten sich unermüdlich aus, wie die Druckwelle einer Bombe, sie erhoben sich und stießen in einer schneidenden Schicht durch die Atmosphäre. In ihm musste ein Erdbeben stattfinden, ein Sturm und eine Explosion zugleich. Er zitterte und seine Sehnen traten hervor, die Fäuste ballten sich fest zusammen, die Nasenlöcher sogen scharf die Luft ein. Seine Augen waren ganz weiß.

»Unsere Herzen sind von Schatten verschluckt, und unsere Seelen zerklüftet. Wir können nichts mehr sehen, nichts mehr hören. Das alles hier soll ein Wahnsinn sein? Haben wir nicht gelebt? Haben wir nicht Dinge gesehen, die wir nicht für möglich gehalten hätten? Das Leben ist ein Wahnsinn, nicht die Zeit, die wir hier verbringen. Das, was der Fluss uns gebracht hat, erscheint euch gefährlich? Die Welt, der wir entstammen, ist gefährlich. Sie ist so kalt und hart und so brutal, und die Menschen haben sich daran gewöhnt, leben ihre Leben inmitten all des unermesslichen Leids, das ihresgleichen in jeder gegebenen Sekunde widerfährt. Die Welt ist aus den Fugen. Die Welt da draußen, die Welt jenseits des Flusses, die sollte euch ängstigen. Das begreift niemand. Und die Menschen schimpfen jene, die diesen Wahnsinn erkennen, Verrückte, verschleppen sie, machen sie mundtot und sperren sie ein, in Psychiatrien, in Anstalten, in Gefängnisse. Das ist keine Welt, in der ich leben möchte.«

Die Jungen hatten ihre Paddel aus dem Wasser genommen und blickten ängstlich und mit weit aufgerissenen Augen und Mündern zu ihrem blinden Freund. Benito war außer sich, er schäumte über vor Verzweiflung und Wut. Während er schrie, nahm die Strömung zu, immer mehr, und die kleinen Boote trieben den Fluss hinab, drehen sich, schaukelten. Die Jungen aber waren außerstande, darauf zu reagieren. Sie konnten die Augen nicht von dem Ausbruch lassen, der da direkt vor ihnen geschah, aus diesem Menschen hervorquoll, heiße Lava in den Himmel spuckte.

»Eine Stimme muss kommen, muss Mauern und Wände durchdringen, muss Grenzen überschreiten, muss die Köpfe der Menschen öffnen und ihnen verbieten, sich länger vor der Wahrheit zu verstecken. Meine Stimme muss frei sein, ihre Seele mich zerstören! Es ist falsch, wie wir leben, falsch, wie wir handeln, denken. Es muss etwas geschehen, etwas, das die Menschen aufweckt. Die Menschen müssen die Liebe wiederfinden, die Liebe zu sich und zu allem, das existiert. Ihre Geister müssen erwachen. Der Schaden, der entstanden ist, wird morgen schon nicht mehr zu beheben sein. Die Welt wird untergehen, wenn die Menschen nicht reagieren, wenn sie sich nicht abwenden von Krieg und Vernichtung, von Verschmutzung und Zerstörung, von Hass und Ausbeutung. Es muss etwas geschehen.«

An den Ufern knickten Bäume ab. Riesige Stämme, sie fielen der Länge nach ins Wasser, schlugen peitschend auf den Fluss. Ein heftiger Wind war aufgezogen, und die Kanus stießen aneinander, gerieten in den nun unerbittlichen Sog der Strömung, kippten bedrohlich zur Seite. Ein orkanartiger Wind schoss über die Schwarzen Steine und spritzte ihnen Wasser ins Gesicht. Äste und Laub flogen wirbelnd durch die Luft, es wurde immer heftiger. Die Jungen klammerten sich an den Booten fest. Sie schrien: »Benito, bitte hör auf, was machst du denn?«, doch längst hatte hier eine andere Macht die Kontrolle übernommen, eine Macht, die sie weit überstieg.

Diese Macht schüttelte die Boote durch und schleuderte die Schwarzen Steine hin und her.

»Die Menschen müssen ihre Augen öffnen, müssen wieder zu sehen lernen, müssen hören, träumen, sprechen lernen. Ein Schrei muss alles und jeden erreichen, ein zwingender Schrei, der endlich etwas verändert, bevor es zu spät ist. Wir müssen uns bei der Hand halten. Wenn wir wollen, dass es weitergeht, müssen wir zu uns kommen und uns an den Händen halten, müssen uns in die Augen gucken, müssen jene anschauen, die wir fürchten, jene, die wir verachten. Das alles müssen wir hinter uns lassen. Die Unterdrückung, das Töten, den Neid, die Kriege, die Ausbeutung, den Argwohn, die Zerstörung, den Hass. Dann erst werden wir wieder sehen können.«

Die Boote waren voller Wasser und schleuderten wie wild umher. Die Jungen konnten sich kaum noch halten. Nur Benito stand da, unumstößlich, im Auge des Sturms, als wäre das alles ganz logisch, als müsse es so sein. Er schrie, schrie immer lauter, die Stimme ein Reibeisen. Ja, sie war zu jener glühenden Stimme geworden, nach der er selbst verlangt hatte. Doch niemand außer den Jungen konnte diese Stimme hören.

»Jeder Mensch weiß von dem Abgrund, auf den wir zurasen, der unausweichlich vor uns liegt und in den wir hinabstürzen werden, wenn wir keinen Weg finden, diesen Wahnsinn zu stoppen! Wir taumeln darauf zu, alle miteinander, und schon sehe ich die ersten Menschen fallen. Ja, es hat bereits begonnen. Wir dürfen keine Zeit mehr verlieren! Eine Stimme muss zu den Menschen sprechen und sie aufwecken, bevor es zu spät ist. Was nützt das Denken, was nützt die Erkenntnis, wenn sie keine Konsequenz hervorbringt? Was nützt der Wille zur Veränderung, wenn wir verharren und geschehen lassen, was uns alle umbringen wird? Wir stehen am Rand der Katastrophe, und es sind nicht die Kranken, die Kaputten, die Verrückten, die Teufel und Hexen, die uns dorthin gebracht haben. Es sind die Gesunden, die Strahlenden, die Sieger dieser Welt. Warum verstecken sich die Menschen vor diesem Wissen? Ich will sie anrufen, will ihnen die Augen öffnen, dass sie sehen können wie ich. Was ist das für eine Welt, in der ein Blinder die Augen der Menschen öffnen muss, um ihnen das Sehen beizubringen? Die Menschheit muss eins werden, muss sich zusammentun, muss ihre Dummheit überwinden und lernen, endlich lernen. Sie muss lernen, zu sehen, lernen, zu sprechen, lernen, zu handeln! Es könnte so einfach sein. Aber es geschieht nicht. Warum geschieht es nicht? Warum muss es immer so weiter gehen? Wann habt ihr den falschen Weg genommen, die falsche Abzweigung, wann habt ihr euch vertan? Gibt es diesen Punkt? Gibt es diesen Augenblick? Wir müssen dorthin zurückkehren, müssen mit diesem unserem Wissen einen anderen Weg wählen, einen neuen Weg, der sich abwendet vom Schrecken, von der Gewalt, der Vernichtung, der Dummheit, dem Bösen. Wir müssen die Dämonen verjagen und die Menschlichkeit wiederfinden, müssen sie neu finden, uns neu in sie verlieben und sie für immer lieben und für immer ehren und erhalten. Die Welt ist so voller Schande. Warum muss die Welt so voller Schande sein, wenn wir doch wissen, wie viel Schönheit eigentlich in ihr steckt? Wie wir lachen könnten, wie glücklich wir sein könnten! Warum sind wir es nicht?«

Ich musste aber auch an Benito denken, wenn ich in meinem stillen Alltag jene Sphäre betrachtete, die eigentlich unsichtbar war, aber eine Bedeutung in sich trug, auf die Benito meinen Blick gerichtet hatte. Er begleitete mich in diesem Entlangwandern an den inneren Grenzen, in jenem Denken, das sich nicht ganz greifen ließ, das nur ein Glimmen war und dann höchstens mal ein kurzes Auflodern, das dann aber Asche hinterließ, Asche, die ja immer auf die Glut folgt, per Naturgesetz. Er saß neben mir auf der Achterbahn, sozusagen, oder, wie man es eben sehen will: ich neben ihm. Benito hatte in mir einen Widerspruch zutage gefördert, dem auch er Zeit seines Lebens ausgesetzt gewesen war, einen Widerspruch, der sich nicht auflösen ließ und der mich immer schon verfolgte, den ich aber erst durch ihn so deutlich vor mir zu erkennen begonnen hatte. In der Verzweiflung ob dieses Widerspruchs war ich vor Jahren in den Apennin geflüchtet, und aus demselben Grund war ich von dort zurückgekehrt. Jetzt lebte ich damit, musste lernen, mit diesem Umstand zu leben. Zum einen nämlich war da die Liebe, die Hoffnung, der Wunsch nach einer besseren Welt, die Sehnsucht nach Frieden, einer Zukunft ohne Schmerz und ohne Leid. Doch dieses Verlangen ging in unserer Zeit, mit diesem monströsen Turm der Geschichte im Rücken, einher mit dem Geschwür einer Ernüchterung, mit der Hoffnungslosigkeit des Verstehens, der Depression des Wissens, die sich mit heftig schlagenden Schwingen aus der Asche der Erkenntnis jener Unmöglichkeit erhob, die Welt eines Tages in Glück und Frieden zu wissen. Benito hatte im Schatten dieses Turms die Dunkelheit gefunden, die untrennbar mit der Traurigkeit der Existenz verwachsen war. Er war daran zugrundegegangen. Ich aber wollte leben, auch wenn ich seine Verzweiflung kannte, sie verstand. In Benitos Rätsel war diese Verzweiflung verankert, und ich konnte sie nur als Frage bei mir behalten, konnte mich nur verpflichten, diese Frage weiterhin zu stellen und nicht müde zu werden, ihr nachzuspüren. So ging es mit allen Fragen. So verlangte es das Rätsel. Das Rätsel ließ sich nicht beenden, weil es sich nicht lösen ließ. Mit dem Rätsel musste man zu leben lernen. Das Rätsel war geblieben, und es würde für immer bleiben, an allen unlösbaren Fragen, die es aufrief und die nicht mehr bloß die Fragen Benitos waren. In ihm lagen die vergangenen und kommenden Katastrophen brach. Sie kreuzten sich auf einem kargen Feld. Alle Fragen steckten darin.

Ein Baumstamm, der durch die wirbelnden Wellen trieb, schlug gegen die Boote und stieß sie um. Auch Cherubim, der Nichtschwimmer, stürzte ins Wasser, verschluckte sich, schlug wie wild mit den Armen auf den Fluss ein, wurde panisch und schluckte noch mehr Wasser. Die Kanus begannen zu sinken. Die Jungen strampelten, hielten sich über Wasser, so gut es ging. Cherubim aber schlug mit dem Kopf gegen das Boot, tauchte ab, durchstieß kurz mit dem Kopf wieder die Wasseroberfläche, japste nach Luft, verschluckte sich wieder, schluckte noch mehr Wasser, hustete, wurde unter die Wasseroberfläche gezogen, verschwand im Chaos. Es wurde dunkel um ihn und still. Unendlich dunkel und unendlich still.

Als Gras über die ganze Sache gewachsen war, hatte ich mich noch einmal in den Westen aufgemacht, um meine Mutter und meinen Bruder zu besuchen. Da war der Vorfall von Bonn schon wieder aus den Medien verschwunden, hatte Platz geschaffen für neue Spektakel, neue Skandale, neue Katastrophen, neue Rätsel. Sobald etwas einmal in den Jahresrückblicken aufgetaucht ist, ist es in den Köpfen der Menschen abgehakt. Es ging ja weiter mit dem Niedergang. Also auf zu neuen Ufern! Ich hatte meine Mutter und meinen Bruder auf die Stirn geküsst und war mit fünf Blumensträußen zum Friedhof gewandert, hatte sie dort auf die gefrorene Erde gelegt, um dann bald weiter nach Gladbeck zu laufen, ganz gelöst und leichten Fußes, ohne die Last der Blumen nun, nach Gladbeck und Scholven, mit sichtbarem Atem, wo langsam der Schatten des Kraftwerks verschwand, das nun Stück für Stück abgetragen wurde, den Taststrahlen der Sonne wieder den Weg freimachte für die Zeitlosigkeit, in der ich ein paar Monate zuvor verschwunden war. Doch auch die verlassene Zechenkolonie war abgerissen worden. Das Geheimversteck gab es nicht mehr, ebenso wenig die Reste der Kirche, die Ruinen, den rostigen Käfer, den wuchernden Löwenzahn. Nach Fliegentöters Tod war die Pacht der Hanckes erloschen, die Besitzrechte zurück an die Stadt gefallen. Jetzt wurde dort, wo einst die geheime Krypta der Schwarzen Steine gelegen hatte, ein gigantisches Altenheim gebaut. Selbst die Spuren waren verschwunden.

Eine Stimme erklang in Cherubims Kopf. Sie schrie, sie befahl ihm. Schwimm! Noch mal. Schwimm! Lauter. Schwimm! Benitos Stimme. Cherubim blickte nach oben. Er öffnete die Augen, und er sah durch das Wasser, wie der nackte Benito direkt über ihm in der Luft schwebte. Benito blickte zurück, und sein Blick erfasste den sinkenden Körper. Er durchdrang ihn mit diesem Blick. Benito schrie noch einmal, stimmlos und direkt in Cherubims Inneres. Nur der Junge im Wasser konnte ihn hören. Die Stimme belebte ihn, der Blick hob ihn hoch. Wenn ein Blinder sehen konnte, dann würde er schwimmen können! Und er schwamm.

Dann legte sich der Sturm, von dem niemand sagen konnte, wo er hergekommen war. Die Kanus waren untergegangen, das Gepäck mit der Strömung fort. Die Jungen kämpften sich mit letzter Kraft ans Ufer, kletterten triefnass aus dem Wasser, ließen sich dicht beieinander auf die verheißungsvolle Erde fallen. Uğur erbrach einen Schwall Wasser auf den Boden, Maus holte panisch seine aufgeweichte Streichholzschachtel aus seiner Hemdtasche, öffnete sie, schützte sie mit seinen Händen, Fliegentöter suchte seine kaputte Brille, fand sie nicht. Benito und Cherubim lagen bewusstlos am Ufer. Kippe krabbelte zu ihnen, drehte sie zur Seite, überprüfte ihren Atem. Dann ließ auch er sich erschöpft auf den Boden fallen. Die Schwarzen Steine fielen in eine traumlose Ohnmacht.

Nach meinem Besuch in Gladbeck war ich direkt weitergereist, wieder nach Bonn, hatte mich ein paar Tage im Hotel Paradies einquartiert, hatte noch mal Benitos Kassetten angehört. Das Hotel hatte eine erneute Transformation vollzogen, war mittlerweile zu einem beliebten Ziel der Tourismusbranche geworden. Menschen aus allen Himmelsrichtungen kamen hierher, um jenen sagenumwobenen Ort zu besuchen, an dem sich einst ein ungelöstes Rätsel zugetragen hatte. Im Paradies boten sie Führungen an, zeigte eine dauerhafte Ausstellung in der

Lobby. Die Direktorin hatte mich empfangen, mir die Musealisierung vorführen wollen, die sie dort stolz betrieb. Das Hotel konnte sich vor Buchungen kaum retten. Doch ich hatte dankend abgelehnt. Ich war durch die Rheinaue gewandert, hatte gelesen, wieder und wieder die Kassetten gehört, war danach den *Weg der Demokratie* rückwärts abgeschritten, hatte versucht, den alten Kanzlerbunker zu erspähen, war schließlich, am zweiten oder dritten Tag, schon früh am Morgen ins Haus der Geschichte gegangen. Ich war durch die ganze Ausstellung gelaufen, hatte jede Tafel durchgelesen, jedes Bild, jeden Gegenstand betrachtet, jeden Film angeschaut. Zwei kleine Jungen hatten Verstecken gespielt in den dargebotenen Verzweigungen und Überlagerungen der deutschen Geschichte, waren johlend von Vernichtungslagern zu Gastarbeitern gerannt, von Befreiung zu Mauerfall, von Hakenkreuzen zu Charles Wilp, vom Osten in den Westen. Ich war ihnen unauffällig gefolgt, bis ihre Eltern irgendwann die Geduld mit ihnen verloren und sie schimpfend ins Freie gezerrt hatten. Anschließend an den neuesten Bereich, den man besuchen konnte und der von der Pandemie und den Kriegen im Osten erzählte, wurde wieder gebaut. Mit der Geschichte ging es ja weiter. Irgendwann würde das Haus nicht mehr ausreichend Platz bieten. Doch bis dahin war noch ein bisschen Zeit. Ein neuer Pavillon war im Entstehen, im Dachgeschoss, noch hinter einem Sichtschutz verborgen.

Erst von den Geräuschen eines Hubschraubers, der direkt über ihnen in der Luft stand, wurden sie geweckt. Zeit war vergangen. Mit blinzelnden Augen blickten sie dem fremdartigen Gefährt entgegen, geblendet von der bereits tief im Westen stehenden Sonne. Der Himmel war wolkenlos und grell. Mit den Händen schirmten sie ihre Augen ab. Der Hubschrauber kam näher, immer näher, sie spürten schon den Wind der Rotorblätter. Dann setzte er auf und zwei Soldaten sprangen heraus.

»Das glaube ich ja nicht! Da sind sie. Wir haben sie. Sie leben. Sie leben alle. Sagt in der Zentrale Bescheid. Sie leben!«

Bald darauf saßen die Jungen in Decken gehüllt zusammen und tranken dampfenden Tee, den ihnen die Retter gereicht hatten. Sie standen unter Schock, realisierten noch nicht, dass sie gefunden worden waren, hatten noch nicht begriffen, dass ihre Odyssee nun vorüber sein sollte. Aber war sie das? Würde sie das jemals sein? Ein Team aus Notärzten scharte sich um die Kinder, untersuchte sie, verarztete ihre Blessuren. Auch Feuerwehrleute standen herum, Mitarbeiter des Technischen Hilfswerks, Polizisten. Seit Wochen waren sie auf der Suche nach den Jungen, nachdem Angler den Leichnam des Häuptlings auf dem Holzfloß bereits kurz nach dessen Tod gefunden hatten. Eine Psychologin saß bei den Jungen, lächelte sie an. Ihr Blick streifte über ihre Köpfe, und voller Sorge registrierte sie die grauweißen Male. Doch sie ließ sich nichts anmerken. Sie sog die frische Waldluft ein, die nach dem Sturm noch viel lebendiger roch. Dann legte sie ihren Arm um Uğur, der sich tief in seine Decke eingehüllt hatte. Ihre Stimme war warm und freundlich.

»Eure Eltern sind ganz in der Nähe. Auch aus dem Heim ist jemand unterwegs. Sie werden bald hier sein. Es ist ein Wunder. Ihr seid jetzt in Sicherheit. Es ist alles in Ordnung. Ihr seid gerettet. Es ist alles wieder gut. Alles ist gut. Alles ist gut!«

Ich vernahm ein lautes, federndes Geräusch, von links, vom Einmeterbrett, tauchte instinktiv ins Wasser ab, nahm nun einen Schatten wahr, über mir, in der Luft. Kurz war mir, als sei die Zeit angehalten, oder als habe sie einen Sprung gemacht, als stehe der Schatten über mir tatsächlich in der Luft, ungeachtet der physikalischen Gesetze. Ich schaute nach oben, erkannte durch das Chlorwasser Uta, die nachgekommen war, mit Anlauf zu mir ins Wasser sprang, oder eben nun gerade über mir in der Luft zu stehen schien. Ihr schwarzer Badeanzug spannte bereits stark über den wachsenden Bauch. Aber nein, sie bewegte sich, ja, ich musste mir das wohl eingebildet haben, sie bewegte sich, zum Glück, die Zeit war gar nicht angehalten. Uta wurde nun größer, kam auf mich zu, tauchte kreischend ins Wasser, mit den Füßen zuerst, glitt an mir herab, ihre Zehen scheuerten an meinen Schienbeinen entlang, sie tauchte tiefer als ich, zog an meiner Badehose, stieß sich wieder nach oben und durchbrach die Oberfläche. Uta lachte, hielt mich fest, prustete mir einen Schwall Wasser ins Gesicht. Ich war hier, genau jetzt, in diesem Augenblick. Ein Zucken ging durch mich hindurch. Entzünde mit dem Wort die Herzen der Menschen.

Am Ende erreichten tatsächlich die Eltern der Kinder den Fundort der Pfadfindergruppe, deren Verschwinden das Land für drei Wochen unter bis dato kaum gekannter medialer Aufmerksamkeit in Atem gehalten hatte. Auch zwei Erzieher aus dem Kinderheim kamen mit ihnen an. Tränen flossen, und in nicht enden wollenden Umarmungen entkamen die Jungen endlich ihrer Schockstarre. Sogar Cherubims Vater war da.

Nur Benito blieb apathisch, reagierte nicht, saß da, bis die Notärzte ihm schließlich eine Spritze gaben, ihn auf eine Rettungstrage betteten und so in den Fond des Krankenwagens verfrachteten. Cherubim stand auf. Er zog sich die wärmende Decke enger um den Körper und ging seinem Freund hinterher. Als die Türen des mächtigen Fahrzeugs sich schlossen und der Krankenwagen rumpelnd zur Abfahrt ansetzte, stand er da. Cherubim blickte dem Fahrzeug noch lange hinterher. Mit stillen Worten verabschiedete er sich von Benito. Dass es nicht das letzte Mal sein würde, dass er ihm im flackernden Schein des Blaulichts Lebewohl sagen würde, konnte er da noch nicht wissen. Dann jedoch breitete sich für den Jungen, der seit diesem Tag kein Nichtschwimmer mehr war, über allem ein schwerer Mantel des Vergessens aus.

Es musste eine Marienkäferplage gegeben haben. Jetzt waren alle tot. Die Insekten lagen auf dem kalten, staubigen Marmor. Ihr Rot war ins Orange verblasst. Auf dem Rücken oder bäuchlings lagen sie. Einer der Leichen stand ein Flügel ab, als hätte sie es im Moment des Todes, als Käfer noch, nicht mehr geschafft, ihn einzuklappen. Es lagen da bestimmt 20 Leichen auf dem Fensterbrett, die nun mehr Gegenstände waren, oder keine Gegenstände, nein, vertrocknete Knospen eines Blumenstraußes, der in einer leeren Wohnung zurückgelassen worden war. Hier vom Sessel aus betrachtet, ganz nah an der Fensterscheibe, knapp über den Dächern der Stadt und in Vogelperspektive auf das offene Käfergrab, wirkte das Arrangement des Insektenfriedhofs wie ein Stillleben. Die Sonne musste bereits tief in meinem Rücken liegen, denn mit einem Mal reflektierten ihre Strahlen in den Fensterscheiben des gegenüberliegenden Hauses. Sie tauchten die kleine Dachgeschosswohnung in ein Licht zweiter Hand, so schwach, dass es keine Wärme mehr transportierte. Die Käfer auf der Fensterbank warfen lange Schatten.

Dann tat sich etwas. Ja, einer der Käfer lebte noch. Keiner derer, die da im Staub lagen, bei denen war es endgültig. Nein, er war neu auf dieser Bühne, bewegte sich, kam von irgendwo weiter links. Ein Wanderer, jemand, der auf einer Reise gewesen war und nun in sein Dorf zurückkehrte. Dünn sah er aus, ganz trocken und ausgemergelt. Panisch lief der Käfer durch das leblose Feld von Körper zu Körper. Er fand seine Angehörigen alle in einem Stadium des Verfalls, das ihn ihr Ableben erkennen ließ. Was er sah, das ängstigte ihn. Kurz versuchte er noch, einen Vorhang zuzuziehen, die Augen davor zu verschließen, und für eine Weile blieb er regungslos stehen. Bis er es nicht mehr leugnen konnte.

Dann ging er seinen schwersten Gang. Bei jedem der vertrockneten Körper hielt er inne, nur kurz, als wollte er sie wachstupsen, bewegte sich sachte auf sie zu. Aus der Vogelperspektive betrachtet sah er dabei aus wie ein Wagen, der in eine Parklücke einfuhr. Der Marienkäfer hielt vor jedem der Toten für einen Moment an, in Trauer, schien in sich zu gehen, um mit gesenktem Haupt eine kurze Andacht mit sich zu sprechen, ja, in wirbelnden Gedanken ein paar letzte Worte an ihre schwindenden Geister zu richten. Dann machte er an der eigenen Mittelachse gespiegelt kehrt, rückwärts, als parkte er aus, um sich zitternd zum nächsten Körper zu bewegen. Was hat euch nur dahingerafft? Von Mal zu Mal wurde er langsamer, schien zu resignieren. Als drehte er den traurigen Film zurück, um die Szene, in der er die Käfer ausgelöscht fand, immer wieder aufs Neue zu durchleben. Immer langsamer, in dieser Vergewisserung eingesperrt. Er lief zum nächsten Körper. Wo kam der einsame Wanderer her? Auch seine Flügel waren blass und ohne Kontrast. Wo war er nur gewesen, als die anderen starben? Das Alter schien ihm verwaschen. Was würde er tun, wenn er den Toten Lebewohl gesagt hätte?

Als er den letzten Käfer verabschiedet hat, geschieht etwas Merkwürdiges. Die Toten nämlich sind gar nicht tot. Die Körper beginnen sich zu regen. Erst meine ich, die Käfer seien bloß von einem Windhauch bewegt worden, der vielleicht vom gekippten Fenster her kaum merklich über das Totenfeld geblasen habe. Doch sie leben wirklich, klappen die Flügel aus oder drehen sich umständlich auf den Bauch, schütteln ihre kleinen Chitinpanzer, als erwachten sie aus einem tiefen Schlaf. Langsam kommen sie nun in der Mitte des staubigen Marmorplatzes zusammen, versammeln sich wie in einer Prozession. Nur jener einsame Wanderer, der sie aufgeweckt, sie wieder lebendig gemacht hat, ist verschwunden. Er scheint sich in Luft aufgelöst zu haben. Vom Innenhof rauscht der riesige Baum, der schon in die Mauern hineingeboren wurde. Die Häuser, die seine Wurzeln säumen, stehen da länger als er. Alles schnellt vorbei und geht. Als die Sonne hinter dem Haus verschwindet, erlischt auch die Reflexion. Mit einem Mal wird es Nacht. Das Dorf auf

dem staubigen Marmor verschwindet, während ein dichter Nebel von allem Besitz ergreift. Es ist kalt in der Wohnung. Diese
Worte sind nicht meine Worte, doch sie werden es sein. Was
ich nicht erinnern kann, das werde ich erfinden müssen. Was
ich nicht erfinden kann, das werde ich erinnern müssen. Wieder
denke ich an Benito.

Literaturnachweise

Eins (S. 8)

Walter Benjamin, »Über den Begriff der Geschichte«, in: Rolf Tiedemann /Hermann Schweppenhäuser (Hrsg.), *Gesammelte Schriften*. Band 1.2, Frankfurt am Main 1974.

Herbert Huncke, *Guilty of Everything. The Autobiography*, New York 1990.

Zwei (S. 64)

Karl Heinz Bohrer, »Surrealismus und Terror«, in: *Merkur. Zeitschrift für europäisches Denken* (Oktober 1969, 23. Jahrgang, Heft 258), Stuttgart 1969.

Roberto Bolaño, *2666*, München 2009.

Drei (S. 130)

soap&skin, »Vater«, auf: *Narrow*, PIAS 2012.

Kiev Stingl, »Seltsam, dich hier zu sehen«, auf: *Teuflisch,* Philips 1975.

Vier (S. 212)

Max Frisch, »*Tagebuch 1946-1949 (Auszüge)*«, in: Hans Magnus Enzensberger (Hrsg.), *Europa in Trümmern. Augenzeugenberichte 1944-48*, Frankfurt am Main 1990.

Roland Barthes, »La mort de l'auteur«, in: Ders., *Le Bruissement de la langue*, Paris 1984.

Fünf (S. 310)

Peter Handke, *Wunschloses Unglück*, Frankfurt am Main 2001.

Andrei Tarkowski, *Die versiegelte Zeit. Gedanken zur Kunst, zur Ästhetik und Poetik des Films*, Berlin 1986.

Sechs (S. 432)

Lisa Darms/David O'Neill (Hrsg.), *Weight oft he Earth. The Tape Journals of David Wojnarowicz*, South Pasadena (CA) 2018.

Throbbing Gristle, *Heathen Earth* (Cover-Inschrift), Industrial Records 1980.

Sieben (S. 480)

Umberto Eco, Das *Foucaultsche Pendel*, München 1989.

Shabbatz Krekov, »Gedichte aus einer fernen Zeit«, in: Hendrik Otremba/Richard Stoiber (Hrsg.), *Richard Kallmann alias Shabbatz Krekov. Werkausgabe*. Band 9.2, Berlin 2016.

Hendrik Otremba, geboren 1984 in Recklinghausen, ist Schriftsteller, bildender Künstler und Sänger der Gruppe »Messer«, außerdem arbeitet er in Deutschland und der Schweiz als Dozent für Kreatives Schreiben und gelegentlich als Kurator. Als freier Journalist schreibt er sporadisch über Musik. Seine Malereien werden als Plattencover und in verschiedenen Magazinen veröffentlicht und ausgestellt. 2017 ist sein Debütroman ›Über uns der Schaum‹ (Verbrecher Verlag) erschienen, im August 2019 folgte sein zweiter Roman ›Kachelbads Erbe‹ (Hoffmann und Campe). Der dritte Roman ›Benito‹ wurde als Hardcover 2022 im März Verlag veröffentlicht, wo 2023 auch sein Gedichtband ›Wüstungen, Nebel‹ folgte, parallel zu seinem ersten Soloalbum ›Riskantes Manöver‹. 2023 hatte Otremba zudem die Poetikdozentur der Uni Münster inne, die 2025 im März Verlag veröffentlicht wird. Mit »Messer« hat er bisher sechs Alben herausgebracht, zuletzt 2024 ›Kratermusik‹. Momentan schreibt er an seinem vierten Roman.

Matthes & Seitz Berlin · Paperback · 073

Erste Auflage dieser Ausgabe 2025
MSB Matthes & Seitz Berlin Verlagsgesellschaft mbH
Großbeerenstr. 57A, 10965 Berlin, Deutschland
info@matthes-seitz-berlin.de
Copyright der Originalausgabe
© 2022 März Verlag GmbH
Alle Rechte vorbehalten, insbesondere die Nutzung des
Werkes für Text und Data Mining im Sinne von §44b UrhG.
Umschlaggestaltung: Pauline Altmann, Palingen
Satz: Monika Grucza-Nápoles, Cartagena
Druck und Bindung: GGP Media GmbH, Pößneck, Deutschland
Printed in Germany
978-3-7518-4524-3
www.matthes-seitz-berlin.de

Eins

Aber ein Sturm weht vom Paradiese her, der sich in seinen Flügeln verfangen hat und so stark ist, daß der Engel sie nicht mehr schließen kann. Dieser Sturm treibt ihn unaufhaltsam in die Zukunft, der er den Rücken kehrt, während der Trümmerhaufen vor ihm zum Himmel wächst. Das, was wir den Fortschritt nennen, ist dieser Sturm.
(Walter Benjamin, 1940)

The protagonist is thrown into the water to sink or swim. So he learns something about the water.
(William S. Burroughs, 1987)